宋如珊　主編
現當代華文文學研究叢書

文學研究的知識論依據

張榮翼、李松　著

秀威資訊・台北

目次

導論

文學研究的知識論問題是文學研究學科合法性的核心問題，也是近些年來中國大陸文學理論界關注的熱點。從文學的知識本體入手，其知識論的問題牽涉到世界的觀念以及這種觀念的發生與確證，也就是我們的知識如何可能的研究，及事實與價值的關係問題。之所以文學研究的知識論依據成為中國大陸文學理論領域的熱點問題，原因是：其一，文藝學知識的知識論模式轉型的需要。自二十世紀八十年代初中國大陸學界向西方洞開國門如饑似渴吸取異域思想資源以來，中國大陸文學理論界的知識論探索一方面回歸到西方二千多年的文論傳統，另一方面緊隨西學潮流而亦步亦趨。其知識論的演變軌跡大致經歷了本體論、認識論、語言論、文化論的線索。其二，人們要求文學理論針對變動不居的社會現實發揮充分的干預能力與闡釋功能。加上當代社會文化轉型造成的衝擊，文藝學的研究對象、文藝學的本質、文藝學的邊界，都成了不得不重新加以考量的問題。因此，尋找新的知識畛域、挖掘新的價值資源，成了文學理論研究者一個焦慮、困惑的問題。

一、學術綜述

關於這一議題的研究，中西學界產生了大量學術成果。在本書的寫作過程中，我們從中西思想史獲得了寶貴的學術資源。中學包括：孔子為代表的儒家思想、老莊為代表的道家思想、程朱理學、佛禪直覺感悟、乾嘉學派考據學等等。西學包括：亞里斯多德的形而上學、笛卡爾的大陸理性主義、康德、黑格爾的德國古典哲學、馬克思的批判理論、孔德的實證論、波普爾的歸納邏輯批判、德里達的解構理論、福柯的知識考古學、胡塞爾的現象學還原理論、伽達默爾的闡釋學思想等等。作者在本書的寫作過程中對上述理論資源進行了系統的瞭解和辨析，同時也充分吸收既有成果展開了深入論證。因此，上述具體觀點不再一一贅述。

近些年國內學界關於文學研究的知識論出現了一系列重要的觀點，下面通過簡要評述展開本書與這些觀點的對話。反本質主義是近年來中國大陸文學理論界的焦點問題。余虹與陶東風二人對此進行了爭鳴。余虹的文章《在事實與價值之間——文學本質論問題論綱》試圖區別文學特徵論與文學本質論，進而在文學理論的歷史性與學理性的關聯上重新闡述文學的本質問題[1]。陶東風的文章《文學理論知識建構中的事實經驗和價值規範》針對余虹的上述觀點提出了自己的不同意見，他認為，既然文學本質論涉及的是價值問題，需要滿足的是「應然」而不是「實然」的要求，它可以沒有事實性依據。價值規範的確立從來

[1] 余虹，《在事實與價值之間——文學本質論問題論綱》，《天津社會科學》二〇〇六年第五期。還可以參看余虹，《文學知識學（余虹文存）》（北京大學出版社，二〇〇九年）。

就先於「文學事實」的建構，每個關於文學的規範陳述實際上都能夠找到適合自己需要的那些所謂「事實依據」[2]。本質主義和歷史主義是文學研究中的兩種主要的思維方式。馮黎明分析了二者對立的知識學根源。他認為，在文學研究中一直存在著本質主義與歷史主義兩種理論路徑。本質主義以決定論和一元論解釋文學現象，而歷史主義則以語境論和建構論解釋文學現象。文學學術領域的這一理論路徑分歧的知識學根源有二，一是大陸理性主義和英國經驗主義的對立，二是知識學科化和跨學科研究的分野。這些分歧體現了現代性的知識學訴求[3]。

馮黎明的研究並不僅僅止於對上述分歧追本溯源的解釋，他關於文學理論知識依據問題的研究還有諸多建樹。主要體現在如下四個方面：第一，他從文學理論的知識學的基本屬性出發，將其概括為三個方面，即反思性、語境化和前學科性[4]。第二，他從現代性視角出發探討了文學研究的方法論困境。他認為，從知識學的範疇來看，現代性在其展開之初就隱含了一種走入二難處境的趨勢。這種困境具體體現為：知識立場層面的實證理論與批判理論的對立、知識生產層面的語境定義與形式定義的對立、知識分類層面的學科化與跨學科化的對立[5]。第三，他認為文學研究的知識依據與學科存在複雜的糾葛關係。學科自主性是一種現代性訴求。現代性將人類社會切分為許多相對獨立的場域，同樣也將知識的生產和傳播劃分為許多相對獨立的「學科」。所以，隨著現代性方案的展開，文學研究作為一場學科化工程，也開始了它探尋學科身份、確立思想資源、制定理論依據、劃定知識邊界的工作。獨立自主的文學研究像人類解放

2 陶東風，《文學理論知識建構中的事實經驗和價值規範》，《天津社會科學》二〇〇六年第五期。
3 馮黎明，《文學研究中本質主義與歷史主義對立的知識學根源》，《中國文學研究》二〇一〇年第一期。
4 馮黎明，《論文學理論的知識學屬性》，《文藝研究》二〇〇八年第九期。
5 馮黎明，《現代性與文學研究的方法論困境》，《文藝理論研究》二〇一〇年第四期。

的主體論一樣吸引著文學研究的學者們。但文學性的前學科特質與文學研究的專業化並不契合，因此文學研究成了一個學科互涉的空間[6]。學科的互涉與自主性相當於一個硬幣的兩面，馮黎明對此進行了辯證分析。他進一步指出了文學研究的學科自主性瓦解的原因。作為一門體制化的學科知識，文學研究並未形成自身獨有的知識依據和闡釋技術。近代以來的文學研究更多地是從各種外學科借取知識依據，從而實施自己的學科知識創新工程。文化研究的登臺，使得文學研究走上了一條多學科知識互涉的道路，學科間性的知識視野初現端倪[7]。第四，文學研究知識與體制化的關係問題。在現代性的分解式理性的作用下，文學研究從古典知識的整一性結構中走向現代學科化知識，進而在現代學術體制中獲得了一個合法化地位。馮黎明具體列舉了二十世紀典型的學科建制、學術轉型以及學術體制，即一九〇四年的癸卯學制、一九三〇年代大學的課程設置、一九五〇年代的院系調整、一九八〇年代的文學主體性討論以及一九九〇年代的學術體制化，這是導致中國大陸的文學研究發展成為一種體制化學科知識的幾次重大事件[8]。

本書在寫作中也涉及到上述問題，並且對相關問題做出了回應。

二、主要思路

從文學理論的體系架構和基本問題的提問方式上，可以看出文學理論的知識論特徵，它的範疇、分析推理原則等無不打上了知識論的印記。任何文學理論都預先設定了學科範疇的內涵以及分析推理的原則。

6 馮黎明，《學科互涉與文學研究的知識依據》，《文藝爭鳴》二〇一〇第十三期。

7 馮黎明，《文學研究的學科自主性與知識學依據問題》，《湖北大學學報》（哲學社會科學版）二〇一二年第二期。

8 馮黎明，《文學研究：走向體制化的學科知識》，《文藝理論研究》二〇一一年第四期。

在文學理論的研究中，知識論研究具有基礎性和根本性的意義。可以區分文學理論知識與一般知識的異同；可以理解某種文學理論思想背後的語法規則；可以為文學理論方法論的提出提供思考的前提；可以警惕知識政治的控制；可以反思對某種理論知識的盲目信仰。對於不同的文學作品與文化現象，不同的研究者具有不同的觀點和立場，而要區分不同的文學理論的根本分野的話，不能迴避的一個問題是：還原並追索不同的知識背景、知識資源、知識譜系、知識權力、學科建制等等問題。因為不同的知識系統會影響到建構問題的視角、抽取概念的方式、價值關懷的取向、邏輯推理的形式，甚至據以言說的語言等等諸多因素。

文學研究是指研究者運用一定的人文科學、社會科學、自然科學等方法，按照一定的研究程序，通過考察作家、作品、讀者以及相應的文學世界，從而探索文學本質規律的一種認知活動。從學術史線索來看，為什麼要探討文學研究的知識論依據？文學研究作為一種科學活動它的本質是什麼？文學研究的對象是什麼？文學研究可以研究什麼？文學研究應該研究什麼？文學研究的研究方法是什麼？如此等等的問題，我們可以用文學研究的知識論探索予以回答。

本書從文學理論的角度出發，對文學研究之所以作為「文學研究」的學科範式、學理依據、研究方法等方面進行探討，也就是從知識論角度討論「文學研究」的本體問題。從事文學研究的學者通常關注文學研究的對象、研究者個人的趣味，然而，文學研究作為一種人文科學活動，其人文性和科學性如何成立？因此，我們需要對文學研究本身作為一種科學活動，進行專業主義的理性反思。我們從知識論依據對文學研究進行哲學意義上的追問，可以為文學研究觀念的創新、學科的鞏固、領域的拓展以及自身主體性的建構提供紮實的思想基礎。西方哲學認為，哲學研究的目的在於追求智慧，而追求智慧離不開知識論叩問。沿著知識論對於人類認識範圍、認識限制的理解，西方哲學為追求智慧鋪設了堅實的學理基礎。知識論研究也因此成為哲學這門學問的三大分支之一（另外兩大分支是形上學與倫理學）。以哲學研究中的知識論類比，如果說知識論是西方哲學智慧最直接而精彩的體現的話，那麼，文學研究的知識論探索也是一項最能體現文學研究人文性、科學性智慧的事業。

本書認為知識論（epistemology or theory of knowledge）的問題是關於世界的觀念以及這種觀念的發生與證實，亦即「我們的知識如何可能」的研究。知識論與我們常說的認識論有著密切的聯繫，但嚴格來說它們是有區別的。知識論著重於自然科學知識之上的人的自然觀，以及認知方式的研究，而認識論則側重人的一般認知方式的研究；知識論不僅注重知識的來源以及發生過程的研究，還注重知識的靜態如知識的性質、知識發生模式等的研究，而一般認識論主要是關於認識發生過程的研究。

在西方哲學史上，知識論思想的發展有三個階段：第一個階段是古希臘階段。顧名思義，知識論（epistemology）是關於知識（knowledge）的理論。蘇格拉底在同懷疑論者的爭辯中首次提出了「知識」的問題，即關於事物普遍定義的問題。柏拉圖從理念論出發，將知識論問題轉換為對於必然不變的對象——理念的認知問題。柏拉圖在《泰阿泰德篇》中提出了關於對知識的看法，他認為，知識是經過證實了的真的信念（Knowledge is justified, true beliefs）。這一界定包括三個涵義：第一，何謂「證實了的」（justified）。即知識的真偽必須有待於充分的證據來支撐。接下來延伸的問題是，何種證據為真、何種證據為假呢？何種情況或程度或標準之下的某一證據才是完全充分的證據？因而，關於「證實了的」這一問題是評判知識的諸項條件中最為複雜的。第二，何謂「真的」（true）。這一「真的」是指事實客觀的真相，而不是主觀判斷的真實問題。通常的標準是真理的符合論（correspondence theory of truth），即關於外在世界某個事件的發生或者某種狀態的敘述，要與這個所發生的事件或所呈現的狀態相吻合或者符合，那麼，這一敘述作為一種知識才是真的。第三，何謂「信念」（belief）。某一種認識是否作為知識而成立，與人的信念相關，也就是說，知識包含了信念。但是信念卻不一定是知識。信念是知識的必要條件，但不是充分條件。某一事實要成為知識，必須首先成為一種信念。而有時候人們相信某些事實上並不存在的事物，那麼，這些事物的存在是否能夠成為一種知識呢？它需要經過證實才能成為知識。要使這一事實成為「我」的知識的第一步就是「我」要相信它，使它成為「我」的信念。但是，人們卻也經常相信某些實際上並不存在的事物。所以，這樣的信念當然也不是知識。可見，知識只是信念中的一種，即信念必須是真的，並經過證實，才成為知識。同時，我們所相信的如果不是真的就不是知識。總之，信念上所認為的真必須能夠與信念的對象一致或者符合，也就是說，信念和外在世界之間的符合。

第二個階段是笛卡爾—康德階段。笛卡爾通過實驗的方法尋找外部世界、內在自我以及超驗上帝的知識學基礎。他的分析方法被稱為基礎主義模式。知識包括經驗知識和先驗知識兩類，前者的證實依靠感覺經驗，而後者則不依賴感覺經驗，即康德在《純粹理性批判》中所說的「純粹理性」。康德之前的萊布尼茨和休謨也對經驗知識和先驗知識進行了分類。但是，康德在《純粹理性批判》對此進行了重點考察。康德提出了一種批判的知識論，他提出了「知識是如何成為可能的」這一命題。

西方知識論的第三階段是奎因的自然主義知識論。奎因認為：「對科學知識自身來說，沒有獨特的、普遍的、必要的基礎。知識只是幫助我們解釋經驗和預測未來經驗的試驗性的、暫時性的假設。不能否認，正如我們為了得到對世界的經驗（通過感覺經驗）必須對世界的外部實在做出假定、並且因此而得到理論性解釋的證據一樣，在科學方面是沒有外部世界的。然而這種實在並不是一勞永逸地得到確定的，我們也不可能在任何探究的有限過程中認識這一點。」[9]

9　[美]成中英，《中國哲學中的知識論（上）》，《安徽師範大學學報》（人文社會科學版）二〇〇一年第一期。

與西方哲學史的知識論相對照，成中英先生深入探討了中國哲學的知識論問題。他認為中國知識哲學具有如下幾個方面的性質：(1)由於強烈的實在的感性及其基礎深厚的實在論，中國哲學並不包含強烈的懷疑論傾向。即使偶爾出現對知識與語言的懷疑，它們也不是用來否定常識或共同感受的有效性，而是用來表達知識和智慧的更高形式。(2)同西方現代知識論不同，中國知識論從未脫離過實在論和實踐論。正是在這個意義上，我們可以提及有關中國知識論的三個主題：實體與功能的統一，經驗與悟性的統一，以及理論與行為的統一。第一個統一實際上是作為實體的實在與作為功能的知識的統一。這並不是說中國哲學沒有知識論，而是說中國知識論只有循此脈絡才能被理解、被說明並且被欣賞。正如中國知識論永遠是實在論的一部分，我們可以把中國知識論稱為「本體知識論」。(3)隨著中國知識論同形而上學、本體論和倫理學的一起發展，中國哲學沒有提出像康德和其他後康德分析哲學家們提出的知識論，是不爭的事實。然而，以分析的觀點來批判、重新建構，並闡釋中國的境況是可能饒有趣味的。同樣，人們還能發現中國知識論或者說本體知識論，是如何對傳統的和當代的西方知識論做出批判性回應的。(4)在涉及所有關係的完整體系的意義上，中國的知識概念把知識從本質上看作是整體的，而決不可能具有西方當代知識論的特徵。這種整體性乃將諸多關係視為統一整體的體系，這種觀念是形成於長期而又廣泛的經驗之基礎上的。(5)中國哲學沒有從本質上把知識概念僅僅局限於事物和事實，而是延伸到價值、美德和終極實在性。實際上，同知識有關的最重要的東西，是斷定我們所擁有的知識的終極實在性。(6)很重要的一點：中國的知識論同科學和技術的發展沒有直接的聯繫，不能像康德的知識論那樣被看作是致力於確認當今的科學，也不能像奎因的知識論那樣被看作是當今科學的一種延伸。儘管在漫長的歷史中，中國已經發展了傑出的經驗科學和技術，但是同西方的情況相比，它對中國知識哲學的衝擊力並不強大。這也許可以作為一個理由來提出：在中國哲學思想的整個系統中，中國的知識哲學是比較次要的。(7)因為這些有關知識的中國觀念的基本事實，儘管沒有一成不變的認識的程序或方法論成為固定模式或上升到理論，然而檢驗對事物的經驗性的知識（如在詞典學中），以及在人性和科學的各個領域中將資訊歸類（如在中醫學中）的各種宏觀的和微觀的方法確實存在。根據這六個要點，我們可以發現中國哲學家是怎麼看知識的，這些看法又是怎樣不僅在中國哲學，而且在中國哲學的語境關聯中興盛起來、產生作用的，以及它們怎樣以一種值得我們去瞭解和探索的方式，來影響科學和理性的發展[10]。成中英對中國哲學的知識論內涵的闡明，有利於我們在研究中實現當下理論話語與中國傳統思想智慧的對接，以及西方知識論話語與中國傳統哲學的知識論話語的對話，也有利於保持中國文學理論研究一定程度上的民族性格。

針對本書的研究角度，綜合如上所述中西古今的知識論研究成果，我們提出如下七個關於文學研究知識論的觀點：

第一，文學研究知識的性質與特點，這是由文學理論知識的性質決定的。

1. 文學理論知識的客觀性。文學理論具有客觀確定性的科學性特點。這種科學性知識的獲得是通過科學理性的思維尋求「客觀性」規律、呈現事物的本真狀態和可能的面貌。文學理論知識提供給我們的世界並非原初的世界，而是由科學觀念、判斷、推理構成和說明的世界。文學理論作為一門科學，因為具有一整套業經證實了的、用以建立學科體系的概念和推理方式，或者形成了定型的範式與「客觀恆量」，因而形成了較為穩定的學術系譜。

2. 文學理論知識的主觀性。文學理論關注的是文學作品的形象、情感、主題等感性的美學問題。由於接受與認識的主體不同，對於文學理論觀點的建構就會不同。審美主體間彼此在經歷、修養、心態等的差異

10 ［美］成中英，《中國哲學中的知識論（上）》，《安徽師範大學學報》（人文社會科學版）二一〇〇年第一期。

直接參與了美的對象的生成。藝術經驗對象的生成是如此離不開主體的作用，以致在自然科學認識模式中的主客對峙在藝術經驗活動中成為不可能。審美活動必須以肯定事物感性存在的真理性為前提。

第二，文學研究知識的價值屬性。價值認識承認人類利益，以把握事物現象本質對人類生存的意義為使命。它的認識標準還要加上特定主體利益尺度；價值認識結果可以是多元的，它依賴於科學認識，也影響著科學認識。文學理論知識價值確定的難度來自價值認識主體的傾向性、價值評價尺度的複雜性、價值認識客體的系統性。

第三，文學理論知識依據的內在邏輯：知識系譜。西方文學理論的知識論模式分為四個階段：首先是從古希臘哲學至德國古典哲學之前的本體論，追問的是事物的本源問題。其次是從德國古代哲學開始的認識論，確立了主客對峙的基本框架。再次，二十世紀初西方語言學研究的成果導致了哲學知識論的語言學轉向，從語言本身建構認識的意義、真理的內涵。最後，二十世紀五六十年代西方文化研究的成果促成了文化論的轉向。中國文學理論的知識論模式不能以西方模式來硬性框定，它是與中國學術史的變遷同時並進的。中國學術史內容繁富，主要有如下八個類別：五帝時代的神巫之學；夏、商、西周的史官之學；春秋戰國的百家之學；西漢、東漢的儒學；魏、晉時期的玄學；南北朝隋唐的佛學；宋明時期的理學；清代的漢學。近代以來中國文學知識有三次轉型，第一次清末明初，這個知識由中國古代的人文知識轉到西學背景的知識；第二次是中共建政後，轉到馬克思主義為主導的知識，馬克思主義思想的主導地位得到了鞏固和確立；第三次是改革開放後，形成了在馬克思主義基礎上的多元化知識。

第四，文學知識的類型。文學知識有兩種類型，第一種是和對象解釋說明的關係，是不是合乎事實；第二種是與知識系統自洽的關係，比如我們的中醫知識，以金、木、水、火、土來解釋言之有理，這和知識系統有關係。

第五，文學知識依據的外在規約：知識權力。

1. 知識權力與文化領導權。按照福柯的權力—知識思路，我們探討文學理論的知識問題時不只是關注理論的表層符號在說什麼，還必須深入探詢人們依據什麼非這樣說而不那樣說，也就是力圖去發現支配、控制傳統理論思維者思維、創制和行為的話語結構。而這話語結構的制約者是某種特定的文化領導權。

2. 知識權力與研究範式。學術界的方法論至上主義者認為，只要有能力發現深層次的真問題，並且使用了適當的分析工具，那麼，進一步的研究工作就只剩下論證的精緻化了。但越接近與文化相關的人文學科領域，方法論至上主義的有效性就越呈現遞減趨勢。知識權力與研究範式之間的關係研究是對方法論至上主義的糾偏。

3. 知識權力與話語方式研究文學理論要考察觀點本身的方法與立場，還要回到該理論的知識系統考察其背後的思想語法，即話語方式。我們認為文學知識依據的評判，其本質上是一個價值論問題，涉及到認識主體價值評判的傾向性、價值評判尺度的複雜性以及價值認識對象的系統性問題。

從文化的角度看，知識具有同一性的特徵。一種文化系統，必定會有某種獨特、恆久的精神氣質貫穿其中。從基因的角度看，知識則包括語言、認知、習慣、技術等方面的內容。它是在特定群體內數代遺傳的具體行為。文學理論的知識有一套系統的編碼規則，形成自己特有的邏輯推理機制。福柯的權力—知識理論可以為文學理論的知識依據研究提供合適的視角。他認為，知識為權力運作提供了某種明確的思維框架，權力依據它給出的理論和邏輯去思考、推理和判斷，進而形成價值準則。這就是所謂的知識政治。這種知識還在潛意識層面強制性地建立了某種自明性，把某種權力運作看成是無庸置疑的理所當然。這時，人們其實對知識具有某種盲目的信仰，他不僅已失去了對其進行審視與批評的能力，而且在根本上被窒息了這種欲望。福柯認為，這種理所當然性，甚至成為現代權力合法性的重要根源。我們去考察文學理論知識依據的主體身份也就是知識立場的問題，比研究問題時所使用的分析工具還要重要。不同的知識立場決定不同的問題意識，它牽涉到主體自身的興趣、關懷、素養、信仰。選擇什麼樣的分析工具，在很大程度取決於研究者所認同的價值立場，這就更超出了研究方法的範圍而進入了知識立場的範疇。文學理論知識建構的形成並非不言自明的，它受到傳播方式也就是知識媒介的影響。

第六，文學研究知識依據的主體身份：知識立場。

1.主體的政治立場。從社會歷史批評的方式去考察中西文學理論，都能發現主體的理論觀點銘刻了一定的政治烙印，這是每一種學說無法逃脫的宿命。

2.主體的美學立場。文學理論歸根結底是從感性的角度關注人的精神與靈魂，因此美學上的自律性是許多文學理論的精神訴求。

3.主體的人本立場。文學理論知識的人本立場以人為中心，以人文精神為導向，以人道價值為旨歸，維護人的主體地位，保持感性與理性的平衡，避免理性社會人的異化。

第七，文學研究知識建構的研究機制：學科建制。

1.知識建構與學科建設。文學理論的知識建構受制於知識生產的體制，從學術分工與文化教育來看，它的知識話語的形成與一定歷史時期的學科建設密切相關。

2.知識建構與學科評價。在現代學院體制的知識生產中，學科評價制約著知識建構的內容和形式，潛藏著社會各種不同意識形態訴求。

3.知識建構與教材編寫。在教育體制中，文學理論教材的編寫者直接掌控著知識傳達的內容、範圍與合法性，參與著主流意識形態的文學理論建構。

三、主要內容

本書對文學研究知識論依據的研究遵循邏輯與歷史相統一的原則。其內容主要包括九個方面：第一章分析文學研究的性質；第二章分析文學知識的性質問題；第三章分析文學研究的知識依據及其意義；第四章分析文學研究的規則與層面；第五章探討文學研究的思想資源；第六章探討文學研究的價值問題；第七章探討文學研究的問題意識與未來意識；第八章探討中國文學研究的語境與視點；第九章分析中國文論研究的語境與出路。最後在結語部分對文學研究的三個核心問題進行理論總結：即現代性和西方性、民族性和開放性以及文藝研究與文化研究等方面的關係。

第一章　文學研究的性質

文學研究作為學科是針對文學這一對象，沒有文學作為對象，文學研究就是無米之炊。文學研究作為後於文學現象的認識，它主要體現為對文學現象的追蹤、對文學規律的追尋，以及對文學秩序的追認。這三個方面相互聯繫，同時也體現了文學研究和作為研究對象的文學，這兩者之間不同的關係。

文論作為文學研究的一種途徑，為文學研究提供了理論的支撐，而文論要獲得這種引導者的能力，除了理論的體系化、範本化這些前提之外，也需要自身參與文學現象的考察。文論在運作中遭遇的困境，體現為普遍性與具體性、感性與理性，以及總結既往和前瞻未來的矛盾。文論面臨著體系化完善和積極面對現實這兩種不同的任務，兩者之間有著較大矛盾。文論在堅守理論完整性的同時，也面臨一定程度地順應現實的狀況，譬如通過一些並不是文論所青睞的文學作品的研究，來達成文論的框架，它有似於反襯的修辭效果。文論的批評化問題不單純屬於文論本身的變化，也是當今理論面對現實不斷調整的體現。

第一節　文學研究的追蹤、追尋和追認

文學研究是一種介於事實陳述和現象評價之間的研究。所謂事實陳述是指，文學研究的確需要對文學事實提出問題，它需要遵守研究領域經常強調的客觀性原則；所謂價值評判，文學研究並不是對一切文學現象都感興趣，它需要做一些篩選，往往只是對有價值的文學現象發言，在價值範圍內的選擇則必然有主觀性的介入。關於文學研究的這種矛盾性，人們並沒有異議，可以說只要涉及文學研究工作，那麼從學理層次和經驗層次都可以認可這種狀況的存在。

這裡引申出來的問題在於，作為事實陳述與價值評判，它都只能是一種後於事實的存在，也就是說，有了相應的文學現象之後，文學研究再去審視文學的相關現象。可是另外一方面的事實又在於，在文學史上，有時是某種理論的宣導然後才有了文學的自覺追求和創作實績，在時間角度上它可以成為一種先在的存在。那麼，這裡的狀況就可以在生產和消費關係的意義上給出解釋，生產是消費的前提，必須生產才有消費；可是生產行為又是以消費作為目的的，在生產過程之前消費已經作為預定的目標存在了；或者可以說，在現實的消費行為之前，消費已經作為一個觀念存在於生產的目的之中，必須有現實的生產行為這種觀念才有意義，最終角度看生產才是關鍵環節。在此角度看，文學研究作為後於文學現象層面的領域，主要是一種邏輯的關係而非時間的關係。但是這種邏輯關係也就會反過來映射到時間維度，即時間上的後發性會得到凸顯。即使文學研究先於文學創作的現象方面，也因為要有文學創作的呼應才具有意義，於是文學創作的狀況成為了文學研究是否具有言說有效性的尺規。假如有時理論的、研究的言說在先的話，也還需要後來的創作來追認之

後才能夠發揮效力。文學研究這種相對文學本身的滯後，在某種程度上就是文學研究性質的一種規定性。

一、文學研究作為後於文學事實的特性

文學研究的學科對象是各種文學現象，這樣一種關係決定了文學研究在總體上只能作為文學的各種事實材料之後的一種認識行為。

文學研究的這樣一種性質造成了它在時間方面的落後，即一般都是文學領域的事實發生之後，文學研究才去做出解釋；如果文學的事實層面沒有發生變化，文學研究又想繼續展開工作的話，就往往只能對於早先已經做出的研究進行一些修補工作。於是文學研究也就由時間方面的落後一步，演變為性質方面似乎低了一檔。這樣的看法其實在某些作家那裡是存在的，即那些作家把文學研究者看成文學創作活動領域的寄生者，他們的工作只不過是一種寄生性質的。假如文學研究的超前意識預測到了文學的某種發展趨勢，後來的文學確實發生了預計的變化的話，那麼也可以說文學現象起到了「批准」的作用，這種「批准」才使得文學研究具有了合法性。

福柯在《物的秩序》中提出：「自荷馬、但丁以來，西方世界就存在著我們今天稱之為『文學』的語言樣式，但『文學』這個詞是新出現的，在我們的文化中，這也意味著一種特定的語言被分離出來了，這種語言特有的存在樣式就是『文學的』。……文學與觀念性話語的區別越來越大，並將自己封閉在徹底不及物的狀態中。」[1] 在這一段話中，前半段可以看出文學研究極為明顯的滯後性，和現實的需求保持一段

1 Michel Foucault, *The Order of Things : An Archaeology of the Human Science*, New York Vintage, 1973, p.299-300.

距離的所謂「文學」已經存在，可是當時的理論家還是以一種對待現實事物的方式，而不是作為大寫的文學的方式來看待文學；另一方面，當文學研究出現之後，就可能對於已經出現的變化進行一種力量角度的重新定位，把已經發生了的變化按照一定的模式進行編排。通過這樣的編排，早先已經發生了的變化才進入到我們的視野，或者說才得到正視。

文學研究作為後於文學事實的領域，並不是簡單地見子打子，文學在現象層面顯示了什麼才去說什麼；而是掃描文學現象、發現問題並且提出解決問題的思路。吉登斯曾經說明物質力量的進步和觀念的變化對於思想領域的影響力，譬如作為地理學表徵的地球儀，「它不僅僅是描繪『那有什麼』或作為地球地理學的模型，而且更是社會關係中基本轉型的建構性要素」[2]。地球儀這樣一個器件，它的製作追求客觀化原則，並沒有什麼人文訴求或意識形態的表達。可是，從人的世界觀變化的語境來看，曾經只是臆測世界為球形的觀念取得了全面勝利，而且世界為球形的觀念成為了人們看待世界的一個基本座標。實際上，古代人們都是以自己所在的位置來看待世界各地，中國古代就認為自己處在中心，然後以蠻夷狄戎來稱呼周邊地區的人，這種位置區分也是一種文化等級秩序的編排；同樣歐洲古代也是如此，歐洲所說的近東、中東和遠東，就是以這些不同地區和歐洲的位置遠近關係來劃分，同時也包含了一種文化等差的看待。所謂近東已經就有不太開化的意思，而中東則有和文明相敵對的意思，而遠東簡直就是神秘的不可理喻的。地球儀在這樣一個文化語境的背景下，與文化的定位相牴牾。如果這樣的話，那麼文學研究對文學現象的描述也有類似的情況。

文學研究作為後於文學事實的一個領域，它不是對文學做出單純的描述和評價。在這一環節中，文學研究設定所研究的對象和問題本身，就是一種在文學事實之後出現的框架。通過這種框架，同樣的文

2 [英]安東尼・吉登斯，趙旭東、方文譯，《現代性與自我認同》（三聯書店，一九九八年），頁一八。

學現象可以顯現出完全不同的意義和價值。譬如，中國傳統文化的框架有一種文人的同情弱者的情懷，因此，當遭遇到曹丕、曹植兄弟的文學史地位之辯時，曹植無疑占有一種道德優勢，而且事實上大多文人也把更高的評價給予了曹植。但是如果從創新的意義看，對於後來的文學史有著重大變革的引導意義，包括文學文體的革新方面，那麼曹丕創作了迄今為止所發現的中國文學史第一首文人七言詩，而這種詩歌語言方面的變革極大地拓展了中國古典詩歌的表現力。這樣一種影響應該說會遠遠超過具體的某幾首詩歌所產生的影響力。由影響力的指標來看，那麼以前無疑忽視了曹丕的創新因素，即使他並未超過曹植的文學史價值，也應該加上一些權重。在這裡，文學研究後於文學本身，並不是說它只是文學活動領域的寄生性存在，其實文學研究的這種認識行為才使得本身屬於人的精神體現的領域，真正能夠體現出它的價值和意義。

　　文學的創作和文學的研究共同構成了文學的整體面貌，這種活動都是文學的「生產」。如果單就兩者之間的關係來看，那麼文學的創作屬於文學的生產，文學研究則多少有著文學「消費」的性質。在消費問題上，一些重要的學者所表達的思想可以給予我們重要的啟迪。鮑德里亞認為：「消費不是一種物質實踐，也不是一種關於『豐盛』的現象學，它不是由我們所吃的食物、穿的衣服、開的小車來定義，也不是由視覺、味覺的物質印象和資訊來定義。消費必須被定義在將所有這些作為指意物的組織系統當中。消費是使當前所有的物品資訊構成一種或多或少連結一起的話語在實際上的總和。」[3]如果文學研究作為對文學創作的一種「消費」，那麼這種「消費」就不僅是對已經出現了的文學現象的理性審視，而且也是一種價值構建，在這種構建中，也必然包括感性的元素；另外，作為構建，它不是簡單地對於現象說三道四，

---

3 Mark Poster (ed) , *Jean Baudrillard : Selected Writings*, California : Stanford University Press, 2001, p.25.

而是要從整個文學現象中發現問題，而這種問題如果不經提出的話，人們根本就不會覺得有什麼值得發問的，它可能根本就不會進入人們的視野，也可能被作為一個常識而被接受。而只有當這一問題從文學研究角度被提出並加以探討之後，才進入到學科領域，進而才可能影響實際的文學創作和批評。

二、文學研究作為一種文學事實的追蹤

當然，文學研究作為後於文學實際活動領域的一種認識性活動，文學事實層面的狀況還有著前提方面的規定性影響。文學這種發生學意義的前提條件本身也具有認識方面的重要價值。年鑑學派歷史學家布羅代爾曾經說：「傳統歷史籍冊並不記載人們吃什麼，喝什麼。」[4]這種狀況在中外歷史典籍中都是如此，因為歷史學著作的撰寫者普遍認為歷史典籍應該記錄重要的事情，尤其是需要記錄那些扭轉了歷史趨向的大事，而吃喝方面則太為普通，它作為每天人們都經歷的事情，不能作為扭轉歷史的依據。可是年鑑學派認為，從人們的日常生活角度來理解歷史是打開歷史迷宮大門的鑰匙。譬如，我們知道當年成吉思汗及其子孫率領大軍橫掃了歐亞大陸，這樣一個軍事征服行動的成功，誘使歷史學家把研究的注意力集中到領軍者的計謀和軍隊的戰術方面。可是我們知道當時蒙古部落在文化方面極度落後，它所征服的幾乎任何一個國家的文明程度都遠高於它自身，那麼這樣一種軍事力量的行動，如果說有太多計謀之類其實是比較牽強的。這裡往往會被忽略，其原因其實和當事人沒有多少直接關係。這個事例說明，人們認為，文明社會的軍事行動需要謀略作為取勝的籌碼。而蠻族入侵時，文明社會的謀略至少缺乏對於對手的針對性，於是就

4 [法]費爾南•布羅代爾，楊起譯，《資本主義的動力》（三聯書店，一九九七年），頁八。

以為對手有什麼了不起的謀略，可見，預先設定的看待事物的框架成為了發現事實的遮蔽物。

文學研究起源於對已有文學的認識，而這種認識既包含了比較單純的求知的成分，同時也包含了對於相對個人化的文學感受進行文化秩序安排的動機。十九世紀鮑姆嘉通在《美學》中認為，美學作為一個學科，在已經建立了思維領域的理性秩序之後，為超越了理性秩序的感性領域尋覓一個確保理性的支配力的橋樑。鮑姆嘉通這樣一番表白屬於從社會整體目標的立場進行的表述，而二十世紀的布爾迪厄則從利益集團角度來提出看法，他說：「文化生產的場域是一個鬥爭的場所，這裡最為重要的是擁有一種關於藝術家的支配性的界定權力，以便劃定那些被賦予參與界定藝術家的鬥爭權力的人的數量。業已確立的關於藝術家、作家的界定可能通過擴大在文學事物中有自己的合法聲音的人的數量而被極大地改變。」[5] 從鮑姆嘉通到布爾迪厄，都說明文學研究不是單純地認識文學，而是在認識行為中貫穿主體的意圖。

文學研究對於文學事實進行追蹤的過程，除了有時間意義上後於文學這一特點之外，它還有一個認定文學事實的問題。就是說，文學的事實其實包含了若干方面，譬如一首詩，它有作者的指認、創作背景的確定、出版和發行的情況、圍繞該詩作的批評意見、它對其他詩人的影響等等，除了這些一般文學研究都會注意到的方面之外，還有一些其他方面。譬如，詩人發表這一首詩的稿酬如何？這一首詩所用詞語在當時文化語境的出現頻率怎樣？這一首詩的作者自評和他人評價之間的反差狀況。這些問題其實也是可以加以探討的。稿酬問題在文學社會學中就是一個重要議題，它涉及到作者在表達中的主體意識的參與程度。法國學者埃斯卡爾皮在《文學社會學》一書中就談及英國作者詹森博士在寫作中，由於尋求寫作計畫的資助人而結怨的事情，這樣的情況必然會影響到作者觀察生活的態度和傾向。

5 [法]布爾迪厄，李猛等譯，《文化生產的場域》（中央編譯出版社，二〇〇〇年），頁二。

文學事實作為研究的對象早已存在，而要把這些事實作為研究的對象，則並不是一個單純的發現的過程，而是要依靠某種發現的框架才得以顯現。詹姆遜[6]說：「文學批評不是直接面對本文作為事物本身，而是將之看待為不斷被閱讀的過程，我們通過前人積累下來的闡釋去理解它，或者——如果本文是剛出現的話——通過由承襲下來的闡釋傳統所發展出來的閱讀習慣和類別。」[7]這裡所謂的傳統就是一個框架，有這個傳統和沒有它會對於文學有不同的看待。這個傳統可以根據前人已經形成的學科途徑來尋覓，也可以通過跨學科的方式另闢蹊徑，還可以通過新學科的進展情況，把新的成果自覺地運用於文學研討中。詹姆遜自己在表達上文意思的書即《政治無意識》中，就提及了克勞德•列維—斯特勞斯對印第安原始部落生活進行觀察的實例。斯特勞斯當年在巴西叢林考察中觀察到一個叫做「卡杜浮」的印第安群落。這一群落有自身的文化習俗。他們的生活模式是大多數地方都可以看到的男主外、女主內的，部落男性出去採集、狩獵，早出晚歸；而婦女們則在家裡進行烹飪等家庭瑣務。這樣一種家庭分工類型中，是男性的工作業績決定了家庭物質生活的貧富程度，也因此男性處於家庭的主人地位，具有更高的家庭事務的裁決權力。可是作為原始部落的社會，它還保留了原始時期母系社會的痕跡，於是就使得情況有些複雜。部落男性在外出一天回家時需要向女主人報告，女主人則要求男性洗浴之後才得以進門。女性具有對男性進入家門的審核權力，男性必須得到認可才能進入；而男性在表面被動的同時，卻得到了洗浴的享受，在勞作一天之後這種洗浴往往可以更好地恢復精力。悖論就在這裡：女性得到名義上的主宰地位，男性得到了實惠。通過這樣一種形式，母系社會的女性地位和男權社會的男性權力得到了調和。觀察到這樣一個事實並

6 國內有的著作將美國當代著名的馬克思主義文論家Fredric Jameson的名字譯為詹姆遜，有的譯為傑姆遜，有的譯為詹明信。為了尊重譯本的原始出處，本書一律沿用譯者不同的稱呼。

7 F. Jameson, *The Political Unconcious—Narrative as a Socially Act*, Routledge, 1980, p.12.

不難，難的是把這樣一個事實和兩種社會形式聯繫起來進行思考。對於文學研究也是同樣道理。文學事實已經存在，而且事實種類繁多，需要選取其中一些作為研究的有意義的材料，那麼這種選取工作就需要有高超的眼光來加以判別。

劉若愚在《中國之俠》中對於歐洲的騎士和與之比較類似的俠客進行了對比：「前者有宗教的約束，後者無任何宗教信仰」，「騎士分等級，有出身；俠客不分等級，有俠精神就是俠客」[8]。中國的武俠文學和源自西方的騎士文學都有悠久的傳統，而且對其看待也都是從他們本身入手的。近代以來歐洲文化傳播到了東方並且大規模地影響東方文化，於是學者對中國文化各個方面的審視和西方的相應成分之間進行對比就成為了普遍化的工作。在劉若愚這一對比中，其實所說的差異在兩者對比中是顯而易見的，可是這種差異要在對比之後才能顯現，而對比這樣一個認識本身有賴於西方文化對東方的強烈影響，所以比較容易看到中國和西方的對比，而很少看到中國和中東的伊斯蘭文化的對比，更不能看到中國和非洲之間的對比。這種對比中顯示出來的差異是具體的事實，就如同中國和伊斯蘭文化、和非洲文化具有差異一樣，而具體的事實是否作為研究者認識的關注點，是需要甄別的。只有當這種甄別顯示出意義的時候，人們才會去嘗試進行，才會把相關的事實作為審視的對象。

三、文學研究作為一種文學規律的追尋

文學研究追蹤文學事實很重要，它是文學研究的「硬體」，沒有這些事實作為支撐，文學研究的任何

8　劉若愚，《中國之俠》（上海三聯書店，一九九一年），頁一九四。

觀點和見解都不足為據。但是也應該看到，對文學事實的追蹤其實只是手段，文學研究所要追尋的是，透過事實材料達到對文學規律的認識。這種對普遍性的訴求不是文學理論家、批評家的個人行為，而是一種學科目標，實際上一個學科要作為學科的理由就是尋求所研究對象的規律性。這種規律性的把握建立在對大量事實進行深入瞭解的基礎上。

二十世紀二十年代俄國批評家弗拉基米爾・普洛普在《民間故事形態學》一書中對一百個俄羅斯民間故事逐一分析，總結出三十一種功能。每個民間故事總包含這三十一種功能中的某一些。普洛普在這三十一種功能之外，歸納出這些功能的七個行動範圍和與此相應的七種角色：反角、施主、幫助者、公主（被尋找的人）和她的父親、發送人、英雄（主人公）、假英雄（假主人公）。有時同一個故事也還可以有不同版本，例如，中國奶奶給孫子講述的「熊外婆的故事」有另外一個大同小異的「狼外婆的故事」，其中故事情節相差無幾，可是反面主人公分別為熊和狼兩種動物。狼外婆和熊外婆在故事中可以互換，牠們都充當故事的反面角色。在這樣一種文學事實面前，那麼研究就不能只是事實本身，而是要在對事實加以關注的基礎上進一步去探究事實所體現的規律性。

盧卡契曾經說過：「人們的日常態度既是每個人活動的起點，也是每個人活動的終點。這就是說，如果把日常生活看作是一條長河，那麼由這條長河中分流出了科學和藝術這樣兩種對現實更高的感受形式和再現形式。」[9] 他的觀點的意義在於，以前的許多思想家把思想領域看成高居於生活之上的世界，他們的存在就是引導生活走向正軌；而盧卡契則認為事實正好相反，不是那些思想高於生活，而是生活才是那些思想的基礎。日常生活看起來是瑣屑的，可是正是這些瑣屑的東西才激發人的思維，以及真正提出需要思考的問題

[9] [匈]L. G. 盧卡契，徐恆醇譯，《審美特性・第一卷・前言》（中國社會科學出版社，一九八六年），頁一。

的緣發點。在這種對日常生活本身的關注中，所提出的問題才有可能是真正需要思考和解決的東西。

從日常生活角度看，文學的事實和生活本身息息相關。文學事實可以說就是生活事實的一部分，而且生活本身發生的變化也會在文學中有所顯現。阿格妮絲・赫勒提出：「……相對說來，不久前書寫語言在日常生活中還根本不起作用。只有極少數人懂得如何書寫和閱讀，他們把自己的技巧用於法律、科學和藝術中，而不是用於日常生活之中。直到資本主義社會的發展，書寫語言才成為日常生活的要素。今天的情形是，閱讀和書寫能力是人類文化環境中生存力的根本前提條件。書寫取代了『口頭表達』，成為保存和傳遞從說明書到食譜的整個寬廣領域的社會經濟積累的最好方式。」[10] 這裡關於書寫和閱讀角度提出的問題，顯然不同於在古代時期只是專注於文學創作的特點，只是考慮文學作品自身的屬性這樣一些方面。關於文學書寫和閱讀的關係可以看成是現代以來文學研究的一個重要轉折，它引發了人們對文學中諸如文學的假定、認同、規範、權力關係等若干問題的相應思考。在原來早已存在的事實中找尋出需要進行思考的方面，這就是文學研究在事實基礎上對規律性探討的重要工作。也就是說，對規律的探討不是簡單地把早先羅列出的事實加以整理就可以，而是需要重新思考事實，還要根據需要去發掘以前可能漠視了的事實。

阿爾都塞曾經說，在研究工作中「要看見那些看不見的東西，要看見那些失察的東西，要在充斥著的話語中辯論出缺乏的東西，在充滿文字的文本中發現空白的地方，我們需要某種完全不同於直接注視的方式，這是一種新的、有資訊的注視，是由視域的轉變而對正在起作用的視野的思考產生出來的，馬克思把它描繪為問題總框架的轉換」[11]。這裡其實是對問題域不斷地進行調整和聚焦的過程。

---

10 〔匈〕阿格妮絲・赫勒，衣俊卿譯，《日常生活》（重慶出版社，一九九〇年），頁一七六。

11 Louis Althusser, *Reading Capital*, London, 1979, p.27. 轉引自孟登迎，《意識形態與主體建構》（中國社會科學出版社，二〇〇二年），頁六七—六八。

有學者注意到這個問題，二十世紀新批評為了突出文學自身的價值，以免對文學的思考被其他文學之外的因素遮蔽，就大力提倡關注文學之為文學的文學性，宣導對文學文本尤其是經典文學文本的細讀，認為在這種逐句逐字的細細品味中才能把握文學的真諦。可是，文學並不是物質的事實，當把所閱讀的文本作為文學來加以把握時，這種把握所依持的文化規定性就成為了理所當然的存在，而不對這種文化依持加以思考的文學研究，其實是一種半截子的研究。威德遜表示：「經典文本被置於與文學傳統不同的關係背景之下，在成為歷史上的文學文本的過程中，它不再是文學。」[12]他不只是認為，不去關注文學的文化因素就不能真正正視文學，而且他乾脆認為沒有觸及文學的背後成因和文化支撐的文學研究，其實已經不是對文學的研究。我們比較認同這樣的認識。瞎貓捉到死耗子的事例，作為一個小概率事件，它根本不具備我們考察貓如何捉老鼠的方法、技巧等環節的資格。過去可能發生過這樣的事，而將來也不排除再次發生的可能性，作為事實的存在它是有意義的，可是這種存在不能作為規律，尤其不能作為論證人去掌握規律的事實。

四、文學研究作為一種文學秩序的追認

文學研究追蹤文學的事實，追尋文學事實所體現的文學的規律，這樣就由對現象的研究進入到了現象背後的深層次的探討，但是，僅此而已的話，也就還是對文學基於客觀層面的思考。文學研究所要做的不

12 [英]彼‧威德遜，《導言：英語文學教育的危機》，見[英]凱‧貝爾塞等，黃偉等譯，《重解偉大的傳統》（社會科學文獻出版社，一九九一年），頁一二七、一三八。

僅是這樣的工作，而且它在前面兩個層次的工作之後，要達成一個更深層面的目標，即建構文學的秩序。

我們可以梳理其中的邏輯線索：在文學事實層面，文學研究基本上是在文學現象的後面，在時間層次上追蹤的行為也多少是一種邏輯優先性方面較低的；在對文學規律的追尋層面，文學研究有了學科意義上的架構，不僅針對現象發表意見，而且可以對現象、各種事實加以甄別選取，理論和學科要把事實作為材料來進行研究考察，進而可以提出自己觀點的邏輯上的優先地位。再到文學秩序建構的層面，則早先的文學事實只是作為材料，而對於材料進行編排、闡釋、評價的是作為主體一方的研究者，在此，學科對於作為研究對象的文學事實已經有了一種駕馭、控制的全面的優先性。

文學研究對於文學秩序的建構，在研究對象方面通過對文學事實的發掘、闡釋、評價等工作來體現，而在對人的方面則由著書立說和課堂講授，培養學科的接班人的方式得以實現。這種建構的作用也就同樣有兩方面，即一方面，對於文學事實有一個加以言說的框架；另一方面，則掌握了文學話語權力的人對他人的文學觀有總體架構的掌控。

傑姆遜一九八五年在中國的文學演講中對比了中西之間對文學的理解差異。中國一般認為，現實主義就是力求真實地再現現實的文學，而傑姆遜認為這其實帶有誤解性質。他說現實主義作品不過「是一個用來和一個舊的故事相對立的新故事」，「現實主義的力量來自對於一個舊敘事範式的取消。傳統的故事中有各種價值觀，人們都相信這些故事，並且以為生活就是這樣的，而現實主義的小說家就是要證明現實其實不像這些書所說的那樣。這樣，現實主義的小說家便可以說是改寫了舊的故事。在現實主義的小說中，一開始人們（主人公）總是要讀書的，我們應該弄清楚他們讀的是什麼。在《嘉麗妹妹》中，嘉麗讀的是巴爾札克的《歐也妮・葛朗苔》，從某種意義上說，嘉麗正是取消了這一老的範式。現實主義作品總是有這個目的，要證明你關於現實的想法是錯誤的，這樣理解，我們才有可能真正地把握住真正的現實主義的力量所在」[13]。在對比中，可以看到，我們教科書所說的源於西方十九世紀的現實主義，其實不是西方觀念的文學現實主義，它是一種經蘇聯闡釋的、披上了一層濃厚的意識形態色彩的、對於西方文學的現實主義的表述。我們可以看到，從司湯達《紅與黑》到巴爾札克《幻滅》的描寫中，主人公帶著一個美好的個人理想進入社會的競爭，而在經歷了重重曲折之後，主人公走到了它命中只能到達的失敗。對於這樣一個敘事模式，按照以前蘇聯和中國主流的闡釋，就以此批判資本主義制度的虛偽性等方面；而按照歐洲文化圈自身的看法，現實主義其實是一種觀念的表達，它是借助於客觀化的筆調，揭示生活中的某些觀念的虛假。從這同樣都是對一個確定對象的不同理解和闡釋，我們可以看到對於文學秩序的不同整合。

在文學研究對文學秩序的整合中，這種整合過程從一個更大的範圍看，它其實也是被整合的過程。近代以來的學科化建設就伴隨著對知識的條塊切割。「發生在我們人類文明上的最為關鍵的事情是，我們的文明正逐漸變為各個專家的文明。我們中間每一個人，都被越來越多的鎖進他自己的一小塊區域，並且沒有辦法離開這個區域。現在，沒有一個人有能力同時解釋一個古代的銘文和一個現代科學的公式。文化和人類的共同財富，已經成為各個專家要掠奪的東西。」[14]就是說，在希臘時代，一個柏拉圖、亞里斯多德式的人物就代表了一個時代，其他學者要想覓得一份話語空間，往往就得屈居在他們的言說之下，相當於中國古代文獻的「聖人曰」或「子曰」的庇蔭之下。而在學科化之後，每個專門領域有自己新的表達，於是學科化在對知識進行專門細化的理由之下，各學科都紛紛建立一套自身的體系。各學科的研究者可以撇開柏拉圖、亞里斯多德進行新的言說，這在自然科學領域是可以理解的，而在人文學術研究中則有些蹊蹺。艾耶爾說：「哲學的進步不在於任何古老問題的消失，也不在於那些有衝突的派別中一方或另一方的

13 [美]傑姆遜，唐小兵譯，《後現代主義與文化理論——傑姆遜教授講演錄》（陝西師範大學出版社，一九八六年），頁二二〇－二二一。

14 里維特語，轉引自[美]詹姆遜，王逢振等譯，《快感：文化與政治》（中國社會科學出版社，一九九八年），頁三六〇。

優勢增長，而是在於提出各種問題的方式的變化，以及對解決問題的特點不斷增長的一致性程度。」[15]在一致性程度方面，這是學科建設中建立學術共同體所必需的；它不是針對前人的一致性，而是不同學者乃至學派之間的一致性，在一致性所構築的平臺下才便於建立學術交流的空間。另一方面，「提出各種問題的方式的變化」則是人文學科領域創新的標誌。這樣的狀況其實不同於自然科學的進展狀況，因為自然科學通過解決一些問題和證偽一些問題，就把原先的古老問題移除出了問題域，而且它會隨著研究或實踐的變化而提出新的問題，問題域的不斷遊移是自然科學發展的一個標誌。人文學科在面對問題時主要對以前的問題換一個角度來思考，這與自然科學的變化是不能相提並論的。

文學研究作為人文學科，在被整合的過程中又來整合作為研究對象的文學，因此這種整合其實就是整體的社會文化整合的一個方面的體現。凱西爾說：「一個畫家或詩人對一處地形的描述與一個地理學家或一個地質學家所做的描述幾乎沒有任何共同之處。」[16]這裡除了畫家、詩人有情感方面的表現之外，關鍵在於人文視角和科學視角的不同。地形圖看來就是對地形的描繪，可是在這種描繪中，也可能包含著對地形的意識形態傾向。在歐洲中世紀的世界地圖，遠離歐洲的部分可能以野獸的圖示命名，這種對探險者的警示，明顯有著對地形的價值判斷；在清朝中國官方掌握的、由西洋技術測繪的世界地圖中，把日本列島的面積比例和中國做了變形，日本的本州只有二十多萬平方公里，大體相當於江浙兩省之和，可是從地圖的比例看差不多是兩廣之和，在這種對日本地方面積擴大的表達中，也體現了當時官方對日本國的重視，以及在外交角度對日本的尊重。

15　[英]艾耶爾，李步樓、俞宣孟等譯，《二十世紀哲學》（上海：上海譯文出版社，一九八七年），頁一九。
16　[德]恩斯特・凱西爾，甘陽譯，《人論》（上海譯文出版社，一九八七年）。

文學研究把紛繁的文學現象整合成秩序，從時間角度看，是對已有的對象做出追認，而從邏輯角度看，其實是對現象層面的整合。

第二節　文論在「理論」層面的堅守程度問題

文論是文藝理論或者文學理論的簡稱。從這樣一種稱謂本身就可以看出，文論是一種理論性的領域，那麼作為這種性質的存在，當然就是在理論的總體架構之下的一個分支而已。可是文論是有特殊性的，韋勒克曾說：「物理學的最高成就可以見諸一些普遍法則的建立，如電和熱，引力和光等的公式。但沒有任何的普遍法則可以用來達到文學研究的目的，越是普遍就越抽象，也就越顯得大而無當，空空如也；那不為我們所理解的具體藝術作品也就越多。」[17]這裡，作為理論的表述就是應該有普遍法則的關注，而如果就以這種關注作為研究工作的目標的話，似乎可以滿足理論的學科要求，卻可能和具體的文藝現象的事實南轅北轍，根本不能對具體的文藝問題做出有針對性的言說。

這樣來看，文論其實是理論學科中最接近經驗學科的部分。理論一般注重抽象的普遍性，這種情況在文論中也存在，但是這樣的文論其實很難產生影響，而能夠對具體創作和批評產生影響的往往在抽象性上相對不足，這樣的狀態就使得文論作為一門學科的性質受到挑戰。如果文論堅守理論的層面，可能形成空話；如果放棄理論的抽象，則作為理論學科的性質就需要進行調整。

17 ［美］韋勒克、沃倫，劉象愚等譯，《文學理論》（三聯書店，一九八四年），頁五。

一、作為理論的文論的窘境

作為文學的理論，它是理論學科。但也由於這一學科性質，使得文論面臨窘境。文論的窘境主要在以下三個層次上體現出來。

理論往往要建立抽象的模型，達成對學科對象的普遍化認識。我們所說的理論總是和經驗、實踐發生聯繫，否則所謂的理論就只能束之高閣。在一般的理論工作中，理論所要處理的是面對由具體狀況探究得到普遍性結論的問題，理論的路徑由具體達成抽象。可是這樣一條通常的路徑在文論中有很大障礙。其中關鍵點在於，文論單純地從理論角度當然可以做到對文學方面普遍性的關注，可是這些普遍性的意見看來都只是表層的東西，對於看待具體的文學，尤其是它的深層次的東西沒有多少助益。韋勒克關於文學研究的特殊性的認識，其實就是文學研究的一個悖論。研究應該具體才有針對性，可是具體化的文學研究就很難有普遍性價值，它對於一些特例才有效果。在這種普遍性追求上，文論還有一個問題就是，文論作為人文學科的領域，它建立在人文基礎上，它所在的文化要打上烙印，這樣就有一個當地性的問題，而在文論的價值座標上又要強調普遍性，則這裡就有深刻的矛盾。這種矛盾在文論中就有諸如文化霸權主義等話題的思考，它還波及到比較文學的學科領域。

文論的又一困窘在於它的立足點。作為一種研究領域，文論不同於文學創作的重要方面，就是創作是感性的主導，而文論則是理性的，這樣一種區分是文論在自我表述中也經常如此說明的。劉勰在講述藝術構思和表達的關係時，認為：「意翻空而易奇，言徵實而難巧也。是以意授於思，言授於意，密則無際，疏則千里，或理在方寸而求之域表，或義在咫尺而思隔山河。」[18]這段話是創作中的關係問題，但是對於文論和文學也部分適用。文論所依據的是理性原則，而文學創作需要有感性作為血肉，否則就不能達到感染人的目的。如果承認文學感染的魅力在於它的感性化的表現的話，那麼文論從理性出發來探討文學，就是以一種不同於文學自身的途徑來揭示文學，它可能得出一些連作者本人也沒有想到的新穎的思想，但是它不是作品表達的那種感性形式，而是理性的或者抽象的。

文論的另一個問題，在一定程度上應該算是最根本的問題，在於它的可預見性的匱乏。這一點往往被忽略，人們一般都關注文論對既有的文學現象的解釋，對已經顯現出規律性的文學軌跡的追蹤，而對於下一步的文學狀況，有些人採取放任，認為文學是自由的精神創造，本身就無跡可循；而更多的人可能採取一種專斷態度，即把已經總結的文學狀況和所顯現的軌跡，看成是只能如此的文學秩序。新的文學事實層出不窮，而只有吻合了既有的關於文學規定性的言說才有正當的存在理由，這樣做表面上可以解決文學研究中的疑難問題，可是它實質性的一面則阻礙了理論、學科研究和現實現象的結合，造成文論在一定程度上只是顯得自洽的一套話語。它對於已經出現的文學現象視而不見，更不要說對於新的文學趨勢提供前瞻性的思考和應對的方法了。

二、文論在文藝事實層面的兩難

文論作為一種理論研究領域，它有理論體系化的要求，同時它也會受到作為研究對象的文藝事實的緊密纏繞。

18 劉勰，《文心雕龍．神思》。

體系化的要求決定了文論應該能夠做到針對文藝現象具有一體化的話語，這種一體化可以在不同時代、不同文化狀況下，針對文論所提及的、關於文藝的一套說詞有大體說得過去的闡述；可是現實的文藝現象並不是可以任人打扮的玩偶，新的文藝現象往往以一種挑戰性的姿態進入文藝系列，從而形成文藝的新秩序，新秩序認可了挑戰性的文藝現象的合法性之後，就會對原有文論的言說提出修正的要求。於是，原有的文論要麼被貼上了過時的標籤，要麼就得在新的理論話語的衝擊之下加以重新闡釋，這種闡釋需要和新的強勢話語接軌，在很大程度上也算是一種禪讓了。

在理論的範式轉換中，最關鍵的是面對文藝現實的闡釋能力。英國學者史蒂文生曾經說：「按麥克盧漢的話來說，中世紀的學問，與其說是視覺學問，倒不如說是聽覺學問。隨著占主導地位的印刷文化的發展，人類的所有感官日益得到劃分而變得專門化。」[19] 印刷文化所突出的是閱讀而不是聆聽，這就把聲音和聽覺的作用遮蔽了。正是由於這種學問途徑的變化，使得中世紀以前建立的一套學問系統遭到了質疑，而這種質疑根源於資訊傳播方式的現實發生了深刻變化。在文藝復興時期，西方發展出了鉛字排版的印刷術，印刷術使得出版物大量普及及閱讀者數量的增長，導致閱讀感受分歧和差異被作為一個突出問題來思考，這樣才有了闡釋學研究領域的出現。甚至在歷史上具有重大意義的文藝復興，也和這樣一個過程相關。德國的宗教改革運動就興起於對教會在《聖經》解釋加以壟斷的懷疑，主張每個人都面對自己心目中的上帝，也就是各人都可以做出自己的解釋，這樣也就徹底動搖了中世紀時期基督教教會壟斷解釋權所帶來的絕對權威的地位。實際上，讀書的行為不只是閱讀到了書面表達的內容，而且訓練了一套思維方法。在小學的閱讀教學中，老師就教導學生從字裡行間尋繹出微妙的東西，這樣的訓練使得後來的閱讀可以比

---

19 〔英〕尼克・史蒂文生，王文斌譯，《認識媒介文化》（商務印書館，二〇〇三年），頁一八七—一八八。

經由聽覺途徑得到更多過濾後的資訊。往往從聽覺角度接收到重複的資訊會令人厭倦或者聽而不聞，所謂「耳朵聽出繭子了」；而重複閱讀則往往受到鼓勵，所謂「好書不厭百回讀」，並且可以在重複閱讀中有不同的理解或體驗。這樣的區別，必然投射到文學。由口頭文學延伸到書面文學的過程，是文學影響力變化的過程，也是作為文學研究這方面的文論所要發生變化的過程。

這樣就造成了一種張力，即文論的發展有學科系統完善化的要求，它需要在前人思考的基礎上進一步深入，如同接力賽的薪火相傳；另一方面，文論作為對文學現實的思考，因此現實的不間斷的變化，將要求文論採取動態的跟蹤，後來者關於文論的思考其實往往不同於前輩的思考角度。

這種張力在理論上可以成立，因為學科研究所要求的創新本身，會使得新的研究超出前人言說的框架；而新的言說要被學科所接受，又需要在共同的話語框架中進行言說，這需要歷史的穩定性。在理論上可以成立的理由實際上在文學研究的現實中也是存在的。有學者對文學史為什麼要關注那些在普通讀者、甚至專職批評家也並不問津的冷僻作品，提出了看法，認為：「文學的連續性對其偉大來說是實質性的。在很大程度上，二流作家的作用就是保持這種連續性，提供一批子孫後代不一定閱讀的作品，但所起的重要作用卻是形成那些不斷被閱讀的作家之間的聯繫。」[20] 以中國唐代詩歌來說，我們會用很大的篇幅來研究李白、杜甫等詩人和他們的詩作，這是無可厚非的。可是一部唐代的詩歌史，需要有更大的觀照範圍，於是一些在藝術造詣上、文學影響力上不如他們的詩人和詩作也會被納入到文學史；為了相對全面的瞭解，還會把唐代之前、之後的詩人詩作也同樣處理，於是詩歌研究中就有了若干普通讀者並不關心的詩人和詩作的論述。從直接的文學閱讀來看也許有些多此一舉，可是從研究角度看則是必需的；而且

[20] 約翰・吉洛利，《意識形態與經典形式：新批評的經典》，閻嘉主編，《文學理論精粹讀本》（中國人民大學出版社，二〇〇六年），頁七五。

從讀者的角度著想，我們可以理解讀者閱讀趣味的變化，對於未來的讀者來說，當他們對另外一些詩人詩作產生更高興趣的話，就需要有相應的研究工作進行鋪墊，而目前對非一流詩人詩作的研究就起了這樣的作用。

三、文論的堅守和順應

文論是作為理論學科存在的，它的一個重要特點在於，理論學科不同於經驗學科。經驗學科可以直接面對現實問題，可以對瞬息萬變的現實現象進行緊密追蹤；而理論學科則會注意到學科的系統性要求，當現實狀況發生變化之後，理論往往不能及時地跟進。理論這種滯後的狀況，往往也成為被人們加以詬病的原因之一。這裡涉及到理論學科的自我期許：它究竟是要堅守學科的職責，把學科的體系化作為最重要的追求目標，還是認為理論學科最終的目標是回應現實出現的有關問題。

法國著名的社會學家布爾迪厄在訪談中說道：

> 我認為大量所謂的「理論方面的」或「方法論方面的」作品，只不過是對有關科學能力的一種特殊形式的意識形態的辯護。對於社會學場的分析很可能會表明：在文化資本的類型與社會學的形式之間存在著很大的關聯作用，不同的研究者控制了不同類型的文化資本，而他們又把自己所採用的社會學的形式作為唯一合法的形式來加以維護。[21]

21 〔法〕皮埃爾・布爾迪厄，包亞明譯，《文化資本與社會煉金術——布爾迪厄訪談錄》（上海：上海人民出版社，一九九七年），頁一一一按照他的見解，那麼理論學科經常不能及時跟進現實問題、甚至有時還刻意迴避現實問題的狀況，並不是理論系統本身來承擔的責任，而是從事理論的人出於各種考慮，尤其是利益考慮而造成的結果。

文論中的一個支派——現實主義文論，從這種文論關於繪畫理論的論述，我們可以看到堅守和順應的矛盾的交織。阿恩海姆在對歐洲的視覺文化進行論說時談到：「在一幅現實主義的畫中，人的形象可以比高聳的大樹高出一截，一個人的腳可以與另一個人的頭部相毗鄰，人體的輪廓也可以呈現出各種奇異的形狀……在大膽地使用『變形』這一點上，即使那些最激進的現代派藝術家，也很少能與那些在投影現實主義的頂峰時代的最普通的現實主義藝術家們相比。」[22]這裡提到了人體居然高出大樹，同在一個平面的兩個人之間，其中一人與另外一人在畫面上腳手相連，這從純粹物理學的角度看是「變形」。

問題在於，這樣一種扭曲了畫面對象的繪畫表達，其實也和人的肉眼觀察所看到的實際對象是比較接近的，甚至照相機所攝製的畫面也是如此。它一方面扭曲了所描繪對象的實際面貌，另一方面則又是某一視差情形下所觀察到的「客觀」狀貌。現實主義的繪畫理論堅持視覺感受立場，而不是事物的本來面貌和本來的形狀、比例、位置關係等。現實主義繪畫理論堅持自己的立場並沒有錯，可是把這種堅持認為就是對真理的把握，那就過火了。古埃及繪畫則把所描繪物體的本來狀貌作為繪畫的原則，相當於機械加工採用的「三視圖」中的某一面，這種繪畫在今天看起來可能會有些「僵硬」，可是從圖形中還原物體的實際大小、比例等會更方便，也更少失真。那麼，在這樣的對比之後，再來看現實主義繪畫理論信奉者對於繪

[22] [德]魯道夫・阿恩海姆，滕守堯譯，《藝術與視知覺》（中國社會科學出版社，一九八四年），頁一五八。
—一一二。

畫的真實性理想的堅持，我們就可以有更多辨析思考的餘地。

這樣說來，文論堅持某種信念有值得讚賞的一面，但是也有思想保守僵化可能性的一面。堅持信念的過程才能夠把需要進行體系化建設的文論深入下去，而不是在隨時變換的過程中淺嘗輒止；而在堅持中又不至於因為沒有面對實際的問題，流於自言自語：只是在話語系統內部體現出邏輯的嚴整性，但是不能解釋文學藝術領域實際發生的現實問題。那麼，從這裡可以看到文學史出現的一種狀況，其實就是文論面對「堅守—順應」矛盾所實施的一種具體方案。這種方案的具體內容是，文學史要提供一些里程碑式的文學家及其代表作，由這些大師名作可以勾勒出文學史的基本輪廓，好比有一些亮麗的星座，天文學家就勾勒出大熊星座、小熊星座的輪廓一般。另一方面，僅有這樣一些亮麗的星座也是不夠的，還要考慮到亮麗的星座不只是星座本身的發光亮度，還涉及到它們與地球之間的距離因素。

這種包含了矛盾的關係體現在文學史著述中。文學史不可以沒有大師名作，但也不可以僅有大師名作，它還需要記載並研究第二流、第三流，甚至基本上不入流但是有特色的作家作品。這些相對來看並不十分優秀的作品，可以為我們提供理解大師名作的參照系統，也因為它與當今一些文學現象掛鉤，可以由此梳理出文學的歷史線索。畢竟，文學研究作為一個學科，需要提供一幅研究對象的全景圖案，而不能僅是一些孤立的點的描繪。在參差不齊的文學狀況下，才能夠體現出一種生態角度的文學。

四、文論的批評化及其意義

文論作為一門學科具有悠久的歷史。在中西的文化中，都可以看到最早的學問是巫術、宗教、哲學這些類別，其他相關知識都被納入到這種學科結構，如醫學和巫術聯繫在一起，宗教在歷史上成為包括建築、音樂在內的藝術門類的內在驅動力。而哲學作為一個學科，其實不是源於指導什麼具體化的思想，而是提供一種對於已有思考的反思的學科角度，因此，哲學的批判性使得它成為後來才勃興的科學的溫床。近代科學有不同的流派和方向，而它們作為科學，都把懷疑態度作為切入問題的出發點。在這個意義上，近代學問逐漸脫離了哲學（宗教）的庇蔭，但它保留了哲學對於問題的批判精神。

對於文論來說，它作為一門學科具有悠久的歷史，無論是古希臘的柏拉圖還是中國古代的孔子，都有對文學的廣泛思考，而這種思考也都對後來的文論產生著持續性的影響。在文論的發展中，各個時期可能有不同的特色，各種不同文化中也有不同的文論趨向。如中國南北朝時期就比較注重文學的審美特性而不太關注其他東西，而先秦文論的傳統則很明確只把審美作為工具來看，「不學詩無以言」的訓誡所關乎的是「言之不文，行之不遠」，文學體現的是修辭學的價值而已。同樣道理，古希臘文論把文學的教化意義作為文學存在的價值依據，柏拉圖和亞里斯多德對文學有不同見解，但在文學應該關乎教化的意見完全一致。古希臘的教化是世俗性的，而中世紀基督教的文學教化則超越世俗，文藝復興運動也強調教化，則這種教化是在人本思想基礎上的。在這樣的分野中，背後都有一個超出了文學思考範圍——政治的、宗教的或哲學的意識在起著作用。如果聯繫起來看的話，那就是文論和批評在此顯現出學科性質的差異：文論更多關注體系化的要求，而批評則更多面對現實。文論和批評之間的差異，導致了具體的文學問題都有不同表現。在最極端的情形下，可以看到某些文論著作根本就不接觸具體的文學現象和文學作品，康德《判斷力批判》基本上沒有對文學作品的分析，僅僅可見的是對於當時德國皇帝發表的作品的論說。而按照慣例，文學批評是對很優秀的或者很有代表性的作品才加以評述。那麼德國皇帝的作品放在那個時代也是平庸的，沒有什麼顯著的特點。而康德作為書齋型學者也沒有要對權力表示追捧的意思，因此更大的可能性是，康德的審美鑑賞力並不如他所處的學術地位那樣有突出之處。這種理論系統與現實評判之間的脫節，在文論研究中即使不是普遍存在，那也不是個別現象。實際上在康德之後的黑格爾的美學，和黑格爾的具體的文學評判中也有類似的狀況，作為一位顯赫的美學家，黑格爾在文學作品的鑑賞方面乏善可陳。這種情形本身就驅使關注現象層面的文學批評更多地發揮作用。而且二十世紀以來，由於語言論轉向的影響，這對於針對本質的思考的研究提出了挑戰。在這種挑戰中，現象顯示出來的才是可以言說的，現象之外的就存而不論，通過這樣的轉變，文學批評部分地取代文論的作用就成為必然性的趨勢。因為文論往往要追求貫通各種類型、各個時期文學的總的特性，而這種貫通往往會因著眼點的差異而呈現不同，進行總體化的努力本身難以達成。而且那些自以為找到了文學通則的人，其實面對具體的文學現象時，基本做不出什麼有價值的分析。如前面已經引述的韋勒克的話，所謂通則在面對具體問題時顯得大而無當、空空如也。

這樣一種對於文學理論的挑戰，在二十世紀的解構主義思潮興起時，有了根本性的顛覆姿態。在六十年代，還是後生之輩的德里達在提交國際學術會議的論文中寫道：「關於結構的傳統思想認為，中心在結構之內，又在結構之外，這一點貌似悖反，其實在理。中心是在總體的中心，然而，由於中心不屬於總體（不是總體的一部分），因此總體把它的中心置於別處。中心並不是中心。圍繞中心的結構的概念，它本身雖然代表著內在一致，是作為哲學或科學的認識的條件，但這只是一種自相矛盾的一致。」[23]他在這裡觸及到了理論系統的一個根本癥結，即理論需要有一個基本出發點，以此作為構築理論大廈的基礎。這樣一個基礎成為了理論的中心；可是另一方面，理論作為對現實的觀照，它又需要一種超越性的眼光，要站在一個相對中立、客觀的立場來看待問題。於是就有了矛盾，理論的核心要處在中心的位置才便於發揮作

23 ［法］雅克・德里達，《結構、符號，與人文科學話語中的嬉戲》，王逢振、盛寧、李自修編，《最新西方文論選》（灕江出版社，一九九一年），頁一三四。

用，而理論要能夠達成洞悉研究對象的效果，又需要站在理論設想的狹小範圍，才有一個更為客觀、宏闊的視野。於是在這種矛盾中，「要如何」和「不要如何」難以在同一邏輯層次上得到解決，理論表面上看起來可以做到體系的嚴密，可是在德里達這樣的追問面前，顯示出了哥德爾定理已經表達過的特性，即理論的自洽只能達到它針對對象時的情形，而不能通過自身的表達來證明自身的合理性。這在邏輯上相對於同語反覆沒有信息量，或者相當於蛇有很大的胃口，在拓樸學意義上可以有蛇吞象而不悖理，可是蛇唯獨不能吞下自己。因為吞下自己者，不能既作為吞噬者，又作為被吞噬的對象。在理論本身具有限度的認識下，以為憑藉理論就可以無視現象的豐富性，就可以邏輯地由現象的已知部分推導出未知部分，不過是一種神話。

那麼回到文論的情形上來看，當年賀拉斯寫作《詩藝》自述，希望通過他的研究，使得詩人們知道如何去寫作，知道作品評判的關鍵之處。賀拉斯本人是詩人出身，獲得過桂冠詩人的尊榮，他的這種表達還有經驗可以自矜；而其他更多的文論家則僅憑藉對理論的信任，也都有這樣的自信；到了黑格爾的美學著述，他認為不僅知道文藝的現狀，而且可以憑藉他的理論，還知道文藝的未來，他提出了著名的文藝終結論的思想。十九世紀末期到二十世紀初期，學術領域出現的語言論轉向，其實就已經敲響了理論自大的警鐘。文論作為理論，是文藝領域一個競相爭奇鬥豔的場所，各種常規已不是作為一種需要遵循的尺度，而是作為等待突破的標識。其實，理論作為學科的一個重要基石的原因，很大程度上是理論相對於具體現象的研究更著眼於全域性、前瞻性，而文藝的標新立異，甚至藝術家們刻意追求旁人所未想、旁人不能想的境界，使得藝術創作甚至有意地擺脫理論。如果文論家對於某種創作趨勢做出了預見，按照常理，下一步的創作就會走向那一個方向，可是藝術家們可能自覺地牴觸。於是，不做出預見的話，也許事情會那樣發展，而做出了預見的話，事件就基本上不會如此了。這樣一種近乎悖論的狀況，存在於文學研究的現實。

悖論的存在作為一個事實，擺在文論研究工作者面前，這種情形還與二十世紀以來學科的變化趨勢糾纏在一起。二十世紀的西方文論，經歷了由文化社會角度看待文學，到從審美角度看待文學的自外向內轉化的過程，再由審美角度回歸到文化社會學角度的自內向外的轉化過程。在這樣轉換的兩端，都會把社會、政治等方面的問題作為關注焦點，而不是就文學談文學。那麼，兩端之間也還有重要區別。特里・伊格爾頓認為，傳統方式的核心是「階級政治」，而回歸之後核心是「後階級政治」[24]。「階級政治」關注的主要是階級、黨派、革命、政權等，而「後階級政治」關注的主要是族群、性別、身份、地緣等。它們都涉及到對於權力問題的思考，但是前者主要是宏大意識的角度，後者則滲透到個人和日常生活。還可以做出進一步的思考，那就是在用傳統的方式關注文學與社會的關係時，可以依靠現成的研究，譬如馬克斯・韋伯、卡爾・馬克思等近代以來的、具有學科革命性影響的大師，他們對階級問題都有成套的、而且深刻的闡述。可是伴隨著後工業時代的來臨，社會階級產生了分化，原先的階級劃分和階級性質的分析，並不能簡單地移用到當代。當今發達國家的工人階級可能已經成為了白領，他們一方面是被雇傭者，另一方面他們成為生產過程的管理者乃至決策者。原來的那種血汗工資和剝削狀況相聯繫的論證方式，至少不再適用。這樣一種變化還可以進一步延伸到社會保障等社會生活方面，以至於資本家賺取利潤的行為有更多人參與分享的過程。當文學研究重新回到社會視角時，它需要對文學、也需要對社會有一種辨析的眼光。

這樣，文學批評本身就不再是簡單地應用文論或其他理論，批評需要參考理論研究提供的思想，更需要自身對於現象進行深層次審視。當文學批評這樣做時，批評也就為理論提供了材料。二十世紀以來，在文學研究中產生最大影響的不是某種號稱文論的理論，而是各種引領時代風氣的批評，如俄國的形式主義

---

24 〔英〕特里・伊格爾頓，王傑等譯，《審美意識形態》（廣西師範大學出版社，一九九七年），頁八。

批評、英美的新批評等。這些批評一方面是一種批評，另一方面也是文論。它是批評的理論化。當批評成為理論，那麼在這種背景下，理論也就需要時時關注文學中的現實問題，而不能只關注理論的體系化。

英國學者約翰・斯道雷在對文化問題的分析中說：「在二十世紀六十年代，一個臥室兼起居室的單間裡如果沒有一張古巴革命者切・格瓦拉的畫像，就等於根本沒裝飾。」[25]其實掛出畫像的人只是把格瓦拉作為一個抽象的反體制化的偶像，而並不是就等同於贊同格瓦拉的政治思想，更不等於贊同他的暴力革命，或者在他的反對者看來採取武裝的恐怖活動、顛覆社會秩序這樣一種極端行為。把它比附到理論的批評化，其實就是符號的深層意義被遮罩、被消解的問題。文論批評化在一定程度上削弱了理論性，但是通過這種方式，文論獲得了參與到現實的文學問題的言說能力，這樣來看文論，其實也是文論要堅守理論層面的必要付出。

25 [英]約翰・斯道雷，楊竹山等譯，《文化理論與通俗文化導論》（南京大學出版社，二〇〇一年），頁一五〇。

第二章　文學知識的性質

文學知識是人們創作文學、理解文學、看待文學的一種尺度，它有鑰匙的功能，同時還有模具的功能，即它不只是認識文學的門徑，其實也是把文學安置到一定框架去的系統。如果說文學知識是進入文學的路線圖的話，那麼要把握文學知識就需要有對文學知識的歷史性認識和理解。

文學知識是我們理解文學、研究文學的基礎，也是文學研究之後的結果。可是，我們面對的不是一個統一的、中性的、中立的文學知識體系。首先，文學知識的普適性和歷史性，前者是超越地區、民族乃至歷史的，具有普遍有效性，後者則表明文學知識產生於一定歷史階段，並且在歷史的特定階段才有意義；其次，文學知識具有超越個人的學科性，同時，它需要研究者的個人感受而不是純粹的實驗性質；再次，文學知識的對象是文學，可是，在對文學的關注和言說中，貫穿著言說者對話語權力的爭奪。在文學知識的效用合法性與體制合法性的關係上，前者是文學知識的目標，但是往往後者才是文學知識建構的基礎。

文學理論作為一種理論性的學科，有超越具體對象的特性，而去探求普遍性規律的學科職責。這裡普遍性規律不同於自然現象，因為文學本身就是人為的產物，人的行為本身要對對象產生干擾效果。按照一般對理論的要求，就是需要它能夠對已經發生的現象進行解釋，能夠對未來的現象有所預見；或者退一步，要求對前後不同時段發生的矛盾現象，提供一個可以納入到一個框架中解釋的能力。文學理論大體上只能做到後者。從時間前後的關係角度看文學理論，可以剖析出它單純從學科系統角度難以見出的一些性質。

第一節　文學知識的歷史性

不同的研究工作有著不同的學術背景，但是應該有一個共同點，即都需要獲取相關的知識。文學的研究需要獲取文學知識。按照樸素的觀點，知識是一個累積的過程，那麼文學研究的日積月累就可以獲得越來越多的知識，可是實際的情況並不如此簡單。原有的知識可能已經不重要了，被挪入到了遺忘的角落，譬如詩歌寫作中需要作為基本知識來掌握的「四聲八病」，後起的新詩完全不需要這樣的考慮；而後來又出現的新問題在先前的知識系統中根本就不涉及，如電影敘事和文學劇本的關係問題，因為電影的出現，這種關係才成為需要關注的對象。

另外，文學的知識本身也有一個範式的轉換的問題。譬如最初的文學理論，從中國先秦到古希臘，都集中在文學如何體現社會價值的思考，文學被作為社會表達的一個方面來看待，可是，這種社會表達究竟是在何種意義上實現的，這是可以追問的。按照一般意識形態的定義，在一個社會中佔據主導地位的階級，也在意識形態方面有著更大的發言權，文學作為意識形態的一個部門或者說它具有一定的意識形態性質，那麼文學當然也就主要作為統治階級的意識形態的表達。可是文學又不同於一般的意識形態，尤其是在近代，進入到了數位化、計量化的管理之後，那種把人挪入到完全類似於機器或機器零件的方式，與文學的個性化的、訴諸感性的方式形成某種對立，這樣就使得文學被看成體制外的力量。在所謂社會現代性與審美現代性相區別的理論中，文學被看成審美現代性的典型代表，它可能是以反體制化的姿態出場的。這樣來理解文學的社會表達意義的話，文學就不是統治者可以隨意操縱的了，甚至它應該被列為柏拉圖的需要驅逐的範疇。

除了在共時角度上可以有不同的看待，另外也還有歷時角度的變化。福柯曾經說：「自荷馬、但丁以來，西方世界就存在著我們今天稱之為『文學』的語言樣式，但『文學』這個詞是新出現的，在我們的文化中，這也意味著一種特定的語言被分離出來了，這種語言特有的存在樣式就是『文學的』。……文學與觀念性話語的區別越來越大，並將自己封閉在徹底不及物的狀態中。」[1] 福柯所說的不及物，是指文學所營造的是一個與現實不搭界的世界，它似乎與現實有某種相似，而實際上並不是現實。這種把文學與現實分開看待的方式，固然是文學觀的差異，但是也體現了近代以來的文學變化的趨勢。實際上，在蒙昧時代就已經有了文學的雛形，當時人們把文學的描寫與現實完全等同起來，文學成為歷史的講述方式；而在古代有了學科的分工之後，文學被看成了虛構的領域，可是虛構只是作為一種工具意義來認識，即手段的虛構是為了達成對於真實的更深入的描述；而到實證科學出現之後，文學虛構很難在實證意義上得到落實，於是它與現實的分離就成為一種必然。所謂「不及物」就是文學之中的描寫與現實形成隔絕。由此來看，在人類文化早期階段的文學，還可以是作為現實的某種表達，而在成熟階段的文學，所描寫的內容就與現實的細節生活根本無關，它只是作為對於現實的一種可能的觀照方式來提請讀者的關注。在文學本身的文化身份發生變化的基礎上，對於文學的認識也就有變化的必要性。這樣來看文學的知識，就有歷史性的問題。即不是某種知識是否錯訛或者過時的問題，而是相對於它所表述的文學是否合適。這種合適與否只有在歷史語境中才能得到理性的看待。

1 Michel Foucault, *The Order of Things: An Archaeology of the Human Science*, New York Vintage, 1973, p.299-300.

一、知識的歷史性的涵義

當培根說出「知識就是力量」這樣一句名言時，培根的這句話本身也就是力量的表達和體現。實際上，人類社會的歷史就是人類掌握了一定知識，從而超越了動物本能的歷史。但是培根的這句話往往被人忽略了其中蘊含的複雜涵義。英語的「power」，可以理解為力量，也可以理解為權力。知識是人所知曉的資訊。某種道理原先就已存在，但是無人知曉就不是知識；某種道理人人都知曉，譬如人生存需要吃飯，那就成為常識，就人區別於非人來說可以算作知識，可是就人與人之間的關係看就只應該是常識。這裡它作為「力量」已經被耗竭了。所謂知識，作為資訊可以是知道的任何有價值的資訊，其中包括他人的隱私；實際上「知識就是力量」，在這裡就是拿捏到了對方的短處，而通過掌握這種短處就可以威懾、控制和制服他人。所謂「知情」就是這樣的意思。正因為「知情」的威懾作用，所以有時本身並不具有隱秘性的資訊也可能被故意遮蔽，譬如古代的有些刑典就不對公眾公開。這裡的「力量」就是福柯的「知識就是權力」的意思的注腳，顯示出了知識和權力之間的關聯性。

「知識就是力量」當然可以理解為掌握了相關知識之後，面對所需解決的問題時就有應對的方法，尤其是培根之後的科學技術革命的大潮下，這種知識所帶來的社會發展的促進作用是有目共睹的。但是科技革命畢竟只是近幾百年的產物，在人類數千年的文明史中，它不過是小荷才露尖尖角，是晚近的事情，不能說在科技革命之前知識就不是力量了。這種力量還可以有其他方面的表達。這種表達在現代技術產生之前，往往是人文知識、社會知識。這裡所謂文學的知識應該包括以下幾個方面的涵義：

1. 文學知識是在一定歷史條件下的關於文學的知識。

2.所認識的對象處於一定的歷史環境中，語境不同，所認定的文學對象也就不同。

3.歷史性的知識體現了某種歷史的訴求，即關於文學的論述，往往在知識層面中包含訴求。

4.文學知識沒有簡單的對錯。可能某種知識在今天不再適用，可以因為歷史而否定其合法地位；但是作為一種對文學的認知，它不被簡單地證偽。

知識是在歷史中生成的，也會在歷史中變化。有些知識在某一階段上有效或者代表了真理，而在另外的時段或者角度就成為歷史的一部分。譬如在小學的「算術」課程中，提出被減數不能小於減數，否則就不「夠」減；可是在引進了負數概念之後，這樣一條「規則」就失效了，不再作為數學的知識。又如古代的各種文化中往往都有占星術，把星相、星位與人世的禍福聯繫起來看待，而今天的天文學完全與之無關，不再將其納入知識範疇；可是如果研究古代文化的話，則今天已不被看成是事實描述的占星術理論，則可以算是該種研究的知識，但是這種知識只能在該學科的範圍內獲得採信，一旦逾越了這種範圍，則其言說就不再有知識的意味。另外還有一些知識屬於歷史變化的範疇。在自然科學領域，有著知識的生產規律，面臨一個知識的更新過程。早先作為科學原理來理解的知識，隨著新的認識的出現可以更好地解釋所面對的問題，那麼新的觀點就成為了被接納的知識，舊的觀點則只是作為「學科史」的內容了。人文學科不能與此相提並論，舊的觀點和新的觀點之間並沒有簡單的進化關係。美國學者奧康納認為：「現代西方的歷史書寫從政治、法律與憲政的歷史開始，在十九世紀中後期轉向經濟的歷史，在二十世紀中期轉向社會與文化的歷史，直到世紀二十晚期以環境的歷史而告終。」[2] 奧康納所說的其實就是這樣一種比較的關係。對此問題，我們認為，在不同時代的觀點變化中，除了極為個別的情況之外，它基本上不是一種取代

2 〔美〕詹姆斯・奧康納，唐正東等譯，《自然的理由——生態學馬克思主義研究》（南京大學出版社，二〇〇三年），頁一〇九。

和被取代的關係，而是一種疊加關係，在既有觀點之外出現了新的觀點。這些各自不同的觀點並不是後者取代前者，而是改弦更張，另外開闢一個話題領域。

作為歷史性的文學知識，它在歷史中形成，針對的是歷史中的文學，並且其有效性也是在歷史語境中產生作用。馬歇爾・麥克盧漢在《理解媒介》的序言中表達了他的觀點，認為：「機械時代正在退出舞臺。在機械時代中，許多行動都不用過分地瞻前顧後，慢速的運動準會使行動推遲相當長的時間。可是今天，行動及其反應幾乎同時發生。事實上，我們似乎生活在神奇的一體化時間之中，可是我們仍然在使用陳舊的、前電子時代那種支離破碎的時間模式和空間模式來思考問題。」[3]這種滯後不是不能及時看出正在發生的事實，而是把事實歪曲到原先那種陳舊的認識框架。這種認識的偏差一半出於認識慣性，另外一半則與文學領域中所稟有的文學知識的普適性訴求有關，以為既然作為文學的知識，就應該是通古今、兼中外的，而沒有看到作為文學知識對象的文學，其實是在一種文化的認定中體現意義和價值的；離開了特定的認定框架，文學就可以是另外的意義和價值。相當於生活中鈔票是「值錢」的，但是它是某一信用體系下財產的憑據，如果信用體系發生變化，鈔票的含金量也就變化。這裡與鈔票本身的物質存在形式沒有多大關係，而是和信用體系、經濟政策、經濟狀況等因素相關。文學在社會中，無論總體的表現還是具體文本的涵義，都處於變化的流動過程，相應的有關文學的知識也就在這種流程中得以生產和表達。

3 〔加〕馬歇爾・麥克盧漢，何道寬譯，《理解媒介》（商務印書館，二〇〇〇年），頁二一。

二、歷史性的文學知識的現實價值

文學是歷史性的。各時代的文學不同，各時代對於文學的認定與評價也不一致，在文學的外緣部分，可能在某一時代屬於文學的，在另一時代就不被看成文學。哈貝馬斯認為，十八世紀啟蒙主義運動提出的關於「現代的構想」包括三方面的內容：「按學科自身邏輯和規律建立起的客觀的科學、普遍通行的道德和法律，以及自足自律的藝術。」[4]在這裡，藝術和心靈的自由表達聯繫起來認識，也許在當代的文學思想中已經幾乎成為共識，可是我們翻看從古希臘柏拉圖、亞里斯多德到中國古代的孔孟諸聖，他們所關心的其實就是文學如何達成教化作用，而這種教化作用更多地不是從讀者或者公眾的立場來考慮，而是從社會管理者的角度來看待問題。因此在都是作為文學來看待的古今不同的文學系列中，今人的眼光與古人有很大區別，今人按照自己的理解來看待古人的文學，這樣就有古人的文學知識和今人對文學理解的錯位；甚至哪怕同樣面對古代的作品，古今之間可以有完全不同的看法，而這種意見的差異還往往並不是同一話語系統的，相互之間甚至不能達成一種理論上的對話。

作為一種在今天已經「過時」了的知識，是不是就應該置於知識長河的一個鏈環，當成一種類似於博物館中的文物來看待呢？這在部分意義上的確如此。博物館文物在當時很多是作為生活的器物來使用的，時過境遷，它們已經不適合今天的生活，或者今天人們所用的器物與之有所不同，那麼作為日常生活的器物的作用退隱之後，它卻以一種遠離當下日常生活的文物的面貌出現，而正是作為文物才使得它受到

[4] 參見盛寧，《人文困惑與反思——西方後現代主義思潮批判》（北京：北京大學出版社，一九九七年），頁三四。

許多人的膜拜，可以有價值連城的市場效果。但是情況也並不完全如此，即作為知識它體現了當時人們對於文學的理解，而這種理解往往又和創作文學時的觀念相關；於是作為一種普遍適用的知識，它可能需要被捨棄，可是作為理解相應時代的文學的一個切入途徑，則又可能不能被替代。如研究唐宋詩詞涉及音韻要求，當時的音韻就是一個必需的知識，而這種音韻因為語音的變化已經不再在現實發生作用。它作為一種文化，沉澱到了當時的作品，這種當時的作品可能在今天仍然具有魅力，雖然在創作作品的意義上屬於過去，但在加入了當代的新的闡釋和理解的意義上，它是現代的。那麼這種在語言學意義上屬於過去的東西，在文學史意義上則可能有現實的參照價值。

杜夫海納提出：「如果真的有什麼哲學或藝術的王國和歷史，那麼批評的王國是沒有的，有的只是些批評家、專家、雅士，他們是大眾的代表和消息提供者。」[5]就是說，批評家似乎只是作為社會的一個消息的提供者而非知識的生產者，這和文學理論研究者、文學史專家的社會認可度不大相同。所謂文學的知識其實就有一個特殊的狀況。在其他的知識領域，知識的生產與傳播都有一種相對穩定的機構來進行運作。可是在文學領域，文學理論和文學史的研究，在作為知識這一點上有相對較高的認可程度，而文學批評則更多地被看成是一種領悟的表達。它的作用更多地不是作為一種知識的表達，而是作為一種感受的交流或者引導。

當整個社會的知識體系發生變化，那麼文學的知識也就會作出相應的調整，這種調整一方面會給既有的知識造成衝擊，另一方面也可能帶來意想不到的新的思想資源。譬如哈貝馬斯提出過交往理性的思想，也就是說，西方自文藝復興或者啟蒙運動以來，理性已經成為人思考問題的最基本的態度，可是這樣的理性總要有一個基本立場作為思考的出發點，那麼不同的人可能就會有不同的立場。從笛卡爾到黑格爾的思

5 [法]米蓋爾•杜夫海納，孫非譯，《美學與哲學》（中國社會科學出版社，一九八五年），頁一五五。

想家那裡，理性立場並沒有一種說明，彷彿就是一個唯一的可能。可是實際上，在社會和人的交往中，不同的事件參與者就可能有不同的立場，那麼也就有不同觀察理性的出發點，那麼當某種理性不加說明就作為自明的真理時，其實這種所謂的理性就是為了某一特殊利益的遮羞布。回到哈貝馬斯交往理性的問題來看，上個世紀九十年代以來才成為一種現象而受到關注的網路文學，假如說作者一邊寫作一邊在BBS發表的話，那麼跟帖的表述就可能會影響到作者的寫作思路，於是後面的寫作就成為一種「集體創作」，它是在不同立場進行對話的產物。在現象層面的網路表達，解釋的意義上則涉及到深奧的社會學乃至哲學的思想。在這裡只是在進行一種嫁接，嫁接中的某一個方面可能是已經陳舊的知識，但是在嫁接中產生的就是新的知識了。

布爾迪厄曾經說：「我們一旦觀察社會世界，我們就會把偏見引入我們對這個社會世界的認知之中，這是由於這個事實造成的，即為了研究這個社會世界，為了描述它，為了談論它，我們必須或多或少地從這個社會世界中退出來。……這種中心主義的偏見所以會形成，是因為分析者把自己放到一個外在於對象的位置上，他是從遠方、從高處來考察一切事物的，而且分析者把這種忽略一切、目空一切的觀念貫注到他對客體的感知之中。」[6] 由這種看待問題的特殊性來考察，當文學的某些知識已經進入到「歷史」之後，完全可能由於認識活動的「需要」，而把原先認為沒有多少新意的東西再度翻新。所謂歷史，並不是真實發生過的事件的複製，因為真實事件其實可以有許多方面，而且就每一個方面來說，也還可以有若干不同的維度。譬如籃球場上喬丹的一記後仰投球完成了比賽過程的絕殺，使得所在球隊取得了勝利。然而，僅就這一投球來說顯然是不夠的，這也就是比賽解說中往往會強調的「關鍵球」，可是「關鍵球」並

---

[6] ［法］布爾迪厄，包亞明譯，《文化資本與社會煉金術——布爾迪厄訪談錄》（上海人民出版社，一九九七年），頁一〇二。

不是那一記投籃本身，而要結合到比賽進程來看待，這樣就有一個把對象目標和某種背景性質的材料聯繫起來的要求，而這種要求和對於事件的看待方式相關，它是知識的建構而不是直接觀察的產物。

歷史性的文學知識在今天肯定是不夠用的，譬如古人就不知道我們今天所說的影視文學、網路文學，因此關於這些新型文學的言說當然也就不能夠躺在故紙堆裡面尋求解答；可是，另外一方面，文學的言說是作用於心靈的，這樣的話古人的思想就可能不會簡單地成為過時的存在。如希爾斯所說：「在科學傳統中，偉大人物是受人敬仰的紀念碑，但是，一旦他們著作中的精華被攝取和吸收，它們就不再被入們所閱讀。而偉大哲學家的著作始終保持其知識的有效性，他們一再成為新一代哲學家哲學反思的出發點。」[7]這種出發點其實也是心靈思考時的立足點。就是說，思考時針對具體問題可能有不同的著眼點，但是有一種最基本的立場作為思考的最終立場，那麼，人文學科中的某些觀點就是這種立場的提供者。

三、文學知識歷史性的合理性和局限

同樣的事情可以有不同角度的看待，而同樣的表達在不同的語境也內含著不同的意義。這樣一種狀況在日常生活中也經常發生。艾柯曾以一次社交聚會中鬧出的笑話來作例子加以說明。在聚會中，兩位客人交談中談起對主人家裡的印象，第一位對主人的招待讚不絕口，然後談到主人的toilettes佈置得很精緻，第二位客人卻說他沒有「去過那兒」。這裡的「toilettes」是法語多義詞，是梳粧檯或衛生間，說者在此意指眼前的梳粧檯，聽者將它理解為衛生間，所以成為了一個笑話[8]。

7 ［美］希爾斯，傅鏗、呂樂譯，《論傳統》（上海人民出版社，一九九一年），頁一七五。
8 ［義］艾柯等，王宇根譯，《詮釋與過度詮釋》（三聯書店，一九九七年），頁六十三。

把這種情況對應文學知識，那就是某種關於對象的言說，在當時的語境算是一種知識，甚至還是重要的知識，可是時過境遷，這種知識或者成為不太具有針對性的，或者因為知識整體架構的更新，原先可能合適的表達在新的語境中則不合時宜。

新銳作家韓東根據自己的理解曾經表達過一個觀點：「和我們的寫作實踐有比照關係的是早期的《今天》、《他們》的民間立場，真實的王小波，不為人知的胡寬、于小偉，不幸的食指，以及天才的馬原，而絕不是王蒙、劉心武、賈平凹、韓少功、張煒、莫言……以及所謂傷痕文學、尋根文學與先鋒文學。「這一夥與我們同時間的與腐朽的文學秩序的休戚與共的『後起之秀』，他們是現有文學秩序的直接繼承者，是一夥本質上的墮落份子，與文學理想毫無關係。」[9] 在韓東看來，中國當代文學由於「文革」的出現以及隨後引發的思想震盪，造成了文學的一種轉向，這種轉向和思想解放運動有著關聯性。關鍵在於，這樣的一種文學應該是和既有的文學體制之間呈現緊張關係的，如果現行的文學體制並沒有和以前具有脫胎換骨的變化的話，那麼它就不應該被既有體制所容納。而既然被容納的話，就只能說明它不配代表這種轉變。可是問題的另外一面在於，如韋勒克指出：「大多數文學史是依據政治變化進行分期的。這樣，文學就被認為是完全由一個國家的政治或社會革命所決定。」[10] 所謂新時期文學是一種對於文學的政治命名，而這一種命名當然要以符合這一命名所要求的文學來作為代表，這種代表的條件是很明確地表達對於「四人幫」時期的批判，並且批判也僅限於這一時期。而韓東所列舉的人，要麼批判都還不是那麼強烈，要麼這種批判的時限把握得不合乎官方的要求。

9　韓東，《備忘：有關「斷裂」行為的反思》，《北京文學》二〇〇四年第十期。
10　[美]韋勒克和沃倫，劉象愚譯，《文學理論》（三聯書店，一九八四年），頁三三。

這裡就有一個所謂文學知識的限度問題。知識應該有一個基本的品格。一方面，知識應該具有真實性，不是所有的看法都可以被稱為知識，它屬於高於「意見」的範疇；另一方面，又不能把知識等同於「真理」，「真理」其實是一個形而上的範疇，人類認識史上幾乎任何一個具體觀點都不能作為「真理」，因為它們往往會遭到後來的否定。在哲學上證偽主義甚至把是否留下了明確的、被證錯的條件，作為一個系統觀點是否具有學術價值的重要依據。在學術史上可以有許多不同的意見和看法，只有其中的一部分甚至只是一小部分成為了知識，知識其實就是能夠被學科的主流意見認可的那種認識。同時，由於知識並不就是真理，所以知識在隨時可能被糾錯的一個背景下發揮作用，知識是有生命期限的。曾經作為知識，是在作為常識來把握的內容，後來可能被完全當成錯誤認識的代表；也可以反過來看，曾經作為異端邪說的意見也可能在後來成為了知識。在這裡就有一個問題，所謂的知識不是依靠知識本身來說的，而是要看這種知識對於所言說的對象以及言說的語境。

可能需要釐清一個問題，在一定的歷史語境中產生的文學知識，在後來的階段究竟還有何種作用和價值？大體看來應該考慮到這樣幾個方面：其一，這些過去產生的知識隨著時間流逝，已經不適應於當下的文學，可是可能仍然適用於過去的文學，因此它屬於一種「古董」性質的知識。其二，知識具有進化和淘汰的機制，所謂過去的知識就是已經被淘汰了的知識，它是作為一種學術史的材料來看待的，而在具體的實用層面可能反而是對於今天知識的一種干擾。其三，這些過去的知識無論對於過去的，還是當下的文學，其解釋意義都非常有限，它們的價值在於成為了一種知識狀況的紀錄，這種紀錄最重要的價值不是在於今天有何種適用性，而是在於是否能夠為今天對文學的思考提供一種思路。其四，人文學科具有不同於自然科學的特點，過去的文學知識和今天的文學知識之間，並沒有自然科學意義上的、新知識高於舊知識的那種性質。新知識很大程度上表達了一種新的看法，而這種看法雖然不同於舊有的觀點，但是它的價值在一定角度看，要以以前的知識作為參照才顯示出意義。其五，不同的知識可能針對不同的文學，它們其實是不同的言說，只是因為在名稱上都被命名為文學知識，於是才有了作為一個問題而提出來的文學知識的新舊嬗變；譬如麥子，春天種植、秋季收割，好像只要是麥子就都是一類，可是種植的和收割的麥子其實已有性質的根本差異。其六，文學知識所面對的是文學，而它所依靠的是所在時代相關學科的知識，人們往往會關注文學知識和所言述的文學之間的關係，而實際上非常重要的是相關學科影響到的文學思想。在文論史上，很多有影響的觀點其實並不是從文學的角度提出來的，而是從相關的思想延伸過來的，譬如孔子、柏拉圖的文藝思想，另外也包括康德、黑格爾等人的文藝觀點。

文學知識的歷史性實際上是一個被設定的命題。當說歷史性時，其實已經包含了部分已經不合時宜的意思，而如果它還被普遍認可的話，其實也就不具有歷史性了。如同一個新生嬰兒，他的血液裡遺留了千萬年之前的祖先的基因，可是對於這樣一個新生命，我們的語言並不把它表述為他是古老的。這裡就可以引申出文學知識歷史性的合理性和局限性問題。文學知識只有一部分來源於古老的時代，可能可以歸屬於歷史性的範疇；可是文學中還有一些是古今相通的，或者即使不是直接相通，今人也通過一套闡釋把它納入到當今的知識體系中，因此就不會有過時的感覺。而這裡過時與否主要不取決於觀點本身，而是觀點在今天的效用。也就是語境中的意義比語句表達本身更重要。因此談論文學知識的歷史性或者它的局限問題，其實並不是文學知識本身就可以作出分析的。它作為一個問題提出，從本體角度看屬於「偽命題」，同時它也可以作為有啟發意義的思考，催生新的問題域，從這一角度看它是有意義有價值的。

四、歷史性作為文學話語的座標

文學知識的歷史性，從文學知識的生產、流通的過程開始以後就已經存在。甚至也可以說，文學知識有了這樣一套生產、流通的機制之後，它才可能得以出現；而這種機制本身就是歷史的產物，而且它也把所關聯的文學知識納入到歷史性之中。那麼歷史性作為文學知識的基本屬性乃至座標，它有一些處在歷史環節之中而帶來的、值得研討的問題。

首先，文學知識本身的歷史性。這種歷史性不只是過去產生的知識有著歷史的痕跡，而且也在於即使今天產生的知識也是有歷史性的。阿諾德・豪塞爾曾經說：「有一件事似乎是確實的，即不論是埃斯庫羅斯還是賽凡提斯，不論是莎士比亞還是喬托或拉斐爾，都不會同意我們對他們作品的解釋。我們對過去文化成就所得到的一種理解，僅僅是把某種要點從它的起源中分裂出來，並放置在我們自己的世界觀的範圍內而得來的……。」[11]這裡作為歷史人物的埃斯庫羅斯等人的想法是歷史的，同時今天關於他們的認識又何嘗不是歷史的？這種歷史的事實構成了文學知識的基本層面。歷史的構成材料是「史實」，可是還有另一個重要的方面是「史識」，史實需要史識來做出表述，而後者需要主觀方面的因素進行運作。

其次，文學知識體現了歷史過程的痕跡。羅蒂指出：「決定著我們大部分哲學信念的是圖畫而非命題，是隱喻而非陳述。……如果沒有類似於鏡子的心的觀念，作為準確再現的知識觀念就不會出現。」[12]

11 〔美〕阿諾德・豪塞爾，陳超南、劉天華譯，《藝術史的哲學》（中國社會科學出版社，一九九二年），頁二三四。
12 〔美〕理查・羅蒂，李幼蒸譯，《哲學和自然之鏡》（商務印書館，二〇〇三年），頁九。

沒有後一種觀念，笛卡爾和康德共同採用的研究策略——通過審視過程，本身屬於非理性表達的圖像成為了理性表達的基礎，那麼，就可以說，所謂的理性表達其實並不排斥理性之外的因素。這種理性之外的因素包括當事人的心理、情緒、旨趣等等因素，而這種具有古人主觀性的因素在傳播中，又可能激發接受者相應的主觀因素，於是就形成了不確定因素和不確定因素的有機融合，這樣一種複雜的狀況不能在公式化的研究中尋求答案，而必須結合到歷史的具體狀況才有可信的解釋。

其三，文學知識的歷史性還在於它是歷史的某種現實的表達。有人曾經研討過：「新文學中那個沉甸甸的『啟蒙與救亡變奏』的主旋律：從《狂人日記》的『孩子』到《寒夜》裡的小公務員那一長串無辜死於『肺癆』的人物名單，把身體（疾病）作為一種隱喻具有怎樣的象徵意義？」[13] 這裡提出問題的趙京華本人並沒有給出一個解說，但是提出問題就是一種思路的引導。這裡的「肺癆」具有特殊的意義，在二十世紀肺病成為一種肆虐的疾病，它成為二十世紀中葉以前的不治之症，甚至寫作了「肺癆」的作者魯迅也是死於「肺癆」，即肺結核。可是這一疾病在歐美發達地區並沒有中國這麼高的死亡率，也就是說歐美發達國家面對同樣的問題已經有了一套先進的經驗可以借鑑，這樣也就成為一種中國需要向歐美國家進行借鑑的隱喻。從個體人物的疾患描寫到國家形象的隱喻，這裡就是一種所謂第三世界文學現代性的表達。

其四，文學知識是對新文學的一種解讀的框架，而這種解讀不是單純字面的理解基礎上的，而且需要一種歷史的同情。譬如五四文學無論在文學觀念還是藝術表達上，都受到西方文學的巨大影響，不從西方文學的影響來看就無法理解五四文學。但是五四文學並不是西方文學簡單的移植。李歐梵在分析中國現代文學時說：「概括地說，五四以降中國現代文學的基調是鄉村，鄉村的世界體現了作家內心的感時憂國的

---

[13] 趙京華，《從「起源」上顛覆文學的現代性》，《讀書》二〇〇二年第六期。

精神，而城市文學卻不能算作主流。這個現象，與二十世紀西方文學形成了一個明顯的對比。」[14]在歐美文學中，除了比較特殊的諸如美國的南方文學之類外，都是以城市作為主調，這裡城市不只是故事發生的舞臺，而且城市本身就是美學的基本表達形態。所謂的都市想像，這就如同中國的唐詩宋詞固然也可以寫出「錢塘自古繁華」這樣的詞句，可是更多的修竹幽篁、青山白雲、清泉小徑之類的語彙，顯示出它屬於鄉村的審美視角。那麼近代以來的歐美文學就是一種和中國古代的詩文中心的文學完全不同的審美形態。這裡中國現代文學體現的意味就在於，一方面它在追隨西方文學的變化的同時，不能不顧及到早已在中國文學閱讀中讀者形成的審美趣味，因此在文學觀念和技巧都有根本變化的同時，也多少要保留過去傳統的東西。另外一個方面，西方的現代性和個人解放聯繫在一起，只有城市才能提供一個與傳統斬斷聯繫，充分實現個人解放的平臺，而中國的現代性則和國家與民族的救贖相關聯，個人解放並不是核心的內容，甚至這種後發的現代性根本上強調集體主義。因此，有人提出：「事實上，二十世紀中國現代性的『啟蒙』並不僅僅是指『個人』的覺醒，它同時還是作為『想像的共同體』——民族國家的覺醒，『救亡』不但不是『啟蒙』的對立面，而且是『啟蒙』的基本環節。正因為這個原因，中國現代文學中的『個人』就始終是民族國家中的『個人』，或者是作為民族國家變體的另一個『想像的共同體』——『階級』中的『個人』。」[15]這樣一種認識，很準確地把握了中國文學在表達現代性時的特殊性。如果沒有對於中國自近現代以來社會歷史的認識，就不能理解中國文學受到西方文學全面深刻影響的狀況下，何以會有這樣一種差異。

14 李歐梵，《現代性的追求》（三聯書店，二〇〇〇年），頁一一二。
15 李楊，《沒有「十七年文學」與「文革文學」，何來「新時期文學」？》，《文學評論》二〇〇一年第二期。

文學知識是歷史中形成的，它本身也是歷史的知識。《德意志意識形態》一書對於過去的人文知識狀況作了系統的清理，指出了這些人文知識充滿了對於統治階級合理化的辯護，在知識的外貌下面是虛假的意識，但是，「我們僅僅知道一門唯一的科學，即歷史科學」。[16] 馬克思主義創始人在這裡對於歷史學的讚譽，並不是說在統治階級把持了的歷史學中，就有比其他學科更多的真實性，而是表明，在人文學科中必須貫徹歷史的方法，採用歷史的眼光來看待對象。同樣道理，對於作為文學認識和評價基礎的知識也應該採取這樣的態度。總的來看，文學知識的歷史性和歷史地看待文學知識，應該是其中最重要的方面。

第二節　文學知識何以具有合法性

文學知識是人類整個知識體系大廈的一部分。作為知識，它既要面對關於文學的言說，又要面對與整個知識體系接軌的問題。文學知識既要面對作為對象的文學，同時也要面對所處時代的知識體系。這樣的面對就有一個知識合法性的問題。實際上，文學研究對文學發表意見，可能並沒有多少學理資源可以借鑑；而當文學研究依靠相應的學理資源，切入到具體的文學研究時，則可能與實際的文學經驗並不合拍。那麼，什麼才是文學研究的正途？文學史上不乏作家對批評家的不屑；反之，批評家也往往在對作家說三道四的過程中，不時穿插一點此類說法：由於作家缺乏相關知識的參照，造成知識儲備的不足，這也許就是創作的遺憾。文學知識的這種矛盾關係，甚至有可能是缺乏知識就不能進行批評和其他形式的文學研

16 《馬克思恩格斯選集・第一卷》（人民出版社，一九九五年），頁六六。

究；而有了相關知識的話，有可能作家的創作就會靈氣全無。寫作時畏首畏尾是創作的大敵，其中一個原因是作者有了不利於創作的知識。文學知識作為對於文學的言說，解釋文學的話語應該有效，需要與其他領域知識接軌的普遍性，還有它自身邏輯上的一致。哈樂德・布魯姆曾經說，優秀的詩人知道自己如何掌握寫詩的規則，而偉大的詩人則是自己創造出一種適合自己的關於詩歌的規則；這樣一種表述與康德當年所說的，文藝領域的天才可以自己訂立法則的觀點是一致的。這樣看來，文學知識在一定程度上是一種規則性的知識，在規則制定的基礎上再來探討有關的規律。那麼，作為規則就有一個規則的合理性、適用性範圍，以及規則制定、闡釋、修改等方面的問題。

一、文學知識的普適性和歷史性

韋勒克曾說：「物理學的最高成就可以見諸一些普遍法則的建立，如電和熱，引力和光等的公式。但沒有任何的普遍法則可以用來達到文學研究的目的，越是普遍就越抽象，也就越顯得大而無當，空空如也；那不為我們所理解的具體藝術作品也就越多。」[17] 韋勒克這種認識可以通過分析來加以驗證。

從空間角度而言，各民族文學其實有一定差異，這是不爭的事實。中國古典文學中的「賦」，沒有相應的歐洲文學的文體來進行比照；而歐洲中世紀文學的騎士敘事詩和騎士抒情詩，則因為中國根本就沒有這樣一種騎士文化，也就沒有相應的文體。進一步看，即使有對應的文體，它們的具體性質也可能有差

17 〔美〕韋勒克、沃倫，劉象愚等譯，《文學理論》（三聯書店，一九八四年）。

異。如中國文學中的小說是從「說書」發展過來的[18]，是一種講述型的藝術表達；而歐洲的小說在敘事內容上傳承了騎士文學的浪漫故事，在形式上則和印刷術的普及相關，它是一種書寫的藝術。它們在表達上分別與說和寫有著不同的聯繫。於是，在這樣差異的基礎上，小說觀念具有差異性就是一個當然的事實。中國古代文學中小說的地位遠遠不及詩歌、散文。自文藝復興時期小說產生之後，小說成為了西方文學的中心，就與這樣一種「出身」有著密切聯繫。當我們面對中西兩種不同文化的小說的時候，我們不應該只看到小說的具體表達的不同，還要看到它們本身就是不同文化的產物，在文化中擔負著不同的使命。

從時間角度上看，各個不同時期的文學並不一致。我們通常所說的「唐詩宋詞」，或者唐宋詩詞，並不只是表明這些作品產生於唐宋時期，還在於這樣一些作品本身是一種新型的文體。它所要求的格律形式，在此前的時代不存在，在這樣一種格律形式下所形成的文體具有一套相應的美學要求。因此，在「唐詩宋詞」的稱謂中，在對對象的指稱的意義之外，其實包含了一套審美規範。這種規範通過對典範性作品的推崇來表達，在這些言說的框架內，它幾乎就是真理的化身；而在該框架之外，它往往沒有影響，其有效性也經常可以棄之不顧。在這種情況下，關於文學的言說由於文學本身的變化也就發生了變化。文學的知識不是那種一旦瞭解就普遍有效，也不是一經指明就亙古不易。結構主義文論家喬納森・卡勒認為：西方文化之中的「literature」是晚近二百年來才具有「文學」的涵義[19]。也就是說，雖然都是稱呼為「文學」的事物，其實，內涵和外延十分不同。福柯把這種古今的不同稱為十八世紀轉向，就是說十八世紀時歐洲的啟蒙思想重新梳理了對於世界的基本概念，在此基礎上重新確立了一套世界觀。由此可以看出，文學的知識不

18 中國古代小說也有「補史」的言說，而且在一些史著中也有小說敘事的因子；在「補史」的角度看小說，則由比較重大的文化價值，但是這樣一個看待角度實際上並沒有成為文學觀念的主流。

19 [美]喬納森・卡勒，李平譯，《文學理論》（遼寧教育出版社，一九九八年），頁二二。

是一種普遍性的、可以作為終極真理的窺視來理解的知識，它主要是一種闡釋性的、一種為了方便理解和看待文學而建構的知識系統。這種知識系統從個人角度看的效用，在於可以對變化著的、有時僅靠個人進行理性看待而無法理解的問題有一個基本的把握框架；而從社會和人的群體角度看，可以對個人化的創作和從個人來做出理解的閱讀，達成一個可以相互交流的平臺，不至於在社會話語面對文學時無所措詞。這樣的文學知識肯定不能和科學意義的知識等量齊觀，它不是對客觀性意義的一種描述，而是主體之間相互溝通的管道。文學知識伴隨著文學、社會的變化，以及人們所掌握知識系統本身的變化而發生著改變。這種改變不是「潤物細無聲」意義的漸變，而是不同研究範式進行轉換和替代。範式是科學哲學家湯瑪斯・庫恩提出的一個概念，它通常是指範例、示例，但庫恩用它指代科學家、哲學家及其他理論工作者用以解釋、說明研究對象的系統、體系。範式系統之間的「不可通約」（Incommensurable），「正如經常議論到的，各種語言以不同的方式把世界說成各種樣子。而且我們沒有任何通路去接近一種中性的亞語言的轉述工具」。[20]

文學研究作為學科的歷史進程，一方面，越來越追求規範化，以達成更便捷的對話和學科共識；另一方面，它的變化在一個漫長週期來看也很顯著。美國學者奧康納認為：「現代西方的歷史書寫從政治、法律與憲政的歷史開始，在十九世紀中後期轉向經濟的歷史，在二十世紀中期轉向社會與文化的歷史，直到二十世紀晚期以環境的歷史而告終。」[21]奧康納在這裡的總結說到了「告終」，但二十世紀並不是歷史的終結，所以未來會如何發展，有待觀察。可以比較明確地說，學科研究要追求普適性，而學科發展的過程又具有歷史性。這樣兩個方面過程的矛盾性成為文學研究的一個基本特性。

20 [美]伊姆雷・拉卜托斯等編，周寄中譯，《批判與知識的增長》（華夏出版社，一九八七年），頁三六〇。

21 [美]詹姆斯・奧康納，唐正東、臧佩洪譯，《自然的理由——生態學馬克思主義研究》（南京大學出版社，二〇〇三年），頁一〇九。

二、文學知識的學科性和感受性

文學知識作為對文學進行認知的基本框架，它在學科的要求中運作，學科性就是必然的題中之義，它包括學科的一整套規則、規範、程序、假定等。另外，文學研究並不單純依靠現成的知識就可以把握，在正確的文學研究中，除了需要學科研究的態度和技能，也還需要感情的投入，與作品的感情的溝通。要達成對於文學的合適的把握，需要一種「同情的」理解，即批評者要融入到作品的情景中，和作品的人物、作者達成高度溝通，否則就是一種外在的、淺表的認識。這種溝通在明確的意思上不難理解，但要實足做到也不簡單。滕守堯曾經對文學閱讀中的歷史常識提及過一個例子。在馬克．吐溫的《湯姆索亞歷險記》中，主人公對那位黑人小孩稱做「黑鬼」，而這樣一種稱謂在今天的美國，無論是同黑人打交道，還是媒體的報導都是大忌。可是，在馬克．吐溫的時代，這種稱謂則是很自然的，相當於我們把小孩子稱作「小鬼」，它是表示親暱的稱呼。如果讀者沒有瞭解當時語言表達的習慣，以為是種族歧視的話語，或者以為當時的那種稱呼在今天仍然適用，那就都偏離了小說的正常閱讀效果[22]。

在中國，楚霸王項羽的故事家喻戶曉，對他的描寫大體上《史記》就有了定調，即項羽成為了歷史敘事中，最為值得同情或推崇的失敗的英雄。其中最顯亮麗的一段當然是作為結局的烏江自刎。為了鋪陳這一段，後來的戲曲甚至還專門創作了《霸王別姬》。可是對項羽的描寫，我們可以看出作者司馬遷的偏向：如果說項羽的寧死不屈、寧折不彎值得謳歌的話，那麼，同樣在《史記》韓信的「胯下之辱」，被認

22　滕守堯，《文學社會學描述》（上海人民出版社，一九八七年），頁三六四。

為是大丈夫不以小事亂大計、君子能屈能伸的典範。這樣一個闡釋的矛盾對後來的文學產生了影響。晚唐杜牧寫了若干詠史詩，其中有對過去史實的翻案詩，《題烏江亭》為其中之一：

勝敗兵家事不期，包羞忍辱是男兒。
江東子弟多才俊，捲土重來未可知！

該詩「包羞忍辱」當然不是項羽的作為，而這卻是詩中男兒的一個尺度，體現了對於項羽的批評，應該說，這與《史記》對「胯下之辱」的推崇是合拍的。但杜牧的翻案雖然有道理，卻並沒有成為後世看待項羽烏江自刎的唯一尺度。對於翻案的再翻案，也在南宋李清照的詩中表達出來：

生當作人傑，死亦為鬼雄。
至今思項羽，不肯過江東！[23]

在這裡，項羽的最後結局成為書寫英雄史詩的最宏偉的樂章。可以說，杜牧只是作為一個歷史問題考察項羽的最終選擇，而李清照卻是以項羽可以逃逸卻不逃避，來反襯出當時南宋軍隊面對北方侵擾者的臨陣脫逃。如果不涉及到相關的歷史知識就不能體會到作者的立場和用心，它需要站在作者角度看待問題，同時還要超越作者的歷史限度。希利斯・米勒提出：「如果你有眼光去發現那些矛盾的、不一致的、奇怪的東

23 李清照，《夏日絕句》。

西，去發現那些無法用作品特點的主題性描述來解釋的東西，去發現那些沒有被以往的批評家所強調和重視的東西，那麼你或許就會得到非常重要的發現。」[24]這種發現意味著要對作品的視點、批評家的視點都加以認識，要有新的理解和闡釋。

文學知識的學科性和感受性是兩個不同的方面。學科性強調的是文學研究群體的共識，感受性則必然是個體的，它和個體的生活經驗密切關聯，每個人都會有自己獨特的一面。在這種結合中，當事人個人既是一種自覺的選擇，也是一種無奈的宿命。作為選擇，那就只有把自己的感受和學科性聯繫起來，言說才有分量；作為宿命，非如此就不能達成被人接納其觀點的可能。

美國女詩人格魯德・斯坦因曾經寫過一句詩：「玫瑰是玫瑰是玫瑰是玫瑰。」從一般表達角度看，說「玫瑰是玫瑰」是同語反覆，沒有信息量，但在文學表達中卻可能有價值。斯坦因自己解釋說：「毫無疑問，人們的日常談話絕不會如此累贅。但是在我看來卻正是在這行詩中，一百年來英語詩歌中的玫瑰才第一次真正是鮮紅的。」[25]在英語文化圈中，因為有歷史上的紅白玫瑰戰爭，有通過贈送玫瑰表達心意的習俗，還有英國的若干詩人吟誦玫瑰的名句，由此，玫瑰的象徵意義成為人們首先想到的方面，而詩歌在表達時就可能受制於這樣的語境條件。通過反覆強調玫瑰，造成一種陌生感，打破人們已經形成了的聯想模式，喚起個性聯想的一面。文學研究者也面臨這樣的問題：即一方面需要在學科共同體的範式下進行操作；另一方面又需要把自己被打動的心靈感受傳達出來，甚至不只是傳達，而且要把這樣的感動作為一種重新感受生活的方式來感染普通讀者。這裡的共同面和個性表達構成了文學研究的一種張力，它體現了具體的操作問題，同時也體現了一種社會話語的權力關係。

24　［美］希利斯・米勒，《為什麼我要選擇文學（在中國的演講）》，上海：《社會科學報》二〇〇四年七月一日。
25　［美］菲力浦・J・大衛斯等編，田立年等譯，《沒門》（中國社會科學出版社，一九九二年），頁二八。

三、文學知識的權力和反權力的關係

說到權力，它不只是來自於行政管束，知識也是權力關係的領域。福柯認為「在人文科學裡，所有門類的知識的發展都與權力的實施密不可分。」[26] 福柯這一思想揭示了所謂的知識權力。當年培根的名言「知識就是力量」，這種關於知識力量的認知人們大多只是從知識可以改造世界的角度來看，其實，這只是其中一面；知識作為力量還在於知情權。這種知情權並不是任何人都可以平等獲得的，譬如，某一國家機密文件就需要專人負責，而且文件的擬定只是為少數決策者服務；掌握了知情權後，這種對情況的瞭解也可以成為控制他人的手段。知情權的控制作用在社會整體的、宏觀的角度適用，所以，在封閉型社會中，統治者首先通過對知情權的把持來控制社會；另外，在人際交往的微觀層面也適用，通過掌握對手的大量隱私和機密，就可能使對手就範。

知識的權力關係是一種客觀性的存在，而這種存在一旦發揮作用，它還可以通過一些程序化的方式加以貫徹。福柯說：「如果把科學僅僅看作一系列程序，通過這些程序可以對命題進行證偽，指明謬誤，揭穿神話的真相，這樣是遠遠不夠的。科學同樣也施行權力，這種權力迫使你說某些話。科學之所以被制度化為權力，是通過大學制度，通過實驗室、科學試驗這類抑制性的設施。」[27] 在這種科學的實施過程中，它的若干環節本身是為了達成知識的需要所必需的，譬如，在實驗過程中需要團隊合作，而合作就需

26 [法]福柯，嚴鋒譯，《權力的眼睛——福柯訪談錄》（上海人民出版社，一九九七年），頁三一。
27 [法]福柯，嚴鋒譯，《權力的眼睛——福柯訪談錄》（上海人民出版社，一九九七年），頁三一——三二。

要有人進行總體的設計和指揮，否則各自為戰就會相互牴牾。這種知識權力體現在若干方面。就人的關係來看，課堂上師生的教學互動，要求共同參與課程所涉問題的研討，其中有些問題實際上在學界也是沒有定論的，而教師這一方要引導學生給出自己的傾向性意見，於是，教師的意見就會成為課堂討論的主流意見。這裡有兩方面的原因：一方面，學生在入門過程中會比較信賴教師，而且教師表達意見時有他傳授知識時所樹立的權威支撐；另一方面，教師的職業習慣就是要「好為人師」，除非學生能夠在問題討論中說服教師，否則，教師就要充當一個管束者的角色，而教師掌握評定學生成績的權力，使學生不可能與教師具有對等的地位。如果說這種情況顯而易見的話，那麼，生活中還有一些情況則特殊一些。如兩人在路上相遇，一人脫帽致意，那麼另一個人除非在身份、地位上明顯優於對方，則也應脫帽還禮，不然就會被當成失禮之舉。由此來說，先行脫帽的人就向第二個人行使了一種權力，這一權力是通過禮儀的話語系統來實施的[28]。作為禮儀的話語，在運用過程中有著權力的侵入。

知識權力不只體現在人際關係中，關鍵還在於它可能浸潤到知識本身。在這裡，知識的生產和傳播需要人來掌握，而行使這種權力的人的意識就可能在知識中打下烙印。印裔美國學者阿・德里克指出：「沒有資本主義作為歐洲霸權的基礎及其全球化的動力，歐洲中心主義只不過是另一個種族中心主義而已。完全專注於作為文化和意識形態的歐洲中心主義，就無法解釋為什麼這種特殊的種族中心主義能夠規劃現代全球歷史，把自身設定為普遍的抱負和全球歷史的終結，而其他地區性和局部性的種族中心主義則不得不屈居於從屬地位。歐洲中心意識形態掩蓋了作為其動力並使其具有令人信服的霸權地位和權力關係。」[29]

28　王逢振，《什麼是「discourse」（話語）》，《文藝理論與批評》一九九四年第二期。
29　汪暉、陳燕谷編，《文化與公共性》（三聯書店，一九九八年），頁四六四。

在德里克所說的歐洲中心主義的霸權話語中，會有一套按照他的立場來建立的歷史框架。這種框架與觀察事物的角度相關聯。在歐洲，基督教進入歐洲是最重大的歷史事件之一，這其中，亞歷山大就有非常重要的影響，需要在歷史著述中濃墨重彩地書寫；而在中國，秦始皇統一六國之後建立了中央集權的郡縣制，在文化上實行文字和度量衡的統一，為以後中國的國家模式奠定了基礎。由於歐洲在近代以來有著世界性的影響力，亞歷山大的歷史地位就可以被充分書寫，而首次統一國家的秦始皇的重要性多少被忽略。知識的權力關係在知識的傳承中有巨大的作用，不同學派之間的爭論和辯駁，既有對學術本身探究的追求，也可能包含了對知識權力的訴求，即掌握該學科知識的話語權。實際上，學科的發展史就是學科話語權的爭奪的歷史。這種爭奪有當事人自己對名利追求的情況，也有可能是當事人由於信仰，對話語權的爭奪來自一種無私的考慮。但是，在話語權的爭奪戰中，對事情真相的考慮會受到影響，這幾乎是可以斷定的。胡適曾經說：「這三十年來，有一個名詞在國內幾乎達到了無上尊嚴的地位；無論懂與不懂的人，無論守舊和維新的人，都不敢公然對他表示輕視或戲侮的態度。那個名詞就是科學。這樣幾乎全國一致的崇信，究竟有無價值，那是另一問題，我們至少可以說，自從中國講變法維新以來，沒有一個自命為新人物的敢公然毀謗『科學』的。」[30] 推崇科學本身是可取的，中國是因為西方的堅船利炮才打開國門，西學東漸的過程伴隨著富國強兵的訴求，而富國強兵無論從中國傳統思想的角度還是西方傳來的民族主義思潮，都可能把它上升為一種宗教性質的訴求，即全民的最高的歷史任務。在這種情況下，對科學的不適用的引申就可能成為普遍性的學科趨向。在這種科學權威的背後，是代表了「科學」的外來文化對於本土文化和傳統文化的嚴重殺傷。

---

[30] 胡適，《科學與人生觀》（上海亞東圖書館，一九二三年），頁二—三。

四、文學知識的效用合法性和體制合法性

我們論述的總的議題是文學知識的合法性，那麼，通過前面幾個方面的論析，可以看到在文學知識的性質、構成和運用中，文學知識的合法性問題具有的複雜性。

其實，在這裡很關鍵的一個方面是文學知識本身所針對的對象是文學現象，而在研究的過程中，一些文學現象之外的、或者和文學沒有直接關係的東西也進入到研究的視野。於是，在對文學的關注中就會也去關注那些相關方面，有時可能對文學本身則忽略了，所謂喧賓奪主就是這種情況的寫照。那麼，要破解這種迷局的話，其關鍵在於，作為一種知識領域的文學研究，它的合法性基礎建立在對對象解釋的有效方面，這種有效需要得到他人的認可，而文學知識不同於自然科學，它不是面對一個對於所有人都完全客觀的研究客體。對文學的看法不只是一個感官認定的問題，文化因素在其中有重要的作用。譬如，古代印度美學強調藝術的「味」，中國古代批評強調詩歌繪畫的「意境」，這都需要鑑賞者在觀看、聆聽藝術作品的表達之外，還有一種積極的、事先進入體悟的心態。那麼，文學研究就包括對這種主觀意義的看待的引導。這樣，文學研究就有對文學現象的關注，也有對該現象解釋上的努力。對現象方面關注所提供的是文學研究的效用問題，而如何有更大的引導能力，則屬於研究體制的安排和設計。

這裡就涉及兩個不同方面，即文學研究的效用的合法性和體制的合法性。兩個方面不能截然分離，如文學的意境，它不是文學的實體層面，甚至也不是文本自身就可以提供的，它需要接受者的積極參與，包括主體的神思，但一旦這樣的接受模式成為了接受過程的普遍期待，成為了創作時的自覺追求，那麼，它就成為一種非如此就不能的預設。在想像領域作為一種集體的意識，它有超越個人意義的客觀性。為了更

有效地進行這種美學規定的培養，在文學研究領域就會加強宣傳，這種宣傳不是在中立的立場進行的，宣傳中就有積極的價值評價，甚至也可能把不能接受這種宣傳的觀點宣判為不懂得藝術和文學，於是，普通的文藝愛好者和新入門的文學知識的探求者就會進入這種圈套，並且還認為自己獲得了學科知識。因此，文學知識的效用有可能是經由某種教育培養過程外在地施加的，當事人事先並沒有有意習得的意向，事後也沒有誰做出說明。在這種教育過程中，體制的合法性成為了主導的方面。

從發生學角度看，知識的效用在於針對對象進行言說，但在學科的運行中，知識由誰來言說和怎樣言說成為了中心。文化批評家里維特曾經說：「發生在我們人類文明上的最為關鍵的事情是，我們的文明正逐漸變為各個專家的文明。我們中間每一個人，都被越來越多的鎖進他自己的一小塊區域，並且沒有辦法離開這個區域。現在，沒有一個人有能力同時解釋一個古代的銘文和一個現代科學的公式。文化和人類的共同財富，已經成為各個專家要掠奪的東西。」[31]這裡把學科領域的活動看成一種對資源的爭奪，也許並不能概括所有從事該項活動的人的行為，但至少從中可以看到問題存在的普遍性。這裡涉及的權力問題在當事人也許並不是對私利的考慮，它可能和某種當事人認為神聖的觀念、對象、目標等聯繫起來。上文引述過胡適關於「科學」的說法，就是其中典型的方面。其實，科學本身確實是有益的，但科學有適用的範圍，譬如，物理現象的解釋和化學現象的解釋就各自不同，我們不能把它們顛倒運用；甚至在一個小的範圍也是如此。在實際的文學研究中，這種簡單運用科學的狀況的確存在，它表明了當事人對科學的某種迷信，同時也通過自己對科學運用的嘗試以試圖掌握學科的話語權。當年成仿吾在「五四」之後不久的一篇談詩歌的文章中，他表達了對於詩歌的見識：

31 [美]弗雷德里克・詹姆遜，王逢振等譯，《快感：文化與政治》（中國社會科學出版社，一九九八年），頁三六〇。

假使F為一個對象所給我們的印象的焦點focus或外包envelope，F為這印象的焦點或外包所喚起的情緒，那麼，這對象的選擇，可以把F所喚起的f之大小來決定。那淺顯的算式來表出時，便是我們選擇材料時，要滿足一個條件。如果這微分係數小於零時，那便是所謂蛇足。這算式所表出的意思，如用淺近的語言說出，便是詩中如增加一句一字，必是這一句一字增加全體的情緒多少。[32]

這裡把數學手段作為了論證詩歌的美學價值的工具，如果通過這種分析可以有助於我們對文學的認識鑑賞倒也不錯，但實際上，數學角度和文學角度沒有多少交叉，除非在定量分析意義上可以把數學作為一個工具和手段，否則引進數學本身對文學的思維就是一種干擾。成仿吾作為一位著名批評家對於文學當然是內行，他之所以採用一種他自己並不熟悉，而且對具體的文學分析幾無用處的數學作為論述的工具，原因在於這是和「科學」相關的，這種相關在一般的批評家那裡沒有採用，他的這種舉措就有先行者的意義，由此可以占據文學話語上的制高點。

我們今天來看這是一種低層次的錯位，但是，在這種錯位背後則有可以值得深究的東西。實際上，社會話語在不同時期有不同的主導，歐洲中世紀是神學話語的時代，一切研究都必須圍繞對教會思想的順從；文藝復興顛覆了這樣的規則，那麼，這裡的一個缺失就需要有填補。這種填補的一個主要方面就是科技方面的理性傳統、文化方面的民族主義、政治方面的民主制度和自由理念。科技理性的內涵其實是實用主義的，即什麼樣的思路可以解決問題就是好思路，而傳統的人文理性主要考慮思路的來源的正當性，還

32　成仿吾，《詩之防禦戰》，《創造週報》一九二三年第一期。

要和原來體系的合拍以及採用新的思路之後的後果。把相關因素都考慮之後，可以說文藝復興之後的歐洲文化已經不是傳統意義的歐洲文化了。這樣，我們才可能理解，「中世紀的倫理觀念不僅容忍乞討的存在，而且事實上在托缽僧團中還以乞討為榮。甚至世俗的乞丐，由於他們給有錢人提供了行善施捨的機會，有時也被當作一筆財產來對待」[33]。如果要說作為倫理觀念的上層建築需要和相應的經濟基礎對應的話，那麼，中世紀所盛行的以乞討為榮的觀念可以吻合當時的經濟狀況。而在工業革命之後，工業革命建立了一套新的社會機制，它主要以個人業績作為對當事人的評價尺度，並且，這種評價也和新的社會階層的構成方式聯繫起來，即每個人都有機會出人頭地，但每個人又都不能因為自己出身的狀況就定格在某一水準。這樣的話，乞討行業就有一個問題，它完全不能對社會財富和文化的增長做出積極的貢獻，在這裡，業績問題無從考量，而且對於乞討者個人來說，所得也許會有多與少的區別，那麼，乞討者的業績對社會有著潛在的殺傷力，即如果乞討就可以獲得很多，而乞討行為又在社會上可以有正面的評價，那就會鼓勵其他人也加入到這一行列，這樣，對社會發展是很不利的。在此觀念的變化中，觀念評價的邏輯、評價尺度就迫切需要進行深層次的思考。

巴赫金曾經說：「須知，在任何時代和任何社會集團的意識形態視野裡，都不是一個，而是幾個相互矛盾的真理，不是一條、而是幾條分開的意識形態途徑。當一個人選擇一種無庸爭辯的真理，走向一條無可爭議的道路時——他就寫論文，加入某一個流派，參加某一個政黨。……意識形態視野是不斷地形成的，只要一個人不長久地待在像一潭死水的地方的話。這就是活生生的生活的辯證法。」[34]他所說的「幾

33 [德]馬克斯·韋伯，丁曉等譯，《新教倫理與資本主義精神》（三聯書店，一九八七年），頁一三九。
34 [俄]巴赫金，張傑等譯，《巴赫金全集·第二卷》（河北教育出版社，一九九八年），頁一三一。

個相互矛盾的真理」和一般的邏輯常識有些出入，即我們往往相信說法可以多種，但真理只有一個，也許從實在的角度看的確如此，可是，我們考察真理的時候，我們如何可能找尋到作為考察對象的真理呢？我們能夠做的，不過就是把別人宣佈為真實情況的東西，而我們也覺得有道理的看成了真理。這種看起來具有可信度的東西，在學科領域中經常出現在完全不同的學術思想中，實際上，它至少就是貌似有理才會獲得學派的一席之地。當我們不帶偏見地傾聽他們各自的表述時，往往會感到困惑，這種困惑不是說不能理解他們的表述，而是說他們各自的表述看起來都或許有理，然而他們之間卻難以通融。

譬如，中學語文課本中的魯迅小說《祝福》，按照教學要求，教師把主題定位在揭露封建主義的危害，其中的關鍵點包括祥林嫂的被迫改嫁。封建倫理鼓勵寡婦守節，因此，把祥林嫂的婚姻問題歸咎於封建社會思想本身就有些滑稽，進一步說，在清朝及以前的封建時代，積極鼓勵寡婦守在婆家，它包括在榮譽層面授予稱號，在守寡達到一定年份以後，官府還會撥發經濟上的補貼。祥林嫂的生活遭遇，實際上反映了當時社會的轉型階段，舊有的家庭婚姻制度和倫理崩塌，而新的婚姻及倫理並沒有及時有效地補充，於是形成一種文化真空。被迫改嫁在社會轉型期是一種不正常的、甚至屬於犯罪的行為，因此，反封建的主題應該改為對社會轉型階段社會陰暗面的揭露。但這樣一種述說的缺點在於，至少在中學語文教學的範圍內，魯迅被定位在「反封建」的框架中，若把這種對社會轉型問題的關注納入到對文本的理解，那麼，它和「反封建」的關聯度以及兩種意識之間的協調就存在著不可調和之處。

J. D.貝爾納曾經說到科學的社會意義在西方所經歷的轉變：「我們直到最近才能夠在思想上把資本主義企業的發展同科學的發展和人類思想的普遍解放區分開來。兩者似乎是『進步』的互相聯繫，密不可分的兩個部分，可是與此同時，說來也似乎矛盾，當兩者出現時，人們卻把它們當成人類正回到自然狀態，擺脫宗教或封建政權的專斷束縛的跡象來加以歡迎。」[35]這裡對科學的誤解是在崇尚科學的意識中生發出來的，但早期的認識和當今的認識相差很大。我們只有把問題還原到文藝復興時對於教會思想的認定上，才便於理解。教會思想把人束縛在他們所理解的教義範圍內，而文藝復興的思想家通過張揚人的自然屬性的天然合理性，來加以對抗這種束縛，因此，近代科學作為一種新出現的強大力量，也必須納入到該框架作為思想武器，於是，科學就被這樣看待了，而今天之所以把科學作為自然狀態之外，而不是自然狀態本身的力量的表現，是因為今天已經不再有那種壓制性的教會勢力，而今天科學對於自然界的干擾關係必須提到應予關注的程度上。在這思想的變化中，科學本身的角色並沒有實質性變化，而科學所處的社會角色有所改變，進一步看，科學自身的知識體制認為，科學的作用發生了變化。在如何看待科學知識這一問題上，體制的合法性成為知識建構的基礎，其次才是效用的合法性。如果科學可以形成強大的生產力，還可能突出重圍的話，那麼，相比而言，文學在知識體制的合法性框架下，很少有自身表達的機會和力量。因此，當我們通過學習文學知識來把握文學的時候，我們必須對這種關於文學的知識本身加以警惕。

第三節　文學理論知識的前設與後驗

在文學研究中，文學理論屬於研究的基點，文學研究是否合理需要文學理論來加以說明和認證。各種關於文學的認知和闡釋，由文學理論來提供合法性的框架。那麼，文學理論這種功能的實現並不是無條件

35 〔美〕J. D. 貝爾納，陳體芳譯，《科學的社會功能》（商務印書館，一九八二年），頁五四三—五四四。

的。文學理論作用方面最直接的證明，就是要在時間座標上達成前瞻與後顧。所謂前瞻，是指對今後一段時期理論的發展有所影響，更重要的是參與到影響今後一段時期的文學活動。所謂後顧，就是對已經發生了的文學事實做出合理化的解釋。前瞻與後顧，具體落實到文學理論的工作中，要求理論有自身的前設，理論的基點、目標等方面的設定。理論的後驗，即理論的觀點要在以後的文學現象中得到驗證。這樣一個前後兩端的要求跨越了時間的間距，形成了時間跨度的差距之後，對於理論自身也就有了複雜的關係，需要在理論上進行研討。

一、文學理論的時間座標問題

在文學研究的學科中，文學史涉及到時間問題是無可非議的，可是如果說文學理論涉及到時間就會耐人尋味了。這種質疑是有道理的。首先在於，文學理論不是關注文學的時間現象，而是尋求文學的普遍性規律，實際上還追求能夠超越時間的、具有永恆性的文學性質。再者，文學理論的內在品質是抽象地把握對象，這是一種共時性的思維，那麼，在這種共時性的前提下也不是關注時間因素，因此似乎也與時間無緣。

但是，這種共時性只是相對的，作為人類精神體現的文學，它本身是有時間性的。對某一時期作為人的理想的東西，在另外一個時期可能並不也是理想的，甚至可能恰好還是力圖去克服的。譬如西方工業革命以後興起的、改天換地的大規模征服自然的行動，是當時那個時代振奮人心的理想實現過程，今天雖然仍在持續發展這樣的意識，至少會對這樣的行為有所質疑和批判。這樣一種轉變不能簡單地以為就是後來者對於前代的糾錯，以此看法，後代總會有對前代的變化，那麼人類史就只能被描繪為一個錯誤不斷疊加的歷史。這種看法和作為另外一個極端的、總是把前代看成是自己今天的榜樣的認識，都是缺乏歷史感的。其實，每個時代都有自身對於世界的看法，這種看法從純粹科學的角度也許是不斷的發展乃至進化，可是從哲學的角度看，這些不同看法在當時時代有無積極意義才是評價的標準。不同時代之間的認識的差異，可以採取一種結構的、共時的框架來加以參照，它們之間是一種平行關係。

這樣的話，文學理論是對於文學的一種結構的、共時的把握框架，它不是注重時間性的過程；可是我們也已經可以看出，實際上它也是涉及到時間性的。文學理論的言說有一個時效問題。古希臘時期亞里斯多德提出了悲劇作品的六個要素，其中包括人物和情節，亞里斯多德認為情節比人物重要，正是因為情節才使得人物命運、性格等具有感人的魅力。而黑格爾的美學思想也提出了敘事作品中人物和情節的重要性，但黑格爾認為，人物形象的塑造是最為關鍵的因素，情節是塑造人物的手段。兩位重量級的思想家對此有不同意見，其實在他們各自時代都是合適的。對於亞里斯多德來說，情節的表達很大程度上依靠口述文學，只有結合到情節，人物才可能被記住，而且古希臘還處於神話的時代，這種神話時代的敘事本身富於傳奇色彩，其中的主人公因為秉有異能而必然具有鮮明特徵。在黑格爾的時代，則是黑格爾自己所說的，現代社會是依靠憲政而不是個人管理的，這樣的制度變革使得個人的作用只能在憲政的框架裡面發揮，因此是制度而非個人具有最重要的影響力。在這一背景下，個人就可能會成為體制之下的「螺絲釘」，即使身為統帥也可能就是這樣。再加上現代的文學更加關注人的日常生活層面，主人公也不是神話傳奇中呼風喚雨的英雄，如果不在人物塑造的典型性下功夫，可能文學作品的讀者不會留下深刻的印象。因此黑格爾的觀點針對他所處時代的文學也是適用的。這樣來看的話，亞里斯多德和黑格爾各自的理論表述不同，我們並非從中辨別是非，他們兩人的理論都在各自的文學背景下發揮影響。由這種對比我們也就可以看到，理論研究上時間因素如何重要了。

在這時間角度的看待中，其實也和整個社會本身對於時間的分割有關。傑姆遜曾經說，工業生產的過程是工作中經歷痛苦，然後得到報酬，「這樣，人的時間便被分割開了，在某段時間裡有工作，沒有任何滿足，而在另一段時間裡你將得到滿足」[36]。這樣一種狀況基於對時間的把握。把某段時間做出犧牲以滿足另外一個時間段的需求，這樣一種「奉獻」精神並不是單純的犧牲，而是依靠所謂的「回報」期待的預期和落實。在工業革命以後，通過一系列的制度安排把這種關係穩定下來。譬如涉及到勞動報酬支付的相關法律，雇傭者不能採取不支付報酬的方式以獲得勞動者的服務（義務勞動除外），商業活動的買賣雙方可以通過合同的方式來達成貿易，雙方在合同履行中有政府的法律作為支撐，這樣就使得未來時間段的支付能夠參與到此刻的交易。在國際貿易中大宗貨物實行的期貨交易，也是把時間進行處理的實例。時間作為一個向量，它不能被控制速度，也不能被回溯，可是通過這樣的制度安排就可以達成對時間的整體把握。在這裡，經濟的全面滲透就使得時間融入了我們的生活之中，我們原先看來是超越時間因素的東西也在時間座標中安放了位置。譬如人的認識的活動是對於真理的探詢，認識的成功在於認識者能夠看到一些什麼，可是考慮一下物理學上的磁力線，怎麼可能看到？但是，把碎鐵屑撒在紙上再以磁力干擾，就可以看見碎鐵屑出現規則性的分佈，這種線狀分佈是磁力線的證明。這樣的情況下，人的認識不是依靠感官直接來「看到」，而是要通過某種跡象來把握。再進一步的話，所謂「看到」很大程度上是一個儀器檢測而非感官親歷的事情，在高科技實驗室可能製造出新的物質元素，可是其存在的時間只有一秒鐘的若干分之一，這樣短暫的存在時間決定了任何生物感官都無法做出反應，那麼，通過該物質所留下的痕跡之類來做的判斷，雖然不能被感官所把握，但是它的存在可以在學科的方法中加以證明。這裡認識行為的「看到」是一個時間過程的產物，在時間的累積中某種檢測的合法化得到了支持，它比之於真正肉眼的「看到」在

[36] [美]傑姆遜，唐小兵譯，《後現代主義與文化理論》（陝西師範大學出版社，一九八六年），頁四九。

學科上更有說服力。這樣一種變化在今天看來順理成章，可是變化之前則意想不到的，甚至也可以說，如果最初就說明會發生這一轉變的話，則變化過程就會缺乏合法性的支撐。

我們還可以參照一個變化的事實。美國學者奧康納認為：「現代西方的歷史書寫從政治、法律與憲政的歷史開始，在十九世紀中後期轉向經濟的歷史，在二十世紀中期轉向社會與文化的歷史，直到二十世紀晚期以環境的歷史而告終。」[37]這樣變化過程的描述涉及到複雜的問題，也可能並不得到學界公認，但是，關於整個人文學科的「語言轉向」可以作為一個附註來理解。在二十世紀以前的人文學科，強調知識體系的認識功能，認為事物是複雜的，但是如果有了一個合適的知識架構，就可以對事物做出中肯的認識，突出知識在認識活動中的重要性。而在「語言轉向」之後，很大程度上不是知識框架給予認識支撐，而是這種框架給予認識的言說一種合理化的包裝。也就是說，認識行為由一種實在的認知的方面被挪移到了一種話語的層面。認識不是一種和對象的關係，而是它和話語系統中的其他元素的關係。通俗一點說，所謂認識是一種可以說得通的表述。在這樣一種轉換中，認識本身的變化也會對於既有的和未來的各種理論產生強有力的影響。

二、「前」與「後」對於文學理論的意義

文學理論處於時間之流，它並不著意去追蹤文學現象的時間流程，但是文學現象變化的結果也會反映到文學理論的視野，使得文學理論在看待文學時具有一種變化的眼光。

37 ［美］詹姆斯・奧康納，唐正東譯，《自然的理由——生態學馬克思主義研究》（南京大學出版社，二〇〇三年），頁一〇九。

在這一時間的框架中，文學理論不只是消極地面對文學的變化，記錄下前後的差異，當然也更不能完全漠視變化，或者簡單地認為以前的狀況不成熟，現在才正常；或者以過去的狀況為正宗，把後來的變化斥之為一種墮落，這是一種和理論認識無關的態度，不是現代意義上的學術研究所應該採取的方式。作為一種學術研究，當研究對象處在變化過程的時候，研究本身不能從一個固定的時間視點來對對象做出評斷，文學理論需要有一種時間意識。對於文學的變化過程，由文學研究中的文學史、批評史等部門去處理；對於文學理論來說，它自身需要做的是，在共時的角度去理解文學，同時又不至於把這種理解絕對化，甚至以為它是可以超越時間的、普遍性的規律。在很大程度上，文學理論不過是文學理論家對自己所理解的文學的一種理論思考的產物，這種思考除了理論家自身思想的限制之外，還在於它所關注的對象本身狀況所給定的條件。就理論思考此刻在場的情況而言，它可以是靜態的分析，而就這種思考的歷史所給定的條件而言，它處於時間過程之中。

文學理論在面對文學時，文學本身不管是否以一種歷史的觀點來看待，它都是一種歷史的存在。當我們把一部一部的文學作品排列出來作為研究對象時，這些作品有著一種前後影響和評價的關係。前代的偉大作品會作為一個尺規引導後來者的創作，而後代的創作成就又會作為重新看待前代作品價值的一個基本砝碼。所謂「李杜詩篇萬口傳」，則唐詩宋詞所營造的詩歌意境在很大程度上受到了李杜的影響，李杜的美學觀念成為了跨越時代的藝術實踐的準繩；而又應該看到，後來者創作的成就也可以成為加強李杜詩歌歷史地位的一個注腳。

在這前、後兩端都不是「透明的」：前代文學是後人評價了的前代文學，很可能已不是前代人自己眼中的文學了；後代閱讀與創作也不是完全站在後人的當下現實狀況，而是受到前代文學所營構的審美文化格局、審美心理範式基礎的影響，兩者互以對方為自己存在的前提。在這種歷史的兩端中，前代文學作為給定的條件，它提供文學研究系列的現實；後代的文學閱讀與創作是對前代文學的反映、評價，它提供了文學研究的基本敘述的框架。艾略特曾就文學演變過程對於文學研究的影響指出：「現存的不朽之作形成了一個理想物序，新的藝術作品（名副其實的新作）在進入這一物序時改變了這一秩序。在新的藝術作品出現之前，現存秩序是完整的；這一秩序要在新作進入之後保持下去，整個的現存秩序必須被改變，哪怕是很小的改變。因此，每一部藝術作品對於整體的關係、比例和價值都要得到重新調整；這是舊與新之間的和諧。任何贊同這種秩序、歐洲式和英國文學觀念的人都不會認為下述觀點是荒謬的：過去必須被現在改變，正如現在要受過去引導一樣。」[38] 艾略特在此所述，體現了一種系統的內部秩序的觀點，系統具有自組織的功能，一旦把系統的格式設置之後，它就可以按照程序進行運作。而且在這一事件的時間序列中，前後之間就體現為相關的影響—評價關係。

文學理論主要從共時的結構框架來看待文學，它雖然在言說上並不強調文學現象的歷時關係，但是它的言說要有效用，就還得結合文學現象的歷史語境來考慮，這樣才能夠有針對性地闡釋對象。這種歷史語境包括理解和發掘作品所描寫的事件的歷史位置，也包括要瞭解作者寫作時所處的歷史條件，還包括作品在傳播的過程中，讀者依據什麼歷史觀念來看待作品的描寫，從而對作品產生理解。在結合到了作品方面之後，其實也是同樣的道理，需要對文學批評的相關歷史狀況的梳理，因為批評並不是電腦程式一般的工作，批評需要批評家的參與，而批評家作為人，也是在一定的歷史階段，而且他個人的情緒、愛好等等會滲透到批評中。批評其實是一種「再創作」，同一作品在不同批評家的闡釋中會呈現完全不同的面貌，其道理就是因為如此。

38 轉引自[美]愛德華・希爾斯，傅鏗、呂樂譯，《論傳統》（上海人民出版社，一九九〇年），頁二〇九。

這種歷史的眼光還應該從「歷史中」擢升到「歷史地」，在歷史發展總體運動的框架之中來認識歷史現象。所謂「歷史中」只是將文學史上的作家、作品同一個特定歷史紀年聯繫起來，而「歷史地」則要貫串一種鳥瞰式的眼光看到歷史的滄桑巨變。它需要立足於現在、同時又要體察「當時」，理解當時狀況與當代視點之間的差異及其底蘊。說到底，人們所說的歷史只能是當代所能認識到的歷史，而人們所立足的當代又是歷史線索的一個局部時段，受到過去所影響的當代，過去與現在、當時與當代必須貫通起來。英國歷史學家巴特菲耳德（H. Butterfield）在其《歷史的輝格解釋》中提出：「……不是要讓過去從屬今日，而是……試圖用與我們這個時代不同的另一個時代的眼光去看待生活。假定路德、加爾文和他們那代人只不過是相對的，而我們這個時代才是絕對的，這樣做是不能獲得真正的歷史理解的；要獲得這種理解只能是通過充分承認這樣一個事實，即他們那代人與我們這代人同樣正確，他們爭論的問題像我們爭論的問題一樣重要，他們的時代對於他們就像我們的時代對於我們一樣完美和充滿活力。」[39]巴特菲耳德這樣一種表述實際上不只是一個具體觀點的問題，它表達了在歷史的演變過程中，我們如何來看待歷史的方法論。我們可以看到有兩種非常明顯的傾向：一種把過去理想化，所謂今不如昔，需要重新回復到歷史的面貌，古籍、古訓被擢升到經典的高度，這種思想在工業革命之前的傳統社會是比較有代表性的；另外一種是進化主義的歷史觀，認為歷史循著一個不斷進步的軌跡前行，即使在某一階段非常坎坷，即使在具體的歷史事件中文明和文化遭到了重大挫折，那也是前進過程的迂迴，或者是為了取得進步而付出的代價。可是這兩種不同傾向的思想，都把歷史的各個階段看成了一種絕對化的線性過程。巴特菲耳德表達的思想是，歷史都是歷史進程中當事人所造就的，這種結果體現了他們對於歷史的一種認識，這種認識在不同時代註定

[39] H. Butterfield, *The Whig Interpretation of History*, G. Bell and Sons, 1931, p.16-17.

會有不同的看待，每一種看待都不過是不同認識方式中的一種而已。真正從研究的層次來看待歷史，可能應該採取一種平面化的態度，也就是各個不同時期的歷史觀，都需要既從當事人角度來加以理解，也需要在今天的觀念中重新估價，還需要在歷史的整體過程中分析其利弊。

當理論的思考從「歷史中」擢升到「歷史地」，並且具有了一種相對全面的視野之後，這裡的歷史就不只是「變化」的意思了。它是一種在整體框架之下的思考。歷史在這裡成為一種包容各種不同視角並且加以整合的平臺。

三、預設與驗證：理論的兩種價值

文學理論並不直接面對文學的變化事實，因為有文學史處理這樣的問題。文學理論所要面對的只是處於變化中的文學。文學在這裡是以靜態的姿態來被把握，只是因為文學在事實上處於變化的過程中，所以文學理論需要考慮到變化的影響，這相當於攝影對動態物體的拍攝，拍攝者只是關注物體的某一瞬間，但是，這一瞬間是在整個運動過程中產生的，要考慮到物體運動對於成像的影響。

當文學理論面對不斷變化的文學時，這種變化在理論的表述上一般並不作為一個問題提出來，即文學的特徵、文學的性質等基本層面在文學理論中不是以一種時間限定的框架來做出認定。而具體的文學則可能以新的變化的姿態，對已有的理論總結提出挑戰，使得理論的普適性遭遇質疑。

譬如小說文體在多年來的傳統中形成了以情節和人物塑造為中心的觀念，它在情節方面要求跌宕起伏，同時又要有邏輯上的可信度，即所謂的出乎意料之外，合於情理之中，這樣一種規定對於作者和讀者就相當於一種契約關係，作者需要這樣寫才可能被看成好的作品；讀者也需要這樣來閱讀，才算得上一個合格的閱讀者。當這種規定性成為了文學的一種「格式化」之後，它的確會加強寫作和閱讀之間的相互聯繫，而這一聯繫實際上形成了文學活動領域的、寫作閱讀一體化的文學「共同體」，使得文學領域有了雙向互動的、內部聯繫得到強化的一種機制。這樣其實也就對文學造成了惰性，似乎文學只能如此體現、如此表達，可是文學表現的可能性其實是語詞的排列組合關係。由於語詞的豐富性，這種排列組合關係本身體現為一個天文數字，而且語言還在歷史過程中不斷變化，因此在理論上這樣的不重複地表達是完全可能的。以為文學表達是既有表達的規律性的總結，這其實是不完全歸納，在邏輯意義上只能有參考價值，而不具備肯定性結論的價值。這裡體現的一個悖論是，文學理論要有權威性的說服力，就需要對於既有的、盡可能多的文學現象做出理論闡釋，可是這種闡釋無論如何都只能在已經出現了的文學現象的範圍之內才有可能，那麼接下來的情況則是，當這種闡釋越是具有權威性的情況下，越是對既有的現象可以作出周全的涵蓋，也就越可能會對新出現的、超越了理論概括的新現象產生牴觸。或者說它不能說明新現象的實質性方面，而它作為理論需要對現象加以說明，於是就會把新現象納入到舊的框架中，遮蔽了新現象應該體現出來的新的東西。理論的權威性在這時成為了理論的惰性，越是權威就越可能脫離事實本身。

因此，對於理論在能夠比較好地說明既有現象的要求之外，還要能夠對於新的現象說明，這是一個必然性的選擇。但是，這樣一種情況對於整個人文社會學科都是難題。自然科學研究的現象雖然廣泛，但都是一些「重複的事實」，實驗資料的可重複性是自然科學成果的一個必備要求；而人文社會學科則研究的是「變化的事實」，不可能在大範圍得到重複驗證。假如歷史上某次大饑饉造成了社會的動盪，可是也可能另外一次更大規模的饑饉只是讓人看到餓殍遍野，社會本身並沒有受到任何衝擊。所以相對於自然條件的規律性來說，社會方面的變化雖然也需要條件制約，但是往往只是必要條件，而不是充分條件。幾乎沒有哪一種社會形勢必然達成某種效果。這樣一種具有隨機性的狀況，既是對於文學理論普遍有效性涵蓋的挑戰，也是對文學理論要想預見新的文學現象，要對新發生的文學現象加以針對性言說的挑戰。

人文學科面對對象的難以格式化不只是學科本身的特殊性，它更是研究對象的特殊性所致。因此有這樣的判斷：「假設人們預測股票行市三天看漲，然後看跌。顯然與市場有聯繫的每個人都會在第三天拋售股票，這造成了當天股票行市下跌，從而否證了這個預測。簡言之，精確而詳盡的社會事件日曆這種觀念是自相矛盾的：所以精確而詳盡的科學的社會預測是不可能的。」[40]說到底，這種預測的不可能就在於，主體在研究對象的同時也在注視著研究的結果，當研究的一項結果對於人有直接的利益關係時，就會左右當事人的選擇。可以說，預測會影響到預測的結果，而預測的結果就因為預測行為而改變。這樣一種狀況使得人文領域的研究面對的不是一個客觀化的對象，當這種對象的非客觀化作為事實呈現之後，每一次研究的結果都可能成為對事態的干擾，而這種干擾之後的情況就和早先沒有做出的研究已經不同了。

這裡問題就顯現出來了。文學理論作為一種研究領域，它應該對文學的基本狀況進行說明，這種說明需要在驗證已經發生了的事實和未來可能出現態勢的預期這兩個方面發揮作用。在驗證方面，文學理論所做的在一定程度上是系統設定的問題，也就是說，文學理論並不是要去發現或者說明客觀存在的一個所謂「文學」的對象；實際上在不同文化和不同時期，文學概念可以有完全不同的認定，譬如從完全非功利的遊戲的角度，和非常看重文學的社會功利的角度，這些不同角度對文學的認定在理論層面幾乎沒有對話的餘地，可是在現實的文學中它們都有具體的實踐和創作的實例。文學理論這種事先設定，然後在理論中對預先設定了的對象進行論證，其實邏輯上屬於同義反覆，對於知識沒有增長，但是可以在心理層面產生

[40] ［英］卡爾・波普爾，杜汝楫等譯，《歷史決定論的貧困》（華夏出版社，一九八七年），頁一〇。

積極效用；即人面對一個對象時，需要能夠對其性質加以言說，否則會陷入一種無從把握的恐慌狀態，而文學的有關理論可以滿足這種人的心理需求。再者，還有一些關於文學的事實層面的講述，則這種講述如果沒有「文學理論」這樣的學科的話，那也就沒有意義。而當有了這一學科之後，所講述的內容是可以求證的，算是「知識」的範疇。這樣的把握看起來很奇怪，其實這就相當於考證小說中人物的一些描寫的基礎，例如諸葛亮的「羽扇綸巾」，可以引出漢代的文人著裝樣式問題。如果有研究者對此發表嚴肅的研究成果，可能包含了很大的知識量和知識難度，在性質上應該劃歸學術範疇。可是引起這一話題的則是虛構的小說的人物，並不能說作為小說人物的諸葛亮也是一個實際的存在。在這裡小說人物和歷史人物之間沒有對應關係，雖然小說人物可能以某一歷史人物作為原型，但是在這裡小說的虛構性質是一個限定。從知識層面來研討，我們只能撇開單純的事實而必須從程序入手。文學的（譬如小說）可虛構性這種性質，我們不能以歷史的事實比照方式去看待它，相當於一份法律意義上公證了的合同和一句個人的然諾之間有不同的法律效力，和當事人的公信力、道德素養等無關。當文學理論在驗證方面已經顯得力不從心時，它在預測方面更是無能為力。因此，它的作用在學科意義上並不明確，但是這樣一個研究領域已經出現了久遠的歷史，就應該有它存在的理由。

這種理由在很大程度上是學科秩序和人的心理需求。人面對一個陌生的世界時會感到不安全，這就需要建構一個知識系統來把握世界，通常來看這種知識是針對對象採取應對措施的依據，在邏輯線索上，先有了知識之後再採納行動方案；可是在文學研究領域，人先有了一定的態度，再從這種態度出發來研究具體的文學。知識不是行為的依據而是行為合法化的辯護。再從心理角度說，不同的文學批評和理論對於同一文學現象可以有完全不同的評價，這種爭論本身也沒有一種仲裁機制來判定對錯，所以不同的說法就成為接觸文學的人可以採納的各種候選意識，也成為他們選擇不同的文學時一個可能的理由。這種理由是人的行為具有理性的證明，因此只有採納了某一種關於文學的研究結論之後，讀者的選擇才在整個行為的理由上顯得有條理。這樣一種關於文學研究作用的認識並不是貶低了該學科的社會意義。其實人的活動並不需要在每一領域都充分有用，譬如遊戲，它在直接的生存意義上幾乎沒有用處，可是遊戲畢竟是人的天性的一個方面。對於缺少遊戲的個人來說，人生是枯燥的。對於缺少遊戲的群體的人生來說，從底線角度看，他們沒有宣洩管道，社會的鬱結難以消除；從最高的角度看，則缺少了培養創造力、想像力的有效方式。在這裡，文學理論學科的確有認識作用，但它的作用主要不在於針對對象提出了認識，而在於切合主體的需要。人面對「詩無達詁」的情況時，很容易有所感受但又很難得出什麼見解的文學時，文學理論可以為人的判斷提供依據。在某種意義上，文學理論的見解重要的不是針對所指，而是它自身是一個能指，這一能指可以產生個人閱讀的認同、文學創作群體的仿效，乃至整個文學和文化秩序的建構。

四、文學理論的當下與未來

文學理論作為一門學科，需要在學科的認識價值方面得到體現，而這種體現在前述論說思考中看來存在一些問題；這種情況的出現不是文學理論本身的學科性所致，而是因為文學理論的對象是文學，文學的特殊性造成了文學理論的某種學科方面的特殊性。

文學理論的基本狀況千差萬別，不同的研究者有不同的體認。而它最基本的性質特點如前文所述，它實際上有人文學科的特點。就是說，相對於自然科學，人文學科在目前還沒有建立一種學科的範式，在都屬於文學理論的研究者群體中，他們的職業或專業的劃分算是同行，可是他們之間還沒有形成一種學術的共同體。自然科學的觀點可以有很大的爭論，這種爭論足以形成不同的學術派別，可是在具體觀點尖銳對立的情況下，人文學科的爭論各方並沒有統一的對話基礎。這種情況和自然科學迥然有別。在自然科學譬如物理學領域，當年愛因斯坦和玻爾就物理現象中的因果關係發生了尖銳衝突，他們各自表達了不同的思想，可是他們在爭論中採取的論證手段本身是爭論的各方可以共同認可的，他們有著波普爾所說的「學術的共同體」；反觀人文學科則往往並非如此，不同學派之間採用的切入問題的方法殊異，有時根本就不承認對方所使用的方法本身。

胡適曾經說過這樣一段話，表達了他治學的立場：

> 「賢者識其大者，不賢者識其小者」，這兩句話真是中國史學的大仇敵。什麼是大的？什麼是小的？很少人能夠正確回答這兩個問題。朝代的興亡，君主的廢立，經年的戰爭，這些「大事」，在我們的眼裡漸漸變成「小事」了。《史記》裡偶然記著一句『奴婢與牛馬同闌』，或者一句女子「躡利屣」，這種事實在我們眼裡比楚、漢戰爭重要得多了。因為從這些字句上可以引出許多有關時代生活的問題：究竟漢朝的奴隸生活是什麼樣子的？究竟「利屣」是不是女子纏腳的起源？這種問題關係無數人民的生活狀態，關係整個時代的文明的性質，所以在人類文化史上是有重大意義的史料。[41]

這裡很有意思的是，胡適把帝王朝代的興替與「躡利屣」，即一種目前並不清楚的、究竟是一種穿鞋的樣式，還是可能屬於纏足的方式的記載放到一個層面來看。如果從傳統的歷史治學角度看，幾乎完全是胡扯。可是自從二十世紀法國年鑑學派的史學觀問世，歷史觀就有了一個轉向。年鑑學派認為，過去的歷史

41　胡適，《〈上海小志〉序》，歐陽哲生編《胡適文集（八）・序跋集》（北京大學出版社，一九九八年），頁四九一。

觀往往把主要精力傾注在英雄人物的業績上，由英雄們的所思所言所為來尋繹歷史的軌跡。這樣一個思路固然也可以理解，因為大的歷史事件才是歷史學家關注的對象，而且大事件基本上也是英雄才具有決策作用和關鍵性影響力。可是歷史並不是一種設計的產物，它是循著一些複雜的因果關係循序漸進。我們假設，古代某一位農民發明耕地的軛的技術，於是就可以把牲口作為農業的重要勞動力，從而極大地促進了農業生產力，也就等同於提高了國家的後勤保障能力。當我們著眼於兩個不同國家之間的戰爭時，自然會把焦點集中到兩國的最高政治和軍事的決策層，可是我們明白了後勤保障在戰爭中的重要作用，有時甚至是決定性作用之後，那麼關注焦點會移位到發明牲口農耕的技術，這是理所應當的。這裡不是國家的領袖階層人物活動的領域，也不是軍事行為，但是它可能是影響到戰爭結果的最重要因素。另外一些發明，如馬鐙的裝備中國南北朝時期才有，它使得武士由原先只能坐在戰車裡面改變為可以騎乘在馬背上，這種方式的改變提高了機動性能，使得冷兵器時代最具要戰鬥力的武裝形式是騎兵，而這樣的一個歷史演進因素也不是什麼領袖級別的人物所推進的。

胡適所提及的「躧利屣」之所以重要，就在於它包含了多方面的資訊。如果是纏足的方式，就可以由此看到中國古代社會婦女地位的基本狀況。如果只是一種穿鞋的樣式，則也未必就不值一談，因為這種穿鞋樣式是整體的服裝文化的一環，這種服裝文化的靜態展示和動態變遷，都可以折射出社會的多種資訊。當年「胡服騎射」也就是趙國進行的一次服裝改革，而這種改革就相當於運動員著運動裝參加比賽的意義，使得服裝不至於成為運動過程的羈絆，甚至可能的話還有助於運動。如果說傳統的史學觀看重教練員或者運動員對於體育成績的作用，而「躧利屣」這樣一種梳理歷史線索的觀點，則看重運動裝備和科學的訓練方式對於成績提升的影響。在今天體育訓練和比賽已經高度科學化的背景下，我們已經知道了後者的重要性，那麼歷史考察也就應該有胡適所說的那種歷史感。問題在於，包括歷史學在內的各種人文學科可以在某些大的原則上達成共識，可是在具體的研究方法層次上，則從來沒有、而且在今天也沒有看到絲毫共同的方法論基礎。相當於同樣談幾何問題，平面幾何、立體幾何、球面幾何、多維空間幾何之間在定理方面有所不同，不能簡單地進行互換。只能在一個共同的平臺才能進行有意義的對話，而這種平臺本身由於文化和意識形態因素的參與，目前還不能有效地建構出來。

除了人文學科本身的價值觀和知識立場，使得學術研究的中立和客觀性可能被干擾之外，另外還有顯得詭異的性質是，它有些明顯失誤的認識其實可能是恰好需要的東西。年鑑學派的史學家布洛赫曾經舉過一例：

> 許多史實就是在這種情況下被歪曲的。錯誤的因素幾乎是與生俱有的，而且只有迎合公眾的偏見，錯誤的說法才得以傳播，才具有生命力。因此，它也就成了一面反映集體意識的鏡子。在比利時，不少房子前面有許多泥瓦匠搭過腳手架的小孔，若不是長期以來被游擊隊搞得惶惶不安，德國兵在一九一四年也絕對不會把這些泥瓦匠的傑作認作狙擊手的槍眼。……（人們）所說的不是他真正看到的，而是那個時代想當然的東西。[42]

這是第一次世界大戰時期德國軍隊在比利時遭遇到狙擊時的反應。比利時的游擊隊常常從民居的射擊孔向德軍發動攻擊。德軍迅速把情況向統帥部彙報，統帥部會同專家得出的意見是，早在和平時期比利時就在進行全民戰備，以至於鄉間的幾乎任何一處建築都可以找到現成的射擊孔。其實這是德軍的誤解，這些發

42　［法］馬克・布洛赫，張和聲、程郁譯，《歷史學家的技藝》（上海社會科學院出版社，一九九二年），頁七九—八〇。

射子彈的可怕的射擊孔並不是以戰備作為目的，而是建築房屋搭建腳手架之後遺留的，其他地方的建築這些小孔一般都會被填補，可是比利時鄉間的建築工匠們卻往往會保留其中一部分以備將來房屋翻修再派上用途。德軍的這一錯誤的判斷不合乎事實，可是對於德軍官兵們，這一誤判則會使他們在經過各個建築物時更加小心，並且在作戰時會增添一份自己作戰的正義感，即自己在打擊早就對自己磨刀霍霍的敵人。這種誤解的效果對於德軍作戰其實具有完全正面的意義。可以說，如果說歪打正著是形容行為的預期之外的良好結果的話，那麼，這是非常典型的歪打正著。

以往，人的認識都只是對事物做一種不改變事物原貌的關注，如黑格爾就說視覺是純粹認識性的，「物件沒有遭破壞，保持著它的完整面貌」[43]。可是解剖學建立之後，解剖學的認識通過打開原先隱秘的軀體器官，進入到軀體內部去發現真理，於是原來的認識作為靜觀方式的唯一性至少就受到了顛覆。真理的獲得可以通過改變事物的本來面貌來完成，也就是說，原先與認識相對的實踐現在也具有了認識論的意義。在這一過程中，非常重要的意義在於，以往認識論的變革是通過認識領域的工作達成的，而在諸如解剖學的演進中，則是通過操作的過程推動了認識的變革。更關鍵的意義在於，這種變革本身所提出的問題也進一步可以推進認識。譬如，在解剖學的發現中，可以發現以前沒有認識到的器官的作用，正是通過解剖才知道了動物有機體的血液循環、呼吸循環等生理機制，可是解剖的過程意味著，預設的各個器官的作用等待發現這一研究主題。問題又在於，器官從來不是單獨起作用的，於是器官的作用是把器官各自的機理作為一個研究領域的這種想法，就有從機械論觀點看待有機體的嫌疑。一個革命性的推進，其本身又引出一些相關的新的思考，這種變化就帶來了革命性的變革過程。

---

[43] [德]黑格爾，朱光潛譯，《美學・第三卷（上）》（商務印書館，一九九六年），頁一三。

文學理論作為理論學科，主要涉及到文學的知識問題，這種知識不只是文學的ＡＢＣ，而是針對文學提出見解時，這種見解的知識依據和知識可能，它在各個具體研究的闡釋上提供話語的合法化、合理性的空間。在這種理論的言說中，分析起來其實是幾種因素的雜糅。首先，它是同義反覆性質的，在邏輯層次上這種同義反覆屬於缺乏資訊的表達，也就是我們俗語所說的「廢話」，但是在體系建構的原理層次其實不能避免這種重複，譬如「二」的定義是兩個一，在運算中「一＋一＝二」，這其實不是運算而是通過算式的方式重複了定義。如果在二進位制體系中，「一＋一＝十」才是合理的。在文學理論的言說中，包含了若干這種同義反覆的成分，譬如文學語言的美學價值，其實事先假定了具有美感的語言表達是文學的必要條件，當然文學語言就應該有美學價值，而這裡美感的認定則是文學理論所規定的標準。在同義反覆的表達中，單純的邏輯角度看來缺乏資訊，可是在話語角度看，通過這種「假定－證實」的方式，在文學研究領域建立了一套秩序。其次，文學理論話語通過對文學現象的理論描述，就可以在鮑姆嘉通所說的感性領域中嵌入理性的架構，這樣才可以把整個知識領域貫通到思維和感官把握的全過程。再一個方面則是，文學理論是各種其他理論如哲學、社會學、政治學等理論通過結合文學創造與閱讀的活動而得以延伸，就正如數學、物理學的若干學科知識延伸到自然科學的若干領域，這樣的延伸把知識聯結為一個整體，這種整體本身不是針對對象如何發揮效力，而是體現出知識話語的邏輯優先權。通過這樣的方式，面對經驗世界時，知識的優先解釋權力才能被研究者所掌握。

海頓・懷特曾經說過他對歷史敘述的理解：「『歷史』不僅是我們能夠研究的對象以及我們對它的研究，而且是，甚至首先是指借助一類特別的寫作出來的話語而達到的與『過去』的某種關係。」[44]在這一

[44] ［美］海頓・懷特，《文學理論與歷史寫作》，載於［美］拉爾夫・科恩主編，程錫麟等譯，《文學理論的未來》（中國社會科學出版社，一九九三年），頁四三。

表達中並不是懷疑歷史講述者儘量追尋歷史的真實過程，而是在於，歷史講述的著眼點是人為的，同一事實在不同的著眼點會看到不同的東西。因此歷史追尋真實的過程，也是不斷放大研究者的主觀的著眼點的過程，越是對客觀細節的追尋，也越可能體現主觀的問題設置這樣一個側面。海頓・懷特認為文藝研究的言說與歷史學的言說有著相似性，它的對象不是先已存在，而是在敘述過程中才生成的，他指出：

從這種觀點看，「歷史」不僅是我們能夠研究的對象以及我們對它的研究，而且是，甚至首先是指借助一類特別的寫作出來的話語而達到的與「過去」的某種關係。歷史話語以其具有文化意義的形式現實化為一類特定的寫作，正是這一事實允許我們去思考文學理論和歷史編纂（historiography）的理論及實踐兩方面的關係。[45]

在這裡可以看到文學理論話語的一個重要特點，那就是，它作為一種話語體系，不只是面對事實，而且在面對文學事實的同時，它也維繫著話語主體的某種利益。這樣看來的話，文學理論的前設與後驗就不單純針對事實，也針對研究主體自身。在一定程度上，文學理論的言述不僅僅要求在對象方面獲得驗證，而且要求它的自身具有言述上的有效。

塞巴斯蒂安・赫爾科默指出：「當初，在二十世紀五十和六十年代就有人宣佈意識形態的終結，目前的後現代主義者又再次宣佈。很多人堅決反對這樣一種弱化社會科學思想、放棄意識形態的做法。特里・

45 [美]海頓・懷特，《文學理論與歷史寫作》，載於[美]拉爾夫・科恩主編，程錫麟等譯，《文學理論的未來》（中國社會科學出版社，一九九三年），頁四三—四四。

伊格爾頓認為宣佈意識形態的終結簡直就是荒謬絕倫。目前，伊斯蘭原教旨主義在阿拉伯國家僅僅字面上就具有一種戰鬥作用；各種不同色彩的路德新教在美國依然保持生命力。在這樣一個時代裡，相反地倒是應該說意識形態正在引人注目地重新恢復活力。」[46]關於意識形態的學術研討自拿破崙時代以後就沒有休止，也不能企望在今天乃至較近的一段時期就能夠統一認識。問題在於，如果說當初蘇美兩大陣營的冷戰，都祭起共產主義或者自由這種意識形態的思想旗幟的話，那麼冷戰之後確實可以說這種意識形態衝突作為世界衝突的可能性大為降低，在這時來說意識形態作為國際安全導火索的中心地位已不復存在有一定道理。可是在美國「九・一一」事件爆發之後，除了官方定義的恐怖主義之外，也含有自文藝復興以來在西方已經成為公理的社會進步、人的自由權利、公認的國際關係法準則等等，這些價值觀念和中東地區的某一教義之間形成了一定的衝突，這種衝突包含了不同文化、宗教對現代性的不同理解，其實也可以說是一種意識形態衝突。在日內瓦公約已經把戰俘也作為人道主義保護範圍的背景下，「九・一一」則不加區別地攻擊他國人員，這是在意識形態範圍，同時又超出了範圍底線的一種衝突。理論的問題在這種不斷的調整中轉換視野。前設和後驗已經不是對所述對象的看待，而是理論自身的瞻前顧後。在這種前後的瞻顧中，理論才能有自身的話語驅動力量。

46 ［德］塞巴斯蒂安・赫爾科默，《後意識形態時代的意識形態》，《新華文摘》二〇〇一年第十一期。

第三章　文學研究的知識依據及其意義

在文學研究中，其知識對象的特徵往往被忽略了。首先，文學研究對象具有設定性，文學本身是人創造的，而且對於文學的看待和理解也是人自身的規定，因而作為研究對象的文學不是一個自為的存在，而是人所規定的存在，人以什麼角度去看待它，它才可能以什麼面貌呈現。其次，文學研究對象具有游移性，文學作為研究對象始終是游移不定的，這種變化體現為三個層次，一是文學創作與閱讀中自覺地進行變革；二是文學研究角度的變化；三是和文學有關的技術領域的變化，它使得文學的創作或者人們看待文學時採用的手段發生變化。文學研究對象還具有功能性，文學研究中文學在發生變化，研究文學的視角、方法在變化，對於文學提問的方式和方面也在發生變化，這樣，對文學新的思考和看法就會對文學的下一步的認知，以及以後的文學創作產生影響，從而產生出實際的效果，這效果是功能性的。研究文學，不是一步步地逼近到一個最終的答案，而是通過研究看到了文學多方面的面貌，而新的面貌的出現對於我們理解過去的文學提供了新的視角，也為以後創作新的文學提供了新的思路。

文學研究需要在某種知識平臺的基礎上進行。當文學研究關注對象、剖析對象時，對於對象已經有了一套相對完整的規定，文學研究是在這種規定的範圍之內來看待文學，提出關於文學的各種認識。可是這樣一種研究本身的限制就被遮蔽了。也就是說，它相當於幾何證明題中劃設了輔助線，是在輔助線的條件下得出的認識，而認識的結果還應該考慮現實中並沒有存在這樣一組輔助線。

本書試圖對作為文學研究的前提和根基的文學知識本身提出思考，這種知識具有設定的性質，在文學知識中無意識的成分也充當部分認識的職能，剖析文學知識所蘊含的權力因素。這樣幾個方面的論述，始終都是圍繞一個主題，即文學知識是認識文學的立足點，但是這個立足點是社會和文化所賦予的，任何已有的文學知識都不具有天然地作為框定新的文學知識的優先權。

文學知識處在人文知識和科學知識、客觀化知識和規則化知識、普適性知識與個人感知的交點，這種交點的狀況使得文學知識不能完全融入一個確定的狀態。文學知識的交點狀態，提供了審視文學研究的一個角度。

文學研究需要一定的知識作為基礎，這種知識基礎成為文學研究的奠基因素和方向性因素。當文學研究去關注它的研究對象時，影響到研究最終結果的知識基礎問題並不在自身的思考範圍，這就有必要對文學知識本身進行一種知識論意義上的追問。在這種追問中，我們需要追問文學知識的類別、文學知識回答文學問題的可靠性、文學知識的增長模式等方面的問題。

第一節　文學研究的知識對象

關於文學是什麼的問題，在文學還未終結的情況下，可能永遠不會有一個人們共同認可的答案。除了已有的文學有不同的解釋之外，我們還可以看到文學本身也在不斷地發生變化，而對新的變化學界還會有不同的認識。在關於文學的定義上不能得到公允、確切、穩定的表述的情況下，把握文學研究的對象問題是很重要的，即文學研究，應該追問它的知識的針對性是什麼。

一、文學研究對象的設定性

文學研究的對象首先應該是文學，這一點是沒有疑義的。可是，什麼是文學卻充滿了歧義。不同時代、不同文化有各自關於文學的不同界定。某個時代或者文化認為屬於文學的最重要的特性或功能的東西，在另外語境中則可能被弱化乃至否定。譬如十七世紀新古典主義強調文學要有理性精神的照耀，這種認識就和中世紀神學所要求的文學表達對神的敬仰有很大不同，對於神的敬仰不是訴諸理性，而是訴諸宗教的熱情；在此後出現的浪漫主義文學，強調文學要有激情和想像力，這裡激情和理性的冷靜之間有反差，而且浪漫主義所取得的激情是基於個人的感受基礎上的，它和新古典主義時期的理性主義，要求把個人融入對於國家和領袖的忠誠這種規定幾乎完全相左。在這種對文學的不同訴求中，其實對文學有不同的界定和設定。曾有歐洲著名的比較文學學者在接觸到了東方文學之後感到不可理喻，於是感慨「在當今世界主要的幾個文學體系中，並不存在共同的文學價值觀。在某些體系中被奉若神明的詩學觀念在其他體系中根本未被提及。……自亞里斯多德至德里達以降的西方文學和文化觀念並不具有普遍性」[1]。歐洲文學觀的非普遍性也可以反過來說，歐洲之外一些地區重要的文學觀念，其實在歐洲文學中就沒有受到重視，甚至沒有人去關注。人們一般會考慮是不是不同理論的視角有各自的盲點，其實根本的問題不是盲點，而是興趣點。文學本身是人創造的，而且對於文學的看待和理解也是人自身的規定，作為研究對象的文學不是一個本然的存在，而是人所規定的存在，人以什麼角度去看待它，它才可能以什麼面貌呈現。因此這裡

1　樂黛雲、張輝，《文化傳遞與文學形象》（北京大學出版社，一九九九年），頁八。

研究的問題，實際上是人的視角問題而不是對象的問題。在這個問題的理解上，我們所要杜絕的是本質主義的立場，即把本身並不是一個物質意義上實際存在的對象，進行一種客觀化的包裝，賦予它一種本質性的、似乎可以離開人的看待而客觀地顯示的意義。這種本質主義在「該次」具體認識中取得了方便，可是卻阻礙了未來新的探測的可能性。相對說來，文學畢竟還有具體存在的文本作為依據，因此在探討過程中至少在針對的對象上還可以有一些實在成分。而與文學研究比較接近的美學領域，則把美的本質問題加以規定，這樣就有一種預設的、先於感官或者優於感官的所謂美，而把具體對於美的感受置於這種美的本質的具體化過程。這樣做的結果是，新的審美現象的關注就被一種陳舊的模式所遮蔽，很難看到敏感的、有創新意義的東西。對此，伊格爾頓認為：「審美只不過是政治之無意識的代名詞，它只不過是社會和諧在我們感覺上的紀錄而已，在我們的情感上留下印記的方式而已。美只是憑藉肉體實施的政治秩序，只是政治秩序刺激眼睛、激盪心靈的方式。」[2] 在他看來，審美的問題是人們的政治意識為核心的、社會無意識的感性形式，把美的性質加以規定是一種社會的政治霸權的具體實施。文學的存在可以通過具體的文本來加以指認，這使得它和一些哲學研討的問題有所區別，哲學中除了「美」之外，另外的一些抽象性質如「善」，它的存在也顯得虛無縹緲。狼吃羊的生存競爭法則已經存在了若干萬年，從奪取了他者生命角度看，這固然和善的要求矛盾，可是在狼吃羊的過程中，狼所吃掉的主要是那些病弱的對象，其中體質不好的羊被狼吞噬，在種群的繁衍中遭到淘汰，長遠角度來看對羊有益。而患病的羊奔逃無力而殞命，那麼這些病患不排除傳染病。如果作為傳染源會威脅到整個種群的生存，那麼通過狼的淘汰，則健康的羊有更多的存活機會。顯然，在羊看來屬於「惡」的狼，換在羊之外的角度可能看到不同的方面。狼威脅到具

2 [英]伊格爾頓，王傑等譯，《心靈的法則》（廣西師範大學出版社，一九九七年），頁二六—二七。

體的、個體的羊的生存時，卻對羊的種群的健康發展有著不可忽略的重要價值。從這種關係來看，一方面，狼和羊處在敵對關係（對羊而言）與供養關係（對狼而言）；另一方面牠們是共生關係，即彼此都從對方的存在獲得了自身的利益。在對狼羊關係的認識中，就面臨一個如何確定著眼點的問題。因為上述幾種關係都是事實，而研究的工作則要有一個基本立足點，它在做出取捨的過程中，是按照認識者的認識動機來選擇的，也就是說，當有多種認識角度，而且每一角度所看到的方面不同時，角度選擇實際上就有一種主觀性質，儘管從認識行為本身來看似乎是客觀的。這種設定的權威性或決定性，在古代社會就已經如此，現代社會打破了迷信的教條，提倡科學的懷疑精神之後，也並沒有就此止步。胡適曾經指出：「這三十年來，有一個名詞在國內幾乎達到了無上尊嚴的地位；無論懂與不懂的人，無論守舊和維新的人，都不敢公然對他表示輕視或戲侮的態度。那個名詞就是科學。這樣幾乎全國一致的崇信，究竟有無價值，那是另一問題，我們至少可以說，自從中國講變法維新以來，沒有一個自命為新人物的敢公然毀謗『科學』的。」[3]這裡的「科學」是西方文藝復興之後的產物，在十八世紀隨著西方列強勢力的強勢進入，它進入中國人的視野。從科學本身的出身來看，科學就是反對權威的，它的懷疑精神成為它不斷突破傳統認識的有力武器。在中國，科學本身成為了權威。而從中國接觸到科學的語境來看，它是和西方堅船利炮的強力一起出現的，科學與富國強兵、重振國威的訴求聯繫到了一起。近代以來被喚起的民族主義情懷，就和科學的引進不能分開，科學本身只是需要面對自然界的問題，而在我們接受科學的大語境中，科學實際上已經成為一種意識形態。科學在中國的這種設定，可以給我們理解文學提供啟示，從梁啟超《論小說與群治的關係》到五四文學的吶喊，文學成為了社會變革的先聲和助推器。回顧一下中國魏晉南北朝時期所謂

---

3 胡適，《〈科學與人生觀〉序》，《科學與人生觀》（亞東圖書館，一九二三年），頁二—三。

「文學的自覺」，這是從先秦以來文學作為政治的附庸轉到文學的自足；而再看現代的變化，我們不能說這是文學本身的規律，而是根據社會需要，人們對文學做出的設定進行了調整。應該意識到，文學不是一個固定的等待我們去發現的客體，而是一個由我們的期待所設定的對象，我們的設定不同，會使文學在外延和內涵上有很大區別；我們所看待的角度的差異，也會使文學有不同的面貌。

二、文學研究對象的游移性

文學研究的對象是文學，這是一個相對固定的目標，在不同時期和不同文化中，對文學的關注成為文學研究的共同點。可是在這一目標共同點的表象之下，則是文學研究的差異。結構主義文論家喬納森・卡勒認為，西方文化之中的「literature」是晚近二百年來才具有「文學」的涵義[4]。其實，這種認識的有效範圍不只是西方，在中國也同樣如此。我們今天來看古代留存下來的各種文獻，《史記》、《左傳》、《國語》等是史學著作和文學作品的混雜，難以分清文學與歷史各自的具體比例。再看《文心雕龍》關於文體的劃分，其中超過半數的文體按我們今天的標準應該劃入應用文，這和我們所理解的、作為審美創造的文學有相當距離。而劉勰所處的時代是「文學自覺的時代」，對於文學已經有了不同於此前的功能性的認識，以為文學一定要有什麼社會作用，而是認為它滿足了審美需要的話，就有自身存在的價值。這樣一種看法不一定是對文學的提升，但是它對文學的獨特性，即可以區別於其他文字表達的特點有了一個說明。「文學自覺的時代」所理解的文學，和我們今天的文學概念差異還有很多，譬如文學語言的形式，當

4 [美]喬納森・卡勒，李平譯，《文學理論》（遼寧教育出版社，一九九八年），頁二二。

時的文學主要以駢體表達，在對稱的形式中，達成對事物兩面性的描述，往往形成一種時間和空間、深度和廣度、抽象和具體等多方位的把握。而後來唐代古文運動所宣導的表達，就堅決地拋棄了這樣一種審美觀念，強調的是語言和思想、語言和情感的結合，對語言本身的形式美感相對不那麼強調。駢體文的修辭表達在被基本否定的總體狀況下，僅在個別的方面，如律詩的中間部分的「對仗」加以保留。我們還可以從中看到文學觀念的軌跡變化，由先秦到六朝，文學形式的重要性逐步被人們認識和重視，而到此後，文學形式就只是表達文學的某種觀念的意義上才得到彰顯。如果前面一段的變化被稱為文學的自覺，那麼後面一段的變化則又是向著被改變了的過去的回歸，某種程度上是對「自覺」的反撥。文學研究中文學作為研究對象始終是游移不定的。這種變化體現為三個層次：第一個層次，文學創作與閱讀中自覺地進行變革。在十七世紀的古典主義企圖進行文學傳統的保衛戰失敗之後，文學的大膽革新完全成為了主流，這種趨勢在後來的現代主義文學興起之後，達到了一種近乎瘋狂的地步；文學藝術領域中革新的速度已經超過了專業批評家群體可以有效地追蹤的程度。當人們開始熟悉一種新的文學表現時，這種文學已經可能在創作中屬於被更新的文學所拋棄的傳統。第二個層次，文學研究角度的變化。不同的角度看不同的東西，這樣也使對象產生不同面貌；或者文學作品、文學活動在變化了的社會中所發生的作用不同。這一層次屬於相對主觀的方面，它和前面第一層次分別在客觀和主觀兩個方面詮釋了文學的變化。第三個層次，和文學有關的技術領域的變化，它使得文學的創作或者人們看待文學時採用的手段發生變化。麥克盧漢指出：「幾千年前，遊徙不定的採集食物的人，接受了定居的、相對靜止不動的工作任務。他開始走專門化的道路。文字和印刷術的發明，是這個專門化過程的兩個主要階段。在分離知識和行動的作用中，文字和印刷術是極為專門化的媒介，雖說有時看上去有這樣的趨勢：『筆勝於劍。』然而，借助電力和自動化，分割過程的技術突然與人際對話融為一體了。人們突然成為遊徙不定的知識採集者，這一遊徙性前所未有，人的博學多識也亙古未有，從割裂的專門化程序中解放出來的自由也是前所未有的，因為電力媒介使我們的中樞神經系統在全球範圍內延伸，使我們頃刻之間與人類的一切經驗互相聯繫。」[5] 技術變革使得通過技術來傳播的資訊和人的關係也發生變化。在二十世紀的中國現代文學出現之後，作家們和批評家們一度認為，唐詩那種言簡意賅、精悍篇幅引發廣泛想像力的文學方式已經風光不再，這種認識和中國現代文學受到西方文學直接影響的事實有關。西方文學體現的美學類型就與唐詩的意境類型截然不同，所以這種「黃鶴一去不復返」的認知是很有道理的。可是，在手機的短信功能被人們運用之後，手機短信按照字數收費的規則，就使它不宜長篇大論，於是手機短信成為了需要重新重視字數精練的文體。而手機隨身攜帶的事實，以及朋友之間隨時聯繫的需求，就又使得以詼諧、暗示、諷諭見長的手機短信成為一種當代的「唐詩宋詞」。它在短小的篇幅中，所表達的內容可以讓人開懷大笑或者發人深省。在朋友相聚時，人們最近時間看到了什麼短信也成為交流的話題之一。文學研究對象的游移，就在於它在一段時間呈現為某種性質或某種趨勢，而在另外一段時間則呈現為另外的性質或趨勢，可能敏感的批評家或作者會預測到變化的態勢，但是這種變化完全地被人預測是不可能的。在這變化和調整的過程中，思考這種變化的人本身也被捲入了變化之中。思考者不是站在一個可以旁觀的立場靜觀其變，而是觀看變化的過程時，他的立足點本身也都在不斷地位移。美國研究傳媒的學者邁克爾•海姆說：「電腦面前，報紙編輯與記者的關係就像是師傅和徒弟似的。以前記者先寫上一段，然後拿給編輯看，編輯圈改之後就會與記者討論，由記者負責進一步修改。現在情況大不相同了。編輯得到電子文本後直接進行修改，完事後給記者一個複本。記者用不著學習如何重寫，而編輯卻成了越來

---

5 [加]麥克盧漢，何道寬譯，《理解媒介——論人的延伸》（商務印書館，二〇〇〇年），頁四三九。

越好的作家，記者成了資料錄入員。」[6]編輯和記者之間的關係是整個變化過程中人際關係的一個方面，以前的報刊編輯就相當於記者撰文的把關人，而今天的報刊編輯則成為記者所寫文章的最後修訂者。這種類似的變化也體現在文學領域。在莎士比亞時代，劇本是戲劇成功的最關鍵因素，劇本是劇作者所撰寫，所以劇作者也理所當然地成為戲劇的核心。人們記得莎士比亞創作了《哈姆雷特》、《奧賽羅》等經典劇作，至於擔任該劇主要人物角色的演員，可能在當時有一點名氣，但是隨著時間流逝就淡出了人們的記憶，而且新一代的觀眾可能根本就不會理會以前的大牌演員是誰這樣的問題。而進入到了影視時代之後，影視作品可以大規模複製，覆蓋到廣袤的空間，而且拷貝可以長時間保存、播放。當初的演員已經不再妨礙作品的播放，甚至今天的技術還可以使影像受損的拷貝得到修復。這樣，演員的重要性就大為增強了。在電影領域，有一部分觀眾比較注意誰是影片導演，另一部分觀眾比較注意演員陣容，但是已經沒有多少人在意編劇。在這種變化中，文學研究需要認識到這些人的關注點的遷移，其實這些變化不只是如何看的問題，而是由於重視程度不一，創作過程中的投入也會不同，這些不同本身就使得文學史的景觀也發生改變。

三、文學研究對象的功能性

作為文學研究的知識對象，文學本身在發生變化，人們看待文學的方式和角度在不斷變換，所看到的現象對於研究觀點的意義也有很大不同。我們可能比較容易理解文學變化對文學研究認識層面的影響，這是應該的；但是還有重要的意義在於，變化本身具有功能性，當意識到了這種變化之後，變化的觀念會反

6 ［美］邁克爾・海姆，金吾倫、劉鋼譯，《從介面到空間網路》（上海教育出版社，二〇〇〇年），頁四。

過來影響到我們對此前現象的認識，這種新的認識會使我們調整以前對此類問題的看法。原先的研究對象的秩序就有所調整，通過調整又把當今的文學放置到了一個新的背景或者平臺，又再進一步提出新的問題和認識。

這裡也多少顯示出文學研究和自然科學的不同。自然科學的發展有很強的技術性質，它本身就依賴於技術，如光線的運行速度每秒將近三十萬公里，需要有相應的儀器來檢測，在技術上不提供這種支援時，光速根本就不會作為問題而被提出；當光速被很精確地檢測出來之後，它又成為了進一步提出並分析問題的基礎。通過光速的把握，我們可以知道一些星體的位置，甚至由此提出了宇宙的誕生時間等重大問題。相對說來，人文學科與這樣的技術支撐沒有直接關係。艾耶爾說：「哲學的進步不在於任何古老問題的消失，也不在於那些有衝突的派別中一方或另一方的優勢增長，而是在於提出各種問題的方式的變化，以及對解決問題的特點不斷增長的一致性程度。」[7]我們可以看到古希臘哲學家、中國先秦思想家們所思考的問題，如果局限在作為社會問題來思考的範圍，那麼今天的解說就不能說已經超越古代哲人的思考。「古老問題」在今天並沒有解決，往往只是今天有新的提問方式，關注新的問題。「古老問題」的退隱有時是以這種問題沒有辦法回答來擱置，譬如世界的本質，世界本身是一個無窮的、多方面的集合體，每一方面的新發現都可能對已有回答做出修改，因此在新的認識沒有終結之前，任何回答都只能是暫時的。所謂世界本質的命題包含了通過對此的把握，能夠推演出世界基本變化的規律，可是這種要求建立在對世界全方位認識的基礎上，那麼由於「全方位」的遙遙無期，這種假定本身就沒有操作意義。文學研究中文學在發生變化，研究文學的視角、方法在變化，對於文學的提問方式和方面也在發生變化，這樣的話，對文學新

---

7 ［英］艾耶爾，李步樓等譯，《二十世紀哲學》（上海譯文出版社，一九八七年），頁一九。

的思考和看法就會對文學的下一步認知，對以後的文學創作產生影響，從而產生實際的效果，這裡效果是功能性的。

我們可以從當今文化傳播的圖像化趨勢來做例析。圖像化社會的圖像氾濫是一種歷史逆轉。在文字產生之前，圖像應該是表意過程的主要方式，象形文字可以說是圖像表達留下的痕跡。隨著文字的廣泛運用，圖像表達逐漸成為文字的補充。文字表達強調意義，文字直接和「意義」掛鉤，它是當然的主角，圖像成為附庸。「在文字時代，通過文字定位圖像還有著某種理性的理由，圖像被定位還體現了某種思想；而在攝像鏡頭統治的圖像的景深和角度中，是一種技術的力量進行著統治，這種根源於技術的統治是非人化的，體現出一種當代文化中的非人力量。當人身處這樣的圖像中時，觀看角度、景深這樣一些在自然的景象中需要人選擇的方面，就成為一種經過別人選擇之後，觀看者只能作為一個現實來看待的東西。觀看者所能夠做的就是看與不看的選擇，至於如何觀看則是已經作為一種預設的程式。」[8]在圖像化的表達中，圖像本身成為了一種在表達作者意識之外，還可能表達另外意義的東西，影視明星的魅力就體現了這一點。這些大牌明星，最初是作為影視作品中某一角色的扮演者，通過作品展示吸引觀眾，觀眾把自己的情感投射到作品之餘，也投射到扮演者身上，於是演員就獲得了所扮演的形象的某些光環。演員表演本來只是針對劇情，而在效果的接受中，演員和所扮角色融為一體，這樣的情況導致了不只是媒介大量使用圖像，而且生活中某些對象被圖像化地把握了。其實在西方世界民主選舉中獲勝的政客，往往在個人形象、氣質方面有一定的長處就是鮮明例證。當年美國總統大選雷根擊敗卡特，雷根的翩翩風度難道不是一個獲勝的因素？最近的奧巴馬擊敗老邁的麥凱恩，兩人形象的高低顯然也是勝敗因素之一。圖像化這樣一種趨

---

8 張榮翼，《圖像時代的美學管窺》，《文藝理論研究》二〇〇七年第一期。

勢成為文化研究必不可少的一個方面，也是文學研究需要關注的問題，而這樣一個變化反過來就會對創作與批評產生實質性影響。文學研究的對象，不是對象本身如何呈現出來，而是視文學研究關注的重點而定。同一部作品在不同時代、不同文化中呈現的面貌可能差異極大。當文學在文學研究中被詢問，通過對詢問做出反應才呈現出來的過程，它的出現就具有了某些功能的性質。捷克作家米蘭・昆德拉寫有馳名世界文壇的小說《生命不能承受之輕》，小說的深刻思想和魅力獲得了普遍認可，根據它改編的電影《布拉格之戀》則相對顯得意蘊欠深，這部電影沒有能夠搭上著名小說的順風車。不全因為電影製片人、演員等功力不足，而是昆德拉小說本來就沒有提供多少可以視覺化改造的空間，其中人物心理的刻畫，以電影媒介來表現是一個難題。更關鍵的在於，評論者圍繞著《生命不能承受之輕》的文學評論，所注重的文字表現、思想主題方面的說法，面對該作品的電影版時顯得不著邊際，從這樣一種衝突的結果，可以看出文學批評對電影的冷落。這一個案說明，文學文本的影響力不可小覷。中國作家高曉聲寫出了揭示農村生活的小說《「漏斗」戶主》，小說發表之後沒有獲得作者所期待的反響程度，於是他繼續創作了故事主人公陳奐生在農村改革之後的故事——《陳奐生上城》。這部新小說發表之後引起了熱烈反響，並且小說說到了前一部作品所講述的「漏斗」戶主現在在農村新形勢下如何生活。後一部小說成為一種關注點，並且喚起讀者對前一部作品的注意。因為當時文學批評的積極跟進，高曉聲以後陸續寫出了《陳奐生轉業》、《陳奐生出國》、《陳奐生入黨》等系列小說。被研究的對象，當它在這種研究的語境呈現之後，附加到文本的意義，就與文本一起參與到意義和價值的建構過程中。結構主義詩學家喬納森・卡勒曾經表達過這樣一個觀點：「應該承認，文學研究的出發點並不僅僅是語言，特別在今天，它是一套印刷成書的寫成的文本。」[9] 在這一文本

[9] [美]喬納森・卡勒，盛寧譯，《結構主義詩學》（中國社會科學出版社，一九九一年），頁一九八。

體系中，包括了作為物質存在的詞語的組合，也包括各個不同時期批評家和普通讀者對該作品的理解和評價，同時還包括在此基礎上建構的文學秩序。文學研究所針對作品的各種言說，也一併成為了後來者對於此前文學的理解的基礎。我們研究文學，不是一步步地逼近到一個最終的答案，而是通過研究看到了文學的多方面的面貌，而新的面貌的出現對於我們理解過去的文學提供了新的視角，也為以後創作新的文學提供了新的思路。

第二節　反思文學研究的知識本身

文學研究作為一門學科，需要獲取關於文學的知識。不同的研究者對文學知識會有不同的甚至矛盾的理解，但是總體來說，知識對於所述對象能夠給出一個規律性的說明。這種知識除了在認定上、在獲得的方式上可能發生爭議之外，具體的認識也是各有言說。譬如曹丕在《典論・論文》中說，文章乃經國之大業，不朽之盛事。可是漢代的揚雄則說文章是雕蟲小技，兩者之間有著完全不同的價值評判。在傳統的文學理論中，文學總是所在時代的一個紀錄，從柏拉圖反對文學的見解到亞里斯多德支持文學的觀點，從孔夫子倫理角度的詩學系統，到後來作為體大思精的中國古代詩學表達的劉勰的《文心雕龍》，其間的具體立場和理路都有重大差異，在文學與現實生活的關係上卻都是這樣一種基本思想。可是，二十世紀源自西方的形式主義美學，卻認為文學是自足的，無關乎社會本身，這樣一種文學觀成為了二十世紀主導性的文學觀念。上述文論之間的差異實際上來自於不同的話語體系，已經不是如何來協調的問題，而是根本就不能夠通約的了。

這裡可以看出一個重要問題，當文學研究闡釋對象時，它並不是作為一個完全透明的、事無巨細、不偏不倚地反映對象的鏡子，而是有所選擇，體現了觀察者的立場和態度。如果我們要進一步探討該考察方式的核心構成，或者套用傳統的「本質」這一概念來認識的話，那麼文學研究的「知識」就充當了其中核心的方面。剖析文學研究的知識問題，有助於認識文學研究的特性，進而還可以通過知識的調整來實現文學研究的新的推進。基於這樣的認識，以下從三個方面分析問題。

一、作為設定規則的認識

文學的知識由於文學作為活動，或者作為活動之後的產品的特殊性，而具有不同於一般意義上的知識的特殊性。這裡可以把自然科學的知識與一般的人文學科知識做一簡要對比。

科學需要知識，科學的知識增長模式是一個不斷淘汰的過程。譬如早期關於燃燒現象的理論，提出了燃燒是物體「燃素」釋放的觀點，這種觀點具有一定的說服力，因為燃燒著的物體在經過一段時間就會成為灰燼，而成為灰燼的情況下幾乎不能燃燒。從燃素理論看，它可以解釋燃燒現象的變化過程，即燃燒之後的物體在再次遭遇火源時，就幾乎成為了不燃物體。可是這種燃素的理論在面對各種不同的燃燒現象時，就會面臨一些不同現象的干擾。譬如木柴燃燒之後有灰燼，而氫氣和氧氣接觸之後的燃燒則產生了水而沒有灰燼，那麼燃素理論姑且說這兩種燃燒都釋放了燃素，可是在解釋燃燒之後的差異時就還需要引進另外的相關說明，在不同的燃燒現象中還有燃點的差異、燃燒熱值的差異等等，解釋起來就更為複雜。而後來的化學理論根本就把燃素這一概念去除，即相互作用的幾種化學物質在高溫環境中的反應過程，這樣就對燃燒現象的解釋簡單化了。自然科學根據簡化原則，即對於一種現象做出有效解釋時，越是簡練的解釋就越有採納的優先權。可是，在人文研究的領域，早先的理論觀點或許會過時，但是在很多情況下並不簡單地被證偽。

在這種人文學科的表達中，並不總是把知識的客觀性作為一種必須遵循的法則。赫勒曾經說：「我們十分清楚，地球圍繞太陽旋轉，太陽並未『躲到』雲彩後面，但是我們的日常生活是從太陽的『升』和『落』，從太陽在雲彩之後的『消失』，而不是從天文學的事實得到的啟示。為了正確地行動，我們甚至不必知道我們業已瞭解的這麼多。」[10]這就是在天文學意義上已經被修正了的地球和太陽之間的運動關係，在人文語境中卻仍然被看成是理所應當的。至少從心理學角度看，我們的觀察不是從科學儀器及其觀念的角度來切入對事物的思考，而是從我們感官這一自然的角度來作為觀察現實的出發點。

克羅齊曾經說過一句名言：「一切歷史都是當代史。」那麼「一切」就理應包含了文學史在內。這裡的矛盾在於，歷史是已經過去的事情，而當代的視點對於這些消逝的對象不是霧裡看花嗎？克羅齊當然有他自己的解釋，姑且不論；論者想引述當代哲學家梅洛－龐蒂的時間觀念，即對於「當時」和「當代」也即過去和現在這樣的時間的看法。梅洛－龐蒂指出，一般人經常有一種比喻說明時間，通常把時間比作流動的河流，河流不停地流逝，從過去流到現在，然後又從現在流到將來。梅洛－龐蒂認為，只要引入一個觀察者，時間的關係就顛倒了。假設這個觀察者坐在船上，未來是在前面等待他的新的景色，這樣時間就由河流作為表徵轉到以景色作為表徵了。另外，河流的時間表徵把時間看成完全連續的，而具體的時間過程可能是一些片段，比如河流的水是高山積雪融化的，積雪呈現為靜止狀態，河水則是流動狀態，中間有一個啟動環節，整個過程包含了不同樣態，不是想像的那種連續狀態。更重要的在於，梅洛－龐蒂認為

10　［匈］阿格妮絲・赫勒，衣俊卿譯，《日常生活》（重慶出版社，一九九〇年），頁五五。

把時間比作流動的事件是錯誤的，事件有著人的參與，事實則是自為的，有人參與的事件其實只是人的看法，諸如河流不停地流逝，只是水由雪山流到了腳下，又流向遠方。在我們看來腳下的水代表現在，可是在雪山的見證人看來這已經是將來，而遠方的人看來則屬於過去。真實的情況是，它們不過是不同地域的「現在」而已。同樣道理，見證人坐在船上，觀看沿岸的景色，這些景色似乎代表不同時間，可是它們實際上是同時存在於不同地點而已。因此梅洛－龐蒂的見解是，「時間不是一條河流，不是一種流動的實在」，「如果我們把客觀世界和面對的有限視角分開，把客觀世界看成自在的，那麼，我們在客觀世界中只能發現諸種『現在』」[11]。從梅洛－龐蒂這樣一個論述角度，那麼對克羅齊的「一切歷史都是當代史」的說法可以加深一層理解。

進一步我們可以說，真正關鍵的不在於對象是什麼，而在於我們如何來看待對象和理解對象，這種看待和理解在認識的角度上，是對象的資訊如何反映到我們頭腦的問題。可是從知識的建構過程看來，則也是我們需要得到一種關於文學的信念，這種信念可以使我們面對文學時不至於缺乏穩定感。也就是說，文學本身就具有一種表達時的出人意料的效果，這是文學具有魅力的重要原因，可是在認識的角度上，文學的這種魅力還必須在理性的框架中運行，而脫離了理性把握就不會得到學科意義上的支撐。

說到底，文學並不是始終存在的一個物理的事實，它並不是客觀地等待我們去認識的對象，而是一個我們人為規定之下的產物。「我們可以一勞永逸地拋棄下述幻覺，即：『文學』具有永遠給定的和經久不變的『客觀性』。任何東西都能夠成為文學，而任何一種被視為不可改變的和毫無疑問的文學——例如莎士比亞——又都能夠不再成為文學。以為文學研究是研究一個穩定、明確的實體，一如昆蟲學是研究各種

11 Merleau－Ponty, *Phenomenologie de la Perception*, Gallimard, Paris, pp.470,471.

昆蟲，任何一種這樣的信念都可以作為妄想而加以拋棄。」[12]在面對文學時，我們把關於文學的觀念也一併納入到認識的範圍之中，在這樣的一個框架中，其認識的結果一定程度上已經被預定。這倒並不是表明認識的結果就被人所操控，而是認識的結果具有了人的思想的痕跡。象棋、圍棋、橋牌等遊戲，體現了智力的要求，作為智力遊戲活動，它的一些技藝方面即使以高速度電腦也未必能夠算出最佳的方案，這裡就有認識的繼續深化的要求。還有一個關鍵性的問題在於，人們所得到的知識，還可能與一定的願望聯繫在一起，即認識希望看到的那些方面，而這種希望本身並不是一個認識論的問題而是價值論的問題。在這種情況下，離開了對於心理問題加以關注和關懷的自然科學那種客觀性的研究，當然可能就無用武之地。

二、作為對無意識領域的認知

文學研究作為一種學科領域，理所當然需要理性的參與，甚至也可以說，理性的思考構成了學科的基本框架。在這種理性的研究中，邏輯的、理性的、客觀性的要求成為了學科研究的一種基本要求，甚至也可以認為是學科的基本門檻，如果不能達到這樣的起碼要求，那麼也就沒有資格作為一種研究。在文學研究領域中，文學批評是最具有感性色彩的，如果批評家自己沒有得到感動，他不能把自己的感動傳達給其他讀者，那麼批評就不成功；而實際上，批評在運作中更多的、更直接的則要在相應的某種文學理論言說框架中表述，所謂的感動在某種程度上成為了對理論的說明和驗證。這樣的結果是，在作為感性活動活躍的代表領域即文藝的活動中，真正可以在檯面上使用話語權力的是理性層面的內容，但是不能說真正產生作用的就只是理性。

12 ［英］伊格爾頓，伍曉明譯，《二十世紀西方文學理論》（陝西師範大學出版社，一九八七年），頁一二。

羅蒂曾經指出：「決定著我們大部分哲學信念的是圖畫而非命題，是隱喻而非陳述。……如果沒有類似於鏡子的心的觀念，作為準確再現的知識觀念就不會出現。沒有後一種觀念，笛卡爾和康德共同採用的研究策略——即通過審視、修理和磨光這面鏡子以獲得更準確的表象——就不會講得通了。」[13]這裡是針對哲學話語來說的，哲學屬於最具有理性性質的研究領域，可是哲學話語卻要通過隱喻性質的諸如「鏡子」來表達最基本的概念，它把最抽象的概念的內容用一種熟悉的日常生活化的東西來進行比附。這就不能不說即使在哲學領域、哲學思考中，非理性的認識具有強大的、建構哲學最基本層面的作用。

我們可以看到，這種非理性的、並不在學科話語層面進行表達的東西具有基本建構的廣泛性和深入度。譬如作為科學知識進行講解的內容，有對於豬肉的介紹，這種介紹會關注豬肉的營養價值，它的各種營養成分的配比；可是如果說到野豬的話，就可能把豬的肉體和野豬進行比較，在比較中會說明野豬的肌肉組織和脂肪之間的比例不同於家豬，牠更能適應野外的活動的需要和生物競爭的自我保護。這裡的問題在於，豬肉是被當成人的食物來看待的，而人們對野豬肉則不這樣看。不同的知識其出發點的差異體現了背後的一個問題，家豬肉是食用的對象，而野豬肉食用價值少。所謂可食用和不可食用之間也並沒有一種學科意義的論證，而是文化上的一種規定。圍繞著食物問題，人類有一套食物文化，包括食物禁忌和食物神話。譬如印度教的牛肉禁忌、穆斯林的豬肉禁忌，歐美文化圈的狗肉禁忌等等；另外食物神話包括東亞文化圈的魚翅、燕窩等等內容，它們被看成是飲食中的珍品，而從現代營養學的角度看，它們並不是最有營養的東西，如魚翅並不比魚肉的價值高。假如要以它們的口感作為理由的話，那麼口感在很大程度上是文化的產物，而不簡單地是生理學意義上的味覺問題，認為魚翅等食品屬於極品的觀念培養出了那樣一種飲食的癖好。

13　［美］理查・羅蒂，李幼蒸譯，《哲學和自然之鏡》（商務印書館，二〇〇三年），頁九。

卡爾・波普爾認為：「知識在其各種主觀形式中都是傾向性的和期望性的。知識由有機體的傾向構成，這些傾向是一個有機體的機能中最重要的方面。如今，某一類型的有機體只能在水中生存，另一種則只能在陸地上生存，既然它們能生存至今，它們的生態特徵也就決定了它們的『知識』的基本要素。」[14]卡爾・波普爾認為，知識其實是一種建構，而不是對於事物純粹的客觀化的反映。在這種建構中，知識傳達出所謂資訊的同時，也可能同時傳達了顯在資訊之外的東西，譬如關於豬肉的知識就有一種豬應該成為人的食物的觀念，而假如豬也有科學家的話，肯定對此意見深惡痛絕。

知識表達認知的內容，而從我們的分析看，知識至少可以附加在知識之外，包括屬於無意識的觀念。福柯認為：「在每一個社會，話語的生產過程都不是漫無定則的。」[15]可是這種定則並不都是理性原則所支配的。具體地說，知識表達採取一種客觀化的策略，而其實可能並不客觀，這種狀況的出現並不是知識生產或掌握的過程中，當事人刻意要去掩蓋什麼，而是當事人作為生活中的一個份子，他也會對事情有自己的態度、立場，這樣一種立場就可能成為他看待事物的「有色眼鏡」，所有的事情都可能在這種看待中被染上一層色彩，這種色彩多少是因為「有色眼鏡」預設了的。

知識的這種「預設」在個人成長角度看，與無意識的形成有關。特・霍克斯說：「『二元對立』概念顯然是結構概念的基礎。事實上，這一原則對任何語言都是適用的。正如羅曼・雅各森和莫里・哈萊指出的，對二元對立的辨認是兒童『最初的邏輯活動』，在這種活動中我們看到文化對自然的最初的獨特的介入。」[16]兒童的認知建立一種事物的辨認框架，它以是非判斷作為基礎。於是在認識中就以這種簡化的

14 [英]卡爾・波普爾，舒煒光等譯，《客觀知識》（上海譯文出版社，一九八七年），頁七五。
15 [法]M. Foucault, *The Order of Discourse*, in R. Young(ed) Untying the Text, London: RKP, 1981.
16 [英]特倫斯・霍克斯，瞿鐵鵬譯，《結構主義與符號學》（上海譯文出版社，一九八七年），頁一五。

形式來接觸事物，譬如動物分為有益和有害的，並且以為知道了這種簡單的判別是對外界事物的知識。可是，實際上事物本身並不以這樣一種簡化形式來表達。曾幾何時，我們心目中就只是把虎、狼等視為可惡的，而羊、兔等則是可愛的，而實際上牠們作為生物鏈的一環都有其存在的合理性。這種簡化的思維可以作為一種處理複雜問題時的「速食」方式，也就是說當遇到問題而感到棘手時，通過這種簡化方式，就可以在舉棋不定時，至少還有一種應對的選擇；在來不及思考的情況下可以急中生智。這裡不是因為它對於對象如何而顯得有用，而是因為作為主體的人需要一種工具。在有些情況下，知識不是因為和知識所言說的對象關係如何而取得合法性，而是如何吻合了主體的需要而獲得價值的。

包括文學知識在內的這些知識，它可能成為一種公開言說之外的一種無意識的言說。一位從事文學研究的學者，他的考慮是如何能夠把個人的觀點變成學科的一種見識；而從學科從業人員的學術共同體來看，也就是通過學科的威信而對新的學術觀點成功地施行了「招安」，這是學科發展做大做強的有效途徑。在這樣一個過程中，參與者的意識層面是追求知識，而在無意識層面則是靠攏學術權力。

弗洛姆曾經說：「意識形態既不是真理，也不是謊言，或者說既是真理，又是謊言——人們真誠地相信這些意識形態，就這個意義而言，它們是真理；從另一個意義上來說，即就這些被合理化了的意識形態具有掩蓋社會和政治行動的真正動機而言，這些意識形態又是謊言。」[17] 這裡意識形態的雙面性，在部分意義上有著黑格爾所說的歷史詭計的性質，但是在更為深層的意義上，在高度的意識水準上建構的意識形態，其實也有無意識的性質乃至成分。

[17] [美]弗洛姆，張燕譯，趙鑫珊校，《在幻想鎖鏈的彼岸》（湖南人民出版社，一九八六年），頁一三九。

三、作為權力的生產和再生產

培根曾經說過知識就是力量，福柯則提出知識即權力，其實在英語中力量和權力都可以用「power」來表達，因此兩者是相通的。對培根的說法今天可以這樣來解釋，一方面，是指通過掌握知識人們有了駕馭自然的能力，這是事實的一方面；可是還有另外一個方面，即通過掌握了相關的知識，就容易在和對象的交往中處於有利的地位，譬如公民的知情權就可以成為民眾監督政府的力量。在戰爭以及商戰中，搜集對方情報的工作往往是戰爭取得勝利的第一步，其實也和這樣的道理相通。

文學知識作為對於文學的基本情況的瞭解和規定，它包括客觀化的瞭解和相對主觀的認定這兩個方面。對於客觀方面來說，知曉本身帶有一定的資訊的優先地位的意思，通過這種知曉就相對多一些發言權。更重要的方面則是主觀認定，文學是人為的事物，文學是什麼情況，在一定程度上取決於人認定它是怎麼樣。在這種主觀認定具有重要影響的情況下，那麼掌握了文學知識生產的一方，就具有文學知識的話語權。因此福柯認為：「在人文科學裡，所有門類的知識的發展都與權力的實施密不可分。」[18] 人文學科本身就牽涉到利益關係，而且按照布爾迪厄的說法：「我認為大量所謂的『理論方面的』或『方法論方面的』作品，只不過是對有關科學能力的一種特殊形式的意識形態的辯護。」[19] 看來布爾迪厄還把牽涉面擴展到了人文學科之外的領域了。我們常識角度看來完全是客觀性的科學，尚且在語用角度有著利益關係，

18 [法]福柯，嚴鋒譯，《權力的眼睛——福柯訪談錄》（上海人民出版社，一九九七年），頁三一。
19 [法]布爾迪厄，包亞明譯，《文化資本與社會煉金術——布爾迪厄訪談錄》（上海人民出版社，一九九七年），頁一一一。

那麼在人文領域這種本身就和人發生關係的範圍，權力參與其中並且謀取自身的利益就容易理解了。恩格斯曾經說：「在現代國家中，法不僅必須適用於總的經濟狀況，不僅必須是它的表現，而且還必須是不因內在矛盾而自己推翻自己的內部和諧一致的表現。而為了達到這一點，經濟關係的忠實反映便日益受到破壞。法典愈是很少把一個階級的統治鮮明地、不加緩和地、不加歪曲地表現出來，這種現象就愈是常見：這或許已經違反了『法觀念』。」[20]恩格斯這裡所說的其實也是權力在學科領域的滲透。

知識領域權力的滲透不是簡單的外部影響問題，而成為了學科生產的一種基本的框架。福柯認為：「我們不應再從消極方面來描述權力的影響，……實際上，權力能夠生產。它生產現實；它生產客觀的領域和真理的儀式。」[21]福柯這種觀點使我們聯想到當年王爾德說的詩人與畫家創造了倫敦霧的說法，其實在詩人與畫家對倫敦霧加以表現之前，倫敦霧就已然存在，可是通過詩人與畫家的描寫，倫敦霧才作為倫敦市的一個景觀，進而又成為了倫敦市大氣污染治理的一個目標。事實的存在並不因為認識而發生變化，但是事物的改變需要認識的參與，認識所催生的行動成為影響後來事實產生變化的基點。在此，認識的依據就是知識，而認識能夠產生影響力，使得知識成為了力量的體現。

文學知識的力量並不能夠與那些可以改變我們所生活的物理世界的學科知識相比，TNT炸藥、原子武器等的威力可以瞬間改變某一場合的外觀，這種情況在文學知識中不可能發生。文學知識的影響主要還在於它的生產和再生產的能力。

---

20 [德]馬克思、恩格斯，《恩格斯致費・梅林》、《恩格斯致康・施米特》，《馬克思恩格斯選集・第一卷》（人民出版社，一九九六年），頁四八三。

21 [法]福柯，劉北成、楊遠嬰譯，《規訓與懲罰》（三聯書店，一九九九年），頁二一八。

文學知識的生產，不是漫無目標地增長，而是在知識的引導下增長的，而且所增長的內容也是在知識系統認定的範圍之內。伊格爾頓指出：「文學理論應該反映文學的本質和文學批評的本質的，但不妨想想文學批評包含有多少種方法吧。你可以討論詩人患有氣喘病的童年，或研究他特有的對句法的運用；你可以從『S』的發音感知綢緞的沙沙聲，你可以探索閱讀的現象學，還可以把文學作品同階級鬥爭狀況聯繫起來，或者查明這種作品銷售多少。這些方法當然絲毫不具備一般相同的意趣。它們彼此間的共同之處比它們同其他『學科』——語言學、史學、社會學等等——的共同之處更要少。」[22]文學批評的方法就包含了對於文學的性質的期待。譬如從傳統的文學內容決定文學形式的觀點出發，文學形式是單純荷載內容的工具，其本身沒有獨自存在的價值，或者說它的存在是為內容表達服務的；可是從形式主義的批評立場看，文學的形式不是「形式」，它本身就是使文學成為文學區別於其他類型的語言表達的根本，所以，文學形式不能定位在為內容服務這樣一個層次。這樣兩種不同的關於文學形式的認識就不只是對文學形式本身的看法，而且涉及到整個文學的基本性質的認識上。在這樣關於文學的不同認識中，就會把文學所體現的不同的方面作為知識納入學科系統。換句話說，「從『S』的發音感知綢緞的沙沙聲」在一般注重文學所表達的思想性的文學系統中，不算知識或知識所關注的範疇，而在形式主義的批評中則可能作為一個重要的對象。這是西方文論的狀況，如果考慮到中國古代的文學批評思想，再顧及體現了東方智慧的印度的美學思想，我們就可以看到另外的學科知識範疇、方法的差異，在此差異下，不只是認識的結果會有不同，而且所認識的對象、範圍、關注的焦點等方面也都不同。

22 〔英〕特里・伊格爾頓，劉鋒譯，《文學原理引論》（文化藝術出版社，一九八七年），頁二三一。

至於知識的再生產，則也由於知識系統的預設而給出目標。這最突出的表現是，學科領域對於人才培養的要求。現代的大學緣起於義大利，其中博洛尼亞大學是代表之一。這種大學把人才培養和學科研究結合起來，在學科研究中培養人才，通過培養人才的過程也促進學科研究。由於教學工作把培養人才和學科的持續發展聯繫起來，大學的一些性質，譬如大學自治、大學的學術評價的常規化等，就應運而生。其實早期的博洛尼亞大學比較接近於我們今天的神學院，它的主要學科也就是神學，可是由於已經具備了現代大學雛形，所以一般高等教育史把大學溯源至此，而不是更早的古希臘學園。現代大學講究學科的創新，甚至也鼓勵學生提出不同於教師觀點、不同於教材論述的新的思考，這樣大學就不只是一種教育機構，而且還是社會思潮和變革的孵化器。雅斯貝爾斯曾經表達，大學也是一種學校，但是是一種特殊的學校。學生在大學裡不僅要學習知識，而且要從教師的教誨中學習研究事物的態度，培養影響其一生的科學思維方式。他還認為，一般學校要和大學分開，普通學校總是把知識全盤教給學生，而大學則無此義務。在此角度看，大學教育最主要的不是傳授知識而是傳播思考問題的方法，以及面對社會的態度。這裡就有一個知識的再生產的問題。通過教育制度，進入大學教育系統的、成為了主流知識的那些內容，在教育進程中實現了再生產的目的。

看起來這種現代知識以民主的、允許改進的方式出現，甚至以提出新說而不是恪守古訓作為知識掌握的評價指標，權力話語的色彩相對已經不明顯。但是，這也可以看成是一種策略，即現代知識通過可以糾錯的方式不斷地獲得改進，它在主動淘汰不合時宜的舊說的過程中，知識的整體力量則得到了強化。因此有人說：「現代科學就是通過宣稱它能夠將人們從愚昧和迷信中解放出來，並且能夠帶來真理、財富和進步而使自身合法化。」[23]這種合法化在今天已經完全建立了統治地位，使得我們今天再來看以現代科學為代表的現代知識系統時，覺得知識似乎本來就是如此，其實情況並不是這樣。現代知識是在衝突的背景中產生的，譬如哥白尼的太陽中心說，盧梭對於科學和藝術的矛盾的剖析，康德的二律背反理論，它涉及到各種不同組織派別，涉及到知識的各個部門，以及知識建構過程中的統和視野的諸多問題。利奧塔表達過一個見解：

> 科學在起源時便與敘事發生衝突。用科學自身的標準衡量，大部分敘事其實只是寓言。然而，只要科學不想淪落到僅僅陳述實用規律的地步，只要它還尋求真理，它就必須使自己的遊戲規則合法化。於是它製造出關於自身地位的合法化話語，這種話語就被叫做哲學。當這種元話語明確地求助於諸如精神辯證法、意義闡釋學、理性主體或勞動主體的解放、財富的增長等某個大敘事時，我們使用「現代」一詞指稱這種依靠元話語使自身合法化的科學。[24]

這種科學的敘事，每每造成與科學之外的敘事的重大衝突，可是由於科學實用層面的巨大成功，而且它有一個允許懷疑的糾錯機制，因此它在激烈的思想碰撞中，在知識不斷變革的形勢下，也能夠保持一種常青的態勢。

23 ［美］道格拉斯・凱爾納、斯蒂文・貝斯特，張志斌譯，《後現代理論》（中央編譯出版社，一九九九年），頁二一六。
24 ［法］利奧塔，車槿山譯，《後現代狀態》，見江怡主編，《理性與啟蒙：後現代經典文選》（東方出版社，二〇〇四年），頁三九〇。

人們需要科學，也信賴科學處理一些問題所表現出來的卓越能力。但是科學成功的光環可能遮蔽了它的內在缺陷。這種缺陷可以在以下幾個層次體現出來：第一，從價值論尺度，科學一方面對於價值判斷是沉默的，而人的思想和行為總是依據價值尺度進行取捨；可是在價值論的表達層次沉默的科學，在面對對象時又具有傾向性，譬如從營養角度來說牛羊肉，而並不從同一角度來說獅虎等猛獸，在這種價值沉默的外表下蘊含著一種對於實用主義的妥協。第二，從認識論尺度，科學表達了遵從事物的客觀性的原則，可是事物的客觀性本身需要哲學角度的思考才能得出一個意見，譬如關於宇宙的物質的定義，一般從它要占據一定空間來看待，而愛因斯坦的理論則從物質和能量的相關性來看待，能量不過是物質存在的另一種形式，那麼，當物質以能量的方式存在時，它並不需要物理意義上的那種空間。這就可以看出，科學的知識由於要採取公式化和普遍化的敘述，它必須對於所述對象有寬泛的考慮，可是現實世界的複雜性往往會使得這種判斷失效。第三，從功能的尺度看，科學的成功在很大程度上是因為它具有效用，這種效用或者提高了人類工作的效率，或者從根本上開發出了一種新興的生產生活的領域。科學及其技術催生的效用使它具有了權威性，甚至使人們的世界觀、價值觀也發生了改變，如生產力的進步程度和速度成為衡量一種文化的基本座標。可是科技的成功從來就是一柄雙刃劍，它極大地提高了生產力，從而提高了人的生活品質的同時，也伴隨著污染和對自然環境的破壞，而這種生態的失衡在一定程度上是不可逆的。實際上，從效用這一層次看，科學及其延伸的技術功過參差，很難在我們的生活範圍上得出一個「科學的」，即客觀的評判。那麼，在深層次上以為這樣的知識是可以信賴的，可能本身就背離了科學的批判和懷疑精神。

再考慮到知識的問題，實際上是一個更大的範圍內人的意趣的投射，那麼，知識的生產就是社會問題的一部分。當社會面臨什麼問題時，往往需要一定的知識出面來解釋或解決；而被呼喚出來的知識其實也就是呼喚者願意看到的東西。社會的歷史中，不斷有一些社會階層和利益格局的調整，當這種調整遭遇重大的變化時，也就促成社會的轉型。其實，知識隨時都在更新的進程中，而一些重大的發現或者學說可能會從根本上更新原來的知識系統，於是就有了知識的轉型。美國學者奧康納有一個歸納：「現代西方的歷史書寫從政治、法律與憲政的歷史開始，在十九世紀中後期轉向經濟的歷史，在二十世紀中期轉向社會與文化的歷史，直到二十世紀晚期以環境的歷史而告終。」[25]這一歸納是否貼切，可能會見仁見智。或者也可以在不同的方向做出另外的歸納，但是在不同時期知識的主要方向發生變化這一點是沒有多少爭議的。在近代的自然科學領域，最初的領頭學科是天文學、地理學，所謂「哥白尼革命」提出的太陽中心的宇宙觀，表達了一種不依據經典，而根據觀察做出判斷的現代科學的實證精神；然後十八世紀科學成為了火車頭，包括諾貝爾發明的炸藥、石油化工等，成為社會完全改觀的推動力量；在二十世紀物理學才是科學的發動機，包括愛因斯坦、玻爾等科學家改變了人們對於宇宙的認識。而當今生物科技和數碼科技擔負著領跑的功能。

這些知識不同的方面和層次，豐富和改變了人們看待世界的方式，它們之間是不是具有一種統一的知識綱領其實是充滿疑問的。至少奧康納所說的政治、經濟、法律、環境等學科之間，其知識的統一性是令人迷惘的。在對知識的回顧和分析中我們可以瞭解到：「在一個傳統的村莊，像其他地方一樣，知識就是力量，但是在有媒介之前的文化中，力量的形式往往存在於能記住過去的智慧、神聖的文字、法律、習俗和各種家族史的老人的記憶之中。」[26]而今天的知識則主要通過教育系統的體制化形式得到傳承和散播，也就是說知識的研究對象、知識的組織形式，以及知識在社會中的作用等多個方面都有了根本性的差異，

25 [美]詹姆斯・奧康納，唐正東譯，《自然的理由——生態學馬克思主義研究》（南京大學出版社，二〇〇三年），頁一〇九。
26 [美]施拉姆和波特，李啟、周立方譯，《傳播學概論》（新華出版社，一九八四年），頁一六。

這樣的差異已經正如庫恩所說的，知識範式發生了改變。對這種知識差異的情況不做出檢討，不對它在真理問題上的可靠性做出甄別，就完全把認識結論依託給知識，這本身是一種無知的態度。

知識的權力應該體現在兩個方面：一方面，對於知識應該容許它的話語權，而這種話語權在很多時代受到了壓制，譬如哥白尼提出的日心說因為有悖於神學體系的地球中心說而受到了打壓；另一方面，知識本身應該有被質疑的空間，不要等到某種知識已經被取代、已經成為過時的學說之後才來指陳其不足，而應該在它還發揮作用的時候就能夠自覺地反省到它的可能的局限。

文學知識問題是研究文學的起點，必須要有最起碼的關於文學的認知，才能進入文學的殿堂。可是，文學知識又是最難以把握的。胡適當年說的一段話我們可以體會一下：《史記》裡偶然記著一句「奴婢與牛馬同闌」，或者一句女子「躧利屣」，這種事實在我們眼裡比楚、漢戰爭重要得多了。因為從這些字句上可以引出許多有關時代生活的問題：究竟漢朝的奴隸生活是什麼樣子的？究竟「利屣」是不是女子纏腳的起源？這種問題關係無數人民的生活狀態，關係整個時代的文明的性質，所以在人類文化史上是有重大意義的史料[27]。

古代人生活的狀態對於我們理解古典作品裡面的描寫，尤其涉及到一些細節問題是非常有意義的。從更大的範圍看，胡適的觀點其實是對二十世紀興起的法國年鑑學派重視制度文化、器物文化對於歷史過程重要性的思想應和。年鑑學派的這樣一種思路出現之後，考察文學的歷史著作中這種看起來瑣屑的描寫，有了知識價值的正當性。因此，文學知識的生產、傳播及應用的過程，其實也就是某種權力的實施過程，並沒有哪種類型的知識就天生具有合法性；也沒有哪種知識可以不考慮文化背景而判斷其沒有學術性！

27 胡適，《〈上海小志〉序》，歐陽哲生編，《胡適文集（八）．序跋集》（北京大學出版社，一九九八年），頁四九一。

在文學知識需要很困難把握的情況下，關於這種知識的思考，是不是對於知識的一種解構性的工作？或許，正是對於知識的這種思考本身才是知識應有的題中之義？

第三節　文學研究中知識問題的交點

如果把文學研究看成一個知識增長或者知識累積的過程，那麼，在這種知識生產本身也需要有知識作為其基礎。關於文學的知識，存在於知識的總體架構，非文學方面的知識也參與到文學知識生產的過程；文學知識在某種程度上，也可以說是其他方面的知識在文學領域的登陸。這種有關的知識在不同時期、不同研究者那裡會有差異，譬如中國古代儒學體系的文學觀念，倫理學的要求占有很大比重；而中世紀的歐洲教會文藝觀，則宗教思想佔據絕對統治地位。

作為知識的交叉點，文學知識本身就有一個交點問題需要關注；而在今天知識的相互滲透、學科交錯的總體趨勢下，這種交點的問題就更有關注的必要了。它既是我們研討文學知識的結構狀況的出發點，也是我們理解文學知識的構成狀況的基點。以下主要從三個方面進行探討。

一、人文知識與科學知識的交點

文學研究在近代以來逐漸形成了專業化知識分工之後的一個專門領域。這種領域的形成是學科工作得以開展的體制化保證，同時它也是知識一定程度分裂的結果。也就是說，通過學科化的體制，人文學科和自然科學實際上走的是兩條不同的路線，人文學科關注人的心靈需求，而自然科學則關注不由人的主觀左右的自然。這就有兩種學科的區別，即：「在科學傳統中，偉大人物是受人敬仰的紀念碑，但是，一旦他們著作中的精華被攝取和吸收，它們就不再被人們所閱讀。而偉大哲學家的著作始終保持其知識的有效性，他們一再成為新一代哲學家哲學反思的出發點。」[28] 人文學科似乎有不被證偽的特點，學說的新舊演替不是正誤的取代那麼簡單。

按照道理來說，文學的知識應該被視為典型的人文知識，可是實際情況並不盡然。其中一個方面的理由在於，在文學的知識中，有些只是屬於「硬體」，譬如關於韻文要求的押韻合轍的規定，只要落實到一個詞的發音問題，就是一個實證的、可以考證的事情，所涉及的理由幾乎可以是用聲學儀器來檢驗的事實。如果視之為人文知識，其實是不懂得這種在古代算作人文知識的研討對象，在今天可以被資料化處理的方式下，它是一個自然科學的問題。在文學的知識中，還有一些知識，譬如孔子《論語》中指出的詩可以興、觀、群、怨的說法，這種觀點與其說是對詩歌的屬性的歸納，還不如說是對於詩歌寫作和表達的要求，那麼這種要求又和孔子的整個社會理想聯繫在一起，它更多地屬於社會科學，即有實用目的的學科，而狹義的人文學科則關注的是心靈自身，沒有直接的實用價值。

在一般劃分為人文學科的部門中，文、史、哲以及宗教和藝術是代表性的學科，在這一大類的學科中，文學研究和歷史、哲學等有非常密切的關係，這當然是一個事實，但是在這種事實層面下可能遮蔽了另外的事實方面。譬如文學可以成為考察一個社會的經濟運行、法律實施等內容的窗口，而經濟、法律等帶有實用性質的學科，雖然也是廣義的文科，但是它們屬於「社會科學」，而文、史、哲等關注精神領

28 [美]希爾斯，傅鏗、呂樂譯，《論傳統》（上海人民出版社，一九九一年），頁一七五。

域，沒有多少社會實用性的學科才是「人文科學」。但是文學是不是就只能充當社會的象牙塔，而不能直接與社會民生掛鉤？其實從現代社會文學藝術的產業化也可以看出，文學的作用是多方面的。它甚至可以成為第三產業的重要生產力。

譬如湖北（襄陽）和河南（南陽）對於諸葛亮故里的競爭，這種競爭帶動相關的旅遊業，所以引來各自關心GDP的政府部門的大力支持。如果把這種爭論看成是一種學術問題、文學問題（《三國演義》吸引了眼球），那是把皮毛看成了實質，真正有意義的是利益分割的競爭。誰是諸葛亮的故里誰就可以掌握旅遊資源，而且也就可以通過旅遊資源的占有而獲得相關經濟收益。知識的客觀性原則在很大程度上被利益原則所擠壓，也許當事人並沒有刻意造假，然而在他們面對不同的事實輪廓時，他們會優先考慮對他們有利的說法作為結論性意見。福柯就針對這種學科研究中的傾向性指出：「如果把科學僅僅看作一系列程式，通過這些程式可以對命題進行證偽，指明謬誤，揭穿神話的真相，這樣是遠遠不夠的。科學同樣也施行權力，這種權力迫使你說某些話。科學之被制度化為權力，是通過大學制度，通過實驗室、科學試驗這類抑制性的設施。」[29]福柯從體制化角度對知識問題做出剖析，那麼當這種體制化本身就可能造成知識的扭曲的情況下，摻和了利益紛爭的學理問題也就會有一些「雜音」。

其實知識的這種並不公允的狀況不是知識本身的問題，而是人的認識行為的選擇問題。這裡可以參照一個事實，都市裡的婦女們往往會說買雜貨是「買東西」（doing the shopping）（與做家務類似），而買衣服是「去購物」（going shopping）（與愉快地「去外面」相似）[30]。這裡的差別在於，買衣服屬於

29 [法]福柯，嚴鋒譯，《權力的眼睛——福柯訪談錄》（上海人民出版社，一九九七年），頁三一—三二。
30 羅鋼、王中忱編，《消費文化讀本》（中國社會科學出版社，二〇〇三年），頁二一八—二一九。

自己的身體外觀，而身體外觀在這裡成為女性的身份認同一個具體的落實之處。她想像自己是什麼樣子，她就把自己穿成那種樣子，她就認為自己是那樣一種身份或者地位。因此男性需要在生活中苦苦拚搏得來職業意義上或者經濟條件上的地位，女性的身份和地位的感覺只需要在購物中就可以達成。「事實」是通過「想像」來達成的。在這樣一種境況下，商品消費過程所消費的主要不是那種商品，而是商品文化，或者說主要不是商品文化，而是整個社會文化通過商品消費形式來達成的定位。這就是現代消費文化所帶來的文化模式。婦女們對於「買東西」和「去購物」的不同說法，看起來從商品買賣行為角度沒有意義的區分，可是對於這些婦女的實際生活來說，這種區分是有必要的。對於相當一部分婦女來說，她們生活的幸福感不在於她的家庭有多少可以通兌的財富，而在於她擁有多少自己滿意的衣物和飾品。

這裡有一個學科的法則問題。韋勒克曾說：「物理學的最高成就可以見諸一些普遍法則的建立，如電和熱、引力和光等的公式。但沒有任何的普遍法則可以用來達到文學研究的目的，越是普遍就越抽象，也就越顯得大而無當，空空如也；那不為我們所理解的具體藝術作品也就越多。」[31] 韋勒克這一表白很能夠說明自然科學與人文研究的區別。但是，我們還須指出的是，即使科學也是一種敘述而並不等於事實本身。利奧塔表達過一個見解：「科學在起源時便與敘事發生衝突。用科學自身的標準衡量，大部分敘事其實只是寓言。然而，只要科學不想淪落到僅僅陳述實用規律的地步，只要它還尋求真理，它就必須使自己的遊戲規則合法化。於是它製造出關於自身地位的合法化話語，這種話語就被叫做哲學。」[32] 科學按照一些最為簡明的公式作為敘事的基礎，然後把所觀察到的現象納入到可以公式化計算的框架中，這樣一種模

31 [美]韋勒克、沃倫，劉象愚等譯，《文學理論》（三聯書店，一九八四年），頁五。
32 [法]利奧塔，車槿山譯，《後現代狀態》，見江怡主編《理性與啟蒙：後現代經典文選》（東方出版社，二〇〇四年），頁三九〇。

式在經驗層次的確是有效的，可是在終極的意義上，這種簡化只是一種宇宙的可能圖式，並不等於宇宙就是按照這樣一種模式運行的。實際上這種簡化的模式，只是作為觀察者的人在一定範圍所得到的認識，比其真實的大千宇宙來說連管中窺豹都談不上。也因此科學的知識總是在不斷地修正，甚至按照愛因斯坦等人的說法，可以糾錯或者證偽是一種研究領域能否滿足科學要求的分水嶺。

因此，自然科學和人文研究的確有一些原則性的差異，但是，這種差異的整體框架在調整中。實際上自然科學要有人文學科的基本立場，譬如人文學科從人的角度看待世界，而在自然科學中需要超越人的眼光，可是自然科學研究的選題依然有人的利益考慮；而在人文學科、社會學科中，自然科學的方法也可能成為研究的工具。但是，分野是鮮明存在的，也可以說，自然科學研究的現象雖然廣泛，但都是一些「重複的事實」，實驗資料的可重複性是自然科學成果的一個必備要求；而人文社會學科則研究「變化的事實」，不可能在大範圍得到重複驗證。這種不可重複性，往往就成為了文學見解方面個人看法的一個避風港。而且文學知識方面所謂的經驗的、價值的判斷還佔據一席之地，它也可以以這種個人化的方式合法化地出現。

二、規則化知識與客觀化知識的交點

人類知識有著不同的性質。如果從知識和對象、主體的關係看，那麼有兩種大的類型，即分別為規則化知識和客觀化知識。伊格爾頓曾經說：「『文學』一詞的作用很像『雜草』一詞：雜草不是一種特定的植物，而是園林工人由於這種或那種原因而不願在他周圍出現的任何一種植物。或許，『文學』意指某種相反的事物：某人因這種或那種理由而高度評價的任何一部作品。哲學家可能說，『文學』和『雜草』是功能性的而不是本體性的詞彙……」[33] 仔細玩味一下伊格爾頓這段話的意思，那麼可以看出，如果伊格爾頓的說法基本可以成立的話，所謂文學的知識在很大程度上，不是對作為對象的文學的客觀認知使然，而是對作為設定條件的一種規定性和在此規定下的認知的合成。

關於規則化知識和客觀化知識的區分，人們往往會認為規則化的知識不具有客觀「真理性質」，它是在客觀真理缺席時的廉價的替代品。這種認識是一種偏見。其實，規則化的知識只是表明了其來源的人為性質，而這種知識一旦建立，也會有許多哪怕就是體系的建構者也根本不會意料到、不會理解的方面。譬如在棋類遊戲中，下棋的規則是人為制定的，可是一旦採用這種規則，那麼規則的要求之下最優化的行棋步驟是一個費解的問題，而且這種「最優」還不是穩定的，對手每下出新的一步，也都會對早先的設計提出新的修改的要求。「最優」還是一個游動的指標，棋手的步驟往往是針對已有的局面的考慮，可是在對手做出應對時，要化解其針對性，甚至盡力把所謂的「最優」轉化為「次優」方才罷手，博弈的雙方存在的互動關係使評價變得複雜化了。不但制定規則不可能把實際運作中出現的問題都考慮到，而且運作中的參與者的活動本身就可能在過程中把活動的價值進行重新的排列。知識的規則化只是表明運作過程的知識狀況，其實知識的結果無法人為設計，而且人面對這種知識的探詢過程也同樣充滿了艱辛和困惑。

文學知識不同於自然科學，文學知識是針對作為人的產品的文學，文學是人的產品，文學是為了人預期的某一目的而生產，因此在文學的認知方面就必須考慮到人的目的性。這種情況和人去研討礦物、生物不一樣，那些礦物、生物本來就存在，人只不過是「發現」了它們；而在文學領域，則是人「創造」它們。這種創造對於所創造對象的意義、價值的規定性，其實是人在認識看待問題時的基本出發點。若干宗

33 〔英〕特里・伊格爾頓，劉鋒譯，《文學原理引論》（文化藝術出版社，一九八七年），頁一一—一二。

教學說把該宗教的上帝認定為人類的創造者，因此也就理所當然地是人類活動的引領者和評判者。那麼，文學作為人的產品，就更有理由在人的看待上做出定位。也就是說，文學作為文學來看待的一個前提，它是文學知識的基礎。在這裡我們可以對比一下不同知識領域的狀況。

人面對其他生物時，經常以人的角度來看待動物。對於豬、牛、雞等動物，人的研究包括探尋這些動物的飼養成本和肉質營養，把牠們作為人的「食物」來認知，可是對於老虎、獅子等大型食肉動物，則考察牠們在捕食獵物活動時，有怎樣的奔跑速度、咬合力、利爪的抓撓力如何等等，牠們不被作為「食物」而是作為一種可能的危險來看待了。還有一些動物，即人們稱為家禽、家畜的類型，牠們從出生就被人設計為食品，因此對這些動物的研究在於考慮牠們的營養價值等方面。生物學是嚴格意義的自然科學，可是在研究的客觀性的背後，其實包含的並不是純粹的客觀性，利益關係成為認識行為的出發點。因此有人說：「沒有一組觀察不同與一組典型境況即規則性相聯繫的，觀察試圖在其中發現某種結果，我認為，我們甚至可以斷定，在感覺器官中，預期的理論都是遺傳地體現的。」[34] 這種對於認識的剖析，至少從人文研究領域看來是恰當的。

文學研究作為一門探討文學問題的學科，它設定了若干關於文學的命題，諸如文學的創作、闡釋、文學史秩序等等方面，這種問題的提出其實包含的並不是對象本身的東西，而是作為研究者試圖去發現的東西。在中國文學批評史中，關於文學的意境、意象、意韻等成為很重要的方面，可是這一些方面說到底，其合理性在於揭示了文學的審美內涵，而西方文論並不把這些問題作為重要的問題看待，甚至根本就沒有可以對應的詞彙來匹配這一類的範疇。法國產生的文學社會學派，力圖通過社會的諸方面因素包括地理環

---

34 〔英〕卡爾．波普爾，杜汝楫等譯，《歷史決定論的貧困》（華夏出版社，一九八七年），頁七六。

境、人種關係等來說明文學表達的總體風格，這樣一個做法頗有把文學納入科學研究範圍的意義；可是在二十世紀出現的諸如新批評等文學研究的流派，恰好堅持就文學談文學的路子，力圖摒棄各種不直接體現文學文本的因素。這種轉變在很大程度上不是原有理論的發展，而是典型的另闢蹊徑。而這種轉變本身又被扭轉，在二十世紀下半葉興起的文化研究，其思路不是探討文本，而是探討文化因素對文本的衍射作用。

希利斯・米勒在一篇論文中說：「我已經提到，在文化研究領域內，你可以做任何你多多少少喜歡的東西。比方說科學史，包括這些新的傳播裝置被發明的過程，也是一種文化研究的形式，就像對於烹調和服飾的習俗的研究，對廣告、對人們『玩』股票的方式、對跨國公司的『文化』的研究，就像阿蘭・劉在他的一本精采的書《酷的法則》中所做的那樣，等等。文化研究實際上更接近人類學和社會學之類的社會科學，而不是我們在人文科學中的傳統的語言文學系所習慣從事的工作。……我認為對於那些真正有志於對倫敦、紐約、新德里和北京的服飾習俗做比較研究的人來說，訓練他們讀莎士比亞沒有特別的意義。」[35]米勒所說的情況不是所謂社會學的問題，而是文學研究領域中的文化研究，對於傳統文學研究的路徑的顛覆問題。關鍵的最後一句話，「讀莎士比亞沒有特別的意義」，這不是一個主要注意力的轉換，最值得思考的在於，我們傳統的文學研究其實就是通過對「莎士比亞」這樣一些文學史上的標誌性、里程碑式的人物及其作品的研究來建立一套文學秩序，而在對這種傳統焦點的忽略和漠視中，文學秩序的目標實際上也就被懸擱了。

從這裡可以看出，文學研究在隨著時間變化而發生變化時，一方面，對象方面客觀的東西召喚思維去追蹤；另一方面，文學研究已經取得的成果吸引了新的研究跟進，並引起新的變化。但是不能忽略的也許

[35] [美]希利斯・米勒，李作霖譯，《誰害怕全球化？》，《長江學術》二〇〇六年第四期。

才是更重要的方面，文學研究本身在時間的變化過程中，自身的關注點發生了變化，這樣一種變化所導致的是，預先的認識—知識的框架本身在做出調整，它包含了一整套規則的演替。這樣的一個必然結果是：文學知識在面對文學以取得客觀化知識的同時，它更是屬於規則化的框架所引發的結果。在規則化框架中，客觀化的對象本身已經被罩上了框架的色彩。

三、普適性知識與個體認知的交點

文學研究乃至一切研究都需要普適性的存在作為基本訴求，即研究所得出的結論即使不是放諸四海而皆準，也要求在同類條件下有參考意義。反之，文學研究中的個人認知方面則多少被忽略了。有不少文學研究的學者強調文學的認識和作為對象的文學本身有關，文學是詩性的，那麼對文學的認知也需要從詩性的角度來把握，這就要有對對象的「同情」，否則的話，就可能與文學隔了一層。這樣的認識應該是不錯的。可是文學的詩性在認識層面如何轉化為具有普遍性的知識模式，這種轉化的前提和要件是什麼，則往往語焉不詳。如果文學研究僅僅把研究者從作品感受到的詩性傳達出來，那麼這種研究基本上屬於文學鑑賞性質的導讀，而和知識構造領域的文學研究有一段不短的距離。

更進一步說，文學的詩性也不只是作者詩性地思考所描寫對象，用詩性的修辭方法來加以表現。文學的詩性既是一個事實，也是一種約定。事實上是通過約定才使得詩性成為事實的。這種約定就是文學的一些審美方面的規定性。在中國，最高級的美學表達是意在言外，語言層面是外在的引導，真正的意味需要在表面的文字之外去意會；而在古希臘，萊辛由對古希臘作品《拉奧孔》的分析，也指明了暗示在表達中的重要意義和價值。但是我們應該揣摩，中國的「無言之美」和古希臘的暗示是不是一回事？其實，中國的「無言」的表達，所領會出來的意思只是依靠個人感悟，每一個人都可以有自己的一套想像；而古希臘的暗示則有一個最後的謎底，這一謎底可以取得大家公認，或者至少是多數人認同或主流意見的默契的。因此，中國古代和古希臘關於文學表達的美學範式是不同的。如果說文學客觀地體現了什麼美感，那麼這種客觀完全不是物理學意義上的客觀的涵義，比較恰切地說，它只是合乎慣例與規則。

應該看到，文學的詩性就源於文學思維、文學表達的個人化感受。尊重詩性特點，要尊重文學領域中的個人化，而一般說來學科化的工作力圖克服個人化的特點，這裡就有了矛盾。

下面分析一個藝術表達的個案。在中國傳統國畫中，有一幅「日出東海」的作品，它有時作為官員官邸會客室的大幅背景。在這一畫面中，下方是泛起波濤的海面，海面上方則是一輪杲杲紅日。它或許表達了欣欣向榮、前程無量等意思。我們要追問的在於，繪畫屬於空間藝術，畫面所描繪的對象各部分的時間同時發生，而且畫面時間處於停滯狀態。我們甚至可以用攝影機拍攝下來這樣的畫面，說明它具有機械記錄角度的客觀性。可是我們要知道，在這樣一個畫面中，大海是地球上的，而太陽則在一億多公里之外。當畫家捕捉大海的形象時，大海在他的身邊，可是太陽的光線到達地球需要經過大約五百秒即八分多鐘時間，也就是說大海和太陽的對象本身不在同一時間，而在人的觀察和繪畫的表達中，則使它們處在同一時間，這是對自然對象的時間壓縮。自然對象本身如何已經不重要，而人的觀察的結果才是決定性的。觀察者眾多，乃至攝影機可以重複，但是從對象的客觀性來說，它並不改變對事實本身做了扭曲的狀況。

其實，具體的文學研究和評論，針對的事例總是作品具體的人和事，而對這些人、事問題，一方面需要有真正出自個人感受的體會，另一方面也需要有一種相對宏大的、有時甚至是歷史性的眼光和胸襟。而在這種把握中就會有難以把任何感受都拿出來商榷的情況。戴錦華曾經就當代文學的「農民工」現象提出看法，「從八十年代中、後期到九十年代前期，外來工尤其是外來妹作為一種『新生事物』，作為『社會進步』的標誌」，而在一些文藝作品如《外來妹》等，則「大多仍在『城市／鄉村』、『文明／愚昧』的二項對立的表達中，把離鄉離土的姑娘表現為勇者，一種戰勝陋俗、戰勝偏見的成功者」[36]。這裡體現的是一種歷史進步主義的歷史觀念，以為代表了不同於傳統的生產方式和體系就是代表了歷史的進步，而歷史過程的參與者本身是微不足道的，他們只是在被賦予和承擔了敘述者所認定的那樣一種歷史使命之後，才具有了意義。在這種描寫中，那些過去了的，或正在過去的鄉村生活傳統則被忽略，最多有人僅從美學的價值上才給予了一點感傷性的、懷舊性質的眷顧，而在這一社會轉型過程中，人的本身的悲喜都被一個抽象層次的宏大敘事所遮蔽。

盧卡契曾經說過：「人們的日常態度既是每個人活動的起點，也是每個人活動的終點。這就是說，如果把日常生活看作是一條長河，那麼由這條長河中分流出了科學和藝術這樣兩種對現實更高的感受形式和再現形式。」[37]這裡的意思可以仔細琢磨。人們有許多深刻的思想，有關於未來社會偉大的設計，但是這些所謂的深刻和偉大，應該和人們的普通生活聯繫起來，每個人生活在世界上都有自己的一份權利，他可以自我設計而不必非要遵循某一指導者的思想。應該說指導者的偉大只是在於他植根於普通人生活而提出了某種理念，而不是反過來他來決定普通人應該如何生活。退一步說，政治家出於自己的抱負以天下為己任，或許有為社會設計的思想，並且在力所能及時將其付諸實踐；可是文學應該關注的是普通人和他們的生活，這種和日常生活的瑣屑細節相關的東西不在大歷史的書寫範圍，然而，它是文藝復興運動之後文學世俗化的基本視角，它是千萬普通人生活的「這條長河中分流出了科學和藝術」，而不只是看到科學和藝術在空中窺視生活。

36 戴錦華，《隱形書寫》（江蘇人民出版社，一九九九年），頁二一。

37 [匈]L. G. 盧卡契，徐恆醇譯，《審美特性．第一卷．前言》（中國社會科學出版社，一九八六年），頁一。

知識的普適性要求知識在學科的規範下能夠有普遍性，可是人文知識涉及到人的心理感受，它是個體的生命本身所涉及到的，只在小範圍、乃至只是個人化的。

四、作為交點的文學知識問題

以往，人的認識都只是對事物做一種不改變事物原貌的關注，如黑格爾就說視覺是純粹認識性的，「對象沒有遭破壞，保持著它的完整面貌」[38]，可是解剖學建立之後，解剖學的認識通過打開原先隱秘的軀體器官，進入軀體內部去發現真理，於是原來的認識作為靜觀方式的唯一性至少就受到了顛覆。真理的獲得可以通過改變事物的本來面貌來完成，也就是說，原先與認識相對的實踐現在也具有了認識論的意義。知識是通過認識的行為生產出來的，認識領域自身的變化也就影響到知識的構成以及知識對自身的定位。

文學知識作為一個觀點系統有其自身的特點。這種特點可以從三個大的方面來認識：

第一，文學知識本身在學科化系統中存在，尤其在近代大學的文學教育作為高等教育的一個部門之後，學科化就成為一種必然趨勢。在古代時期，文學的研究可以根據研究者的個人興趣或者根據當時社會的要求來提出問題、擬定回答的方式，而在學科化的態勢下，學科本身的規則成為了一個門檻。學科化本身對於文學研究有一定的促進作用，可是，文學研究在學科化進程中不是主動的一方，而是受其他學科左右，其中自然科學的影響力也不可低估。問題在於，文學知識不是一個自然的事實，而是人創造的產物，並且作為人造事物，對它的認定也是習慣性的而非科學化的規定。譬如中國的漢字書法藝術和繪畫並列，而其他民族

38 ［德］黑格爾，朱光潛譯，《美學・第三卷（上）》（商務印書館，一九九六年），頁一三。

的文字書寫即使也有藝術體，但基本上只是作為裝飾藝術，和繪畫的地位是不能相比的。日本的書法藝術上升到了「道」的地位，「道」比之於「藝」層次更高，而在日本還有「茶道」、「劍道」等。如果說日本「書道」是中國「書法」或「書藝」的發展，也是藝術的話，那麼「茶道」、「劍道」該如何看待？在黑格爾美學的分類系統中，可能茶道只能歸為實用工藝，而劍道在當今應該算是體育的範疇，我們可以說它具有藝術性，但是在分類學上和藝術無關。知識自身的罅漏沒有被正視之前，就可能遭遇難解的問題。

第二，文學作為人造的事物，圍繞文學的有關知識其實大多是人為的，它並不具備自然對象的那種知識方面的客觀性。可是學科化的研究往往不是探究對象本身如何來制定相應準則，而是按照學科化的相對統一的要求來制定規則，這樣統一要求的結果就可能抹煞了、淡化了該學科在對象方面自身的特性。人們在看待文學時，比較多地關注文學的客觀方面的屬性，同時忽略了文學作為一個設定對象的事實，而文學的設定所體現的文化規定性以及社會的權力關係等，都沒有被提到需要認識的範圍。

第三，文學作為一個文化事實需要有社會相對的共同認可，但是這種共同性並不是人人平等的參與，它是由文學研究的專家、社會實際掌握權力的人、前代已經獲得了文學聲譽的人，以及講授文學課程的教師等具有更大文學話語權力者來影響，而這種實際的不平等在各個學科都存在，不算文學研究的專門問題。然而文學作為一個作用於人的感性領域，對文學的研究雖然不能說是感性的或者是專注於感性的，畢竟也還有感性的一席之地。在對感性的問題上，通常一個原則性的立場就是當年克羅齊所說的，我們不能靠醉酒的方式來研究酒的特性，這樣的原則保持了學科研究中理性的完整性，可是對酒的評價其實也包括醉酒之後的感受，所以文學的批評有時會在讀者那裡有「隔」的感覺。當文學研究摒除了個人感受的合法性存在之後，這種學科的合法性其實有和個人的閱讀脫節的危險。於是在文學研究領域往往就出現搖擺狀態，一方面要學科化，另一方面也要兼顧個人感受的感性因素，在這種搖擺中學科的危機得到緩解，但是真正的矛盾並沒有解決。論者曾經就文學理論的結構進行分析，提出：「文學理論在統和自身知識系統的各個方面時，有著難以統和的罅隙。」[39] 如果這種分析有道理的話，那麼作為更大範圍的文學研究，則同樣有這樣難以協調的狀況。

威廉・蜜雪兒認為：「古代與中世紀哲學的圖景關注物，十七到十九世紀的哲學關注觀念，而啟蒙的當代哲學場景則關注詞語。」當代的哲學思考則是關注圖像，他提出了「圖像轉向」的轉變趨勢[40]。對於這種學科趨勢的評估，不同學者會有不同的看法，這是自然的。認同蜜雪兒觀點的人大多從一種文化類型或文化趨勢來理解其中的意義，對此當然也可算是一種途徑。但是，我們認為，這裡更深遠的意義在於它體現了知識生產模式的遷移。在前文明的社會，知識和圖像緊密聯繫，接下來的古代文明社會則把觀念作為知識生產的基礎，譬如古希臘時代學者競相提出自己關於世界的基本性質的看法，這裡其實不只是對世界的認識，而且是對於知識原點的話語權的爭奪和把握。也就是說，世界觀問題是立場的基礎。在這樣一個格局下，我們來審視文學研究的一些表達就有特殊的意義。譬如：「新文學中那個沉甸甸的『啟蒙與救亡變奏』的主旋律：從《狂人日記》的『孩子』到《寒夜》裡的小公務員那一長串無辜死於『肺癆』的人物名單，把身體（疾病）作為一種隱喻具有怎樣的象徵意義？」[41] 它其實就是一個更為宏大的敘事的具體化：中國病。即面對一個強大的西方，傳統上作為強國的中國顯得並不強大，這不是中國的常態或中國應該的位置，在承認現實的基礎上，就只能以中國處於病態階段來進行解釋。在進一步的文學敘事環節，這種病態作為隱喻成為敘事的框架。那麼我們來審視現代文學的這一表達時，應該肯定其中包含的啟蒙思想

39 張榮翼，《文學理論中統和視點的罅隙》，《文藝理論研究》二〇〇六年第四期。
40 [美]威廉・蜜雪兒，《圖像轉向》，《文化研究》二〇〇二年第三輯，天津社會科學院出版社，頁一七。
41 趙京華，《從「起源」上顛覆文學的現代性》，《讀書》二〇〇二年第六期。

價值，也應該承認其中有著人類普世價值的追求，但是還應該看到的，是一些屬於民族文化差異的東西。中國病不在中西差異的不同方面，其實西方也並不是一成不變的，我們現在所看到的西方，在很大程度上已經不是從古迄今的本來面貌，而是文藝復興之後的變化結果。因此不是什麼想像中的、有一個健康的中國狀態等待我們去完成，而不過是西方近代以來的現代性成為了一個標竿，反襯出缺乏這樣一個社會轉型就會陷入被動局面。所謂中國病的描述其實是一個視角問題，我們可以看到魯迅筆下浙東農村的愚昧落後，我們也可以看到沈從文筆下湘西農村的純樸自然，其實從整體的經濟、文化角度看，浙東比湘西「先進」了不止一個級別，作者的敘事視點造成了不同的社會面貌。

文學知識是針對文學的知識，可是當我們來清理這一知識的狀況時，可以發現文學知識的依據或出發點需要進行知識方面的梳理，應該甄別哪些是文學知識自身所需要的東西，哪些則可能是知識權力的灌注，還有哪些可能是思維的惰性使然。在文學知識的這樣一些問題中，通過揭示其中的罅漏並非否定研究的工作，而是為工作的自我反省提供一個思路。

第四節　文學研究的知識論追問及其意義

文學研究需要知識作為基礎和支撐，而且這種知識需要具備遠比個人感受更為值得信賴的可靠性。當文學研究津津樂道對於文學的各種發現時，往往並沒有追問這一發現的認識依據。當然，對於各種具體的研究來說，這樣的情況也是正常的，沒有必要讓所有的研究都回到對於知識的合理性證明這一步驟，可是在研究的理論層次上就應該回答這樣的問題。在柏拉圖的《對話錄》裡面，柏拉圖假託蘇格拉底之口，表達了自己對事情的無知，可是在對話的最後，智慧的或者狡黠的蘇格拉底總是把自以為知道的對手陷入困境，然後蘇格拉底才說出自己的看法。這樣一種說服人的方式，是一種把對手的立論支點抽空，從而達成論辯勝利的方法。

在古希臘論辯術的背景下，蘇格拉底更多地被作為論辯的典範來看待，其實從思想的角度看，蘇格拉底更是一位對於認識進行積極反思，從而對知識的有效性與合理性進行改良的大師。關於文學的研究，不涉及民生的事情，它和每個人的溫飽都沒有什麼直接關係，除非文學的作者依靠此事謀生。在這樣的情況下，文學知識就成為一種專家自言自語的對象，所謂的專家們主要考慮如何通過構建一套文學的話語，來顯示其存在的價值。在權力社會中，專家們主要考慮統治者會如何處置他們的文學見解，而在市場化條件下，專家們更多地受制於公共媒體所傳達的形象問題。只是建構時的前提本來針對對象，而現在的實際狀況則是早先沒有擺到檯面的利益問題，這可能才是知識問題的主要癥結。

在這樣的現實情形下，就有必要對文學的知識問題提出質詢。往近的方面說，它是我們理解文學知識言說的一個途徑；而往遠一些說，則是我們剖析文學知識合法性的一個步驟。

一、文學知識的類型追問

英國哲學家、歷史學家科林武德曾經說，人類掌握了三種知識，分別是經驗的、先驗的和歷史的，這三種知識分別解決不同的問題。經驗知識的典型形式是自然科學，如物理學、化學等，它的知識採取公式化的模式，針對的是可以重複驗證的事實，如自由落體的公式在比薩斜塔可以做，在其他的什麼地方也同樣可以驗證；如果實驗的結果不同於公式的資料，就要求做出修改。先驗的知識或許也可以稱為超驗的知識，它不是在經驗驗證的基礎上獲得知識的可信度，而是在邏輯的自洽上體現出作為知識的公信力。譬如數學領域的點、線的規定，在實際的作圖上點、線都需要佔據一定的空間，也就是說，點線的顯現必然佔據了面積，也因此才能達到可以觀看的目的。可是在數學的學科規定上，點、線是不佔據物理空間的，也就沒有面積可言。這裡的問題不能通過經驗來驗證，關鍵在於只要驗證具體顯示出來了的點、線都必然佔據空間，都可以測量或計算出面積，問題是這樣一來每次具體的面積都不同，就影響了數學追求普遍涵蓋的效果。最後，還有一種知識的類別是歷史知識。歷史知識在柯林伍德看來其特殊性在於，一方面它是經驗性質的，對於歷史的史實記載需要進行嚴格的甄別，另一方面歷史又不是經驗學科所研究的對象那樣具有普遍性，歷史絕不重複，就如同古希臘名言所說的：人不可能兩次踏入同一條河流。

一般知識的三種類別，如果結合到文學知識這一特殊領域來看的話，也是可以成立的。文學知識總的來說應該屬於經驗性質，可是在文學領域恰恰不能把普遍化作為一種基本訴求，這裡，不同族群、不同時代的文學，可能有著完全不同的屬性。西方美學家沃蘭德感慨：「隨著現代藝術愈來愈激進（其目的就是要推翻藝術家所完成的那些美的作品並且最後要推翻藝術作品本身），它也就變得更加難以理解了……在目前的混亂之中，美學必須確定藝術到底能夠是些什麼和應該是些什麼東西。」[42]曾經擔任國際比較文學學會會長的厄爾・邁納在他的重要著作《比較詩學》中寫道：「這裡提到我和中國文學原則的衝突，是因為中國文學的觀點對我來說特別難以接受。」[43]他們兩人所說的不是針對同一問題，但是，他們分別在時代意義、民族意義上表達出各種不同文學之間可能具有的重大差異。

[42] 朱狄，《當代西方美學》（人民出版社，一九八四年），頁四四三。
[43] [法]厄爾・邁納，王宇根、宋偉傑等譯，《比較詩學》（中央編譯出版社，一九九八年），頁三三七。

文學的知識不同於實用學科的知識，它不需要通過效用的檢驗來證明其合理性。譬如某種自然科學和應用科學的體系，一經實踐就可以看到該種體系的效能如何，文學的思想則很難有這樣一種檢驗的指標。這裡涉及到一系列人的主觀規定性，以及文學問題的儀式性方面，在這種情形下言說的對象和言說本身是一體化的，兩者本來是一個問題的不同表述，所以他就可以保持言述邏輯的有效性。文學知識在不能等同於經驗知識的前提下，它還不能等同於哲學類別的知識。即哲學類別的知識要有對於事物終極原因的追問，這種追問在經驗的角度無法求解，那麼這種追問在一定程度上不是為了獲得某種解答，而是為了獲得一種看待問題角度的合法性。當古希臘哲學家要解釋宇宙的終極性質，並且提出了諸如宇宙的本質是「數」（畢達哥拉斯）、是某些基本元素（赫拉克利特）、是「理念」（柏拉圖）等等時，他們無法驗證自己的設想的正誤。他們這樣的假說只不過是為自己提出一個總體宇宙知識框架搭建出最基本的平臺。而這樣一種努力在當時是有必要的。人類宗教的作用，不是用以構造一個神的基礎，也不是用以作為現實中無能為力的憑藉，根本的作用在於，宗教作為一種世界觀的體系，以此把人的各種知識和信仰串接起來，使得各種支離破碎的經驗能夠粘合成為一個整體，而這樣人們才有一種精神的依靠。哲學秉承了宗教的這個作用，只是宗教更多地關注彼岸世界，而哲學則在彼岸世界與此岸世界搭建一座橋樑，它要把信仰中的東西加以理性化的分析和言說，這樣就使超驗的信仰性質，其內容和經驗的行為過程中積累的知識可以顯示出整體性。

知識在形式上是關於對象的言說，而在實質上則是對於主體的一種自我言說，至少在部分意義上是這樣，而這一種性質在知識的講述中是未加以說明的。福柯曾經說：「如果把科學僅僅看作一系列程序，通過這些程序可以對命題進行證偽，指明謬誤，揭穿神話的真相，這樣是遠遠不夠的。科學同樣也施行權力，這種權力迫使你說某些話。科學之被制度化為權力，是通過大學制度，通過實驗室、科學試驗這類抑制性的設施。」[44]福柯把知識的自我言說性質還擴大到了自然科學的領域。我們一般可能會產生疑問，科學所追求的的確是一種客觀的東西，它似乎本身沒有其他的權力、利益方面的考慮，而把知識看成一種知識的建構者關於自身利益合法性的表述，是一種對於知識的褻瀆。但是當科學作為一種變革世界的系統走向歷史舞臺時，它是以前就有過的各種知識之外的一個新的體系，而這一體系在學理層次上可以檢驗。如果有經驗對於知識系統的挑戰，那就對系統進行修改，這就極大地方便了知識系統的更新，而在此前往往可能會採取比較激烈的方式才能達成知識的變革，現在可以成為一種常規的工作。另外，科學一旦應用於實踐領域，就可以產生某種重要的效果，諸如技術革新再生產中的表現。這裡的關鍵癥結在於，科學知識關於知識更新的承諾有些相當於政客的競選承諾，它其實就是通過知識更新的常規化和合法化，來樹立自身的影響力，而所承諾的更新的常規化，則是在具體觀點可能隨時變化的情況下，整體的科學知識系統則維持不變。事實上，一位愛因斯坦時代的物理學家完全可以明白牛頓時代科學家的知識表述，而一位筆者所在武漢地區的未接受過小學教育的當地農民，北部的黃陂人和南部的江夏人就可能無法對話，因為他們的口音不同，而且在話語中有些常用詞彙的用法也不同。這裡應該考慮到愛因斯坦和牛頓其實是在一個共同知識架構之內的不同觀點，它們之間的差異並不是一般表述的那麼大。換句話說，兩種爭論性的言談可能有共同表述的基礎，而根本不是談論同一個論域的意見之間，才具有更為重大的差異。

44 ［法］福柯，嚴鋒譯，《權力的眼睛——福柯訪談錄》（上海人民出版社，一九九七年），頁三一—三二。

二、文學知識的可靠性追問

文學知識的可靠性是一個問題，這一問題不只是已經得出認識的可信程度如何這樣一個簡單的層次，而且還包含了已經得出的各種認識之間的取捨選擇問題。所謂的「詩無達詁」，在多種對於詩歌意義的解釋中，並沒有哪一種可以證明自己理所當然地處在可以淘汰其他解釋的地位，或許它們都各自有一定的依據，或許各自的依據都不能成為一種毫無疑義的定論。文學知識可靠性的懷疑還在於，所謂文學並不是一個文本的事實，而是一個文化的事實。也就是說，一部作品是否屬於文學，如果作為文學，它是在何種價值層次上，這些問題都涉及所在文化對於文學的規定性，也涉及到批評家的個人化趣味。

有學者在比較詩學的意義上提出：「在當今世界主要的幾個文學體系中，並不存在共同的文學價值觀。在某些體系中被奉若神明的詩學觀念在其他體系中根本未被提及。……自亞里斯多德至德里達以降的西方文學和文化觀念並不具有普遍性。」[45] 實際上，在文學史上，所謂的文學從來就是一個游走性的概念，它的內涵和外延都在不斷的變化中。而對於這樣一個變化著的概念所提出的知識，就不能期望它具有永恆性和普遍有效性。如果把一個系統中的文學知識移換到另外一個文學的系統，要麼理論自身言不及義，要麼對於文學現象削足適履。

其實關於知識的問題，涉及到知識的對象和方式等一系列錯綜複雜的問題。在對象方面，關於日月星體的運行，就有現代天文學的知識和源自古代的占星術這些不同的體系。固然我們不能以占星術的表述作

[45] 見樂黛雲、張輝編，《文化傳遞與文學形象》（北京大學出版社，一九九九年），頁八。

為今天進行太空航行的依據，可是在閱讀古籍和考察民間文化時，卻必須以占星術一類的傳統見解作為理解的基礎。在某一層面不屬於知識的，在另外一個層面則屬於知識。在知識的方式方面，按照科學哲學的證偽主義觀點，知識應該是可以被證偽的，即一個給定的陳述，它可以通過相關條件來證明，同時也可以在相反的資料下被修正。諸如月亮繞地球運行和地球繞太陽運行，本來都是對的；可是在人們的視覺經驗中，太陽東升西落的感受就顯得比地球繞日運行更容易被接受，在這樣的情形下地球繞日運行更顯示知識的重要，它修改了我們日常生活的經驗。再進一步，地球和月亮以橢圓軌道繞行，就比一般地說明繞行更精確，實際上，越具體就越可能出錯，而它才有更大的價值，因此知識要以可證偽的特性作為其存在的依據。那麼以此來看風水術、相面術一類，就是模棱兩可的表達意見，往往事情出現了不同的結果都可以得到解釋，這就不是知識的表述。在這個層面看來，其實文學知識恰好就有怎麼說都可能圓通的情況，而別人採用這樣一種方式來比較好地說明文學之後，其他人並不能保證也可以取得大致相應的效果。

美國學者希爾斯曾經說：「在科學傳統中，偉大人物是受人敬仰的紀念碑，但是，一旦他們著作中的精華被攝取和吸收，它們就不再被人們所閱讀。而偉大哲學家的著作始終保持其知識的有效性，他們一再成為新一代哲學家哲學反思的出發點。」[46] 希爾斯的這一段表白，我們一般理解為人文學科與自然科學的不同，也就是說，自然科學的新成果一旦出現並且獲得了學界認可的話，早先的學說就被置於「過時的」行列，而文學等人文學科不同，雖然不斷有新的思想問世，但是早先的思想仍然可以作為當下有效的言述。但是，我們可以從另外一個角度看，其實自然科學的對象是一種可以通過儀器來實測的存在，所以它的言說如何就可以不斷地被糾錯。而人文學科的對象經常屬於一種假定性的存在，譬如文學中的「意

[46] 〔美〕希爾斯，傅鏗、呂樂譯，《論傳統》（上海人民出版社，一九九一年），頁一七五。

境」、社會學中的「友誼」、歷史學中關於各種歷史發展模式的敘述等等，其實在很大程度上是基於人的感受，即採用某一種學說就可以把人們經驗中的事實加以合理化闡釋，經驗的世界通過這樣一種闡釋才便於思維的把握。而實際上這樣一些模式並不能任意還原。譬如某次戰爭的勝利可能屬於傑出的軍事指揮，另外一次則是因為氣象因素，還有一次又可能是由於軍事裝備和技術等等。企圖只以一種模式就解釋所有人文現象的做法，那是黑格爾時代之後就已經被思想家們放棄了的。

孔德給出了一個知識的界限：「人類的精神承認不可能得到絕對的概念，於是不再探索宇宙的起源和目的，不著求知各種現象的內在原因，而只是把推理和觀察密切結合起來，從而發現現象的實際規律，也就是發現它們的不變的先後關係和相似關係。」「我們的企圖只是精確地分析產生現象的環境，用一些合乎常規的先後關係和相似關係把它們互相聯繫起來。」[47] 在這樣一種認識看來，知識所達成的不一定是「真理」，而是使現象在知識框架中顯得「合理」。真理只有一個，而達成合理的途徑則不一定只有一個。

赫勒曾經說：「我們十分清楚，地球圍繞太陽旋轉，太陽並未『躲到』雲彩後面，但是我們的日常生活是從太陽的『升』和『落』，從太陽在雲彩之後的『消失』，而不是從天文學的事實得到的啟示。為了正確地行動，我們甚至不必知道我們業已瞭解得這麼多。」[48] 針對文學知識來看，它有些知識可能在客觀性、和對象實際的符合程度方面有出入，但是它可以在解釋上給予讀者一種安撫，那麼這樣的資訊算不算是知識？也許我們應該退一步看待問題，那就是面對外部世界的描述，知識的回答需要有驗證的程序和方式，當知識和現象的表現一致時，我們就認為這個知識是可信的，反之就不可信，而不可信的甚至不能稱為知識。

47 洪謙主編，《西方現代資產階級哲學論著選輯》（商務印書館，一九六四年），頁三〇—三一。

48 〔匈〕阿格妮絲・赫勒，衣俊卿譯，《日常生活》（重慶出版社，一九九〇年），頁五五。

文學知識的可靠性其實就是該知識的可信度。這種可信度不是依靠儀器來檢測的，而且儀器也確實無法檢測。那麼文學知識的可信度在一定程度上，其實是一種心理信念的強度問題。譬如文學的意境，你根本不能說哪一個表達就是意境而非此就不是意境，意境實際上把讀者聯想、把閱讀的再創造空間加以合理化並且追認到創作的層面，比附為作品的功能。最初提出文學意境的人，他是以此來評價他所推崇的作品，並且也就對他人做出了一個閱讀的示範，而在這種示範的引導下，可以感受到新穎的經驗，這就相當於增加了文學文本的厚度。通過這種感受也影響到新的文學創作，新的創作就自覺地營造作者認為可以表達出意境的文本，於是它形成了從閱讀到創作的一個鏈環。當已經有了文學的意境理論之後，他對於意境有一套評價的標準，也就可以說他所認可的有意境的文本所包含的意境是真實的；但是這種真實存在是和意境理論共生的，如果沒有意境理論也就沒有這樣的意境。它的真實性在於感受和言說的自洽。這樣一種看待意境的思路承認意境的真實性，但是這一真實性不同於「月球圍繞地球運行」的真實性。後者是不依賴於人的存在和人的思想而發生的，而意境則必須和人的認定相關。在已經把意境作為一種自覺的美學目標來營造、並且讀者也已經適應了這樣一種看待文學的方式之後，關於意境的評價、意境的操作上的要求等方面，就是文學知識不可或缺的內容；反之，則在物質層面根本不能夠實證意境的說法，就不是文學知識。這裡的知識其實就和知識所存在、所生發的語境相關。福柯認為：「我們不應再從消極方面來描述權力的影響，……實際上，權力能夠生產。它生產現實；它生產客觀的領域和真理的儀式。」[49]文學的知識其實可以追溯到文學體制背後的權力關係。文學知識的可靠性，依賴於文學的權力體制的穩固狀態。當文學的體制發生變化，則文學的知識也不能不發生重要的改變。

49 ［法］福柯，劉北成、楊遠嬰譯，《規訓與懲罰》（三聯書店，一九九九年），頁二一八。

三、文學知識的積累模式追問

文學知識在發生變化，不同時代、不同文化的文學本身就不一樣，而且在社會發展中知識系統本身也在變化，不同的認知框架對於同一文本也可以有不同的甚至迥異的看待。在這種變化中，一個重要的方面是，關於文學的不同認知和判斷展開交鋒和碰撞；另外一個方面則是，關於文學的不同認知在充分討論的基礎上，有一些觀點成為了後來學者共同認可的，它就進入了文學知識的殿堂。

在這一過程中，隨著歷史的推演，文學的知識也發生改變，體現在文學知識的累積模式問題。一些知識顯得陳舊了而不被採用，也有一些知識因為體現的價值觀不被認可而受到冷落；而新增長出來的知識，因為可以解釋當下所面對的文學問題，或者說它所提供的解釋比較吻合當下人們的精神需求，於是就進入到了知識系統中。前者的狀況有詩歌的音韻學知識，在中國古代系統中採用的「廣韻」，它是宋代以中原音韻為基礎設立的，本來中國隨著社會的變化（文化中心的遷移、主導民族的變化等因素），音韻也發生了變化。清朝的官方語音就夾雜了滿語發音，已經不同於「廣韻」的音韻了，姑且還把詩歌看成一個相對獨立的領域。可是在白話新詩興起之後，原先殘存的一點韻律的合理性也都消失了，當今詩歌的韻腳採用普通話的發音作為依據。另外，涉及到了價值觀念方面的內容，在封建王朝時代，應制詩、宮廷詩一類經常運用，包括一些最有地位的詩人也寫了不少此類詩歌，如果在當時就把詩人的這種詩歌作為「政治正確」的表現加以肯定。可是在封建王朝的「政治正確」在總體上被否定之後，它被肯定的基礎就動搖了。在文學知識這樣一些陳舊的內容被淘汰的情況下，也會有一些知識可以在後來的階段繼續適用，即舊知識並不簡單地棄置，而新的知識又會產生。於是就有了知識的疊加。這裡新舊知識之間並不是一種簡單的取代關係、補充關係，而是並置關係、平行關係。但是這種並置彼此之間並不一定有通約性。

在這一累積的過程中，可能出現一些複雜的局面。它包括知識類型的回歸，也包括知識相對的適用性問題。

知識的回歸是一種知識的更替中比較常見的現象。譬如在對空間的認識上，最初人們假設了空間可以是純粹空無的，而後來覺得絕對的空無無法想像，就假定了宇宙空間存在一種「乙太」，乙太是不顯示的，它是傳遞光線、引力等的介質。可是在現代物理學尤其是愛因斯坦的相對論出現之後，根本不需要假定這種介質的存在，因此絕對的真空又成為知識的認定。今天的天體物理學往往假定宇宙有一種暗物質，因為從目前宇宙的尺度看，它的星體的品質遠遠不及目前資料顯示出來的品質。暗物質成為虛空中一種隱秘的存在。它成為「黑洞」那種不可被觀測的對象，但是通過可觀測的對象可以測算它的品質。因此知識在變化的過程中，可能恢復到以前被棄置了的某種狀態，當然這種恢復可以被看成一種螺旋式進程的曲線。

在知識的回歸中還不只是具體的思想和觀點，而且更重要的是知識的方法。在原始時代，知識主要依靠經驗來獲得，這樣，知識的實踐性是其特徵，知識具有經驗痕跡。然後隨著知識量的擴大和質的深化，知識本身需要系統化，於是知識的經驗性特徵之外又加上了它的系統性特徵，這種系統性特徵主要表現為知識本身的自洽和知識的可推演性質。也就是說，通過已經得到的知識，在面對一個給定的現象時，可以有相應的應對或解釋。這些在給定對象條件之後，再經過推演分析得出的新認識，是知識應該具有的再生功能，否則知識的體系化追求就沒有必要了。在這樣一個新知識產生的過程中，原先知識的經驗性就逐漸淡出。新的知識是由既有的知識衍生的，這種狀況就相當於亞里斯多德邏輯三段式的演繹推理。如果新的知識和新觀察到的現象之間缺乏可驗證性，或者說它不能解釋新的現象，就會出現調整知識系統本身的要求。如果這種調整得到了有效貫徹，那麼這樣的知識就可能走向科學；如果知識系統拒絕調整而是頑固地堅持己見，並把新的現象作為納入既有知識框架去理解的途徑，那麼它就成為了一種類似於宗教的信仰體系。信仰體系是自我封閉的系統，它不把經驗問題的新挑戰作為自身改進的動力，而是把所有經驗的現象都納入到既有的系統做出解釋，儘管在嚴格的學科意義上這種所謂的解釋並不能成立，但也會堅持。

在知識的演進中，方法的回歸是其中的一個方面。在最初原始的認識中，人的認識和人的實踐密不可分，也就是說親身經歷和口傳身授是知識傳播的基本管道。而在社會分工之後，知識的產生與傳播由一些專人負責，授課和書本的知識傳播成為系統知識、專門知識的主管道，在這樣的變動下，知識作為認識的結果就和實踐脫節了。這種脫節可以達到一個非常嚴重的程度，就相當於葉公好龍之龍，和作為知識對象的龍並無直接關係。當這種脫節成為了知識的常態之後，甚至還把這種脫節加以合理化，認為關注對象本身會影響到知識的純粹性。在此背景下的一個基本假定是，人的認識只是對事物做一種不改變事物原貌的關注，如黑格爾就說視覺是純粹認識性的，「對象沒有遭破壞，保持著它的完整面貌」[50]，沒有影響到對象本身是認識的可靠性的一個佐證。

那麼知識的累積如何發生呢？當不同的知識相遇時，這裡可能出現四種情形：

1. 新知取代舊知。這樣的過程就達成了知識領域的新陳代謝，它是一種理想的狀況，從知識史、學科史的角度看便於梳理線索。

2. 新舊並立。這種並行的狀況基於兩種條件，一是新知並不足以推翻既有的見解，但是新知可能會對某些學科內的現象給予啟迪性的新認識；二是新知出現之後可以達成某種互補的效果，新舊知識兩者並不是水火不容的。

50 [德]黑格爾，朱光潛譯，《美學‧第三卷（上）》（商務印書館，一九九六年），頁一三。

3.學科的分化。當新知既無法取代舊知，而新知又有比較大的生存能力並不能被舊有的知識所遮罩，那麼新知就只有另覓空間，在新的空間中新知可以開闢出新的知識視野，得出新的學科見解。

4.新知對於舊知造成了挑戰。舊知在積極面對挑戰的過程中也對於自身體系做出了有效調整，從而在挑戰面前並不至於崩潰，反之新知也因為既有知識做出積極調整之後，的確可以應對詰難所提出的問題，於是舊的知識就通過一種體制之內的改進來化解了知識問題的危機。其實在學科史中，這樣的情形也許最為普遍。

四、文學知識的反思如何可能

研究文學是在文學知識的基礎上進行的，那麼我們來反思這種知識時也還得依靠相關的知識，這裡有一個疑難出現了，那就是這種反思如何可能？譬如，關於文學閱讀活動需要有相關的文學知識，否則面對文學的表達就可能不知所云。喬納森・卡勒舉例說：

> 如果有人不具備這種知識，從未接觸過文學，不熟悉虛構文字該如何閱讀的各種程式，叫他讀一首詩，他一定會不知所云。他的語言知識或許能使他理解其中的詞句，但是，可以毫不誇張地說，他一定不知道這一奇怪的詞串究竟應該如何理解。……他還沒有將文學的「語法」內化，使他能把語言系列轉變為文學結構和文學意義。[51]

[51] [美]喬納森・卡勒，盛寧譯，《結構主義詩學》（中國社會科學出版社，一九九一年），頁一七四。

卡勒這裡說到的問題其實是文學知識領域的自洽問題。當我們說文學知識的時候，這種文學知識有兩種完全不同的關係。一種是關於對象的知識，譬如李白是中國唐代詩人，假如批評家對李白作品的解讀採用基督教美學的要求，尤其還去發掘其中上帝的表徵的話，那麼可以說，至少在今天的文學批評模式看來是錯誤的，這種對象知識有著對象方面的客觀性要求。另一種是系統的知識，它是系統在運行中需要的，這種知識不能主觀任意地規定，但是它畢竟和人的行為有關，人的行為與之有相關性。在這樣的系統中，相應的規定是知識的必要條件。譬如中國傳統詩學講究「意在言外」，有些深刻的內涵並非顯示在文本的語言表達層面，因而要從語用的、語境分析的層面來加以觀照。它所派生的結果是，詩歌是對美學意境的追求，由此意境就成為中國詩學的核心範疇。關於意境的知識，以及具體的閱讀對於意境的捕捉，這個其實不能從純粹認識的角度來論證，而必須考慮到中國傳統詩學的理論前提。在此基礎上，我們又可以說，只有能夠把握意境之後，才能夠對中國傳統詩歌尤其是唐代以後的詩歌有深入骨髓的理解。知識是知識系統內部所催生的。由於有某種認定，才產生了相關的認識，這些認識構成了該學科的知識。

我們可以看到的問題就在於，針對知識的反思要考察知識提供了我們認知可能的情況下，它是否會把我們引向錯誤的方向，在這裡反思知識需要站在知識之外的一個立場，可是文學知識本身就不是一個統一的立場，我們如何來尋求這樣一個「之外」？當面對作為對象的文學知識的時候，我們還是需要比較近距離的考察，分析其中的細節問題；可是當我們來剖析作為系統的文學知識時，這種近距離就可能不再是一個合適的焦距。也就是說，文學知識本身的兩種類別使我們考察整體的文學知識這一訴求遭遇了困難。當我們把文學知識作為整體來思考時，它其實並不是一個整體；當我們用分析的眼光來具體探討時，則我們又缺乏一種整體的視野。

這裡涉及到了文學研究的思維的層次問題。文學研究需要能夠對文學現象產生「同情」，它是感情的投入；而作為一項研究工作又不能有太多的主觀傾向，於是就在「有」的多少上徘徊，這種量的把握和對對象思考的深度沒有關係，因此也可以說它耗費了精力，但是不這樣的話，文學研究就要麼沉浸到作品所營造的情感場域中，要麼則停留在乾巴巴的、沒有真正把握作品的外在分析。這樣的結果是，文學研究經常可能是一種錯位的思考。而這種錯位在很大程度上是人文學科的普遍狀況。美國《紐約時報》國際問題專欄作家弗里曼曾經發表《凌志車與橄欖樹——理解全球化》一文[52]，其中凌志車代表全球化經濟體系，橄欖樹則代表地域特色的文化，兩者之間的緊張關係是全球化進程的主題。這裡的全球化通過一個人工產品的全球市場體系得到了彰顯。其實凌志車作為人工製品更應該是地方性的，因為人總是生活在他的生活圈裡面。在全球化的大趨勢下，人生活的地方，由地圖意義上的某處轉變為商品消費層次上的某處。橄欖樹作為天然植物倒是應該作為全球化的代表，也許在氣候土壤等方面，橄欖樹並不能隨處生長，可是作為一個生物物種，它是全球生態圈的產物。全球氣候的某一處失衡，很難預料會對另外一處產生什麼影響，但是從長遠的角度看，全球氣候的相關性是可以肯定的。在此意義講，橄欖樹作為大自然的一件作品，它更有理由代表全球化。這裡實際上涉及到看待問題的角度問題，在一個角度看來理應如此的，在另外一個角度看來絕非如此。

文學知識的反思其實就是，當我們考察文學的知識時，我們不是去分析一個統一被命名為「文學知識」的板塊，而是面對一個龐雜的、內部充滿了矛盾、但又在形式上作為一個統一體的認識系統。在這裡矛盾的問題無法在一個平面的思考中得到協調。這讓人想起奧威爾（G. Orwell）和赫胥黎（A. Huxley）兩人

52 參見倪世雄、蔡翠紅，《西方全球化新論探索》，《國際觀察》二〇〇一年第三期。

對於資訊時代的一種擔憂，但是他們完全是從兩個不同的方向來入思的。「奧威爾害怕的是那些強行禁書的人，赫胥黎擔心的是失去任何禁書的理由，因為再也沒有人願意讀書；奧威爾害怕的是那些剝奪我們資訊的人，赫胥黎擔心的是人們在汪洋如海的資訊中日益變得被動和自私；奧威爾害怕的是真理被隱瞞，赫胥黎擔心的是真理被淹沒在無聊煩瑣的世事中；奧威爾害怕的是我們的文化成為受制文化，赫胥黎擔心的是我們的文化成為充滿感官刺激、欲望和無規則遊戲的庸俗文化……奧威爾擔心我們憎恨的東西會毀掉我們，而赫胥黎擔心的是，我們將毀於我們熱愛的東西。」[53] 這樣兩種不同的角度幾乎呈現為邏輯上的對立狀態，按理說它們不應該同時成立，可是事實上在我們面對當今的文化狀況時，卻都是我們需要處理的關係。

恩格斯當年說：「意識形態是由所謂的思想家有意識地、但是以虛假的意識完成的過程。推動他的真正動力始終是他所不知道的，否則這就不是意識形態的過程了。」[54] 這樣一段論述，我們大多只是在看待資產階級思想家的時候帶有一絲譏諷的態度來理解，其實這也許是人類思想問題的宿命。思想是針對對象的，思想往往不把自身作為一個思考的對象，正如眼睛是觀看的器官，而人自己看不到自己的眼睛。對於文學知識，我們並不能奢望能夠有一個總體的、一勞永逸地解決反思的方案，但是我們需要做一些局部的、修補式的工作，而這種局部和修補在長期的堅持中也可能產生整體上的洗心革面。我們知道一項艱苦的工作不可能一蹴而就，可是我們可能需要知道，對文學知識的反思因為對象的特殊性，在邏輯上也只能彳亍而行。

---

53 Neil Postman, *Amusing Ourselves to Death*, New York: Elisabeth Sifton Books, 1986, p.7.

54 恩格斯，《恩格斯致費・梅林》、《恩格斯致康・施米特》，《馬克思恩格斯選集・第一卷》（人民出版社，一九九六年），頁五〇一。

第四章　文學研究的規則與層面

文學研究作為一門學科，它需要回答文學的若干問題，也需要表達涉及文學的某些傾向，其中既有客觀化的內容，也有相對主觀化的表達。為了使理論的言說能夠具有公信力，能夠在學科領域產生持久性的影響，就有必要擬定相應的學理規則。文學研究學理規則包括四個層面：邏輯規定性、歷史參照系、現實出發點以及心理接受度。

文學研究是一項複合型的工作，它除了要研究文學和文學所涉及的若干方面之外，文學研究本身也包含了若干方面。這種複合的性質決定了在文學研究中，往往對同一文本或者文學現象可能產生不同認識，這種撲朔迷離的狀況或許也有給文學研究增色的作用，但是在研究領域需要把這種研究精確化地把握。

文學研究中包括了實體的、想像的和體制的幾個層面，它們分別是從不同角度對文學的看待。兼顧三者和協調它們的關係應該是文學研究中需要加強的。

第一節　文學研究的一般規則

一、兩類規則與文學研究規則的側重點

無以規矩，不成方圓。這一俗語說明，人們進行某一有目的的活動時要依照規則來行事，破壞了規則，那麼目的就難以達到。說到規則，它實際上就是達到某一目的的途徑和章程。具體來看，我們所說的規則有兩大類型，這可以從兩類活動來看。

當木匠要鋸下一塊木板，或刨平已鋸下的木板時，他以墨斗彈出的黑線來作為繩定，因為僅憑自己的個人感覺有可能出現誤差，也不便於操作。彈出的墨線就起著路標的作用，使操作顯得簡易。另外，在用鋸和刨時，力量要用在推出階段，而抽回階段則宜輕，這是因為推出時才是實際做功，抽回時即使用力也沒有實際功效。這些規則是人們實踐中摸索出來的，並沒去人為規定，可以說這是客觀化的規則。另一類規則就有所不同了。在遊戲過程中，遊戲的參與者都應遵循遊戲規則，任何逾越規則者都應受到警告或規定的懲罰。如二人對弈時，兵有兵的走法，車有車的路數，如某一方將兵當成車來走，那麼雙方的力量對比就不平衡了，也打亂了對方早已熟悉了的戰術組合方式。這種規則由人事先劃定了，在擬定以後它也要求人遵守規定的權威性。這是主觀性規則。

明確了規則的兩種類型之後，那麼可以說，文學研究的規則在這兩個方面都有所涉及。文學研究必須擬定一個什麼是文學的大致範圍。並且在此範圍內找到一些較為具體的對象，這樣才能對「文學」進行研究，就是說不能幻想無米之炊的好事，這是客觀性的規則；進一步看，在對文學進行研究時，要想對文學的哪一方面做出評判，評判時的尺度如何，對研究中的傾向性做出什麼規定等，這些問題又涉及到了主觀性的規則。

上述主客觀的分別主要是理論上而言的，在現實中可能有二者相容的狀況。有時，同一個規則在其本身就可能體現出客觀／主觀的雙重性。

如孟子在對文學接受問題上提出過「知人論世」的著名命題，他說：「頌其詩，讀其書，不知其人，可乎？是以論其世也，是尚友也。」[1]這就是說，要理解一篇詩文的意思，應結合作者的思想狀況、寫作語境等來看，孟子在與人對答時就實踐了自己的這一理論主張。當時孟子門徒公孫丑曾以齊國高子說的《詩經》中的《小弁》為小人之詩來問孟子，理由是該詩充滿怨氣。問題在於《詩經》是儒學經典，這顯然就與儒家的見解不合。孟子指出，機械地看，高子的話是有道理的。但是，假設有人在做壞事，這個人與你的關係疏遠，你最好是婉言相勸；反之如果他與你的關係很親密的話，你就可以嚴詞批評。以此來看《小弁》一詩，《詩序》說它是由「太子之傅作」，是批評周幽王信寵姬褒姒之言放逐太子宜臼之事，由於作者同事件受害人，和作為批評對象的周幽王都有很深交往，所以路見不平就發出怨言[2]。由該事例可以看出，如果沒有對作者和有關寫作背景的瞭解，不從作者寫作的角度來體察作者用心，在批評中就可能出現偏差。從這個角度上來說，孟子的「知人論世」說是文學研究的客觀性原則。

1 《孟子・萬章（下）》。
2 《孟子・告子（下）》。

但是，撇開作者的文學研究也仍是可能的。二十世紀以來的一些文學理論就是遵循這一思路。如俄國形式主義認為如果把文學看作是作者情志的表達，當然應聯繫作者來評析作品，可是對於社會來說，作者想什麼已遠不如作品是什麼重要，而作品是什麼並不只由作者想什麼就決定的。作者的價值在於把人們日常經驗的語言表達方式加以「陌生化」，使人們在看待文學時可以重新體驗，而且更真切地體驗到作品的魅力。文學表達的陌生化手法是作者營構的，但它一經寫出就體現在形式化，根本用不著從作者方面來探討。二十世紀六十年代盛極一時的結構主義文論將文學結構提高到自主地位，強調作品的自主性和自足性，羅蘭・巴特曾提出「作者已死」，就是說，作品一經寫出發表，作者就不再是作品的監護人和看管者，從作品自身的結構和表達形態就應能窺見到作品發表的東西。事實上，像列維・斯特勞斯對《俄狄浦斯》神話的分析，認為它寫出了人對自己起源問題上的困惑，中國當年索隱派「紅學」從《紅樓夢》中發掘出它的微言大義，這些都並不是從作者入手來進行的闡釋。從這一角度來看，孟子的「知人論世」說又是一條主觀性原則，它是將人之所言與言人之德結合起來認識的倫理批評。

在文學批評的兩類規則中，它更主要地是側重於主觀方面。這是因為，規則本身是圍繞研究目的的，任一規則在擬設時就考慮到了如何更好地表達出預設的東西。愛因斯坦就曾說：「理論決定著我們所能觀察的東西。」[3] 如果沒有光速每秒近三十萬公里、且光速不變的理論，我們就無法觀察出星體與地球的距離；如果沒有現代化學理論，我們就可能對燃燒現象做出是燃素在起作用的錯誤觀察，這些自然科學的道理也適用於人文研究。丹尼爾・貝爾曾說，思想家們在考察社會時，需要從自己的「中軸原理」來認識它，有時還需要找出「中軸結構」來配合分析，他例舉說：

---

3 引自沃納・海森伯格，《物理學及其他》（一九七一年），頁六三。

對於馬克斯・韋伯來說，合理化過程是理解西方世界從傳統社會變為現代社會的中軸原理：合理的統計、合理的技術、合理的經濟道德，以及生活態度的合理化。對於馬克思來說，商品生產是資本主義的中軸原理，而公司企業則是它的中軸結構。對雷蒙德・阿倫來說，機械技術是工業社會的中軸原理，而工廠則是它的中軸結構。[4]

同樣都是對西方近幾百年來才出現的現代社會的考察，不同的思想家採用的是不同的理論模式，看到的也就是社會的不同方面。如果說每一模式都可能有各自的局限，都只能看到該模式預置視野內的東西的話，那麼，離開了理論模式，則只是看到各種雜亂無章、缺乏頭緒的現象。研究規則是有主觀性的，而該規則一經選用，它就將規則內客觀性的東西呈現出來。這就象對弈的規則，規則是人為制定的，但一經制定後，那麼規則內的行棋步驟就又體現了它內在的客觀規律，誰能對此規律有更深的體會，誰才可能在行棋中爭取主動。

二、文學研究規則的幾個方面

文學研究有一定的規則，這些規則可以由某個人制定，如上文引述的孟子的「知人論世」說，也可能是文學研究中逐漸約定俗成的傳統，如中國美學對於言外之意、空靈境界的標舉。問題並不在於它是由誰

4 〔美〕丹尼爾・貝爾，王宏周等譯，《後工業社會的來臨》（商務印書館，一九八四年），頁一五—一六。

制定，而在於規則總是同某種研究視野的宗旨切合的，它也體現了文學同所處文化氛圍間的有機聯繫。要瞭解文學批評的規則，有必要從它的幾方面來加以論析。

（一）目標方面

文學研究是有一個目標的，即使是純粹學術性的研討，也需假定這一研究要達成什麼目標，至少要滿足自己認識上的渴求。在目標的擬定上，文學理論在歷史發展中經歷了不同的類型。

從西方文論的發展看，自古希臘時期一直到近幾個世紀以前，其目標擬定大體是在框定作者的創作方面。當年，古羅馬文論家賀拉斯提出了他的「磨刀石」說，認為他自己無須創作，就像磨刀石不能切割什麼，但它可以使刀變得鋒利起來。法國十七世紀的新古典主義文論家布瓦洛在其《詩藝》一書中也指出，一個成功的作家要有一個懂行的批評家指教、引導：「望你選個品題者，要他能堅定內行，憑理智判別是非，論學問。見多識廣，要他能運斤成風，一動筆就能指出，你哪裡意存藏拙，你哪裡欠缺功夫。只有他才能解決你那可笑的腳踢，解除你內心的疑難子使得你恍然大悟。」[5] 布瓦洛在這裡說的指點詩人、作家的人簡直就是一個半神式的人物，他的神通來自何處？就在於他是一個懂行的文學研究者。而這一指導者的角色在後來已基本上退出了舞臺，因為新的創作變化使得任何一個懂行者都還來不及達到足夠引導他人的資格，創作不是按圖索驥而更是一種精神求索和表達方式上的試驗。文學研究的目標更多地轉向認識文學的方面，因為新的創作提供了新的課題，對這些新課題的研究成果又可以反過來對過去的文學研究加以重新檢討。二十世紀以來，創作上的求新求變已成為一個普遍的趨勢，在此狀況下，如果依舊只是對已有

5 胡經之、王岳川主編，《西方文藝理論名著選編・上卷》（北京大學出版社，一九八五年），頁二一二。

的文學現象進行認識的話，那麼已經難以跟上現實發展的需要，文學研究在一定程度上又轉向了主動地闡釋某種文學的維度，如法國新小說文論與創作的關係，後現代主義文論對二十世紀六十年代以來一些文藝作品的闡說等，都是以理論來對創作加以宣傳和說明。

（二）程序方面

文學研究是對文學的總體構成較為抽象的探討，也是具體地對作家和作品的說明；側重點各有不同，但總得有一種操作程序。一般而言，傳統的文學研究都注重對文學的「德」的推崇，有「德」則盡可能地發掘出它表達的美感魅力，無德則不予正視。孔子說《詩經》的主旨是「思無邪」，這正是對《詩經》中詩作的「德」的推崇，後代在《詩經》上的注、疏就很詳備；反過來，齊梁時豔情詩頗為風行，但從儒家的倫理規範上看這些詩是無德的、失德的，所以，很少有人去研究它們，更不用說出現有影響的研究成果了。

文學研究在程式上的規則突出地體現在作品評論上。劉勰曾提出「六觀」說，指出：「是以將閱文情，先標六觀：一觀位體，二觀置辭，三觀通變，四觀奇正，五觀書義，六觀宮商。斯術既形，則優劣見矣。」[6] 這裡的「六觀」首先是從「位體」，即中心思想的確立來分析，接下來再是語言表達、對傳統的借鑑與創新、寫作手法的狀況、引經據典的狀況，最後是音調、韻律效果，可以說其中第一條是內容上德的總要求，中間的幾條是德的表達途徑，最後的「宮商」則是純藝術性的問題，這一順序所表達的倫理教條的要求相當明顯。

---

6 劉勰，《文心雕龍・知音》。

在程序上的規則不只是說的先後次序，它還體現了重要性的秩序。二千多年前的亞里斯多德指出了悲劇藝術的批評要注意六個藝術成分：情節、性格、言詞、思想、形象與歌曲，亞里斯多德給這六個成分編排了一個重要性上的次序，他指出：「六個成分裡，最重要的是情節，即事件的安排；因為悲劇所模仿的不是人，而是人的行動、生活、幸福（「幸福」與不幸繫於行動）；悲劇的目的不在於模仿人的品質，而在於模仿某個行動；劇中人物的品質是由他們的『性格』決定的，而他們的幸福與不幸，則取決於他們的行動。他們不是為了表現『性格』而行動，而是在行動的時候附帶表現『性格』。」[7]與亞里斯多德把人物性格看作只是次要成分的觀點相反，黑格爾則認為人的行動是性格支配的結果，他說：「性格就是理想藝術表現的真正中心，因此它把前面我們作為性格整體中的各個因素來研究的那些方面都統一在一起。」[8]這種觀念差異的背後，在於亞里斯多德所處的時代，是一個群體生活優先於個人生活的時代，個人生活在文學上並不是一個力圖展示的對象；而黑格爾生活的時代，已經歷了文藝復興和啟蒙運動對個人主義的張揚，認為個人是社會得以存在的基礎，社會應尊重個人的性格，在這種語境中，黑氏的藝術觀有不同側重點也是理所當然的。

（三）範圍方面

文學研究的對象是文學，那麼，什麼是文學？這就有一個劃定文學範圍的問題。進一步說，當文學對象劃定之後，也還有一個對哪些方面加以研究的問題，這些都涉及到文學研究的範圍規則。

---

7 [古希臘]亞里斯多德，羅念生譯，《詩學》（人民文學出版社，一九六二年），頁九。
8 [德]黑格爾，朱光潛譯，《美學‧第一卷》（商務印書館，一九七九年），頁三〇〇。

應該說，研究範圍的規則是較為模糊的，中國先秦時代的散文以策論（政論文）和史著為主，那種單純抒情言志、寫景記人的狹義的散文並不多見，當這些散文被作為文學來看待時，這只是它們性質的一個方面，或者說還只是一個較為次要的方面：《左傳》、《戰國策》等更主要的價值在於它們是歷史著作，《孟子》、《莊子》思想史的影響大於它們在文學史上的影響，等等。文學在早期階段範圍的模糊，在當今也同樣如此，因為會不斷有新的創作加入到文學中，新的創作的特性可能會打破過去劃定的文學疆界。虛構本是文學之別於其他文字系統的重要特性。所以，中國古代的文筆之分，西方的抒情、敘事、戲劇文學的分類，都是相對的，它們之間可能有混淆的狀況，並且也不能使文學與非文學就此有一條明確界線。克羅齊就曾說，「區分完全起於經驗」，「討論藝術分類與系統的書籍若是完全付之一炬，並不是什麼損失」[9]。他的這一見解確有過激之處，但也說出了幾分文學在範圍、疆界上的模糊性。

從文學研究的範圍上講，總的狀況來看，各家各派的範圍並不一致，但具體的各派則有一條明確的美學界線。歐洲在中世紀以前，將文學與《聖經》的思想來做參照，如它有助於《聖經》的佈道就可以通行，否則便受到限制，甚至認為褻瀆了上帝。中國古代也是以「四書五經」來作為對文學的要求，宗經、徵聖、明道是創作圭臬，在文學研究中也應加以貫徹。文學研究後來的發展脫離了這一軌道，但是在它的運行中又建立了新的範圍規則。如十九世紀法國的文學社會學派認為文學是時代的產物，泰納曾提出研究文學，應從考察它所賴以產生的那社會的種族、環境、時代三個方面入手，他將原有的文學研究範圍擴大了。而二十世紀俄國形式主義批評，把文學視為一種陌生化的語言表達方式，文學之為文學就在於文學語言的特性，因此在文學語言的範圍上，他們排除了作家的研究，認為這好比給科學家立傳並不是研究科

[9] ［義］克羅齊，朱光潛譯，《美學原理》（作家出版社，一九五八年），頁一〇五。

學，給作家立傳也是可以的，但這也不是文學研究，文學研究的範圍摒除了作家一環。美國文論家艾布拉姆斯曾以作家、作品、世界、讀者來表示文學研究的諸座標，並指出：「在這個以藝術家、作品、世界、欣賞者構成的框架上，我想展示各種理論進行比較。」[10]實際上，文學研究的範圍大體在他所列舉的四個維度上，或寬或窄地各自劃定其疆界。

（四）表達方面

文學批評根源於批評家的所想，但他表達的只是他能夠言說的。表面看來，所說只不過是所想的外顯，所想或者就是所說，或者比所說的內容更豐富、更深刻，沒有必要去探討作為批評家所說的表達。

但是，某種表達並不只是對所思的外顯，它也是在表達方式的模鑄和規範下來進行的，表達方式對於表達有著直接而重大的干涉作用。文化學家美因霍夫曾注意到，在非洲有兩個相鄰的部落，一個是農耕社會，一個是遊牧社會。在農耕社會，耕地和拓荒是兩個詞彙，而遊牧社會裡則籠統用一個詞。因為在遊牧部落看來，耕作是一種沒有出息的下賤的工作，根本用不著對它的活動加以細緻地區分。實際上，他們沒有這種有關詞彙和經驗，也可能根本就體察不到擴大農耕面積的拓荒之舉與每年都在同一塊土地耕耘之間的差異。凱西爾對這一問題的認識是：「心智曾經創造的東西，它從意識的整體範圍內擇選出來的東西，只有當口說的語詞在其上打下印記，給它以確定的形式時，才不會再次消逝。」[11]語言是人類表達的主要媒介，它是表情達意的工具，同時它也是模鑄所傳達內容的工具。如果從上述兩個非洲部落的語言差異已能部分窺見語言魔咒的力量，那麼結合到中國的現實生活則可以見得更加明顯。父子兩代人的代溝問題，

10 ［美］M．H．艾布拉姆斯，酈稚牛等譯，《鏡與燈》（北京大學出版社，一九八九年），頁五。

11 ［德］恩斯特．凱西爾，于曉譯，《語言與神話》，（三聯書店，一九八八年），頁六四。

至少在現代社會以來已是一個普遍的現象。對此現象，當今通行的評價是父輩們觀念陳舊、思想保守，這些刻板印象使父輩們處於守勢；而在二十世紀六十年代「不斷革命」激進氛圍中，上一代人常常說兒輩們忘了本，有變「修」的危險，則父輩們處於明顯的主動地位。這除了反映出各自時代價值取向的差異外，語詞本身也體現出一種整合作用，表達工具在表達中有了自主性。

從這個角度來看，批評的表達規則就有對於表達的限制作用，以防止表達權力的過分擴張，同時也便於表達時的溝通。在中國古代文論中，許多批評是以批註的方式來完成的，有眉批、夾批、旁批、尾批等，這是帶有隨意性的評點。之所以採取這一方式，也是因為領悟到表達方式可能會影響表達效果，因為評點者力圖抓住作品語言中忽隱忽現的東西。西方文學批評則較多地採用長篇大論，力圖以整體性、邏輯性的方式來體現出它不同於創作的特點，從理性角度來思考文學的深層內涵。由表達規則的不同，文學批評可以體現出不同的旨趣和性質。

三、文學研究規則的變遷、失範和重建

文學研究的規則兼具客觀性與主觀性，換句話說，它兼具文學自身對批評的要求，和批評採取何種視角來看待文學的問題。那麼，隨著文學的變化和人們認識的改變，其規則也就有所變遷。

關於文學的變化，這在文學史上的大量事實可以佐證。中國文學史的漢賦、唐詩、宋詞、元曲、明清小說的線索，就表明各個時代有它自己的代表性文體，更重要的是在於，前代可能還沒有後代盛行的那些文體，如唐代時輝煌的格律詩可溯源到隋代，在漢朝時就並不存在。歐洲文學史上，史詩在古希臘時期盛極一時，到近代則無可挽回地難以在創作上重振雄風，黑格爾曾說，史詩中有一個超凡的英雄，而在「一

個社會如果已發展成為組織得很周密的具有憲法的國家政權，有制定的法律，有統治一切的司法機構，有管理得很好的行政部門，有部長、參議員和警察之類人物，它就不能作為真正史詩動作（情節）的基礎」[12]。就是說，至少在現代題材的寫作上，史詩所必需的條件已經不存在了，所以它已難以有新的力作問世。另一方面，由於識字人口的增加和出版業的興起，長篇小說也就在近幾百年應運而生，並且它在很大程度上成為衡量一個地區、一個作家創作成就的最主要的標誌。

在文學本身變化的同時，人們看待文學的眼光也有所改變。中國古代很少從消閒角度來認識文學，更多地將它視為原道、宗經、徵聖的工具，而在今天，文學的消閒性質已經很突出了。這是因為，文學的出版、發行需要投入資金和人力，為了獲得利潤回報，它要考慮到讀者需求，而購書者在購買一部文學著作時，雖有可能同一般商品的購買動機有所區別，但讀來「有趣」已不可避免是影響他選擇的重要因素。這也就使一些作品的本來意義在發行中產生扭曲，如英國作家斯威夫特的《格列佛遊記》本是一部嚴肅的諷刺小說，它在今天仍廣為人知，已不是它的諷刺性，而是被當成了兒童文學。人們在孩提時代就接觸了它的內容，而這最初的文學啟蒙是無法理解作品的諷刺意義的。另外，現實的文學需要也會對文學釋義產生影響，岳飛的《滿江紅》寫：「靖康恥，猶未雪，臣子恨，何時滅？」它是臣子表達對君主忠忱的本文，而在現代民族危亡時，如抗日戰爭年代，它被當成了愛國主義的文本，而現代的愛國主義以民族的利益為重。古代的國君首先考慮到自己的權位，民族利益只不過是國君權勢的範圍而已。儘管如此，這也並不妨礙後人做出愛國主義的意義解釋，並且它也起到了鼓舞人、激勵人的作用。

12 [德]黑格爾，朱光潛譯，《美學‧第三卷》（商務印書館，一九七九年），頁一一七。

由於文學本身和人們看待文學的視角的變化，在規則上也就不能不有所變遷。如在史詩占主導的時代，史詩中的英雄業績（情節）不能不放在首位，亞里斯多德所說的悲劇詩中情節占首要的地位，正同當時文學的狀況相吻合。反過來看後現代主義文化理論消解文化深度模式的策略，認為包括文學在內的文化產品都是平面化的，則它也有著這一時代文化狀況的印記。丹尼爾•貝爾在二十世紀七十年代就說，當代文化正在從印刷文化（書本）為中心走向了以視覺文化（影視等）為主流的模式。他對此加以反思說：「然而，形成知識的印刷和視覺的相對比重中卻存在著對一種文化的聚合力的真正嚴重的後果。印刷媒介在理解一場辯論或思考一個形象時允許自己調整速度，允許對話。印刷不僅強調認識性和象徵性的東西，而且更重要的是強調了概念思維的必要方式。視覺媒介——我這裡是指的電影和電視——則把它們的速度強加給觀眾。由於強調形象，而不是強調語詞，引起的不是概念化，而是戲劇化。」[13] 在引起概念化的印刷文化時代，人們力圖挖掘字面背後更深層的意義，而戲劇化的視覺文化，卻喚起人們對各種形象的聯想，這些視覺圖像大多在現象的層面滑動。

在規則變遷的狀況下，原有的規則所起到的示範作用就失效了，文學研究在某種意義上講有了失範的危險。二十世紀以來，文學研究的方法和派別林立。從俄國形式主義，到與它並無理論瓜葛但又如出一轍的英美新批評；從西歐尤其是法國紅極一時的結構主義，到從它衍生出來卻又與它呈現對立的解構主義；從非理性主義的精神分析批評，到也是嫁接了其他學科，主要是心理學和文化學的原型批評；從幾乎沒有多少文化根基的女權主義批評，到注重重新發掘文學深層意蘊的新歷史主義，等等。這些理論流派所主張的觀點各各不同，所採用的方式、方法也大有差異，這在很大程度上使得它們之間的共同規則受到了破

13 〔美〕丹尼爾•貝爾，趙一凡、蒲隆、任曉晉譯，《資本主義文化矛盾》（三聯書店，一九八九年），頁一五六—一五七。

壞。如新批評的話語是肌質、構架、文學性、細讀，等等，而新歷史主義則講述歷史與現實的「共謀」、各時期文學的「互文性」、歷史語境等等。它們各有自己的話語系統，相互之間不在同一個對話層次。這種各有一套話語也就是各有一套規則的做法，使文學研究的總的規則解體了。同時，這種失範也就是規則的重構—失範—重構的過程，失範與重構是同一事件的不同側面。

佛克馬和易布思合著的書中曾提到：「為了闡釋文學作品和把文學當作人們一種特殊的傳達模式來看待，我們必須掌握文學理論；不依賴於一種特定的文學理論，要使文學研究達到科學化的程度是難以想像的。」[14] 借助文學理論才能深入研究文學，這一點可以說是常識；要有一種特定的文學理論，才能使文學研究科學化。當今時代，文學理論在各個派別的文學研究中重構規則。

規則是對行為主體的制約，同時它也是使主體的行為能夠順利進行的制約。瞭解文學研究中的規則問題，對於我們瞭解文學理論、文學批評等領域內的特性，深入地探析它的機制，運用它來考察文學問題，是有所裨益的。

第二節　文學研究的學理規則

文學研究是一門學問，但又不是一般的學問。一般的學問強調研究者以一種理性的態度來面對對象，而文學研究則始終有感情的參與和投入；一般的學問致力於發掘對象深層次的性質、意義，這種發掘往往

14 ［荷蘭］佛克馬、易布思，林書武等譯，《二十世紀文學理論》（三聯書店，一九八八年），頁一。

會造成學理意義上的發現，人的經驗層次的感受也有所不同。譬如天文學告訴我們，地球每天自轉一周，可是我們自己的感官根本不能感受到作為地球的轉動，我們倒是看見太陽每天東升西落，這種研究結論和經驗的差異，科學家可以引導、糾正人的認識的不足。可是在文學研究中，假如研究者的思想和一般讀者有著太大反差，則研究者即使可以堅持己見，也會由於得不到讀者的贊同而沒有影響力。

那麼，作為一個特殊性的研究領域，文學研究又必須有相應的規則，否則就遊離於當今學科的基本框架之外了。在這樣的矛盾中，文學研究如何運作，相關學者如何看待文學，就需要在照顧到文學研究特性的基礎上，有相對統一的規則。這種規則相當於「學術共同體」的起碼要求，由此既能夠使得文學研究有一個共同的研究平臺，也便於其他人能夠在最低限度上理解文學研究的話語。在論者看來，這一規則包括邏輯的、歷史的、現實的和心理的四個層面。

一、邏輯規定性——人文研究的對話基礎

作為人文學科研究的一個方面，文學研究雖然由於對象性質的特性，而必須從自身的實際狀況出發來看待問題，但是作為研究就需要尊崇研究的基本規則，這種對規則的尊崇和遵從以不損害文學本身的個性化特點為底線。福柯認為：「在每一個社會，話語的生產過程都不是漫無定則的。」[15] 應該說福柯在他的一系列著作中，總是致力於揭示話語權力的運用乃至濫用，但是話語也必須在交往過程中發生作用，而既然處於交往過程之中，就需要交往的雙方或者多方有一個基本的理解與對話的公共平臺，這樣就必須有「定則」。

15 [法] M. Foucault, *The Order of Discourse*, in R. Young(ed), Untying the Text , London: RKP, 1981.

如果說文學研究的基本規則可以被接受的話，那麼接下來另外一個問題就又需要考慮了，那就是針對文學研究的領域而言，它的基本規則是什麼？實際上，我們閱讀各種文學研究的資料時，其實可以明白它們有非常不同的理路。撇開具體觀點的傾向性不論，那麼僅以學理方式而言，作為東方文化代表的印度文化和中國古代文化，它們往往屬於體悟性質的，而從古希臘濫觴的西方文學研究則傾向於認識。這裡體悟和認識都涉及對對象的理解和說明，但是其中有重要區別。東方的文學研究的思維不排斥主觀感受，這種感受是一種進入到對象的體驗，研究者自我可能融入到對象之中；而西方思維則是主體與客體嚴格區別，主體以一種客觀的立場看待對象，並且力圖使得這種看待一經指明之後，他人也可以從中得到相近的認識。再以對文學的要求來看，中國先秦以降的文學研究的主流，把文學作為廣義的「禮」的一個方面，因此論文不是就事論事，而是從整個社會的要求來理解文學、評價文學。無獨有偶，古希臘時期柏拉圖到亞里斯多德也是這樣提出文學要求的。另一方面，魏晉時期玄學盛行背景下的文學則可能作為人生的一種修養方式，和個人之外的社會功利目標沒有多少關係，則這樣的文學研究就別有一番趣味了。再說，中西古代都曾經有過一段時期，把所有文字材料都視為文學，而現在作為「美文」即審美對象來理解的文學是文藝復興之後的觀念，那麼，在這種差異的總體格局下，文學的研究也就是五花八門的，很難找到一個統一的模式。所以韋勒克認為：「我們的研究處在不穩定狀態，其最為嚴重的跡象就是面臨著還沒有建立確切的研究對象和獨特的方法論（methodology）。」[16]這種所謂嚴重的跡象是韋勒克的想法，他是作為新批評的代表人物，認為文學研究應該探討「文學性」，而「文學性」作為一個專門的領域就應該有相對專業或者專門的方法論。而假如我們跳出他的這一新批評的理路，把文學理解為和社會、文化有著千絲萬縷聯繫

[16] Rene Wellek, *The Crisis of Comparative Literature, Concepts of Criticism*, New Haven and London : Yale University Press, 1963, p.282.

的對象，對文學的理解也可以從不同方面把握的話，那麼這種並沒有專門化的現實就只是一種實際存在的現象，根本不算什麼弊端。也就是說，文學研究其實在一定程度上是整個人文學科研究方法論的集成或者縮影，其他學科採用的方法、理路一般也都可以運用到文學研究。

那麼，是不是說文學研究就完全沒有自身獨特的立足點了呢？也不盡然。宋代詩評家葛立方在論說李、杜詩歌的表現力時舉例分析說：

竹未嘗香也，而杜子美詩云：「雨洗涓涓靜，風吹細細香。」雪未嘗香也，而李太白詩云：「瑤臺雪花千萬點，片片吹落春風香。」[17]

這裡的文字表現特點是美學上的「通感」。所謂「通感」，在人的視聽嗅味觸五種感覺中，主體把其中某一種感覺以另外一種感覺的方式來置換，這樣就形成一種陌生化的修辭效果。這裡就有一個文學的獨特性，即其他藝術一般有自身相對專門化的表達手段，如繪畫的顏料組成的圖案、音樂的旋律、節奏表達的音響等，而文學採用的語言文字和我們日常生活沒有截然的區分，而且在有些文學體裁中，如小說，還描寫了人在日常生活中的言談，那麼作為一種藝術形式，文學這種與日常生活之間的緊密關係，就可能使得文學不被看成一種藝術系列的對象。在此情況下就需要強調文學表達的特性，諸如它的意義是相對自足的，文學語言作為能指可以是內部指稱的，等等。

17 [宋]葛立方，《韻語陽秋》，李白詩原文為「瑤臺雪花數千點」。

文學表達採用人在實際交往過程中的語言作為塑造形象的工具，而文學語言又和日常生活語言具有千絲萬縷的聯繫，凸顯自身的個性或者獨特性，這裡就有一個矛盾。一般在理解上就把文學看成廣泛意義上的一種修辭，如榮格所提出的：「《浮士德》除了是一種象徵以外還能是什麼呢？我所說的象徵，不是指對某些熟知事物的比喻，而是指對某些不太明確的然而是活生生的事物的表現。在這裡，它是生活在每一個德國人心靈裡的東西，而歌德促使它產生。」[18] 所謂歌德使得人們心目中的浮士德產生出來，不是我們通常所說的他作為眾人的代言人，表達出人們的心聲，而是浮士德其實象徵了一種永不停滯的精神。在中世紀時，中歐地區如德國南部、捷克等地就有民間傳說的浮士德，這樣的主人公代表了一種在當時受到貶黜的形象，就是貪得無厭，而中世紀的道德觀教導人們知足常樂，所以浮士德是一個生活在不快樂的陰影中的典型代表。可是歌德在沿用了民間故事人物形象的同時，已經賦予了對象全新的意義，浮士德在永無休止的追求中覓得生活的真諦。歌德的創作的重要性就在於，當中世紀進入到文藝復興、啟蒙運動這一社會轉型的過程時，他提出了新的人生觀、價值觀的基本框架，而作品中的浮士德就是承載新的觀念的載體。那麼從文學自身的意義講，《浮士德》算是自足的，就是說形象的評析可以就事論事；可是它成為一部文學的經典，就在於它象徵了一種新的精神，也就是後來韋伯總結的，強調不斷進取的資本主義精神。可以說，讀解《浮士德》需要有對於中世紀那個民間傳說的瞭解，同時又要超越這樣的理解，這樣才能夠體會到歌德潛心該部作品創作的苦心。實際上，歌德在二十多歲時已經就完成了《浮士德》初稿，可是直到超過了八十歲之後，他自己感到來日無多，才不得已完成了對該作品的最後修改，也就是說浮士德在故事中的生活歷程，體現了歌德自己對於人生的一種探求和終極理解。在這裡就有一個啟示，即對於文學的

18 〔奧地利〕榮格，《論分析心理學與詩歌的關係》，見《西方文藝理論名著選編》（北京大學出版社，一九八七年），頁三三五。

理解需要相關的材料，也就是所謂本文間性的理解，同時這種理解又是在榮格所說的，把握文學的象徵性質的基礎來進行的。文學的邏輯不同於其他文字表達的文本，必須從一種特殊的維度來判斷和體會。

在談及文學研究的學理規則時，則我們需要明確作為人文學科的文學研究不同於自然科學。韋勒克表達過一個見解：「物理學的最高成就可以見諸一些普遍法則的建立，如電和熱、引力和光等的公式。但沒有任何的普遍法則可以用來達到文學研究的目的，越是普遍就越抽象，也就越顯得大而無當，空空如也；那不為我們所理解的具體藝術作品也就越多。」[19] 因此，邏輯規定性是文學研究作為學科必須具備的條件，可是從另外的角度看，它有時可能和具體的、千差萬別的文學現象產生距離。

二、歷史參照系——理論觀點的源流依據

歷史是人認識事物的一個框架，對於人文學科的各個方面都是如此。對於文學而言，這種歷史的規定性，至少包括幾個方面的意思：文學是在歷史中的，文學隨著歷史變化而發生變化，而「隨著」可能是外在於文學的因素所推動的，也可能就是文學自身醞釀的變革動力；另外，對於文學的理解和研究，需要放置在歷史的宏觀敘事中把握，而這個「歷史」固然有著編年意義，但是在不同的角度實際上可以有不同的敘述方式，也就是說，「歷史」就是一種敘述。「在實驗室裡，科學家用顯微鏡觀察微小的物件，這是非常客觀的了，可是這種客觀中也有發現的預期，而預期就有某種假設，它是依據理論的。」[20] 如果離開了先在的預期，則實驗的規劃就無從建立，更談不上什麼發現。也許偶爾有那麼一點意外的收穫，譬如偶爾

19 [美]韋勒克、沃倫，劉象愚等譯，《文學理論》（三聯書店，一九八四年），頁五。
20 張榮翼，《文化批評：理論與方法》，《社會科學戰線》二〇〇二年第三期。

的實驗結果導致了青黴素的發現，但是這樣一種方式不能作為科學研究的常規模式，這就好比獵人不能以守株待兔方式來狩獵一樣。

首先，文學在歷史中，意味著文學總是作為某一歷史階段的文化表徵出現的，對於指定的任何一個文本，該文本作為文學來看待就是歷史的產物。結構主義文論家喬納森・卡勒認為，西方文化之中的「literature」是晚近二百年來才具有「文學」的涵義[21]。其實我們也可以反過來看中國文學的歷史狀況與之類似，南北朝時期劉勰的《文心雕龍》裡面有文體的理論，其中有些如書、記、銘、誄在今天看來應該劃入實用文體而不是文學。這種歷史的看待在深層次上還包括文本的歷史，如莎士比亞作品在各個不同時代人們有不同的理解，那麼這些理解可以說是文本與讀者的意識的一種結合，當讀者的意識發生變化之後，同一文本也折射出不同的意義。文學本身就是歷史的造化。

其次，文學的歷史性，意味著把文學挪入到相應的歷史框架中理解和看待。有人說道：「中國現代學術的確立在相當大的程度上依賴於對西學典籍的譯介。如果說，印度佛學的譯介流傳參與塑造了中古思想學術，以致大量的漢譯印度名相早已滲入了漢語思想的血脈之中；那麼，主要始於十九世紀末葉的西學漢譯工作，則既伴隨、影響著現代漢語本身的確立，又促成了中國思想學術從形態到旨趣的全面轉變。在某種意義上，我們仍生活在一個作為西學漢譯效果史的『翻譯時代』中。」[22]在這種歷史的理解中，我們才可以說，什麼類型的文學評價指標和什麼樣的文學是一種共生的關係，在相互有關的文學評價和文學文本之間，就可以有一種對話空間，反之就可能缺乏對話，相互隔絕。這種結合歷史框架進行的文學研究和理解，才會使得研究具有啟迪價值。

21 見喬納森・卡勒，李平譯，《文學理論》（遼寧教育出版社，一九九八年），頁二十二。
22 丁耘，《知其不可譯而譯之》，《讀書》二〇〇一年第九期。

再次，歷史性作為對文學的參照，應該包括歷史感的要求。所謂歷史感，其實就是研究者在面對所研究的文學問題時，對於古今不同時代關於文學的觀念具有總體的眼光。福柯在《臨床醫學的誕生》一書中對於近代以來產生的解剖學的認識論意義做了說明。以往，人的認識都只是對事物做一種不改變事物原貌的關注，如黑格爾就說視覺是純粹認識性的，「對象沒有遭破壞，保持著它的完整面貌」[23]，可是解剖學建立之後，人們的認識通過打開原先隱秘的軀體器官，進入到軀體內部去發現真理，於是原來的認識作為靜觀方式的唯一性至少就受到了顛覆。真理的獲得可以通過改變事物的本來面貌來完成，也就是說，原先與認識相對的實踐現在也就具有了認識論的意義。那麼這樣的歷史感具體到文學，就是需要在文學的具體語境中考察文學現象和針對這些現象的言說。譬如，當年亞里斯多德在《詩學》中提出了文學的六要素，他把情節視為最重要的方面；而在黑格爾《美學》中，則明確提出人物性格比情節更重要，如果把它們做單純的對比，似乎就有一個對錯問題，按照邏輯上排中律的要求不能同時成立，可是如果引入了時間－歷史的參照的話，那麼亞里斯多德和黑格爾各自有其面對的社會環境和文學狀況，亞里斯多德所針對的史詩與神話往往是塑造英雄或者神，他們在建立豐功偉績的過程中一般就可以體現出個性特色。而在黑格爾針對的是描寫普通人生活的小說，作為普通人可能被淹沒在瑣屑的生活中，必須要強調性格才便於展現人物面貌，而且在黑格爾時代已經是開始建立了法制的時代，社會運作主要不是依靠英雄而是制度，在人物本身可能微不足道的情況下，描寫這樣的生活的確需要強調性格因素的重要性。所以在各自時代他們的觀點都是適用的，而在歷史參照點引退之後，就很難看出它們的正當性。

23 ［德］黑格爾，朱光潛譯，《美學・第三卷（上）》（商務印書館，一九九六年），頁一三。

或許應該指出，一般人經常用一種比喻說明時間，把時間比作流動的河流，時間從過去流到現在，然後又從現在流到將來。梅洛－龐蒂認為，只要引入一個觀察者，時間的關係就顛倒了，假設這個觀察者坐在船上，未來就是在前面等待他的新的景色，這樣時間就由河流作為表徵轉到以景色作為表徵了。「時間不是一條河流，不是一種流動的實在」[24]，河流作為世界的表徵不過是一種隱喻，只不過這樣一種隱喻可能成為了正式的表達，畢竟時間的抽象性使得任何具體的描述都不能完全等同於時間本身。那麼歷史作為時間秩序下的一種建構，是不是也應該這樣理解和看待？也就是說，引入歷史的參照系並不意味著簡單地把歷史的編年順序拿來比附到具體的文論觀點和文學現象，這還不夠。歷史參照需要有一種座標系統，而這種座標實際上是由人選擇的，不同的歷史理念可以構築不同的座標系統。這樣，歷史的參照實際上是提供一種看待問題的系統，而不是得出鐵板釘釘的、獨一無二的真理。有學者認為：「真實性、流逝的時間和有圖的行為，這三種前提假設決定了從修昔底德到蘭克、從愷撒到邱吉爾的歷史敘述的特點，而正是這些前提假設在二十世紀的大變革的過程中卻逐漸地成了問題。」[25]這裡的關鍵在於，歷史的和關於歷史的敘事也是敘事。作為敘事，總是敘事主體的某種建構，敘事的客觀材料只是敘事的基本出發點，而敘事的整體狀貌實在有賴於敘事的一系列主體行為，它包括敘事視點、敘事的節奏、敘事的背景以及敘事者的傾向性。

歷史作為一條時間的河流，它成為事物發展變化的座標，同時也成為人們理解和看待事物的依據，但是歷史本身是需要認定的，在歷史之中和處於這一歷史之外，看待的問題會有不同。美國現象學家漢斯·約拿斯在一篇題為《高貴的視覺》的論文中，提出視覺不同於聽覺的一個重要特徵是同時性，即聽覺在時

24 Merleau－Ponty, *Phenomenologie de la Perception*, Gallimard, Paris, p.470.

25 [美]伊格爾斯，何兆武等譯，《二十世紀的歷史科學——國際背景評述》，《史學理論研究》一九九五年第一期。

間中展開，而視覺則在空間中感知，視覺的同時性成為人的經驗的基礎，「呈現的同時性賦予了我們持續的存在觀念，變與不變之間、時間與永恆之間的對比觀念」[26]。可是約拿斯所說的視覺同時性其實只是一種意識形態幻覺，試想，當我們凝望夜晚的星空，月亮和群星同時出現在我們視野中，可是月亮與地球的距離三十八萬公里，光線運行只要一秒多；而織女星則距離地球二十七光年。當我們「同時」看見月亮與織女星的時候，其實就把相隔二十七年的時間壓縮在一起了。所謂「同時」是視覺感官的「同時」，而對於視覺對象的月亮與織女星來說，兩種不同的光源相隔了二十七年，這才是客觀的事實。

三、現實出發點——問題意識的基本視點

學理問題可能和現實的關注有出入。恩格斯曾經論述，作為意識形態的「法」在本質上是為著階級利益服務的，可是在具體實施中，「法」要求形式上的公正性。於是，在某些情況下「法」的裁定可能並不利於統治階級，這種情況似乎和「法」的意識形態的屬性都有所牴牾，但是正是因為這樣，「法」才具有一種公正的面貌。這種顯得公正的姿態才會使得「法」具有社會普遍化的權威性[27]。

現實問題有時可能會挑戰常理。我們按照常理會認為，在一個社會中，人數比較多的群體往往會有比較大的話語權。從自然層面看，人多的一方嗓門的音量就大一些；從社會層面看，人多的一方也有更多的表達傾向性的機會和決策的壓力。可是事實上並不都是如此。美國是一個農業高度機械化和集約化的國

26 Hans Jonas, *The Nobility of Sight*, Philosophy and Phenomenological Research, 14-4（1954）, p.519.

27 見《恩格斯致施密特》（一八九〇年十月二十七日），《馬克思恩格斯選集・第四卷》（人民出版社，一九九五年），頁四八三。

度，其主要的食糖供給就依靠不到一萬種植甘蔗和甜菜的農民。「在美國：幾百戶甜菜農，聯合了從玉米中提取果糖的加工廠與玉米農，竟然使美國糖價幾十年間比國際市場貴幾倍，而三億受害的消費者加上用糖大戶可口可樂等食品巨人竟然一路輸到底——儘管其總受損量清楚地大於糖業的得益量。」[28] 這裡以少勝多的關鍵不是這些甜菜業從業者有多麼強大、多麼高超的博弈技巧，而是他們作為一個小型群體便於組織，他們組織在一起之後所發出的聲音比單個的成千上萬人聲音更大，於是他們就在議會和國會取得了支持。同樣的道理也可以說明美國猶太人在美國的影響力，美國猶太人在全國人口中不到百分之二，可是歷史的慘痛遭遇使得猶太人非常關注自己的利益，於是他們在維護民族利益上高度團結。可以說自以色列建國以來，美國幾乎所有的外交政策都沒有背離以色列的國家利益，其原因不是所謂猶太人通過金錢操縱了美國政府或者國會，而是猶太人群體的聲音作為社會壓力集團超過了其他不同的聲音。這種現象說明了組織的功能，少數人效率在組織中得到了發揮。

現實問題並不是「透明」的，它需要進行一些辨析甚至設定。所謂辨析，一個問題在顯示出來時，可能會有不同的意義，辨析就是區分這些不同意義。而所謂設定，現實的現象擺在那裡，如果從某一角度看可能沒有什麼，可是換一個角度就可能有著非同尋常的認識效果。現象本身不說話，而是問題使得現象呈現出來。歌德創作的長詩《浮士德》，是在中世紀時歐洲民間傳說《浮士德》的基礎上來寫的。在民間故事中的浮士德，是一個雲遊四方尋覓幸福的巫師，他總是不斷調整尋求的目標，結果，具體的目標可能找到了，但是幸福始終處於未能達到的彼岸，浮士德也成為貪婪的代名詞。十六世紀時英國戲劇家克里斯多夫•馬羅用這一故事做素材，創作了悲劇《浮士德博士》，將浮士德寫成文藝復興思想中理想的新人，

28 郭譽森，《利益團體博弈：多數服從少數？》，《南方週末》二〇〇六年四月六日。

他追求知識，力求征服自然。歌德的《浮士德》可以說題材上參照了民間故事，而在思想上參照了馬羅的改編，同時他又有了自己的創新。從現象看來，歌德的《浮士德》算是一種取材於民間故事的文人創作，這個不是問題；問題在於，歌德的創作在文學領域為文藝復興以來新的社會意識，提供了一個審美表達的平臺。「文學之獨特而奇妙的力量在於：它以一種強烈而又高度濃縮的形式，為我們完成了隨著我們自己的成熟必須要做的事情——它把我們原始的、幼稚的幻想轉比成成年的、文明的意義。」[29]從文化史角度看，文藝復興的真正實現是以歌德的《浮士德》作為標誌，因為這樣才使得文藝復興的觀念植根於人的意識的深處。回到問題的角度，那麼文藝復興雖然在字面上有「文藝」，而且《巨人傳》、《十日談》等作品就已經表達了文藝復興運動的部分意識，但是那些表達都是一種當時的先鋒作品，而歌德的這一創作則從歷史的角度對已經發生的社會文化的變化進行了總結。具有文藝復興思想的代表性作品這一參照，使歌德的創作成為世界意義的文學名著，也就是說，由於問題框架的支撐，現象才有了意義。

現實出發點是對理論提出的要求，但是也可以說它就是我們看待事物時通常所秉持的態度。有學者指出：「以馬克・吐溫的《霍克・菲因》為例，學生們之所以不喜歡它，僅僅是因為這本書裡不時把霍克的忠實的小夥伴吉姆稱為『黑鬼吉姆』。這種稱呼被現在的學生看作是一種種族歧視，其實，這完全是一種缺乏歷史知識的表現，因為在馬克・吐溫時代，『黑鬼』並不是用於嘲笑黑人的字眼，而是一種愛稱。」[30]這裡關於「黑鬼」的說法是可以說明問題的。「黑鬼」一詞在漢語中毫無疑問帶有貶義，而在英語中本義不過是指尼格羅人，而尼格羅是作為非洲的代稱。這就相當於我們今天河南人被妖魔化了，說某

29　[美]霍蘭德，《文學反應動力學・扉頁作者寄語》（上海人民出版社，一九九一年）。
30　滕守堯，《文學社會學描述》（上海人民出版社，一九八七年），頁三六四。

人像一個「河南人」就可能具有貶義色彩一樣，它是語境中的引申而非語詞的本義。就理論的立場來說，這種參照現實的做法也有一定的難度，關鍵是理論需要考慮到自身的嚴密性，要能夠自洽，這樣，理論的角度可能遮蔽了現實的考慮。

文學理論研究表達對現實的關注，以現實作為理論思考的出發點，而在實際層面上，可能不是文學和文學理論自身的，而是文學之外的因素。從中國來看，當年批判胡風的文藝思想，就不是因為胡風的文藝思想本身如何，而是由於胡風強調文藝創作中主體的能動性，這就與當時主流意識形態意圖通過作協、文聯等機構把文藝創作加以組織管理這樣一種做法產生衝突，於是當局採取大批判的方式整肅，甚至當事人還被關進獄中。從國外來看，第一次世界大戰期間，英國出現了「新批評」，而這樣的文學研究模式強調的是對文學的「細讀」，在哲學意義上屬於經驗模式。而在此前的英國文學研究，受到了德國尤其是德國古典美學的直接影響，第一次世界大戰英國與德國是主要的交戰國，那麼強調英國本土的經驗論在文學研究的主導地位，是與德國傳統的理性主義的對抗，也就成為在文學領域中奉行愛國主義的方式。縱觀中西不同的文壇關於現實的風波，也許在政治上會有不同的評價，但是如出一轍的是，並非從文學自身的現實出發而是從政治出發，所以從現實出發的考慮並不一定是文學研究的角度得到的，也並不一定是為了文學研究的進一步拓展。可見，現實的問題既可能為文學研究帶來生氣，也可能造成某種干擾。

四、心理接受度——目的預設的最終歸宿

文學研究要遵循學科研究工作的一般規則，但是，文學研究也有自身的獨特性，這種獨特性最主要地體現在兩個方面：其一，作為人文學科它有著與人相關的性質，不能作為自然科學看待，也就是說主體不

能保持在研究對象面前完全中立，研究者會有一些傾向性；其二，它涉及到人的感情、理想等價值觀念，也就不可能秉持一種完全客觀的態度，適當地投入感情因素作為研究的切入點，那也是常見的。在這種文學研究前提條件的特殊性情形下，那麼文學研究的問題就需要考慮到研究主體心理的方面。

有一個心理接受度的問題。在不計較主體態度的自然科學中，應該有一個基本尺度，就是對於研究的結論持中立立場。譬如，生物學領域的進化論思想，實際上對於以前人類「萬物之靈」的優越感是一個嚴重的挫傷。按照進化論的思想，所有的生物都是源於一個共同的生物祖先，屬於同宗。關鍵就在於，進化論思想是否能夠解釋更多的生物現象，並且為生物學的學科發展做出更有啟迪價值的引導。這是由於進化論具有這種解釋功能，所以雖然在人的自尊心意義上屬於異類，還是成為了生物學發展理論的主流。那麼從這個角度看，文學研究可能就不會如此放棄原先秉有的立場。它可以在一些事實層面做出若干調整，而在價值的層面上，則會把具體的現象納入到被認可的價值系統；實在不行的話，就要麼不承認該現象的普遍存在的意義，要麼就是直接地抨擊。

文學研究的這樣一種表現顯得不那麼「科學」，從學科研究層面看似乎屬於一個缺陷，因此，當論者這樣表達的時候，可能會有人認為是對文學研究的垢病；或者有些人能夠同意論者的文學研究具有主觀性的看法，然後就認為文學研究只能算是一種「準學科」，缺乏作為學科的、以真實作為尺度的意義。因此，這裡需要進行簡要辨析。

在人的發展過程中，所謂科學的中立客觀的認識只是近代以來的文化訴求，它在當時的意義在於限制教會對於科學的干涉，這種中立態度對教會也發出一個信號，即科學無意於挑戰教會的權威，它只是就事實本身說話；另外，科學的這種中立態度也就是在科學共同體中把意識形態的偏見撇開，共同體成員之間達成一些最基本的共識，這樣才有助於科學活動的開展。這種中立客觀假定的積極意義應該得到充分肯定。但是，就如布爾迪厄所說：「我認為大量所謂的『理論方面的』或『方法論方面的』作品，只不過是對有關科學能力的一種特殊形式的意識形態的辯護。」[31] 其實科學的工作有一個選取材料的問題，而這種選材本身就體現了某種興趣，這就不是完全中立的。有人曾經對於當今醫學的攻關方向提出質疑，即當今的醫學前沿研究所關注的疾病都是發達國家所經常發生的，而廣大發展中國家的人口所更經常出現的疾病，在預防和治療研究上往往被忽略，這裡不排除醫學研究者大多是發達國家人士的因素，但是更重要的還在於醫療研究的經費來源可能出自實力雄厚的醫藥公司，而醫藥公司必然要考慮新的醫療手段及藥物投入市場之後的商業回報，這樣的話只有發達國家才是理想的目標市場，可見商業規律在研究的選題中所發揮的作用。研究的這種非客觀性在涉及到人的時候經常出現，還有的例子就是諸如人種的差異問題。我們現在都知道黑人肌肉發達，在多個運動專案中占有優勢，但是在游泳專案中相反，因為肌肉比重大於水，黑人的浮力相對小一些；另外歐洲人的飲食習慣中動物性食品明顯多於東南亞人，在生理上歐美人小腸比例短於東南亞人，等等。這些關於人種問題的研究一旦涉及到了諸如暴力傾向、智力因素等方面，就會成為禁區，它比較容易使人聯想到當年納粹關於人種的謬論。另外一個很大的障礙應該是當今的基因研究，它實際上是對上帝創造物種的說法的挑戰，其中宗教倫理問題使得研究者會產生道德禁忌。

研究問題的出發點的非中立狀況，是人作為生物機體本身就具備的。卡爾•波普爾認為：「知識在其各種主觀形式中都是傾向性的和期望性的。知識由有機體的傾向構成，這些傾向是一個有機體的機能中最重要的方面。如今，某一類型的有機體只能在水中生存，另一種則只能在陸地上生存，既然它們能生存至

31 [法]布爾迪厄，包亞明譯，《文化資本與社會煉金術——布爾迪厄訪談錄》（上海人民出版社，一九九七年），頁一一一。

今，它們的生態特徵也就決定了它們的『知識』的基本要素。」[32] 這裡「知識」的選擇性和生物機體的環境適應性相關聯，每一種生物在這個世界上都有自己一套適應環境的法則。我們可以豔羡貓頭鷹在夜間的敏銳視覺，牠甚至可以看見地上行走的老鼠所留下的痕跡，即紅外視覺；老鼠作為恆溫動物牠往往與地表溫度有一些溫差，而就是這種溫差使得貓頭鷹可以通過紅外線感知老鼠的活動；可是貓頭鷹在獲得這種視覺能力的同時，犧牲了牠在白天感知五彩繽紛的能力。實際上，在貓頭鷹視覺中只有黑白圖像，就如同我們觀看的黑白照片那種情形。

回到文學研究的問題來看，研究的客觀性不能完全撇開，但是應該自覺到研究是有所取捨的，而取捨的問題就有主觀傾向的影響。中國現代文學中老舍研究是一個重鎮。撇開他在解放後的創作不論，僅在解放前他的創作就有豐碩的數量和豐贍的意義。「作為三十年代中國最重要的小說家之一，老舍顯示了兩個相生相剋的形象。雖然今天使老舍聞名於世的是他的《駱駝祥子》（一九三七），老舍聲譽的最初建立於諸如《老張的哲學》（一九二八）及《離婚》（一九三三）等滑稽小說之上，而這些小說也為他贏得了『笑王』的稱號。……實際上真正使老舍有別於其他中國現代作家的，不是他對社會弊病的客觀揭露，而是他通過滑稽與鬧劇筆法對社會弊病所做的嘲弄。」[33] 這裡矛盾的癥結在於，如果從老舍的代表作來評定，那就是他的《駱駝祥子》，可是《駱駝祥子》這種社會批判的作品在現代文學中其實並不匱乏；而能夠讓老舍顯示出特色的則是《老張的哲學》等，關鍵是如何給老舍定位的問題，而定位實際上是研究之前就已經確定的，顯示出主觀定位的決定性影響力。

---

32 [英]卡爾・波普爾，杜汝楫等譯，《歷史決定論的貧困》（華夏出版社，一九八七年），頁七五。

33 王德威，《荒謬的喜劇？——〈駱駝祥子〉的顛覆性》，《想像中國的方法》（三聯書店，二〇〇三年），頁一六三。

五、文學研究學理規則的層次和結構

以上分別從邏輯規定性、歷史參照系、現實出發點和心理接受度四個方面論說了文學研究的學理要求或規定性。那麼各個方面在論述中只能分別剖析，如果將之納入到一個統一的平臺，就會有相互之間的邏輯關係，這就涉及到文學研究學理規則的層次了。

這樣幾個層次之間相互關聯與纏繞。就大的方面來看，邏輯規定性是所有學科研究的共同要求，它涵蓋的範圍包括了自然科學，這是屬於總的學理的要求；進一步看，歷史參照系和現實出發點則是屬於所有的人文學科的自覺要求，它是屬於相對次級的層次，而剩下的心理接受度則是對文學研究的特殊性要求，在多數情況下這種心理內容沒有被研究正面看待。在這樣的定位之外，還可以有其他類型的定位。

接下來也可以從文學自身角度出發看待文學研究的學理規定性。就文學自身角度看，則心理接受度是最貼近的一個層次，只有落實到了心理接受度的文學研究才可能切合創作與接受心理，才可能感動人，而這樣的文學研究才具有震撼力。在這樣的基礎上，再來兼顧歷史參照系和現實出發點，使得研究的觀點能夠有一個社會知識體系的照應，然後是邏輯規定性要求的層面，以此達成文學研究與一般學科工作的接軌。

但是，就文學研究的學科角度看，應該以歷史參照系和現實出發點作為基點，其中歷史的參照作為學科言說的基礎，現實關係則作為提出合法性問題的立足點，只有在此前提下編織出一種關於文學言說的合理化體系，文學研究的言說才有「研究」的性質。文化學家露絲・本尼迪克曾經說：「不能根據一領域的成就來判斷另一個領域的成就，因為各個領域都試圖到達完全不同的目的。希臘人在藝術中力圖表現他們在活動中的愉悅；他們試圖展現他們生命力與客觀世界的同一性。而另一方面，拜占庭藝術則體現出抽象性，亦即一種與外部自然的深刻的分離感。」[34]這裡說到的其實涉及到非常關鍵的事實，即文學研究在某些情況下的確強調各個文本和文本類型之間的差異，在另外一些情況下則強調文學的普遍性，這種對差異和共同點的不同側重，實際上體現了它要麼尊重文學的感性事實，要麼則遵循學科的普遍化要求。這裡不同方面的強調沒有簡單的對錯或者優劣，它所體現的其實是文學研究學科的學理要求背後的某種驅力。在根本意義上，是現實出發點的要求產生了決定性的影響。但是，也應該承認歷史參照系轉化為某種傳統或者學科的統一要求所發揮的影響力。有這樣一個實例：旅美作家陳丹燕在二〇〇一年發表了一篇文章講述在紐約的生活，該文發表於《作家》第九期。當讀者閱讀該文時，已經是發生了「九·一一事件」之後了。文章中有這樣一段話：（在紐約的曼哈頓）「它從一個荒涼的岩石島，因為人的力量，和人的欲望，變成世界上最有活力、最富有的地方。它有世界上最高的摩天大樓，它最繁忙的地下，有八層之深，晚上從新澤西看曼哈頓，高樓的窗上總是徹夜亮著燈，比晴朗的夏天晚上，在康州的小鎮上，能看到的天上銀河的星星還要多。」[35]

這是一段描述性的文字，基本上也是客觀的筆調。引起筆者注意的是「它有世界上最高的摩天大樓」這句，它所意指的就是聞名的「雙塔」。可是「雙塔」只是曾經的世界最高，後來修建的大樓包括馬來西亞的「雙塔」，在高度上超過了紐約「雙塔」。問題就在於紐約「雙塔」作為曾經的世界最高，它代表了曼哈頓的形象，而曼哈頓是西方世界的金融與商業的中心，這樣一個表徵性質，是後來的所有高樓都

34　[美]露絲·本尼迪克，何錫章、黃歡譯，《文化模式》（華夏出版社，一九八七年），頁三九—四〇。
35　陳丹燕，《與桑尼在一起的紐約之夏》，《作家》二〇〇一年第九期。

不可能享有的地位。這樣的所謂最高，就是當物質意義上它被其他建築物超過之後，也仍然不能取代它的重要性的基本原因。歷史存在的痕跡或者符號成為了比現實更重要的方面，現實實際上是歷史所編碼了的現實。

人們可以通過文學理論的學理規則，更好地把握研究對象，這些規則在理論的認識層面的確有著重要的意義和價值。通過這種規則，相近的理論觀點可以達成呼應，也形成相互補充的機制。同時，不同的理論觀點在某種意義上也就有了共同的對話平臺，便於交流和溝通。即使這種交流與溝通不能達成共識，也可以通過對話方式把各自觀點的依據、思路等更充分地表達出來，這也就是學科產生影響、拓展思維空間的重要途徑。而從更大的視野看，學理規則也是學科建立話語權力體系的一種方式，它把不合乎這種規則的話語排除在研究範疇之外，同時給予已經進入話語秩序的言說一種規則允許的保護。

有人提出：「現代科學就是通過宣稱它能夠將人們從愚昧和迷信中解放出來，並且能夠帶來真理、財富和進步而使自身合法化。」[36]從一個宏觀的、歷史的角度看，現代科學本身也可能成為一種迷信，尤其當這種科學成為排他的，不允許異端思想存在時，它本身就站在幾百年前它所反對的對立面的立場了。文學理論的學理規則告訴我們如何進入文學理論的題域，可以說具體的解答都是後來得出的，並且也可能對同一問題有不同的解答。在這個意義上，探討文學研究的學理規則，是為了該種研究能夠更好地在既有軌道上運行；另外，也是為了突破它的窠臼，為研究取得更宏大的視野而必須進行的前期準備。

36 〔美〕道格拉斯・凱爾納、斯蒂文・貝斯特，張志斌譯，《後現代理論》（中央編譯出版社，一九九九年），頁二一六。

第三節　文學研究的實體、想像和體制層面

文學研究作為一個學科的工作，包含了一些不同層面的內容。當研究一部具體的文學作品時，注重其中的修辭表達和注重其中蘊含的思想觀念就處在不同層面。當研究日益專業化、體制化之後，這些層面的梳理就越發有必要。實際上，同樣都是考察諸如小說《紅樓夢》的讀者接受問題，政府部門、書商和純粹的學術研究處在不同層面。政府部門考慮的是社會效應，書商關心讀者消費的狀況，而純粹的學術研究才把其中的審美問題作為主要的思考對象。

文學研究的多個層面在一個比較宏觀的角度看，還包括了更為豐富的東西。文學不是簡單地作為一個固定的對象，它的內涵和外延都是游移的。當研究工作把關注點聚焦到「文學」時，其實不只是針對對象的，它還有關於文學的一些認識前提。結構主義詩學家喬納森・卡勒曾經表達過一個觀點：「應該承認，文學研究的出發點並不僅僅是語言，特別在今天，它是一套印刷成書的寫成的文本。」[37]卡勒此說是針對新批評等文學研究類別提出的，認為僅僅對文學最直觀、最直接的層面進行分析，並不能對文學有全面的理解。其實「一套印刷成書的寫成的文本」，這裡有文本規則問題、出版發行體制問題、作為書的閱讀要求和慣例問題，等等。在這多方面的綜合情況下，需要對文學的多個層面進行多方位的研討。概括起來，文學研究應該觸及到文學的實體的、想像的和體制的層面。

37　[美]喬納森・卡勒，盛寧譯，《結構主義詩學》（中國社會科學出版社，一九九一年），頁一九八。

一、文學研究的實體層面

文學研究的實體層面是一個看起來簡單，實際上卻可能相當複雜的問題。文學的實體是什麼？一般人可能不會想到關於文學的抽象定義，當面對文學是什麼的問題時，他們會指認那些印刷出來的被稱為文學的書籍。可是，當我們審視這些書籍時，無論多麼仔細地分析，也不可能看到其中的「文學」，我們不能像化學分析儀那樣從任何指定的文本那裡準確地、明白無誤地指出文學的所在。實際上如果文學離開了人，或者離開了特定的文化，那麼這一概念的意義就不復存在。

相對說來，文學研究的某一部分可以充當實體層面。它包括文學的版本研究、作家的生平考證、作品流通狀況的統計分析等。在這一層面的研究中，研究結論體現為可以量化、可以精確地指認這樣一個範圍。

然而，當以「精確」作為一個標準來推行的時候會遭遇到一些難題。我們可以研究某一文學作品版本的年代，可是這屬於一個推論，雖然可以盡可能大範圍廣收文獻，但是文獻的真偽值得辨析，差之毫釐，就會謬之千里。另外還有很複雜的問題。福柯曾經對於作者文本的關係進行了深入思考，他寫道：

> 假定我們是在談論一個作者，那麼他寫的和說的一切，他所留下的一切，是不是都包括在他的作品當中？這既是個理論問題又是個實際問題。例如，如果我們想出版尼采的作品全集，我們在什麼地方劃定界限？毫無疑問，一切東西都應該出版，但我們能對「一切東西」的涵義一致嗎？當然，我們會包括所有他本人出版的東西，以及他的作品的手稿，他的警句安排和他頁邊的注釋與修改。但是，如果在一本充滿警句的日記裡，我們發現某種參照符號，某種關於約會的提示，某個位址或一張洗衣帳

單，那麼這其中什麼應該包括進他的作品？一個人在他死後會留下千百萬線索，只要我們考慮一部作品如何從千百萬線索中提煉出來，這些實際的考慮便無休無止。[38]

這裡不是「精確」在計算時難以達成，而是在量化之前需要有一個性質認定，而在性質認定時就可能有難以定奪的狀況，因此接下來量化的「精確」就沒有多少實際意義。

作為實體的文學當然有它存在的合理性，即說到文學時候，我們的頭腦裡往往就會喚起對於一些具體文本的印象。不過和「精確」方面的癥結相近，文學作為實體還是有其需要面對的問題。葉維廉曾指出，在文學閱讀中，「我們讀的不是一首詩，而是許多詩或聲音的合奏與交響」。「一首詩，不是留一個簡單的字條：『你走了，別忘了我啊』那樣單一的傳意。文、句是一些躍入龐大的時空中去活動的階梯。詩不是鎖在文、句之內，而是進出歷史空間裡的一種交談。」[39] 當我們把文學理解為就是那一篇篇具體的文本時，關於文學的審美屬性就難以考察；而當我們要超越文本限制，要「進出歷史空間」來理解具體文本蘊含的更大的信息量時，就不能只是說文本，而要把文本和文本所處的歷史文化語境聯繫起來。這種聯繫在理論上可以有多種途徑和方式。由於不能從數量上規定有哪些不同的途徑與方式，就只能說文學在實際的面對中會有多種不同的顯現。

文學有文本的實體，但是又不能僅從實體的角度來看待，甚至哪些文本是文學、哪些不是文學，也不能劃出一條明確的界線。譬如唐宋八大家的散文在當時屬於習文的基礎材料，可是今天看來其中有些部分

38　[法]福科，《作者是什麼？》，見王逢振等編，《最新西方文論選》（灕江出版社，一九九一年），頁四四八。
39　葉維廉，《中國詩學》（三聯書店，一九九二年），頁七〇、七二。

是有文采的政論文章，不是狹義的、嚴格意義的文學。反過來，即使有些文學作品是嚴格意義的文學，可是也不妨從文化、政治、民俗、宗教等非文學的層面來看待，而且它的影響力可能也表現在這非文學的方面。因此，文學的實體主要表現在文學研究基本面的確定，而具體研究中這種實體的規定性並不重要。同一文學文本可以在研究中從不同角度理解。所以，這種情況就導致了文學研究的對象一致，但出發點不一致的情形。作為實體的文學文本對於研究的走向不具有決定性影響。這與一般的消費研究比較接近。波德里亞認為：「消費不是一種物質實踐，也不是一種關於『豐盛』的現象學，它不是由我們所吃的食物、穿的衣服、開的小車來定義，也不是由視覺、味覺的物質印象和資訊來定義。消費必須被定義在將所有這些作為指意物的組織系統當中。消費是使當前所有的物品資訊構成一種或多或少連結一起的話語在實際上的總和。」[40] 文學研究也就是一種廣義的針對文學的消費活動。

也許有人會認為這樣來說明文學和文學研究的關係並不嚴肅，文學研究畢竟屬於研究而不是一般消費的那種「消遣」、「休閒」行為，那麼我們在嚴格意義的研究中可以看到研究行為的能動作用。霍克斯在科學研究的立場角度上指出：「任何觀察者必定從他的觀察中創造出某種東西。……因此可以說，事物的真正本質不在於乎物本身，而在於我們在各種事物之間構造，然後又在它們之間感覺到的那種關係。」[41] 幾何學證明有添加輔助線的解題步驟，實際上在圖形中本身並沒有輔助線，輔助線作為添加的條件，它是假定了不會影響到幾何圖形本身，輔助線並不是真實存在的線條，而是為了證明過程的方便才添加的。輔助線是人為的假定，它的出現並不會影響客觀實在的對象本身。輔助線作為幾何題解題步驟的一個方面，

40 Mark Poster (ed), *Jean Baudrillard : Selected Writings*, California: Stanford University Press, 2001, p.25.

41 [英]特倫斯‧霍克斯，瞿鐵鵬譯，《結構主義與符導學》（上海譯文出版社，一九八七年），頁八。

說明嚴謹規範、科學客觀的幾何領域也不能拘泥於給定的條件，它需要一些合理的、想像性的工作。那麼，文學研究面對的本來就是想像力豐富的領域，按理也應該有比較多的想像性。

二、文學研究的想像層面

文學作為一種想像的領域，對其想像的特點人們有著比較充分的認識。亞里斯多德的《詩學》，就把想像作為詩歌藝術必不可缺的特徵。古希臘時代，論述詩歌的特點也是所有藝術都通行的，實際上當時文學才接近我們今天所賦予的精神創造的領域，而其他的藝術則接近於我們所理解的手工藝。在中國，莊子曾說：「以卮言為曼衍，以重言為真，以寓言為廣。」[42] 這裡「寓言」和前面的卮言、重言並列，它們分屬於不同的性質。卮是古代的酒具，也有說法認為是一種漏斗，可能是量酒所用；那麼卮言就是酒桌上的話，或者就如同漏斗，哪裡說了就在哪裡忘掉。稍微引申卮言其實就是應酬的客套或閒談，不可當真。重言是重要的話，相當於我們今天引經據典的文句，表達重要的觀點需要引經據典作為支撐。寓言對於莊子來說，採用講述故事的方式來闡明道理，即所言有所寄寓。先秦時期的文學觀念就認為，文學必須對道理有所闡發。至於後來劉勰在《文心雕龍》裡面所描述的「神思」也就是對文學創作中想像過程的描寫。

文學的想像自古即有，而在文學的發展中後來有了更重要的地位。在浪漫主義文學中，想像被提到了文學性的地步，即文學不同於其他的文字表達，就在於文學是想像的文字。通過對想像性的強調，浪漫主義文論將文學描寫和客觀現實的關係進行了定性，其性質體現為作家天才的創造。文學描寫所對應的不是

42 《莊子・天下》，見陳鼓應《莊子今譯今注》（中華書局，一九八三年），頁八八四。

生活和社會的事實，而是作者的創造。浪漫主義文學觀對作者地位的高揚，和十九世紀文學領域出現的產業化趨勢相關，它把作者的個人獨創不只是作為一個價值尺度，而且作為了一個基本性質。浪漫主義文學觀的框架中，文學想像由一個精神層面的事實，凸顯為一個文學存在的必要條件，屬於一種基本性質。文學想像地位的提高，帶動了文學研究努力去發掘文學的創新因素，因為想像的東西不能從生活直接臨摹，在想像的表達中直接體現的是作者對生活的感受和思考。

在文學想像的層面，文學研究主要探究文學文本包含的想像成分，但是也有的文學研究關注讀者閱讀所激發的聯想。這種聯想對於文學研究也是一個重要的粘合劑，即它可以把文學閱讀中文本實際的描寫，和讀者結合自己生活經驗和知識所感受到的東西綜合起來。這種綜合要有文本的事實基礎，但是從同一文本出發，讀者的理解和感受可能有很多類別。實際上，最邊緣的角度可能顯示出通過研究而顯得重要的內容。這裡重要與否不是由研究對象本身決定的，而是要看研究者把它放置到什麼位置，從什麼角度來認識。胡適在歷史研究中有自己的讀書體會，他說：

> 《史記》裡偶然記著一句「奴婢與牛馬同闌」，或者一句女子「躡利屣」，這種事實在我們眼裡比楚、漢戰爭重要得多了。因為從這些字句上可以引出許多有關時代生活的問題：究竟漢朝的奴隸生活是什麼樣子的？究竟「利屣」是不是女子纏腳的起源？這種問題關係無數人民的生活狀態，關係整個時代的文明的性質，所以在人類文化史上是有重大意義的史料。然而古代文人往往不屑記載這種刮刮叫的大事，故一部二十四史的絕大部分只是廢話而已。[43]

43 胡適，《〈上海小志〉序》，歐陽哲生編《胡適文集（八）・序跋集》（北京大學出版社，一九九八年），頁四九一。

在上述引文中，胡適提出閱讀《史記》的體會頗有新意。他所引用的兩句話，一般的閱讀者根本就會視而不見，完全忽略掉該文字的記載。實際上也可能是《史記》的作者不經意的表達，但是胡適在留學期間接觸到了西方的歷史學研究方法，包括通過生活細節的考釋來把握歷史狀況的方法。中國古代的「二十四史」，大多屬於官修，也就是政府財政出資，甚至編撰人員也享受朝廷的薪俸，這樣的修史體制決定了歷史著作的目的，是為統治者提供管理國家的歷史經驗。司馬光編撰的《資治通鑑》不屬於「二十四史」，不過也是同一理路，即為資治提供歷史借鏡。這樣的情況下，這些著作的立足點就不是一般歷史學家要考察的社會的一般生活狀況問題，它們的史學價值主要在於提供典章制度、官府執政的方法案例、統治者的交往方式、統治過程的謀略等。在這種記述中很難看到年鑑學派歷史學家所需要的民間生活的紀錄，而民間生活才是社會的一般狀況的整體性反映。胡適據此對「二十四史」有所詬病，也是情理之中。

在上述分析中可以看到，文學研究的這種「想像」可以順著作品描寫的路徑，也可以說幾乎完全和作品本身的表達無關。另外還可以說，文學研究的想像直接的對像是文學方面，但是它的影響力可以達到社會學、傳播學等多個廣泛的社會生活領域。麥克盧漢曾經就印刷文化的影響力問題指出：「法國人從北到南成了相同的人。印刷術的同一性、連續性和線條性原則，壓倒了封建的、口耳相傳文化的社會的紛繁複雜性。法國革命是由文人學士和法律人士完成的。」[44]這裡說到了印刷文化對於國家和民族建構的重要影響，這種影響力應該說確實存在，在印刷術大規模地成為書本的生產途徑之前，依靠的是手抄方式，這樣的話，書本的傳播數量肯定十分有限，只能在少數人群中成為閱讀的對象。可供閱讀的書本的匱乏也反過來造成識字是一種奢侈的文化行為。在文藝復興時期，印刷業既是傳達知識的工具，而且它本身也成為一

44　［加］埃里克・麥克盧漢，弗蘭克・秦格龍編，何道寬譯，《麥克盧漢精粹》（南京大學出版社，二〇〇〇年），頁二三四。

種重要的事件。「在中世紀，手稿固定地處於物質空間，極少使用標點符號，而且在大多數情況下均是被高聲閱讀。按麥克盧漢的話來說，中世紀的學問，與其說是視覺學問，倒不如說是聽覺學問。隨著占主導地位的印刷文化的發展，人類的所有感官日益得到劃分而變得專門化。」[45]因為印刷圖書的普及，書寫才可能高度規範化，這種規範要求不同地區的人都遵循逐漸約定俗成的規矩，在拼音文字的歐洲地區，這種情況就有尤為重大的意義。通過在一個相對廣大的地區採用相同的書寫方式，就可以把該地區塑造為一個文化統一體。文藝復興之前梵蒂岡教會是人們認同的軸心，在路德新教的衝擊下，教會的行政統治遭到了質疑，而且逐漸被世俗化的行政所取代，世俗化之後的國家認同，是以語言文字作為基礎的民族認同感。可以想見，在文藝復興之前，拉丁文是唯一的書寫語言，它成為梵蒂岡教會統治的文化符碼，而在各民族自己的書面語言形成之後，其實也就有加強各民族內部紐帶的重要作用。印刷術通過大量複製文字的方式，達成了民族共同體的想像。共同使用該文字的群體，彼此之間就有同盟者的感受。

三、文學研究的體制層面

文學研究的實體層面可以從文學文本等方面得以說明，它是文學研究的基礎；文學研究想像的層面延伸開來，它可能成為一種心理的事實。在整個研究中，想像的作用既是文學研究的一種添加劑，可以拓展文學的空間，即一些不能直接在事實層面凸顯的東西，通過想像的方式使之完成，同時它也可能成為慣例系統的組成部分。一旦這樣的話，它也就成為一種「準事實」，即心理而言，和事實層面別無二致。

45 [英]尼克・史蒂文生，王文斌譯，《認識媒介文化》（商務印書館，二〇〇三年），頁一八七—一八八。

文學研究的第三個層面是體制方面。這一層面的認識非常重要，但是它對於文學本身的探究沒有多少價值。它存在的意義，相當於磨刀石，磨刀石本身不能用於切割，它通過對刀具的磨礪作用來達成切割方面的影響。

要說明體制對研究活動的影響力，那就和人的認識的主觀參與相關。布爾迪厄曾經說：「我們一旦觀察社會世界，我們就會把偏見引入我們對這個社會世界的認知之中，這是由於這個事實造成的，即為了研究這個社會世界，為了描述它，為了談論它，我們必須或多或少地從這個社會世界中退出來。……這種中心主義的偏見所以會形成，是因為分析者把自己放到一個外在於對象的位置上，他是從遠方、從高處來考察一切事物的，而且分析者把這種忽略一切、目空一切的觀念貫注到他對客體的感知之中。」[46]「退出來」有其必要性，即觀察一個事物，需要與之保持一段距離，這樣才便於進行冷靜客觀的分析，可是這一「退出來」的立足點在哪裡？「退出來」之後觀察事物的角度在什麼地方，其實需要進行辨析。實際上這一最需要進行思考的地方往往被忽略了。人們只去關注觀察本身，而觀察的依據如何則往往不在思考的範圍。布爾迪厄還指出：「社會世界是爭奪詞語的鬥爭的所在地，詞語的嚴肅性（有時是詞語的暴力）應歸功於這個事實，即詞語在很大程度上製造了事物。」[47]就是說，在取得學科觀察依據的過程中，學科的規則本身成為了一個對象的加工基地，在學科視野中呈現的事物，已經不同於事物的本來形態了。這樣的情況在現代物理學也得到了驗證，即物理學實驗在觀察微觀世界時，需要給出一些物理條件，包括光線、熱能等，在給出了這些附加的因素之後，實驗主體才能夠觀察到實驗過程試圖獲得的結果。可是這樣的話，

46 〔法〕布爾迪厄，包亞明譯，《文化資本與社會煉金術——布爾迪厄訪談錄》（上海人民出版社，一九九七年），頁一〇二。
47 〔法〕布爾迪厄，包亞明譯，《文化資本與社會煉金術——布爾迪厄訪談錄》（上海人民出版社，一九九七年），頁一三六—一三七。

它會影響到物體在微觀層面的基本狀況，實際上也就是在附加條件之後的結果而不是它本來狀況的結果。那麼這是否算是一個悖論？即人們觀察、認識的是客體對象，可是在對此進行的認識過程中，可能認識的已經不是原初的對象本身，而是人的活動的對象化。

問題在於，不是所有的人為活動對對象的干擾都具有合法性，這裡有學科的認定。這種學科認定包括了多種制約因素，其中某種干擾可能對某些運作過程沒有實質性的影響，因而屬於可接受的；某些干擾因素雖然也可能影響到認識的客觀公正，可是只要結果可以產生某種積極的社會效果也就可以被接受，實際上它充當了特定條件下意識形態的功能。印裔美國學者阿·德里克指出：「沒有資本主義作為歐洲霸權的基礎及其全球化的動力，歐洲中心主義只不過是另一個種族中心主義而已。完全專注於作為文化和意識形態的歐洲中心主義，就無法解釋為什麼這種特殊的種族中心主義能夠規劃現代全球歷史，把自身設定為普遍的抱負和全球歷史的終結，而其他地區性和局部性的種族中心主義則不得不屈居於從屬地位。歐洲中心意識形態掩蓋了作為其動力並使其具有令人信服的霸權地位和權力關係。」[48] 歐洲中心主義並不是歷史上唯一一種以本位立場為中心的，中國歷史不是也有華夏中心主義？甚至就連地理方位上也認為中國是世界中心，其他地方則在邊緣。可是包括中國在內的所有的地方中心主義思想都只在自身的位置發生作用，相當於只是自言自語。歐洲中心主義的出現和工業革命的全球化進程相關聯，它和源自歐洲的現代科技、現代管理一起成為了世界新體系的建構者。在這種建構中，地區本位的思想和普適性的諸如科學技術的內容糾結在一起，而且還有相應的管理制度作為支撐，於是本來屬於文化偏見的看法也就和「科學」相關聯了，把原來的那種褊狹遮蔽了。這種體制下的偏見在對比中可以看得清楚一些。譬如早先的歐洲殖民者把非洲原住

48 見汪暉、陳燕谷編，《文化與公共性》（三聯書店，一九九八年），頁四六四。

民看成一種劣等民族，其中的一個緣由是他們懶惰。那麼從生活節奏看的話，有些地方的非洲人的確可能一天沒有多少時間和精力用於從事生產；可是按照歐洲殖民者的標準來看東亞地區，包括中國、日本、韓國等，這些地方的人一直就把勤奮工作作為一種道德來加以推崇。歐洲在資本主義的原始階段推行血汗工作制，每個勞動者每天工作十二個小時甚至更多，這成為資本主義時代一個嚴重的污點，實際上以後的社會變化就是對這樣一種血汗工作制的矯正和廢除。以此來看，其實東亞地區的傳統就是日出而作日落而息，而且一般沒有規定每週休息。比較起來東亞地區的工作勤奮程度甚至超過了血汗資本主義。面對這樣一個情況，歐洲肯定不能說東亞人懶惰，於是把只知道工作而沒有生活情趣作為了指責的口實。在這裡我們可以看到，西方中心主義論者針對非洲和東亞時採取了不同的評價標準，而這種標準的轉換沒有什麼科學性可言；而只是對歐洲的差異來看，在差異的情況下，歐洲才是正常值，而一切與歐洲不同的都是偏差。

這種體制所帶來的研究立足點問題，往往被忽略了，它比之於具體認識活動的個人偏見之類，具有更大、更深遠的影響。在兩百年前，歐洲傳統的文學觀認為，文學應該是現實生活之外一個寄託理想的園地。所謂文學的詩性就是一種整體的烏托邦，思維方式上保留了維柯所說的原始思維；在修辭上不同於日常生活交往的言簡意賅法則，可能採取一種拐彎抹角的表達；在具體生活場景的描寫上，生活呈現為一種理想狀態或者不同於普通人的「奇觀」；在文學的具體功用上，近代已經是韋伯所說的合理化時代，即按照效率法則處理各種事務，而傳統的文學觀則認為文學是遠離實際功利考慮的。通過文化的產業化，包括文學在內的藝術生產活動也在效率要求的框架之中。尤其是後來出現的電影藝術，基本上按照工程項目的要求作出預算，然後在預算的範圍內進行具體的拍攝，它已經成為嚴格意義的經濟行為。在這些變化之下，文學研究所面對的已經不是過去的文學，而是一種新的文化語境中的文學。在諸如文學是語言藝術等抽象性質的要求下，新的文學和過去文學是相通的；可是它所採用的方式，達成這種方式所採取的路徑等方面，完全有質的區別。

在這種變化下，理論家有時也感到錯愕。有思想的學者，對此進行了自己有深度的思考。早在二十世紀的三十年代，德國學者本雅明就對電影（故事片）這種當時新穎的藝術形式發表了看法，他認為電影等的出現，預示著一種新的美學的興起。新美學和過去美學的一個重要差異在於，過去的美學講究的是韻味，可是電影等表達方式不容許接受者細細品味，鏡頭運動的時間性質把敘事推進到新的下一個場景，於是慢慢品評韻味的法則就被視覺感受的「震驚」所取代。在電影鏡頭的表達中，不只是大的角度這種轉換，還有它對於人的感受的具體細節的影響。譬如通過慢鏡頭我們看到了快速運動過程中的瞬間狀況，時間在這裡被放大，我們的感受經歷了另外一種時間；通過特寫鏡頭，我們看到了大多數人平時並不注意的、微妙的心理起伏等不經意的動作。這種精細觀察成為我們把握故事中人物的一個途徑，這種把握方式或許對我們的生活也有借鑑作用，但是生活中人的表現肯定不如攝影機鏡頭中的表演那麼傳神。

文學的體制和文學研究體制的變化，使得文學研究註定了不能步傳統文學研究的後塵。黑格爾當年說，歐洲已經進入到了法制化的時代，因此反映現實的文學不再可能通過塑造呼風喚雨的英雄來貫穿情節。顯然，古希臘古羅馬時代就可以這樣做，而且也的確通過作品的英雄和神來達成效果。在文學研究中，也有相應的英雄退出歷史舞臺的情況，即以前可以是某一偉大人物憑藉一己之力就開創一個學派或創設一種研究模式，而在今天體制化了的研究格局中，已經不能依靠這樣的天才，研究者所做的是一種局部性的工作。即使有了不起的設想，也需要有一個團隊合作，或者其他認同者追隨足跡，在以後通過新的成就才得以追認。

文學研究存在事實的、想像的和體制的三個不同層面，它們是制約文學研究的不同力量，同時也是給予文學研究新思想的源泉。韋勒克不無擔憂地認為：「我們的研究處在不穩定狀態，其最為嚴重的跡象就是面臨著還沒有建立確切的研究對象和獨特的方法論（methodology）。」[49]他的話觸及到了文學研究各層面之間的不可通約性。其中每一個層面都不能被取代，而它們之間也不能簡單地轉換。如何協調它們之間的關係，應該是文學研究值得關注的問題。

第四節　文學研究的學科權力：知識的轉換和嫁接

或許文學研究有過一個按照研究者興之所至、憑藉興趣加以言說的階段，但是這樣一個時段我們只能以「或許」來臆測了。在我們有文獻可考的研究中，這些文學研究都不是憑藉所謂興趣來支配的。孔子提出詩歌的「興觀群怨」的功能，把詩歌與社會的關係作為考察問題的出發點。柏拉圖在《理想國》中提出驅逐詩人的主張，以及亞里斯多德對於詩人存在合法性的辯護，也都是以文學與社會的重大關聯作為前提。在這樣的框架下，興趣最多只能作為研究行為選擇的一種佐料，而核心還是文學研究所涉及的社會目的。

文學研究作為一種目的性的活動，在求知的理由之下，它包含了意識形態的訴求。也就是說，通過文學研究的表達，能夠把所指涉的文學意義納入某種符合某一階層文化秩序的框架中，從積極的角度上為這種秩序的建構增磚添瓦；而在消極的意義上，也要防止文學作品的意義對於該文化秩序造成傷害。在這樣一種涉及了權力問題的領域，就有權力關係發揮作用了。文學研究的學科權力就是這樣權力關係的直接體現。

---

49 Rene Wellek, *The Crisis of Comparative Literature, Concepts of Criticism*, New Haven and London : Yale University Press,1963, p.282.

一、學科權力作為知識權力的體現

福柯在對知識譜系的梳理和分析中，始終關注知識權力問題。如果從知識譜系的角度來看，那麼，其實在很古老的年代，掌握了知識權力的人已經自覺地運用知識的權力關係了。

柏拉圖創建他的學園這種教學機構，一方面當然有滿足人的知識追求的意圖，同時更重要的是培養未來的社會精英，這些未來精英將充當社會的管理者，力圖通過掌握相應的知識作為領導的技能，而且對可能威脅到知識系統性的力量保持一種警惕。基於這一考慮，他才提出了理想社會中詩人不應該受到讚許的觀點。中國的孔子在教導兒子孔鯉的時候說過「不學詩，毋以言」等，他把學習詩歌作為立足社會的最基本的要務，這看起來和柏拉圖的主張嚴重對立，可是孔子的出發點也是要讓知識成為未來社會秩序的保障。只不過柏拉圖看來，感性色彩濃厚的詩歌容易放縱情欲，不利於公民的素質培養；在孔子看來，經過他自己編刪過了的《詩經》，個人情欲的表達已經符合「發乎情，止乎禮義」的尺度，能夠形成一種滿足個人需求又不損害社會整體平衡的效果。

在古希臘和中國先秦以後的漫長時期，社會和社會的思想也都經過了很多變化，甚至出現與前代主張嚴重衝突的新觀點這種激變，可是在文學研究的學科屬性上依然認可古老時代的基本定位，即這種研究不是一種單純的興趣，不是簡單地探尋審美的奧秘，而是對文學話語權的佔領。

福柯認為：「在人文科學裡，所有門類的知識的發展都與權力的實施密不可分。」[50]這種情況當然也會體現在文學研究這樣的人文領域。這種學科權力在伊格爾頓的著作中有過說明：「文學理論家、批評家和教師們，這些人與其說是學說的供應商，不如說是某種話語的保管人。他們的工具是保存這一種話語，他們認為有必要對之加以擴充和發揮，並捍衛它，使它免遭其他話語形成的破壞，以引導新來的學生入門並決定他們是否成功地掌握它。」[51]也就是說，掌握學科話語的人通過教育、培養人才的模式，實際上也是尋求自身學科的接班人的模式，把對某些學科的見解以知識傳承的名義灌輸下去。在這種灌輸過程中，最直接的學業成績評分的方式，以這種尺度把合格的人篩選出來；在進一步的形式中，還有論著的獎項評選、職稱評審，甚至直接聲言誰是他的衣缽傳人等方式來傳達這種權力話語。當然，這種權力話語的確立也包括「文學理論家、批評家和教師們」擁有較多的學科話語權，他們可以更方便地獲得本學科的資訊、專案、資助等資源。掌握了學科話語權力的人通過這種權力支配關係來進一步擴大影響力；而那些希望在權力系統中分一杯羹的人，則依賴於效忠的方式來獲得親睞。

這樣一種局面形成之後，已經類似於戰爭狀態。詹姆遜曾經在正面意義引用了這樣一段話：「發生在我們人類文明上的最為關鍵的事情是，我們的文明正逐漸變為各個專家的文明。我們中間每一個人，都被越來越多的鎖進他自己的一小塊區域，並且沒有辦法離開這個區域。現在，沒有一個人有能力同時解釋一個古代的銘文和一個現代科學的公式。文化和人類的共同財富，已經成為各個專家要掠奪的東西。」[52]詹姆遜肯定了這段話所表達的意思，但是這樣一個狀態顯然並不健康，也因此幾乎所有的人文學科的研究派

50 [法]福柯，嚴鋒譯，《權力的眼睛——福柯訪談錄》（上海人民出版社，一九九七年），頁三一。
51 [英]特里・伊格爾頓，劉峰等譯，《文學原理引論》（文化藝術出版社，一九八七年），頁二三六。
52 里維特語，轉引自[美]弗雷德里克・詹姆遜，王逢振譯，《快感：文化與政治》（中國社會科學出版社，一九九八年），頁三六〇。

別在這樣爭奪資源的同時，並不明確提出這種狀況的存在，彷彿認可了這種狀況存在的事實，就會影響到本學科研究的正當性。這種學科的權力話語不一定每一個參與者都曾意識到。恩格斯曾經說，意識形態作為虛假的意識不是思想家們都明確意識到的，否則這就不是意識形態的過程了。

應該說，學科的權力關係遠比這樣一種事物的指稱關係複雜。它可以通過對文學現象中若干事實的聚焦、評價、相互關係的建構、文學現象和文學研究的溝通等，達到對文學研究的影響。還有很關鍵的方面在於，學科的權力影響不只是對具體的文學現象的評價方面有所體現，它還會對文學現象的選擇產生影響，就是說它可以以褒貶的方式來做出評判，也可以通過根本就不置一詞的方式來對對象做出冷遇。在當代社會中，各領域實行分工，但是各領域又有聯繫。文學研究的狀況會對文學的創作產生強烈的回饋，因此文學研究的學科權力實際上也就成為影響創作的重要方面。

二、文學的知識轉換與嫁接：兩種策略

文學研究作為一個學科的權力系統，它的作用不只是在個人的關係方面得到體現，不只是某一個人因為秉有比較多的影響力，就可以對文學的表述、評價發表更有權威性的見解。關鍵在於，作為一個權力系統，它還要和社會的其他話語系統發生關係，而在這一過程中，文學研究領域自身的權力關係也可以得到體現和落實。這種權力包括對內和對外兩個不同方面。

文學研究借助於文學知識來進行，而文學知識往往是不能證偽的，也就是，在現代科學的意義上這種知識的有效性其實是可以質疑的。譬如文學意境、文學典型的美學價值，各種文學理論的書籍連篇累牘地加以表述。如果說這些書籍的表述是正確的話，那麼就應該可以找尋到一條文學創作的成功路徑，可是按

照文學理論書籍的引導，也許作家還可以進行創作，但是創作中的靈感恐怕就所存無幾，作家創作也不會有多少樂趣可言了，而工作樂趣是工作做得夠不夠出色的重要條件。文學知識的規定性還體現在文學的接受方面。「如果有人不具備這種（關於閱讀的）知識，從未接觸過文學，不熟悉虛構文字該如何閱讀的各種程序，叫他讀一首詩，他一定會不知所云。他的語言知識或許能使他理解其中的詞句，但是，可以毫不誇張地說，他一定不知道這一奇怪的字串究竟應該如何理解。他一定不能把它當作文學來閱讀——我們這裡指的是把文學作品用於其他目的的人——因為他沒有別人所具有的那種綜合的『文學能力』。他還沒有將文學的『語法』內化，使它能把語言序列轉變為文學結構和文學意義。」[53]事實上，文學之為文學並不在於作品有一個明顯的標誌，很大程度上是看讀者怎麼來閱讀它。通過相應的閱讀規則，文學理論家、批評家把自己對於文學的理解灌輸給公眾，建立起一套關於文學理解和文學評價的秩序；而在這一規則得到普遍認可之後，這種秩序又反過來強化了作為背景的話語體系的權威性。

學科權力還需要對外部實施影響。對於文學研究的學科來說，其外部影響主要是該社會的政治、宗教等影響，以及學科之間相互的影響。在這兩個方面文學的學科權力可以體現為兩種不同的傾向，實際上也可以說是兩套策略。

對於社會的政治、宗教等方面的影響，文學理論拿出的一套策略是，強調文學學科的相對獨立性，認為社會的各個方面要對文學發生影響的話，這種影響也是通過美學的途徑發生作用，不能簡單地把文學比附為一般的社會實踐。在這種策略下，西歐當年的唯美主義文藝思潮，強調文學藝術的美學價值，其實在更深層的意義上，各種不同的藝術和美學的流派與理論都認可藝術美，並且往往還宣稱自己是真正的藝術

53 ［美］喬納森·卡勒，盛寧譯，《結構主義詩學》（中國社會科學出版社，一九九一年），頁一七四。

美的守護者。這樣看來，唯美主義的特殊性其實在於強調藝術領域中感性的重要地位，這種強調和此前流行過的理性主義的藝術觀完全牴牾。理性主義的藝術觀其實和官方的意識形態統治有著密切的共謀關係，而唯美主義對於個人層次發揮作用的感性做出特殊強調，其實意在和官方劃開一段距離，形成一片小資趣味的自由化的審美天地。也就是說，當唯美主義者宣稱文藝和政治無關時，其實把統治者對於文學的強勢地位進行遮罩，這也是一種政治！只是相對於以前統治者對文學提出要求的政治來說，這是一種文學領域要求自治的政治！

對於學科關係問題，文學研究是另外一種策略。和面對社會的實際統治力量的情況相反，文學研究在此時不是強調文學的特殊性，以達成文學領域的自治目的，它倒是積極地追求文學研究和其他研究、其他人文學科之間的相互溝通，這種溝通尤其在文學研究「向外轉」的趨勢中體現得非常明顯。希利斯・米勒曾經說：「自一九七九年以來，文學研究的興趣中心已發生大規模的轉移：從對文學做修辭學式的『內部』研究，轉為研究文學的『外部』聯繫，確定它在心理學、歷史或社會學背景中的位置。」[54]這裡說到的狀況是「一九七九年」作為一個時間的分期標誌，也許這一年在美國的文學研究領域出現的眾多現象可以作為佐證，但是在此時間可以有一些上下的波動，譬如在中國，其實也就是一九七九年才剛好因為十一屆三中全會實行了撥亂反正的轉向，中國文學研究領域恰好力圖擺脫以前政治意識形態對文學的硬性制約，但是文學研究領域自身又不可能提出自己的政治訴求和主張，於是採取一種規避政治的路徑。這種主張文學相對自治的觀點，其實不是因為美學的要求而做出的反應，它只是對於此前的文學過度政治化的一種反應！這一積極尋求文學和文學之外的因素的關聯性研究，主要體現為兩種趨勢。

54 [美]希利斯・米勒，《文學理論在今天的功能》，載[美]拉爾夫・科恩主編，程錫麟等譯，《文學理論的未來》（中國社會科學出版社，一九九三年），頁一二一—一二二。

一種是跨學科的研究，即在文學研究中更多地積極引進其他學科的研究成果乃至方法。譬如，關於文學在當今社會的變化，其中一個方面不是文本就能夠說明問題實質的，還有文學生產的體制問題需要考慮。這種體制最直接的體現就在於，古代作者的創作可能更多地屬於業餘愛好，或者已經有了一官半職，創作可能和所處的職務有一定相關性，多少屬於職務行為。如白居易的諷諭詩是作為左拾遺官職的工作報告；還有一些已經衣食無憂者，創作是其精神追求的表現。在近代以來文學和出版行業有了密切聯繫，這樣就有了作者和書商的相互溝通、洽談，創作作為一種謀生的方式，直接面對市場的選擇。文學在漫長的歷史階段中，基本上都以一種不同於社會上其他職業化的工作面貌出現，這種複雜性為文學研究的跨學科化提供了必要性和可行性。另一種則是專門化研究，突出文學的某一方面而忽略其他方面，如二十世紀興起的俄國形式主義批評，強調文學的詩性，文學詩性被聚焦到文學的語彙、修辭、結構方面，這些方面在傳統的文學研究中屬於文學形式，它被作為服務於文學表達的手段這一角度來看待，俄國形式主義批評把它提升到了文學的本體層面。而在二十世紀下半葉出現的文化研究（cultural studies），則強調文學的意識形態屬性，甚至文學表達的修辭手段都可能有隱形的意識形態灌注其中。我們對比上述文論，目的並非辨析其中的對錯是非，而是掃描文學研究可能的側面。對於文學研究採取不同路徑時，也就會出現不同的學科權力及其表達。

三、文學知識：想像的和事實的

文學知識作為對於文學認識的系統而存在。在這種知識系統中，有些部分是對文學所存在現象的言說，屬於事實陳述的範疇；另外有些部分涉及對文學的價值判斷，屬於評價範疇。除此之外，文學知識還有一種，它不是簡單對於事實的陳述，同時在表現形式上它不是主觀性的價值評判，而是一種比較特殊的，對思想領域建構出來的關係的思考。譬如，中國傳統文論思想中的「意境」，它不是一個實體概念，我們並不能指稱某一個詞語、某一次的修辭是意境所在；同時它也不是一種主觀評價性的概念，彷彿對作品的「好」的評價，每個人可以有不同的看法。在這裡，意境是從更大的文化觀念出發來看待文學的結果，意境並不是主觀的。一旦文學和藝術的觀念系統建立了所謂意境的追求之後，它是一種相對客觀的存在。

在文學知識的想像關係中，創作領域不會有太大的分歧，一般人都同意文學屬於想像的範疇。這種想像不只是體現在細微的修辭表達層次，而且體現在文學如何來看待社會的層次。譬如同樣屬於「現實主義」文學，魯迅筆下的浙東農村是落後的、愚昧的；沈從文筆下的湘西農村，則顯得富於詩情畫意，它純樸而寧靜。當我們分別閱讀他們的作品時，都可以從中獲得打動人心的力量。可是，當我們來進行對比思考時就會發現問題。魯迅的家鄉包括紹興等地的浙東地區，這裡是中國農業經濟和農村教育最發達的地區之一。例如「紹興師爺」這種職業可以說明當地智力資源的雄厚。而湘西是漢族和少數民族雜居地，屬於文化上的落後地區。如果結合近幾百年來，兩地各自有多少舉人、進士等名人，這樣一對比就會發現很大的差異。「現實主義」要求從生活的客觀角度描寫出發，應該是沈從文和魯迅在立場上互換才對，在對比中我們可以看到兩位作家的立場是錯位的。這樣可以說明，文學的表達在細節方面可能達到了逼真的層次，然而從更大的視野看，文學是想像的產物。在魯迅和沈從文各自關於中國鄉村的想像中，他們把自己對於鄉村的理念灌注到了書寫，因此才形成了各自不同的鄉村面貌。

兩位作家的鄉村描寫，我們可以看到想像不只是一種修辭意義的表達，而且是一種整體化的結構作品的方式。整體化不是限於某一步驟就戛然而止，它是一個連續的過程，它也體現在文學的研討領域。下面可以看這樣一個事例。

魯迅先生受到了日本左翼作家的影響，在文學的觀念上，他提倡帶有左翼色彩的勞動起源說。但是魯迅也有另外的想法。他在一次講座中說：「我想，在文藝作品發生的次序中，恐怕是詩歌在先，小說在後的。詩歌起於勞動和宗教。……至於小說，我以為倒是起於休息的。人在勞動時，既用歌吟以自娛，借它忘卻勞苦了，則到休息時，亦必要尋一種事情以消遣閒暇。這種事情，就是彼此談論故事，而這談論故事，正就是小說的起源。——所以詩歌是韻文，從勞動時發生的；小說是散文，從休息時發生的。」[55] 魯迅在這裡採取了一種居中兩可的態度。一方面提倡勞動說，一方面又提倡休閒說。如果詩歌和小說各自有其產生的淵源的話，那麼就需要說明文學是一種集合的概念，即被稱為文學的東西並不都是同一發生學的對象，只不過它們都有我們今天所說的「文學」的特點，就被納入了同一個序列。但是，包括魯迅在內的、說明文學起源的研究者們並沒有這樣思考，他們還在尋求一種統一的關於文學的觀念。在面對一些具體問題時，卻又採取分別對待的態度，於是就有了以上的矛盾。總之，文學研究往往以一種想像的前提來涵蓋文學現實，這樣的話，不管具體的研究如何尊重現實的客觀性，在認識中其實已經沒有了客觀性的基質，這就好比戴著有色眼鏡來尋求五彩繽紛的色彩，不管如何細緻都註定了結果是悖謬的。

海頓・懷特考察了歷史文本的寫作問題。他說：「『歷史』不僅是我們能夠研究的對象以及我們對它的研究，而且是，甚至首先是指借助一類特別的寫作出來的話語而達到的與『過去』的某種關係。」[56] 歷史講究客觀敘述，這種客觀性作為一種態度應該提倡。也應該看到當研究者來敘述歷史時，歷史作為人的記憶總是會遺漏很多東西的，因此就有歷史敘述的選擇問題。歷史必須遵循客觀性，可是歷史不等於就是過去發

55　魯迅，《中國小說的歷史的變遷》，載《國立西北大學、陝西教育廳合辦暑期學校講演集（二）》，西北大學出版部一九二五年三月印行。
56　[美]海頓・懷特，《文學理論與歷史寫作》，載[美]拉爾夫・科恩主編，程錫麟等譯，《文學理論的未來》（中國社會科學出版社，一九九三年），頁四三。

生了的事實的複製，選擇的角度決定了歷史學的敘述可以對同一事件有不同的表述。說「狗咬人」與「人被狗咬」，如果其中一則為真，則另外一則就會同時為真，它們在邏輯上是等值的。可是二者強調的著重點不同，這種「不同」在事實層面上沒有影響，對閱讀該資訊的人心理上的影響卻不是完全一致的。再把報導放在稍微複雜的情況看，「一個人因為酗酒導致車禍」和「一個人遭遇了車禍，查明了他在事前酗酒」，這是對同一事實的描寫，可是，酗酒的確是車禍的常見原因，但是並不是酗酒就一定引發車禍，也正因為酗酒並不必然引發車禍，才會有很多人懷僥倖心理，這種僥倖心理又大大提高了該種原因導致車禍的機率。於是交通安全的宣傳，就會更加強調禁止酗酒。而在另一方面，酗酒所造成的交通事故的比率仍然是一個大致的資料，譬如每一百次酗酒會有一次中等程度的事故，於是，這對於那些不遵紀守法的肇事者起不到警示作用。

學科研究針對學科所涉及的事實，可是學科的關注點和事實本身可能並不始終一致。文化學家美因霍夫曾注意到，在非洲有兩個相鄰的部落，一個是農耕社會，另外一個是遊牧社會。在農耕社會方面，耕地和拓荒各是一個詞彙，而在遊牧社會裡則籠統用一個詞。因為在遊牧部落看來，耕作是一種沒有出息的下賤的工作，根本用不著對它的活動加以細緻區分。實際上，他們沒有農耕經驗，也可能根本就體察不到擴大農耕面積的拓荒之舉，與每年都在同一塊土地上耕耘之間的差異。凱西爾對這一問題的認識是：「心智曾經創造的東西，它從意識的整體範圍內擇選出來的東西，只有當口說的語詞在其上打下印記，給它以確定的形式時，才不會再次消逝。」[57]這裡，學科的語詞是學科思考的標記，標記的行為依賴於價值判斷的標準。遊牧部落所認為的「下賤」的農耕活動，從生產力發展水準角度看，代表了更為先進的生產力。也許農耕部落會認為，遊牧群落不理解開荒，這是一種愚頑的表現。就像荒地需要開發才能耕作一樣，遊牧

57 [德]恩斯特・凱西爾，于曉譯，《語言與神話》（三聯書店，一九九八年），頁六四。

部落需要被啟蒙才懂得事理。學科的工作其實在很大程度上不是針對客觀事物，而是針對看待事物的方式及其評價。

最初建立學科工作的目的是針對所研討的對象，可是在學科的發展中，有時很大程度上是針對人自身，這裡包括抨擊論敵，也包括施加社會影響力。利奧塔關注知識社會學，也就是知識和社會之間的關係問題。他指出：「科學在起源時便與敘事發生衝突。用科學自身的標準衡量，大部分敘事其實只是寓言。然而，只要科學不想淪落到僅僅陳述實用規律的地步，只要它還尋求真理，它就必須使自己的遊戲規則合法化。於是它製造出關於自身地位的合法化話語，這種話語就被叫做哲學。」[58]所謂知識和敘事的衝突，就是敘事不只是針對事件，它還表明了敘事人和事件的關係。如另一位西方學者所總結的：「現代科學就是通過宣稱它能夠將人們從愚昧和迷信中解放出來，並且能夠帶來真理、財富和進步而使自身合法化。」[59]科學在這裡完成了由簡單的工具，向超越了工具的形而上意義建構系統的轉變。

文學知識是文學話語的原發點，通過已有的文學知識可以生產出更多的、更大範圍的文學知識。文學知識的這種生產性，可以使相近的文學現象在不同的言說框架下顯現不同的面貌；也可以使直觀看來不同的文學現象，在框架的組織中獲得系統的共同性。我們應該自覺地認識到這種特性，進而再熟練地運用文學知識的特性進行相關研究；另一方面，則還需要通過對這一特性的把握，破解文學知識所帶來的困局。

58 [法]讓—弗朗索瓦・利奧塔，車槿山譯，《後現代狀態》，載江怡主編，《理性與啟蒙：後現代經典文選》（東方出版社，二〇〇四年），頁三九〇。

59 [美]道格拉斯・凱爾納、斯蒂文・貝斯特，張志斌譯，《後現代理論》（中央編譯出版社，一九九九年），頁二一六。

第五章 文學研究的思想資源

對於文學研究而言，邊緣學科的引入有助於文學研究的學科生長。古代就有這樣的傳統因子，對文學研究闡發道理和思想更新具有積極意義。採用邊緣學科的理論、方法和視野，對於文學研究學科發展具有重要價值。借鑑邊緣學科的方法，並不是取消文學研究自身的特性，而是使文學研究保持一種思想的活力。

中西文論思想的既有成果表明，文學具有審美和文化的雙重屬性。從文化研究角度著手，文學作為一種文化和審美話語，審美文化與文學研究各自為對方提供了新的溝通和對話的思路。文學研究應該把審美話語的組織形式及其文化意義作為研究的核心，進行多學科的批評性探討。

文學的演變過程主要體現為一種審美意識的轉變，以及文學表達的修辭方面的變化，正因為如此，長期以來，關於文學研究和文學史研究，人們就把焦點放在了這些問題的思考上。這些方面的思考作為重點，應該成立，但是，它可能就遮蔽了其他方面研究的重要性。論者認為，在文學的發展過程中，起著重要作用和發揮重要影響力的還有傳播文學的媒體。文學通過媒體進行表達，表達是一個管道，同時表達管道也對文學本身產生影響。更重要的在於，當文學通過某種管道表達時，這種表達的形式和作為表達物的文學本身連接成為一體，當我們說到某一具體的文本時，該文本總是和它的媒體表達形式被聯繫起來看待，因此媒體和文學的關係理應成為今天研討文學的一個重要角度。由於學界以前對此關注不夠，它可能成為我們今天探討文學問題的新的思想增長點。

第一節　文藝研究思想資源的轉換

一、西方思想史的知識結構

文藝研究的轉型與文藝本身的變化沒有直接關係，而與文藝研究的學科背景相關聯。學科背景的轉換，從西方思想史而言，先後有三個不同的知識的核心結構。

從古希臘到文藝復興時期，西方哲學以本體論作為基軸，它探究和回答「世界是什麼」，這一闡述既同人們的知識欲求和信仰寄託相關，也同統治集團「神權至上」或者「天賦王權」的政治合法性需求相關。文藝復興之後，本體論哲學在人們獲得了大量新知，以及產生了「天賦人權」之類民主思想後，對「世界是什麼」有了不同於以前的認識，同時意識到憑藉已經掌握的知識，還不能對「世界是什麼」做出完滿的回答。在邏輯上，這一問題需要全面瞭解世界之後才能得到答案。於是哲學的思考核心轉移到認識論上，這就是哲學史上的「認識論轉向」。十九世紀末二十世紀初，不少思想家意識到，還應該將認識論問題懸置起來，關鍵的不是說明人的認識如何，而是人們對於一個事物、一次事件以什麼樣的語言方式加以表述。這種將人的認識的可能性、可靠性問題加以懸置，而突出語言構建方式在認識中的重要性的趨向，就形成了哲學思想第二次轉向——語言的轉向。可見，人們的基本認識結構和思維方法有不同的類型，它們有非常不同的知識基礎，也就有非常不同的思考問題的方式。

二十世紀六十年代，德里達發表了解構主義的奠基之作《結構、符號，與人文科學話語中的嬉戲》，他對傳統意義上的抓住一個問題的中心，由此展開深入研討的有效性提出了質疑，他說：「中心是總體的中心，然而，由於中心不屬於總體（不是總體的一部分），因此總體把它的中心置於別處。中心並不是中心。圍繞中心的結構的概念，它本身雖然代表著內在一致，是作為哲學或科學的認知的條件，但這只是一種自相矛盾的一致。」[1] 德里達這一論點，相當於在人文學科領域拋出了一個研究極點的「哥德爾定理」，我們的人文知識的認識，在這種極限的意義上，其實就是一種信仰。它沒有自啟蒙運動以來人們普遍相信的理性認知的意義。

德里達從抽象學理的角度宣判了人文知識的限度，羅蘭・巴特則在文學批評的具體角度做出了回應。他在《S／Z》一書中，對巴爾札克的短篇小說《沙拉辛》進行了評論，沙拉辛去弗雷斯卡蒂途中擁吻女歌手贊比內拉，這樣一段關於感情衝動的描寫容易引起讀者的感情激蕩。可是當讀者讀到後面知道了事情的真相，即贊比內拉並不是真正的女人，而只是一個閹人，一個穿著女裝的男性，激盪感就可能演變為一種厭惡感。假設讀者是一個批評家，當他面對這一作品進行評論，就應該反覆研讀該作品，在首次閱讀和第二次閱讀中，對該小說的細節就會有截然不同的感受。我們也許可以簡單地說第二次閱讀過程中批評家有了準確的把握，可是小說創作本身是寫給首次閱讀的讀者的，這樣作品的情節、懸念之類才有意義，於

1 ［法］德里達，《結構、符號，與人文科學話語中的嬉戲》，見王逢振、盛寧、李自修編，《最新西方文論選》（灕江出版社，一九九一年），頁一三四。

是又應該承認首次閱讀時的誤認的合理性。由不同閱讀可以產生不同效果，而且不同閱讀本身可以有不同要求的狀況來看，那麼，我們多次的閱讀就是閱讀不同的東西，它與以前常識認為的、不斷閱讀是理解上的深化這一說法是完全不一樣的。因此，羅蘭・巴特認為：「再次閱讀實際是，也一直是為了增加樂趣，它是為發掘原作更多的意義，不是為了從那些被發掘出來的意義中獲得某個基本原理。」[2]

從德里達到羅蘭・巴特，他們的論述有著不同角度，但都說明一個問題：即目前主流的知識或者說認知的發生，都採用一種由某一基本前提出發，然後推導出整個學科知識構成的方式，甚至就連經驗學科也都是這樣，最典型的類型是歐幾里德的平面幾何。而我們從德里達、羅蘭・巴特所論說的問題來看，其實這在一定程度上只是基於一種學術信念而給予知識以信任，如果以為它就是真理的化身，這樣的話就是迷信了。由此來說，由一個基點來構建一個學科體系的做法是近代所有學問的知識體系的基礎，但是它並非無懈可擊、完美無缺。在傳統的知識論方法之外，還可能採取其他的方法來探究問題。

二、文學研究的學科基點

所謂其他方法，就是摒棄以一個單一的立足點來看待問題的方法。我們可以換用繪畫中的透視法則來說明觀點。目前我們所熟悉的繪畫的透視方法，是所謂的焦點透視法，即繪畫者站在一個固定的角度選取和描繪對象。焦點透視是西洋油畫的方式，和照相機拍攝景象接近，因此人們有可能認為這就是繪畫唯一的方式和角度，其實不然。古埃及的繪畫，就多採用了俯視取像法，不考慮景象和繪畫者的距離關係及角

[2] 〔南非〕麥・查普曼，《身份問題：南非、講述故事與文學史》，見《新文學史》（清華大學出版社，二〇〇一年），頁八七。

度問題。假如畫一處正方形的水池，按照焦點透視法就會成為梯形或者菱形的水池，可是古埃及人描繪正方形水池時，會不管水池大小和遠近以及取景角度，仍然一律畫出正方形的圖案。這樣的畫法相當於三視圖中的俯視圖，它才是忠實於實物圖形關係的。在這古埃及繪畫具有不同方式的參照下，就可以理解其實在人們看來理所當然的事情，有一些只是習俗造成的。中國古典繪畫實際上也是採取散點透視。

回到學科研究基點的問題，傳統的文學研究學科基本上可分為兩大類型：一種是倫理學基點，如柏拉圖在《理想國》對詩人的評述，他不否認詩人可創造出我們想像力一般不能達到的境界，但這有可能引起讀者不合乎規範的聯想，所以應該清除。又如孔子關於「詩」的評論：「『詩三百』，一言以蔽之，曰：思無邪。」以此作為「詩」的權威性依據。另外一種則是哲學基點，即人文學科在思維方法、研究模式上直接取法於哲學，人文學科的總的理論依據依靠哲學提供支撐。

但是這樣一種模式只是歷史地形成的，並不因此就具有唯一正當存在的理由。事實上，二十世紀以前已經出現了突破這種單一模式的端倪。譬如探討資本主義為何源起於西方的韋伯，他從新教倫理這一視角看待問題，他傾向於以倫理學和社會學理論作為解剖重大社會問題的基軸。而馬克思雖然也有自己的哲學思想，但是也正如羅素所闡述的，馬克思最重要的思想不是在哲學，而是在經濟學中表達的。從這一狀況看來，其實，他們也就是僭越了以前將哲學作為總體理論的根基的做法。丹尼爾・貝爾評述說：許多社會科學的大師們都在它們的論述中含蓄地運用了中軸原理或中軸結構的思想。……在《美國的民主》一書中，平等是說明美國社會中民主思想傳播的中軸原理。對於馬克斯・韋伯來說，合理化過程是理解西方世界從傳統社會變為現代社會的中軸原理：合理的統計、合理的技術、合理的經濟道德，以及生活態度的合理化。對於馬克思來說，商品生產是資本主義的中軸原理，而公司企業則是它的中軸結構。對於雷蒙德・阿倫來說，機械技術是工業社會的中軸原理，而工廠則是它的中軸結構。

可以看出，某種創新的理論並不僅僅體現在理論觀點方面，而且還在理論的研究基點上體現出特色。

三、與文學研究相關的學科理論

這種人文學科研究基點的轉換，不是簡單地摒棄過去存在的基點，而是由原先比較固定的基點轉向多種基點的方向發展。這就相當於繪畫由焦點透視轉為散點透視，焦點的多樣化本身可能帶來一些問題，下面簡要說明多樣化之後的可能焦點。

十八世紀德國哲學家康德曾經在《判斷力批判》中為美和藝術劃出與現實相隔的界線，可能不適用了。今天的藝術完全可能成為文化產業鏈的一個有機部分，事實上，文化產業化滲入藝術領域是現代電影、電視得以發展的契機，並且它也在現代出版業中得到長足發展。

自二十世紀以來，羅爾斯的社會正義論、哈貝馬斯的交往理性理論、福柯的話語權力理論，都關係到個人與社會的平衡關係，屬於廣義的法學；另外，像凱恩斯的貨幣供應理論，主張適度通貨膨脹有利於經濟，放大了欲望在社會領域的作用，信用卡消費和借貸消費在西方社會的流行，都是凱恩斯主義的實踐，而正是這種實踐培育了現代新的生活方式和新的看待世界的方式。這樣一些理論觀點對於當代文學理論和批評產生的影響是非常巨大的。

經濟學和法學不只是作為二十世紀以來社會科學的「顯學」產生影響，而且還在於，它的思想對於文學研究有著啟迪價值。譬如，經濟學是以財富短缺和利益最大化目標引導人的行動作為假設，即人的行為動機可能千差萬別，但是在這些差異背後有著相對統一的、可以進行理性分析的套路，那麼這樣的思路就使得文學描寫人的感性的一面呈現千姿百態時，可以有這種相對穩定的行為模式作為參照。法學對於合法性認定需要身份界定，這種界定除了外在力量的劃分之外，也可以有當事人的自我預期和自我認同，這裡本來屬於法律問題的身份問題，涉及到人觀察和思考問題的出發點，也是文學寫作觀察人、文學研究看待文學的重要依據。比如文學描寫愛國主義題材，那麼國家概念如何理解？讀者又以什麼情感看待自己所在的國家？南非學者麥・查普曼就對於南非關於自身的身份定位提出了一個個案。南非作為英語國家，與英國有著深刻淵源，同時南非的歐洲移民後裔主要是荷蘭血統，在追溯自己的認同目標時，又會與英國拉開一段距離；而南非居民九成以上是黑人，他們可能就與英國和荷蘭都有距離。麥・查普曼由此引申到「西方性」的多種意識。他說：「西方的概念變得日益複雜，歐洲人從過去的歷史中尋求它的身份界定，美國是從現在，而來自東方的日本則是西方的一個主要力量，它信奉一個未來意識。」[3]對於西方性認識的差異體現為認識問題，但是它根本不是認識本身出了問題，而是這個認識涉及到的利害關係誘導人們產生不同的認識。文學研究應該深入到這個層面看待文學。

在哲學、經濟學這些本身就有重要地位的學科之外，大眾傳播理論、語言學關於語用、語境的理論也可能對文學研究施與直接的影響，而這些理論原先可能只是被看成屬於應用領域的，它們和傳統的文學研究那種基本上屬於心靈層次的、往往傾向於形而上理解和看待文學的角度迥然不同，也有可能成為卓有實效的理論生發點。

[3] 〔南非〕麥・查普曼，《身份問題：南非、講述故事與文學史》，見《新文學史》（清華大學出版社，二〇〇一年），頁八七。

第二節　審美文化作為文學研究的價值資源

從中西文學理論與美學理論的梳理中，我們發現文學具有審美和文化的雙重屬性。根據當前文化研究的視角，我們對文學作為一種文化和審美話語進行細緻的論證之後，認為文學作為一種文化和審美話語，審美文化與文學研究各自為對方提供了新的溝通和對話的思路。二者溝通與對話的途徑在於：通過文學文本與文化現象的分析，審美與文化實現了視域溝通；從文學發展的具體歷程，我們可以總結出精神性與物質性的審美文化所具有的某些特色。

一、文學作為審美話語

文學的審美屬性在東西方文論中都有論述。在西方，德國古典美學的先行者康德、黑格爾、席勒等人率先將審美的自律性與倫理實踐、純粹理性劃分開來，確定了審美的獨立地位和價值。唯美主義的代表者、浪漫派詩人戈蒂耶曾經提出「純藝術」、「藝術至上」、「為藝術而藝術」的主張，否認藝術的社會性和功利性，反對道德、政治對藝術的束縛，將形式美的意義推向極致，從而文藝成為純屬個人的享受與消遣。在中國，清人袁枚宣導「性靈說」，認為詩詞、歌謠出自人的內心，以其感性形式調適感官、怡悅性情，也就是：「詩者，人之性情也，近取諸身而足矣，其言動心，其色奪目，其味適口，其音悅耳，便是佳詩。」[4]在文以載道的功利主義觀念長期佔據正統地位的中國文化中，這種驚世駭俗的論調成為近代文化的標識。概括說來，文學的審美特性與價值具有如下的特色。一是感性意象性。從美學的詞源來看，「Aesthetics」的原初涵義是指研究感性認識、研究感覺和情感的科學。那麼，「審美的」就包含有感性的、情感的意義。一個事物具有審美性，首先它應是感官能直接把握、感受得到的，應該具有外在的意象性或形象性。否則，就無法被鑑賞、感受。二是康德所提出的審美的無功利或超功利性。康德認為，鑑賞是憑藉完全無利害觀念的快感和不快感對某一對象產生的一種判斷力。這一觀點在西方影響深遠，直至當代用有無實用功利性作為審美性或與非審美快感的分界線，這是對人類審美史的一個科學的總結。三是心靈自由性。具有審美性的事物，當它與人處在特定的審美關係或審美狀態中，它就能使人感到一種心靈的自由。所以，心靈的自由性、無限性也是審美的基本特性。正因為審美不涉及利害關係，心靈自由自在，它引起的不是停留於肉體、感官的快感，而是超越、昇華的怡情悅神的精神愉快。因此具有第四個特點，也就是精神愉悅性。[5]

二、文學的文化屬性

近些年來，文化研究的方法將文學看作文化批評的切入點，從而對文學具有的文化內涵有所拓展。如話語理論、意識形態批評、新歷史主義、女性主義、後現代文化理論、後殖民主義等，通過對文學在感性

4 袁枚，《隨園詩話・補遺卷一》。
5 朱立元，《「審美文化」概念小議》，《浙江學刊》一九九七年第五期。

層面上的話語組織結構的多方位、多學科分析和闡釋，揭示其隱喻、象徵、或暗示著的文化意義和精神實質。同時，這些理論也改變著人們對於文學的接觸、把握或解釋方式。這些雖不必直接照搬，但對於我們拓寬思路、更新方法和豐富理論話語有所啟示。文化研究與過去的社會歷史批評的共同點，在於都是將文學視為社會歷史的產物或從社會歷史的角度去看待文學。不同點在於兩者在不同的歷史條件下面臨著新的問題。兩者具有不同的思想觀念。例如前者的思想資源有法蘭克福學派和伯明罕學派的理論主張，以及後現代主義、後殖民主義、新歷史主義、女性主義等思潮。對於文化研究關於「文學」概念的考察有必要追溯到二十世紀西方文學批評理論的一些思潮。俄國形式主義、英美新批評、結構主義、解構主義等藉「語言論」轉向的理論資源極力維護文學獨立自主的權威地位，對十九世紀以及此前一切將文學視為服務於其他目的的工具論文學觀、作家權威論予以拋棄。然而，從六十年代開始，後結構主義和後現代主義對邏各斯中心主義的顛覆導致了「文學性」信仰的普遍衰落。文化研究相信文學不是一種超歷史的永恆現象，而是一種由特定歷史條件所規定的現象。文化研究將文學視為一種文化現象。在詹姆遜看來，文化的含義包括三個部分，文化是指個性的養成或個人的培養；與自然相對的文明化了的人類所進行的一切活動；與貿易、金錢、工業和工作相對的日常生活中的吟詩、繪畫、看戲、看電影之類的娛樂活動。文化批評家雷蒙・威廉斯認為文化具有三方面的定義，指人類的完美理想狀態或過程；指人類理智性和想像性的作品記錄；指對人類特定生活方式的描述。詹姆遜和雷蒙・威廉斯關於文化定義的一個共同點是都將對文化的理解與日常生活實踐聯繫起來。這一定義為文學研究從文學作品、作家研究走向對於文化現象和社會生活的廣闊領域提供了合法性。

三、審美話語與文學研究溝通的可能性

就文學具有上述審美和文化的雙重屬性而言，我們可以試圖用審美話語和審美文化的說法將二者進行整合。在美國學者伯恩海默等人看來，在當今多元文化主義的時代，要擴展文學研究的空間，應對文學進行所謂語境化的研究，「文學現象不再是我們學科的唯一焦點。相反，文學文本被當作文化產品這一複雜、變化多端甚至充滿矛盾的領域裡的一種話語行為來研究。」[6] 文學作為審美話語是就文學的文化意義而言的。從文化的意義上看，文學就是以話語和文本組織起來的感性的文化層面。審美意味著文學的感性意義，話語意味著文學作為語言藝術自身的文字屬性。同時，根據福柯、德里達等解構主義的觀點，話語作為一種權力本身，就意味著豐富的文化意義或意識形態內涵。審美話語作為一種感性話語形式，有其自身的組織結構形態和表現方式，從而形成了文學的敘事、抒情等一系列話語組織形式，使文學成為一種獨特的文化形式。所以，把文學界說為「審美話語」，既肯定了文學的美學意義，又維護了文學的形態學特徵，使我們在充分考慮文學的自身特點時，為文學意義的無限豐富性留下了餘地，同時也避免了把文學的語言形式與豐富內涵割裂開來的弊端。在人類的所有文化產品中，文學恐怕最具有思想文化全景式展示的特點，這種獨特的價值主要來自文學以審美話語構築文化產品的獨特方式。審美話語強調了文學是一種感性的文化存在，而且是由話語組織構成的感性的文化存在。正是在這種與文化的血肉相連關係中，文學才具有整體的意義。就審美文化的內涵而言，審美本身也是文化，是文化的一部分。審美與文化二者不是並列關係，

---

6 Charles Bernheimer, ed., *Comparative Literature in the Age of Multiculturalism*, the John Hopkins University Press, 1995, p.39.

而是從屬關係，相互制約著，實際上是審美的文化，反過來，也是一種文化的審美。審美的對象限制在文化的範圍內，不是自然物，也不是社會的物質基礎部分，而是觀念形態部分，同時也不是所有觀念形態都是審美文化，而是具有審美性質的那一部分觀念形態。所謂審美性質就是超功利性和愉悅性。所以審美文化就是具有超功利性和愉悅性的文化。西方文化思潮，特別是後現代主義思潮湧入中國後，我們可以適當利用文化理論來闡釋新時期所出現的文化、藝術、審美現象。有人認為審美文化是整個文化中具有審美性質的那一部分，所謂審美性質即超越功利目的性。它是整個文化系統中的子系統，或文化體系中的一個高尚層面。另一種看法認為，審美文化是人類文化發展的高級階段，是後工業社會的產物。社會發展到後工業社會的歷史階段，藝術與審美已滲透到文化的各個領域，並起支配作用。審美文化是現代文化的主要形式，也是高級形式，它把超功利性和愉悅性原則以及自由創造精神滲透到整個文化領域，以豐富人的精神生活。審美文化並非僅是一般意義上的個體經驗的心靈、精神現象；它超出經典美學「審美的」判斷的抽象範圍，進入並展開在普遍的人類歷史文化進程之中，成為「審美的文化活動」或「文化中的審美實踐」。因此，對「審美文化」的界定為：以文學藝術為核心的、具有一定審美特性和價值的文化形態或產品。[7]

四、審美文化與文學研究溝通的具體途徑

文學性作為文學的本質特徵，它存在於話語從表達、敘述、描寫、意象、象徵、結構、功能以及審美處理等方面的普遍昇華之中，存在於形象思維之中。形象思維和文學幻想、多義性和曖昧性是文學性最基

7 聶振斌，《再談「審美文化」》，《浙江學刊》一九九七年第五期。

本的特徵。文學性的定義與語言環境以及文化背景有著密切的聯繫。韋勒克在《文學理論》中通過對歷史上對文學林林總總定義的辨析，認為：「一部文學作品，不是一件簡單的東西，而是交織著多層意義和關係的一個極為複雜的組合體。」[8]這個由語言符號構成的結構包蘊著一個由低到高的遞進式層面，它從聲音層面，通過意義單元層面，再上升到意象和隱喻、象徵和象徵系統，以及文學類型等層面。所謂文學性也正是散佈在這多重層面之中。而要在文學研究中堅守文學性，便意味著對這些層面的意味進行充分深入的探討。堅守文學性，並不意味著要忽視、摒棄文學與社會、文學與思想、文學與文化等關係。但是，各種思想、文化的意味只有體現在具有文學性的文本中，它們才獲得堅固的外殼，才會對接受者產生持久的影響力量，沒有文本，一切都將蕩然無存。在明確了上述關於文學具有審美與文化的複雜內涵以及文學性的意義之後，我們可以試圖探討審美文化為文學研究提供的可能性的思路。

（一）通過文學文本與文化現象的分析，審美與文化實現了視域溝通。詹明信認為，後現代社會裡，「文化擴張了，其中美學衝破了藝術品的狹窄框架，藝術的對象（即構成藝術的內容）消失在世界裡了。有一個革命性的思想是這樣的：世界變得審美化了，從某種意義上說，生活本身變成藝術品了，藝術被哲學取代了……在後現代的世界裡，似乎有這種情況：成千上萬的主體性突然都說起話來，他們都要求平等。在這樣的世界裡，個體藝術家的個體創作就不再那麼重要了。藝術成為眾人參與的過程，不只是一個畢卡索」[9]。他的說法可以概括為日常生活的審美化趨勢。文學現象、文化事件、媒介與文學的結合而產生的大量的跨媒介文學，如廣播文學、電視散文、音樂電視、網路文學等等，這些變動籲請文學性範式

8　[美]韋勒克、沃倫，劉象愚等譯，《文學理論》（三聯書店，一九八四年），頁一六。
9　[美]詹明信、張敦敏，《回歸「當前事件的哲學」》，《讀書》二〇〇二年第十二期。

的轉換。例如陳思和主編的《中國當代文學教程》對王朔文學作品的影視化現象、崔健的搖滾樂反映的精神現象進行了研究。王一川根據圖像文化中視覺效果被充分強化的情況，提出了「視覺凸現性美學」的說法，指的是「那種視覺畫面及其愉悅效果凸顯於事物再現和情感表現意圖之上從而體現獨立審美價值的美學觀念，即是視覺鏡頭的力量和效果遠遠越出事物刻畫和情感表現需要而體現自主性的美學觀」[10]。在消費文化的條件下，人類最神聖、最本真的情感也在大眾文化的潮流中演變成了後情感，「後情感，不等於非情感或無情感，也不是簡單地以理性壓倒情感，而是一種被重新包裝以供觀賞的構擬情感」[11]。文化研究的理論資源為文學作品、文學現象的解讀提供了多維度、多層面的可能性，如法蘭克福學派、伯明罕學派、結構主義、解構主義、後現代主義、女權主義、後殖民主義、消費文化理論、大眾傳媒理論等等。研究的途徑也不僅僅是揭示文本形式背後的意識形態，每一種藝術形式作為一種具有獨立品格的文化形態，可以發現其中的美學韻味和詩性價值。何況，對於意識形態複雜內涵的揭示，目的在於發現制約著文學作品、文學現象詩意和美學光輝的壓制性機制與因素。因此，文學研究的「文化」和「審美」不應該分裂開來。

（二）文學研究為審美文化提供的思路在於，從文學發展的具體歷程，我們可以總結出精神性與物質性的審美文化所具有的某些特色。首先，就文學的美學風格來看。歷代關於文學的樸素與華麗有各種各樣的論述。孔子提出：「周監於二代，郁郁乎文哉，吾從周。」（《論語．八佾》）因而把華麗作為一種文明的象徵。莊子曰：「天地有大美而不言，四時有明法而不議，萬物有成理而不說。」（《莊子．知北

10 王一川，《全球化時代的中國視覺流》，《電影藝術》二〇〇三年第二期。

11 王一川，《中國電影的後情感時代——〈英雄〉啟示錄》，《當代電影》二〇〇三年第二期。

遊》）可見認定的是樸素美。然而，辭采競麗、鋪張揚厲的漢賦在極盡其鋪張、誇飾之能事之後，取而代之的是魏晉時代以少馭繁、含蓄雋永的五言詩。「從這個時候起，中國人的美感走到了一個新的方向，表現出一種新的美學理想。那就是認為『初發芙蓉』比之『錯采鏤金』是一種更高的美的境界。」[12]然而，這種更高的美學境界也不可能是永恆不變的。經過六朝的準備與過渡，它將再度讓位於一種更新更美的繁華景象，這便是不僅外表華麗鋪張而且內容充實豐滿的盛唐氣象。從上述文論對於文學的美學風格的梳理，我們可以發現審美文化趣味變遷的線索。其次，就通俗與典雅的關係來看。在古代社會裡，幾乎任何一種藝術種類的發展都會經歷由俗而雅，由民間而宮廷的過程。「風」詩來源於民間大眾，具有「俗」文學的通俗性和世俗性。由「風」而「雅」，從民間創作轉入個人創作，形式、結構、情感逐漸複雜，篇章規模也更為宏大，詩不再像「風」那樣粗獷、豪放，有了文人加工、修飾的文學性。「雅」、「俗」遂有風格的分野。漢代董仲舒使《詩》一躍而為《詩經》，孔子論詩的倫理、道德尺度也發展為政治功利主義。在這種儒家詩教下，像風詩中吟詠男女情愛的作品，要麼被列為淫辭邪曲遭到徹底批判、鄙棄；要麼經過徹底的改造，如《關關雎鳩》成為「后妃之德」的經典解釋。由《詩》而《詩經》，俗文學演變為雅文學，俗文學取得了經典地位。詞原來是抒發兒女私情的民間藝術形式，士大夫階層在最初採用的時候故將其視為難登大雅之堂的「詩餘」之作。但其曲折多樣的形式與生動細膩的情感日漸得到密切無間的配合，不僅風格上出現了「豪放」與「婉約」兩派，格調上也逐漸典雅起來，直到取代了詩的一統天下的主導地位。曲的最初創作因摻雜了很多口語甚至俚語而顯得有些低俗，但經過士大夫階層的改造和利用，其靈活自由的形式也同樣可以表現相對典雅的生活內容，從而在上層社會得到廣泛傳播。小說更是民間說

12 宗白華，《美學散步》（上海人民出版社，一九八一年），頁二九。

唱藝術的產物，知識份子的介入同樣使這種起源於勾欄瓦肆的作品逐漸雅化，以至於到了「開卷不談《紅樓夢》，縱讀《詩》、《書》也枉然」的境地。由此可見，唐詩、宋詞、元曲、明清小說之間的交替繁榮，既體現了具體藝術種類自身發展的客觀規律，又以此為載體而滿足著同一時代的人們對雅俗藝術的不同需求。

在文學研究的過程中，可以從學科聯合的角度多層次、多維度去發掘其多元的意義。問題在於，作為審美話語的文學是否在感性化的語言組織中創造了新的文化意義，拓展和提升了人類更高的生命境界。我們對作為審美話語的文學的研究，應該對審美話語本身的文化意義有所認識，把審美話語看作是一種未經知性拆解的整體性文化形態，從而有意識地按照審美話語的組織形式來體驗其文化意義。文學研究不應該一味地給文學畫地為牢，使它變成一個固定的、封閉的對象，而是應該把審美話語的組織形式及其文化意義作為研究的核心，並引進多學科的研究視野和方法，把文學作為一個研究領域做多學科的批評性探討。在審美文化與文學研究之間架設溝通與對話的橋樑，從而達到對文學更深、更新意義的認識。

第三節　媒體權力作為文學研究視角的意義

在媒介問題上，可以有若干角度的切入，包括由於媒介的不同，受眾的角色和感受的差異，媒介技術發展對於傳播的影響，媒介的具體要求和作為傳達物的文學的關係，等等。問題可以多方面、多側面地展開，在此則主要研討媒介的權力問題。

一、媒介權力的提出以及對文學研究的意義

媒介權力作為一個我們要探討的對象，它的存在自古即有。當年孔子要寫《春秋》以使亂臣賊子懼，就是利用書面表達可以傳之後世，可以傳佈廣闊空間而獲得話語表達機會的特點。書面表達是人的心理的記錄形式，其實也就是自然狀態中的早期媒介。孔子還說，言之無文，行而不遠。通過文的形式可以把所言說的東西傳播到更大範圍，產生更大影響力，這也是作為修辭的文的重要作用，這種修辭內在於文學的傳播媒介。當然，媒介權力問題自覺的研究還是現代以來，它伴隨著現代傳媒，尤其是報紙、雜誌、廣播、電視、英特網、手機等影響到人們的生活。諸如大到國家領導人的選舉，小到日常生活中的消費意向，處處可以看到媒體的影響。

麥克盧漢就說過：「法國人從北到南成了相同的人。印刷術的同一性、連續性和線條性原則，壓倒了封建的、口耳相傳文化的社會的紛繁複雜性。法國革命是由文人學士和法律人士完成的。」[13]這裡對法國的舉證，涉及到法國的國家歷史。法國是歐洲大國，它的民族構成包括日爾曼血統的人，也有因為與南歐國家接壤而來的拉丁人血緣的人，並且他們的口音差異使得語言交流也有問題。文藝復興之前的歐洲諸國以拉丁文作為統一的書面語。文藝復興時，但丁率先進行了創建民族語言以代替拉丁語作為書面語言的壯舉，法國則也有一批文人學士創立了作為書面語的法語。法語書面語已經出現之後，法國境內的族群血緣上有差異，但是都認同這種民族語言，因而他們有了共同的國家認同。這樣才有了「法國人從北到南成了

13　[加]埃里克・麥克盧漢，弗蘭克・秦格龍編，何道寬譯，《麥克盧漢精粹》（南京大學出版社，二〇〇〇年），頁二三四。

相同的人」，即都是法國人的情況。換一角度看，也就是後天的文化認同超越了先天的血緣差異。

媒體對於個人的生活與成長也有很大影響，丹尼爾・貝爾說過：「青少年不僅喜歡電影，還把電影當成了一種學校。」[14]這裡「學校」並不只是一種比喻，而是實際發生的客觀事實。電影中人們的言談舉止、穿著打扮和行為方式，都可能成為現實中的人們尤其是青少年所模仿的對象。大牌的影視明星往往成為各種品牌服飾、化妝品的形象代言人，這已經成為了一種典型的明星生產模式。即明星們在很大程度上不是依靠作為藝術的演出來獲得物質報酬，而是把藝術演出作為跳板，將演出的社會影響力作為與商家討價還價的砝碼，最終主要依靠廣告代言等經濟活動獲得回報。演員所表現的世界，成年人可能會覺得稀鬆平常，或者覺得這只是虛構的杜撰，但是青少年可能認為是一種讓他們心馳神往的境界，並且從電影中獲得對於現實生活的看法。以前需要老師或者父母進行言傳身教的成長引導，現在有可能被影視、網路廣泛地替代了。這種變化是社會權威引導機制的變化，人們可能還沒有充分意識到它長遠的社會意義。對比之下，在中世紀，社會的權威引導者是神職人員；文藝復興只把信仰的部分留給神職人員，而關於知識的部分則交由各種科學或學科來解決。這樣的變化使得社會完成了政教合一到政教分離的重大變革，也對學科的發展帶來了重大變化。而今天媒體所造成的影響力的改變究竟會對社會產生什麼樣的、什麼程度的影響，也許需要經過更長時間才能有清晰的認識。人文學科研究者應該對此有更敏銳的把握。

文學是語言藝術，作為語言藝術，它最通常的表達媒介是印刷品，包括書籍、報刊等。批評家也已經適應了這種表達媒介，以及對此傳播形式的分析。而在今天，文學作品可能在網路發表，雖然大量的網路文學並沒有採用多媒體形式，跟書面印刷品不過是紙頁和螢幕顯示的差異。可是網路表達畢竟可以通過

14 [美]丹尼爾・貝爾，趙一凡、蒲隆、任曉晉譯，《資本主義文化矛盾》（三聯書店，一九八九年），頁一一五。

超文字連結，通向相關的若干文本，而且電腦螢幕的閃爍效果不利於捧著書本那種寧靜的閱讀。這裡把印刷品特徵作為一種對比提出來，在於印刷品文學本身曾經對於文學的效果產生過重大影響。英國學者史蒂文生說：「在中世紀，手稿固定地處於物質空間，極少使用標點符號，而且在大多數情況下均是被高聲閱讀。按麥克盧漢的話來說，中世紀的學問，與其說是視覺學問，倒不如說是聽覺學問。隨著占主導地位的印刷文化的發展，人類的所有感官日益得到劃分而變得專門化。」[15] 由聽覺的文學，即朗誦作品到印刷品普及之後的文學作品，傳播媒介的轉型對文學產生了重大影響，那麼今天傳統閱讀方式的變動，同樣也有理由作為文學研究角度調整的依據。

二、媒介權力的分層分析

媒體出現的意義其實不亞於當初文字出現的意義。文字解放了人們的語言，使得通過聲音轉瞬即逝的語言，能夠以書面形式得以保存。而媒體的出現也可以加強文字傳播的力量，而且它本身也成為了一種人們改變感知世界的途徑。德克霍夫說：「我們的心理現實不是一種『天然的』東西。它部分取決於我們的環境——包括我們自己的技術延伸——對我們施加影響的方式。」[16] 今天的動物學研究發現若干動物有牠們的語言交流，可是只有人發明了文字，文字的出現意味著傳達活動可以超越時間和空間的限制。和文字的意義相比，媒體的出現也是人類文化的一大提升。作為媒體的書本的重要性，古代就已經充分認識；那

15 [英]尼克・史蒂文生，王文斌譯，《認識媒介文化》（商務印書館，二〇〇三年），頁一八七—一八八。

16 [加]德克霍夫，汪冰譯，《文化肌膚——真實世界的電子克隆》（河北大學出版社，一九九八年），頁五—六。

麼作為現代媒體的電臺、電視臺、網路、手機，它們成為了人們感知外界的器官，且不說對於世界上各個地區發生的事件需要媒體報導才能知曉，就是抬頭看天知陰晴這種事情，現代人也基本失去了自信，因為媒體的天氣預報才更加精確。人們對媒體的依賴，換個角度來看，也就是媒體對現代人的權力關係。

權力關係是分層次的。以中國的中央電視臺新聞聯播節目為例。「新聞聯播」實際上包括了節目的片頭、新聞節目主體、插播的廣告，以及之後出現的全國天氣預報。在新聞聯播主體部分，體現的是國家的權力意志，它不是國外電視新聞節目那樣按照節目的重要性來播報，而是按照先國內、再國外的順序。在國內部分，又首先是國家領導人出席會議或者接見外賓一類，如果要報導的領導人不止一個的話，那就按照官方規定的領導人在正式場合的出場順序進行報導，這裡政治地位如何才是新聞的重點，而發生了什麼事並不重要。一般在國內部分新聞的結尾階段，才會出現某地發生了什麼災情的報導，而且在報導的形式上往往也不是直接報導災情的影響與後果，而是報導領導人如何積極地組織與領導救災，災情報導和政績的顯示融合在一起。國外部分的新聞，往往把歐美國家的社會混亂的新聞列為重要內容，災情、抗議、社會矛盾與動亂幾乎成為不變的主題。對比國內的新聞，完全有理由做出「風景這邊獨好」的判斷。這些新聞體現的國家意志背後是宣傳部門的運作，而且各級地方電視臺也是如此順應當地宣傳部的旨意。新聞節目和受眾的關注點沒有直接關係，而是和宣傳部的宣傳主旨緊密相連。在新聞報導之後電視插播廣告，廣告之後是天氣預報，插播的商業廣告在時間段上獲得了極大的權力效應。在廣告之前體現了國家意志的新聞宣傳，在插播之後體現科學角度的天氣預測，國家意志相對於單個人具有完全不對稱的權力影響關係；而科學知識相對於日常生活中的普通人，也擁有無與倫比的權威。這樣，本來商業廣告和普通的電視觀眾之間應該是一種商品買賣角度上的平等關係，而在插播的語境中實際上成為了一種上下關係，先前的新聞的權威性會在心理層面延伸到此刻商品的廣告中，在此刻稍後的科學意義的天氣節目，又把科學角度的嚴謹遮蓋到此時的商品盈利的追求上，使得受眾不覺得這是為商家進行宣傳的節目。把這一時段的廣告時間稱為黃金時間應該是非常貼切的，因為它可能帶來比其他廣告時段更多的回報。

媒介權力作為一種影響他人的途徑，它的權力運作有其複雜性。以當前已經引起比較普遍關注的電視講壇節目來看，這些頻頻出鏡的講述者，在學科領域往往並不傑出，我們可以查閱央視「百家講壇」某位講《論語》的女士，她連孔子思想研究的單篇論文都沒有，更沒有相關著作，可是卻在電視上以專家身份向大眾宣講孔子思想。她這種情況並不是個案。應該承認，作為講述者，她在講述的技巧方面有可以稱道之處，但是學術報告一類欄目從來不是憑藉講述技巧作為資格，而是以講述者的學術地位或者對於講述內容有影響的研究作為條件的，因此這裡的資格甄選多少顯得有些蹊蹺。講述者們出鏡時採取了不同的態度。對於大眾，他們以專家的姿態出現，對於學術圈，他們則以知識普及者的姿態出現。而作為普及者，他們講述的缺乏深度乃至不夠嚴謹，都可以得到寬容。這樣一種奇特的現象是否合理？至少在電視等媒體之外這種現象不可能出現，這就是其不合理因素的體現。另一方面，學科工作享有對該學科領域問題的話語權，這種權力如果僅僅因為專家能夠比常人懂得更多，瞭解資訊更全面、分析問題更深刻倒也罷了，可是在學科領域中並不是單純遵循這種專業優先的法則。中國的學科領域有一種「老人霸權」現象，即某一學科可能是某些年高位尊者掌控大局，他們有的擁有基金專案，或者學科專業、博士點等等評審權力，其實原本就已經退休。這些「老人」的門生弟子正在掌握學術界的話語權力，他們出於顏面或出於利益關係還會維護老師的尊嚴，於是已經不在學科前沿的老人，仍然可以對他們已經不熟悉的學科問題指手劃腳，而且可以直接影響學術評價的結果。與其說媒介體現了學科評價意義的不合理，那麼學科本身的評價機制也是不合理的。如果不能根除學科的不合理性，則對媒體的指責就多少有雙重標準的嫌疑。

媒介作為一個概念已經顯示出了，而且隨著時間的流逝還會顯示出強大的影響力。在我們面對這樣一個對象時，往往把對象一體化了，即認為媒介是一個對象，而實際上它不是一個單一的對象，而不如看成一組對象或者對象簇。在媒體的表達中，不同的媒體形式有不同的要求，因而也就形成不同的影響力及其方式。

按照傳統的媒體教科書的分類，媒體一共有六個大類，分別是書籍、報紙、刊物、廣播、電影、電視；其中前面三種是相對傳統的印刷媒體，後面三種是屬於新興的電子媒體。大體說來，不同媒體對人的影響方式和力度會有差異。最為古老的媒體是書籍，它總是擺出一副威嚴的姿態，等待著人們去朝拜，每一次閱讀的過程就是朝拜的過程。甚至這也是閱讀者自己自覺的行為，譬如看書有「正襟危坐」的說法。而在閱讀報紙時往往就沒有這種要求。反過來，電視則儘量隱藏自己的存在壓力，它彷彿可以不經意地去對待。進入到家庭空間的電視，人們收視的時間同時也是家庭生活中進行其他活動的時間，因此隨時中斷和轉換頻道。人們可以專心地去看電視，但是更多的是聊天、打電話、做家務，甚至和打盹交織在一起，並不一定全神貫注觀看電視。可是也不要以為電視的影響力就無足輕重，其實就在人們的不經意之間，電視播報的內容沒有經過人們仔細思考與甄別，它就融入到了觀眾的無意識記憶之中，在大腦需要提取相關情況的記憶時，它可能冒出來，達成媒體宣傳的效果。實際上電視廣告就是利用接受者的心理規律達到誘導、說服的目的。在這已有的六種媒體之外，我們今天還應該加上電腦網路。相對於其他的媒體形式，網路最關鍵的特點應該是超文字性和互動性，它使過去媒體傳播的方式轉向傳播與接受的相互轉換；這種互動對人的心理影響狀況還需要繼續考察，但是，可以肯定的是它已經顯示出革命性意義。

不同的傳媒都可以傳播資訊，它們在傳達資訊上有互補的一面，可是也有衝突的一面。丹尼爾・貝爾曾經說：「印刷不僅強調認識性和象徵性的東西，而且更重要的是強調了概念思維的必要方式。視覺媒介——我這裡是指的電影和電視——則把它們的速度強加給觀眾。由於強調形象，而不是強調語詞，引起的不是概念化，而是戲劇化。」[17]作為印刷媒體的書籍、報紙、刊物，其白紙黑字的表達形式曾經代表了威嚴和神聖，白紙黑字差不多本身就成為言之鑿鑿、不容置疑的代名詞，似乎是真理的化身。哈貝馬斯則認為：「與印刷傳播相比，新媒介傳送的節目以一種奇特的方式剝奪了接受者做出反應的權利。它們將公眾的視聽置於它們的魔咒之下，而同時它們取消了公正的距離感，從而又把公眾置於其『導師威嚴』之下，也就是說公眾被剝奪了發言與反駁的機會……有文化的階層一直在使用理性的環境下接受教導，而如今這個階層的共鳴基礎坍塌了：公眾分裂成由專家組成的少數人群，以及龐大的消費大眾，前者以非公開的方式使用理性，而後者的接受性雖然公開卻毫無批判精神。」[18]在哈貝馬斯看來，電子媒介雖然方便快捷，但是它過於方便的表達優點本身也就構成了突出的弱點，即電子媒介的資訊往往使資訊的受眾在獲得資訊的過程中，沒有多少可以自己思考的餘地。讀者讀書時有掩卷沉思的機會，而在看電視講座的過程中，雖然有一定現場感，可以加深觀眾的印象，但是電視講座的內容轉瞬即逝，觀眾沒有機會自己去思考，也不如真正的現場可以針對性地提問，於是觀眾實際上只能單向地、被動地被節目安排牽著走。

如果說丹尼爾・貝爾和哈貝馬斯所說的還只是經驗層次的驗證的話，那麼德里達則從抽象層次來進行了說明。「德里達在《明信片》這本書中表述的一個主要觀點就是：新的電信時代的重要特點就是要打破過去在印刷文化時代占據統治地位的內心與外部世界的二分法。」[19]在面對書本時，讀者和書本之間有距離

17 [美]丹尼爾・貝爾，趙一凡、蒲隆、任曉晉譯，《資本主義文化矛盾》（三聯書店，一九八九年），頁一五六—一五七。

18 [德]哈貝馬斯，《公共領域的結構轉型》（英文版，劍橋，一九八九年），頁一七〇—一七一，轉引自[美]馬克・波斯特，范靜曄譯，《第二媒介時代》（南京大學出版社，二〇〇〇年），頁六八，譯文有少量改動。

19 [美]希利斯・米勒，《全球化電信時代文學研究的命運》，見王寧編，《全球化與文化：西方與中國》（北京大學出版社，二〇〇二年），頁一七三。

感，書本代表了一個理想的世界或者和現實不同的方面，而在面對電影、電視和電腦的螢幕時，則因為畫面逼真的虛擬效果，往往把畫面和現實混淆起來，並不認為它所表達的內容和書本是同一性質的東西。結果，媒介本來只是資訊的傳輸管道，但是管道在具體的運行中獲得了超越管道的工具性，而具有了本體性的意義。

在這種媒介的不同影響力客觀存在的情況下，不同的媒介就有不同的話語引導價值。譬如對於行政影響力，應該說電視的即時性資訊使得電視的影響力巨大，對於即刻發生的社會重大問題，當時的即時跟進和滯後報導所產生的社會效果，二者可能有天壤之別。法國社會學家布爾迪厄認為，在一次政治集會中，五十個恰倒好處的遊行者在電視上表達了五分鐘，如果它被全球播映的話，其影響不亞於組織了一場五十萬人的大遊行[20]。布爾迪厄這樣的表述在算術意義上顯得誇張，可是我們結合到事實層面看並不誇張。就中國前些年爆發的「非典」來看，疫病流行之初公共衛生部門對此採取了資訊控制，以為公開了相關資訊之後，就會引起過度恐慌。可是各種疾病消息四處謠傳，撲朔迷離的資訊本身就會形成普遍的恐慌心理。資訊的不公開是資訊管制的一種姿態，它體現出資訊的重要性而不是資訊的可有可無，公眾會認為當局不公開有關資訊是擔心局勢失控，而如果這種資訊會導致社會失控的話，也就從另一個角度說明了情況的嚴重性。當這種資訊的重要性和公共安全聯繫起來之後，資訊本身的公開和透明就比資訊本身更為重要了。

[20] [法]皮埃爾・布爾迪厄、漢斯・哈克，桂裕芳譯，《自由交流》（三聯書店，一九九六年），頁二二。

三、媒介權力作為文學研究的考察視角

媒介在文學傳播中發揮了很大作用。這種傳播的作用本身看來只是文學的外部環境，可是外部環境並非靜態的，它隨著時間發生變化，而且還會滲透到文學本身。

這裡有一個實例很能說明問題。阿諾德·豪塞爾曾說過一次音樂會演奏中的狀況：「一八三七年的時候，在一次音樂會上演出了兩位音樂家的作品，一個是貝多芬的三重奏，另一個是名叫畢克西的作品，但在節目單上兩位作曲家的名字被顛倒了，結果出現了這樣的現象：當樂隊演奏貝多芬的三重奏時，聽眾以為是畢克西的作品，反應極其冷淡；但當樂隊演奏畢克西的作品時，聽眾卻以為是貝多芬的，因而掌聲雷動。」[21]這一段表達可以從不同角度來理解，譬如普通受眾缺乏鑑賞力等，而這裡需要看到的是傳播方式的影響。實際上，參加音樂會的聽眾一般來說也是音樂方面的愛好者，他們比隨機抽查的普通民眾有更高的音樂鑑賞能力。出現評價上的錯誤不在於他們的鑑賞力，而是他們受到了事先的暗示，他們把對貝多芬的崇敬心理投射到了對他們來說陌生的作品上。如果他們沒有從該作品得到所期望的美感，他們會設想是自己的音樂素養有欠缺；如果他們真的感受到了比較強烈的美感，則這種心理投射作為一種外在力量促進了審美態度的形成。所以不管聽眾是否真的感受到了貝多芬級別的音樂美感，他們做出這種錯位的反應都是正常的。由此我們看到，一部作品採用什麼媒介和具體表達方式，不是一個簡單的手段問題，而是形成美感的根本問題。

21　［美］阿諾德·豪塞爾，居延安譯，《藝術社會學》（學林出版社，一九八七年），頁一六七。

媒介的這種作用，在當代社會和文化成為了一種書寫生活意義的力量。換句話說，具體的人的生活需要自己踐履，可是這種生活的意義其實在很大程度上依靠媒體的敘述。今天的媒體尤其是電視、網路等電子媒體中充斥著大量的商品廣告，這些廣告是古老的催眠術借助於現代媒體的重新演繹。在廣告中，一則皮鞋的廣告不僅宣傳對這一款皮鞋的擁有，而且宣稱是所謂成功男士的門檻（如果是男士的話）；有時是灰姑娘成長為公主的水晶鞋的標誌（如果是女性的話）。這樣，所謂皮鞋已經不是作為人穿在腳上的一件物品，而是人的整個社會形象和地位的標誌。所謂「佛靠金妝，人要衣裝」，人在現實的交往中，特別是對不熟悉的人，往往只能依靠外在形象加以判斷，這種直覺的把握本來應該隨著交往的深入而逐漸淡化，而廣告巧妙地利用了人的心理規律，把它作為了人自身進行社會交往的一個包裝手段；當人在進行這種包裝時，他以為自己就是這種包裝的對象。原先本來意義上外在的形象問題，現在成為了一個文化認同問題和心理問題。鮑德里亞提出過：「我們從大眾交流中獲得的不是現實，而是對現實所產生的眩暈。」[22]從以上的事例看，的確如此，關鍵在於，眩暈成為了一種常規性的感受之後，眩暈的感受被納入到了正常感受的範圍，這種眩暈的感受不再被認為是可疑的和不真實的。

學科關注重點的變化，在不同時期有不同的重點。也就如人們曾經說到自然科學領域，十九世紀是物理學的世紀（大工業機械化生產作為標誌），二十世紀是化學的世紀（TNT炸藥、化肥、原子彈等作為標誌），而現在的二十一世紀則應該是生物學的世紀（基因生物工程作為標誌），其實各個不同時期的主要成就並沒有否定其他相關學科的存在，只不過是某一時期某一學科更出風頭，而且有著拉動其他學科知識增長的影響力。

22 [法]鮑德里亞，劉成富、全志鋼譯，《消費社會》（南京大學出版社，二〇〇〇年），頁一二。

另外還有一則表述，芝加哥大學學者威廉・蜜雪兒認為：「古代與中世紀哲學的圖景關注物，十七到十九世紀的哲學關注觀念，而啟蒙的當代哲學場景則關注詞語。」[23]當代哲學思考則關注圖像，他提出了「圖像轉向」的轉變趨勢。如果說前面一則表述還是對學科關注點的認識的話，那麼這一則表述直接觸及到了傳媒關係。關注實在的事物是作為生物的人的本真狀態，圖像認知在文字出現之前幾乎就是人的認識的基本方式，文字時代帶來了可以超越具體事物和具體場景的概念，以及概念所涉及的普遍性，但是幾乎無視事物的具象性和感性特徵。電影、電視乃至後來電腦的出現，使得圖像的大規模傳輸成為可能。這樣，一方面，資訊傳播仍然可以借助文字所帶來的普遍性意義；另一方面，則又可以有圖像的生動性和具體感受性。從工業革命以來的機械化，到今天後工業革命數位化的時代，人們經歷了資訊不足到資訊爆炸的過程。在這一過程中，人的生活越來越被體制化的東西所束縛，進入到韋伯所說的合理化的時代進程，這種合理化本身是一種按照事物的效益來進行評價的體系，並沒有壓制人的初衷。在實際生活中，這種關於效益的考量和人自身的考量是不同的。人在看待外物時，往往按照功利的眼光來進行判斷，可是世界並不是按照人的功利來設計的；而且所謂功利有時是短視的。在前工業化時代，人們並不知道石油的用處，雖然它可以作為燃料，但它的污穢讓人生厭；而在工業革命之後石油成為了幾乎別無選擇的能源。功利的眼光往往受制於近期的、而且往往是狹小的視角，審美的態度則可能保留康德所說的超功利的眼光。帶著這種眼光的人並不計較每一次的利害關係，而是從大的歷史眼光來理解，可能這才是真正合適的。莊子的思想中有「無用之用」的說法，結合這一事例看，這倒是貼切的。這裡審美的態度當然也可以通過文字手段（譬如文學），但是相對說來，電影、電視、網路圖像的表達可以超越文字的概念特性，達成對感官的

23 〔美〕威廉・蜜雪兒，《圖像轉向》，《文化研究》二〇〇二年第三輯（天津社會科學院出版社），頁一七。

刺激和撫慰。作為技術革新結果的圖像表達，在實際作用層面，它成為了這樣一個時代的文化表徵。

圖像表達不只是一個意義的傳達問題，而且涉及到了意義的生成和存在方式的根本問題。丹尼爾・貝爾曾經提出：「在當代社會，汽車、電影和無線電本是技術上的發明。而廣告術、一次性丟棄商品和信用賒買才是社會學上的創新。」[24]這裡把兩種不同的創新分提卻又並列，實在是很有意思的。這讓我們想起了一句西方俗語：「上帝的歸上帝，凱撒的歸凱撒。」世俗事務和宗教信仰各自屬於不同的範疇。無線電等技術發明是一回事，而信用卡制度則是另外一回事，它們各自在社會實踐中發揮各自的作用。圖像傳達在文字時代受到了衝擊，甚至也可以說遭到文化地位的貶低，圖像差不多成為了文字表達的輔助工具，相當於看圖識字這樣的功能。而在電影、電視等媒體興起之後，圖像傳達有了大規模應用的可能，而且事實上它也有相對獨立的意義傳達的能力，這樣才形成了後來所說的圖像時代。這樣一個時代的到來，對於已經成為媒介傳統的文字造成了強大的衝擊力量，這種衝擊並沒有造成文字的失效。不是說文字必須退位，而是在一些傳達的場合，文字是必需的，圖像也是必需的，文字與圖像需要共同參與到表達實踐，這樣就使得原先的文字一家獨大的局面有所改觀。對於圖像傳達來說，以前看圖識字的工作中圖像就充當了輔助工具，可是對於文字來說，它相當於失去了霸權地位。

從文字獨大到文字與圖像並存體現了文化的變遷。整體的變化的動力是技術的推動，而在實際的操作層面，則是媒體的具體運作。問題在於，媒體並不是自發地發揮作用，它在人的影響下才發揮作用，這樣的話，具體的人通過媒體的形式行使了話語權力。在鮑德里亞看來：「我們從大眾交流中獲得的不是現

24 [美]丹尼爾・貝爾，趙一凡等譯，《資本主義文化矛盾》（三聯書店，一九八九年），頁一一五—一一六。

實，而是對現實所產生的眩暈。」[25]這裡的眩暈包括多方面的因素。譬如有技術上的，每一種媒體有一套基於它的特性的表達，而在不熟悉媒體的情形下，就不能很自如地操控；也有人文角度的，即媒體人員也是社會利益群體的成員，在報導某種資訊時，選擇性的報導也可能成為主流狀況。對於文化傳播的研究很大程度上不是內容本身所引導，而是由傳播狀況所導致的。哈貝馬斯認為：「與印刷傳播相比，新媒介傳送的節目以一種奇特的方式剝奪了接受者做出反應的權利。它們將公眾的視聽置於它們的魔咒之下，而同時它們取消了公正的距離感，從而又把公眾置於其『導師威嚴』之下，也就是說公眾被剝奪了發言與反駁的機會……有文化的階層一直在使用理性的環境下接受教導，而如今這個階層的共鳴基礎坍塌了：公眾分裂成由專家組成的少數人群，以及龐大的消費大眾，前者以非公開的方式使用理性，而後者的接受性雖然公開卻毫無批判精神。」[26]哈貝馬斯所說的這種情況，今天出現的電視學術明星現象已經得到了充分印證。而文學作為大眾傳媒傳播的一個方面，也同樣受到權力關係的深刻影響，文學經典需要經過文學批評等活動的反覆甄別篩選，這一過程中不斷提及到的對象可以獲得知名度，而該作品體現出的特質就成為人們所認可的文學的特質。如果說文學批評可以有這樣的作用的話，那麼今天電子媒體的改編工作也有同樣的作用。如果一部小說不被改編為電視劇或電影，就很難成為知名度高的作品。傳媒和文學批評有共同的影響力的情況下，文學批評在學科領域表達意見，它是文學的系統工程的一部分，可是電子傳媒更多考慮觀眾人數，而觀眾人數目標的背後則是商業利益，它和文學本身沒有直接關係。

25　[法]鮑德里亞，劉成富、全志鋼譯，《消費社會》（南京大學出版社，二〇〇〇年），頁一二。

26　[德]哈貝馬斯，《公共領域的結構轉型》（英文版，劍橋，一九八九年），頁一七〇—一七一，轉引自[美]馬克・波斯特，范靜曄譯，《第二媒介時代》（南京大學出版社，二〇〇〇年），頁六八，譯文有少量改動。

和文學沒有直接關係的因素現在已經成為了影響文學的最直接因素，這樣一個悖論對於文學意味著什麼？恐怕需要文學研究者認真思考，其思考的一個很重要的方面在於，不能憑藉簡單的價值判斷來做出回應，因為它涉及到一些統計事實，還可能涉及到對於大眾評價的「政治正確」問題。而對媒體的批判可能被轉換為對於大眾的鄙夷，這樣一種轉換只能說明，當代文化中大眾已經處在被大眾傳媒綁架了的境地，大眾在一定程度上就會成為「斯德哥爾摩綜合症」的當事人。當學科批判針對大眾傳媒時，大眾可能成為它們的辯護人。在這樣的背景下看待文學及其傳播，作者已經不是唯一需要認真考慮的對象，而在過去傳統的文學研究中，作者則一直佔據舞臺的核心，甚至對於作者的藝術地位的排序就被認為是文學研究的終極目標。現在看來，當代的文學研究已經提出新的研究方向，而學科研究工作在此需要積極地跟進。

第六章　文學研究的價值問題

文學研究是一項需要通過理性的思考來把握文學現象的研究。在學科工作中，對於理性思考的強調應該是基本的層面。文學研究在此並不例外，它的特殊性在於，文學研究所面對的對象本身可能以感性見長，因此有人在文學研究中傾向於強調具有感性性質的體驗、感悟等。但在這種文學研究的特殊性情況下，就有可能強調了特殊性而忽略了文學研究所應遵循的基本規則。文學研究的理性需要進行分析，它不是一種籠統的統馭感性的原則，而是和文學感性打交道的過程中，包含了多個層面的複合的理性。

文學研究應該把握文學的基本價值尺度，這種尺度在不同文化類型和不同歷史時期具有不同的要求。傳統的中國文學，也包括中國文化圈諸如日本、朝鮮的文學，以意境作為基本審美尺度；傳統的歐洲文學以及與《聖經》文化有關的中東文學，則以典型作為基本審美尺度。作為對傳統的超越和反撥，當今文學有著新的基本尺度，從過程的角度來審視文學，文學的話語權力或者文學的話語權力關係就是這樣的新尺度。從話語權力關係來看文學史，文學史上的古今之爭、雅俗之辯、繼承傳統與鼓勵反叛的分歧、強調作者自主性和強調社會生活重要性的差異等，上述話題都是這種話語權力關係所引發的。

第一節　文學研究的理性價值

文學研究是一個複雜的過程。在此過程中，既包括學科知識積累的問題，也包括研究者先天對於藝術的敏感度；既包括研究生涯中逐漸積累和運用嫻熟的技巧，也包括研究過程中靈光一閃的感悟。在文學研究的這種矛盾現象中，其實也就是文學研究作為學科活動的理性，而它接觸的實際對象是文學。那麼，文學研究和文學本身在表現形式上，呈現為理性框架與感性形式之間的一種張力。

文學研究的理性在面對這種複雜狀況時，它需要有一個自身的協調問題，這種協調就是在堅守學科理性的同時，要認真面對、靈活掌握文學作品和自身心靈中那種超越理性的成分。文學研究的理性在堅持理性看待文學的同時，還要自身靈活運用，這不是說起來那麼簡單的，在這裡就有必要梳理自身的狀況。只有把理性自身的狀況真正掌握，才有可能在面對文學時掌握到分寸。在這樣一個基本認識下，論者認為，文學研究需要把握認知活動、價值評判和對話意識中的理性。以下分別論說。

一、認知理性——文學研究的門檻

文學研究的理性首先體現為認知行為的性質。這就是文學研究在接觸文學時帶有某種質詢的性質，它要追問文學包括作者的具體操作情況，一直到所創作的作品和既有的或將來可能的美學理想之間的差距，它可能追問文本本身，諸如某種字句表達的典故、某一修辭所涉及到的作者意向，也可能追問這部作品在所處的文化語境下，可能體現的意識形態內涵。福柯曾經這樣說過：「一方面如果誰做的陳述不能被話語接受，誰就會遭到排斥，被逐出話語圈子之外；另一方面，如果誰在話語中，誰就必須運用某種話語，把它當作『忠於某一階級、某一社會階層、某一民族、某一利益……的標誌／表現和手段』」[1]。這裡話語體系不只是關於事物物件的一套言說，而且也是關於話語言說者相關的意識形態和利益表達。

文學研究的核心內容是認知文學，這種性質是文學研究得以產生的基本動力。在一般的文字表達系統中，表達總是涉及到某種事情、事物，可是文學可以超然物外：誇張、變形、雙關、多義，乃至朦朧、晦澀等等都可以作為一種表達方式，而且所表達的事情、事物在實際生活中也許並不存在。文學的認知和生活中的認知之間有一個柵欄，即生活中屬於謊言的部分在文學中有存在的正當性，它被稱之為文學的虛構。

文學的認知問題具有這樣的特殊性，並不完全是特例，其實在人的認識中，認識的初步階段往往如此。羅蒂指出：「決定著我們大部分哲學信念的是圖畫而非命題，是隱喻而非陳述。……如果沒有類似於鏡子的心的觀念，作為準確再現的知識觀念就不會出現。沒有後一種觀念，笛卡爾和康德共同採用的研究策略——即通過審視、修理和磨光這面鏡子以獲得更準確的表象——就不會講得通了。」[2]哲學認識論探討認識的來源、依據、可能性等問題，這種探討當然借助於理性思維，可是在這種高度理性的學術研討中，認識的出發點本身需要反思。哲學的認識把認識看成一種鏡子照物似的反映，這裡本身就是一種比喻；或者看成一種神啟，那麼對於神的世界的認識，並不能在經驗層次驗證，也不能由純粹理性的邏輯來推導，它需要所謂信仰或者「靈氣」，而這也不是理性的場域。

---

1 王治河，《福柯》（湖南教育出版社，一九九九年），頁一七五。
2 [美]理查・羅蒂，李幼蒸譯，《哲學和自然之鏡》（商務印書館，二〇〇三年），頁九。

文學的認知要合乎認知的一般法則，要求邏輯性，要求認識前提和最終結論之間的關聯性。同時文學的理性還有特殊性，這在客觀和主觀兩個方面體現出來。

在客觀方面看，文學不同於自然科學所研究的對象。自然科學的對象在認識之前和認識之後，在價值評判方面可能會有影響，但是對於認知則不會產生干擾，它是什麼就被看成什麼。而文學研究的對象，如果認知有了變化就會對認知的行為本身也產生干擾，它是一連串的事件。法國啟蒙思想家伏爾泰曾說：「我們可以給金屬、礦物、元素以及動物等下定義，因為它們的性質永遠不變；可是人的作品，就像產生這些作品的想像一樣，是在不斷變化著的。……在純粹依賴想像的各種藝術中，有著像在政治領域中一樣多的變革，就在你試圖給它們下定義的時候，它們卻正在千變萬化。」[3] 譬如一部詩歌作品，如果認為它是屈原的手稿，那麼作品的美學價值如何姑且不論，僅僅就因為作者該詩作就有研究的價值和意義，反之如果它不是屈原的而是後人的偽託，則它的美學價值即使比較高，也還會相應地受到冷遇。在文學研究中，如何看待對象和從對象中看到什麼是相關的。甚至一部作品是不是文學，一部作品作為文學是因為其中的什麼元素，這其實都有設定的原因。當它作為文學進入視野，和不作為文學來看待，二者是完全不同的。而從文學史角度看，文學觀念本身隨著時代變化，不同時代所理解的文學、同一時代不同文化語境下所理解的文學，具有很大的差異，因此，在對象的角度可能看到的東西和理解的層次有天壤之別，這也是正常的。

在主觀方面，文學的認知就更為複雜。文學的認知不只是要求認識的深度，更關鍵的可能在於角度。我們一般的認知體系是把對象進行分解簡化，然後在一個相對簡化的框架中認識對象，這樣就可能有比

[3] [法]伏爾泰，《論史詩》，見蔣孔陽、伍蠡甫編《西方文論選・上卷》（上海譯文出版社，一九七九年），頁三二〇。

較清晰的圖景。可是文學的認知有時不是要進行簡化，而是要把對象和相關的東西聯繫起來，在一個更大的框架中獲得認識。譬如這樣的事例，美國學者布魯克斯在《身體活——現代敘述中的欲望對象》[4]一書中，解讀了盧梭、巴爾札克、福樓拜等作家和馬奈、高更等畫家的作品，……以肉體書寫的真理：唐璜之所以追求征服女人，不只是出於性欲，同樣也是出於「掌握對象」的願望。也就是說身體不僅關乎愉悅，而且是通向知識與力量。這種涉及到女性身體的不斷的引誘、占有然後移情別戀的「唐璜的形而上學」，與一種持續的、無法滿足對知識的尋求有關。就是說，唐璜不斷追求女性的行為，在一定程度上與西方推崇的「浮士德精神」有相關性。這裡很有意思的問題在於，在西方的形而上學的認識框架中，奉行身心二元論，即精神屬於高級的層次，肉體則是產生欲望的淵源，欲望驅使人做的事情往往會使人喪失理智，違背精神的訴求。在身心二元論架構中，精神必須隨時提防肉體的誘惑，把肉體的需求控制在滿足基本生存要求的層次就夠了，多餘的部分往往就是不道德的。可是布魯克斯在書中卻認為，西歐若干有影響的、有代表性的文學和藝術作品，則通過欲望追求和滿足的行為，達成一種和認知追求相近的敘述。所謂「唐璜的形而上學」和「浮士德精神」的相關性，把身體角度的追求放置在和追求真理同一級次，這實際上是文學研究解剖作品時可能出現的一種理解，而且在某種角度上是更為通常的理解。通過這種對身體的新的解讀，文學的認知其實也就有了一個新的合理化的證明。文學的意蘊不是日常生活的表達可以達成的，對文

4 [美]布魯克斯，朱生堅譯，《身體活——現代敘述中的欲望對象》（新星出版社，二〇〇五年）。在譯後記中，譯者的一段感觸很有啟迪性：「在英文版的《聖經》裡，讀到亞當和夏娃交合，發現它用的動詞竟然是『know』，不禁為之拍案叫絕，這大概是很多人都曾經有過的閱讀經驗。在《英漢大詞典》，『know』做及物動詞用的十一個義項裡，前九個與『認識、理解、熟悉』有關，第十個與『支配、影響』有關，第十一個則是古代英語裡『與……交媾』的意思。這可真有意思。雖說人同此心，心同此理，但是人與人之間的相互認識與理解實在是一件非常困難的事情，更何況加上了性別的差異。而這個『know』的意思分明是說：只有在身體的交合之後，異性之間才算達到了真正的認識與理解，甚或可以說，才算剛剛開始了真正的認識與理解。概言之，身體是認識的終點與起點。」

學的認知也不是普通的認知就可以洞見的。文學認知是在設身處地的感受中實現，而不是依託一個普遍性的哲學的理論或科學的公式達成的。

應該說，文學認知的困難在於它涉及到的不只是一個真偽的判斷，而且也是關於價值的判斷。在這樣一個給定的前提下，文學認知的可能性也就在於要妥善地處理價值問題。如果說，文學認知需要通過理性的思考來進行的話，那麼涉及到文學的價值問題時，也需要判斷價值方面的理性。

二、價值理性——文學研究的基軸

文學的價值理性涉及文學的價值評判，具有一套運作程序、方式的基本原則和方法。如果說認知理性是進入文學研究的門檻，那麼價值理性可以算是基軸。

文學研究的價值理性涉及到更為複雜的問題。認知判斷只是關於是非，價值判斷則關於好壞善惡。在是非問題上只要標準確定，就不會有什麼難解的，它甚至可以交由機器來做；可是好壞善惡方面可能就各有所好，所謂口味問題也是價值判斷的一個類型。這種價值判斷難以釐定，也體現在不同文化的對照上。美國學者傑・吉列斯比在概述前任國際比較文學學會主席邁納的觀點時說：「在當今世界主要的幾個文學體系中，並不存在共同的文學價值觀。在某些體系中被奉若神明的詩學觀念在其他體系中根本未被提及。……自亞里斯多德至德里達以降的西方文學和文化觀念並不具有普遍性。」[5] 我們同樣也可以說，中國古代關於文學的一些認識也不會被中華文化圈之外的文化自動接受，甚至嘗試用中國古代的文化價值標

5 見樂黛雲、張輝編，《文化傳遞與文學形象》（北京大學出版社，一九九九年），頁八。

準來詮釋西方文學等作品時，會感到無所適從。這種情況的存在，有些學者思考理論本身的局限，認為理論應該覆蓋到自身文化以外的文學。其實不應該這樣思考，文學作為人的創造物，它本身就是一種價值的體現，而價值的座標在文化中設定，外來文化的某種理論理所當然地沒有進入到當初文學價值設定的視野，那麼，當研究中採取外來文化的眼光來觀照，感到不適應是正常的。這裡不能簡單地以某種價值座標來衡量另外一種座標中的文學，而是要在對話中達成交流。

價值理性涉及價值判斷，但是它也和認知有關。有這樣一個例子，張中行曾經對他遇事存疑的態度有一個解釋：「我想起了一個故事，德國的小學教科書說打敗拿破崙完全是德國人的力量；英國的小學教科書說打敗拿破崙是英國人的力量。羅素主張把這兩種小學教科書放到一塊兒讓孩子念。有人就擔心，說你這樣讓孩子信什麼呢？羅素說，你教的學生他不信了，你的教育就成功了。」[6]這裡「打敗拿破崙」是歷史的事實，拿破崙的對手包括德國和英國，而且也可以說它們充當了其中的主力，在此可能都沒有異議。在這樣一個事實層面之外，則德國和英國誰的作用更重要就產生分歧了。這種分歧的合理性在於，有一句老話叫做「壓垮駱駝的最後一根稻草」，如果一匹駱駝可以承重三百斤，在已經達到了這樣的重量後，駱駝的身體就達到了可以承受和不可承受的臨界點，這個時候再到駱駝背上加上一根在平常看來微不足道的稻草，就可能使駱駝倒下。在加上稻草之前，駱駝可以正常行走；加上之後，駱駝趴下了。在此情況下，我們可以說加上的稻草成為決定性的因素；我們也更可以說，其實在稻草之前加上的重量才是駱駝倒下的真實原因。如果駱駝問題就是這樣複雜的話，那麼「打敗拿破崙」的歷史事實涉及到的歷史原因多得多，

6 《文化自白書》（北京廣播學院出版社，二〇〇六年），另見「世紀中國」網：http://www.cc.org.cn/newcc/browwenzhang.php?articleid=6277。

複雜性也更大，而且不管德國還是英國所起到的作用都不止「稻草」的因素，那麼產生不同的見解本身就是可以理解的，而且都可能找到那種「稻草」的決定性時刻。在可能產生不同認識的情況下，還涉及到了民族主義情感，本身不易辨析的問題和利害關係糾纏一起，如何判斷那就更難了。

這裡論及的價值判斷問題和空間有關，所謂空間有關也就是人看待事物有立足點的問題，處在不同的立足點會有看待問題的不同立場，而不同立場就會引發不同反應。進一步看，價值問題也是時間性的概念。從工業革命以來，由於技術的不斷進步，已經極大地改變了我們周圍的環境，也改變了我們自身與外界的關係，甚至還可以說改變了我們如何看待事物的方式。事實上，我們完全可以體會到，同樣一篇文章，在電腦螢幕閱讀和捧著書本的閱讀，字句本身沒有什麼不同，可是閱讀中的心理效果可能有區別。電腦閱讀相對於以前只能書本的閱讀來說，就如同書本閱讀之前只能聽人講述，其間差異的確很大。在面對面的講述中，聽者主要精力放在理解說話的意思上，而通過閱讀書本，離開了講述的「氣場」的壓迫感，就可以把自己置身於一個懷疑者、批判者的位置；而在電腦閱讀中由於螢幕閃爍或者亮度的耀眼，閱讀顯得緊張吃力一些，也是難以獲得書本閱讀的那種效果的。這一方面比較突出的情況是近年大行其道的電視講座，講座的宣講人面對的是沒有經過專業訓練的普通觀眾，那麼講座在觀眾中的影響力就可能和學科領域的評價大相逕庭。觀眾有可能把電視上的評書講述的標準和電視講座的內容混淆了，而從專家角度看，它是一種娛樂元素大於專業性質的講授。

在價值評判受到了空間和時間因素的影響之外，它其實也是整個文化環境變化的縮影。喬納森・卡勒曾經表達過一個觀點：「應該承認，文學研究的出發點並不僅僅是語言，特別在今天，它是一套印刷成書的寫成的文本。」[7] 從文學研究角度看，所謂文學並不是一個給定的事實，從「語言藝術」角度理解文學

7 〔美〕喬納森・卡勒，盛寧譯，《結構主義詩學》（中國社會科學出版社，一九九一年），頁一九八。

當然是應該的，可是語言藝術不是僅僅是語言表達的事實層面，文學的表達包含了想像。這些想像的內容包括作者的想像，也包括文學接受過程中讀者和批評家的想像；它有個人想像的成分，也有基於文化和傳統的、被誘導出來的成分。總體來看，它們都有社會、文化的影響。在價值評判中，所面對的不只是被評判的對象，而且對象與評判的價值框架一起進入評判者的視野。

還應該說明，價值評判需要認知理性的積極參與，即價值的權衡問題也包括了認識成分，但是，心理成分等其他方面也有很大的作用，而這些心理方面的因素在認知理性的角度不被重視，甚至被有意驅逐。布爾迪厄認為，在一次政治集會中，五十個恰到好處的遊行者在電視上表達了五分鐘，如果它被全球直播的話，其影響不亞於組織了一場五十萬人的大遊行[8]。通過簡單的算術我們知道，五十人和五十萬人的比值達到了一萬倍，在算術意義上當然五十萬的影響力大。可是「全球直播」這樣一種傳播方式有著強大的槓杆效應，本來圖像就可以給人感官印象，而且直播的方式提醒觀眾的是事件的當下性，而當下的問題更能夠引起強烈關注。作為對比的五十萬人的大遊行如果只是在第二天作為報紙的新聞報導出來的話，那種震撼感就遠遠不能與之匹敵。假如採取新聞封鎖根本就不報導的話，則一方面事件的當下影響力不能體現，而另一面人們就會傾向於相信各種流言，而流言的多樣性和傳播過程中對於事件真相的扭曲，也可能產生各種難以預料的影響。

8　［法］皮埃爾・布爾迪厄、漢斯・哈克，桂裕芳譯，《自由交流》（三聯書店，一九九六年），頁二二。

現的。

三、對話理性——文學研究的粘合劑

文學研究的理性體現在認知和價值判斷的思維中，同時它還體現在一種對話關係中。所謂對話，並不是因為在文學研究中意見分歧需要通過對話的方式來調解，而是因為文學本身就是在對話的框架中呈現的。

文學不是一個單純的事實，而是一種複合的存在。這種複合就在於，理解一篇作品的內涵，往往需要另外的作品來補注，這樣也就是作品之間的互文關係，也可以說作品之間具有對話關係。譬如李白的《早發白帝城》：「朝辭白帝彩雲間，千里江陵一日還。兩岸猿聲啼不住，輕舟已過萬重山。」要比較好地理解這一作品，應該結合到李白在此前寫的《上三峽》：「巫山夾青天，巴水流若茲。巴水忽可盡，青天無到時。三朝上黃牛，三暮行太遲。三朝又三暮，不覺鬢成絲。」其實兩首詩寫作的時間都在同一個月，不同的是，《上三峽》寫於李白被流放的途中，心情低落的李白在三峽中感到了強烈的壓抑感。而就在稍後幾天李白得到了朝廷大赦的消息，這樣李白就不用再去流放地，他可以回家了。李白在這樣短短幾天時間中心情發生了很大變化，由極度的壓抑轉為狂喜。前面所引的兩首詩就是這兩種心情的真實寫照。我們可以說，閱讀《上三峽》可以更好地理解《早發白帝城》，而閱讀《早發白帝城》又可以更好地理解《上三峽》，兩者相互作為對方的閱讀背景材料。兩者的相關性就是互文關係，即相互是對方的背景文本。當這兩首詩作寫成之後，它們就成為了各自獨立的作品，那麼文學研究可以而且應該恢復它們原先存有的相關性，即其中的一首詩可以對另外一首的理解產生輔助作用。對其中任何一首的理解都可能有助於對另外一首的理解。可以說，這樣一種思維建構了兩首詩作之間的對話關係。

對話理性的實質在於，它一方面是理性的，另一方面，它又不是一種單純的理性。西方社會自文藝復興以來，從中世紀信仰至上的信念轉向了理性的至尊地位。中世紀宣揚的是信仰得救，即一個人信仰了基督教靈魂就得救了，生活中的其他問題都不如這一點重要。文藝復興之後的主導觀念則推崇理性作為核心的知識，所謂知識就是力量。文藝復興改寫了人的核心觀念，這種改寫的軌跡在今天也依然適用。但是我們可以思考，文藝復興所推崇的理性是一種思維者立場出發的理性，它強調思維主體的中心。問題在於，不同的人在思維過程中會有各種不同的立場，而這些不同立場在同一思維規則下，也會有看待問題的不同角度和評價態度。這樣就有必要建立一個不同主體在思維上的對話平臺。或許可以這樣來認識，文藝復興尤其是啟蒙運動建立的理性，從單一立場出發，即假定某一認識者的立場所建構的認知原則，可是在實際的生活中，不同的人都有各自不同的立場。假如只是強調個人作為主體的一面，就會出現一個狀況，即不同的人都以自我的立場為中心，當不同的人發生了認知的和判斷的歧異時，他們只會想到自己思維上的邏輯是否合理，而不去反思自己的「合理」與別人的合理之間的關係。對話理性實質上就是構建一個協力廠商，在協力廠商的基礎上分別考察各自的理性的立足點，從而達成一種「談判」的結果，也許雙方都並不主張這種結果，可是，畢竟它可能是雙方能夠付出最少代價、而且可以進一步對話的平臺。

當我們論說這種對話理性時，其實痛切地感受到，正是它的缺失，導致了我們文學研究領域的偏頗乃至缺乏建樹。中國的文學研究學科源於西學東漸的大背景，這一背景下，強調西方學術的規範性，這種理路在自然科學方面理所當然，可是人文社會學科不能照搬。在對比中西不同的文學研究之後，陳獨秀等代表的「五四」文學先驅，批評傳統文學研究「有假定而無實證」、「有想像而無科學」[9]，這應該也是事

9　陳獨秀，《敬告青年版》，《青年版雜誌》第一卷第一號。

實，可是它不應該成為價值評判的依據。實際上，所謂「實證」的精神是近代科學建立時才形成的傳統，在歐洲中世紀之前，歐洲也並沒有什麼實證精神。亞里斯多德在兩千多年以前提出的落體速度和該物體的重量有關，越是重的物體下落速度就越快，這種認識成為了一代又一代人跨越時間的「常識」，後來的比薩斜塔實驗證明大小鐵球同時落地，就是針對亞里斯多德觀點的挑戰，這在當時是轟動一時的實驗。一種錯誤認識成為了常識，而且在兩千年時間沒有人提出反駁，這表明了歐洲也沒有實證精神。回頭來看中國古代的傳統的文學研究沒有實證，根本不是特性而是一種普遍性的體現。以此來說明中國傳統的文學研究的落後，是沒有道理的。這裡其實需要一種對話的機制，即傳統的文學觀和文學研究往往以一種定論的方式來陳述，甚至就以一個預設的前提作為目標，論證就圍繞該目標進行，新的思考和發現的道路沒有被提上日程。

對話理性是一種在研究過程中需要得以落實的，但是還應該看到它實際上更需要自覺的認識、自覺的意識作為基礎。新小說派創作和理論的宣導者薩羅特曾說：「過去，讀者和作者通過小說中的人物相互瞭解，並且從這個牢固的基礎出發，一起共同致力於新的探索和發現。可是現在，由於他們對小說人物採取懷疑態度，彼此之間也不能取得信任，結果他們在這被破壞了的領域中相互對峙。」[10] 薩羅特的意思就是說，在文學研究中，讀者通過閱讀作品，在讀者和作者之間架設了對話的可能，這種對話貫穿在讀者閱讀整個過程。「新小說」的表達，採取了一些特殊的方式，諸如拼接方式的閱讀，由讀者自己自由地組接小說的前後秩序，這樣的閱讀等於取消了作者在讀者閱讀事先的發言；或者說作者的發言只是在讀者的安排之下，作者地位的變化也就消解了已經存在多年的作者與讀者關係的基礎。

10 薩羅特，《懷疑的時代》，胡經之主編，《西方文藝理論名著選編・下卷》（北京大學出版社，一九八七年），頁二三八。

對話理性的實現還和傳媒的表達有關。在遠古只有口傳文學的時代，文學依靠面面相對地講述才能傳播，這樣就需要聽者集中注意力聽取講述內容。書面文學出現之後，讀者可以對文本反覆閱讀，可以對其中的某些細節逐字逐句地推敲，甚至還可以如晚清文人譚獻所言：「作者之用心未必然，而讀者之用心未必不然。」[11] 讀者可能在作者有意表達的基礎上進行發揮和引申。在印刷術大規模地應用之後，書本成為了文化傳播的主要管道，對於其中經典性書本的研究成為一種職業，在這種情況下讀者閱讀就可以有較多的思考，「讀者之用心未必不然」體現出可能超越了作者思考的範圍和深度。而在電影、電視、網路等為代表的電子傳媒進行的表達中，情況就一如以前的口頭表達的狀況了，如丹尼爾・貝爾所說：「印刷不僅強調認識性和象徵性的東西，而且更重要的是強調了概念思維的必要方式。視覺媒介——我這裡是指的電影和電視——則把它們的速度強加給觀眾。由於強調形象，而不是強調語詞，引起的不是概念化，而是戲劇化。」[12] 讀者閱讀本身思考的缺失是一個方面，另外一個方面，少數有思考能力的人也通過大眾傳媒表達出批評的意見，於是原先只是作為讀者個人的、即時的反應，現在通過媒介大範圍的傳播，可能成為普通讀者的集體反應。對話不是在作者、讀者之間，而是在傳媒的平臺，作者表達和職業批評家反應之間。這樣的對話理性在實施中已經高度集中化，缺少了個人的參與感，某種程度上它就成為大眾傳媒批評者所警示的媒介的法西斯。

文學是說不完的話題，圍繞文學的研究本身也是多姿多彩的。面對這種變化紛呈的狀況，理性地看待是一個學科尺度，而對看待的理性再進行理性的分析，則應該是學者的一種學術立場。

11 譚獻，《復堂詞錄序》。
12 [美]丹尼爾・貝爾，趙一凡、蒲隆、任曉晉譯，《資本主義文化矛盾》（三聯書店，一九八九年），頁一五六——一五七。

第二節　文學接受中非理性因素的作用

文學接受作為文學活動的一個有機環節，在文學研究中已經得到前所未有的重視，接受美學、讀者反應批評等理論系統對此問題有了詳細的、開創性的闡釋。另一方面，文學活動中，人的無意識層面的意義也得到了較多的論述。通過精神分析批評、原型批評等理論，無意識作為創作的一種精神來源，尤其受到了創作者的普遍認可。也就是說，以無意識為代表的非理性因素在文學中的重要性得到了普遍關注。可是，再進一步看，人們往往只是以一種理性的眼光來看待文學的接受，這裡可能有以前對於非理性的歧視性態度在產生作用，即論證文學接受在整個文學活動中的重要地位時，如果不和比較傳統的觀念發生衝突，則至少在論證過程中就可以少一些麻煩。那麼，我們現在應該指出，這種對於文學接受的非理性因素的漠視，已經成為深入理解文學接受的一個障礙，現在應該「理性」地分析「非理性」在文學接受中的重要意義了。

其實，文學接受的非理性並不是說文學接受是無事生非、胡攪蠻纏的過程，而是說，文學接受並不是數學意義上的文本表達和讀者意識之間的一一對應，它作為一種再創造，具體的實現不是可以預期的，不是可以依靠邏輯就能夠推導出來的，而邏輯的推導本身屬於理性的一個基本屬性。當邏輯的推導有力不從心的狀況時，我們就可以在兩個不同方面進行思考，要麼是我們自身所掌握的邏輯能力不足，要麼是這種邏輯在對象面前不適用。那麼，邏輯能力至少在其他問題上還沒有出現這樣的矛盾，所以理所當然地首先需要考慮邏輯的適用性。

一、理性的盲區

理性是人類，尤其是近代以來人類所取得的最偉大的成就。文藝復興所開啟的近代歷史，是一部高揚理性的歷史。這樣一部歷史可以從三個階段來認識。

第一個階段，人類掌握了語言，通過語言的方式，就可以在符號層面把握現實。這種把握，也可以說是一種組織方式，即可以從多種不同角度理解現實世界，而語言所描繪的世界本來也就是這樣多種層面之一。可是語言的帝國一旦建立之後，就對其表述範圍之外的其他的可能形式形成一種排斥。所謂語言是思想的直接現實，語言之外的也就是思想之外的。——這一階段的變化使得人成為生物世界的優勢者。

第二個階段，人類發明了文字，並且通過文字的記錄就可以把個人的經驗納入群體的記憶之中，代代承傳。這種群體記憶相當於建立了一種文化的基因，也就是說通過文字紀錄，前人的經驗和思想可以傳給後人，不需要後人再重新在最初的基點起步。在生物進化意義上，人類幾千年的時間段完全可以忽略不計，可是幾千年的文明史則使人跨越了很高的臺階，前人的夢想甚至可以在今天變為現實。——這一階段的變化使得人成為生物世界的主宰者。

第三個階段，在語言、文字表達、記錄和傳播的基礎上，人還把自己的思想傳達出來。文字的價值還不只是再現現實，關鍵在於它可以構造現實。人可以通過一定的語言或者其他某種指令要求所豢養的狗做某件事，如行走、雙腿站立等等，可是狗再聰明也只能在人的規定中行事，而人則是規定的制定者。譬如「假定在教堂裡脫帽表示尊敬，它就真的成為禮貌行為的標誌」[13]。人的規定成為人所生活現實的一部分，而且隨著社會的發展，這種人為的意志越發重要，現在經常看見的虛擬實境，其實就是人為的重要體現。——這一階段的變化使得人成為生物世界的創造者。

通過理性，人達到了遠超所有其他生物的發展水準。如果說在宗教領域中，上帝是人類的主宰；那麼在現實領域中，人則是其他生物的主宰，人也是自己生活環境基本條件的主宰。但是理性取得了輝煌成就的一面之外，理性也就可能如語言那樣，它也成為一種遮蔽事實的力量。我們以最能夠體現理性的哲學的表述來看，也可以見出端倪。羅蒂指出：「決定著我們大部分哲學信念的是圖畫而非命題，是隱喻而非陳述。……如果沒有類似於鏡子的心的觀念，作為準確再現的知識觀念就不會出現。沒有後一種觀念，笛卡爾和康德共同採用的研究策略——即通過審視、修理和磨光這面鏡子以獲得更準確的表象——就不會講得通了。」[14]在這裡作為例證來說明問題的恰好就是理性哲學的代表人物笛卡爾，而笛卡爾是以「鏡子」這樣的比喻來說明人的認識的，通過這樣一種比喻關係，不只是通俗表達對問題的看法，而且還是對問題的入思方式。這似乎是矛盾的、奇怪的，可是事實就是如此。

理性就如同一條貪婪的巨蛇，它龐大的胃口把許多東西都吞噬進去，可是，理性不管如何膨脹，始終有一個明確的界限不可逾越——即哥德爾定律所揭示的，任何系統不能自身證明自己的合理性。更通俗地說，不能有同義反覆。打個形象的比方，蛇有很好的胃口，在拓樸學意義上，「貪心不足蛇吞象」。如果蛇的胃口彈性足夠好的話，那麼這在邏輯上並不矛盾。可是這樣一條蛇無法吞下自己，因為容納所吞對象

13 〔美〕萊斯利・A・懷特，沈原等譯，《文化的科學》（山東人民出版社，一九八八年），頁二九。

14 〔美〕理查・羅蒂，李幼蒸譯，《哲學和自然之鏡》（商務印書館，二〇〇三年），頁九。

的身體現在不能又成為被容納的對象。理性可以作為人認識和思考的有力工具，可是對於理性自身，則往往並沒有經過多少理性的自我反省。理性可能面臨濫施的危險。

布爾迪厄關於知識偏見的問題提出了見解，他說：

> 我們一旦觀察社會世界，我們就會把偏見引入我們對這個社會世界的認知之中，這是由於這個事實造成的，即為了研究這個社會世界，為了描述它，為了談論它，我們必須或多或少地從這個社會世界中退出來。……這種中心主義的偏見所以會形成，是因為分析者把自己放到一個外在於對象的位置上，他是從遠方、從高處來考察一切事物的，而且分析者把這種忽略一切、目空一切的觀念貫注到他對客體的感知之中。[15]

這裡就是理性的分析和理解問題的關鍵所在。理性本來是為了更好地認識對象，而為了達成這個「更好」，就需要遮罩人的日常感性經驗的內容。可是這樣做的結果是，對象脫離了和人接觸時的面貌，這種認識或許是客觀的，但是，它至少並不全面。桂林山水屬於喀斯特地貌，它之所以秀甲天下，是因為桂林山水符合人的審美取向，也就是所謂的風景如畫。如果把其中涉及人的因素去掉，那麼桂林山水作為喀斯特地貌算是石灰岩溶蝕的體現，某種意義上是水土流失的結果，那還有什麼意思呢？

涉及到與人發生一定聯繫的對象時，單純的理性觀點就已經顯示了片面性，那麼結合到人的心靈領域就更是如此了。回到文學研究的領域看，「當代西方人本主義文論認為，傳統的科學理性遠遠不足以認

15 [法]布爾迪厄，包亞明譯，《文化資本與社會煉金術》（上海人民出版社，一九九七年），頁一〇二。

識整個世界，尤其不足以認的非科學、非理性、非邏輯的心靈活動領域。如處於自覺意識閾限以下的種種心理活動，如情感、直覺、無意識、意識流等等」[16]。在這樣一些對於現代科學實際上算是一種「黑箱」的領域裡面，理性的思考往往不得要領。這裡一個重要的原因在於，正如匈牙利學者阿格妮絲．赫勒所說：「我們十分清楚，地球圍繞太陽旋轉，太陽並未『躲到』雲彩後面，但是我們的日常生活是從太陽的『升』和『落』，從太陽在雲彩之後的『消失』，而不是從天文學的事實得到的啟示。」[17]可以看到，我們的視覺經驗成為我們理解問題的出發點，這種經驗可能是正確的，也可能是錯誤的，可是它們往往是有用的。我們今天知道砍伐森林可能成為土地退化、天氣惡化的原因，而原始人也可能知道砍伐森林導致長期效果不好，他們沒有氣象學、土壤學之類的知識，於是他們認為砍伐森林可能得罪了山神，導致神懲罰人的罪過，這種巫術形式的思維可以說屬於錯誤認識，可是回顧既往，這種原始思維不就是原始人的生態主義觀念嗎？這種從我們今天的知識系統看來屬於錯誤的認識，其實就是非常有效地對於保護環境起到了積極作用的認識。當理性在對理性之外的意識加以討伐時，其實傳播理性的那些書面出版物的紙張，就恰好可能採自於當年通過非理性意識而得以保護下來的森林。

理性地看待問題是人的一種進步，至少在我們所觀察到的動物那裡，他們是通過本能而非理性達成對事物的認識，而人通過理性就取得了遠遠超過其他物種，甚至也超過人自身的生理稟賦所能夠達到的認識。但是，理性在巨大的成就面前，也會有盲區存在。涉及到人自身活動的領域時，人並不完全依賴理性而採取行動，這種情況在我們考察歷史時經常可以發現，一種歷史過程導致了某一結果，而在另外一個歷

16 朱立元，《當代西方文論概觀》，《益陽師專學報》一九九七年第一期。
17 [匈]阿格妮絲．赫勒，衣俊卿譯，《日常生活》（重慶出版社，一九九〇年），頁五五。

史事件中，相近的歷史狀況則導致了截然不同的結果。這裡的關鍵不是歷史本身的變戲法，而是歷史事件的當事人因為個人個性的差異，在重大事件面前採取了不同的應對舉措，於是就有了不同的結果。事件最初的設計者，會因為在事件發生過程中種種難以預料的因素，最後達成的是他根本就沒有預料到的結果。當年希特勒進攻蘇聯，企圖以此阻擋史達林紅色政權的輻射力量，可是真正的結果則是蘇聯的勢力範圍達到了歐洲中部，其中包括希特勒所在地德國本土的一部分。第二次世界大戰德國作為戰敗國承受了政治上的壓制和經濟上的賠款，可是在這種巨大的失敗下，德國走向了自由的大道，而且綜合國力的強大使之成為歐洲的領頭雁。這裡基本上是塞翁失馬的一個現代演繹。如果要套用德國哲學的表述方式來說的話，那就是「理性的狡詐」、「理性的詭計」。這裡理性的分析態度顯示出一種無能為力的狀況。

二、作為人性之一的非理性的文學表現

如果說理性成為人之所以區別於動物的重要標誌的話，其實人要真正成為自己，還在於人也有非理性一面。我們談論一個人時，如果對方沒有理智，我們會說這還是一個人嗎？可是如果他太理智，我們也同樣會說，這還是一個人嗎？根本原因在於，有理智使得人和動物區別開來；而有感情的方面則使得人和機器區別開來。所謂「記得綠羅裙，處處憐芳草」，是因為所戀對象穿著綠色的裙子，以後因為對戀人的想念，就對綠色的草也充滿好感。那麼從理性的角度看來，這是一種情感的遷移、轉換，裙子和草之間只不過顏色相近，並沒有其他什麼關聯。當事人在理智的層次上明明知道這一點，可是仍然會發生如此的聯想和感情的傾斜。

理性和非理性共同構成了人性存在的面貌。那麼它們也就會在文學中有所體現。其中理性的方面在此暫且不論，非理性的方面則可以從超理性、反理性和無理性三個層次來認識。超理性即形式上還是理性

的，但是這種理性的表達會導致一種悖逆的結果；反理性則在理性的角度看來顯得荒謬；無理性意味著，理性的認識是一種看法，而無理性體現另外一種傾向。以下分別加以剖析。

（一）超理性

超理性是以理性作為背景顯現出來的。這在文學的主題表達中可以看到。海明威的小說《老人與海》，寫了老漁夫聖地牙哥在海上漂泊了八十四天，終於如願以償捕獲到大魚，可是歸途中卻遭遇到群鯊的攻擊，所捕獲的大魚在到達港口之後，只剩下來一副骨架，而這一副骨架是老人曾經獲得成果的一個見證。小說中，老人表達的「你可以打敗他但是不能戰勝他」的意識，使小說體現出一種硬骨頭精神。文學史通常就把該小說定位為硬漢風格。老人的這一行為也可以作為生命意義的過程來理解，就是說，老人雖然最終沒有得到自己的成果，可是在過程的意義上，他證明了自己有能力捕獲大魚，而對於他來說也是自己一生的能力的評價指標。由此來看，雖然大魚最後在海洋的歸途中被群鯊撕咬殆盡，但是剩下的魚的骨架就是他所獲的一個證明，而這就已經足夠了。可是小說結尾一段看似不經意的表達，卻另有意味：

> 那天下午，海濱酒館裡來了一群旅行家，其中一個女人在望著海水的時候，從一堆空啤酒罐和死了的小梭魚中間看見了一根又粗又長的雪白的脊骨，最後面有一條龐大無比的尾巴，當東風把港口碼頭外面的海水不住地掀得波濤洶湧的時候，那條尾巴隨著潮水一上一下地晃來晃去。「那是什麼？」她指著那條大魚的長脊骨問一個侍役，現在那東西已成了垃圾，只等著給潮水沖走了。侍役說，「是一條鯊魚。」「我還不知道鯊魚有這麼漂亮的、樣子這麼好看的尾巴呢？」[18]

18 [美]海明威，《老人與海》，《諾貝爾文學獎獲獎作家作品選》（浙江人民出版社，一九八一年），頁一四三。

這裡，魚骨在遊客的眼中根本就不是聖地牙哥老人一段奮鬥的見證，而只是或許在她看來還有些美感的物體，而這種美感還與第一次看見的新穎感相關；而在侍者看來「那東西已成了垃圾，只等著給潮水沖走了」！我們或許無法否認老人曾經成功的評價，但是我們也同樣難以否認遊客和侍者眼中所得到的印象。如果我們要把聖地牙哥老人自己的看法作為該小說主題的一個方面來理解的話，那麼也同樣應該給予遊客和侍者的觀感以合理的地位，這才是小說意蘊的豐富性的體現。這樣的認識應該不被海明威研究的專家所樂見。但是，希利斯・米勒的一段話可以作為如此解釋的理由：「如果你有眼光去發現那些矛盾的、不一致的、奇怪的東西，去發現那些無法用作品特點的主題性描述來解釋的東西，去發現那些沒有被以往的批評家所強調和重視的東西，那麼你或許就會得到非常重要的發現。」[19]是的，難道不可以這樣理解嗎？這樣理解本身也是理性分析，而它又構成一種在理性的範圍看來悖謬的存在。

（二）反理性

超理性本身也還有理性的襯托，而反理性則拋開理性，或者就直接與理性針鋒相對。這在文學作品的感染性比較強的狀況下更容易發生。它的典型表現是，文學接受中讀者的感受和他自己的思想之間的衝突，讀者在閱讀中似乎被作品所折服，但是在思想的層面讀者幾乎完全與作品表達的意思相對立。梁啟超閱讀《水滸傳》的體會就是一個例證。

他在《論小說與群治的關係》一文中針對小說《水滸傳》說：

[19] ［美］J. 希利斯・米勒，《為什麼我要選擇文學（在中國的演講）》，《社會科學報》二〇〇四年七月一日。

我本藹然和也，乃讀林沖雪天三限、武松飛雲浦一厄，何以忽然髮指？……讀「梁山泊」者，必自擬黑旋風若花和尚。雖讀者自辯其無是心焉，吾不信也。夫既化其身以入書中矣，則當其讀此書時，此身已非我有，截然去此界以入於彼界，所謂華嚴樓閣，帝綱重重，一毛孔中，萬億蓮花，一彈指頃，百千浩劫。

梁啟超對小說《水滸傳》的藝術感染力做了充分肯定，但是，從他的角度看來，《水滸傳》所表達的意識是他所不能接受的。他指出：「今我國民，綠林豪傑，遍地皆是，月月有桃園之拜，處處為梁山之盟，所謂『大碗酒、大塊肉，分秤稱金銀，論套穿衣服』等思想，充塞於下等社會之腦中，遂成為哥老、大刀等會……曰惟小說之故。小說之陷溺人群，乃至如是，乃至如是。」[20]也就是說，梁啟超主張的理想社會是一種有秩序的理性社會，而梁山好漢的作為則是無秩序的，或者說他們也有秩序，即體現為哥們義氣之類的秩序，可是這樣的秩序不能放大到全社會；梁山好漢們宣導一種大碗喝酒、大塊吃肉的生活理想，可是這只是一種「切蛋糕」的方式，而根本沒有如何「做蛋糕」的方案，那麼他們所切的蛋糕也只關注他們所在的群體的分割，不可能作為社會改革的方向。在梁啟超完全否定好漢們的行為的狀況下，他在具體的閱讀中還是受到感染。相對於他的社會理想這種理性的認識來說，小說閱讀的感受就是反理性的。

反理性作為文學閱讀的一種路徑，讀者基本上持以一種質疑的態度來面對文本，可是在文本的魅惑力面前，質疑的態度雖然保持，可是在傾向上多少有動搖，這樣的感受往往更增加了讀者的對抗心理，把自己受到魅惑的感受卑微化，使其成為一種負面的心理經歷，在讀者自己的頭腦中，閱讀感受也被逐出理性的國度。

[20] 梁啟超，《論小說與群治的關係》，見郭紹虞等編，《中國歷代文論選・第四冊》（上海古籍出版社，一九八〇年），頁二〇九—二一〇。

（三）無理性

無理性所體現的非理性色彩不如反理性，畢竟它和理性層面沒有正面的衝突，但是，無理性是以某種場合下理性的缺位，來體現非理性存在的合理。

齊澤克曾經分析過一則在南非發生的新聞事件所體現的意義。當時街頭爆發了黑人暴力示威的活動，於是警察出動加以制止，其中有一位婦女示威者，她在奔逃中鞋子跑掉了，不得已她只好返身撿拾自己的鞋子，這時警察已經到了她的身邊。那位警察出於本能撿拾了鞋子並且遞到婦女手中，這樣一種舉動其實也就是警察所受教育中那種紳士風度的體現，而婦女再逃走已經不可能，於是她也感謝警察並且從容不迫地穿鞋。當婦女把鞋子穿好之後，出現了一種尷尬：如果從警察的職責看，接下來應該他逮捕這位婦女；可是如果從剛才幫助了這位婦女的角度看，馬上逮捕就顯得很不人道，和剛才那種和諧的氛圍不合拍。警察最後所做的是向這位女性行了一個禮，然後轉身離去。齊澤克分析說：

> 警察伸手遞過鞋子，這一姿態的意義已經不再限於身體接觸。白人警察和黑人女士實實在在地生活在兩個不同的社會——符號世界（socio-symbolic universes）之中，雙方沒有進行直接交際的可能。對於任何一方來說，在這一瞬間，將兩個世界隔離開來的屏障被推翻了，彷彿一隻來自某個奇異世界的手，伸向了另一個日常現實之中。[21]

21 〔斯洛文尼亞〕斯拉沃熱•齊澤克，季廣茂譯，《意識形態的崇高客體•中文版序》（中央編譯出版社，二〇〇七年）。

在這樣一個瞬間，警察與婦女的角色定位出現了暫時的空白，他們由社會秩序的維持者和騷亂者的關係簡化為單純的男士和女士的關係。原先追逃的行為在這一瞬間失去了意義。對婦女一方說來，既然鞋都已經跑掉，那麼從逃離角度看顯然就不再可能；關鍵在於從警察角度看，他追到了肇事現場的逃離者之後也還是要讓對方穿鞋，按照他所受的禮儀教育就是要幫助婦女。在幫助行為實施之後，接下來的緝捕行為則一下子失去了行為的可行性。至少從剛才追逃的角度看，則警察後續的行為就不可理喻；而從警察後續的行為看，剛才的追擊則屬於多少有些歉意。職業理性與日常情感兩個方面在邏輯上難以並存，而在現實中卻實在地存在著，這就是非理性的一個典型境況。

這樣的情況在齊澤克的著作中還有描寫。第二次世界大戰期間，蘇德兩軍在戰場上對峙，在戰爭間歇期，蘇軍的戰地文工團到前沿戰壕為兵士們演奏樂曲，也演奏了巴赫的作品。在演奏完畢後，德軍陣地傳來了喊話，希望再演奏一些巴赫樂曲，他們保證演奏時不會開火。這裡也屬於雙方戰爭行為中，雙方理念的一種融合，在雙方似乎你死我活的鬥爭中，還有一種雙方都共同遵從的價值。把雙方你死我活的衝突撇開，這種環境中的默契是可以理喻的，但是從戰爭有時不擇手段講，它屬於非理性。慣常的理性在某一瞬間突然失去了意義，這就是文學接受中可能出現的現象——非理性現象。

三、對文學接受的非理性的理性分析

文學接受有理性的一面，也有非理性的一面。對於其中非理性的一面而言，又有兩個方面的狀況：既有文學本身的非理性因素的作用，也有接受者主觀心理的作用。

這種主觀心理在一般情況下屬於個人的、應該克服的因素，可是從總體看，文學接受總是具有主觀性，而且這種主觀性是文化因素造成的，它是文學接受必然要涉及的內容。當我們考慮到這種主觀因素對文學接受的影響時，就不可迴避地接觸到非理性的方面。

有數量不少的讀者，他們在談及文學時也知道一些最重要的經典性作品，可是他們自己最喜愛的作品則大多不在此範圍。原因在於，經典作品的意義已經被別人詮釋過了，而這種詮釋在當事人看來並不是真正能夠感動他們的；而作為普通的讀者，自己又沒有能力，沒有相應的知識儲備來做出合乎自己要求的詮釋，於是從經典作品中不能得到多少由衷的感動。在一定意義上，閱讀經典不是為了獲得文學享受，而是為了在一定社交場合獲得交流的談資，它成為一種文化品位的包裝形式。現實的情況是這樣，正如斯托洛維奇所說的，在和經典文本的交遇中，當事人往往得不到自己的真實感受。「如果代替這一切的是對怎樣創造藝術作品的問題做純理性思辨的理解，『按層次』分放它的所有成分（確定它的人物是什麼社會力量的代表，拆開情節安排，分析結構組成，闡明用什麼語言手段描繪肖像和風景），那麼生動的藝術感知還有什麼可剩下呢？幾乎一無所有！這就是有時連世界文學的傑作也在學校中『失之交臂』，使學生無動於衷，甚至引起他們反感的原因之一。」[22]或許也可以說這是教師在講授過程中不得要領，可是捫心自問，有幾個人對文學的感動是按照老師所引導的方式閱讀而且還真正獲得過藝術享受呢？如果多數的情形就是這樣，那麼有什麼理由要假定所謂理性方式的引導就是最有效果的呢？

文學接受的非理性作為一種客觀化的存在，其實也和人的理性中有著當事人難以正視的內容有關。尼日利亞的批評家齊努亞・阿契貝（C. Achebe）對於康納德小說《黑暗的心臟》[23]提出的質疑就是一個例子。該小說作為康納德的重要作品已經某種程度上被經典化了，小說描寫一位歐洲探險家沿著剛果河進入

22 ［蘇］列・斯托洛維奇，凌繼堯譯，《審美價值的本質》（中國社會科學出版社，一九八四年），頁二八二。
23 約瑟夫・康納德，智量譯，《黑暗的心臟》（四川文藝出版社，一九九六年）。

非洲叢林的故事，其中表達了人性的陰暗面。這裡「黑暗的心臟」既是指黑非洲，也直指人的心性，有象徵的特點。齊努亞・阿契貝認為，該小說其實是以非洲的外來者的姿態來看待非洲，把非洲的所謂野蠻的想像具像化了，在思想上體現了一種殖民話語。小說中的非洲驚魂事件，把非洲人膚色的黑與恐怖落後聯繫在一起，又和人性的陰暗面聯繫起來，這種種族歧視的態度在當今文明中已經不多見，在一般的體面的人那裡也不會公開承認，可是小說通過叢林歷險的故事就可以比較方便地表達出來。如果齊努亞・阿契貝這一分析有道理的話，那麼該小說就是一種無意識的流露，而無意識屬於非理性範疇。

非理性作為文學接受的一個方面，還可以體現為一種文學史的變化軌跡。這裡的體現在於，人的理性趨向於規劃，一個事件的結尾往往在事件的起初甚至更早就已經被「設想」，後來的結果可能並不是當初所「設想」的，但是，「設想」是當事人作為行為的依據。文學接受卻並非如此，作者如何設想與讀者如何接受可能風馬牛不相及。特里・伊格爾頓曾說：「一部文稿可能開始時作為歷史或哲學，以後又歸入文學或開始時可能作為文學，以後卻因其在考古學方面的重要性頁受到重視。某些文本生來就是文學的，某些文本是後天獲得文學性的，還有一些文本是將文學性強加於自己的。從這一點講，後天遠比先天重要。重要的可能不是你來自何處，而是人們如何看待你。」[24]這裡體現的問題的確是普遍的，一方面，所寫的文本算不算文學？另一方面，所寫的文本在何種意義上屬於作者，何種意義上屬於創作時對作者提出要求的人，這種要求可能在文本上就有所體現；另外，人們對該文本的理解有時可能受到了批評家的引導，關於文本主題之類的見解很可能不是讀者自己思考的結果，而是批評家以及課堂教學中教師的講解所傳達的

24 ［英］特里・伊格爾頓，劉峰等譯，《文學原理引論》（文化藝術出版社，一九八七年），頁一一。

意思。當人們閱讀文學被說成是理性主導的行為的時候，那麼閱讀本身在這樣一個語境下就有非理性因素的支配性影響力，理性又如何發揮作用呢？

凱西爾曾經表示：「科學意味著抽象，而抽象總是使實在變得貧乏。事物的各種形式在用科學的概念來表述時趨向於越來越成為若干簡單的公式……但是一當我們接近藝術的領域，這就被證明是一種錯覺。」[25]這裡一般的理解是，在藝術的領域中，不是進行抽象的理解，而是在形象中進行理解。問題在於，如果僅僅把藝術定義為這樣的狀況，那麼並不能說明諸如觀念藝術之類的流派。關鍵恐怕還在於，在科學、哲學一類的思維中，思維活動是理性主導的，甚至排斥理性之外的因素的，而在藝術和文學領域，則非理性的活動也保留了參與的權利。非理性活動也許在給予人的知識方面並沒有多少積極意義，但是人作為主體也不是單純的接受資訊的機器，人需要在各個層面滿足自己的主觀需要，那麼非理性的方面就是這需要的一種反映。

非理性作為人的精神活動的一個方面，它並不是什麼毒蛇猛獸，因此也就沒有必要忌諱它的存在。從根本意義上講，非理性之所以在一些理論家那裡受到漠視或者排斥，從個人的原因上看，是由於希望理論能夠覆蓋到文學各個方面，而在非理性的領域，則理論思維顯得力不從心，實際上恰恰就是理論家自己未能正視文學現象，一廂情願地以為自己的那種所謂理論，可以推廣到作為研究對象的文學的各個層面，其實這種認識本身才是非理性的。另外，還可以從歷史原因尋求答案，自文藝復興以來，逐漸出現學科建立和專門化的過程，在這一學科建立的歷史階段中，一些學科尤其是自然科學的研究，它主要通過研究對象客觀化以及研究的數量化把握的方式，而這種把握需要把對象的不確定性作為特例，移出研究的

[25] [德]凱西爾，甘陽譯，《人論》（上海譯文出版社，一九八五年），頁一八三。

視野，也就是說，研究的只是那些可以作為常態來把握的對象，這樣的話，非理性就不是合乎條件的對象了。現代學科是在西方的學術背景下形成的，而西方學術的邏各斯中心主義從古希臘就開始取得統治地位，邏各斯的學術思想需要一以貫之的論述，這種要求在理性領域比較方便進行。可是在非理性活動中，思維呈現為強烈的跳躍性，基本上難以貫徹，因此在主流形態的學術思想中，大多對此置之不理，甚至多加排斥。

我們沒有必要宣導文學接受的非理性的一面，甚至也並不認為非理性的接受就一定優於理性的把握，問題只是在於，我們需要正視它的存在，對它也進行理論的探討。

第三節　文學研究的價值尺度

文學有一些基本的價值尺度。對於文學與生活的關係而言，需要真實性；對於文學與讀者的關係而言，需要情感性；對於文學與社會的關係而言，需要思想性，等等。而文學的有關尺度最終還必須落實在審美的基點上。

這個基點如果按照中西文學進行分類的話，那麼傳統的中國文學，也包括中國文化圈諸如日本、朝鮮的文學，以意境作為尺度；西方文學，包括整個歐洲文學以及與《聖經》文化有關的中東文學則以典型作為尺度。也許傳統文化中的文學以這兩種尺度基本上就可以概括了，然而，當今文化態勢下又有了新的不同於意境和典型的尺度。以下試分述之。

一、中國傳統的文學尺度——意境理論

唐代，意境概念應用於文藝領域，但是意境概念的原初含義至少可以逆溯到魏晉時期。東晉顧愷之關於繪畫的形神之辨，提出「以形寫神」，就是對意境的表達。南朝謝赫的繪畫「六法」是對意境的進一步描述。唐代，意境已經成為評價意境品位的基本尺度。關於意境的概念有多種解釋，分別可以簡括為「意和境」、「意之境」、「意化境」等等，這裡不做進一步展開。李澤厚在《「意境」雜談》一書中曾經指出：「『意境』和『典型環境中的典型格』一樣，是比『形象』（『象』）、『情感』（『情』）更高一級的美學範疇。因為它們不但包含了『象』、『情』兩個方面，而且還特別揚棄了它們的主（『情』）客（『象』）觀的片面性而構成了一個完整統一、獨立的藝術存在。」[26]這個解說對於我們理解意境的重要性有著參考價值。意境作為重要概念，則難以下一個定義，大致可以描述為：具體有限的藝術形象中營造出情景交融、虛實相生、韻味無限的藝術境界，在可以言傳的意象中力圖揭示出妙不可言的藝術魅力。

中國文學和藝術的意境特性應該說不只是中國文化所獨有，實際上一切優秀的文學藝術作品都有意境特徵，就像中國經典性的文藝作品也可以體現出西方文論宣導的典型性一樣。然而，有此特徵與將此特徵作為美學追求畢竟是兩回事。意境作為中國美學的理想境界，在思想資源上得益於佛老思想在魏晉時代的盛行。其中道家思想的懷疑論，對於語言表達的準確性是有保留的。所謂「道可道，非常道」，認為真正的深層道理，作為道理本身的至道是難以言傳的；而佛教學說的「空」，從根本上就把意義世界傳達現實

26 李澤厚，《「意境」雜談》，《美學論集》（上海文藝出版社，一九八〇年），頁三二五—三二六。

的實在性否定了，這樣，藝術描寫現實的可能性，基本上轉到藝術描寫與人內心世界同構的可能性上。意境概念突出以形寫神的「神」，並且要求以形馭神，就可以看到這個思想的基本影響。

意境作為中國文藝的一種追求目標，從文化層面來講，與中華美術的工具——毛筆有相關性。意境理論最初源自繪畫藝術不是偶然的巧合。對此我們可以從徐書城關於中西之間繪畫工具差異的比較中看出一些眉目。徐書城指出：中國的毛筆，雖然也有多種不同的類別，如狼毫、羊毫……等等，但有一個統一的共同性：基本上都用富有彈性（有強有弱）的獸毛製成的一種圓錐形的工具（繪畫或寫字）。它的最前端有一個尖「鋒」（雖也有人喜用無鋒的「禿筆」，但這是一種例外），長長的筆毛構成的圓錐體能蓄含一定量的水，因此，當它飽蘸墨水之後，一次就可以畫出較長的線條而不致枯竭。應用這樣的工具，輕按紙上，便是一個小「點」，重按便成大「點」；順勢拖畫，就成為「線」。應用這樣的工具來畫「線」就能出現粗細的變化。上述這種特性，西方的brush（油畫刷子）是無能為力的。但這樣說也絕不是貶低別人以抬高自己，西方的「刷子」又有它獨有的功能和優點，它不是中國的毛筆所能取代的[27]。

以上是對繪畫的畫筆以及畫法區別的說明，由此可以看到，中國繪畫有輕按和重按的差異，這些差異體現在紙面上就有墨蹟大小的區別，而在筆法上它是「拖帶」的方式居多，用筆的輕重本身就可以表達出書者的心情。而在它的運筆過程中，除了在紙上顯示墨蹟外，這一運動本身就像舞蹈者的舞姿、舞步，成為一種傳達個人情愫的方式。西方繪畫的創造過程不具備欣賞價值，而且有人旁觀是對創作思維的干擾；中國的傳統繪畫則時興當場舞墨，繪畫過程也是畫家與觀眾取得交流的重要途徑。

27 徐書城，《中國畫之美》（中國社會科學出版社，一九八七年），頁一五。

在這樣一種藝術行為方式面前，以過於理性化的、認知性色彩較重的典型（個性與共性的高度統一）來說明它，不一定合適。它固然也可以是典型性的，但是它的典型性是不期然而然的結果，是創作者長期體驗、揣摩生活，醞釀出自己對生活的獨特關注、建構出自身的人生態度之後，在無意識層次上的一種自然的抒發、表達，它的著重點和旨向不是針對什麼而抒發，而是抒發什麼，怎樣來抒發。那些客觀的事物、景物是指涉的對象，但是這些對象只有背景的意義，這是其一。可是反過來說，只是抒發情感，又難以徑直地得到觀眾、讀者的共鳴與首肯，於是就需要有一個客觀的事物、景物來作為對象，這是其二。將這樣相輔相成的兩個方面綜合起來，既寫景寫物又不局限於此景此物，在寫景寫物中暗示了一個作者意圖說明的道理。這屬於意在言外，「超以象外，得其環中」。金聖歎在評《西廂記》中，有一段文字深刻地表達了箇中奧妙：「亦嘗觀於烘雲托月之法乎？欲畫月也，月不可畫，因而畫雲。畫雲者，意不在於雲也，意固在於月也。然而意必在於雲焉。於雲略失則重，或略失則輕，是雲病也，雲病即月病也。」[28]可以說，這裡的描述正是表達了意境概念的精髓，即它是言在此而意兼涉彼，是言諸雲而意更在於月，它屬於暗示的、含蓄的表達。這也不單是繪畫中的狀況，還是中國藝術和中國文學普遍存有的一種美學標準和美學追求。

王國維在《人間詞話》中評述說：「『紅杏枝頭春意鬧』，著一『鬧』字而境界全出。『雲破月來花弄影』，著一『弄』字而境界全出矣。」他這裡說到的「境界」，也就是意境的意思。我們可以思考一下，為什麼這裡的「鬧」、「弄」的字眼就可以「境界全出」呢？

28 金聖歎，《第六才子書・卷四》。

春天體現了勃勃生機，春江水暖，桃紅柳綠，鶯飛燕舞，人歡馬叫，尤其是在中國這樣傳統的農業社會裡，由冬入春的季節變化帶來的不只是氣候方面的改變，而且具有社會意義，這是現在城市生活難以體味的。所謂「一年之計在於春」，「一元復始，萬象更新」，表明了春季在當時生活的重要地位。那麼，春天的景色是作為「景」呈現的，如果採用語言方式描繪這樣的景色，語言表達總是不如繪畫表達那樣直觀；同時，如果直接去寫春天如何如何又顯得直露了，不合乎中國文學提倡的含蓄雋永的藝術風格。因此，「紅杏枝頭春意鬧」中，「紅杏枝頭」是以春天的一個景致撩開了春天這幅畫幔的一角，是實寫；而「春意鬧」別出心裁，不是以畫面而是以聲響表達春天的生機，是虛寫。「鬧」字用在這個景致的描述上看似不妥，但是細細品味又可以看到「鬧」字才確切地表達了春天的抑制不住的活力，它是以聲響效果來暗示畫面效果。至於「雲破月來花弄影」，花不會自己運動，只能是輕風吹拂，花影搖動，而花影搖動在這裡又只有在月光映襯下才能顯現；當雲團遮蔽月光時，這種景色也就不會出現。在朦朧的月光下，影影綽綽可以看到花朵的搖擺，而花朵在地面的投影，彷彿是花朵與影子在進行一場捉迷藏的遊戲。這種擬人化的描寫，單純從寫作方面看，是一種增添作品趣味的方式；而從文化角度看，則體現了中國文化中人與自然之間的和諧共處的關係。作品字面並沒有說出更多的東西，但是留給讀者的想像空間卻是相當充分的。上述例子體現了意境對於藝術的要求。宋代嚴羽曾經說過，好的藝術是「透徹玲瓏，不可湊泊，如空中之音，相中之色，水中之月，鏡中之象，言有盡而意無窮」[29]。如果說前文「烘雲托月」是論畫而兼及文，那麼這裡的言說就是論詩而兼及畫與文。中國的傳統文藝包含了多種不同的文體和文類，還有多種不同的流派，也有相當長的時間跨度，但從意境的角度評價都是可以相通的。

---

[29] 嚴羽，《滄浪詩話》。

二、西方傳統的文學尺度——典型理論

典型理論在西方文藝學一直就是一條重要原理。可以說從西方文論肇始，即古希臘的文論中就有對於典型問題的研討、論述。甚至可以說，正是由於有了西方的典型理論作為參照，中國也才有了意境理論作為文藝學的中軸原理，因為，在王國維之前，意境的概念雖然經由了許多人的論述，但是並沒有自覺到將它作為文藝的基質，也沒有自覺意識到它就是文藝的追求目標、一種中國文藝的特色。在典型的問題上，自從亞里斯多德提出文藝比歷史更為真實的觀點以來，以後的文論家都遵循這條路徑前進。無論是中世紀教會的文藝觀還是啟蒙主義文論的平民文藝觀，無論是從創作出發再來進行理論批評的大家如歌德，還是一直就在理論層次進行研究的大家如黑格爾，都把典型看成文學之所以有價值的重要依據，也是區別不同作品美學品第的根本尺度。

黑格爾從他的客觀唯心主義哲學體系出發，認為世界是絕對精神外化的產物，在各種事物上都可以折射出絕對精神的光芒，他指出：

> ……日常的外在的和內在的世界固然也現出這種存在本質，但它們現出的形狀是一大堆亂雜的偶然的東西，被感性事物的直接性以及情況、事態、性格等等的偶然性所歪曲了。藝術的功用就在使現象的真實意蘊從這個虛構世界的外形和幻象之中解脫出來，使現象具有更高的由心靈產生的實在。因此，藝術不僅不是空洞的顯現(外形)，而且比起日常現實世界反而是更高的實在，更真實的客觀存在。[30]

---

[30] [德]黑格爾，朱光潛譯，《美學・第一卷》（商務印書館，一九七九年），頁一二。

黑格爾的這個表述是從他自己的哲學體系出發得到的認識，該認識也恰恰是西方兩千多年來文藝學的普遍認識。典型理論包括了主觀與客觀、本質與現象、個性與共性等等方面的內涵，這些都是文學研究的學者們注意到了的。但是典型論的核心則在於，它將藝術的典型化描寫與它所描寫的原型、模特之間做了一個對比，即典型具有比實在之物更高的存在價值。因此，從發生學角度來講，藝術典型是源於現實的；可是從功能的、價值的角度來看，典型必須對它的源發點即原型進行改造，由此達成對它的超越。如果說中國的意境理論強調了人與物、情與景之間的和諧和交流的話，那麼典型理論在基質上就表達了一種征服、控制、操縱、權力制衡等方面的關係。中國意境理論推崇和諧，它是對矛盾的消解，這種理論本身就喻示了它的平穩性質，因此從魏晉六朝開始，到清末王國維總其大成，意境理論的內涵並沒有大的變化，無非是研究的角度在廣度和深度上有一些進展。西方的典型理論在理論結構之中有一種緊張關係，那麼隨著矛盾的演變，典型理論本身也有改變，這可以從兩個層面加以說明。

第一個層次是對於典型的要求上。最早的典型理論是強調典型的「類」的特性，即典型表達了普遍共性。亞里斯多德就曾經指出，創作中人物的「性格」必須適合，即男人要像男人，女人要像女人，奴隸要像奴隸，貴族要像貴族，每個人的言行應該切合自己身份[31]。古羅馬文論家賀拉斯則要求：「我們不要把青年寫成個老人的性格，也不要把兒童寫成個成年人的性格，我們必須永遠堅定不移地把年齡和特點恰當配合起來。」[32]在這些表述中，典型不過是某些類型人物或事件的代表，一個典型代表了一個類，典型的抽象性意義成為它的主要內涵。

31 〔古希臘〕亞里斯多德、賀拉斯，羅念生、楊周翰譯，《詩學・詩藝》（人民文學出版社，一九六二年），頁四七—四九。
32 〔古希臘〕亞里斯多德、賀拉斯，羅念生、楊周翰譯，《詩學・詩藝》（人民文學出版社，一九六二年），頁一四六。

到了現代，主要是十九世紀之後，典型的「類」的性質有所淡化，突出的是典型的個體的鮮明性、特殊性。恰如別林斯基論述的觀點：「在一個有才能的人寫來，每一個人都是典型，每一個典型對於讀者都是熟悉的陌生人。」[33] 這裡「熟悉的陌生人」一說，其中「熟悉」在於它的特性是有普泛性的，在社會上有著廣泛存在的依據；言其「陌生」，就在於它是個性化的，對於典型這樣的形象如果僅用類的特性加以概括顯然是不夠的。在典型具體內涵的變化方面，可能是在西方社會原先以部落、村落、社區、領地內部所宣導的集體主義，轉向個人主義的文化價值觀之後，所體現或突出人的個體存在價值的一種話語。

典型理論演變的第二個層次是在典型的對象上。當古希臘哲人提出典型概念時，其所指包含了人和物兩個方面，同時也包括了主觀上的情感意志和客觀描寫的景物。然而仔細說來，典型理論更強調的還是物和景的方面。亞里斯多德總結悲劇藝術有六個重要成分，即情節、性格、言詞、思想、形象和歌曲。在這六個成分的重要性方面，他做了一個排列：情節乃悲劇的基礎，有似悲劇的靈魂；性格則是第二位。按照他看待悲劇的邏輯，悲劇作品中人的行動構成了悲劇中的情節，那麼人不過是完成情節內容的承擔者，他只是手段而本身沒有藝術表現目的的價值。黑格爾在美學思想上卻持有另一種見解，他指出：「我們原來的出發點是引起動作的普遍的有實體性的力量。這些力量需要人物的個性來達到他們的活動和實現，在人物的個性裡這些力量顯現為感動人的情致。」「因此，性格就是理想藝術表現的真正中心，因為它把前面我們作為性格整體中的各個因素來研究的那些方面都統一在一起。」[34] 黑格爾美學與以前的觀點最根本的差異之一，其實體現了西方自文藝復興以來，尤其是啟蒙運動以來，隨著資本主義工商業的興起和發

33　［俄］別林斯基，《論俄國中篇小說和果戈理君的中篇小說》，《別林斯基選集‧第一卷》（上海文藝出版社，一九六三年），頁一九一。
34　［德］黑格爾，朱光潛譯，《美學‧第一卷》（商務印書館，一九七九年），頁三〇〇。

展，個人主義、個性解放思想對藝術表現的新要求。在傳統的農業社會中，人們生活在世代居住的地方，往往以血緣關係作為人際關係的基本紐結，個人首先是家庭內部的成員，其次是作為他所在部族、社區的成員而出現，個人的名譽和利益主要由集體分配。工業革命打破了人的血緣關係在社會基本生活中的優先地位，人們受利益原則驅動，從鄉村走入城市、礦區、港埠，不再生活在世代居住的地方，周遭的人也不再屬於與自己有共同血緣與共同習俗的「集體」。個人生活的相關資料不再由集體所贈予，而由自己通過個人努力爭取。當原有集體的權威式微之後，個人主義就填補了它留下的真空。當我們認識了「性格」的典型性取代情節典型性的重要地位，並且也指出了發生變化的原因後，那麼這個轉向之後又面臨再轉向也就不足為奇了。如果說工業革命喚起了人的自我意識，那麼它在另一方面也壓制了人的自我意識。這表現為，農業社會的生產者是集生產、計畫、行銷、消費等多種功能為一體的。一個農民種植水稻，他從選種、種植、灌溉、施肥到收穫、進倉、食用以及剩餘產品的銷售，整個過程都是他親自參與甚至一手策劃的，生產活動與他的生命過程融為一體。而在工業生產體系中，一個工人只是一條生產流水線上一個局部環節的操作者。某家汽車廠生產的汽車，它所採用的輪胎來自輪胎廠，車殼來自鋼鐵廠，車窗玻璃來自玻璃廠，馬達來自發動機廠，汽車廠本身很大程度上只對上述材料加以組裝，相當於一個裝配車間，而其中的某個生產者，又可能只是做非常簡單的操作。生產者在這種情況下缺乏自己生產產品的感覺，他不過是生產線上的一個附屬品，這裡不需要他在生產活動中思考、設計、盤算，甚至對生產的熱情和想像力完全不如遵守一套固定操作程式那麼重要。對於生產的具體作用而言，也可以說他不是作為一個完整的人，而僅僅作為一雙手、一雙眼睛在活動或操作。生產行為的結果有時是他完全不能明白的，像高新科技產品的生產工人，有些也不知道自己產品的最終實際用途。生產產品的所得不是生產者直接獲取的，他只是通過生產行為得到工資作為勞作的報酬。在這種情況下，人的作用被貶低了，更何況在工業生產中生產者作為人的角色與作為生產線上一個勞動者的角色是分離的。如果他不積極投入工作，則缺乏社會身份的認同感，不能算是一個健全的人；如果他全身心地投入工作，甘願成為生產過程的附屬品，則僅相當於一根傳送帶、一個檢測儀、一把扳手，等等，也不能算是一個健全的人。

西方法蘭克福學派的社會批判理論正是針對這種狀況，對現代社會提出了尖銳批評。在這個人將不人甚至人已不人的境遇中，黑格爾式的性格典型不能完全反映世界的「實體性的力量」。卡夫卡的一些小說，人物只是以一個抽象字母譬如「K」加以表示，作品中也沒有寫出什麼人物的個性特徵。普魯斯特的《追憶逝水年華》，缺乏情節的嚴整和人物個性的刻畫，只是著力展示人物的內心情感。尤奈斯庫的劇作《椅子》在結尾讓大量椅子充塞舞臺，椅子儼然成為劇作中的主人公，這個主人公當然也談不上什麼性格問題。另外一些「後現代」的文藝作品也都不是以刻畫性格鮮明的人物作為己任。這時如果再將典型定位在情節或者性格方面就不夠了，這些新文藝類型完全不是早先的美學所能概括的。由於這些作品也有很高的藝術價值，並有較大的藝術概括性，說它們沒有典型性似乎不妥當，那麼這時的典型就可能體現為一種典型情緒、典型氛圍，或典型人物在生活中能夠感受到，但是又難以說清楚的一些觀念。這就可以說，文學的典型，是由典型情節為主發展為典型性格為主，再進一步演化為典型情緒、典型氛圍、典型觀念等。由典型的理論入手，回顧古希臘以來的西方文學，雖然它們面貌殊異，但是基本上可以由典型塑造這一線索把它們貫串起來。

三、第三種尺度——範疇的多樣性

意境理論和典型理論都可以作為文學史敘述的核心範疇與基本尺度，那麼在這樣兩個方面之外的其他範疇，就是第三種範疇。在這個意義上，「第三」表明了一種序數。進一步說，「三」在漢語中也表示

「多」的意思，就是說，除了可以採用意境和典型的範疇之外，也還可以用其他範疇貫穿文學史，以此作為中軸原理。

關鍵在於，意境和典型這樣兩個範疇都是對文學作品特徵的描述，而文學研究並不僅限於文學作品。這種文學研究的其他方面或者途徑，在M・H・艾布拉姆斯那裡稱為文學批評的諸種座標，除了從文學作品研討文學之外，還可以從作品與世界的關聯，作者的精神狀況，以及受眾對作品的反應這三個方面進行。[35]另外，我們還可以從其他角度理解問題的意義。筆者以前在一篇論文中指出：「藝術分類學認為藝術在展示方式上可以分為兩類：一是以結果為展示對象的靜態藝術，一是以過程為展示對象的動態藝術，前者作為藝術是以其物質的形態穩定地呈現，後者則只有在向他者展示的過程中呈現。」[36]但是以前的整個美學偏重於結果，只是把過程理解為達到結果的必經途徑和手段，於是過程多少被忽略了；而現代的美學理論則強調過程的作用，它的「意義在於，它認為傳統藝術視藝術品為藝術活動的結果，而其實藝術品只是聯繫藝術活動中創作活動與鑑賞活動的仲介，它的存在價值不是在『結果』而是在『過程』的意義上才能確證」[37]。前面分析的意境理論和典型理論都是對於作品特性的論說，這是對於結果的審視；如果換作從過程的角度來審視的話，那就應該關注作者創作和讀者閱讀的行為以及二者的相關性。從這樣一個維度來看待文學，那麼存在著作者與讀者之間的一種話語權力關係。這種維度的文學研究，是文學的話語權力或者文學的話語權力關係。

35 [美]M・H・艾布拉姆斯，酈稚牛等譯，《鏡與燈》（北京大學出版社，一九八九年），頁五—六。
36 張榮翼，《流行藝術特徵論析》，《文藝研究》一九九一年第四期。
37 張榮翼，《流行藝術特徵論析》，《文藝研究》一九九一年第四期。

首先要有作者的「寫」，然後才能說到讀者的「讀」，作者寫作操持著話語的主動權；其次，讀者閱讀也不僅僅是被動的，對於外來者的話語，讀者會根據自己的能力和需要做出自己的解釋和反應，他可能對於外來話語重新分割、組合，再整合到自己的知識系統中。同樣一部作品在不同讀者那裡，可以產生完全不同的意義。由此論之，古今中外的文學就有著「寫—讀」關係上界定的「話語控制——利用話語」的權力關係。美國批評家簡・湯普金斯就此有過一段表述：

> 把語言等同於權力，這至少從修辭學家喬治亞斯(前四八五—前三八〇年，享年一〇五歲？)的時代起就一直是古希臘思想的特徵……一旦人們認為語言對人類的行為會產生巨大影響，那麼掌握它的技巧並對它的使用從道德上加以控制，就必然成為文藝批評首要解決的問題。把詩視作政治力量的這種做法，正說明了柏拉圖何以決定要把抒情詩人和寫英雄史詩的詩人從他的共和國裡趕出去，只有那些把詩歌語言看作可以左右人的所作所為的最高權力的人，才把詩人當作危險人物，必置於流放而後快。[38]

實際上，柏拉圖那種把語言視為權力的認識並不是孤立的見解。古希臘的修辭術就是利用語言來使論辯對手就範的一種「口頭上的武術」。歐洲中世紀只有教會才擁有法定的解釋《聖經》的權力，這也是一種看管書面語言，並且使之成為自己思想見解的保護層的一種方式。孔子告誡其子「不學詩，無以言」，其意思不是不學習詩就成為啞巴，完全不能自己說話，而是認為詩體現了王道、仁政等儒家的思想，並且做出

38 [美]簡・湯普金斯，《從批評史看讀者反應批評與新批評的對立》，《文藝理論研究》一九八九年第一期。

了藝術化的表現，學習詩就可以從中得到思想上的修煉，同時也多少可以培養語言表達能力。假如不去進行這樣的準備工作，一方面在文采上稍遜風騷，另一方面，我們認為，這本身就是抬高話語權力的準入門檻，使得話語權集中到少部分人手中。孔子對於兒子的要求，體現了完全不只是簡單說話的文采問題，而是將來兒子能否獲得比較理想的社會地位的問題。

從過程的角度看，文學體現了一種話語權力的關係。那麼在文學史的不同時期，這些關係的具體內涵是極為不同的。原始先民們的口頭文學也可以表達權力關係，只是具體作用有所區別。這主要表現為兩點：

（一）「命名權力」

如麻雀在二十世紀五十年代的中國，曾經被列為「四害」之一，「四害」的其他成員還有老鼠、蒼蠅、蚊子。麻雀是通過全民動員的運動加以剿滅、必欲除之而後快的對象；後來將牠從「四害」中剔除，另以臭蟲作為替補，「四害」的內涵發生變化，然而麻雀在當時仍然未能夠得到正名。再後來人們已經普遍認識到生態是一個系統，除了老鼠、蒼蠅一類極端危害人類健康的物種之外，其他許多生物不可以簡單地以利害而論。譬如傳統上豺狼被作為害獸看待，可是實際上豺狼也是保護生態平衡的功臣，牠可以使羊群保持一個相對合適的量，從而保持草原的生態平衡，防止土壤肥力的退化乃至沙化，並且也可以提高羊群個體的身體素質，淘汰老弱病殘，杜絕傳染媒介。至於麻雀吃掉一些糧食，這的確是事實，是麻雀對於人的生活的破壞，可是麻雀也吃害蟲，這樣又可以保護糧食。兩相權衡，麻雀的貢獻還是要大於牠的危害。何況麻雀還有生物基因庫的價值。今天許多城市已經出臺護鳥的舉措，其中包括禁止捕鳥，當然也包括麻雀在內。麻雀由「四害」變成全民愛護的對象，這裡的命名就體現了操持話語的人對命名對象的權力關係。通過命名，對於對象或者善待，或者虐待就有了一種合法性依據。

（二）話語的「祈使權力」

話語言說是對於聽者的言說，它除了有著指明對象狀況、針對事實方面的涵義外，也直接或間接地表達對聽者的要求。如上文提到麻雀被列為「四害」類別之一，那麼無論怎麼處置麻雀的性命，聽者都不應該為麻雀鳴冤叫屈；反之，如果把麻雀稱為「鳥」，則就成為動物保護的對象，誰去獵捕就是越軌甚至違法的行為。在這種說和聽雙方的關係中，聽者一方是失語者，這種失語的背後也就是失去話語權力。在日常生活交往中，說聽雙方可能隨時交替，因此權力制衡關係得到一些平衡。當文學進入文字紀錄階段之後，文學的話語權力就被放大了。這是因為：第一，作者一般在閱讀語境中處於不在場的境遇，讀者閱讀活動沒有形成一種雙方的對話，讀者只是單純地聆聽，完全成為失語症患者，權力制衡作用沒有真正發揮。第二，有文字記載的文學可以廣泛而持久地流傳，從理論上講它具有比任何個人乃至朝代都更久遠的生命，這種空間廣度與時間長度放大了言說的力量，所以孔子要通過作《春秋》而使「亂臣賊子懼」，秦始皇的焚書也體現了對文字表達能夠實現話語權力的憂慮，從而由毀壞書籍的方式達到對權力的控制。古代識字者稀少，識字的能力成為社會有身份人物的一種標誌，這些少數人構成的社會集團掌握了書寫和解釋書寫的話語權力，那麼反過來由文字表達的文學也就成為他們權力的體現。在歐洲文藝復興時期，有典雅的宮廷語言和通俗的民間語言作為文學的基本語言的論爭，這裡語言的使用問題背後，是對文學話語權的爭奪。中國古典文學中，也有詩歌和小說文體地位的爭論。小說受到貶抑的原因，既有審美風格等因素，也有文化乃至政治的因素。其中，小說的人物對話滲入了未經汰洗的、不受書面語言規範的成分，多少也侵蝕了既有話語權威系統的穩定性。

由話語權力的關係來看文學史，那麼文學史上的古今之爭、雅俗之辯、繼承傳統與鼓勵反叛的分歧、強調作者自主性和強調社會生活重要性的差異、高揚作品優先地位和認為讀者才是文學仲裁者的論辯、崇尚國粹傳統和嚮往世界大同文學的不同取值、在文學功能方面試圖教化大眾還是為大眾提供娛樂等等論爭，這些問題貫穿到整個文學史，而它們正是話語權力的體現。可以說，這屬於作品美學基礎上的意境論和典型論之外的一種文學研究的尺度。

第七章　文學研究的問題意識與未來意識

文學研究不僅是對文學現象的描述，還需要從問題意識入手，從已經顯現的現象提出問題，然後對這些問題加以回答。當然回答可能給出一個思考的結果，也可能只是提出一種思路而沒有結果，但是合理地提出問題就是一種研究的態度，而且也才能算是研究的思路。問題意識不是憑空來的，而需要一些基本的思維模式，問題意識包括身份意識、轉向意識、媒體意識、對話意識和語境意識五個方面。文學研究的問題意識的形成和落實，對文學研究有重要的借鑑價值。

文學研究要跟上時代的節奏，必須樹立一種自覺的未來意識。未來是被現在所決定的。而現代資訊理論的觀點認為，前代固然可以對後來發生影響而不能後來逆向地影響前代，但是前代是什麼樣子，前代的表達體現什麼涵義，這些完全需要後代加以闡述，由此後來者也獲得了主導地位。當這種思想融入到了學者們的思維模式之後，就可以形成一種有別於傳統思維的未來意識。這種未來意識可以使文學研究的內在構成發生根本性的變化，從而促進研究的發展。

第一節　文學研究的問題意識

文學研究作為一個學科，應該有自身的問題域。這本身是作為學科存在的前提條件，即每一學科的存在本身要面對某些問題，否則就沒有進行研究的必要，而不須研究也就不會形成學科。可是對文學研究來說，這種理所應當會受到一些質疑。根本原因在於，文學研究在很大程度上不是獨立的學科，在中國古代主要受到經學的影響，而在西方則是神學與哲學的制約。近代以來，雖然文學研究有了相對的自由度，研究者可以根據自己的知識、傾向進行思考、判斷，但是他所採用的研究範式並不是自身的，而取自於其他學科。如關於文學的社會屬性方面是社會學，文學的修辭方面是語言學，文學的接受是傳播學等等。在這種情形下，文學研究是各種學科關注文學時的一種交集，而不是一個相對獨立的學科。文藝學作為研究文學的一個理論學科在此局面下就顯得有些尷尬，它作為理論，應該是學科具有獨立身份的理論層次的體現，而文學在事實上處於多種學科掃描的情形下，文藝學的理論身份就成為被質疑的對象。這樣說來，一方面，涉及了文藝學自身的「阿喀琉斯腳踵」；另一方面，則並不是要用懷疑文學研究的不足來否定這種研究的努力。因此相對來看合適的做法是，面對問題做出積極的調整，而不是迴避問題。主要體現為五個重要的問題意識的自覺，它包括身份意識、轉向意識、媒體意識、對話意識和語境意識。

一、身份意識

身份意識是主體對於自身位置的認同感。身份意識可以有個人身份，也可以有群體身份，而它最核心的層面是群體意義的文化身份。文化身份（cultural identity）這一概念有兩個方面需要著重辨析。

第一，文化身份不是在某一當下時刻瞬間獲得，而是通過長期的、在周邊族群的交往中通過相互作用才獲得的，它與民族身份緊密相關。荷蘭學者瑞恩・賽格斯提出：「某一特定的族群和民族的文化身份只是部分地由那個民族的身份決定的，因為文化身份是一個較民族身份更為寬泛的概念。」[1] 這裡文化身份的概念不同於民族身份，關鍵原因在於民族構成中血緣關係占有很重要的因素。就文化身份來說，文化的架構具有決定性意義。譬如在科舉文化時代，每個讀書人就是一個已經實現或者潛在的幹部人選；而在科舉制度之前的南北朝時期，大多實行門閥制度，則以出生來決定人的社會地位，讀書人只是表明了受教育的程度問題。同樣都是讀書人，但是他所體現的內在蘊涵完全不同。

第二，身份（identity）這個詞，包含了兩種漢語翻譯之後的涵義，即身份和認同。身份的意思是比較客觀性的，而認同則涉及當事人的主觀。身份很大程度上代表了社會的定位，身份即社會身份；而認同則需要當事人的主觀同意。這裡就涉及了有時顯得複雜的當事人的狀況。譬如斯巴達克斯這一歷史上的英雄，作為角鬥士他是奴隸的身份，但是他揭竿而起的舉動，顯然是對既有的社會身份的徹底否定。在執政者眼中，斯巴達克斯是一個叛變了的奴隸，而從斯巴達克斯本人及他所代表的群體利益角度看，斯巴達克

1 賽格斯，《全球化時代的文學和文化身份建構》，《跨文化對話（二）》（上海文化出版社，一九九九年），頁九〇。

斯則代表了王朝更替的必然性。作為當事人的斯巴達克斯的身份意義可以有兩種不同說法，就認同的角度看，當事人是完全不認同過去的身份的。身份與認同之間的差異性在此昭然若揭。身份－認同意識，最主要屬於社會學的概念。在文學研究的意義上來說，一方面文學也是一種社會存在；另一方面，文學表達涉及立場、傾向的問題，而立場不是憑空的個人表達，它體現了主體對某些問題的理解角度。

二、轉向意識

轉向問題的提出最初體現在語言轉向（Linguistic Turn）上。這一短語由維也納學派的古斯塔夫・伯格曼在《邏輯與實在》（*Logic and Reality*, 1964）一書中提出，被廣泛認可則在理查・羅蒂所編的《語言學轉向——哲學方法論文集》（*The Linguistic Turn : Essays in PhilosophicalMethod*, 1967）出版之後。傳統哲學只是把語言看成思想和交流的工具，而「轉向」的思路則認為語言不僅是工具，而且還是本體。即人的認識問題很大程度上是語言的問題，語言的表述本身就可能成為問題的根本癥結。一些看起來重大的爭議問題，如果事先澄清語言的用法，可能就不會產生歧義。如獵人圍繞樹上松鼠轉了一圈，從獵人繞樹的過程看，松鼠在樹上，的確也就繞了松鼠一圈；可是松鼠看到獵人之後機警地躲藏，當獵人在樹下繞行時，松鼠也就有意躲避獵人，牠基本上總是在樹幹的另外一面，獵人並沒有圍繞松鼠。那麼是不是圍繞著松鼠，其實就需要看「圍繞」的定義。

轉向問題的提出意味著人們對於學科思維轉化問題的自覺。如果撇開轉向的問題，我們看到的學科變化就是一些具體觀點的不同、一些關注點的不同，而在轉向的意識建立之後，看到的則是更大範圍、更深層次的東西。威廉・蜜雪兒認為：「古代與中世紀哲學的圖景關注物，十七到十九世紀的哲學關注觀念，而啟蒙的當代哲學場景則關注詞語」，當代的哲學思考則關注圖像，他提出了「圖像轉向」的轉變趨勢[2]。蜜雪兒所說的這樣幾個大的階段的差異，很有道理。也有人就此提出，以上幾個階段分別代表了不同哲學的基本趨勢。古代哲學對於物的關注是本體論哲學；而大體上十八世紀的哲學關注觀念，啟蒙主義思想重塑關於世界的認識這樣的宏偉藍圖下，體現了認識論的轉向；所謂當代哲學主要指的二十世紀初期的現代主義的哲學浪潮，它是語言轉向的結果；近年來哲學的圖像轉向，則與當今圖像文化的趨勢相關。

頻頻發生的轉向，可以說是一種客觀趨勢的反映，更可以說是人轉換視角來認識對象的一種自覺。應該說，在人的思維領域中發生的轉向並不是今天才有，當年哥白尼的日心說認為太陽才是宇宙的核心，而不是中世紀教會所闡釋的地球乃宇宙核心，就是一種天體佈局的基本結構觀念的變化，它是一種轉向。相比之下，二十世紀愛因斯坦提出的相對論原理，包含了時間、空間相互關係的解說，在這種時空觀裡面，時間、空間不是牛頓意義的、絕對的量度座標，時間可以被壓縮或拉伸，空間可能被彎曲，物體運動的速度可以使時間發生改變。在牛頓的時空觀裡時空是不可能有這樣的表述的，因此愛因斯坦的時空觀可以說是一次物理學領域的哥白尼革命。

這樣對待轉向的問題，就使新的思想往往不是在原有學說基礎上加以補充、完善，而是常常另闢蹊徑。結合到文學研究來看，德里達在二十世紀六十年代提出的解構主義批評觀，對於傳統意義的思維發出了嚴重挑戰，他提出：「解構不是，也不應該僅僅是對話語、哲學陳述或概念以及語義學的分析；它必須向制度、向社會的和政治的結構、向最頑固的傳統挑戰。」[3]這種思路不僅僅是學科意義的微調，而且是

2　[美]蜜雪兒，《圖像轉向》，《文化研究．第三輯》（天津社會科學院出版社，二〇〇二年），頁一七。
3　[法]德里達，何佩群譯，《一種瘋狂守護著思想》（上海人民出版社，一九九七年），頁二一。

人文領域發生語言轉向，對學科理論往往走向書齋而不關心時事的一種反撥。當年俄國形式主義批評標榜文學的「文學性」，而這樣一種標榜說到底強調文學的相對獨立性。

三、媒體意識

媒體在文學研究中經常被忽視，其原因在於，人們認為文學以文學作品為中心，作品如何表達，決定於作品說的內容和說的魅力。這種理解忽略了作品表達語境對於它的表達效果的影響。事實上，一部作品的好壞固然要看作品本身的表達，也要看這種表達最終以什麼途徑展現。回顧二十世紀以來的文學研究，俄國形式主義率先提出了文學形式不只是作為文學的外觀形式，而且本身成為文學的要素的觀點，這表明了真正意義上的文學自覺。即文學固然可以成為各種用途的手段，譬如政治動員、商業宣傳、文化載體，可是文學還有自己的特性，這種特性並不是說文學的本質就先在地人為固定了，而是說文學作為一種語言的審美事實，它需要在語言的形式審美方面有自身的追求。各時代、各文化圈的文學可能有很大不同，但在語言審美的方面做出努力，畢竟是共同的原則。在俄國現實主義之後陸續登場的各種文學批評理論，在立論上大相逕庭，但是在文學的形式不只是文學的外觀而是文學的規定性這一認識上，大體可以達成共識。如果說文學的語言表達形式是文學的根本屬性，那麼也可以進一步引申，即詩歌、小說的文體形式也是根本的方面。事實上，一種情感採用什麼文體來書寫，一個故事以什麼文體來敘述，這本身也是非常重要的，在很大程度上可以影響到文本寫作的閱讀效果，甚至它所傳達的東西有一部分是由被敘述、被描寫的東西所傳達，另一部分是由敘述和描寫的方式所規定，而這裡的描寫方式最直接的體現就是文體。再進一步看，傳達作品資訊的媒介有很大作用。當一部小說被改編為電影、電視劇之後，它的藝術效果需要重新定位，並不是一部小說的名著改編之後，就可以自動地達成名著的震撼性，它完全可能成為平庸的作品。而編劇、導演可能並不缺乏對於原著的理解深度，只是在轉化為另外一種媒介表達時，必須很好切合新媒介的特性。其實還可以更為直觀地考察，一部已經拍攝完成的電影，在電影院放映和家庭影院的電視螢幕放映，效果就不完全一樣，而如果是電視上的電影節目來播放，也同樣有不同效果。它已經和創作沒有關聯，而幾乎完全是媒介的影響方式問題。文學形式的重要性在今天已經不言而喻，人們對這種形式的內涵的理解，從最初的語言修辭角度擴展到了文體範疇，再進一步又擴展到了媒介範疇。因此，杜書瀛指出：「媒介不僅是『訊息』，它直接就是生產力，在審美價值和藝術價值的創造過程中，媒介融入了價值本體運行之中，成為其價值生長的一部分。」[4]

四、對話意識

當今的學科工作從文藝復興之後，學科分化才得以展開。在文藝復興開啟了學科分化的趨勢之後，原先的相對統一的學問就產生了若干新的學問，而原來的學問框架就是哲學，哲學成為了原先學問的留守處。在此意義上，至今哲學仍然保留了很多先哲們的命題。

從學科歷史角度回顧，古希臘的學術思想是典型的大一統格局，哲學家包打天下，如亞里斯多德的著作，包括今天學科門類的哲學（形而上學）、物理學、政治學、倫理學、修辭學、詩學、邏輯學等等。當時的哲人沒有多少前人思想作為參照，可能自己成為了學科的開創者。在此情形下，他們發表學術見解往

4　杜書瀛，《論媒介及其對審美藝術的意義》，《文學評論》二〇〇七年第四期。

往有我們今天看來就是結論性質的意見，可是，從形式上看，它只是一種未加嚴密論證的看法。亞里斯多德在論述物體自由拋物的運動線路時，認為被拋出的物體沿著一條斜線或者直線向上，當上升的動力耗盡就垂直地下落地面，落體下落路線和地面形成直角。而我們現在是以拋物線來說明被拋射物體的運動。這不是簡單的觀點的變化，而是論述方式的變化。亞里斯多德採取「想當然」的方式提出見解，而現代的學科工作則要有實驗資料作為支撐。文藝復興之後，現代意義的學科開始建立，每一種見解必須有學科規定的論證方式加以論證，還要求接受實驗的檢驗。因而每一學術觀點提出之後就會面臨一個不斷地反覆辯駁的局面。這種辯駁如果取得了一致性的意見，就作為學科的基本觀點，在教育培養學生的環節加以灌輸，它會成為一種非常強大的意見壓力。如果不同於這種意見，往往就會遭遇學科的驅逐，被看成旁門左道。

在現代學科背景下，每一種學術觀點在思想的交鋒中才能得到印證。思想碰撞不只是發生在思想提出之後，而且可能在提出該觀點時，就已經設想到了可能的詰難，或者進一步修補完善，或者尋求解釋對方詰難的辯護理由。文學研究，也有其潛移默化影響力的體現。巴赫金指出：「思想（根據藝術家陀思妥耶夫斯基對它的觀察）並非是一種主觀和個人心理的產物，而『固定居住』在人腦中；不是這樣，思想是超個人超主觀的，它的生存領域不是個人的意識，而是不同意識之間的對話交際。思想是在兩個或幾個意識相遇的對話點上演出的生動的事件。」[5]

單獨來看，強調思想的對話性順理成章，可是要知道在文藝復興之前，其實歐洲傳統並不強調思想，而認為思想是人生痛苦的淵藪，思想者是自尋煩惱，而人生真正需要思考的就交給神父一類智者，他們可以憑藉上帝的神諭找尋真理。到了文藝復興的時候，才有了「知識就是力量」這樣新的觀念，笛卡爾說

5 ［俄］巴赫金，白春仁、顧亞鈴譯，《陀思妥耶夫斯基詩學問題》（三聯書店，一九八八年），頁一三二。

「我思故我在」，把理性的認識論意義延伸到了存在論、本體論來看待，這裡的「思」要求邏輯嚴整，基本上採取一種靜思的方式來達成。可是，人和人之間思考的差異畢竟是一個不能迴避的事實。這樣就有了哈貝馬斯所說的交往理性，即理性作為一個原則並不等於只有一個視角。西方「logos」這一概念，有理性和言說的雙重涵義，某種程度上揭示了理性需要在表達中落實這一客觀事實。古希臘到笛卡爾對理性的認識，把這種言說看成了一種獨語，尤其是因為需要強調理性的內在邏輯，它需要前提和結論之間的一致性，那麼獨語有可能更易於達成思維路徑的連貫。可是，理性的獨語只能貫徹到表達的環節，而在接受環節則必然出現多重理解。哈貝馬斯就此分析說：「一個特殊的問題在於：對方語境的明確與自身語境的明確是有一定的距離的；因為在合作解釋過程中，沒有哪個參與者能壟斷解釋權。對於雙方來說，解釋的任務在於，把他者的語境解釋包容到自己的語境解釋當中，以便在修正的基礎上用『世界』對『我們的生活世界』背景下的『他者的』生活世界和『自我的』生活世界加以確定，從而盡可能地使相互不同的語境解釋達成一致。」[6]

對話意識在文學領域最初的發現，也許是巴赫金的複調小說理論。巴赫金認為，俄國作家陀思妥耶夫斯基的小說是一種複調小說，它不同於托爾斯泰小說，後者小說中的人物雖然也都有自己的思想和話語，可是他們都在作者的總體考慮的安排之中，小說作者成為眾多人物的組織者，實際上作者起到了過濾的作用，即描寫出來的內容都是在不同側面為作者的表達服務。而陀思妥耶夫斯基的小說就完全不同，小說中的各個人物體現出各自的思想、感情、性格，他們同作者意識的表達雜糅一體，呈現為多聲部的效果。這樣，陀思妥耶夫斯基的小說就有各個人物之間的對話性，人物與作者之間的對話性。

[6] ［德］哈貝馬斯，曹衛東譯，《交往行為理論：行為合理性與社會合理化》（上海人民出版社，二〇〇四年），頁一〇〇—一〇一。

喬治・布萊對此也有明確的闡述，他認為批評家的任務是發現作者的「我思」。這「發現」不是通常意義上的發現，即尋找某物而最終找到，因為思想尋找的目標並不在「思想之外」「『我思』乃是一種只能從內部被感知的行為。」所以「既然批評家的任務是在所研究的作品中抓住這種自我認知的作用，那麼，他要做到就必須把呈現給他的那種行為當作自己的行為來加以完成」[7]。

五、語境意識

在上文的對話意識中已經述及語境，對話是在某種語境中發生的，因此，語境意識和對話意識密切相關。語境即話語表達的語言環境。語言環境是理解語義的關鍵環節。同樣一句話，語言環境不同，所表達的意義就會完全不同。文學研究的文本細讀，是對於文本的描寫表達做出符合語境的分析。在語境的問題上，最需要關注的是作者和讀者之間的語境關係，以及讀者之間的閱讀語境差異問題，這兩點都涉及對於文學意義的理解。薩特指出：「當詞兒在作者筆下形成時，他無疑是看見這些詞的，但是他看見的與讀者看見的並不一樣，因為他在把它們寫下來之前就知道它們是什麼了。他寫字時盯住看著，並不是為了要展示這些等待人們來閱讀的沉睡的詞兒，而是為了要控制這些符號的構圖，簡而言之，那純粹是一項規劃工作，在他眼前展示的只不過是鋼筆的輕輕滑動而已。作家既不預測也不猜想；他只是在進行規劃。」[8]作者當然還是希望讀者能夠在他所期待的語境中來閱讀文本，可是當代的閱讀是一個巴別塔工程，每個讀者

7 《世界文論》編委會選編，《波佩的面紗——日內瓦學派文論選》（社會科學文獻出版社，一九九五年），頁六。

8 [法]薩特，《為何寫作》，胡經之主編《西方文藝理論名著選編》（北京大學出版社，一九八七年），頁九四—九五。

都可以從中得出自己的感受，作者只是他閱讀的材料的供應商，而不能期待讀者把作者看成引領進入文本化境的導遊。

語境問題可以在廣義的和狹義的不同角度來理解。一般來看，上下文的語境、作者寫作的針對性、讀者閱讀時的一般背景等屬於狹義的；而涉及文化、歷史一般狀況的方面則是廣義的語境。廣義語境對於一般讀者可能顯得不重要，但是對於專門化了的文學研究則是十分重要的。李歐梵關於中國現代文學和西方文學的一個對比很能夠說明問題。嚴格說來，中國的現代文學是在一種有意識地背離傳統、接近西化的過程中實現的，其中語言形式的現代白話文和文學觀念上西方文學價值觀的沿用是最為突出的表現。儘管如此，以為中國現代文學就是西方文學的漢語翻版那就大錯特錯了。因為，「概括地說，五四以降中國現代文學的基調是鄉村，鄉村的世界體現了作家內心的感時憂國的精神，而城市文學卻不能算作主流。這個現象，與二十世紀西方文學形成了一個明顯的對比。歐洲自十九世紀中葉以來的文學幾乎完全以城市為核心，尤其是所謂現代主義的各種潮流，更以巴黎、維也納、倫敦、柏林和布拉格等大城市為交集點，沒有這幾個城市，也就無由產生現代西方藝術和文學，所以，正如雷蒙•威廉斯所說：西方現代作家想像中的世界唯在城市，城牆以外就只有野蠻和無知；不論城市如何光明或黑暗，沒有這個城市，世界就無法生存。」[9] 城市集中體現了現代文明的成果，並且城市也是現代文明各種潮流的發祥地，包括從技術到思想的各個方面，城市都走在鄉村的前面。歐洲文學把城市作為描寫的主要方面是可以理解的，城市才是孕育各種衝突的集中場域。而中國現代文學與之相反，鄉村才成為主要對象，這是另外一種邏輯在發生作用。那就是，既然城市才是風氣的引領者，而相對於歐美已經處於落後地位的中國，中西之間的差異就相當於

[9] 李歐梵，《現代性的追求》（三聯書店，二〇〇〇年），頁一一一—一一二。

在西方國家內部的城鄉差異。如果說西方國家是城市引導農村，那麼在國際舞臺就是西方國家引導著還沒有進入現代化的欠發達國家。「五四以降中國現代文學的基調是鄉村」的涵義，最根本的內涵在於，五四的一代人，他們希望用自己的筆來達成文學的啟蒙，而這種啟蒙需要寫出中國自身的特點，在國際的定位關係中，農村就成為中國的一個隱喻。瞭解這樣一個語境，才能夠比較貼切地瞭解中國現代文學，才能夠深入理解那些作品更深的層次。

英國學者艾耶爾認為當代哲學和哲學史上最初的哲學相比，並不能說已經解決了當初提出的問題，也並不能保證今人就一定比古代哲人有更為清晰的對於世界的思考，區別在於今人提問的方式以及思路的變化。文學研究也有類似的狀況。是問題意識才使得我們的文學研究可能對讀者、作者有所裨益，而問題意識的提出除了對於細節的敏感之外，需要把握大的趨勢。在過去某個時代，追問《紅樓夢》作者是誰很重要，某一研究者拿出一個論證就是了不起的成果；而在今天可能追問作者的身份意識，追問《紅樓夢》由小說改編為電視劇的媒體意識，等等，這樣一些問題的提出和解釋，可能才是更有價值的。

第二節　文學研究的未來意識

文學創作在當今有了越來越多、越來越快的變化。與此同時，文學研究也有相應的變化和轉型，它除了要變換視角和方法來追蹤變化著的文學創作外，各種新學科、新觀念的衝擊，也促使它具備新的理論眼光。另外，它對於過去一些理論問題的回答也充實了自身的洞察能力，使得它在看待文學現象時，會有與以往不同的眼光。

文學創作的變化，只要憑著創造性的直覺，也許就能夠跟上變化節奏，而文學研究則是一種理性的行為，它應該有對變化的自覺把握和理性認識。拉爾夫・科恩主編過一本書，名為《文學理論的未來》[10]，該書邀請到二十餘位文論名家撰文，其中多數人的名氣、成就都遠高於科恩本人，譬如有海頓・懷特、希利斯・米勒，蘇珊・格芭、伊萊恩・肖沃爾特，伊瑟爾，喬納森・卡勒等。科恩之所以能夠主編這樣一本高規格的論文集，主要原因就在於文學研究的未來已經成為迫切需要理論加以審視的問題。另外，早在一九九四年六月中國社會科學院文學研究所召開的中國中外文藝理論學會籌備會，其中心議題是「走向二十一世紀的文學理論」，這表明國內學者也已經具有文學研究「未來」的自覺意識。

一、文學研究中「未來」的傳統位置

文學研究中「未來」的地位，在過去一段時期不為人重視，這種現象在中西文論都是如此。中國先秦諸子論述到與文學有關的文字中，往往並不是只就文學來談文學，而是將文學作為其整個思想體系要涉及到的一個方面。《論語・泰伯》所謂「興於詩，立於禮，成於樂」，文學是儒家整個文化工程建設的一部分，儒家要求對社會秩序加以整合，建立一個理想的社會。這種建設不可能一蹴而就，它當然在此時和以後一段時期加以履行才有可能實現，所以，未來在他們的思想中屬於被設計的東西，它在邏輯上是後於設計的。如果未來沒有履行他們的設計，就不能算是設計的失誤，而是未來出現了問題。比如孔子在《論語・子路》中說：「名不正則言不順，言不順則事不成，事不成則禮樂不興，禮樂不興則刑罰不中，刑罰

10　［美］拉爾夫・科恩，程錫麟等譯，《文學理論的未來》（中國社會科學出版社，一九九三年）。

不中則民無所措手足。」詩、禮、樂在孔子看來與國家政治相關聯，詩、禮、樂體系一旦構建，未來時段也應該遵循。如果這種體系非常不完善，後代的人們不應該拋棄或者違背它，而應該進行修補和完善。如果說先秦的思想家們代表了理性傳統，他們從現實的、理性的立場看待文藝，所以把未來看成了邏輯上具有確定性的事情，那麼，在一些也承認文藝創作有著隨機性的文人那裡，同樣可以找到類似見解。比如，晉朝的陸機認為：「體有萬殊，物無一量，紛紜揮霍，形難為狀。」文學創作具有不確定的方面，但是，他研究文學最後的立足點則是：「俯貽則於來葉，仰觀象乎古人。」[11] 他是從前代文學中尋求規律性的東西以編定文藝法則，垂範後世、引領後輩。未來被看作沿著過去、現在的軌跡前進，沒有原創性可言。

在西方的文論著作中，未來也是作為一個被過去和現在所設置了的場景。它只承認未來在時間上的後繼性，而對於它在邏輯上的可能變化則較少提及，即使未來變化了，那麼這種變化也大多被認為是前代所規定的一個幅度之內的擺動。賀拉斯在《詩藝》一書中躊躇滿志地告誡詩人關於藝術創造的法則，他的自信也就在於對過去的文學創作已經深刻、全面地理解。古代的傑作具有哪些優點，那麼後代的創作要想取得成功，也就應該具備這些優點；反之，古代傑作沒有的特點，後代創作就沒有必要給予關注。賀拉斯這種觀點在後來新古典主義文論家布瓦洛所寫的詩體著作《論詩藝》中得到同樣的貫徹，他們兩個人生活的年代相距一千八百年，這種對於未來都持輕視的態度，表明了該種觀點的確根深蒂固。

法國新小說派的代表人物羅布－格里耶在一篇論文中指出：「一個呱呱鼓噪的新生兒，總是被看成惡魔，即使是那些熱中於實驗的人也會這麼看。人們將懷著好奇心，做出一些有趣的舉動，對未來抱著保留的態度。那些真心實意的頌揚，大多是對往昔的廢墟而發的，是對那些拚命拖作品的後腿，而作品卻仍然

11 陸機，《文賦》。

未能從中掙脫出來的繩索而發的。」[12]這一見解確實切中肯綮。即使以中國近代小說狀況加以比照，也多少可以佐證該見解的合理性。

小說在中國傳統的文學觀中被認為是卑俗的，是「道聽塗說者之所造」，是「芻蕘狂夫」之議。在清末民初之交，一批文人如梁啟超、狄葆賢、夏曾佑、吳沃堯、陶佑曾等人都先後提出小說在文學文體中具有重要的、甚至是最重要的地位。陶佑曾指出，小說是「不脛而走，不翼而飛，不叩而鳴」的「一大怪物」，「自小說之名詞出現，而膨脹東西劇烈之風潮，握攬古今利害之界限者，唯此小說；影響世界普遍之好尚，變遷民族運動之方針者，亦唯此小說……是以列強進化，多賴稗官；大陸競爭，亦由說部。」[13]這一論說肯定了以前被斥為無稽之談的小說的正面價值，在以詩歌為正宗的文學體系中，「詩言志」的命題表達了詩歌應該體現主流意識形態的要求，而小說由於需要大量鋪陳情節，言志至少是不那麼直接，因此被置於文體的底層地位。

清末民初的一代文人力圖拔高小說的地位，認為小說是建立新文化、進一步是建立新的國民意識的支柱，這樣就有必要為小說正名。梁啟超提出：「欲新一國之民，不可不先新一國之小說。何以故，小說有不可思議之力支配人道故。」[14]另一文人王鍾麒甚至認為，在中國文學史上，孔子作春秋是小說的先驅，它承擔了當時代的要求，並且自詡：「天僇生生平無所長，惟少知文學。苟幸有一日不死者，必殫精極思，著為小說，借手以救國民，為小說界中馬前卒。」[15]

12 [法]羅布—格里耶，《未來小說之路》，《當代外國文學》一九八三年第二期。
13 陶佑曾，《論小說之勢力及影響》，《遊戲世界》一九〇七年第十期。
14 梁啟超，《論小說與群治之關係》。
15 王鍾麒，《中國歷代小說史論》，《月月小說》一九〇七年第一期。

也許可以這樣概括，即清末民初的文人對小說大加讚揚，認為它可以在新的歷史時代發揮巨大作用的同時，其實很大程度上仍然懷抱「詩言志」的想法，即從小說應該為主流意識形態服務這樣的認識框架來頌讚它。問題在於，小說文體的實際意義卻比詩歌遠離主流意識形態，這個觀點在巴赫金的小說理論中有所揭示。背後的原因在於，小說比較接近口語，與規範化語言的距離比詩歌遠，它更適合表現下層的、邊緣化人物的思想意識，小說人物的對話也使得詩歌的那種獨白——主流意識形態的一言堂——比較難以實施；小說的通俗化更是對於主流意識形態擺出的那種神聖化姿態的挑戰。因此，清末民初的文人為小說正名的意圖可以理解，其批評實績和創作實績也值得記取；但是在客觀效果方面，我們不妨認為恰好印證了羅布－格里耶的觀點。這種對於小說的支持，可能是造成中國現代文學由原先的詩文中心轉向小說中心之後，沒有出現真正力作的原因之一。

中國新派的文學批評家在對新文學大聲疾呼中，其實仍然只是把小說看成佈道的工具，而沒有意識到小說文體的生命力應該是表達大眾意識，不像詩歌那樣處於高高在上的位置。可見，哪怕是新穎的思想進入文學的思考，還是可能落入傳統的思想的窠臼中。這種關於文學的思想不是從文學的未來，甚至不是從文學的現在，而是從文學的過去尋求提出問題和解答問題的思路。

二、「未來」在文論研究中的崛起

未來在時間上後於現在，它也在邏輯上低於現在，是被現在所決定的——這樣一個認定在人類文明史上經歷了很長的時段，這是社會文化傳統的基本呈現方式。

傳統社會的文化模式是兒輩踐履父輩已經經歷的生活軌跡。傳統社會的穩定性，在近代以來推崇技術革新的社會運作規則系統中受到破壞，社會在這時不再以穩定性，而是以它適應變化節奏的能力來顯示自己的活力。社會的巨大變化以蒸汽機來代替了人力驅動，以鐵路、公路取代了驛路、小道，還在於國家憲政制度的改變，在於人們看待事物時基本觀念和立足點的改變。這些普遍的社會變化也體現在人們的生活瑣事中。

社會的變化也必然使文學發生變化。羅素曾經指出，在人們的審美觀念中，美的價值與實用目的之間曾經是緊密關聯的，但是在盧梭的思想出現之後，審美觀念發生了巨大變化。盧梭之前的人假設讚賞鄉間的什麼東西，那也是一派豐饒富庶的景象，有肥美的牧場和咩咩叫著的奶牛。盧梭是瑞士人，當然讚美阿爾卑斯山[16]。自盧梭表達了對於大自然一種非實用眼光的審美觀之後，在歐洲的藝術史上才有了盛讚、推崇從經濟價值而言沒有明顯意義的大瀑布、大峽谷之類的題材。那種可能給人們生活帶來災害的狂風驟雨作為藝術的景象，比起風和日麗的景觀至少具有並不遜色的美學價值。這種新崛起的藝術觀念，在以前的文學批評和理論中沒有現成的說明，這就要求人們必須根據新的現實狀況獨立地進行思考，文學的創作、理論和批評都可能帶有一些探索的性質。

這種觀念一經形成，它首先在人們的審美體驗活動，然後在人們的藝術實踐中留下了影響的痕跡，最後則會改變這個時代的文學理論和美學觀念。雨果曾經說出的這段話可以看成這種變革進程水到渠成的結果，他說：「一種新的宗教、一個新的社會已在眼前；在這雙重的基礎上，我們應該看到一種新的詩學也在成長了起來。」[17]這裡有一個邏輯上的轉換在於，它同傳統的文化觀對於古與今有了不同的認識：

16 [英]羅素，馬元德譯，《西方哲學史・下卷》（商務印書館，一九七六年），頁二一六—二一七。
17 [法]雨果，《克倫威爾序言》，胡經之主編《西方文藝理論名著選編・中卷》（北京大學出版社，一九八六年）。

表一　傳統文化觀與現代文化觀之比較

傳統文化觀	現代文化觀
今天是昨天的延續	今天不同於昨天
文學應該適應社會秩序	文學應該適應社會變化
今天應該從古代尋求借鑑	今天必須更多地關注現實
鼓勵學習古人	鼓勵自己獨創
讓創作沿著理論批評的指引前進	今天文論研究或構成對古人意見的反撥
今天文論研究是補充豐富古人的意見	讓理論批評更好地揭示創作的真諦
未來被今天設計	今天被未來檢驗

將上述差異羅列之後，我們可以看到新的的文化觀消解古代的、前人的權威性之後，對於「現在」其實有著兩個方面的影響。一方面，它去除了前代對於當今的優先地位，使得當今的文化立場成為並不比古代文化立場遜色，並不需要由前人引領才能取得自己合法地位的獨立者；另一方面，當它在面對未來時，這種文化邏輯也同樣制約了它本身，對於「未來」來說，它就是「古代」，也就不應該對後來者發號施令。這種狀況下，原先在時間上未出場的「未來」在性質上是預定了的，「未來」只是有待於現實化的因素，而從新的文化邏輯看，「未來」不只是時間上有待於現實化，而且在邏輯上也有待於確定。「未來」之前發生的事件可能影響「未來」的一些方面，但是不能完全確定它，這樣的看待就承認了「未來」具有自身獨立存在的可能性和價值。

「未來」的獨立性不僅在於它可以擺脫前代對它的各種制約和框定，事實上這種制約和框定始終是存在的，即使它持以一種激進變革的立場也不可能不受到前代對它文化上的模鑄，問題在於，這些制約和框定是在什麼意義上發揮作用，這些作用的程度如何，它在什麼語境產生作用，等等，這些具體狀況的出現就有賴於未來情境自身的主動性。在傳統社會和文化中，「未來」一般被動地聆聽前代的話語，後來者面對前代是失聲的，它的話語權力建立在今後，又對於它的未來發出聲音，相當於自己作為媳婦熬成婆才有出路。而在新的社會和文化中，現在是前代的對話者，也是它之後的新的未來的對話者，沒有那種單向的話語表達了；前代固然可以對後來發生影響而不能後來逆向地影響前代，但是前代是什麼樣子，前代的表達體現什麼涵義，這些完全需要後代加以闡述，由此後來者也獲得了主導地位。這種後代對於前代的反向作用能力，突出體現在文學史的評價關係上。T・S・艾略特曾說：「現存的不朽巨著在它們彼此之間構成了一種觀念性的秩序，一旦在它們之間引進了新的（真正新的）藝術作品時就會引起相應的變化。在新的作品出現之前，現存的體系是完整的；在添加了新的作品後也要維持其體系的綿延不絕，整個現存的體系，必須有所改變，哪怕是很微小的改變；因此，每一件藝術作品對於整體的關係、比例、評價都必須重新調整；這就是舊與新的適應。」[18] 即前代的藝術成就影響到後來者的創作，但是後來者取得的新的藝術成就一旦成為文學史上值得書寫的一筆，它也就會使文學史秩序發生相應變化，這就形成後來者給前代創作重新評價和定位的狀況。文學理論對「未來」的這種自覺認識，使之成為新崛起的、足以與前代權威相對峙的力量。

三、「未來」意識的基本屬性

「未來」獲得了文化上的肯定之後，也就相應地要求文學研究形成新的理論眼光，當這種新的理論眼光融入到文藝學體系中，就可以形成一種有別於傳統思維的未來意識。這種未來意識應該包括以下三個方面：

18 〔美〕T. S. 艾略特，《傳統與個人才能》，胡經之主編《西方文藝理論名著選編・下卷》（北京大學出版社，一九八七年），頁四一。

（一）未來意識具有預設的特性

未來的一個主要特點是，它還沒有出現但是它又將會出現。其實，預設在自然科學中早就具有極為重要的作用，並且成為衡量一種理論生命力的標準之一。在科學史上，托密勒的地球中心說和哥白尼的太陽中心說有過激烈論爭，雙方都拿出了自己的論據來證實自己正確，而對方謬誤，但是最終哥白尼的太陽中心說取得勝利。這種結局不是因為哥白尼學說在理論上更為圓滿，至少當時哥白尼學說有一些解釋的漏洞，諸如地球運動速度為何沒有造成我們常見的物體慣性運動的狀況。關鍵在於：「哥白尼綱領在理論上無疑是進步的。他預測了過去從未觀測到的新穎事實。它預測了金星的盈虧，它還預測了恆星視差，儘管這在頗大程度上是一個質的預測，因為哥白尼對行星系的大小毫無概念。」[19] 由於日心說對於未來現象的積極關注，這使當初體系上並不完善的哥白尼學說成為公認的天體理論。預設體現了對未來的關注，這是未來意識的基本前提。

（二）未來意識的相容性

未來意識的著眼點是面向未來，它的相反立場則是面向過去，這在傳統的文學理論中是普遍存在的。因此，傳統的文學研究，人們面對既定的事實，就只能在對它的解釋、說明、評價方面下功夫，對同一事實可能出現完全不同的理解，這樣也形成不同觀點之間的激烈衝突。反之，當人們面向未來時，未來在此時只是作為一種可能性顯露，它可能會這樣，也可能會那樣，不同的可能性之間也許有很大差異。但對於此時的狀況而言，它們都是可能的類型，與此時並不衝突，這就有不同理論之間達成和平共存的條件。面向未來的理論有著相容性，同時它對未來可以產生干預作用，使未來向某一方面發展。在管理學上有一個

[19] ［英］伊．拉卡托斯，蘭徵譯，《科學研究綱領方法論》（上海譯文出版社，一九八六年），頁二五六。

理論假說叫做「自我成敗的預期」（self-fulfiling or defeating forecast）。按照這種理論，一種關於成功的預期可能會因成功概率大、受到人們關注而遭受失敗；反之，一項理論上本來是錯誤的預期，卻因為導向的失誤而造成了事件本身的成功。未來意識對於對象可能具有的干涉作用，在文學批評中也是存在的，譬如對一種文學傾向的宣導，可能造成實際的影響。

（三）未來意識具有開放性

未來是向著尚未實現的時段展開的目標，它是不斷向後移動的。未來的這一屬性工作表明它本身就是一個開放性的體系，它不斷納入新的、過去可能沒有的內容，也可能重複過去已經出現、但是現在又重新出現的對象。未來屬於未定的範疇，這就同那種要建立一種終極答案的理論體系有矛盾。

如果把文學藝術看作一個已經存在的實體，那麼對該實體的描述就可以是確定的；如果站在同一視角，看待它的同一層次的問題，那麼就有一種正確的、也只能是唯一正確的看法，這就是傳統的文藝觀念要傳達的基本信念，它導致一種封閉的學術思想。但是如果從未來的立場看待問題，未來不斷地向後推移的特性決定了，它不會有什麼同一視點、同一層次的事情，文學藝術不斷發生變化，時間上的差異完全可以釀成性質上的區別。如中國古典文學中的小說只是屬於「道聽塗說者之所造」，而現代小說則成為郁達夫所說的「文學第一標語」。無論中外的古典文學，基本都具有一定閒適特性，創作和閱讀的活動都與直接的、具有實際功利性質的領域有一段距離；而在近代出版業，尤其是影視傳媒興起後，創作和閱讀被納入到生產與消費的流程來看待，那麼，文學的生產和接受構成了一般生產關係之中的特殊表現。

面向未來就必須向未來開放，更進一步還得向某些原先認為「異端」的對象開放。杜夫海納曾經說：「審美對象在頃刻間出人意料地突然出現，它並不離開任何歷史，因為它如同看到他的藝術家所內化的那樣固定住一個國家的人民或一個時代的面貌。」[20]如果我們承認各個時代、不同國家應該有各自文化基礎上建立的文學體系，那麼，這些不同時代和國家的文學就可能具有完全不同的闡述可能。它們之間在美學趣味上也許有著衝突，甚至根本就是不同的事物，但是它們在可以吻合自身所處時代、國家的文化上，卻可以是共同的，並且可以都做得非常優秀。對此，佛克馬和易布思提出了一個觀點，指出：「我們確信，文學研究只有通過合作與精密分工相結合的途徑才能取得進步。」[21]這裡，分工就表明了異端存在的極大可能，合作則是對於可能存在的異端的寬容。這種寬容其實並不是什麼虛懷大度的問題，而是在於，未來時段的進程往往不是一個直線式的軌跡，它可能有曲折和反覆。因此，在未來的某一個階段，可能印證了某種理論的說法，而在另一個階段，又是另外理論的說法顯得更有道理；未來這種開放的特性決定了不同可能性都不能簡單排斥。現在堅持的每一種理論觀點，都有待於以後加以驗證，至少其有效範圍能否達到以後的時段需要驗證。可以說，對未來持以開放的態度，也是為自身預留後路，它表明自身在此刻還具有合理的言說效度。

四、文學研究中「未來」意識的體現

文學研究是對於文學的思考，這個「文學」的對象本身就是一個邊界模糊的集合範疇。在一個時代看來屬於文學的，在另外一個時代就可能不算文學，或者反之。至於對文學的思考方式，則存在更多若干

20 [法]M・杜夫海納，孫菲譯，《美學與哲學》（中國社會科學出版社，一九八五年），頁二〇七。
21 [荷蘭]佛克馬、易布思，林書武等譯，《二十世紀文學理論》（三聯書店，一九八八年），頁一八三。

不同的類別。正如韋勒克所說：「我知道文學批評需要不斷地從相關的學科吸收營養，需要心理學、社會學、哲學和神學的洞察力。」[22]這就要求人們從不同的視角來考察文學，在新的思考文學的角度不斷加入文學研究的方法時，過去已有的傳統方法也不是簡單地被拋棄，因為：「非常明顯，即使在今天，許多文學批評仍舊沿襲著過去的方法：圍繞著我們的是批評史上的遺風、殘餘，有的甚至主張重新回到過去的年代。」[23]有新有舊、新舊雜陳成為當前文學研究的基本格局。在這相互競爭的局面中，往往起到決定勝負作用的，是適者生存的法則。所謂「適」，主要不是指適應過去的、已經成形、具有影響的學說，也不是指適應過去文學的狀況，而是要適應未來的文學，適應未來時段人們的文學觀念。這就要求文學研究體現出未來意識。未來意識落實到文學研究，應該包括以下五個方面的內容：

（一）對文學市場的關注

當今，社會若干部門的產業化已經成為普遍趨勢，作者創作、讀者閱讀，就其本身而言都只是一種個人行為，但是聯繫到文學的出版、發行、傳媒的宣傳，乃至文學的評獎和進入文學史述錄的機制等，這就有文學的市場作用發揮功能了。現在人們已經普遍意識到市場對於文學的巨大作用和影響，但是大多也是停留在認識層面，著眼點主要還是價值關注，真正理性的分析做得不夠，而自覺地利用這種市場機制為文學所用，則只是一些人憑商業的頭腦在運作，而在文學的理論上完全缺乏總結和在此基礎上的前瞻。

22　［美］R・韋勒克，丁泓、余徵譯，《批評的諸種概念》（四川文藝出版社，一九八八年），頁三二四。
23　［美］R・韋勒克，丁泓、余徵譯，《批評的諸種概念》（四川文藝出版社，一九八八年），頁三二六。

（二）文學研究應該加強對於傳媒的研討

傳統的文藝學只關注作者及其創作出來的文本（text），再以作者所生活和所描寫的現實進行比照。二十世紀西方文論出現了讀者論轉向，人們開始重視讀者因素，艾布拉姆斯在《鏡與燈》中列舉了文學批評的四個要素，分別是作品、作者、世界和讀者。他指出：「儘管任何像樣的理論多少都考慮到了所有這四個要素，然而我們將看到，幾乎所有的理論都只明顯地傾向於一個要素。就是說，批評家往往只是根據其中的一個要素，就生發出他用來界定、劃分和剖析藝術作品的主要範疇，生發出藉以評判作品價值的主要標準。」[24] 艾布拉姆斯認為只有將四個要素結合起來才能比較全面認識文學，這無疑是對以前那些普遍有些片面的理論的合理修正，只是他遺忘了或者忽視了傳媒對於文學本文和文學接受的模鑄。同樣一部拷貝，在電影院裡播映和在家庭的電視機上播映，效果是有區別的；雜誌和報紙上發表的小說，與後來這部小說結集以書籍的形式出版，其影響面也完全不同：雜誌和報紙有著期數的劃分，當期的報紙雜誌，讀者面比較集中，而在它的日期過時之後，就沒有多少人再去問津，有些「過時作廢」的意思，而書籍則彷彿應該作為收藏品陳列在書櫥中。

（三）文學研究應該注重對於文學話語（discourse）的研究

話語是一種交談、一種對話交流的產物。以往的文學研究，對文學本文的物性的方面強調比較多，可是文學產生實際作用時，它作為一種話語，在語境中顯示存在。屈原《離騷》的涵義，在傳統的中國文化中，是被作為屈原為讒言所害而發出的牢騷來理解，因此，後來也遭到這種人生經歷的李白、蘇軾等人曾

[24] ［美］艾・布拉姆斯，酈稚牛等譯，《鏡與燈》（北京大學出版社，一九八九年），頁六。

經自比為屈原再世。而在民族主義興起之後的現代文化，屈原被納入到愛國主義詩人的行列，他的詩作就與辛棄疾、文天祥等人的詩作置於同類語境，體現了與以前不同的意義。事實上，文學話語體現了一種話語權力，它在無意識層次上對人施加影響，沒有文學話語的這種意義表達的研究，則文學研究就沒有達到現代人文學科研究的水準，也就不可能具有未來意識。

（四）社會轉型及相應的文藝影響的轉型應該被挪入研究視野

當今已經進入電子傳媒或者視覺文化的時代，這與印刷傳媒體現的、以文字為主的文化不同，印刷文本中未出場的作者給讀者施加強大的影響力，讀者一般會努力追尋作者的創作意向，這種追尋過程甚至連作者的一些個人隱私也包括在內，它有助於讀者重塑作者的創作原意，其實這種所謂的原意可能與作者自己的設想大相逕庭。當今電子傳媒和圖像傳達的文化，那些曾經起到決定作用的編劇、導演被置於幕後，只有前臺的演員才進入到觀眾視野，他們成為觀眾心目中的偶像。丹尼爾·貝爾曾經談及電影、電視對於美國青年成長生活的巨大影響，他說：「青少年不僅喜歡電影，還把電影當成了一種學校。他們模仿電影明星，講電影上的笑話，擺演員的姿勢，學習兩性之間的微妙舉止，因而養成了虛飾的老練……他們遵循的『與其說是……他們謹小慎微的父母的生活方式，不如說是……自己周圍的另一重世界的生活』。」[25]從具體的文藝領域來看，作家個人的獨創已經被作品製作群體的配合要求所取代；從宏觀的文藝在社會中的作用方式來看，以前由作家的勸誡來引導讀者，現實則由螢幕明星這些商品化包裝出來的角色承擔生活的示範。

---

[25] ［美］丹尼爾·貝爾，趙一凡、蒲隆、任曉晉譯，《資本主義文化矛盾》（三聯書店，一九八九年），頁一一五。

（五）文體或文類問題應該挪入文學研究的視野

以前並非沒有這一方面的研究，問題在於，文體不只是一種對於內容的結構方式，它傳達文學資訊的同時，本身也傳達相關資訊。詩歌是一種獨白式的文體，戲劇是對白式的而敘述人隱匿在背後，小說則是敘事人駕馭著故事的流程。抒情文學之發話人處於中心的位置，但是他在期待著讀者的認可，需要讀者產生某種程度的共鳴，作者雖然處於中心地位，還是邀請讀者加入。敘事性文學是敘事人「我」向讀者的「你」講述故事中的那個「他」，「我」對讀者的支配權力就從如何講述「他」的方式、角度、進度、技巧等方面體現出來，讀者處於跟隨作者的位置。文體在每一特定時期體現的不只是文學本身的內涵，他也是一種社會權力分配和再分配的表現。中國一九七六年湧現的天安門詩歌，它是一種心靈被長期壓抑爆發的怒號，這種怒號以獨白形式的詩歌來表達比較合適；而八十年代初期的傷痕文學則以小說為主，便於以啟蒙作為話語的邏輯主線。文體本身體現了比具體創作更多的東西。

除了以上列舉的諸多方面之外，文學內涵和外延的變化，作者和讀者關係改變，文學在社會中地位的變遷，文學作者對於文學使命感的自覺定位的變動，等等，這些涉及到文學的過去和未來，可能會有不同方向的事例，都可能成為具有未來意識的文學研究所關注的對象。但是，說到底，未來意識的關鍵還在於文學研究的根本態度問題，這一點在鄭板橋的畫論中說得比較明白，他在《鄭板橋畫集・題畫》中認為，真正有價值的創作應該是「未畫之前，不留一格；既畫之後，不立一格」。這種「不留」、「不立」的精神正是給予未來一個自由的空間。巴赫金在他生前最後一篇論文的最後一個自然段寫下了這樣的語句，他說：「既沒有第一個詞，也沒有最後一個詞。對話的上下文沒有止境。它們伸展到最深遠的過去和最遙遠的未來。」[26]這裡將過去、未來看成是進行對話的兩端，在頭腦中為未來留下一塊空地的態度，其實就是未來意識的一種體現。可以說，未來意識不是未來才具有的意識，它是當今對於未來的邀請和企盼。

26 〔俄〕巴赫金，語冰譯，《關於人文科學的方法論》，《克拉克和霍奎斯特・米哈伊爾・巴赫金》（中國人民大學出版社，一九九二年），頁四一八。

第八章　中國文學研究的語境與視點

在當前文化語境，由於文學內部、社會以及世界範圍內的變化狀況，研究者對文學的基本格局應該有新的體認。當前全球化對於文化的影響態勢，文學研究面臨無根化和失語的主要症候。為了擺脫困境而應該考慮的策略中，堅持積極對話的立場也許是別無他途的選擇。

當前正湧動著知識經濟和經濟全球化的浪潮，電腦網路正在影響和改變著資訊傳播方式與接受方式，當代大眾文化正以強大的聲勢滲入文學，因而，對於當前文學顯示的問題做出前瞻性的思考，就有現實的緊迫性和理論的必要性。這種前瞻在大的類別上包括作者寫作方式與狀態、文學傳播途徑與類型、文學的接受與影響、文學史關係、文論研究的整合五個方面；也可以將這五個方面論及的問題分為十個具有挑戰性的論題，也許能夠成為未來幾年當代文學研究的熱點問題。

文學史寫作應該在總結前人研究得失和深入考察文學歷史語境的前提下重新構想敘述的模式。分析文化研究關於「文學」與「歷史」內涵的認識，考量這一認識對於文學史研究的啟示作用與局限性，並從文化詩學的角度為文學史的寫作實踐提供一些可資借鑑的思路。

第一節　當前中國文學研究的文化語境

文化語境是影響文學創作與文學閱讀的外部條件[1]。同時，它也是影響文學研究的最為直接的因素。這種相關性在理論上可以成立，並且也為大多數人所接受。可是在實踐層次上，這種相關性可能被人們所忽略。對於中國現階段的文學研究而言，它在當前的文化語境是什麼，該語境對文學研究提出了什麼要求，基本的研究論著裡鮮有提及。

一、當前文化語境的基本格局

語境（context）是語句講述的上下文關係，它可以使得同樣的語句在不同狀況下體現出不同的、甚至相反的意思。而且還涉及到說話一方與對象的關係。同樣的話，由不同的人說，或者說給不同的人，體現的意義完全不同。文化語境包含了元敘事的內容，或者至少受到元敘事的影響[2]。當我們論述、思考當前文化語境的的時候，就有必要時時關注這種元敘事的內容。結合當前中國文學研究的實際狀況，它的元敘事的文化背景包含了以下四組相關因素構成的關係。

1 參見張榮翼，《文學與文化語境》，《平頂山師專學報》一九九六年第一期。中國人民大學報刊複印資料《文藝理論》一九九六年第二期。

2 元敘事可以理解為敘事的框架、前提。譬如，在前哥白尼時代，人們白天看見太陽東升西落，自然地理解為太陽圍繞地球旋轉，這裡體現的人和太陽之間的空間關係是一回事；而哥白尼時代之後，就是地球自轉作為理解的基礎，而且黑夜即使沒有看見太陽，也仍然有這種關係存在。還可以這樣看待，所謂買賣公平，就有利益交換關係作為合法性基礎，否則就無所謂公平。利益交換關係是公平原則的元敘事。

（一）雅文學與俗文學

雅文學在文化中處於高等位置，可以代表文化的精粹，俗文學則反之。俗文學史也有非常悠久的歷史，以前它處於一種自生自滅的狀態，主要依靠鄉間鄰里或者長輩的講述，口口相傳。現代社會，俗文學則借助於文學的市場化、產業化的經營方式，憑藉著文化傳媒的批量化生產，可以大規模地增長；同時也在數量增長條件下，開始擺脫過去那種受雅文學引導，而自身沒有獨立的美學追求的被動狀態。對於從事文學研究的學者來說，他所接受的教育與雅文學處在同樣的文化系統中，文學方面的基本信念就是雅文學所宣講的東西，也都依據著相近的評價標準和操作規則。相比之下，俗文學則掀起一個變革風潮，它將雅文學所鄙夷的、認為不值一顧的東西當成了自己追逐的目標。美國學者麥克唐納指出這一文化類型包含了顛覆性的傾向，他說：

> 優秀的藝術同平庸的藝術競爭，嚴肅的思想同商業化的俗套形式競爭，勝利只能屬於一方，在文化流通中和貨幣流通中一樣，似乎也存在著格雷欣法則，低劣的東西驅逐了優秀的東西，因為前者更容易被人理解和令人愉悅。……格林伯格寫道：「庸俗低劣之作的特殊審美品質，就在於它是一種被欣賞者事先消化了的藝術，使他不必費神，向他提供某種最簡便的藝術愉悅，這就繞過了在真正的藝術中須經過努力才可理解的難點。」因為庸俗之作已在其內容上包含了欣賞者的反應，所以，《艾迪・蓋斯特》或印第安情詩，就會比T. S. 艾略特和莎士比亞的作品更有詩意。[3]

[3] B. Rosenberg and D. M. White (eds), *Mass Culture*, New York : The Free Press of Glencoe, 1957, p.61.

麥克唐納這一論述表達了一種對大眾文化的鄙視，但是他確實說到了作為大眾文化的俗文學，對受眾閱讀效果的適應和投合。俗文學對傳統文藝理論的各種設定是一種衝擊。那些研究文學的專家，往往自然地站在雅文學一邊，因為它具有更豐厚的文化積澱，也與專家的學問基礎吻合。然而，現實的境況可能使他猶疑，主要原因有兩點：第一，俗文學有更廣泛的受眾，在藝術市場上有更大的號召力，在涉及俗文學時，自己的知識修養更有可能轉化為市場效益，並且由於人們向來對俗文學採取鄙視態度，在這一領域進行研究有較多的空白點。第二，雅文學有一個未經明說的假定，認為社會上只有少部分人真正懂得文學，雅文學是以這些人作為自己的知音；俗文學則認為社會上各種人都有接觸文學的權利，它以社會上所有人的「平均數」考慮問題。這個認定之中有一定的民主和平等的思想作為基礎，這種思想本來應該是現代知識份子的基本信念。

（二）傳統傳媒與電子傳媒

傳媒即傳播媒介，傳媒可以有多種方式。面對公眾的文化傳媒，主要包括六種類別：書籍、報紙、刊物、廣播、電影和電視[4]。前面三種是以印刷方式出版，屬於傳統媒介；後面三種是新興的，以電子傳播作為技術手段。另外更新的傳播媒介是電腦網路。表面看來，傳媒只是資訊的外在傳播途徑，不是傳播的內容，可是傳播過程和方式本身也可以產生資訊。傳媒學中有句名言叫做「媒介即權力」、「媒介為資訊」，就說到了媒介本身具有資訊作用，譬如一則資訊發到「新聞聯播」，和發在「新聞三十分」有完全

4 以上六種分類可參見汝信主編《社會科學新詞典》（重慶出版社，一九八八年），頁八十八。在編撰該詞典時還沒有電腦網路的傳播，那麼今天也許應該加上電腦網路，就是七種大眾傳播方式了。以上幾種可以在不同層次上加以進一步細分，書籍、報紙和刊物是冷媒介，而電影、電視、廣播、網路必須依靠電能，是熱媒介。

不同的資訊意義。公眾傳媒的經典形式是書籍，因為書籍大多經過了仔細推敲而寫就，比口頭表達的邏輯更縝密，表達形式也考究一些。另外古代識字者人數較少，閱讀和寫作都顯示一種權威性。此外，書籍還有物理形式上「白紙黑字」的恆久性，成為記錄事件的相對可靠的方式。凡此種種，使書籍具有文化的至尊地位。著書立說和建功立業成為價值相當的事情，被稱為立功、立德、立言的「三不朽」。由於書籍出現，文學表達被書面語言統合起來，並且建立了一套相對穩固的機制，包括修辭、文體、閱讀和批評等若干方面。通過書籍固化下來的這套機制也體現在報紙和雜誌的傳播中。在文學課程教學中，講授的有關知識其實就是在這個基礎上加以歸納的。

可是，文學的這種狀況並非完全不能變異，如果說書籍形式表達的文學具有豐富思想的話，那麼以圖像表達作為主要表達形式的電影和電視，也許在思想的深邃上不及文字表達那麼直接和深刻，也缺乏書面文學那種上千年歷史積累起來的文化厚度。可是它可以更充分地調動感官、喚起內心的欲望，在文學的消費、娛樂功能上有自身的特點和某種優勢，它更主要在娛樂性、互動性、大眾的參與性上見長，而非思想的深刻性方面見長。這種新興傳媒出現後，它也對於文學作者和文學研究的學者產生某種影響，可以重新認識關於文學的一些基本理念。電子傳媒對於傳統傳媒的衝擊力，就相當於不同社會力量之間的競爭關係。十八世紀的法國，腰纏萬貫的新興平民資產階級希望在社會扮演支配地位的角色，他們要取代溫文爾雅但已經顯得底氣不足的貴族的領導權，這可以說是當時法國的一種文化景觀，而今天近似的情景在新舊傳媒之間展開，它的影響範圍也不局限於一國或一地區，而是瀰漫全球的普遍狀況。

（三）傳統、西方、當代本土——中國當前的「三方會談模式」

這種「三方會談模式」是王一川對於中國文學研究狀況的一種描述[5]，他認為，中國的文學研究學者從當代自我的立場出發看待文學，但是這種視角也受到兩個外力因素的影響：一是前代的傳統的「父親」，另一個來自外域的西方的他者。傳統「父親」顯得威嚴莊重，不可冒犯；西方他者挾帶著它在科技領域的巨大成就和聲音，咄咄逼人。當代自我在這種強大的外力影響下，既要有所傳承和接受，以便體現學理修養；又要有自己的聲音，才不至於在古人和洋人的身後亦步亦趨，缺乏創造精神和活力。另外，傳統「父親」和西方他者又是兩套不同的知識型構和價值體系，它們之間的反差也形成一種張力關係。因此，傳統的、西方的和當代中國的話語就形成了一種「會談」的格局，其中任何一方都不可能被捨棄，同時也都難以形成「獨語」的局面。這種三方會談的格局也就是三種文化立場之間的對話。這種對話本來應該是平等的，相互尊重對方立場，積極溝通，但是實際情況比較複雜。傳統作為過去的在者，它已經不可能再來聆聽和理解今天發出的詰問，這使得傳統成為只是一味講述而沒有回答的言說者，今人雖然可以對傳統「父親」的意思做出自己的解釋，可是這種解釋就有「第二手」的局限，它不可能取代傳統作為「原典」的地位；反過來，傳統「父親」的講述面對今人的解釋時，也不可能提出自己的反駁，它面臨著被人肢解和利用的危險卻無能為力。這裡有一種極不對稱的關係，它與對話的精神是矛盾的。與此同時，來自西方的他者與中國當代自我的對話也不對稱。在與西方他者的對話中，西方他者只是以自己的思想方式來看待問題，它對別的對話者都視而不見。當我們以當代自我的身份與它對話時，往往會懾於西方的話語權勢，只能以他們可以理解、願意理解的方式進行表達，作為當代自我的一方沒有自己的基本立場，或者這

[5] 王一川，《中國形象詩學》（上海三聯書店，一九九八年）。

種立場不能理直氣壯地表達出來，這就失去了對話本來應該具有的意義。以此來看，三方會談模式是對當前文化基本局面的對峙關係的揭示，但是真正的會談還有待來日。

（四）四方矩形模式

矩形模式取自法國結構主義思想家格雷馬斯的創構。他以二元對立模式推衍出一套結構分析的框架，擬定四個（兩對）基本元素，然後說明其中隱含的邏輯關係，以此說明現象表達的意義。

在此，我們以主流意識形態（官方）、民間意識傾向（普通民眾）作為兩方，他們是一種官民關係；在這樣兩方之間，又有知識份子階層話語（非官非民）和商業利益階層（亦官亦民）構成了另外兩方。知識份子階層沒有掌握現實的社會權力，而且有時也以抨擊時事作為自己的職業特點，這是他們非官方的一面，可是他們擁有知識權力，該權力可以為任何一種社會權力提供合法性的言說，這就與民間在權力面前比較單純的被動特性不同。商業利益集團除了本身官民皆有的特點之外，另外，商業本身受到政府各個部門的重點管理，它是國民經濟的重要部分和政府稅收的來源，而商業部門又可以形成資本依託下的一種社會權勢，可以對社會的若干方面進行自己利益的干預，有著官方權力的特點。對於當代中國而言，主流意識形態佔據主導地位，同時其他三者也有自己的一些聲音。對比新中國成立以後的五六十年代，那種主流意識形態一統天下的局面已經改觀。在四方面都有各自要求的同時，他們也可以和諧共處甚至聯手。如卡拉ＯＫ迎合市民趣味，又恰好可以提供商業機會。電視劇《雍正皇帝》，一部分知識份子比較喜歡，認為體現了愛國主義的正氣，而主流意識形態就從中強調尊重權力秩序的意識。電影《秋菊打官司》瞄準下層社會的生活，有一些體恤民眾的意味，贏得了普通百姓的好感；其中強調法制對於社會的重要性，使得知識份子認為作品不錯；電影展示的矛盾最終在體制內得到合理解決，受到主流意識形態首肯；而電影的票房收入也使商家受益。可以說是皆大歡喜的狀況。四方矩形模式中各方的要求有衝突、齟齬，也可以形成合力、共識，由此形成了一種錯綜的關係。也許四方矩形模式不如「三方會談」那麼明顯，但是這裡更有一種商談的氣氛。它不僅影響文學表達，也影響文學研究的基本視點。

二、中國文學研究在當前文化語境中的壓力

當前的文化語境已如上述，歧義叢生、眾說迭出。這種局面本來容易產生思想、也應該產生思想，可事實卻是思想匱乏，往往有太多的承襲而缺乏獨創。這種狀況在中國人文學科的許多領域都存在，文學研究不過是其中的一個局部。然而，有必要仔細清理文學研究的具體因緣——其中關鍵在於它面對了太大壓力。

這種壓力最集中的表現，就是面對傳統時的無根化和面對世界時的失語症。面對傳統時的無根化有多種原因，其中語言的轉換與學科的遷移都有重要影響。語言轉換即指五四以後書面語言中白話文的全面興起，它佔據了文化傳播的主流地位，新的理論與研究基本上都採用白話文表達。而這種白話文又受到西方文化的強烈影響，它的術語無法與中國傳統文化與文論的表述完全對接。正如葉維廉所說：「我們古典文學中沒有相同於西方的浪漫主義運動。……當我們用浪漫主義的範疇來討論李白或屈原時，我們不能只說因為屈原是一個悲劇人物，一個被放逐者，無法在俗世上完成他的欲望，所以在夢中、幻想中、獨遊中找尋安慰，便是一個道道地地的浪漫主義者。這種做法就是只知其一不知其二，把表面的相似性（而且只是部分的相似性）看作另一個系統的全部。」[6] 語言轉換出現的問題在於，當我們今天來解讀古代傳統文

[6] 葉維廉，《比較詩學》（臺灣：東大圖書公司，一九八三年），頁二十二。

獻時，我們已經不是站在文獻自身的基點來看待它了，這樣也許可以看到一些前人沒有看到或者忽略的東西，但也在某種程度上使傳統文獻成為了「外語」文獻，我們對它的理解往往有隔膜。

至於學科遷移，這在文化人的知識結構方面可以明顯見出。在科舉時代，讀書人以「四書五經」作為學問基礎和人生圭臬，他們以傳統的經史子集作為自己知識的根據，從小就以背誦的方式面對前代經典。文化長期薰染的結果，使他們從說話到思維的方式都如同被複製了，那些科舉場上得意的文人說起四書五經可以如數家珍那樣熟悉和親切。而在廢止科舉，實行新學以後，教學內容主要以數、理、化、生物、地理等源自歐洲的課程進行講授，原先作為核心的傳統文化的內容只是在語文和歷史等課程中有部分的介紹，而且介紹中也沒有了以前那種虔誠膜拜的態度。在這種教育體制下，對於傳統文化加以研究、以此作為自己學業專攻目標的人，基本上就得看文科研究生層次的學人了，而在這個層次的人之中，他們在學業上還要花費很大心力應付外語的學習，因為只有外語過關才能保證他們有升學目標的通道。在這種境遇下，他們對於傳統文化的熟悉程度和掌握的水準也得打上一個問號了。

與此同時，當我們缺乏傳統文化素養的支撐時，我們也比較缺乏對外來文化加以吸納之後進行創新的能力。有一種態度是排斥外來思想，事實已經證明這種做法只會使我們不能接受新的積極意義的成果，受害的只是我們自己；另外一種做法是虛心採納西方的理論體系，可是這種採納過程沒有對於自身文化的特性的理解，也是有問題的。諸如我們以西方文學和西方文藝的浪漫主義來評價中國的文學狀況，其實就有非常牽強的一面。把中國文學史中的一些人物如屈原看成浪漫主義詩人是不妥當的，而這種不妥當顯然不是一兩個個案了。例如唐代白居易在詩歌創作中就體現了諷諭和閒適兩種完全不同的層面，他積極關注現實人生的另一面，則退隱到自己的內心世界的安寧中去。在創作主張上，他在《與元九書》中寫道：「文章合為時而著，歌詩合為事而作。」還提出：「詩者，根情、苗言、華聲、實義。」有人根據他對於時事的關心，認定他是現實主義詩論家；又有人由於他提出詩歌本性在於「根情」即以情為本的見解，認定他其實是浪漫主義詩歌的宣導者。那麼，我們冷靜地看待，現實主義和浪漫主義在歐洲出現，它們具有完全不同的文化背景和美學傾向，一個作家在不同時期具有這樣兩種不同趣味是可能的，但是要說一位作家同時具有這樣的兩種傾向就不可能了。而上述的見解都出於白居易的一札書信之中，就屬於穿鑿附會了。如果我們不是根據中國文學的實際來引進西方的理論和方法，那麼當我們面對新的世界文論時，就會感到手足無措。完全閉關自守的辦法就對於文學的新變失去發言機會；可是如果照搬別人的說法，雖然自己也可以說一些道理，畢竟這個道理還是屬於別人的發現，說了許多也沒有多少自己的東西。兩種狀況都使中國的文學理論產生失語。這種文學研究方面的失語症候在中國學者中已經引起廣泛注意。譬如曹順慶就指出：「中國現當代文壇，為什麼沒有自己的理論、自己的聲音？其基本原因就在於我們患上了嚴重的失語症。我們根本沒有一套自己的文論話語，一套自己特有的表達、溝通、解讀的學術規則，我們一旦離開了西方文論話語，就幾乎沒辦法說話，活生生一個學術『啞巴』。」[7]這種失語症，主要不是對於文學和文藝問題無話可說，而是在也許喋喋不休的講述中，言非所想，或者乾脆就沒有自己的思想。這種失語症候成為當前中國文論界普遍的狀況。曹順慶還指出：當今中國文論界，可能情感上還不能接受上述這些看法：難道我們搞了這麼多年文論研究，竟然仍是兩手空空，一無所有！然而事實是不考慮情感的。確實，我們出版了許許多多的《文學概論》，我們也寫出了幾可充棟的批評文章，我們曾努力將馬克思主義文論與中國文學實際相結合，我們甚至一直在努力建構新的文論體系。然而不知為什麼，經過幾乎整整一個世紀的學術跋涉，經過無數學者的辛勤勞作，時至今日，在世紀末的總結與沉思之中，我們終於發現這嚴酷

[7] 曹順慶，《文論失語症和文化病態》，《文藝爭鳴》一九九六年第四期。

的事實——「中國沒有理論」（孫津語），「沒有一個人創立出什麼比較有影響的文藝理論體系」（季羨林語）「別人有的我們都開始有，別人沒有的我們也沒有」（毛時安語），當今世界文論中，「完全沒有我們中國的聲音」（黃維樑語）。[8] 如果說中國文學的創作與研究在面對傳統時，以無根化作為總體特色的話，那麼它在面對世界時，是以文化上的失語狀況作為特徵的。這種失語和中國作為文明古國和人口大國的地位都極不相稱。

這種無根化與失語症作為中國文學研究的一種狀況，正如同對當前文化語境的分析中，三方會談模式裡面當代自我面臨西方他者和傳統「父親」時的窘況。但是問題並不是到此為止。這種無根化與失語症實際上構成了中國文學研究在傳統與現代、文化傳統與現代性需求之間的矛盾。在這種「傳統－現代」的矛盾關係中，西方的他者轉化為現代的真實狀況，這其實是西方文化正在實現它的全球化的實際步驟。

現在我們面臨一個悖論性質的困境：我們應該對於西方他者的文化殖民主義、文化帝國主義的立場說「不」，但是我們不能對現代文明的基本趨向說「不」；我們可以批判西方他者文化在傳統的東方文化基點上映襯出來的不足和弊端，而對於體現發展的現代性的內容，如果也要有批判性的話，那也只是看待問題的視點，而根本立場還是建設和完善它。

再進一步說，在「傳統－現代」的矛盾關係中，我們不能拒絕現代的新問題，同時又要兼顧到傳統中的文化積澱，這樣我們就應該站在認識現代的基點上，將傳統與現代兩個方面做出溝通，如果二者已經處於一種分割或者激烈對抗的局面，就應該指出其中存在的文化轉向這一趨勢，並且分析這一趨勢對文學的近期和長遠的影響。從事中國古代文論研究的羅宗強提出的觀點就比較有針對性和分寸感，他說：

[8] 曹順慶，《中外比較文論史（上古時期）》（山東教育出版社，一九九八年），頁二四六。

理論建設的目的，應該首先想到我們今天的現實需要什麼。文學理論的建立是為了解決文學創作、文學批評中的現實問題。我們現在的文學創作處於一種什麼樣的狀態，有些什麼樣的問題有待理論的探討；我們現在的文學批評、文學理論探討都有些什麼問題需要解決，這才是我們的文學理論賴以建立的主要依據。……比如說，文學是什麼呢？它是一個永恆不變的概念，還是一個歷史的概念？是一個嚴格規範的概念，還是一個彈性的概念？從它的形態上看，從它的動因看，從它的社會角色看，它的特質是什麼？文學的社會角色，與它的功能是不是同一個概念？它的功能是自在的，還是受外界諸因素決定的？在新的科技迅猛發展的今天，它的功能與存在價值有沒有受到影響？應該如何給它定位？[9]

羅宗強的知識結構包括古代文化和文學，以及對於古代文論在語詞上、思維方式上的把握，但是他所追問的「文學是什麼」的一系列問題，在中國古代文論的傳統中並不受到重視，這種定義式的思考已經體現了西方文論和現代思維方式的影響。如果這也算是一種失語的話，那麼對這些帶有文學根本性質問題的沉默，就更是失語，而且是那種不知道問題在何處的失語。

所謂「傳統–現代」的矛盾是全球性的。西方國家在其現代化歷程中也經歷了一個痛苦的轉型過程。只是對於像中國這樣的第三世界國家而言，這種矛盾還結合著歷史上的屈辱感和被欺侮的經歷。因此，在這個矛盾中，一方面認識到必須追蹤現代，另一方面又對轉型過程中正在逝去的傳統心存眷念，這是完全

[9] 羅宗強，《古文論研究雜識》，《文藝研究》一九九九年第三期。

可以理解的反應。但是說到底，民族的傳統文化在今天的知識話語中失去影響力，並不是我們放棄、否定傳統使然，而是其言說本身失效的結果。從文化信仰方面來看，中國傳統文化是以「忠君」建構的價值體系，在現在已經沒有皇帝的格局中，這種忠君信仰一般只能走向幫派政治和黑社會的思想系統。在知識構成方面，「一陰一陽謂之道」，「天不變，道亦不變」等言說與現代物理學以實證手段得出的定律不可同日而語，而這些觀念如果要成為哲學性的言說，以及一種看待和思考人生的方式，則這些表述又缺乏讓人做逆向的、或者批判性思考的文化空間，而哲學本來應該具有討論和對話的精神。從理想社會和人格構成方式來看，所謂「大同社會」、「克己復禮為仁」、「兼濟天下」等主張，在現代法制社會和民眾參與的社會背景下，就難以形成對公眾的感召魅力。再從現實層面看，我們今天面對的現代科技問題、科層化管理和任職方式，以量化方式作為衡量個人所作工作績效的方式，賦予時間以改變事物性質的「歷史性」的視點等，上述這些做法都與中國傳統文化從經驗的、個人趣味的、靜止的方式來看待問題有很大出入。

僅僅從脫離了文化傳統的角度來看，就有西方社會文藝復興之後的認識論轉向和二十世紀的語言論轉向，它也是放棄了前人述說的一些套路。但是西方社會在經歷了這些變化之後，繼承了前代文化的創造性活力，並未造成一種整體的文化失語狀況。那麼，當前中國的問題是，在學習、引進了西方的知識系統和價值觀念以後，能否達成乃至實施自己新的創造？如果把問題引入這個角度來思考，可能就有自己新的收穫。

三、出路：當今中國文學研究的策略

當前中國文學研究面臨特殊的語境。從共時層面看，文化全球化與中國文化轉型交互作用；從歷時層面分析，它上不能接續傳統，下不能以自己的思維方式和話語來面對和言說現實。借助各種西學成果來看待中國文學時，中國學者基本上採用一種跟進姿態，不具備掌握了別人的方法和路徑之後，提出自己原創性問題的能力和獨立面對問題的能力。在這種語境下，當前的中國文學研究失去了自己的精神家園，即那種文化傳統的根基，也缺乏一種自己獨立的、破解大千世界玄奧的思路和言路。那麼，出路何在呢？當我們痛陳現狀的不盡人意時，也思考走出困境的道路。

一條路徑是，完全拋卻傳統的束縛，使中國文化完全融入到以西方化為實質內容的全球化進程之中，使中國文人與外部世界完全接軌，達到沒有文化國界的地步，使他們的所思、所言都自然而然地採用世界主流文化的方式來進行。在這種情形下，我們在文化上哪怕只有些微的創造和開拓，那也是可以獲得舉世公認的。這種主張是五四時期一些激進的新文化運動人士所提倡的。譬如錢玄同就說：「對於那些腐臭的舊文學，應該極端驅逐，淘汰淨盡。」[10]他們甚至對於中國漢字不同於西方拼音文字的特點，也認為就是中國文化落後的表現，主張全面廢除漢字系統，國家頒佈實行拼音文字，也有人主張語音也廢除漢語，完全採用當時才介紹的世界語，以便更好地融入世界。這種文化上的世界化主張，沒有看到民族文化、民族語言支撐一個民族精神座標系統的意義，而僅僅以為它是一種工具。假如一個民族把自己明顯帶有民族個性的東西都否定了，那麼它也就失去了自尊、自信、自強的文化和心理基礎，在這個基點上進行所謂的文化創造是難以想像的。當我們今天反省中國文化近代以來的落伍情況時，五四一代青年會說是因為科舉制度的弊端。今天沒有這種科舉制度之後，還是沒有多少積極改善，這就迫使我們思考另外的原因。至少，近幾十年情況並沒有基本好轉，那就不是什麼傳統文化的缺陷造成的後果了。

10 錢玄同，《嘗試集序》，《中國新文學大系建設理論集》（上海文藝出版社，一九八四年影印），頁一〇九。

另外一條路徑，則回到民族文化的基點進行創造，其核心是承認近代以來中國文化相對落後，但是這個落後不是中國文化的內容本身出了問題，而是文化政策方面舉措失當。譬如科舉文化是一種嚴格的求同思維，它是內斂性的，只是以切近古人意願為根本目標，限制了文化人的開拓精神。反之，如果我們真正要培養文化人的創造活力，以文化傳統的內容來充實我們的心靈，則有可能比單純由西方文化的角度看待中國問題，更為切合自身實際需求和文化個性。錢鍾書曾經說：「西洋語文裡，藉人體機能來評論文藝，僅有邏輯上的所謂偏指（particular）的意義，沒有全舉（universal）的意義，僅有形容詞的功用，沒有名詞的功用，換句話說，只是比喻的詞藻，算不上鑑賞的範疇。」「我們把論文當成看人，便無須像西洋人把文章割裂成內容外表。我們論文論人的所謂氣息凡俗，神清韻淡，都是從風度和風格上看出來，西洋人論文，有了人體模型，還缺乏心靈生命。」[11] 從錢先生之論來看中國古代文論，它就沒有嚴格的所謂內容形式的區別（中國古代文論形神之辨與此有密切關係，但是不能完全比附），我們也就可以看出對於劉勰「風骨」概念的不同界定，有釋為風是內容、骨為形式的，也有理解為骨是內容、風為形式的，這些說法都有自己的道理，都有例句的闡說；其實這種分析就採用了西方思維看待劉勰和理解中國古代文論，貌似深入的分析可能是對於中國古代文論的肢解。

不應該把中國古代文論的概念用於比附西方文論，而是在中外理論的對比中，看到各自的長處和適用範圍，為進行文學研究提供一個依據或參照點。宗白華曾說：「中國哲學是就『生命本身』體悟『道』的節奏。『道』具象於生活、禮樂制度。道尤表像於『藝』。燦爛的『藝』賦予『道』以形象和生命，『道』給予『藝』以深度和靈魂。」[12] 從這裡對「道」的作用的認識，可以看出中國傳統美學與歐洲的飽

11　錢鍾書，《中國固有的文學批評的一個特點》，《錢鍾書散文》（浙江文藝出版社，一九九七年），頁三〇〇—三一四。
12　宗白華，《中國藝術意境之誕生》，《美學與意境》（人民出版社，一九八七年），頁二一九。

姆嘉通在近代創立的美學有根本不同。鮑姆嘉通所創立的「感性學」要以理性照亮人類精神生活中感性的一隅，賦予理性以精神生活的全面權威；而中國美學，以道來溝通理性和感性，而這都不過是道在人心靈的一種感應，並不存在由其中哪一方面統馭另一方面的問題，它對單純偏重於一個方面，如理性思維和感官經驗都並不特別強調。由此就可以給予我們一個不同於西方美學的參照點。

當前的知識和教育中，學科化成為一種普遍趨勢。所謂學科化，強調知識規範，把學問統一到一種系統，結合到美學來看，就有可能把美學視點的多種可能性遮蔽了。在這種對中國文化的體認中，也有學者將中國、印度和西方作為三種基本的文化代表。如梁漱溟指出，西方是「意欲向前要求為其根本精神」，中國傳統文化是「意欲自為調和、持中為其根本精神」，古代印度是「意欲反身向後為其根本精神」[13]。在這三種文化之外是否還有另外代表性的文化，或者這種分類之外是否還有其他的分類方法？譬如中國和印度在西方角度看來就經常把它們統稱為東方，彷彿屬於一個類型。現在既然可以而且似乎應該分別看待，那麼西方文化也不是鐵板一塊，完全有理由也分成不同類型來看待，譬如在學術趨向上，就有歐洲大陸學派和英美學派的區分。梁漱溟沒有說明這種分類的依據和原則，但是從他「向前」、「持中」和「向後」的說法，可以認為這已經屬於周延的分類了。在這個分類的可行性可以存疑的情況下，還是可以看到中國傳統文化的特徵有別於西方。把握這種特徵應該是我們研究文學的出發點，因為研究的是中國文學；即使研究作為文學的普遍的特徵，那麼中國文學也是基本著眼點，這樣我們才可能看到一些屬於自己發現的東西。困難在於，當今世界文化進入全球化的趨勢，中國文化人究竟還能看到多少原本意義的中國特色也是一個問題，並且在新的藝術潮流和文化潮流中，舊有的中國文化傳

13 梁漱溟，《東西方文化及其哲學》（商務印書館，一九二一年）。

統還能夠提供多少有啟發價值的思想資源也是有待論證的。因此，所謂傳統的東西，基本上只是面對問題時的一種參照、參考，而不能作為研究的最基本的立足點，可以把它看成一種文化策略而不是文化的價值目標。

那麼，以上兩條路徑都有它的困難。對於回歸民族文化傳統的路徑而言，它最有可能缺乏創新精神，不能面對當前的變化形勢。反之，如果採取一種「接軌」的方式，將中國的人文學科研究併入到西學已有的框架中，那麼，首先，中國學者大多並沒有在西方文化中受到浸淫的背景，不能把這種知識形成自己思考問題的「母語」；另外，人都是生活在某種文化氛圍之中的，民族文化傳統的內容，諸如典籍、制度等顯在的方面，可能在文化轉型中已經處於不重要的位置了，但是千萬年來沿襲下來的心理、習俗、儀禮等成分，則可以超越社會制度的變遷而長久留存。這些傳統成分在形成人的情緒、態度、傾向時有很大作用，使人們不可能以一種「透明」的方式來面對其他文化的內容，包括以全球性面貌出現的西學體系。我們「接軌」中必然會遭遇衝突的因素，使我們不能像西方學者掌握知識那樣得心應手。再次，世界文化的發展是在眾多學者、各種學派、不同民族文化的思想基礎上進行的，如果中國學者失去了自己民族的視點，只是以單個學者的聲音加入到人文學科的論壇，則產生的思想影響也是有限的。

也許，解決困境的一條筆直的通道並不存在。背負著悠久文化傳統，又面對當今日新月異的文化變遷，並且這種變遷的原動力往往來自異國，使得中國人的民族自尊大受打擊，現在要想設計任何一種解決問題的方案，都可能導致一種烏托邦式的構想，它將某種個人的思維成果推向社會，要求整個社會都以這個傑出人物的思想作為準則，按照他的計畫統一行動。這種個人構想在某些情況下，也許可以解決需要動員全社會積極參與的問題，但是這種構想建立在個人威權基礎上，一旦出現弊端也難以糾正。置身複雜多變的、充滿內部矛盾的中國社會，應該有多種思考和行動的方案，並且方案需要有糾錯的機制。

我們也許應該採取一種站在邊緣地位的對話策略：既從西方現代文化的角度來反觀中國文化與文學研究，從中看出它的不足和積極性的方面，同時也從中國文化的立場來審視西方文化和文學研究，又從中找出它的不足和成就方面；在這種來回的審視中並不簡單地落入某一方面的套路，又注意吸取其內在的積極性的、能夠產生文化原創能力的方面。這也就是一種為我所用的態度和對話精神。

巴赫金提出的交往哲學和對話思想對於這種情況有一個說明，他指出：「一個意識無法自給自足，無法生存，僅僅為了他人，通過他人，在他人的幫助下我才展示自我，認識自我，保持自我。」[14]「這個意識在自己的每一點上，都是外向的，它緊張地同自我、同別人、同第三者對話。離開同自己本人和同別人的充滿活力的交際，主人公就連在自己心目中也將不存在了。」[15]在巴赫金看來，對話的本質，就是要使多種看待、理解和評價問題的角度能夠達成一種溝通，能夠在這個溝通過程中激發思想，從而達到更好地認識問題的效果。這種溝通在更為廣泛的意義上，不僅存在於中國傳統文論思想和西方文論之間，而且也存在於文學理論與文學現象之間，我們應該在對文學的理性把握和直覺感受之間，開展全方位的、不間斷的對話。這是針對困境的一種解決方案，同時在所謂理論研究沒有呈現範式危機的時候，也可以從理論言說的裂隙處尋求新的思考空間。

14 [俄]巴赫金，《論陀斯妥耶夫斯基一書的改寫》，轉引自董小英，《再登巴比倫塔》（三聯書店，一九九四年），頁二一。
15 [俄]巴赫金，白春仁、顧亞鈴譯，《陀斯妥耶夫斯基詩學問題》（三聯書店，一九八八年），頁三四三。

第二節　當前中國文學研究的視點

當代文學、尤其是當下時期的文學，我們的研究可以在「回顧」既往視點下來看待，使之成為當代文學史的候補材料，也可以在瞄準當下問題的基礎上，作為對未來文學走向、研究趨勢的「前瞻」來看待，使文學研究針對現狀做出調整。以下提出當代文學研究中新的問題，或者是先前雖已面對，但現在有必要重新審視，或更深入地思考的問題，作為我們進行「前瞻」時的重要方面。

一、作者寫作方式及狀態

作者寫作是文學生產的第一環節。作者寫作在不同的時代有不同要求與特性，如在原始的口頭文學時代，作者寫作可能更多是即興的或是巫覡儀式的一個方面，作者處於「無名」狀態。在中國科舉制選拔官吏的社會背景下，作者寫作除了可以抒發胸臆、在言路不暢時作為個人建言的方式之外，也成為展示個人才華與見識的重要方式，甚至可能帶來個人生活命運的根本改變。唐代李白屢試不第，但因詩才而獲得了翰林身份。根據近代以來的出版制度，作者可以用文稿來換取稿酬，它給文人寫作帶來了重大影響，如長篇和短篇小說在美國的不同命運就是這一影響的直接後果。當前，作者寫作面臨的最重要的問題之一是電腦寫作，由於電腦寫作是以屏顯方式呈現，它沒有紙筆運作時那種「白紙黑字」的厚重感，寫作的構詞不同於手寫那樣單個字的疊加，而更多地是以「聯想」方式，在電腦程式中逐詞推出，電腦的聯想框定了作者的聯想，在用詞上較多地產生規範化、普遍化的趨向，而減少了作者的個性化色彩。這種非個性化的文字表達，同現代社會所強調的創新要求有一定的衝突。

作者寫作還面臨著體制化、數位化狀態的規約，它較多地體現為以量化方式來評定作者的創作業績，並以此來提供作者的名聲、職稱、收入等方面的待遇。這種體制化、數位化體現了現代社會的要求[16]。如參加中國作協的低限標準是出版過兩本書，衡定一位作家創作水準的人事管理的要求是，拿過多少和什麼級別的獎項，社會看待一位作家的知名度和影響是追問該作者的作品銷量，以及作品是否被改編成影視作品。當代社會有著比以前豐富得多的資訊，要讓人們對一位作者做出公允、客觀的把握，採用這些量化評定的方式是可以理解的。但在這種體制化狀態中，作者對藝術的美學品位、思想深度、藝術手段上的思考與追求，就讓位給了外在的評價指標，使作者追求當下的聲譽而不是向文學史負責，當下的考慮壓倒了長遠的目標。作者寫作中還有一個不能迴避的問題是文學與新聞、娛樂的關係。在新聞方面，當代人越益關注當下生活的美學反映，其重要原因在於，當代生活呈現出快節奏的變化，而該變化一步步地摧毀了舊的生活內容與方式，如高層住宅取代大雜院的居住格局，重新建構了鄰里關係；空調機進入家庭，徹底取消了夏季納涼的休閒方式；電視機的普及，使家庭成員間的交談零碎化、片斷化，促膝長談式的交心明顯減少。在這些變化下，人們可能出現一種文化上的眩暈感，希望看到當下生活的藝術描寫，使自己保持對生活個人化的靜思。同時，在新聞報導中，有一些內容從新聞檢查角度來看是較敏感的問題，而對這些新聞做出深度分析的報告文學，或者以小說、雜文形式來加以改寫，則不屬於新聞檢查的內容，當它們出版發行時，往往引起讀者較普遍的關注。文學閱讀的「求美」的心理與新聞閱讀中「求真」的心理交織在一

16 ［德］馬克斯．韋伯，于曉、陳維剛等譯，《新教倫理與資本主義精神》（三聯書店，一九八七年）。

起，這在過去至少在文學史意義上的過去時段幾乎沒有出現過。文學閱讀還涉及到娛樂關係的梳理。雖然娛樂與文學的關係是老話題，如墨子「非樂」，賀拉斯提倡「寓教於樂」等，可是今天的問題在於，文學更多進入到市場。對於市場而言，只有將文學定位在「娛樂」上才有眼前較好的經濟收益；再者，今天的文學名著已有很多改編為影視作品，相對於原著來說，這些改編之作有更大的通俗性、娛樂性，這在實效上相當於對原著作了娛樂性的闡釋，娛樂性的生產要求對新的文學寫作和閱讀有著導向作用。

二、文學傳播的問題

文學傳播在過去的文學研究與文論研究中受到了一些漠視，人們更多看到作者與讀者兩極，卻將連結這兩極的仲介環節疏忽了。其實，哪怕在人們忽視這一環節的古代時期，傳播同樣對文學狀況有很大影響。如白居易寫詩自覺地將其分為諷諭詩和閒適詩，前者作為自己發表諫言的重要方式，尤其是身任左拾遺時，成為他的工作職責的內容；而後者則是自己以詩會友、抒發個人情愫的途徑。兩者寫作目的、傳播管道的不同，使作者對文學的態度和操作方式產生了很大區別。

在當前的文學傳播中，有一個重要的現象是「網路文學」的出現。關於「網路文學」的定義，至今也沒有一種規範化、學科化的總結與概說。如果僅僅以作品在網路上出現來定義，則一些普通出版物上的作品也完全可以在網路上傳播，這就難以界定網路文學的特性；如果以在網路上首發或僅僅在網路上發表的作品來定性，則這網路文學與非網路文學在藝術特性上的不同又難以界定。實際上以媒體來界定文學有一些問題，正如很難以報紙文學、雜誌文學來對文學加以界定一樣，往往不能觸及到文學的深層內涵。但是，筆者還是想指出，因以紙張為載體的文學出版物有編輯審稿制，其出版物獲得了某種認可，編輯的意見就有該學科、該領域對相關表達的水準認定，而網路文學無相關的編輯責任，就使文學的表達沒有那種高於普通讀者的優勢地位。毋寧說，網路文學的表達以電子技術作為依託，重新恢復了口頭文學那種創作與閱讀之間相對的平等性，作者要對讀者加以指點的基礎，即作者高於常人的假定，在網路文學的創作—接受關係中被消解了。每則網路文學作品的文末往往還加有讀者評論的空欄，這就更加深了作者與讀者關係的平等性，在可能條件下，作者與讀者可以就作品的表述在網上展開討論。在傳播途徑上，還涉及到文學聲譽評定、文學評價上的變化。以前人們可以有「藏之名山，傳諸後世」的預期，也可以有「曲高和寡」的自詡。而在今天，單純靠貶損讀者已不太能夠行得通。首先，讀者群的文化教育水準已比古代、近代有普遍提高。在古代，文化水準高者可以用「文人」來統稱，而在今天還可以有工程師、科學家、管理人員等，他們並不是「文人」的一個類型，但他們也具有文化上的評判能力與資格，僅由文人們來評說是否「曲高」已難以通行。其次，當今已進入產業化、市場化運作階段，原先單純的文化娛樂活動，也必須要依託市場，才可能有正常生長的外部環境。在這市場和產業化運作的過程中，廣大的文學讀者是文學的消費者，是最終意義上的投資人；不理會他們的藝術要求和願望，文學運作就會陷入泥沼。在這種文學評價秩序趨於民主化的進程中，也滋生了一種過度民主化或曰無序的狀態，即伴隨著文學評價秩序的轉軌，原先所尊奉的權威與規則失效了，而新規則與權威又沒有建立，於是文學評價就可能是人言言殊，莫衷一是。在這時，市場占有率的統計數字就成為一種可以用量化方式來表達、從而具有新型權威的言說，實際上文學書籍的銷售排行榜就是在這一背景下產生的，而通過它的宣傳，又進一步拉動了暢銷勢頭，並使得它儼然成為文學價值的衡量指標。另外，在媒介的傳播上也有重要作用，一部文學作品如果只是以「文學」的方式呈現，那麼文學就是用文字和語言作為表達的基本材料，它可以在思想深度的訴求上達到效果，但難以在當今這個圖像化時代產生重大而普遍的影響。丹尼爾・貝爾指出：

……電影有多方面的功能——它是窺視世界的窗口，又是一組白日夢、幻想、打算、逃避現實和無所不能的示範——具有巨大的感情力量。電影作為世界的窗口，首先起到了改造文化的作用……青少年不僅喜歡電影，還把電影當成了一種學校。他們模仿電影明星，講電影上的笑話，擺演員的姿勢，學習兩性之間微妙的舉止，因而養成了虛飾的老練。在他們設法表現這種老練，並以外露的確信行為來掩飾自己內心的困惑和猶疑時，他們遵循的與其說是……他們謹小慎微的父母的生活方式，不如說是……自己周圍的另一種世界的生活。[17]

丹尼爾·貝爾是就二十世紀之初出現的技術來作的總結，因而沒有將電視作為自己要講述的對象，那麼，至少在二十世紀下半葉以來，電視後來居上，有壓過電影影響的趨勢。影視藝術與媒介在傳播上的巨大優勢，除了直接影響受眾覆蓋面、作品知名度等基本方面外，還涉及對文學聲譽的影響。往往是，一位作家的代表作要被改編為影視作品後，這位作家才算跨進了知名作家的門檻，而影視媒介對作品的要求是不同於語言藝術對語言的要求的，它會反過來對作家的文本寫作產生影響力。在此境況下，媒介的導向成為比專家評價更權威性的因素。

三、文學接受與影響

二十世紀六十年代，德國康斯坦茨大學的姚斯與伊瑟爾等人提出了「接受美學」的理論，在此之後，對於文學接受的重視就成為文學研究的重要趨向。

17　〔美〕丹尼爾·貝爾，趙一凡、蒲隆、任曉晉譯，《資本主義文化矛盾》（三聯書店，一九八九年），頁一一四——一一五。

從文學接受方面來看，當前市場經濟與交往領域的商品化趨勢，對於文學接受的影響是一個值得關注的問題。這種影響可以從不同方面來認識，筆者在此主要考慮的是作者與讀者關係的變化，曾在一篇論文中將作者意識分成四類：鑄造、燭照、逐潮和觸騷[18]。鑄造即作者把自己定位於鑄造人類靈魂的工程師位置，它是古希臘就有的意識，體現了一種話語霸權在文學領域的實現；燭照則是將作者定位在先行者位置上，他充當著人們心智生活的嚮導，這大致是文藝復興以來的主導意識；逐潮是追逐潮流，指的是作者已喪失了自主目標，必須在競爭中隨時注意攀登制高點，這是近一兩百年來隨著產業化在文學領域的推行，產業領域的創新意識在文學的體現或畸變；最後是觸騷，它的源頭可追溯到古代，但其全面氾濫是在佛洛依德的性心理學在文化領域產生影響，並且文學的商品化成為文學的一種普遍趨向之後，文學成為一種提供給讀者的替代式性服務，滿足讀者無意識的本能衝動。在這變化中，後一時段並不完全排斥前一時段的文學類型，但已將其置放在「古董」位置，不成為文學尤其是當代文學的主流。應該說，在中國近些年來的文學中，這四種類型都已出現過，那麼如何來看待和評價，在理論層次上如何進行梳理，當代文學研究應該有一種系統的眼光。

在文學接受與影響上，如果說作者與讀者的關係建立在個人關係基礎上，那麼還有一個重要的方面，它是在群體或整體關係上產生作用，這就是現代以來中國文學與西方文學的關係。中國現代文學是從五四發端的，它直接以西方文學作為借鑑的對象。相對而言，當時的文學革命雖以西方文學作為學習對象，但是中國也處於工業化革命浪潮的門檻，也有與法國大革命等社會狀況相似的社會背景，因此也可以說它同中國的現實狀況吻合。而在當代，尤其是新時期以來，一批先鋒文學以西方現代派、後現代派文學作為學

18 張榮翼，《鑄造・燭照・逐潮・觸騷——論文學創作的四種意識》，《寧夏大學學報》一九九九年第二期。

習對象，在表現手法乃至文學觀念上都有其痕跡，但其產生背景與西方現代派文學的產生背景有根本差異。在西方，現代派對高度工業化後的社會現狀進行反思與批判，是在理性統治已全面樹立威權，並反過來造成對人感性經驗的壓制、攫取之後的反抗，是在個人自由狀況下生活目標的失落而伴生的虛無感等。而在中國，則恰恰需要加快工業化、加強理性精神，先鋒文學在中國的社會基礎就值得存疑。再進一步看，拉美文學在受西方文學影響後，推出了結合自己本土文化特色的「魔幻現實主義」，並產生了國際聲譽。那麼，以中國幾千年傳統的文化作為基礎，中國又能在這方面做出什麼新的開拓，或至少做出一些什麼努力呢？

四、當代文學史的框架梳理

中國當代文學已走過了風風雨雨的六十年歷程，對這一歷程有許多問題值得加以反思。縱向上，它有時段劃分上重新認識的必要，即一時代的文學分期體現了一個時代的自省，隨時間推移，以後時段有理由檢視以前分期的合理性。橫向上，目前大多數中國當代文學史僅限於對大陸文學的論說，其實只是共和國文學史，如果說「中國當代文學」，則應將港、澳、臺地區的文學都含括進來，特別是對港、澳回歸前後應如何區別把握，這應是理論上加以辨析的問題。

當代文學史涉及到與港澳臺和海外華文文學的關係。「中國二十世紀文學是一個開放性的整體，當代文學只是其整體發展過程中的一個階段，一般是特指一九四九年以後的中國大陸文學。」[19]在這裡，中國

19　陳思和，《中國當代文學史教程・前言》（復旦大學出版社，一九九九年）。

二十世紀文學是一個總體概念，它是開放性的，即對象本身向外來文化開放，在研究過程中它也向各種研究方法、視點開放，而作為該整體一部分的當代文學則在開放性上明顯不夠，它同港澳臺和海外華文文學有著文化上的共通性，但由於政治形勢的差異，使得它們明顯阻隔。如果說以前是由於文化上政治上缺乏交流，使阻隔成為一種現實的話，那麼，隨著港、澳回歸，隨著海峽兩岸文學交流的增強，隨著全球化在世界推行而引發的民族文化心理的增強，都有必要在研究過程中，注意到這種局限。另外，就當代文學內部而言，由於中國是五十多個民族構成的大家庭，因此當代文學除了漢語文學外，也還包括一些少數民族文學，他們或者用自己所屬的民族語言來寫作；或者作者在受教育過程中對漢語文化已相當熟悉，用漢語寫作更為方便且能有更大的讀者群，因此採用了漢語來寫作，但在內心體驗上有著少數民族文化的積澱。這種傳統意義上只局限於大陸的當代文學，它與港澳臺、海外的華文文學，以及當代文學內部的不同民族文學關係的審視，應該被提到議事日程上來。因為在全球化的壓力下，非主流的文學要想表達自己的聲音，只能在全球共通性的前提下也強調民族性、地域性，如果我們對中國當代文學的研究不是採取這一方法和態度，那麼當我們面對強勢狀態下的歐美文學時，也就缺乏以民族性、地域性特色來加以辯解的底氣與可行性。

在當代文學史的梳理中，還涉及到時段劃分時的參照依據問題。一般地，文學史應以重大事件或是有劃時代意義的文學現象來作為分時段研究的依據。中國當代文學已有半個世紀以上的歷史，應該有一些基本的時段劃分。那麼，在以往的當代文學史，新中國成立前夕的第一次文代會，一九六六年開始的「文革」，一九七八年底召開的十一屆三中全會等具有特殊的意義，因而這些事件成為文學史劃分的界標。在文學史敘述中，它是「開創了」或「導致了」文學狀況的最重要的條件。應該說，對於中國當代文學的現實而言，這也確實是實情，但是以這種政治上的事件來作為文學史的分段依據可以凸現出三個方面的問題：

第一，中國當代作家缺乏文學上的自主意識，他們聽命於外在的事件來調整自己的創作，那麼這種狀況下的文學要想達到很高的水準，要想奠定一種國際聲譽是難以想像的。第二，從外在於文學的政治事件來確定文學史的分期，也許可以更清晰地揭示文學變化的社會動因，但難以揭示文學的內部動因，而一門學科的歷史要區別於社會史、政治史，更主要地應從內部動因來進行發掘。第三，文學本身是一個綜合系統，它涉及全部的社會科學、意識形態的狀況，還同社會的物質存在層面的經濟基礎有著關聯。在當代條件下，還同技術進步帶來的變革有關，在這綜合系統中只強調政治的影響，就具有片面性。

那麼，如果我們能對當代文學史的分期或時段劃分有這種基本認識，就可以把一些有較大意義的當代文學的作品或「事件」作為時段劃分的重要參照，它包括以下三點：

第一，新時期有很大影響的「朦朧詩」，其實並非在新時期才產生，它可以追溯到「文革」時期的地下文學。這種當代文學中與主流文化、文學不合拍的文學，在政治評價上或文藝管理部門如何看待也許還應慎重，但在學術上對其產生後的影響、價值視而不見，那就是學術麻木和對文學史不負責任。第二，二十世紀八十年代中期有一股「尋根文學」的文學潮流，在當時取得了令人矚目的影響，這批創作有一個重要的特性，它在當代文學中首次提出了文學與文化傳統的關係，即在強調了多年政治意識形態、世界觀、藝術技巧對創作的重要性之後，尋根派作家們將文化提到了文學創作根基的地位上，具有文化轉型的重要性。第三，在二十世紀八十年代末到九十年代關於「偽現代派」的討論，它對中國先鋒文學的現代性追求做出了反思，這裡觸及到中國文學與外國文學、文化的關係問題，即在國際交往的大環境中，中國文學學習西方與立足本土現實之間如何協調的問題。

五、當代文學研究的理論整合

中國當代文學研究是以作家、作品、流派、社團、思潮作為主要方面，在這一工作中有一個文論參與的問題。如果評論者僅採用已經成熟的教科書的理論，那麼，評論見解不過是用新材料來印證舊觀點，難以產生新意。如果評論者也根據對象的特殊性，在理論運用上吸收一些新方法、視點，則可能更多揭示一些新作的創新性；而對這種創新因素的總結，反過來就應該成為新的文學理論產生的契機。理論是從實踐中來的，那麼創作與批評的實踐，本身就是理論生長的催化劑。當然，情況也許並不是理論與實踐二者間關係就可以完全涵蓋的。對於文學理論的生長而言，它往往要受惠於哲學、社會學、心理學、語言學、人類學、傳播學等等若干方面，在文學理論與文學實踐的關係中，有時也並不是文學理論針對現象提出了新見，而是由於其他理論對文學實踐在內的若干社會問題有了一種新的理論描述，而文學理論不過將其吸收到了自己的體系之內。儘管如此，文學理論還是應有對於新的文學現象的自省。德國批評家曼紐什指出：「一般說來，藝術和文學理論本質上說都是批評性的。一個明顯的事實是：在英語中，『文學理論』與『文學批評』這兩個字眼是可以互換的或通用的。」[20] 由這種相通性可以看出，文學理論如果脫離了具體的第一線的批評，則理論可能顯得空泛；在具體操作上，批評如果不能上升到理論層次，對現象做出深入的闡述，則批評可能淪為空疏，西方文論與批評的相通正是為了克服這種弊端。中國傳統文論上有類似狀況，許多重要的觀點是從詩話、信札中來，它們也就是文論與批評的揉合。中國當代文學研究，這種缺乏

[20] ［德］曼紐什，古城里譯，《懷疑論集美學》（遼寧人民出版社，一九九〇年），頁一一六。

有機融合的狀況卻有著普遍性。關鍵在於，當代文學在現象上有著豐富性，而對它進行研究的理論則大多呈現為單一性；創作上有著新穎的問題提出來，卻沒有新理論系統來予以吸納。

當代文學的研究，對作品評論應加強文學史眼光和文學理論的力度。回顧這幾十年來的具體評論，常常可以見到一些批評家對作品有很高評價，但時過境遷後，沒有多少作品能夠留存在人們心中，不具備文學史的研討價值；當作品被人淡忘時，圍繞著該作品的批評也同樣歸於湮沒。同時，對比一下十九世紀俄羅斯文學，別、車、杜等人作為批評家，他們對於當時的文學創作，就提出了諸如文學典型是「熟悉的陌生人」；俄羅斯一些重要著作的典型人物是「多餘的人」，即他們身為俄羅斯的上層階級的人士，卻對於可能觸動自已利益的社會改革持以贊同態度，但在進行實際改革的過程，他們又對於社會難有什麼作為，這樣他們就是社會變革過程中既非動力又非阻力的「多餘人」，「多餘人」成為十九世紀俄羅斯文學的重要景觀，也成為俄羅斯文學批評對文學研究的重要貢獻。當西方文論在傳統的二元對立思維中，只是將人物理解為二者居其一的思維時，俄羅斯人超出了這一限定。「俄羅斯民族是最兩極化的民族，它是對立面的融合」，「俄羅斯精神所具有的矛盾性和複雜性可能與下列情況有關，即東方與西方兩股世界歷史之流在俄羅斯發生碰撞，俄羅斯處在二者的相互作用之中」。[21]由這種思維的相容性，俄羅斯批評家看到了現實與文學中更真實的狀況。那麼，中國當代文學在創作上的不足已被人一一指陳之時，在批評與研究中的不足也該有一個自省了。

當代文學研究中還應該加深對於文化批評、社會批評的認識。如果說文學研究作為一門學科應考慮與各種相關的學科掛鉤，以期取得對文學全面瞭解和更廣泛的學科視野的話，那麼，在今天就更應加強它與

21　［俄］尼・別爾嘉耶夫，雷永生、邱守娟譯，《俄羅斯思想》（三聯書店，一九九五年），頁一—二。

文化學、社會學方面的聯繫。希利斯・米勒曾撰文指出：「事實上，自一九七九年以來，文學研究的興趣中心已發生大規模的轉移：從對文學做修辭學式的『內部』研究，轉為研究文學的『外部』聯繫，確定它在心理學、歷史或社會學背景中的位置。換言之，文學研究的興趣已由解讀（即集中注意研究語言本身及其性質和能力）轉移到各種形式的闡釋學解釋上（即注意語言同上帝、自然、社會、歷史等被看作是語言之外的事物的關係）。」[22]

回顧新時期以來的文學研究，我們當時正「補課」，即瞭解並實踐當代西方文學批評「向內轉」的趨向，注重研究作品的語言、修辭、結構、文體特徵等方面。應該說，以前極「左」思潮氾濫的時期，我們確實缺少對文學作為審美對象來看待的態度，因而對文學的「內部」規律缺乏必要的探討，這種「補課」是有益的，也是必要的，但結合到文學的整體特性與文學研究的新動向來看，單純的「內部」研究缺乏對社會相關因素的分析，尤其是中國當代社會處在技術革命與社會轉軌這種巨大變革的境況下，沒有對文學「外部」關係加以關注的話，文學研究是否可能具有言說的有效性、針對性和深刻性，看來答案是否定的。

關於當代文學的前瞻性思考，以上是從五個大的方面來做了一些梳理。從這五個方面來看，更多呈現為對現有問題的研究，淡化了它的前瞻性，這樣來做表述更容易顯示出它在當下的現實性。那麼我們也可以從突出前瞻性的角度，將這五個大的方面論及的問題分為十個具有挑戰性的論題，它們可能成為未來五到十年當代文學研究的熱點問題，它們分別是：

1. 作家寫作方式、生存方式對創作的主要影響。
2. 文學與文學之外的因素，如娛樂性等的相關性。

22 〔美〕拉爾夫・科恩，程錫麟等譯，《文學理論的未來》（中國社會科學出版社，一九九三年），頁一二一——一二二。

3. 大眾文化、網路文化在文學傳播上的重要意義。
4. 傳媒對文學的評價和導向問題。
5. 市場經濟對文學的衝擊與長遠影響。
6. 西方文學，尤其是現代派、後現代文學對中國當代文學的影響及其研究。
7. 全球化態勢中中國當代文學的定位。
8. 中國當代文學與港澳臺、海外華文文學的關係。
9. 中國當代文學研究的文學批評與文學史評述的關係。
10. 中國當代文學研究與文化批評、社會學批評的關係。

應該說，這十個方面給我們提供的思考空間是很廣泛的，深入進去，大可發掘。我們將這些方面都提出來，不過是從「前瞻性」的視野範圍來做描述，而對它們的深入思考還有待於今後的探討。

第三節　中國當代文學史研究的文化詩學視角

在展開中國當代文學史研究這一話題之前，首先不能迴避對以往當代文學史寫作觀念的考察。中國當代文學史在歷史轉型接點上的重新建構和命名主要分為兩個時期：一九四九年以後王瑤、劉綬松等學者以新民主主義文學觀對新文學的性質、發生、發展以及作品評價做了充分意識形態性質的定評；「文革」以後研究者們在「重寫文學史」、「二十世紀中國文學」的主張下，以「個性」、「主體」、「現代化」等文學觀念力圖恢復文學的獨立本質。「文革」結束之後，「純文學」作為一種爭取個性、自我、人性、自由、現代化的價值目標，成為了作家張揚美學精神的文學旗幟和寫作實踐，也是文學史寫作中核心的敘史線索。然而，自從二十世紀九十年代以來，「純文學」或以文本的審美品格為中心的文學性在文學史的述史模式中遭到了普遍的質疑。如果以「純文學」作為主要的評價標準的話，我們發現「十七年文學」與「文革」文學，以至從二十年代末開始的左翼文學思潮，基本上成為了文學研究的空白與斷裂的存在。我們無法將文學與政治的緊密結合，或文學作為政治傳聲筒的文學歷史發展，納入人為認定的「純文學」的述史框架之中。尤其是「到了九十年代，當然也因為內在的各種矛盾的暴露，現在越來越看得清楚：我們的文學受到了權力和資本這兩者的影響，而且這權力和資本它又是和最新的科學技術結合在一起的，它們互相糾纏著，互相滲透著，形成一種強大的力量，形成對文學，對整個思想，整個社會發展的巨大的壓力。」[23]

那麼，我們今天如何在「純文學」作為敘述歷史策略的文學史觀走向終結之後，為文學史研究找到一種具有闡釋有效性的應對策略，並且發現文學史研究的學術生長點呢？讓一元論的敘述所遮蔽的歷史重新得到認識，讓邊緣的歷史記憶重新閃亮，讓文學發展的歷史脈絡和鏈條重新連接從而彌合斷裂的思想線索，這是一個擺在文學史研究者面前一個無法跨越的命題。目前中國當代文學史研究的突出成果給了我們一些有益的啟示，如洪子誠的《中國當代文學史》[24]從文學生產和文學體制這一外部研究入手，對「當代文學」概念的發生以及文學「一體化」的形成做了獨到考察；陳思和的《中國當代文學教程》[25]提出「潛

23 錢理群，《重新認識純文學》，此文是在「當代文學與大眾文化市場」學術研討會上的發言，轉引自文化研究網（http://www.culstudies.com），2004-2-11 22:55:43。

24 洪子誠，《中國當代文學史》（北京大學出版社，一九九九年）。

25 陳思和，《中國當代文學教程》（復旦大學出版社，一九九九年）。

在寫作」、「民間」等概念發掘文學史敘述中被遮蔽和邊緣化的精神存在。進行文學史研究的時候，我們不得不對自己是以何種工具、何種知識進入文學及其歷史的前提和理論預設進行反思。對文學的具體想像和歷史實踐從根本上決定了我們關於文學的定義，反過來，對「文學」概念的不同理解也決定了我們的研究對象和研究方式。今天的文學史寫作實踐，應該是在總結文學史研究得失和深入考察文學歷史語境的前提下重新構想述史的模式。必須把眼光放在特定的歷史環境中間，放在特定的文化條件之下，才能認定哪些部類是「文學」、什麼樣的歷史觀才是歷史主義的看法。下面試圖通過分析文化研究關於「文學」與「歷史」內涵的認識，並且考量這一認識對於文學史研究的啟示作用與局限性，從而為文學史的寫作實踐提供一些可資借鑑的思路。

一、「文化研究」對「文學」概念的審視

文化研究與過去的社會歷史批評的共同點，在於都是將文學作為社會歷史的產物或從社會歷史的角度去看待文學。不同點在於兩者在不同的歷史條件下面臨著新的問題；兩者具有不同的思想觀念。例如前者的思想資源有法蘭克福學派和伯明罕學派的理論主張，以及後現代主義、後殖民主義，新歷史主義、女性主義等思潮。對於文化研究關於「文學」概念的考察，有必要追溯到二十世紀西方文學批評理論的一些思潮。俄國形式主義、英美新批評、結構主義、解構主義等藉「語言論」轉向的理論資源極力維護文學獨立自主的權威地位，對十九世紀以及此前一切將文學視為服務於其他目的的工具論文學觀、作家權威論予以拋棄。然而，從六十年代開始後結構主義和後現代主義對邏各斯中心主義的顛覆導致了「文學性」信仰的普遍衰落。文化研究相信文學不是一種超歷史的永恆現象，而是一種由特定歷史條件所規定的文化現象。

在傑姆遜看來，文化的涵義包括三個部分，文化是指個性的養成或個人的培養；與自然相對的文明化了的人類所進行的一切活動；與貿易、金錢、工業和工作相對的日常生活中的吟詩、繪畫、看戲、看電影之類的娛樂活動[26]。文化批評家雷蒙・威廉斯認為文化具有三方面的定義，指人類的完美理想狀態或過程；指人類理智性和想像性的作品紀錄；指對人類特定生活方式的描述[27]。傑姆遜和雷蒙・威廉斯關於文化定義的一個共同點是都將對文化的理解與日常生活實踐聯繫起來。這一定義為文學研究從文學作品、作家研究走向對於文化現象和社會生活的廣闊領域提供了合法性。

文學還被認為是意識形態建構的產物。托多羅夫認為，文學不能從語言的角度去理解而應該從話語的角度去理解。如果就話語而言，則能指與所指之間必然具有相對固定的聯繫。話語作為實際應用中的語言，卻必定要受到特定的社會文化語境的限定。在一個社會中，話語總會規範化、制度化為一系列不同的話語類型，而這些話語類型就使符號的意義受到了某種強制和約束。托多羅夫將文學非社會的、永恆的規定轉變成了社會的、歷史的規定。即話語種類既具有語言材料特性，又具有一定歷史條件下的意識形態特徵[28]。在《當代西方文學理論》中，伊格爾頓認為，文學並不是某個人主觀隨意地認為有價值的任何文本。他認為價值標準從來不是主觀隨意的，它深深地植根於深層的信仰結構中。文學不是個人的而是社會的。伊格爾頓主張的文學定義是：「文學，就我們所繼承的這個詞的意思來說，是一種意識。它與社會權力問題有著最密切的關係。」[29]與托多羅夫一樣，伊格爾頓將文學看成是意識形態的產物和表現形式。與

26 [美]傑姆遜，唐小兵譯，《後現代主義與文化理論》（陝西師範大學出版社，一九八六年），頁二—三。
27 [英]Raymond Willams, *The Long Revolution*, 1961, London : Penguin, p.57.
28 [法]托多羅夫，蔣子華、張萍譯，《巴赫金、對話理論及其他》（百花文藝出版社，二〇〇一年），頁一二。
29 [英]特里・伊格爾頓，王逢振譯，《當代西方文學理論》（中國社會科學出版社，一九九八年），頁四二。

伊格爾頓對意識形態的強調有關的是齊澤克對意識形態的看法，齊澤克認為：「意識形態不是掩飾事物的真實狀態的幻覺，而是構建我們的社會現實的（無意識）幻象。」而且意識形態本身並不是一種「社會意識」，而是一種「社會存在」。這樣，意識形態不僅是一種思想和觀念，是一種信仰，更是一種行為和「實踐」[30]。這樣，意識形態已經滲透到我們的日常生活當中，我們實際上被各種各樣的意識形態所包圍。意識形態的這種無所不在，使文學事實上無法非意識形態化。真有文學本身的話，這種所謂的文學本身也正是意識形態衝突的載體或產物。

上述文化研究理論對文學概念進行文化意義上的寬泛解釋，大大擴展了文學性和文學研究的範圍，為國內學者們在建築、電影、電視、青春亞文化、時裝等文本形式背後去揭示意識形態的根源提供了依據，也滿足了現、當代文學的研究者們要求文學研究介入生活實踐的願望。可見，文學研究有向文學他律性回歸的趨勢。但正如托多羅夫持有詩學將讓位於話語理論和話語類型分析的觀點，文化研究顯然把重點放在意識形態性方面。我們的疑問是：文學研究的目的一定是意識形態性嗎？文化研究是否過於強調文學的意識形態性？

必須指出的是文學並不是僅僅是或並不是一切話語的實踐，至少應該是文學性的話語實踐。文化研究從「文學性」的文化涵義出發，有利於通過對現象和文學形式的解讀，發現文本背後的意識形態動機和利益驅動。儘管研究者力圖站在冷靜、客觀的考察立場，但是終究難免表露不可遮蓋的情感、審美和政治判斷，無疑具有鮮明的批判立場。因而，不由得引人追問：研究者的批判立場何以成立呢？何以保證自己宣示的公允和客觀？以「政治正確」的態度登場如何避免庸俗社會學和狹隘的政治性宿命呢？事實上，文

30 ［法］齊澤克，季廣茂譯，《意識形態的崇高客體》（中央編譯出版社，二〇〇〇年），頁四五。

化研究者並不諱言自己的批判性、政治性的傾向。我們認為，走出如前所述的偏見的陷阱，出路在於：一是從宏觀的角度觀照長遠的歷史階段中各種批評方法的產生、衍化和相互間的頡頏、融合。從批評的效果去檢討、總結各自的歷史合理性和局限性。二是對批評者本身所存在的「前理解」狀態或先入為主的「偏見」在批評的共存生態中，進行清理和自我反省。警惕批評主體在偏執一端的同時有可能造成的獨斷和一葉障目。既然這樣，我們的文學史研究就不能成為一部只有意識形態觀念變遷的思想史，我們要挖掘和傳承的還有語言、結構、修辭、形象、情感等文學元素背後的詩性和審美情趣。

二、如何看待歷史

文學史研究的另一個關鍵問題是把持什麼樣的歷史觀、如何看待歷史的問題。福柯提出「知識考古學」所關心的主要是某些特殊類型的話語，但他關心的既不是這些特殊話語本身是否具有真理性，也不是如何去整理和尋找那些被證明為是具有真理性的特殊話語的規則，他關心的是如何在不考慮話語「對」與「錯」或「是」與「非」的前提下，研究某些類型特殊話語的規律性以及這些話語形成所經歷的變化。他把這種話語研究和分析的方法稱為「考古方法」（archaeology）。福柯的知識考古方法成了二十世紀八九十年代以來中國現、當代文學研究中耳熟能詳的實踐方式，尤其對於走出十七年文學和文革文學的研究困境很有價值。

值得反思的是，首先，對歷史的認識問題，有一個潛在的價值指向即是力圖恢復事物的本來面目，也就是真實性的問題。在認識論、本體論、語言論、文化論者的眼裡，考察真實的方式和真實所展示的真實性是各各不同的。我們能否只因為強調歷史的敘述性、修辭性的話語特點而否認文本之外的現實存在？

我們不得不追問：哪些事情是歷史上實際發生過的，它們具有何種程度上的確定性？王瑤認為：「文學史既是文藝科學，也是一門歷史科學，它是以文學領域的歷史發展為對象的學科。……作為歷史科學的文學史，就要講文學的歷史發展過程，講重要文學現象的上下左右的聯繫，講文學發展的規律性。」[31] 其次，後來者面對歷史時，由於與歷史事實存在一定的時間距離，有利於在實踐的過程中吸取一定的經驗和教訓而具有觀察的優勢；同時，觀察者在認識歷史時主觀性是同時存在的，也就是說，觀察者所認為的客觀歷史其實只是前人對歷史的主觀理解，而這客觀歷史所產生的歷史主義意識也只是前人的當代意識而已。在時間更替中，前人的這種境況也就是當代的觀察者在將來的宿命。如果設身處地的進入歷史語境的話，我們會發現，用今天我們所認為的真理在握的批評標準——對前人歷史經驗的總結——去運用於歷史時段的批評實踐的話，其可操作性很值得懷疑。正因為「批評不是一種獨秉權威的對作品的評斷，也不是對作品的俯首貼耳的忠實傳達，而是一種同樣站在歷史地平線上與作品展開的對話。不同境況的批評，所處基點不同，其對話關係和效果就不同」[32]。由此推論的話，那麼，文學史就可以看成是批評者與作品進行對話所形成的歷史。「文學批評不是直接面對本文作為事物本身，而是將之看待為不斷被閱讀的過程，我們通過前人積累下來的闡釋去理解它，或者——如果本文是剛出現的話——通過由承襲下來的闡釋傳統所發展出來的閱讀習慣和類別。」[33] 既然我們對作品的理解包含著「前人積累下來的闡釋」與「闡釋傳統所發展出來的閱讀習慣和類別」，那麼，一定歷史時期誕生的文學史也就具有了自身的歷史性。努力構建一種恆定的敘史框架和批評標準註定會是徒勞的，文學史的終極意義在於文學史序列產生的互文性。所以，我們

31 王瑤，《中國現代文學研究的歷史和現狀》，《華中師範大學學報》一九八四年第四期。

32 張榮翼，《不斷歷史化——文學批評的歷史因素》，《學術交流》一九九九年第一期。

33 F. Jameson, *The Political Unconcious—Narrative as a Socially Symbolic Act*, 1980, Routledge, p.12.

只能在一定歷史語境裡通過批評與作品的對話關係、影響效果去尋找歷史發展可能的積極性因素。還有，歷史的發展是由過去走向現在的時間過程，我們對歷史的認識是在帶著歷史發展結果的前提下由現在回溯過去。而對於歷史發展結果的認識是帶有某種主觀構想的成分的，我們往往很容易把現實邏輯發展的合理性看成歷史的唯一結局，而忽視歷史發展過程的複雜性和結局的多種可能性。

以上分析了文化研究關於「文學」與「歷史」內涵的認識，以及這一認識對於文學史研究的啟示作用與局限性，下面試圖從文化詩學的理論基點上提出中國當代文學史研究的可能性思路。

三、文化詩學視角：中國當代文學史研究的嘗試

文學史研究中引入文化視角，絕非簡單否定基於審美本質的文學性的研究方式，兩者只是出於各自不同、不可偏廢的觀察角度。文學史寫作有三個著眼點，即文學自身的發展、文學創作主體作家以及文學發展的文化背景。考察影響、制約文學發展的諸因素中的「文化」這一環節，從而抓住最終決定文學發展的經濟基礎與文學之間的仲介物。可以從文化詩學的視角來整合「純文學」與文化研究這兩種方法，從而避免其偏頗之處。「文化詩學」既是詩學的，保持和發展審美的批評；又是文化的，把文學看作是文化的一種，並且從語言、神話、宗教、藝術、科學、歷史、政治、倫理、哲學等跨學科的文化大視野來考察一切古今中外的文學、藝術問題。

後現代時代裡，「文化擴張了，其中美學衝破了藝術品的狹窄框架，藝術的對象（即構成藝術的內容）消失在世界裡了。有一個革命性的思想是這樣的：世界變得審美化了，從某種意義上說，生活本身變成藝術品了，藝術被哲學取代了……在後現代的世界裡，似乎有這種情況：成千上萬的主體性突然都說起

話來，他們都要求平等。在這樣的世界裡，個體藝術家的個體創作就不再那麼重要了。藝術成為眾人參與的過程，不只是一個畢卡索」[34]。日常生活的審美化趨勢、文學現象、文化事件、媒介與文學的結合而產生的大量的跨媒介文學，如廣播文學，電視散文，音樂電視，網路文學等等，這些變動籲請文學性範式的轉換。陳思和的《中國當代文學教程》對王朔文學作品的影視化現象、崔健的搖滾樂反映的精神現象進行了研究。文化研究的理論資源為文學作品、文學現象的解讀提供了多維度、多層面的可能性。如法蘭克福學派、伯明罕學派、結構主義、解構主義、後現代主義、女權主義、後殖民主義、消費文化理論、大眾傳媒理論等等。研究的途徑也不僅僅是揭示文本形式背後的意識形態，每一種藝術形式作為一種具有獨立品格的文化形態，可以發現其中的美學韻味和詩性價值。何況，對於意識形態複雜內涵的揭示，目的在於發現制約著文學作品、文學現象詩意和美學光輝的壓制性機制與因素。因此，文化詩學的「文化」和「詩學」本不應該分裂開來。

有些學者將張承志、張煒與王朔等分別作為精英化寫作與大眾文化寫作的典型個案看待，從而描述出九十年代二水分流、二元對立的文學生態。而這樣的評價標準在金庸和金庸現象面前卻難免失效。先鋒寫作、商業寫作、私人寫作、主流寫作、邊緣寫作等文學類型共同製造著眾聲喧嘩的狂歡景觀。實際上，八十年代至今，「純文學」的純粹化追求內部其實也並不是鐵板一塊，賈平凹、韓少功、王安憶、馬原、余華、閻連科、阿來、韓東、朱文等都是各呈異彩。特別在寫作風格上，九十年代的寫作形成與八十年代不同的特色，成為了新的文學景觀。我們很難用「純文學」這樣的說法概括和評價他們在八九十年代這二十年中寫作的豐富性，特別是文學追求和寫作風格上的種種複雜的變化。

34 〔美〕詹明信、張敦敏，《回歸「當前事件的哲學」》，《讀書》二〇〇二年第十二期。

文學史寫作應該以作品為中心，這是無庸置疑的一個根本立足點。問題的關鍵在於如何將文學自身流變以及影響文學發展的各種他律性因素整合進大的文化生產場域中去認識某一歷史時期的精神歷程。對文學效果的考察其實可以納入文學精神史的梳理之中。文化研究為中國當代文學研究提供了一個視角、一種策略，而不是去徹底顛覆過去以審美品格為中心的研究方式。語言修辭、文體風格、美感體驗、詩性超越依然是使文學代代相傳、保持生機的魅力特徵。因此，我們通過檢討前人文學史研究成敗經驗的基礎上，去重新建構一個文學史的述史框架的可能性角度，從文化詩學角度尋找出有利於中國當代文學史研究走出困境，從而煥發生命力的思路和策略。

第九章　中國文論研究的語境與出路

中國文藝學主要研究中國文學的規律性、趨勢性、架構等方面的問題，它需要把目光聚焦於中國問題；而另一方面，中國文藝學不是傳統的國學，它是西學東漸的學科引入的結果，在它的學科基本範疇、理論框架的方面，都是從西方文論脫胎而來。這樣一個既要面對本土文學狀況，又要遵循國際化的學科規則的研究領域，它所需要研討的就不僅是早已作為研究對象的文學本身，而且還需要對自身狀況的思考。

文藝理論在當今發生了一些什麼重大變化；過去的文藝理論觀點在什麼條件下適用；什麼條件下又必須有所超越；文藝理論變革過程中出現了哪些新的問題，等等，這些重要的理論問題成為當今文藝理論必須面對和思考的方面。本章從理論轉向的角度，提出當今文藝理論最值得關注的焦點。當前文論已經具有了新的設問對象和思考重點，把握這種變化有助於加強理論工作的自覺性。

中國當代文論是在中國本土文學實踐和西方文論這雙重影響之下形成的。中國當代文論需要面對自身文學實踐的問題，也需要從西方文論的話語資源中吸取更多更新鮮的養料，在這個基礎上它也需要開掘自身的問題意識，即自己提出問題並且嘗試做出自己的解答。這樣一種工作基礎的部分需要尋覓問題的原點。現代性、對話性和異質性是建立文學研究基本框架的三個最重要的概念，也是中國當代文論內在的關鍵字。現代性是中國當代文論的出發點，對話性是中國當代文論的立足點，異質性是中國當代文論的生長點。

在當前的文學與文化狀況下，借鑑西方文論的方法和成果已成為中國文論發展的必要途徑。然而坦率地說，中國目前的借鑑還做得不是那麼深入、那麼及時，甚至有時還不是那麼準確。在強化借鑑工作的同時，中國文論應該有自己的新創。這既是中國文藝研究面對自身的文藝問題、文藝傳統應該提出的要求，又是普遍性的理論工作應該進行的一種調整。當代中國文論不同於西方文化背景的文藝狀況，中國文論對於中國經驗的總結、提升可以為國際文論提供啟示性的參照。中國文論在積極借鑑西方文論成果的同時，也需要對西方文論有所超越。這種超越的目的不是對抗，而是具有積極意義的對話，同時也是在中國文化氛圍中陶冶中國文化心靈的必然要求。

中西文論的知識差異是我們無法迴避的一個事實，在我們援用西學資源研究中國問題或者立足中國立場研究西學時，都必須回到二者知識的歷史背景、知識的起源語境與特殊的知識系統，必須拷問中西學人的提問方式是「這樣」而不是「那樣」的原因所在。在進行中西知識差異性清理的前提之下，我們才可以比較二者異中之同。這種異中之同可以為各自知識系統的更新提供富有啟示價值的方法與視角。西方文論的中國化途徑意味著平等對話中的綜合創新。本章研究的最終目的是發現一條西方文論中國化或中西文論對話的可能途徑，尊重差異、尋求互補，從而達到平等對話中實現綜合創新的目的，為文藝學的知識創新尋找可能的途徑。

第一節　中國文藝學研究應予重視的語境、問題與思路

中國文藝學，並非僅僅指文藝學這樣一個學科在中國的具體境況，中國文學與文化狀況反映在文藝學之中，使得文藝學體現出中國特性。也就是說，我們不能說中國物理學、中國化學，等等，這些涉及到的

是普遍性問題；只能是物理學、化學等自然科學在中國的研究狀況，它也許有別於其他地區，但是這種差異往往是發展水準的差異，即使有著學派方面的區別，各學派之間畢竟也可以對話，在具體觀點與傾向有衝突之外，總體上還是保持了統一的話語，即該學科作為一門學科的基本理念和研究的基本原則。可是，人文學科領域並非如此，人文學科有時話題的產生和傳播有不同的機制，它們之間不能夠進行簡單的輪轉，這就如同中醫諸如寒熱等概念，並不能在西醫的病理學中也都一一對應地找到相應的病症名稱。

上述這樣的認識並不是說我們進行文學研究要另外開創一門學科，而是表明，我們所面對的文學問題，畢竟又不同於其他國家和地區的當下問題和基於個體生存狀況的形而上的思考。而且退一步看，我們的所謂「文藝學」學科構架本身來自蘇聯，蘇聯把國家意識形態和作為學科研究的文學研究結合起來，從而實現國家對科學研究的總體掌控。而西方世界並沒有「文藝學」這一稱呼的學科，所謂「文藝學」的相關研究，要麼作為哲學分支的美學，要麼則在諸如英國文學、法國文學等具體學科之中展開。中國古代也沒有「文藝學」學科這樣的領域，古代在一般化層次是各種詩話、詞話、曲話等，它注重的是閱讀體驗而非文藝學意義的普遍原理，或者是很具體的對李白、杜甫等作者及其作品的研究。「文藝學」這種特殊的學科背景，一方面需要積極地採取開放的姿態，注重與國際主流學術的接軌；另一方面，需要隨時考慮自身需要面對的問題。目前情況下，中國文藝學研究迫切需要面對的首先是語境、問題和思路三個方面的問題，以下分別論述。

一、時間和空間的錯位

語境，即英語中的「context」，一般可以翻譯為上下文，即一段語言表達的意思和它的具體語言表達環境相聯繫。從更大的範圍看，其實所有的表達都有語境的特性。在不同語境條件下，同一話語可以表達出不同的意思；或者不同的話語也可以表達出相近的意思。對於語境辨析的重要性，在這個意義上不亞於對話語本身的把握。那麼，對於中國文藝學的學科而言，語境問題有特殊的意義。希利斯・米勒曾經說：「自一九七九年以來，文學研究的興趣中心已發生大規模的轉移：從對文學作修辭學式的『內部』研究，轉為研究文學的『外部』聯繫，確定它在心理學、歷史或社會學背景中的位置。」[1] 它這裡說到的狀況是「一九七九」年作為一個時間的分期標誌，也許這一年美國的文學研究領域出現的眾多現象可以作為佐證，不過在此時間可以有一些上下的波動。一九七九是中國進行改革開放的年代，和國際主流學術的接軌是其中一個方面，可是在這樣接軌的趨勢中，卻剛好和美國文學研究的趨勢背道而馳！這裡或許不能說成是故意形成區別，而是有一種時間差。當中國的文學研究和國際（這裡主要體現為和西方的文學研究）接軌時，我們認同的西方，屬於西方文化的文藝復興到啟蒙運動時代的思想，實際上西方學術、西方思想也就是在這樣一個大的背景下進入到現代階段，同時中國在西學東漸的進程中，所看到的西方的顯著不同於中國的特色。另外一種狀況，在改革開放之前中國所瞭解到的西方，包括在二十世紀三四十年代接觸到的現代派文藝和文藝批評思想。這樣，經典形式的西方文論思想在二戰之前已經進入中國，西方文論思想成為中國文藝學尋求開放視野的基本座標。這裡接軌所體現的悖論性質就在於，接軌的過程實際上是所接的對方正在脫離的位置，即時間上的錯位、空間上的延續。

這是一種時間的錯位。在時間錯位情況下所說的接軌，其實就是把空間作為了接軌的方面。於是我們又可以看到另外一重錯位，福柯對西方哲學中重視時間的觀念的一番分析。他說，自康德以來，哲學家們

1 〔美〕希利斯・米勒，《文學理論在今天的功能》，參見〔美〕拉爾夫・科恩主編，程錫麟等譯，《文學理論的未來》（中國社會科學出版社，一九九三年），頁一二一—一二二。

思考的是時間。黑格爾、柏格森、海德格爾皆是如此，「與此相應，空間遭到貶值，因為它站在闡釋、分析、概念、死亡、固定，還有惰性的一邊」[2]。時間問題顯得重要，是因為自文藝復興以來，整個西方文化就是在時間的流動這一事實中，文藝復興的口號是「回到希臘」，通過希臘的前基督教文化來對抗教會統治；當這一任務達成之後，就又通過時代變化的理由來超越希臘文化。如果說歐洲所發生的思想和社會變革，是通過時間尺度的重要性提倡來達成，那麼，這樣的變革在對歐洲之外的國家和地區產生影響時，則是一種外來的影響力而缺乏自身變革的誘因。於是，在歐洲屬於時間的東西，在歐洲以外的國家和地區就疊加了一層空間的意義。當這樣一層疊加形成之後，就對中國的文學和文學觀都產生了深刻影響。李歐梵曾經對比說，五四以降中國現代文學的基調是鄉村，鄉村的世界體現了作家內心的感時憂國的精神，而城市文學卻不能算作主流。這種現象與二十世紀西方文學形成了一個明顯的對比。

歐洲自十九世紀中葉以降的文學幾乎完全以城市為核心，尤其是所謂現代主義的各種潮流，更以巴黎、維也納、倫敦、柏林和布拉格等大城市為交集點，沒有這幾個城市，也就無由產生現代西方藝術和文學。所以，正如雷蒙・威廉斯所說：「西方現代作家想像中的世界唯在城市，城牆以外就只有野蠻和無知；不論城市如何光明或黑暗，沒有這個城市，世界就無法生存。」[3]西方文學中，城市作為現代文化的發祥地，是文學描寫的主要對象；而中國現代文學，積極靠攏歐洲文學，原來的文學樣式包括格律詩、章回體小說等已經退出了創作的主流，可是在這一過程中，歐洲文學尤其是歐洲小說的城市文學的基調則沒有被移植過來。一種比較方便的說法是，中國在現代也還屬於農業文化，因此對農村的描寫理所當然就

2　〔法〕福柯，嚴鋒譯，《權力的眼睛——福柯訪談錄》（上海人民出版社，一九九七年），頁一五二—一五三。
3　李歐梵，《現代性的追求》（三聯書店，二〇〇〇年），頁一一二。

是文學的主調，可是這種認識沒有多少真實的理由。現代社會以來，並不是一開始就是城市人口、城市經濟成為主體，而是城市文化和城市的經濟成為了新的生活的開拓者和引領者，因此才有歐洲實際上從文藝復興時期的《巨人傳》等開始的城市文學傳統。中國作為後發現代性國家，在學習歐洲的過程中，其實並不是以一種完全學生的姿態面對西方，而是不得已經過了西方堅船利炮的轟擊，欲求「師夷長技以制夷」來接觸西方文化。這樣的話，在積極學習西方的過程中，始終有自己的原初動機作為看待問題的基點。這種基點的普遍性是，西學只是工具，而中國自身的東西才是立足的根本。那麼把文學的基本面定位在農村，可能就是這種思想狀況下的一種知識界的集體無意識。查普曼在考察南非社會的複雜性時注意到一個事實，南非的白人中主要是布林人，在更早的年代，荷蘭人在此經營殖民，因此他們有著一些荷蘭人的血統；南非也曾經是德國的殖民地，然後在第一次世界大戰之後成為英國殖民地。於是南非的白人在自己的文化認同上就有不同的方面，即可能分別對荷蘭、德國和英國產生認同，把它作為自己的文化之根。這種不同的認同感都有一定的歷史依據，在平常可能並不被人注意，可是在一些非常時期就可能會成為問題。譬如第一次世界大戰失敗的德國把南非割讓給了英國，在第二次世界大戰中英國和德國又成為交戰國，南非人在思想上就產生不一樣的認同，他們和德國有歷史聯繫，同時他們和英國才有現實聯繫。這種認同感的差異往往都可以尋繹到某種線索，使得認同問題在一定程度上屬於心理問題。因此查普曼說：「西方的概念變得日益複雜，歐洲人從過去的歷史中尋求它的身份界定，美國是從現在，而來自東方的日本則是西方的一個主要力量，它信奉一個未來意識。」[4] 所謂「西方」早已不局限於地理的或者方位的概念，而是一種文化的、社會的、時代的涵義所包裹著的複合概念。歐洲人作為文藝復興到工業革命的發起者，他們

---

[4] 〔南非〕麥・查普曼，《身份問題：南非、講述故事與文學史》，參見《新文學史》（清華大學出版社，二〇〇一年），頁八七。

有歷史依據；美國人一方面本身是歐洲文化的傳人，另一方面近百年來美國充當了當年歐洲所充當的拉動歷史的角色。日本人無論在歷史、血緣、文化類型等方面都不屬於西方，可是日本在現代化進程中非常成功地掌握到了西方文化的精髓，可以說它是一個西方化了的國家。在缺乏歷史等角度支撐的情形下，日本從未來的角度來認同西方的概念，是可以理解的。

文學也存在著身份認同的問題。當年周作人梳理中國新文學源流時，感到五四之後的中國新小說雖然在拋開章回體形式等方面，深受歐洲文學的影響，可是在表達觀念方面，則有明末世俗趣味追求的痕跡，這種認識大異於把新文學只看成思想啟蒙工具的觀點。而另外一位新文學的重要人物郁達夫完全持以相反意見，他認為：「中國現代的小說，實際上是屬於歐洲的文化系統的。」[5]我們今天來看他們的觀點，其實並沒有簡單的誰對誰錯，而是新文學參與者的認同差異。如果這種差異體現在民族文學總體性格局中，就會出現文化跟進者一方的時間意義和空間意義的錯位。

二、普遍境遇和特殊狀況

如果說中國文學和文學研究的語境出現了錯位的話，那麼這不是什麼錯誤，中國文學需要面對其他國家或者地區的文學，但是沒有必要複製它們。結合到本土文化和社會的具體狀況之後，和西方文學出現差異也是非常正常的事情。這裡有一個基本的原則問題需要加以思考，即中國文藝學作為一個學科，它從古代就已有相關的表現，同時在近代以來受到了西方思想和文化影響，包括它的基本術語、理論框架，很大

[5] 郁達夫，《小說論‧第一章》，上海光華書局，一九二六年。

程度上不是中國古代遺留下來的，而是西方文化影響的產物，已經西化了。西化過程中，涉及到一些帶有悖論性質的問題。即一方面，在學習、移植西方學術體系的同時，還要引進該學科看待問題的方式，譬如現代醫學的臨床實踐就不能採取中醫的五行學說來說明症候，也不能在藥理上以諸如寒、熱等性質來說明藥物的作用，現代西方醫學在藥物的有效成分上要落實到分子層次。另一方面，學科要能夠解釋現實的問題才有生命力，而現實的問題在不同時期和不同地點都可能發生變化，這樣就有一個學科本身要面對的本土問題。在本土問題中，中國本土文化對於外來文化的解釋的拒斥也是一個棘手的現實。在這裡，我們需要在學科的意義上，把學科問題進行接軌。即一個術語至少要有共同的定義，對一種理論體系，也至少需要有彼此都接受的解釋，雖然在評價時可以有根本區別，但是在陳述的角度應該保持客觀中立的立場。在整體的文藝學面對文學的現實基礎上保持對話，把文藝學和文學的關係作為學科建立的基礎。同時，應該看到如同不同地區有不同文化，那麼不同國度的文學狀況不盡相同，文藝學問題就有各自不同的境遇。

但是，實際情況是，在這一方面的「度」沒有得到有效保障。一種狀況是完全照搬外來的理論，這種外來理論作為一種思想方法、思想資源是有價值的，但是面對不同的文學時，的確需要有針對性地運用，有時可能根據對象的狀況在輕重分量上有所選擇，有時則對理論本身的表述進行適當的修訂，這是人文研究一種合適的方法。另外一種狀況是，要麼簡單地拒斥，要麼則加以歪曲的表述和運用。甘陽和劉小楓對二十世紀以來中國學界引進西方學術思想的基本狀況進行反思時提出：

> 不太誇張地說，近百年來中國人之閱讀西方，有一種病態心理，因為這種閱讀方式首先把中國當成病灶，而把西方則當成了藥鋪，閱讀西方因此成了到西方去收羅專治中國病的藥方藥丸，「留學」號稱是要到西方去尋找真理來批判中國的錯誤。以這種病夫心態和病夫頭腦去看西方，首先造就的是中國

的病態知識份子，其次形成的是中國的種種病態言論和病態學術，其特點是一方面不斷把西方學術淺薄化、工具化、萬金油化，而另一方面則又不斷把中國文明簡單化、歪曲化、妖魔化。[6]

這種以西方的「藥」來醫治中國的「病」的做法，其實早在洋務運動的初衷就有體現，所謂的西學為用並不是要取代國學，而是要以西學醫治痼疾。說到底，洋務派的「中學為體、西學為用」，把西學當成了藥，中學才是飯。後來的革新派的主張與洋務派有很大區別，但是這種區別主要是一種針對帝制等方面的政治訴求的差異，而文化建設的規劃上相當一致。這裡的問題是什麼呢？那就是，或許我們的一些弊端的確也需要從外來思想中尋求資源，一種批判性的思想有時需要外部力量來啟動；但是這種針對性的診治還是應該從已有痼疾的思想根源中去尋找，通過剖析這種思想的謬誤才能夠真正找到療治之道。更關鍵的還有一點，從革新派那裡尋找的癥結，往往是通過對比中西的不同，把中國不同於西方的方面作為痼疾，這種極度的簡單化不但無助於尋求革新的方向，而且本身也為保守派的反擊提供了一個把柄。當把不同作為弱點看待時，也就拋棄了自身文化的特性，一個缺乏自身文化根基的民族，就沒有真正汲取外來先進文化和思想的立足點。錫德尼曾經說：「詩，在一切人所共知的民族和語言裡，曾經是無知的最初的光明給予者，是其最初的保姆，是它的奶逐漸餵得無知的人們以後能夠食用較硬的知識。」[7] 錫德尼所說的詩歌的特點，其實在根本意義上是民族文化問題，一個民族發展出自身的文化，是通過最初的文化原點來進行的，它構成龐大的文化、知識和制度的基礎。如果這個根基廢除了，那就等於斷絕了文化的基因。

6 甘陽、劉小楓，《重新閱讀西方》，《西學源流叢書・總序》（三聯書店，二〇〇六年）。

7 [義]錫德尼，錢學熙譯，《為詩一辯》，參見伍蠡甫、蔣孔陽編，《西方文論選・上卷》（上海譯文出版社，一九七九年），頁二二七。

文藝學應該提供關於文學研究的理論資源，這種理論的特點決定了它需要普適性，它需要原理角度上涵蓋盡可能多的現象，這種理論的擴展功能實際上也是我們評價某一理論是否有價值的依據。在實際的理論運作中，它需要具體的理論工作者展開工作，而每一理論工作者也生活在具體環境中，都帶有所在時代的印記，所以理論上盡可能具有廣泛性，落實到具體層次上，不同時代可能有不同的特點和側重。美國學者奧康納認為：「現代西方的歷史書寫從政治、法律與憲政的歷史開始，在十九世紀中後期轉向經濟的歷史，在二十世紀中期轉向社會與文化的歷史，直到二十世紀晚期以環境的歷史而告終。」[8]這裡涉及到時間變化因素的重要影響，而從抽象角度看時間因素，具體語境可能和當時的、具體的社會文化環境相關，也就是說實際上隱含著空間因素。如果我們從中國經歷的西學東漸過程來考察，那麼西方「從政治、法律與憲政的歷史開始」的現代文化歷程，在中國最初只是一種面對堅船利炮的軍事問題，而這種軍事問題首先涉及的是對理學、工學等工具學科的要求，這就對教育內容提出了修改的要求。要由傳統的經學考釋轉到數學計算，一種本來只是教學培養科目的東西實際上成為了變革既有文化的導火索。再進一步考察，西方的現代社會和憲政制度的改革同步進行，甚至憲政問題先行，而在中國實際上這樣一步迄今沒有完成。這種具體語境上的差異，成為「中國特色」的一個方面。以西方的「藥」來醫治中國的「病」，這種想法的初衷或許是好的，但是「藥」和「病」的關係作為隱喻，其實也表達出一種無奈。在醫學角度上存在著個體差異，一般普遍的醫學措施，對多數人適用，但不能保證對每一個個體適用。在醫學手術中可能採取全身麻醉，這裡有一個安全問題，在患者身體各方面可以採取全麻的情況下，也會有十萬分之三的事故率，就是說每十萬被施手術者，統計角度上有三人不能醒來。而全身麻醉作為大手術的必要前提又不能廢

8 ［美］詹姆斯・奧康納，唐正東譯，《自然的理由——生態學馬克思主義研究》（南京大學出版社，二〇〇三年），頁一〇九。

除，所以需要術前告知，讓患者或者家屬知道可能的傷害後果。也就是說必要的步驟有可能成為造成傷害的環節，而簡單廢除這一環節則是因噎廢食，也不可取。那麼中國在學習西方、引進西方技術乃至觀念的過程中，一方面在和保守的、不思進取、固步自封的思想做鬥爭，另一方面也需要反省尺度的問題。劉若愚在《中國之俠》中對於歐洲的騎士和與之比較類似的俠客進行了對比。「前者有宗教的約束，後者無任何宗教信仰」，「騎士分等級，有出身；俠客不分等級，有俠精神就是俠客」[9]。因此，在形式上騎士和俠士比較接近，而在實質意義上有很大出入，這種差異最主要在於，騎士本身屬於中世紀歐洲文化秩序的產物，他們的使命也就建立在維護既有秩序的方面；而俠士則有反體制的性質，中國古代的俠客可能對利益集團的某一群體的某一方面有價值，而在整體上他們是韓非子所說「俠以武亂禁」，這是對秩序的干擾。這樣就可以看到，其實中國在面對西方的衝擊而產生學習西方的應對方略時，它的文化基礎的確不同於西方；在本身時間角度處於後發的狀況下，也在文化角度處於一種異質的狀態。如果說閉關鎖國的方式不能擺脫被動挨打的局面，也不是中國走向健康繁榮的軌道，那麼完全不計自身的情況盲目地照搬，也是沒有出路的。

三、擺脫古代與西洋的桎梏，構建問題意識

當我們梳理了文藝學所處的「後發現代性」語境[10]，明白理論表述的普遍性要求與具體言說的根基以及有效性之間的矛盾後，接下來就需要進入對問題的進一步思考。在給定的語境條件，在實際面對著一些

9　劉若愚，《中國之俠》（上海三聯書店，一九九一年），頁一九四。
10　張榮翼，《中國文學的後發現代性語境》，《學術月刊》二〇〇七年第一期。

根本問題的狀況下，我們的文藝學自身應該如何進行調整？這種調整的一個很重要的方面需要真正面對真的問題，要有問題意識和針對性的思路。

問題意識不是簡單的一個提問本身。提問包含了對問題的思考，而在研究領域中問題很多，把哪些有疑問的方面作為問題提出來加以研討，這就體現了思考的重點。另外一個重要的方面是，當提出學科的問題時，實際上預設了一個前提，即回答這一問題可以對於學科的發展，對於學科的某些需要研討的方面有所推進。

學科問題的價值是不同的。提出對最初的文學如何界定，也許是一個有價值的問題，可是文學這一詞彙並不指向一個實在的物體，而是某些語言文字的集合，它有賴於「如何」界定文學。宗教主持人儀式上的表述可能有美感成分，那麼它是否算文學，就有不同的認識。因此，對最初的文學如何界定本身在考證中困難重重，關鍵還在於這種考證的前提條件不明確的話，所得到的一些結論就沒有多少意義；但是反過來說歐洲第一部長篇小說如何產生，中國第一個話本如何出現等就很有意義，這可以揭示文學的演變軌跡，而且對於認識當今的文學，對於梳理文學的演進軌跡也都有意義。關於問題的提煉方面，當前學界做得並不理想，這種不足和先天的因素有關。中國文藝學的誕生有古代文學批評的遺傳因素，但是更為直接的影響則來自於西學東漸的過程。通過學習西方的大學教育和科研體制，中國建立了當今的文藝學，它的學科術語和邏輯體系，包括設定文學的本質論、發展論、創作論、文體論等，都和西方文論有著承襲關係。在引進西方學術思想的過程中，因為有被堅船利炮轟開國門之後的反省意識，所以作為學生的中國實際上戴著一副有色眼鏡看待西方。

所謂的中西思想的「體用之爭」，這裡的西學僅僅指西方文藝復興之後建立的現代學術，而中國則把自先秦以來的所有思想都囊括其中。在時間的非對稱之外，關鍵還在於根本忽略了西方思想在文藝復興和其後的啟蒙運動對於傳統的重大轉型。在沒有看到歐洲的變化的同時，也就沒有看到他們的問題意識的變化，把新的歐洲思想看成了一個固有的體系，以此和中國先秦以降的、比較缺乏變化的思想進行對比。在這樣的錯位中，保守派以此來說明中國思想才關乎倫理，才能提供立國之本，西學不過是工具性的價值；而革新派注重的則是中西呈現的靜態的差異，這樣也就容易忽視近代以來西學所體現的革新的特點。實際上，當中國引進西方的學術思想時，這些思想本身也在西方世界引起過大震盪，正因為這種震盪才造成了對於中國來說迴然不同的一個西方。

由於沒有看到或者至少是忽視了西方思想的革命進程，所以在接觸到西方學界的觀點時，對於其中體現的革命意義往往就視而不見。譬如我們接觸到黑格爾的思想，把它作為一個重要的體系建構者來認識。如果動態地看的話，那麼，黑格爾和康德是調和理性主義和經驗主義這一哲學工程的完成者。這種認識當然是有道理的。

真理的獲得可以通過改變事物的本來面貌來完成，也就是說，原先與認識相對的實踐現在也就具有了認識論的意義。在方法論上，問題的解決途徑發生了變化，相應地提出問題的方式也可以發生變化。實際上西方的學科發展在近代以來取得了長足的發展，而且這種發展自牛頓以來一直沒有停滯，即使人文學科也是如此。假如說黑格爾時代是對於西方古代以來理性主義和經驗主義的集大成意義的調和，似乎應該是原先的原則性爭論得到了解決，今後就可以只是在小的問題方面作一些修補就可以了——事實上康德、黑格爾等人也是這樣設想的。可是十九世紀語言學理論的進展，造成了二十世紀人文學科的語言轉向，語言轉向之後的總體格局又發生了重大調整，它不只是修改一些具體的見解，關鍵在於它的問題範式有了不同。假如說黑格爾對美的本質問題有了最根本的認識的話，那麼語言轉向之後的美學家可能會認為美的本質問題本身不成立，美作為一個肯定性的價值範疇，它不是實體而是一種評價關係，關係只能在相關各方的互動中來體認，而不能對其作一個本質主義的概括。當把黑格爾等前輩學者的思想撇開之後，那麼對於原先所表達的觀點就可能有一個總體性的置換。我們從這一角度上來看待中國文藝學的學科問題，就可以發現它最根本的缺陷在於，它沒有自己的問題意識，即它不能提出自己所要解釋的問題；如果真的碰到（碰巧遇到而不是方法論意義上的提出）一個問題，那麼，我們對於問題也缺乏一定見地的思路。就是說，具體觀點可以見仁見智，但是需要一種啟發性的思路，而正是這一方面的不足造成了最終的缺陷。

我們可以結合到具體的文學研究來看。作為魯迅的代表作之一，《祝福》被一些中學語文教材選入，其中祥林嫂的生活悲劇成為課程教學的重點。封建時代的「祥林嫂」們的確受到很大壓制，而且也產生很多生活的悲劇，但是一般不至於像《祝福》故事中祥林嫂式的悲劇。問題在於祥林嫂的遭際發生於民國年間。民國時期的鄉村，婦女們喪失了封建倫理的庇蔭，又沒有城市裡法律可以提供的婚姻法保護，於是遭到社會和文化穩定時期很少出現的厄運。這種過渡時代也就是魯迅自己說的「做奴隸而不得的」時代。祥林嫂悲劇的核心環節應該是她被婆家賣走，從而才有了後來喪失阿毛的悲哀和死後如何面對兩位丈夫的惶恐。這一悲劇的直接製造者是婆家，而它的文化根基，按照中學課程的講解，是封建社會及其倫理。其實不然！封建文化提倡婦女守節，丈夫死後不二嫁是從一而終原則的履行，受到提倡和保護。婆家之所以要賣走祥林嫂，不是祥林嫂有何過失而處置她，而是丈夫下面的兄弟需要娶媳婦，而沒有按照習俗必需的聘禮，所以賣掉祥林嫂之後的錢才可以填補這一差額。這裡就有破綻，如果真是在封建時代，祥林嫂可以告官，這種破壞守節的行為會受到官府的制裁。再說，家族的長老也會支持祥林嫂的反叛，恰好就因為已經不是封建時代，祥林嫂不能得到有效的支持。祥林嫂所處的落後鄉村在沒有原先家族倫理支援之後，又不能得到城市裡面才相對完善的法律的援助，於是才造成了生活悲劇。這一筆帳算不到封建社會，而是應該算到由封建社會走向現代社會的過渡時段，即此時社會秩序呈現的一段「真空」狀態。其實這種過渡性質在中國經歷了比其他國家遠為長久的時間，這是有嚴重後果的癥結。

此外，從中學語文教學角度看，魯迅在描寫祥林嫂生活悲劇的故事中是一個旁觀者、思考者，如果要制止祥林嫂的悲劇繼續重演，似乎藥方是通過啟蒙喚醒當事人。其實生活狀況的真實一面不是意識層面，而是利益的或立場的層面。祥林嫂的悲劇依靠同情是不能得到解決的，依靠某次革命也不能真正解決。關鍵在於，祥林嫂如何會被賣？這裡是經濟原因和法制原因。在經濟上需要有不能買賣婚姻的市場，而這一點也涉及到文化的歷史問題；在法制上，祥林嫂提出訴訟的話買賣者會受到嚴厲懲處，使得他們在作惡時不得不考慮犯罪成本，從而可能抑制犯罪率。另外，社會的改變大多不是一蹴而就，事實上「任何政治與社會革命都解決不了或者代表不了個人的日常生活問題。政治革命社會革命的『終極關懷』與哲學形而上學的理性假設、理性設計，都包辦不了個人的日常生活瑣事。換言之，革命的勝利解決不了『第二天』的日常生活問題。革命從來只是暫時的歷史性（直線性）的進步過程，而日常生活卻是超歷史的永恆的週期輪迴的問題」[11]。我們可以理解政治家提出宏偉的社會藍圖，彷彿社會的進步是歷史人物站在就職儀式上掀開的新篇章。而從社會學角度看，所謂的宏偉藍圖必須在各種生活細節中得到落實才有效果。那種細微的潤物細無聲式的變化往往才是可以持久的，而這種改變不是思想家擬定，而是在民眾中自發、自覺地形成的。因此，需要對問題重新思考。魯迅的一代考慮的是如何採取啟蒙主義思想來改變社會，這是必須的；問題還在於任何思想要有自己的根基才是正途，它應該是原發的而不是外來移植的。

[11] 劉懷玉，《列斐伏爾與二十世紀西方的幾種日常生活批判傾向》，《求是學刊》二〇〇三年第五期。

第二節　當前中國文藝理論設問方式的轉變

文藝理論是文藝學這門學科最為核心的部分，文藝學學科的進展不能沒有文藝理論的研究進展作為支撐。作為一門古老的學科，文藝理論至少在有文獻記載的思想家的論述中就已經存在了，以後隨著文藝創作的發展變化，文藝理論也就有些相應的調整。在當代社會階段，文藝理論由於社會和文藝自身變化的加劇，也由於人文學科方法的更新，文藝理論做出調整的步伐大大加快了。因而，在跟蹤文藝理論變化的軌跡時，研討這種變化的特性、規律等任務就提到日程上了。

一、文藝理論變革的三種既有描述

文藝理論在不同時期經歷了不同形態，它有不同的表達主體，針對不同的表達對象，體現了不同的文化精神，貫串了不同的思考方法。文藝理論具有這些差異是人所共知、人所共識的。然而，當我們對於這些差異進行理論上的剖析時，則認識上就可能出現很大的偏差。主要有三種關於文藝理論變革問題的觀點。

最根深蒂固的觀點是強調文論演化過程的繼承關係，換句話說，強調古今之間的一體性。這種觀點要求後代文論遵循前代的文論思想。劉勰的《文心雕龍》是「體大思精」的一部文論專著，在中國古代文論多以筆記體形式講述的背景下，顯得別具一格，非常突出。但是，在文藝理論變革問題上他的觀點趨於保守，他說：「是以子政論文，必徵於聖；稚圭勸學，必宗於經。」[12]「三極彝訓，其書言經。經也者，恆久之至道，不刊之鴻教也。」[13]按此觀點，前代聖賢的思想言談，後代不能也不應該背離，它具有永恆的真理性。以此看待文藝理論，那麼後代只能對前代聖哲思想發揚光大，談不上多大新創了。

這一觀點在解釋具體的文論狀況時當然也會有一些困難，諸如，孔子時代的詩歌多為四言詩，而到了劉勰所處時代，則已發展到以五言為主，以至於和劉勰大體同時的鐘嶸曾說，四言詩有「文繁而意少」的缺點，而「五言居文詞之要，是眾作之有滋味者也」[14]。到了唐代之後，格律詩新興的同時也成為主要的詩歌文體，這種文體變遷不能不驅使文學觀念發生變化。對此狀況，劉勰也有充分認識，他在《文心雕龍・時序》說：「時運交移，質文代變。」「文變染乎世情，興廢繫乎時序。」那麼，這裡的「變」與文論體系的不變之間有著矛盾。文學中作為基本規律的「道」是恆定的，而具體現象不斷演變，通過對規律的總結，那麼就可以對千變萬化的現象做出總體把握。中國文化有治、亂相交的循環史觀，在文論方面則有文、質的循環觀，它們都是從中國文化陰陽相生相剋的兩極原理做出的總體概括和演繹。這樣，實際的文學變化就被統攝到一個相對穩固、前後一貫的循環、生剋的「道」之中了。「道」成為說明變化，同時也是消解一切變化意義的避風港。這種將變化納入到不變之中來理解的認識，在中國古代文論中具有普遍性。兩漢經學、魏晉玄學、宋明理學和清代樸學的文化氛圍中，力圖追尋前代聖哲思想的原義，它的一個未加證明但已先驗地肯定的前提是，聖哲已為我們提供了新的問題的答案或方法。同時，它也是歐洲古典主義文論及中世紀文藝思想普遍存在的一個假定。

12 劉勰，《文心雕龍・徵聖》。
13 劉勰，《文心雕龍・宗經》。
14 鍾嶸，《詩品・序》。

然而，文藝理論畢竟在發展著，各個時代的文藝理論在所論說的主要對象上、在它所講授觀點依憑的哲學體系上、在該文藝理論所起到的社會作用等方面，都體現出很大差別。如同樣從文藝「模仿說」看待文藝，柏拉圖認為文藝模仿的是理式，亞里斯多德將文藝視為對外界事物的摹寫；中世紀教會文藝觀以此強調自然萬物蘊含了神的意旨；文藝復興的文藝思想反撥教會文藝觀也同樣採用「模仿說」，但是他們認為文藝模仿的對象是自然，以形而下的此岸世界取代了教會鼓吹的彼岸世界，為文藝表達世俗精神正名。從不變的或循環的觀點看待文藝理論的歷史，對於這種衝突狀況就難以給出合理解釋。在此背景下，一種以進化的觀點看待社會、認識歷史的思想體系也就應運而生。

美國學者傑瑞米・里夫金和特・德・霍華德在其合著的《熵：一種新的世界觀》中回顧了歐洲主流世界觀的演變過程。古希臘到中世紀時期，人們普遍持有歷史循環和歷史衰亡的觀點，直到文藝復興中期以後，現代世界觀才得以成形，它在牛頓力學為基礎的現代自然科學影響下催生，它相信人具有統治宇宙萬物的潛在能力，歷史不是走向衰亡而是不斷進步。到一七五〇年，巴黎大學的歷史學教授雅克・吐爾古在一次公開演講中，把這種自信反映到人文學科，他「駁斥了循環往復的歷史觀，又批判了歷史是不斷衰亡的觀點。他尖銳地指出歷史是直線發展的，而且每個階段與其前身相比都是一個進步」。「吐爾古也承認進化過程是不平衡的，有時甚至會出現停止和倒退，而他卻堅信歷史呈現出一個向美滿的現實生活發展的總趨勢。」[15] 這一新的觀點與中世紀以前的傳統觀念截然不同。值得注意的問題還在於，吐爾古這一新的觀點沒有遭受官方和教會的任何責難，當時人們已經能夠在學術層面重新審視歷史遺留的問題。

15 [美]傑瑞米・里夫金和特・德・霍華德合著，呂明、袁舟譯，《熵：一種新的世界觀》（上海譯文出版社，一九八七年），頁一二。

具體到文藝領域來說，伏爾泰在吐爾古演講之前十多年，就寫作了《論史詩》（一七三三），他在文中指出：「在一切藝術中都必須提防謬誤的定義，這種定義排斥了那個尚未經習慣定出標準的未知世界。各種藝術，特別是那些依賴於想像的藝術，跟物質世界的一切是不同的。我們可以給金屬、礦物、元素以及動物等下定義，因為它們的性質永遠不變；可是人的作品，就像產生這些作品的想像一樣，是在不斷變化著的。」[16]伏爾泰在這裡表明了一種立場：藝術在不斷變化，這一變化體現的不是歷史的衰亡，而是從啟蒙主義的立場所看到的未來的光明前景。既然變化是向著更高的目標邁進，它就是進化。法國的象徵主義詩人馬拉美則從另一角度提出對於文藝變革的思考，他認為：「在詩的歷史中，我們目前正面臨一種不尋常的、唯一的現象，這就是不論哪一位詩人，都在自己所處的一隅，用自己的笛子，吹奏自己所喜愛的樂曲；詩人再也不是照著唱經臺上的聖書歌唱了，這是有史以來第一次。」[17]馬拉美在這比喻式的表述中，其實就觸及到一個根本性的問題，即詩人只是各自吹奏自己喜愛的樂曲，那麼樂隊指揮呢？樂曲總譜呢？這些就被擱置一邊了。文學創作成為作家、藝術家個人隨心所欲的行為。

還應該指出，並非只有進化論思想才能夠提供文論演變積極意義的合理性依據。如果說進化論思想產生於歐洲文藝復興之後現代科技帶來的巨大變化的話，那麼它在西歐以外的廣大地區就沒有這種及時的影響。在中國，也有人對於文藝的循環觀提出質疑。明代李卓吾指出，人們以儒家思想為聖教，以非儒家思想為異端，這並非人們思考的結果，而是聽從自己「父師」之言，而「父師」而非由自己判斷，又是再聽從自己的「父師」所言，層層上溯，只不過是「孔子有是言也」[18]。這樣就有必要追溯孔子「聖人之言」

16 [法]伏爾泰，《論史詩》，見伍蠡甫主編，《西方文論選・上卷》（上海文藝出版社，一九八八年），頁三二〇。
17 [法]馬拉美，《關於文學的發展》，見伍蠡甫主編，《西方文論選・下卷》（上海文藝出版社，一九八八），頁二五九。
18 李贄，《題孔子像於芝佛院》，見《續焚書・卷四》。

的權威性問題。李贄從聖人之言的言說語境上提出詰難，他說：「夫六經、語、孟，非其史官過為褒崇之詞，則其臣子極為讚美之語。又不然，則其迂闊門徒，懵懂弟子，記憶師說，有頭無尾，得後遺前，隨其所見，筆之於書。後學不察，便以為出自聖人之口也，決定目之為經矣。……縱出自聖人，要亦有為而發，不過因病發藥，隨時處方……是豈可遽以為萬世之至論乎？」[19]李贄表達了不必迷信古人、聖人的觀點。歐洲的西方文論在進化論基礎上強調文藝理論新形態的合法地位，而李贄的文藝觀基本上將文藝放到共時的維度上，從文藝的多元性、豐富性上指明並非只有一種表達才是有效的，從問題的多種解決途徑角度強調了新的文藝理論的合法性。它們之間有差異，同時它們在反對循環論觀點上是一致的，可以用廣義的進化論文藝觀來概括。

除了上述兩種基本的關於文藝理論變革的觀點之外，還有一種有普遍影響的觀點，不妨稱之為擴張式的理論觀點。在該種觀點看來，前代理論大多已被證明了其合理性，經過歷史汰洗而延留至今的文藝理論，它們大多已成為理論經典，這些理論創立時就找到了事實的支援，加上後來又經過新的詮釋，得到了新的充實，不容易被輕易摒棄。然而，人們對於文藝可以有新需求，新的文藝類型也在不斷地湧現，單憑既有的文藝理論難以說明新的狀況，就有必要拿出新的理論體系。這相當於從滾雪球的眼光來看待文藝理論的發展過程，以一種累積的觀點說明該種演進。總體而言，循環式、進化式和擴張式的觀點代表了傳統的文藝理論的演進觀。

[19] 李贄，《童心說》，見《焚書·卷三》。

二、新的文藝理論變革觀點——轉型式演進觀

上述幾種文藝理論變革的認識，它們都面臨著一些問題。譬如循環式觀點在面對新的文藝現象時，它從過去已有的理論中尋求解答，這就有可能喪失對於新的文藝問題的發現契機，並且在表述時也可能有削足適履之感。進化式的觀點似乎總要憑藉前代觀點已過時、後來的觀點才更好的信念來進行操作，可事實上倒是流傳既久的理論往往更有生命力，新的理論觀點能夠延續下去的，大多只是該時代理論的若干分之一。該種理論最大的問題有兩點：第一，進化式的文論發展觀是在現代科技突飛猛進的背景下問世的，科學理論就總體而言是後代優於前代，但文藝理論等人文學科的理論則未必如此。不能說因為時代和科技進步，我們就肯定超越了古代聖哲的思考，有時前人的觀點仍然會引起人們的驚訝，成為人們思考問題的出發點。第二，李贄等人的觀點，主要在批判的意義上指明了不能以前代觀點來涵蓋後代，而從建設的意義上講，文藝問題畢竟有普遍性，否則理論的概括作用就無從談起；進一步說，該種表述自身也有著矛盾，既然前代聖賢的話只在具體語境中、針對特定對象才有效，其言說的事情可能變得模糊，那麼它自身的有效性就缺乏支撐。至於擴張式的演進觀，則它在說明文藝理論研究範圍的擴大是合適的，然而，在擴張過程中，新增的理論與既有理論之間是什麼關係，文論體系的擴張在量變過程中有何種質變的可能，等等，這些都沒有論及，它主要對現象做出勾勒，沒有實質上做出論析。

由於文藝理論的演進有著不同觀點的描述，而這些觀點又都有著這樣或那樣的一些不足，因此在當代又有了新的演進觀的描述，這種轉變興起於哲學領域。英國哲學家艾耶爾在總結當代哲學與古代哲學的差異時，他承認變化是巨大的，甚至對這一變化也可以用「進步」來做出積極評價。但他又看到，當代哲

學並不一定就已解決先哲們提出的問題，有時先哲們對問題思考的方法、深度等，還是今人應該學習的，他指出：「哲學的進步不在於任何古老問題的消失，也不在於那些有衝突的派別中一方或另一方的優勢增長，而是在於提出各種問題的方式的變化，以及對解決問題的特點不斷增長的一致性程度。」[20] 艾耶爾關於提出問題「方式的變化」意味著，對某一狀況，原先是那樣思考，現在是這樣認識，面對問題的不同態度牽涉人們主體立場的移換，實際上就是範式（Paradigm）的轉換。

「範式」是庫恩首先提出的概念，它源於後期維特根斯坦的術語。維特根斯坦認為，一個詞的詞義是在語言中的用法，這一觀點意味著在運用中看詞義，而不是看詞典的抽象說明，維特根斯坦由範式的概念掃除哲學中形而上學的、難以實證的內容。庫恩採用範式一詞多少受到維特根斯坦啟發，他解釋自己採用該詞動機「是想說明科學實踐中某些公認的事例——包括定律、理論、應用以及儀器設備統統在內的事例——如某一特定的前後一貫的科學研究傳統的出現所提供的模型。這就是一些歷史學家以『托密勒（或哥白尼）天文學』、『亞里斯多德（或牛頓）力學』、『微粒（或波動）光學』等為例所描述的傳統」[21]。這裡論及同一理論領域中可能有著不同的理論體系，如托密勒的天文學是以地球作為宇宙中心，它同人們在日常生活中的直觀觀察相吻合，但同天文觀察的一些資料、對資料的合理解釋有差異。反過來，哥白尼建立了一套乙太陽為宇宙中心的「日心說」的天文體系，該體系奠立了現代天文學基礎，因為現代天文學是以宏觀的宇宙觀測作為基礎。以托密勒的「地心說」解釋宇宙可以同人們的直接觀測相吻合，但它同宏觀角度的天文現象有出入；哥白尼「日心說」同我們的日常生活經驗衝突，可是它在宏觀視野上可以解釋

20 [英]艾耶爾，李步樓等譯，《二十世紀哲學》（上海譯文出版社，一九八七年），頁一九。
21 [美]庫恩，李寶恆、紀樹立譯，《科學革命的結構》（上海科學技術出版社，一九八〇年），頁八。

更多的天文現象，因此在長期的競爭中，哥白尼的天文學成為範式，而托密勒體系就作古了。在光學上，認為光線是由波的形式運動的波動說，和認為它由粒子構成的粒子說，分別可以解釋光的衍射現象和光的直線傳播特性，兩個說法是矛盾的，但又各有其適用範圍，因此在光學領域中兩說並存，這是兩種範式共存互補的狀況。由範式的眼光來看待文藝理論的演進，則文藝理論就並不是在一種封閉的體系中兜圈子，新的文藝現象及對該現象的描述不是用「循環」就可以說明的，即使有些看來像是循環的事例，後來也已有了重大變化；文藝理論的演進也很難說「進化」，因為後代理論並不一定比前代的高明，只不過對於後來的文藝狀況，它有更為對症施治似的解說；同時也很難把這種演進看成擴張，擴張是擴大原有的範圍，而這裡的範式轉換是新劃定另一個範圍，它所適用的術語是「轉向」或「轉型」（turn）。對這一文藝理論演進觀，我們可以從弗・傑姆遜對現實主義和現代主義的甄別中略窺堂奧，傑姆遜說：「現代主義的必然趨勢是象徵，一方面涉及到某一具體的情形，另一方面又通過象徵來反映更廣泛的意義；而這正是現實主義所達不到的。」[22]在這一甄別之外，它還就建築藝術領域，現代主義和後現代主義的差別做了描述：「如果說現代主義建築告訴你怎樣解讀，怎樣生活，那麼後現代主義的作品則是永遠無法解讀的。」[23]傑姆遜在上述甄別中的內涵，我們須做一些解釋和適當發揮。

現實主義文學，是指歐洲十九世紀後的文學思潮，它以對現實的豐富性和複雜性的認識為前提，力圖在對現實的敘述中，發掘現實表象之後的內在的支配性力量。如巴爾札克小說對於金錢的批判，德萊塞作品對於社會與個人的倫理關係的反思等。現實主義文藝的一個重要特點是，它在對事物細節的刻畫中，

22　［美］弗里德里克・傑姆遜，唐小兵譯，《後現代主義與文化理論》（陝西師範大學出版社，一九八六年），頁一五四。
23　［美］弗里德里克・傑姆遜，唐小兵譯，《後現代主義與文化理論》（陝西師範大學出版社，一九八六年），頁一五〇。

力圖通過細節真實所揭示的問題，達到舉一反三、由一斑窺全豹的效果。現實主義文學在這方面的努力頗有成就，恩格斯當年讚譽說：「他從巴爾札克小說中得到的關於經濟生活內容的描寫，比從當時所有職業歷史學家和經濟學家著述中學到的東西還要多。」[24] 現實主義文學在事物具像上探掘其深度意蘊的成就，在其後的創作中成為了一種典範，供人們學習、借鑑，同時它也成為了高不可及、難以逾越的藝術高峰。到了現代主義文學，它以十九世紀的象徵主義作為發端，這種藝術觀念，並不依靠對形象的深入發掘來達到其藝術效果，而是利用符號、標識的衍射功能，以一種形象來暗示另一種形象、另一種意蘊。如「馬」是一種被稱為馬的動物的名稱，畫面展示的馬可以是一種速度的表徵，而速度又是對於時間飛逝的象徵，在這種衍射中，沒有哪一環是牢固的、不可分割的關係。可以說，現實主義揭示形象「背後」的意義，而現代主義則力圖提示在形象「旁邊」的意義。現實主義「背後」的意義在作品中大多有明確的展現；而現代主義則不同，形象「旁邊」的意義是「橫看成嶺側成峰」的，顯得較為含蓄乃至隱晦。因此，現代主義文學也就將作品的「讀法」提上了日程，它的基本假設是，由一種讀法讀出了這樣的意思，換一種讀法又是另外的意思，甚至作者在描寫生活時，也面臨著不同讀法的問題。所謂客觀性地描寫生活，不過是以一種公允的、已成為社會慣例的讀法來看待生活情形，它是一種知識譜系的產物，就像巫師從病人症狀中看到了惡魔的作用，醫師則看到病菌的影響。正是由於這一複雜狀況，加之自然科學中「測不準原理」（光學）、「量子運動的無規則性和概率性」（量子力學）、「歌德爾定律」（數學）、「個人決策的非充分理性規律」（經濟學）等所揭示的因果關係的矛盾性，後現代主義就從形象及其意義的衍射關係，推導出

24 《恩格斯致瑪．哈克奈斯》，見《馬克思恩格斯全集．第三十七卷》，頁四二；另見《恩格斯致勞．拉法格》，《馬克思恩格斯全集．第三十六卷》（人民出版社，一九九六年），頁七七。

作品沒有終極涵義。也許可以這樣做一個總結，現實主義追求一種更好的寫法，現代主義則追尋更好的讀法，後現代主義則認為各種寫法和讀法都只是構擬的，都不過是一種實現了的可能性，它們不具備一勞永逸的準則作用。

在上述現實主義、現代主義和後現代主義的對比中，當然也可以有其他途徑來描述、界定其差異，但都有一個不可迴避的特點，就是它們之間確實有很大反差，從這一差異出發，對一種創作適用的理論，未必適用於另一種創作。佛克馬和易布思在合著的書中談及：「文學研究的方面是如此之多，致使一個學者不可能再顧及這一學科的全部領域。」[25] 在這個「多」中，如果它們之間都有相同或近似的性質，那麼就可以將其統合起來研究，這裡的「多」就應該視為哲學意義的相互矛盾而又相互制約的多樣性。一個學者不可能全面地審視文藝現象，就在於文藝現象已經被人們從不同維度來看待和操作了。對這些差異的認識，以及該認識對文藝理論的影響，文藝理論還沒有自覺。

三、當代文藝理論轉型的基本方面

文藝理論的變革可以從循環、進化、擴張和轉型的各個層面來看待，除了它們之間有著矛盾外，有時也可以有著相互的調適與補充。它們的真值是不等價的，即各自的闡釋範圍、論述深度有不同，同時它們也可能並非水火不容，幾種演進觀有各自的適應面。譬如漫長的古代時期，包括文藝在內的文化生活諸方面進展緩慢，有時變化不是移出原有狀況的變動，而是在一個基本範圍內上下波動，對於這種變化用循環

25 〔荷〕佛克馬、易布思，林書武等譯，《二十世紀文學理論》（三聯書店，一九八八年），頁二〇一。

來描述是可能的；反之，對於當代生活來說，好些變化已逸出了波動、循環或平滑式發展的範圍，用轉型來描述較為合適。

文藝理論作為對文藝的一種理論觀照，它的轉型與主體思維的演變有關，與文學在社會中角色、功能的變化有關，還與文學自身的變革有關。在論及文藝理論的轉型時，需要說明文藝理論對象的演變，因此，下面將論述文藝創作、傳播、接受以及文論自身的反省。

創作方面，文論轉型意味著從關注作者「如何」寫作，轉移到「為何」寫作。如何寫作的思路體現了文論家一個形而上的假定，即文學表達可以有各種不同的方式，但總有一種方式是最好的。為了達成這種最優目標，創作要殫精竭慮，追求「語不驚人死不休」；為了滿意的表達效果，可以「吟安一個字，撚斷數莖鬚」。而當今解構主義文論認為，語詞的能指與所指之間，並不是榫合無罅的，同樣的能指可以有不同所指，反之同一所指也可以有不同能指表達。這樣，各個能指之間就由這樣的滑動關係構成了「能指鏈」，「能指鏈」的任一環節在表達中都不具備優於其他環節的特殊地位。古代文論家賀拉斯在《詩藝》中自比為磨刀石，認為作者在他的思想引導下筆鋒更健，實際上他想指引作家、教導作家如何寫作。中國晉代文人陸機在《文賦》中，指出作文可以有多種方式，「或言拙而喻巧，或理樸而辭輕，或襲古而彌新，或沿濁而更清，或資之而必察，或研之而後精」。由於表達方式多樣，很難用一種典律加以劃定，但是行文末尾他還是說出了寫作《文賦》目的在於：「俯貽則於來葉，仰觀象乎古人」，意即要總結古人的創作經驗，垂範後世，可見他仍然沒有離開指引作家的意圖。近代以來這種指引作家的思路受到了懷疑。

作家、詩人的創作本應是一種精神的探求，如果又成為被指引的對象，則與該探求的性質相悖，而創作的技巧方面也如上文所說，很難確定某種表達是最優的，它更類似於「剪刀、包袱、錘」這種遊戲的循環相剋的關係。因此，文論由告誡作家如何去寫作，轉移到為何寫作的方面。存在主義作家薩特寫過一篇題為《為誰寫作》的文章，他說：「作家為社會描繪出它的形象，督促社會擔當起自身的職責，或者促使它改變自身。」「作家使社會產生一種不愉快的內疚心理，因此，它總是和那些要保持平衡狀態的保守勢力處於永無休止的對抗之中，作家的目的是要打破這種平衡。」[26] 此外，諸如布洛赫、瑪律庫塞等「西方馬克思主義」成員，羅蘭・巴特等解構主義批評家，也都發表過關於作家寫作宗旨的意見，認為寫作是一種話語權力的實施，相反，對於如何寫作則不置一詞。

與創作相對的一環是文學接受。對於文學接受，傳統見解認為，這是理解行為，在時間上後於「寫」，邏輯上也低於「寫」。在傳統闡釋學中，也考慮到了文本字面的「本義」（meaning）與作者初衷的「原意」（original intention）有著矛盾，並力圖協調二者關係，但對於讀者在閱讀中體會出的其他意義（significance）就忽視了。文學接受觀念變化的直接動因是，路德發起新教運動對教會解釋《聖經》權力進行挑戰，路德認為，每個人都直接面對上帝，並不需要什麼人作為仲介。另外，教育普及使得讀書識字並非什麼難事，《聖經》閱讀中產生個人理解也是自然的。文學的社會作用還要依賴傳媒。傳媒對於文學有著一種鑄造作用。丹尼爾・貝爾認為，當代文化正在變成一種視覺文化，而不是一種印刷文化。為了印證他的這一看法，他以電影為例進行說明：

青少年不僅喜歡電影，還把電影當成了一種學校。他們模仿電影明星，講電影上的笑話，擺演員的姿勢，學習兩性之間的微妙舉止，因而養成了虛飾的老練。在他們設法表現這種老練並以外露的確信行

26 胡經之等主編，《西方二十世紀文論選・第二卷》（中國社會科學出版社，一九八九年），頁一二六。

為來掩飾自己內心的困惑和猶疑時，他們遵循的「與其說是……他們謹小慎微的父母的生活方式，不如說是……自己周圍的另一種世界的生活」。[27]

丹尼爾‧貝爾說到的這一變化，也同樣適用於廣大第三世界國家。電影、電視作品有生活內容的豐富性，觀看者可以從中看到自己以前不曾領略的東西，這樣，父輩與子輩之間由天然的「師生」關係，轉變為銀幕、螢幕前的「同學」關係。新型傳媒使得文藝內部和外部的社會關係都有了改寫。

文藝的評價上，以往的文論都強調前代文學對後代的影響，並且把後代文學汲取了前代某方面的成就作為對其評價的尺度。在文藝復興運動以後，逐漸產生了強調文藝創新的評價尺度，但仍然預設了一個前代文學成就的座標作為參照點。當代文論的轉型就在於，它把文學史上的前後關係放置到對話的空間之中，這就是T. S. 艾略特所指出的：

> 原有的文藝作品構成了一種藝術品的秩序，當新創作的作品加入到原有作品系統的秩序後，就會引起相應變化，每一部作品在秩序中的價值、作用等就應該做出調整。[28]

文學史不是簡單的前代影響後代的問題，而是每一個時代的文藝作品都同它之前、它同時的作品展開對話的格局中展示的。每一部後來的成功之作進入文學史之後，都會對文學史整體的重心有所撼動，多少會改寫前

27 〔美〕丹尼爾‧貝爾，趙一凡、蒲隆、任曉晉譯，《資本主義文化矛盾》（三聯書店，一九八九年），頁一一五。

28 〔美〕T. S. 艾略特，《傳統與個人才能》，見胡經之主編《西方文藝理論名著選編‧下卷》（北京大學出版社，一九八七年），頁四一。

代作品在文學史的位置。文學評價由原來單一的歷時模式轉換到歷時模式與共時模式並存的框架。與此同時，文論自身也有轉型。以前文論自信依賴理性，可以對於各種文藝現象進行高屋建瓴的分析。其實，人們認識事物時，各種視角之間應有互補關係，每一視角都不可能對現象的變化、特徵等一覽無餘。以哲學式眼光看待文論，它還以理論前設來推導理論體系，而具體的文藝現象只是作為該體系的實例、注腳，以致出現削足適履的狀況。對此情形，二十世紀初就有人提出批評。俄國形式主義批評家艾亨鮑姆曾經寫道：

在文學研究中，「我們確定具體原則，遵守這些原則，只要材料能證明其站得住腳。如果材料要求進一步加工這些原則並修改之，我們就這樣做。在這種意義上我們相對脫離了自己的理論，科學確實就應該如此」。[29]

艾亨鮑姆試圖以實驗科學那種試錯法，矯正文論以一個前提演繹出整個體系的做法，他以「科學」取代文論中「哲學」傳統的力量。但是，在文學研究朝科學轉向的同時，也有一種反彈力使之重新接近哲學。譬如法國思想家福柯，他把知識、話語、寫作等都視為一種權力的體現，正如有論者指出的，福柯認為：「寫作這個事實本身就是從控制者和被控制者之間的權力關係系統地轉變為『純粹的』寫出來的語詞。」[30]換句話說，這種寫出來的語詞就不只是一種紙上留下的印跡，它是一種權力控制與反控制相衝突的結果，對它不可能、也不應該只是做一種客觀化的所謂科學審視。

29　［荷蘭］佛克馬、易布思，林書武等譯，《二十世紀文學理論》（三聯書店，一九八八年），頁一五。
30　［美］E・賽義德，《世界・文本・批評家》，見王逢振、盛寧、李自修編《最新西方文論選》（灕江出版社，一九九一年），頁五二二。

四、文藝理論變革的核心

特里・伊格爾頓曾經說：「『文學』一詞的現代意義只有到了十九世紀才真正開始流行。從歷史的角度看，現代意義的文學只是最近出現的一種現象：它大約發源於十八世紀末，而對於喬叟，甚至對於蒲伯來說，那完全是陌生的。」[31]當時，翻譯文學與文學版權原則之間的關係還不清楚，翻譯與抄襲、翻譯與創新之間還缺乏具體界定，由此給文學理論提出了新的課題。他針對歐洲文學尤其英國文學而言，那麼，對於中國文學是否也適用呢？中國明清時代以前沒有長篇小說，小說寫作或者依附於神話傳說，或者依附於史，作為「補史」之作。明清時代出現長篇小說之後，小說的作品結構、人物塑造、敘事方式等融入到小說寫作，這使小說有了較大的文體獨立性。在此之前，中國文學中詩（詩詞曲）、文（散文）是兩種主要文體，小說處於邊緣地位；可是長篇小說的巨大容量及其新的人物塑造方式，人們不能忽視它。當時章回體小說大多有作者的「有詩為證」，這是借用詩歌的崇高地位來提高小說品位；同時作品中的詩歌成為作品整體的有機部分，按照整體大於部分的原則，這裡小說文體制約著其中的詩歌，小說儼然成為高於詩歌的文體。這種變化狀況，對於當時小說研究的興起有重要作用。文學狀況的變化，給文學研究提出了新的問題。

文學理論的變革主要不在於問題的解決，古代思想家對文藝提出的種種觀點，有許多經過新的闡釋後還有沿用的可能，但是今天人們應該而且也必然會提出新的問題，這是過去不曾想到，或者根本不曾面臨的。這就相當於我們說孔子是偉大的教育家，他的一些教育思想對於今天仍有適用性，但是對於走向二十一

31 [英]特里・伊格爾頓，劉峰等譯，《文學原理引論》（文化藝術出版社，一九八七年），頁二二。

世紀的現代化教育體系，適應經濟發展對教育提出的要求來說，則我們必須做出這一代人新的思考。

總而言之，各個時代有各個時代文論上的關注點，它會對文藝乃至文論提出新的問題，並做出自己的闡釋；後一時代的文論可能沿襲它的觀點，也可能自創新說。但是每一時代對於設問的解答，都是基於自己時代的需要和要求而得出的，它可能不只涵蓋一個時代，可是企圖它作為千古不易的定論則是徒勞。同樣，後一時代的解說不同於前代，並不是肯定它在學理上高於前代，而是新的時代需要新的闡說。問題的解答只有時代的階段性意義，而真正關鍵的倒是設問的基點和方式。一個問題提出來，可能以後它不再成為問題，但是這種設問導致的理論上的開拓和延伸，具有抹不去的理論史的意義——它記載了理論發展的軌跡。

第三節　中國當代文論的現代性、對話性與異質性

中國當代文論，即當下作為人們看待文學現象的基本理論系統。應該明確指出，中國當代文論已經非常不同於中國的古代文論，它的構成與其說遵循文化傳統的傳承，毋寧說是對於這樣一種傳統的背棄。曹順慶指出：「中國現當代文論界，對中國古代文論總的來說是比較陌生的，在大量的文學實踐和文論實踐之中，基本上對中國古代文論不認同。許多人對西方文論、對俄蘇文論更熟悉，在心理上甚至在情感上更靠近西方文論（包括俄蘇文論），而對中國古代文論始終感到格格不入。」[32]他說到的對於中國古代文

32　曹順慶，《中外比較文論史（上古時期）》（山東教育出版社，一九九八年），頁二五三。

論的隔閡，是因為實際存在的文論發展進程中體系的斷裂。朱立元則認為：「中國文論的傳統可以概括為兩個，分別是古代傳統和五四以來形成的新傳統，對於當前文學研究而言，發掘古代傳統的當代價值有其學術意義，但是從文學研究為了回應現實語境的文學問題的需要來說，「我們當前只能以現當代傳統為建設、發展新文論的重點」[33]。他們所要指明的具體意見並不一致，但是都說到了中國當代文論不同於已經成為「古董」的中國古代文論。我們當然可以說，中國當代文論是中國發生現代轉型之後的產物，受到了西方文論和俄蘇文論影響，也多少保留了一些中國古代文論的民族思維習慣、審美習慣的因子，但是這樣的界定意味著從外在的角度立論，缺少從中國當代文論自身角度的看待。那麼，中國當代文論具體的特性如何，是我們在這裡需要加以研討的問題。這種研討可以採取不同的角度和方法，也可以採用不同學科的知識視野進行掃描。我們認為，從抓住關鍵的性質入手也許是不錯的，因此，就從對於中國當代文論有著重要影響的三個關鍵字，即現代性、對話性和異質性進行梳理，從而研討中國當代文論的特性。

一、現代性——中國當代文論的出發點

作為與中國古代文論不同的中國當代文論，它是中國近代以來，尤其是五四運動以來的產物。作為一種因應社會變革時期思想、思潮的文學理論系，它承載了人們對於變革的要求和期望，因此，在中國當代文論系統中，現代性是一個具有核心意義的關鍵字。也可以說，現代性是中國當代文論看待文學問題的出發點。

33 朱立元，《走自己的路》，《文學評論》二〇〇〇年第三期。

現代性作為一個我們看待中國當代文論的重要概念，它的核心不在於文藝復興以後那些思想家的論證和解釋，而在於體制的改變。斯塔夫里亞諾斯從全球通史的角度論證，自資本主義作為一種經濟制度誕生以來，它對社會不可逆的轉變的影響在於動搖了傳統社會所依賴的根基：「前資本主義時代的帝國主義雖然包含著剝削，但未能使經濟和社會發生根本變化。貢品不過是從一個統治集團手中轉移到另一個統治集團手中。而資本主義時代的帝國主義則與此相反，它迫使被征服的地區發生徹底的變化。」[34]這種變化我們經常聯繫到帝國主義的侵略行徑來說明，這固然也是問題的一面，但是不能算是根本的一面，因為即使在這些資本主義國家和地區內部也同樣發生了根本改變。當資本主義市場經濟機制滲入到社會機體之後，與此不相適應的方面就會受到衝擊，還會逐漸解體，這個過程的順利與否其實就和經濟發展順利與否密切相關。

這些細小刻板的社會機體大部分已被破壞，並且正在完全歸於消滅，這與其說是由於不列顛的收稅官和兵士粗暴干涉，還不如說是英國的自由貿易造成的結果。這些家族式的公社建立在家庭工業上面，依靠手織業、手紡業和手力農業的特殊結合而自給自足。英國的干涉則把紡工安排在郎卡郡，把織工安排在孟加拉，或是把印度紡工和印度織工一起消滅，這就破壞了這種小小的半野蠻半文明的公社，因為這破壞了它們的經濟基礎；結果，就在亞洲造成了一場最大的、也是亞洲歷來僅有的一次社會革命[35]。

這種改變引起了人的看法的改變。現代性是對於人的極大解放，它凸現了人的存在價值，即人不是為了某種機構所設立的目標而活著，而這些機構所設立的目標都是為人服務才具有合法性，這樣一個轉換

34 ［美］斯塔夫里亞諾斯，遲越等譯，《全球分裂——第三世界的歷史進程・上冊》（商務印書館，一九九三年），頁一三——一四。
35 馬克思，《不列顛在印度的統治》，《馬克思恩格斯選集・第二卷》（人民出版社，一九九七年），頁六七。

也就是自由主義思想的基礎，也是它能夠具有強大感召力的基礎。但是人的解放其實也要付出代價。它的解放是把人從人與人之間的壓制之中解放，同時，這個被解放的人又處於體制化的束縛之中，一種沒有人的框架成為超越個人的存在。實際上，在法律平等的基礎上建立一個社會，既然不能採取以前那種社會機制，那麼社會的秩序當然就只有依靠體制化的實施來實行和實現。這種現代性的出發點在世界範圍的文學史都有其意義。在現代性的原發地歐洲地區，現代性主要作為一種改變傳統的力量，它成為新生活和新目標的標誌，現代性在正面意義上作為啟蒙話語的基本根據；而在負面的意義上，它是新的資本主義、工業革命造成人和社會異化的來源。而在中國等非原發工業革命的地區，現代性還有一重外來文化的影響的意義。在這樣的情況下，非原發工業革命地區在受到歐洲力量影響時，對這種新的變革社會的力量感到震驚之餘，也積極地接納這種新變革的影響；但是同時，也會產生一種反對力量，認為這種外來影響會對本地區文化造成傷害，在根本的長遠框架中，會造成本地區本民族利益的損失。因此，如果說在歐美地區的學者，把現代性作為考察文學的一個參照點是一種重要的理論視點的話，那麼，對於後發工業革命的地區來說，這種考察的重要性還要更為充分。當年李澤厚曾經提出，救亡和啟蒙是中國二十世紀文學的基本主調，也就是二者合起來成為一種雙重變奏，當民族矛盾相對緩和時，啟蒙就作為最主要的聲音，西方的思想和文化代表了一種先進的力量；反之，當民族矛盾白熱化時，則民族的救亡成為壓倒性的任務，西方就可能成為一種妖魔化的力量，是中國必須擺脫的對象。把這樣一種論述對照中國新文學自五四到一九四九年這一時期的變化軌跡，確實有道理。

這裡的「雙重變奏」，有些學者可能會覺得啟蒙代表了現代性的訴求，而救亡因為在反抗外來勢力時，往往會祭起民族和傳統文化的旗幟作為抗衡的力量，因此就不能代表現代性，甚至還當作反現代性的，其實這樣看屬於一種誤解。所謂的民族性並不是一個天生的、自然的規定，而是對比才具有意義。

弗・詹姆遜指出：「所謂文化——即弱化的、世俗化的宗教形式——本身並非一種實質或現象，它指的是一種客觀的海市蜃樓，緣自至少兩個群體以上的關係。這就是說，任何一個群體都不可能獨自擁有一種文化：文化是一個群體接觸並觀察另一群體時所發見的氛圍。」[36]中國文化特性的問題和中國的民族文化問題，在中國古代其實完全不是問題。在古代雖然也有對族群的看待，如「非我族類，其心必異」之類說法，但那不過表明中國文化才是正宗，而非中國化的文化不過是文化未能發育的低級形態。只是在鴉片戰爭之後中國國門打開，在這時才有了中國文化不同於外來文化的基本認識，而這種基本認識其實伴隨著深刻的危機感。在這樣一個背景下，中國興起的這種民族主義情緒在中西交往的背景下產生，它也就正是現代性衝擊的結果。而且我們也可以追本溯源，所謂的民族主義伴隨著一個民族的基本生活範圍這樣的認識。所謂「故鄉」，在前現代，國與國之間完全依靠實力說話，誰擁有更大的實力，誰就有更大的版圖，它是一種國家實力「談判」的結果。而只有在近代民族國家建立之後，民族的生存空間才成為一個具有法理正義性質的問題。在中國近一百多年來的民族主義思潮，不是在過去那種國力意義上談論幅員疆界，而是一種法理意義的探求，應該算是西方舶來的民族主義思潮的變種，理應歸屬到現代性的尺度來理解。

還應該看到，所謂現代性並不只是在追根的意義上適用，而且在現實層面作為一種展望未來文學態勢的尺度，尤其當這樣的考量結合到了後殖民主義批評、文化的全球化理論之後尤顯突出。這樣的一種認識完全基於對現實本身的評估。從世界範圍看，歐美國家成為現代性發展進程的帶動者；而從歐美國家的範圍看，又因為美國的特殊地位，包括經濟、軍事、科技上居於領導作用，在各種國際論壇常常充當了一個論壇主席的實質影響，所以它又在歐美國家和地區中居於引導者地位。英國社會學家吉登斯明確指出：

---

36 [美]弗雷德里克・詹姆遜，王逢振等譯，《快感：文化與政治》（中國社會科學出版社，一九九八年），頁四二〇。

「美國深刻而突出地影響了新的全球秩序的形成。從某些方面看，與其說它代表著均勢學說的延續，毋寧說它企圖把美國憲法條款推及全球。」「無論是國際聯盟還是聯合國，都主要是美國思想與計畫的產物。」[37]吉登斯從中性的立場來闡述這樣一個局面，而如果從批判立場立論的話，就是後殖民批評的套路了。現代性作為一個歷史過程的結果，同時也是新的歷史進程的背景，另外，在某種意義上還是一種自覺的訴求或揮之不去的夢魘。

二、對話性——中國當代文論的立足點

對話性是中國當代文論另外一個重要的關鍵字。如果說現代性是出於近代以來中國文化面臨的全面轉型而出現、成為中國當代文論的理論出發點的話，那麼，對話性則是這樣一種理論出現之後必須面對的課題，它是中國當代文論作為一門學科得以存在和進一步發展的前提。

這裡的「對話」主要包含兩種意思：

第一，它不同於中國古代的作為中國文化精神一個方面存在的文論體系，這裡的新舊之間呈現為一種嚴重的斷裂狀況。我們除了不能說明正在通行的文學理論與以前的中國古代文論的大師之間的理論傳承關係之外，甚至都看不出這些新的理論和作為中國傳統學術基礎的儒、道、釋思想的關聯。可是，中國古代文論是在中國古代文學的基礎上形成和發展的，至少面對中國古代詩詞一類的作品時，它的一些闡釋比後來採用其他方式的文學研究方法更為貼切，因為古代文論和古代創作本來就是相互關聯的。這裡，棄置了

37 [美]安東尼・吉登斯，胡宗澤等譯，《民族—國家與暴力》（三聯書店，一九九八年），頁三〇八。

中國古代文論作為一種當下的文論體系，認為它已經不能順應文學和時代的變化過程，那麼，當我們回過頭去看待前人留下的豐厚的文學和藝術遺產時，我們已經感到缺乏有效的溝通手段。

第二，中國當代通行的文論在總體上是西方文論播散的結果，最直接的影響者包括文藝復興時期思想家的文論主張，以及中國革命先行者蘇聯老大哥的文論體系，這樣一些理論可能包含了一些人類審美活動的共同性方面。可是如果我們承認各地區、各民族文化的具體性的話，那麼文學本身就是文化的核心部分，它也理應有著民族文化的具體特性，而且無論從文學反映生活還是表現心理來看，也都有文化的個性問題。如果僅僅以西方的文論作為基軸，就無法在經驗和體驗的層次上把握中國文學。

因此，從以上說到的兩個方面來看，某種知識層面的隔閡，是需要對話的現實基礎。對話性是對話的事實層面的一個引申。這種對話從歷史層面來看具有非常特殊的意義。阿多諾在《否定辯證法》中提出：「主體性在近代思想中逐漸成為哲學關注的中心，正如自我中心的個體主義在同期作為社會生活中心而出現一樣。」[38]文藝復興以來的西方思想，原先的神本位的世界觀被人本位的世界觀所逐步取代，這種人的本位意識在人與自然之間強調人的主體性，在人與人之間，則個體的人強調自身個體的獨特性和相對於他人的自身獨立的意義。應該說在歷史層面，這樣的一種思想的確也有過積極的作用。但是在效果上，它就有人和自然之間的一種簡單化了的、實用主義的觀點。將自然作為對立面，作為人的生活必須加以克服的一個對象的認識，其實就與這樣的思想有著直接的關聯；而在人和人之間，則往往遮蔽了人文問題的利益關係的意義。也就是說，在人文領域中，一個認識的正誤不只是邏輯問題，也不只是和對象的吻合程度的問題，而且與當事人的利益關係有關。生物中的益蟲和害蟲的說法就是一個例子，在純粹的生物分類學意

38 [美]費萊德·R·多爾邁，萬俊人等譯，《主體性的黃昏》（上海人民出版社，一九九二年），頁四八—四九。

義上，並沒有這樣的區分，可是為了在實踐中取得人的利益的最大化，就有必要做出這樣的結論，而這種結論離開了人就毫無意義。本來這樣一種認識至少在實踐層面還是有作用的，但是我們需要明白，這樣的知識其實只是滿足我們的需要的產物。而在這種知識的表述中，則往往把需要的東西當成了事實的東西，這就是對於事實的遮蔽了。所謂對話，其實就是強調一種換位的意識。以前述來說，工業化時代片面地強調了人和自然之間的主客體關係，把自然作為工業社會增長的攫取對象，這從工業投資需要賺取利潤來看無可非議。可是，這只是一種獨白，其獨白性質在於：首先，它在人和物之間的關係中只是看到了人的需求的一環，而沒有考慮自然的承受力，這樣的認識和後來的諸如環境污染之類的結果有著相關性。其次，在人和人之間，它只把某種認識角度看到的景觀作為「真理」加以表述，而其實從不同角度和側面、可以或者可能看到不同的甚至對立的景觀，因此，這樣的認識就把某種片面的認識誇大了、絕對化了。再次，獨白的話語只有一個絕對化了的主體，而人在行動中其實有著多種看待問題的視角。譬如「殺雞取卵」、「竭澤而漁」，從所採取的行動的有效性來說沒有什麼不可，它之所以成為不可取的行為並不是因為這樣做缺乏操作性，而在於它是一種一次性行為，如果考慮到今後的收益的話，就必須斷然拒絕這種方案。

對於對話的重要性的認識，從文藝學學科的立場來看，無疑巴赫金的對話理論和哈貝馬斯的交往理性的思想具有最直接的意義。巴赫金認為，對話才是意義的呈現，這種對話製造出意義的多方面性。他說：「須知，在任何時代和任何社會集團的意識形態視野裡，都不是一個，而是幾個相互矛盾的真理，不是一條，而是幾條分開的意識形態途徑。」[39] 相互矛盾的真理不是從一個固定的視點就可以全面地觀察到的，也不是一種單一的話語就可以全面地加以表述的，它需要一種在對話中得以凸顯的契機。至於哈貝馬斯，

39 [俄]巴赫金，張傑等譯，《文藝學中的形式主義方法》，《巴赫金全集・第二卷》（河北教育出版社，一九九八年），頁一三一。

他則在馬克斯·韋伯的現代性和理性的關聯性上進行了思考，他看到，現代社會的建立的確有一種理性原則。譬如對於數位管理的運用，在物的方面考慮到效率，在人的方面則可能是量才錄用，這與前工業革命時代，物的方面的知識根據習慣，而人的方面則依據一個人的出身進行規定有了根本性的不同。但是這樣一種理性，也就是自尼采以來的哲學所批評的那種人的物化的濫觴，在生產的合理性過程中，背後則是人的目的性的消解。在哈貝馬斯理論中，沒有哪一個個人或者團體可以正當地獨自宣稱自己就是理性的代表，真正的理性應該是在一個場域之中體現的，它是一種公共的對話空間。在這種對話中達成某種程度的共識，而該共識才是理性原則的體現，就是說理性實際上是在交往對話的過程中展現的。在此角度上，哈貝馬斯注重現實生活本身的意義，而不是像作為哲學家前輩的康德那樣注重先驗世界，他指認生活的知識是「一種深層的非主題化知識，是一直都處於表層的視界知識和語境知識的基礎」[40]。在生活世界中，發話人、聽者共同參與所涉及的題域，不同人士會有各自對問題的看待和理解，他們都是主體而不只是其中某方作為一個單一的主體。

這種對話的思想和立場在中國當代文論建設中具有十分突出的意義。這一意義體現在幾個不同的維度上。

首先，中國文論和外國文論關係的研究。我們再也不能盲目地、閉關鎖國式地進行學科工作。這一轉變在新時期以來雖然也還有若干不足，但是基本已經做到了。可是另外一面，我們今天在學習引進西方的思想和學術的過程中，我們自己缺乏源自自身的問題意識，像歐美文論家對於商業文化、對於現代社會展開了一些抨擊，那麼，這樣的批評在中國本土的適用性其實是需要加以論證的，在跟進西方的過程中，我們對身邊的現實缺乏應有的反應，這已經成為普遍現象，而這是中國人文學科發展的畸形。

40 〔德〕哈貝馬斯，曹衛東、付德根譯，《後形而上學思想》（譯林出版社，二〇〇一年），頁七七。

其次，當代的中國文論和中國古代的、傳統的文學批評的關係。本來從學科發展角度來看，古代對當今產生影響應該是理所當然的，可是，中國當代的文論其實是西學東漸的學科新趨勢的產物，從它對概念系統的專注，以及所關注問題包括影視藝術、文學的分析性質的思路等，都無不是西方的學問特徵，傳統的中國文論其實已經成為了一種博物館性質的對象。在學科領域中，真正的意見分歧不在於是否承認其價值，而在於這種價值在什麼意義上得到承認，即它在今天算是一種「文物」，還是一種可以發揮現實作用的學科資源？這裡就有一個今天的理論問題與傳統文論的對話，這種對話當然不會採取面對面交談的方式，因為有時間跨度上的鴻溝，這就要求研究者能夠在古代文學批評理論的字裡行間，尋覓到對今天可能有啟發價值的東西，而這種啟發性其實在言說者那裡可能並沒有真正的意識，而是一種當代的發現。所謂對話，就是當代人通過古代的材料，灌注今天的意識；反之也可以是今天人們的困惑，通過古代的某種解答方案來得到替代性的解決或解釋。

結構主義文論家喬納森・卡勒認為，西方文化之中的literature是晚近二百年來才具有「文學」的涵義[41]。這樣看來，當我們說文學時，我們心目中的文學和古代的設定並不是一回事；同樣道理，中國的文學與西方文學之間也並非完全同質的，當這些本來屬於不同類別的事物在今天被納入到同一系列看待時，就需要有一個管道加以溝通。而當前有些文學理論往往把今天對於文學的理解作為文學的通律，這樣的結果是，我們既不能理解過去的文學，也對於今後的文學與文學觀念的可能變化失去了敏感，只以一種固定的，甚至僵化的眼光來面對文學。這樣的理論也許在邏輯層面顯得完備，但是，這樣的完備實際上是以犧牲現實本身的真實性作為代價的，因而也是不可取的。因而，我們不應該以今天的文學觀念來要求古代，

41 ［美］喬納森・卡勒，李平譯，《文學理論》（遼寧教育出版社、牛津大學出版社，一九九八年），頁二二。

不能以某種文化意識基礎上的關於文學的認識作為文學的普泛觀念；同時，也不能以今天的觀念不合乎古代的認識就作為今天的理論出現了偏差的口實。一種負責任的態度是把古與今、中與外的不同文學觀念、文學理論挪入到一個共同的平臺，使之進行一個比較對話，而這種對話基礎上的文學的理論才是達成文學觀念的普世有效性的基礎。

三、異質性——中國當代文論的生長點

異質性，指一事物不同於其他事物的特性。但是，異質性還不能停留在這樣簡單的理解，因為事物之間的差異總是在相互關係中定位的。如果某一事物因為不同於其他事物而體現出了異質性的話，那麼作為參照物的另外的事物也就有以此作為參照的、相應的不同特性，可是，原先的那個被參照的事物本身則並不被作為異質性的事物來看待。所以，異質性實際上是一種在主流話語形成之後，對那些未能夠進入到主流地位話語的一種稱謂。在一定程度上，異質性和邊緣性有著相近關係。我們從事文學的研究，就希望獲得比較大的反響，這種反響即使不是千古定論，也要成為一家之說，能夠得到主流地位話語的認可。既然這樣，把異質性作為學科的生長點就需要論證。

對某些人來說，他追求成功其實意味著希望進入到主流話語系統，而異質性或者屬於失敗，或者至少也是另類，距真正意義上的成功有一段距離。人需要佔據話語的權力，而進入到話語系統有一套相應的規則。人遭到話語的貶斥時，話語是一種外在的、強制性的力量；而人得到話語的接納時，也受到話語的規約。這樣一種評價關係，小到個人，大到一個民族，一個國家也都基本上可以適用。福柯曾經這樣說過：「一方面如果誰做的陳述不能被話語接受，誰就會遭到排斥，被逐出話語圈子之外；另一方面，如果誰在

話語中，誰就必須運用某種話語，把它當作『忠於某一階級、某一社會階層、某一民族、某一利益……的標誌／表現和手段』。」[42]福柯這樣的觀點體現了他一貫的思想，從權力的關係上來看待主流話語與非主流話語，他也因此被稱為權力思想家。從權力角度看，進入到了主流話語算是一種成功，但是，這種成功也是一種約束，是對於思想的約束，這同成功的初衷是悖逆的。反之，邊緣地位往往意味著沒有話語權，重大問題上處於失聲的境地，但是這種失聲只是因為缺乏某種文化意義上的揚聲器而顯得聲音太小，並不是沒有自己獨到的觀點，也不是缺乏對於問題進行考慮的鸚鵡學舌。更重要的在於，邊緣地位也意味著可以站在一個不同於主流話語的、新穎的視角。這樣一種認識意味著一種方法論意義的轉換。在西方思想中，從笛卡爾到黑格爾，都採取一種邏各斯中心主義的立場，這種中心立場認為，只要抓住了事物的核心的部分，那麼事物的其他方面就可以邏輯地推斷出來，因此對於中心的認識就代表了對於事物總體的認識，甚至也就是對事物的終極的認識。而在自然科學尤其是二十世紀的物理學的領域，則通過量子力學的有關理論發現，由事物某一特性推導出它全部表現的認識是一種改裝了的宿命論。事物可以邏輯地推斷的情況不過屬於一種在某一經驗值中的特例，一旦超出了特定範圍，則邏輯規則就會失效，需要重新修正。從更大的範圍看，則事物的變化關係更應該理解為概率，就是說，某一狀況可能引發其他的後繼狀況，但是這只能表述為一種可能性，而可能性實現的程度則有不同，如此而已。在邏各斯中心主義的意義受到挑戰的同時，解構主義作為一種思想的方法登場了。解構的方法，從結構的邊緣處入手，通過拆解結構，達成破壞原先結構所擁有的結構性的意義。譬如一部機械，每一零件都擔當著某一功能，如果其中一個零件破損，那麼整個機械就可能發生故障，在這樣的情況下，破損零件的重要性被凸現出來；可是，在機械故

42 王治河，《福柯》（湖南教育出版社，一九九九年），頁一七五。

障中顯示出重要性的零件，並不等於該零件在這個機械中的重要性。事實上，即使次要部位的零件，如果發生故障也會威脅整個機械的運行。當故障這一特殊事件發生時，就已經打亂了機械的秩序，因此，這時某一零件如何重要，就不是零件在機械本身的重要性的表現了。解構主義相當於對這種故障狀態的表達和分析，它把原先的結構體現的秩序完全打亂，代之以一種新的秩序，於是，原先結構的意義就被新的結構意義所取代了。

回到異質性的話題，那麼，在最近過去的一百多年，文學理論學科的興起是在歐洲文化的基礎上達成的。換句話說，如果說文學理論是對於文學的理論的表達的話，則這種文學理論是以歐洲地區的文學作為參照的，而歐洲以外地區如廣大的亞洲的文學並沒有被考慮。如果單純承認當今普遍使用的文學理論是基於歐洲文學的經驗事實的話，那麼問題就可以澄清，即它的對應範圍是特定的，而不是體系本身所表達的那種普遍性。在近代以前，這樣的相互區別就採取了各自保留一套言說的方式，而在近代以後尤其在進入現代階段以後，隨著學科的普泛化，隨著現代大學教育在各國各民族地區的推行，原先各自為尊的學科就逐漸被納入到歐洲文化的系統，文學理論是其中的一個方面。

這種學科的統一性面對文學實際上的多樣性時，就有削足適履之感，至少對於非歐洲文化的文學而言並不都是那麼貼切。美國學者傑・吉列斯比在概述前任國際比較文學學會主席邁納的觀點時說：「在當今世界主要的幾個文學體系中，並不存在共同的文學價值觀。在某些體系中被奉若神明的詩學觀念在其他體系中根本未被提及……自亞里斯多德至德里達以降的西方文學和文化觀念並不具有普遍性。」[43] 對於「並不具有普遍性」的認識已經成為國際比較文學學科的共識，應該說從文學作為人文學科的角度看，人文現

---

43 樂黛雲、張輝，《文化傳遞與文學形象》（北京大學出版社，一九九九年），頁八。

象的確就是和該社會的文化結合起來的；聯繫到一定文化來理解文學、研究文學，那就應該認識到各種文學之間確實有波普爾那種意義的「不可通約性」，即各種說法之間不是一個層面的，沒有相互對話的基礎，如果把其中某一種言說作為通行的理論體系，就必然忽略掉其他類型理論的存在。

異質性這樣一個立場其實並不是要回復到文學理論各自一家的狀況，不是說還要在中國、印度、阿拉伯等文化區域中重新啟用已經不再作為一種學科的、至少不再作為一種面對當前文學現象的文學理論；而是說，目前已經通行的文學理論，由於它忽略了歐洲以外的文學的存在，因此在理論的概括和表述中，一旦接觸到非歐美的文學現象就缺乏某種針對性；反之，這樣的文學理論本身的普適性意義也大打折扣。異質性的立場，要求已經形成了的文學理論，時刻把一些地區性的文化所折射出來的文學狀況，作為一種質疑提交給文學理論，它在性質上不同於既有文學理論已經概括的對象的情況。而這樣一種做法在對文學理論有著挑戰性質的同時，其實是文學理論自身發展的生機或者契機。

對於當今的文學理論來說，已經有了而且還會不斷出現新的挑戰性的課題，譬如，在傳統社會，文學被視為遠離一般經濟活動的領域。可是當今文化的產業化浪潮下，文學也可以成為一種產業，而且可能是效益很好的產業部門。如湖南省鳳凰縣，作為沈從文故鄉，沈從文故居就成為當地旅遊產業的一大熱點，在故居中也可以順帶銷售《沈從文全集》等作品。如果不是沈從文當年在作品中有對於鳳凰如詩如畫般的描寫，則今天的遊人不會有這麼大的熱情。在文學產業化了的新狀況下，傳統的文學理論把文學或者當成一種單純審美的象牙塔似的領域，或者當成教化工具，而和經營性的活動劃分了比較嚴格的界限；而今天的文化研究的套路則把這些本來不屬於文學研究的內容囊括了進去，則原先文學研究的範圍就有所擴展了，文學研究可能面對的危機也就得以化解。由此看來，這裡異質性問題的提出，其實也就是，文化進入全球化時代的條件下，文學理論確實應該對言說的有效性問題進行積極回應。只有邊緣地位的文化也能夠發出自己的聲音，加入到全球化進程中，全球化才是真正意義的全球化。也就是說，文化的全球化不能只是一種單一的文化覆蓋全球，而是全球各種文化通過積極對話，尋求一種可以相互通約、相互理解的基礎之後，才有可能順理成章地達成文化多樣性並存的豐富和健康。對於不佔據主導地位的文化來說，標舉自身不同於主導文化的異質性，則是對話得以進行的基礎。

四、尋求中國當代文論內在關鍵字的意義

以上分別從現代性、對話性和異質性三種不同的重要概念，對當今中國文論體系的關鍵字進行梳理和說明。現在我們想對這一梳理進行反思，即探析這種梳理的學科意義。

首先，某一理論的關鍵字是該理論最核心、最重要思想的一種體現。在《哲學筆記》中有這樣一段話：「範疇是區分過程中的一些小階段，即認識世界過程中的一些小階段，是說明我們認識和掌握自然現象之網的網上的紐結。」[44]範疇是最基本的理論的概念，也就是關鍵字。通過這種關鍵字，它把某種體系最主要的思想承載下來加以表達；而研究過程中也可以通過對該關鍵字的梳理，達成把握該體系的效果。

其次，這種關鍵字具有時間意義，正如人在不同年齡層次有不同的基於生理和心理的基本差異，那麼不同時代也有不同的關鍵字，這些關鍵字體現出了所在時代主要的、基本的和核心層面的意識。錢理群說：「翻閱五四時期的報紙期刊給人最強烈的印象是五四時期『人』所特具的個體自由意識與人類（世

44 〔俄〕列寧，《哲學筆記》（人民出版社，一九七四年），頁九〇。

界、宇宙）意識。」[45]這裡關鍵在於，「人」在中國漢字中很早就已經出現，可是當初的「人」，是從群體本位來獲得定位的，這裡的群體在自然框架中是血緣關係，在此基礎上放大，則是一國框架中的君臣、官民的關係，還可以是這兩者的結合體。諸如家族同屬關係中，族長由本家族位高望重的人擔任，在權力關係上他是上級，同時他往往也就是血緣關係上的長者；另外，本來並無多少血緣關係的地方官員，也自稱為某地的父母官，這樣就把當地被他所管轄的人看成了「子民」，於是本來只是國家意義的上下關係被挪入到血緣意義來認識了。回望五四時期的「人」的思想，其中突出特點，就是把「人」從群體中獲得定位，移換到了人本身就具有的意義，而群體是因為「人」而產生意義，這是一種立場的轉換。因此可以說，通過作為關鍵字的「人」，我們看到了五四時期最基本的思想路徑。

再次，關鍵字作為荷載了最核心的思想概念，這種關鍵字，可以作為某種思想和體系的出發點和座標。丹尼爾·貝爾提出過理論系統中軸原理的思想，他認為中軸原理是瞭解一種思想體系的基本座標，他指出：

> 許多社會科學的大師們都在它們的論述中含蓄地運用了中軸原理或中軸結構的思想……在《美國的民主》一書中，平等是說明美國社會中民主思想傳播的中軸原理。對於馬克斯·韋伯來說，合理化過程是理解西方世界從傳統社會變為現代社會的中軸原理：合理的統計、合理的技術、合理的經濟道德，以及生活態度的合理化。對於馬克思來說，商品生產是資本主義的中軸原理，而公司企業則是它的中軸結構。對雷蒙德·阿倫來說，機械技術是工業社會的中軸原理，而工廠則是它的中軸結構。[46]

45　錢理群，《試論五四時期「人」的覺醒》，王曉明，《二十世紀中國文學史論·第一卷》（東方出版中心，一九九七年），頁三一三。
46　[美]丹尼爾·貝爾，王宏周等譯，《後工業社會的來臨》（商務印書館，一九八四年），頁一五—一六。

他在這裡說到的中軸原理其實就是以關鍵字來承擔的，瞭解中軸原理就必須通過關鍵字的門徑，而把握關鍵字實際上也就是掌握該理論系統的中軸原理。我們認為，二十世紀以來，一個多世紀的現代中國文論的建設過程，經歷了幾個不同時期。五四時期強調啟蒙，而在抗日戰爭爆發之後則強調救亡圖存，延安時期開創的革命文論的傳統則強調黨的思想作為工農兵文藝的核心，強化對於整個文藝活動的指導作用，等等。如果只是著眼於這些不同時期自身狀況，那麼，我們將會看到一個斷裂的、缺乏連貫和系統發展過程的中國現當代文學；反之，從現代性的追求入手，我們就會看到不同時期實際上都是從不同側面對現代性追求的體認。曾經有學者專門探討了延安時期的一批青年知識份子面對整風運動的困惑，一方面，對整風運動那種統一思想的做法和啟蒙運動強調個人思想獨立性的路徑相左，感到苦悶；另一方面，感到在現代化的進程中，如果有一個強力的領袖來推動歷史進程的發展，則現代化進程可能會有更好的效果。於是在這種矛盾中，他們在委屈中接受了政治的現實。這樣，所謂「革命」的訴求也可以在現代性訴求中得到呼應。至於救亡圖存等比較具體化的目標，則可以更清晰地看出它和現代性在中國語境的相關性。也就是說，現代性在西方社會是一個時間概念，而在中國除了時間概念的因素之外，更重要的還在於它是一個空間觀念，即當年西方的堅船利炮轟開了國門，習西洋之利器以治夷成為一種共識，而學習西洋和民族救亡的籲求本來是一體的。

如果說現代性是一個隱含的核心關鍵字的話，那麼由於中國的現代性不是原發的而是繼發的，並且即使繼發也舉步維艱，在這裡就有一個西方文化和中國文化之間的差異性作為先決條件，中國的現代性需要考慮如何建設的問題。在邏輯層面看，這樣一個問題是現代性之下的層次，可是基於差異而提出的對話訴求，構成了一百多年來貫穿至今的中國現當代文學的主導線索。不同思想陣營展開的激烈交鋒和論爭，以及文學表達上的各自不同表現，構成了百年文學的基本格局。這樣一種文學的面貌還有兩方面憑藉的資源：一個方面，文學所關聯到的社會的思潮、不同利益集團的文化表達、涉及到複雜的社會因素的審美傾向等實際層面的內容；另一方面，現代西方文論批評本身的變化，如巴赫金、克利斯蒂娃的對話理論，哈貝馬斯的交往理性的思想，以及反叛歐洲中心主義的後殖民主義文論與批評等，都成為中國文學在走向現代性過程的重要參照。在這樣的情況下，「對話」就成為一種自然的訴求。對話性作為關鍵字，可以體現當前中國文學的社會層面和學理層面的深厚蘊含。它成為解讀中國現當代文學的一個重要途徑。

再進一步看，在文學現代性追求的層面下需要有對話，需要強調對話性的參與，這裡的「對話」涵義需要進行界定。簡單說來，它不是兩個相等的對手之間的磋商，不是師友之間的探討，也不是簡單的敵對關係之間的辯駁，它其實是現代性路徑下現代性的後發地區向先進地區自覺靠攏的過程，它學習對方的同時，也需要有甄別，需要有一個自身的定位的問題。這種定位對於雙方來說都是有必要的：對先進地區言，後發地區已經沒有先進地區的那種時間的優勢，即有些生產項目在某一時期代表了先進，可是以後則屬於被淘汰的；而反之，後發地區一些當時並無實際價值的資源，則是先進地區已經開發出來的生產原料，需要後發地區給予提供，因此先進地區有對於其他地區尤其是後發地區的一體化的要求。而對後發地區來說，則他們在進行早先已經由先進地區做過的一些專案時，因為已經有了前面的經驗，就不需要再完全自行探索，採取跟進策略有時更為可行，如日本現代化進程就採取了這樣的做法，但是也由於後發地區已經沒有早發地區當初的那種環境，所以在跟進中也需要辨認具體情況。在對話中考慮中國自身和歐美現代性先進地區的具體差異，就是所謂異質性的方面。

或許也應該說，文學不是簡單的社會狀況的傳聲筒，社會問題並不都是文學問題，文學問題也不能完全歸結為社會問題，不能因為現代性對於中國社會的重要性就簡單地比附為這一時期文學的重要性。這樣的認識是有道理的。過去一個時期曾經把文學簡化為社會實踐，因此對此保持一種警惕是完全應該的。但是，事情總是需要多方面看待，我們也可以說在文學史上以俄國形式主義、英美新批評為代表的文學研究的套路，完全撇開文學作為一個社會事實和文化事實的性質，只是就文學的修辭技巧等進行研討，當然不能說這樣研討的過程總結出來的「細讀」等方法沒有價值，但是撇開了文學的一切社會文化屬性之後，這種研討的局限也是顯然的、必然的。而在後來出現的文化批評和意識形態批評，其實也是對此前做法的一種校正。克利斯蒂娃曾經說：「藝術揭示的是一種特定的實踐，它被凝結於一種具有極其多種多樣表現的生產方式中。它把陷入眾多複雜關係中的主體織入語言（或其他『意指材料』）之中，如『自然』和『文化』關係，不可窮源的意識形態傳統和科學傳統（這種傳統因此是有效的）和現時存在之間的關係，以及在欲望和法則、身體、語言和『元語言』等之間的關係中。」[47] 文學和藝術既然處於這樣一種複雜的關係中，那麼，把這種複雜關係和社會的相關性結合起來思考，始終是有必要、有價值的。就此來看，以現代性、對話性和異質性作為梳理文學的基本框架，作為影響文學變革的內在關鍵字，非常有意義。

第四節　跨文化視野中文學研究異質性的三個層次

十九世紀德國作家歌德曾經不無憧憬地說道：「民族文學在現代算不了很大的一回事，世界文學的時代已快來臨了。」[48] 我們不知道歌德心目中那種與民族文學相對應的世界文學究竟是什麼涵義，但是，歌

[47] [法]J・克利斯蒂娃，《語言中的欲望》，羅蘭・巴特，馬寧譯，《符號學原理》（中譯本附錄）（三聯書店，一九八八年），頁二一二—二一三。

[48] [德]愛克曼，朱光潛譯，《歌德談話錄》（人民文學出版社，一九八七年），頁一一二。

德時代民族文學受到衝擊則是顯然的事實了。今天我們也還不能說這個世界文學時代就已經到來了，但是全球化語境下各國各民族文學的互動和對話得到加強，這也應該是事實。

這個時代的文化受到全球化衝擊，正在誕生不同於各地原先傳統，而且不斷由一個地區湧入另外一個地區的審美文化現象，如迪士尼動畫片、如《古墓麗影》等電腦遊戲，如各種 flash 的多媒體製作，這些現象都需要在理論層次進行梳理和說明。同時，那些植根於傳統的文藝作品，在感受當代氣息的衝擊的同時，也保留了各自區域、民族的文化色彩，它們之間的關係也需要進一步梳理，並且還需要把它們之間差異性質的美學內涵進行勾勒、總結。基於此點考慮，我們從三個層次或者側面來剖析問題，目的在於描繪出一種當前文學研究的「地圖」，便於具體研究中把握方向。

一、異質存在與追趕之間的差異層次

所謂異質存在，是指中國文學與世界上其他地區文學，尤其是西方文學之間存在巨大反差。這種反差植根於文化上的差異。曾經有一位中國大使在歐洲國家工作多年，對這種文化差異有自己親身觀察到的體會。他以信函交流為例來說明這個差異。比如一個美國人給日本人寫信，日本人一看馬上就上火。因為美國人在信的開頭，將自己的要求放在最前面，後面才講些客套話。日本人為了保持心理平衡，把美國人的來信先看後面。而美國人看日本人的信，開始不知道對方要說明什麼問題，到信的末尾有幾句才是他要說的問題，前面都是寒暄等等。美國人讀日本人的信也是倒過來看。西方交往崇尚直截了當，而日本這種東方風格的交往崇尚含蓄客氣。

文化差異也會反映到文學和文學觀念、文學研究的層次。這種差異是多方面的，譬如西方文學尤其是那種經典文學往往有濃郁的宗教色彩，但丁《神曲》有對教會的嘲諷，可是對於基督教的上帝仍然充滿敬畏；歌德筆下的浮士德本身就有一些離經叛道，更何況還與魔鬼簽約。可是鼓勵浮士德精神的動力，就是基督教的鬥爭精神。另外《十日談》揭露了一些教士的偽善，其中描寫也多少有教會那種眼光看到的色情充分，可它的寫作基點是，基督教本身是聖潔的，只是有人玷污了它。就因為這樣，其寫作具有較大的控訴力度。而中國古典文學基本沒有這樣的寫法。梁漱溟看來，中國缺乏宗教精神，如果要說中國也有宗教的思想浸潤到民間生活的話，這種宗教就是拜祖先教，即敬畏祖先。例如，傳統的中國民居，在大堂供奉祖先牌位，而且這也就是家庭裡面最神聖的地方。這種差異體現在文學上，中國文學不善於或者不屑於抽象。生命短暫，而相對來說自然顯示出永恆性的反差。例如，張若虛筆下是：「江畔何人初見月，江月何年初照人？人生代代無窮已，江月年年只相似。」[49] 劉希夷筆下是：「洛陽城東桃李花，飛來飛去落誰家？洛陽女兒惜顏色，行逢落花長歎息。今年落花顏色改，明年花開復誰在？已見松柏摧為薪，更聞桑田變成海。古人無復洛城東，今人還對落花風。年年歲歲花相似，歲歲年年人不同。」[50] 李白筆下是：「今人不見古時月，今月曾經照古人，古人今人若流水，共看明月皆如此。」[51] 詩句中對於花、月的描寫使人聯想到生命、時間、永恆等問題，並且似乎對這些問題也只能這樣來描寫。可是英國詩人T・S・艾略特的代表作《四個四重奏》（一九四三）與中國唐詩的風格大異其趣：

49　張若虛，《春江花月夜》。
50　劉希夷，《代悲白頭翁》。
51　李白，《把酒問月》。

一切的過去和現在，
都曾經是未來，
一切的未來
都會成為現在和過去。
所有時光皆為永恆之現在，
所有時光亦棄我不可追。

艾略特的詩句也同樣寫到生命、時間、永恆等問題，但是，艾略特詩句中已沒有任何具體的意象，它直接由表示時間的詞語來表現詩的蘊涵。西方文化的宗教精神裡，關於生命、人生的終極追問可以在基督教背景下做純粹抽象的表達，可是中國文化沒有提供相應的土壤。我們還可以參見孔子「比德」說的表達：

子貢問曰：「君子見大水必觀焉，何也？」孔子曰：「夫水者，君子比德焉，似德；所及者生，似仁；其流卑下句倨皆循其理，似義；淺者流行，深者不測，似智；其赴遍予而無私百仞之谷不疑，似勇；綿弱而微達，似察；受惡不讓，似包；蒙不清以入，鮮潔以出，似善化；至量必平，似正；盈不求概，似度；其萬折必東，似意，是以君子見大水觀焉爾也。[52]

52 《論語・季氏》。

這裡關於君子所有內心生活的方面都以一種比喻方式說明，而這種說明不是一般的文學描寫，而是一種理論性質的概括，應該說在抽象層次上是不夠的。囿於具體問題的比喻，就可能使喻體本來不重要的特性也加入對問題意義的生發，而且比喻也只能是一種近似的說法，缺乏嚴密性。可是在後來的文化定位中，這種比喻性質的言說竟然成為中國學術表述的主流方式。

更準確一點說，中國學術宣導一種隱喻風格的表達。這種隱喻風格有四個方面的意義：其一，中國道家思想有「道可道，非常道」，「大音希聲」的觀點，在記述孔子言說的《論語》中也有「天何言哉」[53]的表述，可以說這些看法都有一種語言懷疑論傾向。既然語言表達並不是揭示事物實質的最佳途徑，那麼採用隱喻方式的表達，可能使人產生情景聯想，也許能更接近本真狀態。其二，中國古代的集權政治造成言說不自由，有些表達不吐不快，但又不便直接言說，於是就採用隱喻方式表達。如李商隱解釋自己詩作說：「為芳草以怨王孫，借美人以喻君子」，[54]這就是中國傳統詩歌的「芳草美人」的隱喻表達模式。其三，中國文化的「天人合一」在某種意義上是萬物齊一，它的邏輯是張三與天相通，李四與天相通，於是張三與李四也相通，而天地間萬物無不與天相通，因此萬物也無不相通，隱喻不過是把這種相通加以溝通。其四，以中國為代表的東方思想宣導「悟」和「觀」的解釋方法，這同西方思想注重形式邏輯的思辨是兩種不同的思維路徑。「悟」的思維，一般不是直接說明一個道理，而是給出一個規定情景，在這規定情景中，讀者再來理解作者想說明的道理。在這種隱喻表達中，最重要的不是表達本身如何，而是圍繞這一表達的注疏成為表達權威性的支柱。

53 《論語．陽貨》記述：子曰：「予欲無言！」子貢曰：「子如不言，則小子何述焉？」子曰：「天何言哉？四時行焉，百物生焉。天何言哉？」

54 李商隱，《謝河東公和詩啟》。以上芳草句見白居易《賦得古草原離別》中末二句：「又送王孫去，萋萋滿別情。」美人句見曹植《美女篇》：「願為西南風，長逝入君懷，君懷良不開，賤妾當何依？」

除了這些最基本的思維路徑具有差異之外，一些基本的文藝觀點也充滿差異，其中也包括由於思維路徑差異而導致的差異。譬如，關於藝術的最高審美境界，西方文論標舉典型，中國古典文論則是意境。典型強調事物特性，意境則既說了一些什麼，也似乎什麼也沒說。莊子的一段話可以給我們一種啟示，他說：

> 天地有大美而不言，四時有明法而不議，萬物有成理而不說。聖人者，原天地之美而達萬物之理，是故至人無為，大聖不作，觀於天地之謂也。[55]

這段話認為，天地四時萬物的奧妙不言、不議、不說，拒斥表達，但在後文又說天地之「謂」，那麼這種表達的拒斥就只是一種形式的逆反，在「可分析」意義上它沒有言說，但在「可意會」意義上它的言說很充分。在此理解基礎上，我們來看唐人王維的幾首涉及「空」的詩。

> 空山不見人，但聞人語響。返景入深林，復照青苔上。（《鹿柴》）
>
> 荊溪白石出，天寒紅葉稀。山路原無雨，空翠濕人衣。（《山中》）
>
> 人閒桂花落，夜靜春山空。月出驚山鳥，時鳴春澗中。（《鳥鳴澗》）

「空」字本義指沒有，但這裡「空」字並不是空無所有。第一首，空山是無人的山，但有「人語」說明其實有人，它只是視覺的「空」；而這種視覺的「空」恰好可以使人欣賞到山景的優美。第二首，「空」是

55 《莊子・知北遊》。

雨的空，也是「翠」的空，雨空是因為本來「無雨」，翠空是因為天寒葉凋，景色中早已沒有多少綠色，但是，山中隱隱的露氣有一種蔥蘢氤氳的氣氛，它有「雨」的濕和「翠」的幽，在「空」中給人聯想的豐富空間。第三首，靜與空形成一種對比，靜謐的夜色中，不時一兩聲鳥鳴，更襯托出山中的寧靜，這山靜與「人閒」透出一種禪趣。王維創作是詩中有畫、畫中有詩的，其詩作最能體現意境特色，那麼這裡的「空」字什麼也沒有言說，又似乎什麼都說到了，體現了言外之意，也就是意境的主要特點。

相比而言，西方文論的典型概念則比較明朗，它把描寫對象特徵化，這種特徵在時間過程中展開，處於時間座標中。不妨說，意境是無言之美，典型則是博言之美。意境展現一個想像的空間，意境傾向於空間性，將對象與主體連結到一個統一的氛圍，是共時性概念；意境氛圍，展示的是一個有恆久價值的瞬間。典型傾向於時間性，是歷時性的概念，它有一個發展過程，它是形象的特徵逐漸明晰、形象意義逐漸豐富的過程，而空間感則並不明顯。這裡的差異即是文藝本身的，也是文論認識上的。從這樣的個案分析，我們可以大體體會中國文人在近代遭遇西方文化和西方文論時所感受到的驚愕。

在這種錯愕和驚奇中，中國的學術研究，包括整個自然科學和人文學科，開始了向西方的追趕過程，這樣的追趕徹底改變了中國固有的學術演進的路數。以前標榜學習古人，在時間上向過去看齊；轉向之後競相學習西洋，在空間上向域外看齊。學習古人作為一種基調，漸變為主，而且即使變化也要以老祖宗遺訓作為準則，只是不同語境下對此遺訓有不同解釋和不同側面的發揮；學習西洋作為主潮，有比較多的突變，而且這種變化可能完全推翻陳說。在這種轉向過程中，中國文人在心理和學科體制上，顯然都缺乏準備。

二、觀念認同與方法借用之間的梯級層次

中西文論的「不同」還只是一種差異，當這種「不同」導致中國學科體制發生徹底變化，成為西方學說體系的追趕者，而西方文明又一次得到了自身優越性的滿足感。在這種對比的的情況下，原先那種只是「不同」的差異就成為了一種等級，而不同等級之間形成梯級秩序。

這種梯級秩序體現為對西學的吸收，並且以它改造傳統的學問和思考問題的方式。康有為提出的一系列政體改革主張就體現出西學影響的痕跡，他說：

人道進化，皆有定位，自族制而為部落，而成國家，由國家而成大統；由獨人而漸立酋長，由酋長而漸正君臣，由君主而漸至立憲，由立憲而漸為共和；由獨人而漸為夫婦，由夫婦而漸定父子，由父子而兼錫爾類，由錫類而漸為大同，於是復為獨人。蓋自據亂進為昇平，昇平進為太平，進化有漸，因革有由，驗之萬國，莫不同風。[56]

這裡，「進化」、「立憲」、「共和」雖然不一定都是西學字眼，如「共和」在中國古代周朝就已經出現，可是康有為這段文字的「共和」畢竟已是西學的、近代的涵義。文中把「共和」作為社會發展更高級的形態，這與中國古代思想「國不可一日無君」形成強烈對照。至於「進化」則是西方近代才出現的思

56 康有為，《論語注》。

想，它也曾經對西學產生了震盪性的影響。康有為這種吸收西學思想的情況，我們可以理解為，當中西文明相遇之後，中國古老文明面對新興的、實際上對西方思想傳統也造成強烈衝擊的近代文明的一種回應。它在形式上是中西之間的文明碰撞，而在實質上或者內容上可以理解為傳統和現代化之間衝突的結果，事實上，也就是在這個意義上，康有為才被看作改良主義者。

其實傳統和現代之間的碰撞確實是事實，而且也發生在西方社會自身。當初無論文藝復興、啟蒙運動，還是以後的工業革命、世界秩序架構的形成，都對西方國家的傳統造成巨大衝擊。如果不是這些衝擊，就不會有當今主要資本主義國家的政治模式，如英國的君主立憲，實際上就是架空君主的權力，這種情況本身自古就有，君主立憲的制度把這種原先屬於僭權的行為合法化。那麼，當傳統與現代之間的緊張關係成為橫越世界各地的普遍狀況之後，情況就要具體分析。我們的思考包括如下三個方面：首先，傳統與現代的衝突是西方首發的，因此西方作為具有經驗的方面，多少就有老師指引的姿態。其次，這種衝突自西方傳向非西方地區的，西方是這個過程的施動者；其三，應該是最主要的方面，現代戰勝傳統成為一個不以人意志為轉移的規律，西方國家在這個過程一般按照商業利潤原則來說是希望促成轉化，這利益的關係使西方成為走向現代的傳播者和引導者。因此，這種本來意義上屬於世界關係的問題，當它應用於國家交往、地區交往行為時，就成為一個文明碰撞的問題。

英國學者湯林森不承認所謂後殖民主義的理論，認為當今文化的強勢國家並沒有什麼文化侵略的問題，他的著作《文化帝國主義》一書集中表述了他的這個觀點。但是，書中分析的一幀照片其實反證了他的說法。照片上是一個澳大利亞土著人家庭，在自家門前的庭院圍坐著觀看電視[57]。這一家庭屬於傳統的

[57] 〔英〕湯林森，馮建三譯，《文化帝國主義‧第一章〈文化帝國主義的話語〉》（上海人民出版社，一九九九年）。

遊牧部落生活的類型（由庭院佈置可以看出），但是他們收視的節目是由衛星傳送的，播放歐美城市生活的內容，這樣就使他們的生活分離成為兩個互不相干的方面。一方面，過著傳統的生活，游移在城市生活的邊緣，與牛羊等牲畜打交道；另一方面，他們的文化精神生活充斥著城市生活的喧囂和緊張的競爭。他們的「所為」和「所見」就分裂為不同的世界，關於生活的信念與價值正在發生傾斜。實際上這就是許多第三世界地區的民眾生活境遇的寫照，他們成為自己生活的漠然無視的人，而關心的其實是和自己不相干的「在別處」的生活。也可以說，他們被放逐了，「生活在別處」。這幀照片所描寫的生活當然是反差最大的類型，但是，在某種程度上就是當今發達國家之外的人們的生活，尤其是精神狀態的寫照。譬如，以前人們關於生活幸福的標準，可能主要是家庭和睦、工作順心、親友身體健康、受到尊重這類，而當今更多的是可以量化為物質財富的東西，諸如寬敞的住房、自己的轎車。那麼，這裡悄然發生的變化，在一定程度上也是電視等傳媒展現的另外一種生活的示範，而這種嚮往對於多數中國人和第三世界國家的平民來說，還是可望不可及的。因為實際生活與他們心目中的生活完全不同，只能「生活在別處」。這裡「別處」就是一種可以轉化為空間意義的所在，它把對於西方國家來說屬於時間性的範疇轉化成為空間性的範疇。

如果說上述這種梯級層次關係還是「自然」形成的，是滲透到人們生活意識中的東西，那麼，這種關係還可以通過完全顯在的、處於社會政治層面的層次表達出來。吉登斯明確指出：「美國深刻而突出地影響了新的全球秩序的形成。從某些方面看，與其說它代表著均勢學說的延續，毋寧說它企圖把美國憲法條款推及全球。」「無論是國際聯盟還是聯合國，都主要是美國思想與計畫的產物。」[58] 我們從伊拉克戰爭

[58] ［英］安東尼・吉登斯，胡宗澤等譯，《民族——國家與暴力》（三聯書店，一九九八年），頁三〇八。

之後美國的作用就可以看出，美國希望自己充當「二戰」以後重塑德國和日本的角色，它要在戰爭中徹底戰勝對方，而且也要通過戰後的所為，一方面扶持對方，另一方面也消除對方的敵對意識，使對手真正心悅誠服地接受美國的指導者地位。這樣就形成了國家之間的引導者和被引導者的梯級關係。問題在於，國際方面的引導關係可能對於世界和平、對於地區繁榮，甚至對於文明增長在事實上有著積極作用，可是這裡得到的認識不能夠推廣到不同性質的文明關係的認識上。這裡有一個界限，如果兩種不同的文化交遇，則相互之間都可能有所觸動。如果其中某一方自覺學習另外一方，就是文化交流；如果其中某一方強制對方接受自己的文化，那就屬於文化侵略。參照當今世界的文化格局，基本情況可能處於這兩者之間的層次，或者說兩方面都有一些，這種複雜性給文學研究造成了一定困難。如果一味強調其中一方面，就可能遮蔽另外的方面。但是從跨文化交往這個角度來看，還是應該更多地警惕文化侵略的問題。

在目前已經形成「梯級」層次情況下，非西方國家追趕西方的學術就面臨一個問題：不追趕就意味著自動出局，因為西方學說已經佔據了各學科的主導地位，可是追趕又有一個甄別、取捨的工作。譬如人文學科領域，存在著「歐洲中心主義」，西方學者對事實的陳述帶有很大偏見。在世界史的敘述中，哥倫布「發現」了美洲，其實這只是對歐洲人而言的「發現」，那裡居住著印第安人，他們還在那裡創建了輝煌的瑪雅文化。一個歐洲來客發現了印第安人所居住的大陸，那麼這些印第安人算什麼呢？同樣道理，因為當年成吉思汗及其子孫打到了歐洲，於是東方（亞洲）就成為野蠻的代名詞，而包括當年蒙古大軍所使用的火炮技術帶動了歐洲軍事技戰術變革的事實也就有意忽略了。而且蒙古在亞洲文明史上並不處於先進的階段，按照常理是以一個地區主導的文明作為代表，則這裡就有取樣的偏頗。美籍巴勒斯坦學者薩義德，把西方學者對東方的研究稱為「東方學」，這個東方學不是真正的東方面目的描寫，而是為了滿足西方文化優越感而杜撰的系統。薩義德說：

東方學助長了試圖對歐洲和亞洲進行更嚴格區分的總體文化壓力並被其助長。我的意思是，東方學歸根到底是一種強加於東方之上的政治學說，因為與西方相比東方總處於弱勢，於是人們就用其弱代替其異。[59]

通過薩義德所說的「東方學」，即只要是對東方的言說之類，原先存在的差異層次就被合理化為梯級層次。對於東方學者來說，如果不理會這些西方的學說，就難以得到新的人文學科的思想，因為包括東方學在內的西方學說，其實就有新的批判性的研究成果，而且學問本身也是一個整體，尤其在西方學說那種注重整體化、邏輯性的系統中表現得十分突出。如果要理會這些學說，自己的民族自尊就受到傷害，並且也可能把別人的偏見當成合理的觀點，使得自己在傳授知識過程中，又使更多人受到同樣的侵害。這樣的兩難處境是擺在第三世界學者面前的共同境遇。

三、自我身份與全球交往的對話層次

差異和梯級的層次，是對於不同文化背景下文學研究異質性的一種描述，它具有客觀性。而這裡的對話層次，則是一種關係的建構，它是主體意識到自身狀況之後的一種反應，具有主觀表達的意味。

59 [美]愛德華・W・薩義德，王宇根譯，《東方學》（三聯書店，一九九九年），頁二六〇。

自我身份的認同是展開交往的基礎。因為交往過程不只是單純的資訊傳遞，而是也是相互關係的作用，這種相互關係在兩個不同方面、不同的交往者通過關係的定位才能夠達成。舉例來說，總是經濟條件較差地區的族群向經濟條件好的區域流動，而又總是經濟發達地區資金流向相對不發達地區。這裡就有一個利益驅動關係，而衡量這種利益比較關係就需要在不同地區之間進行。就中國目前的狀況而言，國家關係的定位大致有四種：

一是進化模式，即西方文化在近代以來已經成為最先進的，它代表了人類文化的未來，中國目前需要加緊追趕。二是復仇模式。中國文化和域外文化具有嚴重差異甚至對立，這種觀念把鴉片戰爭中國與西方文明接觸之後的失敗經驗作為闡釋的基點，那麼包括現代化訴求的目標都是為了擺脫「落後就要挨打」這樣的教訓。三是特色模式。即承認西方文明已經取得了很高成就，但認為文明可以有多種不同形態，每個民族都只能在自己文化的傳統中進行文明的創造，而且不同文明都各自有自身價值。第四，融匯模式。這一模式可能不太被學者關注。認為無論中西，其文化都不是齊一的，中國的東西南北之間、城鄉之間、不同民族之間都有巨大的文化差異，而所謂的西方文化其實更是這樣。譬如德國人的勤奮與西班牙人的散漫，同樣都會令中國人感到吃驚，可是他們這樣的兩極卻被統一為「西方」來認識，這就容易造成對事實的遮蔽。融匯模式認為中國有些文化來自於西方，但是已經中國化了。如現代高等學歷教育，它是中國人「從娃娃抓起」的目標，跨越大學門檻成為深入中國大陸所有地區的全民總動員。這種情況在高等教育源發地的西方是比較罕見的。

考察這樣四種觀念，可以看出，進化模式在今天已經受到越來越多的質疑；復仇模式雖然是動員國民的有效手段，但在現代化進程中，又可能陷於自我孤立的境地；特色模式在我們看待中國的具體問題時具有效力，但是在全球化與國際接軌的過程中會受到許多挑戰，而且人類的普世價值觀可能會觸動其中一些認識。相對說來，也許融匯模式更能夠解釋或解決實際問題。

對於文學領域的研究評價也是這樣，不同的文學之間可能有相互融通的方面，但是也有不能通約的部分。在審美文化中，「不能根據一領域的成就來判斷另一個領域的成就，因為各個領域都試圖到達完全不同的目的。希臘人在藝術中力圖表現他們在活動中的愉悅；他們試圖展現他們生命力與客觀世界的同一性。而另一方面，拜占庭藝術則體現出抽象性，亦即一種與外部自然的深刻的分離感……這兩種藝術形式是有著鮮明對照的整合了的結構；每種都可利用在另一種看來是難以置信的形式和標準。」[60]這就需要有一種超越某種局部立場的評價體系。這一體系在今天的文學理論和批評中還是缺位的。在缺位狀況下，佔據強勢地位的文化評價指標來要求其他藝術和文化就成為一件非常「自然」的事情。正如一位印度智者所說：

> 我們的前人是英國教育最初的結果，是極端的親英派。他們根本看不到西方文明或西方文化的缺點，而是給它的新穎和奇妙所迷住……英國的一切都是美好的——甚至喝白蘭地酒也是一種美德；凡不是英國的都值得懷疑。[61]

這樣一種心態如果只是個人愛好倒也並無大礙，甚至如果只是某種文化自身的評價標準也可以理解，問題就在於當這樣的評價體系出現後，並沒有一種在此層次之上的、可以囊括不同文化並且給予不同文化以公允評價的體系！我們的文化身份不同於印度，即我們並沒有一個殖民史，我們所面對的不是一個英國，而

60 [美]露絲・本尼迪克，何錫章、黃歡譯，《文化模式》（華夏出版社，一九八七年），頁四九—五〇。
61 引自[美]斯塔夫里阿諾斯，吳象嬰等譯，《全球通史》（北京大學出版社，二〇〇六年），頁五六五。

是整個的歐洲。而且我們是以東方「老大」的身份，而不是日本那樣本身就屬於受到中國文化影響的那種身份突然面對一個強勢的西方。這種被邊緣化的失落感，又加上並沒有印度那種新產生的依附感，就使得我們在失去過去之後沒有一種自然到來的新的文化身份。

通過對上述幾種文化身份認定的說明，我們認為，合理的做法只能是採取積極對話的姿態，在對話中加強瞭解和理解，加強相互的溝通。我們需要明確中國文化是多元素的，它本身就來源多樣，歷史上也經歷過多次文化的整合，中國文化在歷史上之所以不像古埃及、古巴比倫，甚至古希臘文化那樣產生斷裂，因為過去的多次整合實際上給予了中國文化新的質素，而這種新質素是文化生命力得以延續的必要條件。我們與外來文化的對話，既是一種相互瞭解的管道，也是自我更新的重要途徑。

四、現實基點與理想目標

我們現今處於一個全球化時代，這個時代每種文化都會受到其他文化的影響，在這種文化背景下，文化之間的碰撞經常發生。這種碰撞具有不同的表現形態，主要有三種典型的狀況。

其一是衝突模式。譬如清末時期，西方傳教士在中國內地傳教，他們在推行教育和醫療方面有一些實績，並且主要就是憑藉這一實績贏得了一些信徒，可是源於西方的基督教在本性上是排異性的，即只承認基督教為唯一的真理的言說，這樣就把已經有兩千年以上根基和濃厚文化傳統的儒道釋思想置於了對立面，它受到文化衛道者的反抗是必然的。而儒道釋思想在歷史的嬗變中已經被成功地改造為中國集權社會的合法化的話語基礎。對儒道釋思想的衝擊當然也會遭遇統治者的反對，統治者會動員國家資源加入反對的行為。

其二是接受模式。這種模式在本來沒有相應文化傳統的領域相對比較容易實現，諸如電影作為一門新興的藝術形式，它不像戲劇那樣，西方的舞劇、歌劇形式，在西方以外的國家和文化的接受相對緩慢，而好萊塢電影則可以長驅直入，成為其他國家尤其是年輕人文化消費的主體。

其三則是畸變模式。這裡比較典型的事例是菲律賓接受美國文化的表現。菲律賓曾經是美國的殖民地，菲律賓人的英語水準也普遍較高，因此美國的歌曲在菲律賓的英語唱法可以模仿得唯妙唯肖。「但這只是事情的一個方面，另一方面則是，他們的生活在其他方面和產生這些歌曲的那個相關世界並非處於完全的共時狀態。」[62]菲律賓人往往把美國的鄉村歌曲也當成流行歌曲，作為一種時髦的標誌。在美國本土作為一種懷舊情感表達的文藝形式，在菲律賓就成為代表了新的生活召喚的表達，這種接受表現得越充分，就與該種文化源發地所傳達的意思相距越遠。

以上歸納出三種不同模式，也許還有其他模式，諸如，明末時期西方人已經和中國有所接觸，其中經商者主要關注中國民風民俗方面，而傳教士則主要關注中國古代的典籍文章，他們從這兩個途徑得出了截然不同的中國文化觀。從典籍文章角度，他們認為中國是禮儀之邦；而從民風民俗角度，則認為中國陋俗較多，尤其對中國人隨地吐痰，餐桌上吃魚還見魚鰓翕動就認為廚藝好等非常反感[63]。這樣的文化交往不同於以上三種類型，大體上可以算是闡釋模式。闡釋模式主要屬於研究類型而非互動模式類型，在此忽略不論。

---

62 阿・阿帕杜萊，《全球化經濟中的斷裂與差異》，見汪暉、陳燕谷編《文化與公共性》（三聯書店，一九九八年），頁五二四。

63 直到中世紀，歐洲上流社會聚會時也仍然有一邊談話一邊在身上捉蝨子的習慣，在室外隨地吐痰沒有禁忌，在上流社會盛行的使用香水的習慣也是源於遮掩體臭。後來發現了個人衛生與身體健康之間的密切關係以及城市供排水系統得以完善之後，原先的陋習得到了根本改觀。

三種模式的狀況在現實中的確有別，但是有時也不能截然劃分。當年羅蘭・巴特通過在日本做訪問教授期間的印象寫了《符號帝國》，其中涉及到日本世俗文化的許多方面，其中有一段對餐桌上餐具使用方式的感觸。西餐以刀叉勺為基本工具，而日本和中國一樣使用筷子。餐具的差異就使得食物和就餐者之間的關係有所區別，他感受到：「在所有這些功用中，在所有這些動作中，筷子都與我們的刀子（及其用於攫取食物的替代品——叉子）截然相反：筷子不用於切、扎、截、轉動；由於使用筷子，食物不再成為人們暴力之下的獵物（人們需要與肉食搏鬥一番），而是成為和諧地被傳送的物質……」[64]這裡的差異其實還有一部分來自烹調方式，即東方廚藝已經在廚師那裡就完成了切割任務，於是在餐桌上就餐者就可以大快朵頤的同時卻又顯得斯文。羅蘭・巴特並不知道東方廚藝的製作流程，只是憑著對餐桌的印象發表看法，就有些淺嘗輒止。但是他作為西方人對筷子作用的觀感也的確令人耳目一新。這樣一番表白算是什麼類型的文化交往呢？如果側重於筷子文化和刀叉文化的差異，可以納入到衝突模式；如果讚頌筷子飲食的優點，則是接受模式；如果此說作為對東方文化那種比較溫和態度的說明，則有畸變模式的意味，因為事實上在使用筷子的中國飲食烹調中，就有活食動物的做法，譬如筆者就見過廚師把鵝掌砍下烹調，而那隻鵝則另外處理，這裡不是說來不及宰殺，而是該烹調方法就是強調要取自活鵝。這種做法在今天動物保護主義者看來是一種虐待動物的殘忍之舉。

文化交往的現實中，我們會面臨各種不同質的文化在交流過程中的牴牾、誤會、衝突，這是跨文化溝通中的常態。對於日益加強的文化接觸，我們已經不可能像前工業化時代那樣讓各種文化採取各自為政，獨立發展的路子，而且文化之間的碰撞本身也可以增強文化的活力和創造性。那麼如何避免那種由於誤會

---

[64] [法]羅蘭・巴特，孫乃修譯，《符號帝國》（商務印書館，一九九四年），頁二五。

而造成的衝突，使文化在交往中還可以保持和諧，這才是最重要的。理想的目標是在交往、交流中加強對話意識，構建一種行之有效的對話機制，在對話中積極尋求相互的補充、激勵。這樣做法的關鍵，不是採取閉關自守，或者對他種文化持敵對警覺的態度，而是在面對全球化進程中文化互動日益頻繁的現實，採取更主動的文化納入和輸出策略，在彼此的熟悉中把對方文化的「他者」意味在心理層面上逐步消除。亞里斯多德曾經說，在學問的道路上，我們是始於迷惘終於更高層次的迷惘。那麼文化之間隔閡的消除也是始於相互的差異，終於進一步的交流。這樣一個過程也許永無止境，但是通過這一過程，文化就會更加豐富和健全。

結語

綜合本書所述的文學研究的知識論依據，我們將就文學研究三個方面的問題進行總括性討論。分別從現代性和西方性、民族性和開放性以及文藝研究與文化研究等方面的關係進行論述文藝研究中的幾對關係。

文藝研究探討有關文藝的問題。它本身是對問題的關注，但是在這種關注中，它是以對象作為關注的目標，而對於自身在關注中面臨哪些問題，則需要後退一步做出新的審視，即把早先問題的關注者在新的問題域中作為審視的對象，分析他的內在矛盾。目的是校正關注者在關注問題時的視野與聚焦狀況，以便能更好地關注對象本身。

文藝研究探討文藝問題，但它並不是在純粹認識論的格局上探討，即使在對文藝做事實陳述時，它也是在某些思想框架和文化眼光的籠罩下來看待文藝的。因為只有這樣，它才能夠對於文藝發表一些有思想深度的見解，才能夠理解文藝作品的涵義和它在社會中體現的意義。那麼，文藝研究的如下三對關係是應該著重認識的。

一、現代性與西方性的關係

這一對關係更應該是社會學、歷史學的議題，但文藝研究要結合到時代，才能夠闡發所在階段的文藝價值觀和基本旨向。由這一認識來看，現代性與西方性的關係是一個重要的紐結。

在世界進入工業化以來的時代，所謂現代性是從西方興起，並在西方取得了很大成功，又再向全球輸出了巨大影響的事件。在這個意義上，現代性與西方性幾乎成為近義詞。但是這種等同令人生疑。譬如，按照德國思想家馬克斯・韋伯的說法，西方資本主義是同基督教文化培育的克己與勤奮工作的精神相關聯的，那麼，在非基督教文化就不能從這種教義傳統來發掘資本主義的文化土壤。又如文藝復興之後宣導的理性精神是西方走向現代化的重要條件，可在中國宋、明時期理學的理性，甚至上溯到魏晉的玄學，先秦時期諸子之辯到漢代的實學，都不乏理性因素，正如梁漱溟先生所言，中國是「理性早啟」[1]。但中國的理性推到極致後是程朱理學的「存天理，滅人欲」，同資本主義生產追求的個人利益最大化目標根本對立。所以，中國不可能由理性，而恰須人欲來引導人們追求個性解放。由此來看，至少韋伯或一般常識所論的西方走向現代化的必要條件，對於中國就未必適用。現代性是西方世界首先達成的目標，西方世界也希望非西方國家按照它們規劃的模式加人到現代秩序中；但這一秩序是以西方作為利益軸心的，加入這一秩序的非西方國家將會付出比西方更多的努力和代價。對於發展中國家而言，現代性是一個爭取的目標，而西方性則是為了達成目標所付出的代價，二者確實有緊密關係，但這並不是合理的關係，而且這一關係也可能在一定程度上得以緩解。

---

1 梁漱溟，《中國文化要義》（學林出版社，一九八七年）。

二、民族性與開放性的關係

文藝的民族性是文藝保持在全球文化中獨立品位的標誌，而開放性則是文藝發展中汲取別人的成功經驗的必備品性。兩者都是必要的，但這兩者之間有著矛盾。當年黑格爾在其美學著作中，將東方美學視為一種原始狀態的美學，英國美學家鮑桑葵在他頗有學術影響的《美學史》前言中，明確提出包括中國文藝在內的東方藝術不在他的考察視野，其中關鍵並不是他在這方面缺乏瞭解，而是他認識到，東方美學未能達到他所歸納出的藝術發展的邏輯層次上。實際上，東方美學作為一種「另類」，是被視為一種畸形的或低級的存在。如果說這都還是較早時期西方學者的偏見的話，那麼，到了二十世紀，厄爾・邁納在他的重要著作《比較詩學》中也還寫道：「這裡提到我和中國文學原則的衝突，是因為中國文學的觀點對我來說特別難以接受。」[2] 他作為比較詩學即建立跨文化的比較文學理論作為旨歸的學者，還這樣認識非西方的文學及其觀念，就可以見出在比較文學領域中，各民族文學之間還有很大差異和隔閡。我們說中國的文學應保持我們自己的民族風格時，這種「保持」是要做出一個論證的。事實上，從十九世紀末，尤其是更晚近的二十世紀初的五四新文化運動，就使中國文學由學習古人轉向到學習借鑑西方，以反撥文學傳統作為一個目標。到了新中國成立之後，國家主流意識形態提倡的「社會主義現實主義」或「兩結合」的創作方法，從思想觀念、人物形象、結構安排等具體技巧，都與中國的文學傳統沒有關係。因此，並不存在著一個保持現有國粹的問題；可是，文學要有自身文化的底蘊作為背景，否則就缺乏一種根基，因此對別國文

---

2 [法]厄爾・邁納，王宇根、宋偉傑等譯，《比較詩學》（中央編譯出版社，一九九八年），頁三三七。

學簡單跟進也不是出路。在這裡，有一個文化衝突的可能性。即民族文學在探尋自身的發展道路時，並不只是書齋中的取捨與認定，而是一種社會激蕩與衝擊在文化層面上的反映。西方世界的資本主義生產，是生產性與破壞性並存的雙刃劍。「資本主義所產生的這種創造力與破壞力的特殊結合，既為近幾個世紀的非凡的成就和令人震驚的挫折，也為我們時代的前所未有的前途和危險，提供了基礎。」[3]這裡問題的關鍵在於，當我們的社會進入到現代化進程時，文學就應該適應社會的變化而做出調整，但在這一調整中，傳統的和有民族特點的內容就很難有存身基點。而文學作為審美文化的承載者，本來應該與科技文化保持一段距離，應該是民族傳統的體現者。民族性在開放性的現實條件下如何弘揚，顯然是迫切需要回答的課題。

三、文學研究與文化研究、社會研究的關係

文學本來是文化的一個層面。它在反映社會的同時，也融入到了社會之中，成為社會生活的一項內容。因此，文學研究歷來就同文化研究和社會研究有著密不可分的聯繫。但是，二十世紀的文學批評，從俄國形式主義到英美新批評，強調的是文學本體論，認為文學研究固然可以從文化、社會角度入手，但那不過是研究文學的外部視角，他們強調應從文學作為語言的事實入手，研究文學的文本存在形式和特徵。在中國，經歷了從五四到「文革」時期對文學的社會參與作用的強調，到了新時期文學對於「文革」文學撥亂反正之時，恰好從西方現代文學批評中找到了與之相近的文學本性的強調。於是，人們就以為當今世

3 〔美〕斯塔夫里阿諾斯，吳象嬰、屠笛、馬曉光譯，《遠古以來的人類生命線》（中國社會科學出版社，一九九二年），頁一〇六。

界文學研究的大勢，從文學和社會相聯繫的視角轉到了純文學研究的視角，但這不過是誤解或以偏概全。在二十世紀的文學批評，佛洛依德開創的精神分析批評從無意識角度來看待文學，將文學與人的心理聯繫起來；佛洛依德的弟子，後來在原型批評中成為領軍人物的榮格，他關於原始心像與文學關係的見解，注意發掘文學與文化傳統的關聯；法蘭克福學派作為社會批判理論的代表，其成員瑪律庫塞、阿多諾等人的文論當然是走的社會／政治批判的路徑；至於美國的兩位批評大師級的人物，代表左翼的弗里德里克・詹姆遜和傾向於右翼的丹尼爾・貝爾，他們都是從解讀當代文化的意義，來對文學發表相關見解。因此，真實的狀況是，文學研究的正途仍然是從文學與文化、社會的關係入手來進行研究。我們除了應強調文學與文化、社會的總體關聯外，恐怕還應對於當前資訊時代下文學傳播的新特徵進行研討和關注。馬克・波斯特指出，在電腦畫面的「賽博空間」的敘事中有一些新的特徵，他說：虛擬實境是一個由電腦生成的「場所」，參與者通過「防護鏡」「觀看」這一場所，但該場所也回應著參與者的刺激。……此外，同時經歷同一個虛擬實境的人可能不止一個，而所有的動作又都影響著這個「空間」。再者，這些人可以通過數據機從相距甚遠的不同地點與電腦相連而進行資訊交流，並不一定要在同一個物理位置。……虛擬實境將人置於另類世界「之內」，從而把文字的想像性和電影或錄影的想像性向前推進一步。擬仿實踐直接擺弄現實，它所處的位置就永遠地改變了自我身份賴以形成的條件[4]。上述觀點仍然是從文學「之外」的角度來看待文學或與文學有關的事件，但它所包含的是當今科技文化對於人的生活，包括人的視聽管道，乃至人的心理的干擾和重塑，它涉及到一個全新的領域。在很大程度上，關於文學的新的思考離開了這一文化、社會的條件就難以達成。

[4] ［美］馬克・波斯特，范靜曄譯，《第二媒介時代》（南京大學出版社，二〇〇〇年），頁四二。

我們認為，上述三個方面並不能概括文藝研究的基本問題，但對這幾方面的探討，有助於把握文學研究的脈絡，可能具有更大的理論創造價值。

參考文獻

一、中文專著（按姓氏首字筆劃排列）

王治河，《福柯》，長沙：湖南教育出版社，一九九九年。
王曉明，《二十世紀中國文學史論》第一卷，北京：東方出版中心，一九九七年。
王學典，《知識論與後形而上學：西方哲學新趨向》，北京：商務印書館，二〇一一年。
甘陽、劉小楓，《重新閱讀西方》，北京：三聯書店，二〇〇六年。
李贄，《焚書》卷三。
余虹，《文學知識學（余虹文存）》，北京：北京大學出版社，二〇〇九年。
汪暉、陳燕穀編，《文化與公共性》，北京：三聯書店，一九九八年。
金嶽霖，《知識論》，北京：中國人民大學，二〇一〇年。
胡適，《科學與人生觀》，上海：亞東圖書館，一九二三年。
胡軍，《知識論》，北京：北京大學出版社，二〇〇六年。

洪謙，《邏輯經驗主義（上）》，北京：商務印書館，一九八二年。
洪漢鼎、陳治國編，《知識論讀本》，北京：中國人民大學出版社，二〇一〇年。
徐崇溫，《結構主義與後結構主義》，瀋陽：遼寧人民出版社，一九八六年。
陳國團，《知識學形式基礎：世界意識型態學緒論》，臺北：允晨文化實業公司，一九九九年。
陳嘉明，《知識與確證》，上海：上海人民出版社，二〇〇三年。
曹順慶，《中外比較文論史（上古時期）》，濟南：山東教育出版社，一九九八年。
郭紹虞主編，《中國歷代文論選》，上海：上海古籍出版社，一九八〇年。
梁漱溟，《中國文化要義》，北京：學林出版社，一九八七年。
張少康集釋，《文賦集釋》，上海：上海古籍出版社，一九八四年。
陸揚、王毅選編，《大眾文化研究》，上海：上海三聯書店，二〇〇一年。
黃子平、陳平原、錢理群，《二十世紀中國文學三人談》，北京：人民文學出版社，一九八八年。
雷德鵬，《走出知識論困境之途：休謨、康得和胡塞爾的想像論探析》，北京：人民出版社，二〇〇七年。
趙建軍，《知識論與價值論美學》，蘇州：蘇州大學出版社，二〇〇三年。
樂黛雲、張輝，《文化傳遞與文學形象》，北京：北京大學出版社，一九九九年。
歐崇敬，《渾沌之知的構造：超越後現代主義的知識學理論》，臺北：洪葉文化事業有限公司，一九九八年。
滕守堯，《文學社，會學描述》，上海：上海人民出版社，一九八七年。
羅鋼、劉象愚，《文化研究讀本》，北京：中國社，會科學出版社，二〇〇〇年。

二、外文譯著（按姓氏首字母音序排列）

[匈]阿格妮絲・赫勒，《日常生活》，衣俊卿譯，重慶：重慶出版社，一九九〇年。

[美]艾耶爾，《二十世紀哲學》，上海：上海譯文出版社，一九八七年。

[美]艾・布拉姆斯，《鏡與燈——浪漫主義文論及批評傳統》，酈稚牛、張照進、童慶生譯，北京：北京大學出版社，一九八九年。

[加]埃里克・麥克盧漢，弗蘭克・秦格龍編，《麥克盧漢精粹》，何道寬譯，南京：南京大學出版社，二〇〇〇年。

[法]安東尼・吉登斯，《民族—國家與暴力》，胡宗澤等譯，北京：三聯書店，一九九八年。

[法]布爾迪厄，《文化資本與社，會煉金術——布爾迪厄訪談錄》，包亞明譯，上海：上海人民出版社，一九九七年。

[俄]巴赫金，《巴赫金全集》（第二卷），張傑等譯，石家莊：河北教育出版社，一九九八年。

[美]丹尼爾・貝爾，《後工業社，會的來臨》，王宏周等譯，北京：商務印書館，一九八四年。

[美]丹尼爾・貝爾，《資本主義文化矛盾》，趙一凡、蒲隆、任曉晉譯，北京：三聯書店，一九八九年。

[法]厄爾・邁納，《比較詩學》，王宇根、宋偉傑等譯，北京：中央編譯出版社，一九九八年。

[美]費菜德・R・多爾邁，《主體性的黃昏》，上海：上海人民出版社，一九九二年。

[德]費希特，《全部知識學的基礎》，王玖興譯，北京：商務印書館，一九八六年。

[法]福柯，《權力的眼睛——福柯訪談錄》，嚴鋒譯，上海：上海人民出版社，一九九七年。

[荷]佛克馬、易布思，《二十世紀文學理論》，林書武等譯，北京：三聯書店一九八八年。
[美]菲力浦・J・大衛斯等編，《沒門》，田立年等譯，北京：中國社會科學出版社，一九九二年。
[美]弗里德里克・傑姆遜，《後現代主義與文化理論》，唐小兵譯，西安：陝西師範大學出版社，一九八六年。
[美]弗雷德里克・詹姆遜，《快感：文化與政治》，王逢振等譯，北京：中國社會科學出版社，一九九八年。
[德]哈貝馬斯，《後形而上學思想》，曹衛東、付德根譯，上海：譯林出版社，二〇〇一年。
[美]J・T・克萊恩，《跨越邊界——知識・學科・學科互涉》，姜智芹譯，南京：南京大學出版社，二〇〇五年。
[美]傑瑞米・里夫金、特・德・霍華德，《熵：一種新的世界觀》，呂明、袁舟譯，上海：上海譯文出版社，一九八七年。
[英]J・D・貝爾納，《科學的社會功能》，陳體芳譯，北京：商務印書館，一九八二年。
[美]庫恩，《科學革命的結構》，李寶恆、紀樹立譯，北京：三聯書店，一九八〇年。
[英]卡爾・波普爾，《走向進化的知識論：通過知識獲得解放續集》，李本正等譯，北京：中國美術學院出版社，二〇〇七年。
[德]卡爾・曼海姆，《卡爾・曼海姆精粹》，徐彬譯，南京：南京大學出版社，二〇〇五年。
[美]拉爾夫・科恩，《文學理論的未來》，程錫麟等譯，北京：中國社會科學出版社，一九九三年。
[美]路易士・P・波伊曼，《知識論導論——我們能知道什麼？》，洪漢鼎譯，北京：中國人民大學出版社，二〇〇八年。
[英]羅素，《西方哲學史》，何兆武譯，北京：商務印書館，一九七六年。

[美]拉里・勞丹，《進步及其問題》，方在慶譯，上海：上海譯文出版社，一九九一年。

[俄]列寧，《哲學筆記》，北京：人民出版社，一九七四年。

[法]羅蘭・巴特，《符號學原理》，馬寧譯，北京：三聯書店，一九八八年。

[美]拉塞爾・雅各比，《社會健忘症》，波士頓：波士頓大學出版社，一九七五年。

[美]馬克・波斯特，《第二媒介時代》，范靜曄譯，南京：南京大學出版社，二〇〇〇年。

[加]麥克盧漢，《理解媒介——論人的延伸》，何道寬譯，北京：商務印書館二〇〇〇年。

[美]邁克爾・海姆，《從介面到空間網路》，金吾倫、劉鋼譯，上海：上海教育出版社，二〇〇〇年。

[法]M・杜夫海納，《美學與哲學》，孫非譯，北京：中國社會科學出版社，一九八五年。

[德]馬克斯・韋伯，《新教倫理與資本主義精神》，丁曉等譯，北京：三聯書店，一九八七年。

[德]瑪律庫塞，《審美之維》，李小兵譯，北京：三聯書店，一九八九年。

[美]I・華勒斯坦等，《學科・知識・權力》，劉健芝等譯，北京：三聯書店，一九九九年。

[美]喬納森・卡勒，《結構主義詩學》，盛寧譯，北京：中國社會科學出版社，一九九一年。

[美]喬納森・卡勒，《文學理論》，李平譯，瀋陽：遼寧教育出版社，一九九八年。

[美]齊碩姆，《知識論》，鄒惟遠、鄒曉蕾譯，北京：三聯書店，一九八八年。

[美]斯塔夫里阿諾斯，《遠古以來的人類生命線》，吳象嬰、屠笛、馬曉光譯，北京：中國社會科學出版社，一九九二年。

[美]斯塔夫里亞諾斯，《全球分裂——第三世界的歷史進程》上冊，遲越等 譯，北京：商務印書館，一九九三年。

[英]特里・伊格爾頓，《文學原理引論》，劉峰等譯，北京：文化藝術出版社，一九八七年。

[英]特里・伊格爾頓，《心靈的法則》，王傑等譯，桂林：廣西師範大學出版社，一九九七年。
[美]韋勒克、沃倫，《文學理論》，劉象愚等譯，北京：三聯書店，一九八四年。
[美]韋勒克，《批評的諸種概念》，丁泓、余徵譯，重慶：四川文藝出版社，一九八八年。
[美]伊姆雷・拉卜托斯等編，《批判與知識的增長》，周寄中譯，北京：華夏出版社，一九八七年。
[英]伊・拉卡托斯，《科學研究綱領方法論》，蘭征譯，上海：上海譯文出版社，一九八六年。
[古希臘]亞里斯多德，《詩學》，羅念生譯，北京：商務印書館，一九九六年。
[美]詹姆斯・奧康納，《自然的理由——生態學馬克思主義研究》，唐正東譯，南京：南京大學出版社，二〇〇三年。

三、外文原著（按姓氏首字母音序排列）

Adorno Theodor and Max Horkheimer, *Dialectic of Enlightenment*, New York: Continuum, 1972.
Adorno Theodor, *Notes to Literature*. 2 vols, New York: Columbia UP, 1991.
Adams Hazard & Searle Leroy, Eds. *Critical Theory Since 1965*, Florida State University Press, 1986.
Barthes Roland, *Elements of Semiology*, London: Jonathan Cape, 1967.
Benjamin Walter, *Illuminations: Essays and Reflections*, Ed. Hannah Arendt, New York: Schocken, 1969.
Benjamin Walter, *Charles Baudelaire: A Lyric Poet in the Era of High Capitalism*, London: Verso, 1971.
Benjamin Walter. *Reflections: Essays, Aphorisms, Autobiographical Writings*, New York: Schocken, 1986.
Culler Jonathan, *The Pursuit of Signs: Semiotics, Literature, Deconstruction*, Ithaca: Cornell UP, 1981.

Derrida Jacques, *Of Grammatology*, Baltimore: Johns Hopkins UP, 1976.

Eagleton Terry, *Literary Theory: An Introduction*, by Basil Blackwell, 1983.

Eagleton Terry, *Marxism and Literary Criticism*, Berkeley: U of California P, 1976.

Eagleton Terry, *Criticism and Ideology: A Study in Marxist Literary Theory*, New York: Schocken, 1978.

Foucalt Michel, *History of Sexuality*. 3 vols, New York: Random House, 1970.

Foucalt Michel, *The Order of Things: An Archaeology of the Human Sciences*, New York: Random House, 1970.

Foucalt Michel, *The Archaeology of Knowledge*, New York: Pantheon, 1972.

Iser Wolfgang, *The Implied Reader*, Baltimore: Johns Hopkins UP, 1974.

Iser Wolfgang, *The Act of Reading: A Theory of Aesthetic Response*, Baltimore: Johns Hopkins UP, 1978.

Jameson Fredric, *Marxism and Form*, Princeton : Princeton UP, 1971.

Jameson Fredric, *The Prison-House of Language: A Critical Account of Structuralism and Russian Formalism*, Princeton: Princeton UP, 1972.

Jameson Fredric, *The Political Unconscious: Narrative as a Socially Symbolic Act*, Ithaca: Cornell UP, 1981.

Lyotard Jean-Francois, *ThePostmodern Condition: A Report on Knowledge*, Minneapolis: U of Minnesota P, 1984.

Levi-Strauss Claude, *The Savage Mind*, Chicago: U of Chicago P, 1966.

Todorov Tzvetan, *Introduction to Poetics*, Brighton: Harvester P, 1981.

Said Edward W, *Beginnings: Intention and Method*, Baltimore: Johns Hopkins UP, 1975.

Said Edward W, *Orientalism*, New York: Random House, 1978.

Said Edward W, *The World,The Text, and the Critic*, Cambridge MA: Harvard UP, 1983.

Woolf Virginia, *A Room of One's Own*, New York: Harcourt, 1981.
Williams Raymond, *Marxism and Literature*, Oxford: Oxford UP, 1977.

四、期刊論文（按姓氏首字筆劃排列）

王鍾麒，《中國歷代小說史論》，《月月小說》，一九〇七年第一期。
王逢振，《什麼是「discourse」（話語）》，《文藝理論與批評》，一九九四年第二期。
孔誥烽，《從「早期現代性」、「多元現代性」到「儒家現代性」》，《讀書》，二〇〇二年第四期。
朱立元，《走自己的路》，《文學評論》，二〇〇〇年第三期。
余虹，《在事實與價值之間——文學本質論問題論綱》，《天津社會科學》，二〇〇六年第五期。
余虹，《理解文學的三大路徑——兼談中國文藝學知識建構的「一體化」衝動》，《文藝研究》，二〇〇六年第十期。
秦暉，《民族主義：雙刃劍下的血腥悲劇》，《戰略與管理》，一九九九年第四期。
陳傳席，《中國畫在世界藝術中的實際地位》，《文論報》，一九八八年十一月十二日。
陶佑曾，《論小說之勢力及影響》，《遊戲世界》，一九〇七年第十期。
陶東風，《日常生活審美化與文化研究的興起》，浙江社會科學，二〇〇二年第一期。
陶東風，《文學理論知識建構中的事實經驗和價值規範》，《天津社會科學》，二〇〇六年第五期。
張榮翼，《文化批評：理論與方法》，《社會科學戰線》，二〇〇二年第三期。
張榮翼，《圖像時代的美學管窺》，《文藝理論研究》，二〇〇七年第一期。

馮黎明，《論文學理論的知識學屬性》，《文藝研究》，二〇〇八年第九期。

馮黎明，《文學研究中本質主義與歷史主義對立的知識學根源》，《中國文學研究》，二〇一〇年第一期。

馮黎明，《現代性與文學研究的方法論困境》，《文藝理論研究》，二〇一〇年第四期。

馮黎明，《學科互涉與文學研究的知識依據》，《文藝爭鳴》，二〇一〇年第十三期。

馮黎明，《文學研究：走向體制化的學科知識》，《文藝理論研究》，二〇一一年第四期。

馮黎明，《文學研究的學科自主性與知識學依據問題》，《湖北大學學報》（哲學社會科學版），二〇一二年第二期。

[美]成中英，《中國哲學中的知識論（上）》，《安徽師範大學學報》（人文社會科學版），二〇〇一年第一期。

[法]羅布－格里耶，《未來小說之路》，《當代外國文學》，一九八三年第二期。

[德]塞巴斯蒂安·赫爾科默，《後意識形態時代的意識形態》，《新華文摘》，二〇〇一年第十一期。

後記

有太多的人從事文學研究，而從知識本體角度反思文學研究「何謂、何為、如何」的人卻似乎太少。如果研究者缺乏對自己研究工作的反思，那麼，研究的目的、工具、方法、結論是否能夠成立，則是一個值得懷疑的問題。

對文學研究進行知識論的反思，或者說，關於文學研究的哲學思考，是一項枯燥的、艱難的工作。我們之所以樂此不疲，除了個人興趣之外，應該說還有一份作為文學理論研究者的責任感與使命感。既然文學理論的知識學屬性即反思性，我們試圖反思如下重要的問題：

文學研究作為學科的合法性何在？

文學研究何以保證自身的自洽性、科學性？

文學研究思想創新的資源與動力是什麼？

中國的文學研究如何成為國際學術的重要一翼？

因此，本書的內容主要包括兩個方面：首先，解決文學研究知識依據的普遍性問題。其次，橫跨中西，放眼古今，立足當下，梳理中國文學研究的現狀，尋找中國文學研究自主性的可能路徑。

本書能夠在臺灣出版，有機會聽取臺灣學界的批評，應該感謝東華大學劉秀美教授的鼎力舉薦。中國文化大學宋如珊教授一貫不遺餘力扶助學術探索，慨然應允將本書納入她主編的「現當代華文文學研究叢書」。秀威資訊科技公司總經理宋政坤先生堅守學術品質為本、著眼文化長久積澱的理念，對於推動兩岸文化交流傾盡全力，功德無量。特此深深深感謝三位先生的支持。秀威編輯王奕文女士精讀本書，提出了十分中肯的修改意見。遇上這樣專家型的把關者，真是作者的大幸。

對於本書的錯誤與缺陷，敬祈讀者批評教正。

張榮翼

二〇一二年六月十日於武漢大學

現當代華文文學研究叢書3　AG0148

文學研究的知識論依據

作　　者 / 張榮翼、李松
主　　編 / 宋如珊
責任編輯 / 王奕文
圖文排版 / 姚宜婷
封面設計 / 王嵩賀

發 行 人 / 宋政坤
法律顧問 / 毛國樑　律師
印製出版 / 秀威資訊科技股份有限公司
114台北市內湖區瑞光路76巷65號1樓
電話：+886-2-2796-3638　傳真：+886-2-2796-1377
http://www.showwe.com.tw
劃撥帳號 / 19563868　戶名：秀威資訊科技股份有限公司
讀者服務信箱：service@showwe.com.tw
展售門市 / 國家書店（松江門市）
104台北市中山區松江路209號1樓
電話：+886-2-2518-0207　傳真：+886-2-2518-0778
網路訂購 / 秀威網路書店：http://www.bodbooks.com.tw
國家網路書店：http://www.govbooks.com.tw
圖書經銷 / 紅螞蟻圖書有限公司
114台北市內湖區舊宗路二段121巷28、32號4樓
電話：+886-2-2795-3656　傳真：+886-2-2795-4100

2012年12月BOD一版
定價：560元

國家圖書館出版品預行編目

文學研究的知識論依據 / 張榮翼, 李松著. --初版. --臺北市 : 秀威資訊科技, 2012. 12
面； 公分. -- (現當代華文文學研究叢書)
ISBN 978-986-326-009-7(平裝)

1. 中國文學 2. 知識論 3. 文學理論

820.1 101019813

讀者回函卡

感謝您購買本書，為提升服務品質，請填妥以下資料，將讀者回函卡直接寄回或傳真本公司，收到您的寶貴意見後，我們會收藏記錄及檢討，謝謝！如您需要了解本公司最新出版書目、購書優惠或企劃活動，歡迎您上網查詢或下載相關資料：http:// www.showwe.com.tw

您購買的書名：________________________________

出生日期：_________年_________月_________日

學歷：□高中（含）以下　□大專　□研究所（含）以上

職業：□製造業　□金融業　□資訊業　□軍警　□傳播業　□自由業

□服務業　□公務員　□教職　□學生　□家管　□其它_____

購書地點：□網路書店　□實體書店　□書展　□郵購　□贈閱　□其他

您從何得知本書的消息？

□網路書店　□實體書店　□網路搜尋　□電子報　□書訊　□雜誌

□傳播媒體　□親友推薦　□網站推薦　□部落格　□其他__________

您對本書的評價：(請填代號　1.非常滿意　2.滿意　3.尚可　4.再改進)

封面設計____　版面編排____　內容____　文／譯筆____　價格____

讀完書後您覺得：

□很有收穫　□有收穫　□收穫不多　□沒收穫

對我們的建議：________________________________

____

____

____

請貼
郵票

11466
台北市內湖區瑞光路 76 巷 65 號 1 樓
秀威資訊科技股份有限公司 收
BOD 數位出版事業部

（請沿線對折寄回，謝謝！）

姓　　名：__________ 年齡：______ 性別：□女　□男

郵遞區號：□□□□□

地　　址：______________________

聯絡電話：(日) __________ (夜) __________

E-mail：______________________